中国史書入門

現代語訳 隋書

中林史朗
山口謠司
監修

池田雅典
大兼健寛
洲脇武志
田中良明
訳

JN252698

勉誠出版

はじめに

この『中国史書入門　現代語訳　隋書』を刊行するに当たり、一言付しておきたい。

一般の諸士が概略的な中国の歴史を知ろうとした時、如何なる史料を読めば善いのか。時間的流れで知ろうと思えば、既に完訳の有る編年体の『資治通鑑《しじつがん》』（但し、宋代以前までであるが）を読めば善い。しかし、歴史の狭間を駆け抜け、時の権力と血みどろの抗争を繰り返したり、黙々と臣節を尽くしたり、権力に翻弄されて右往左往したりした、個々人の生き様を見ようとした時には、紀伝体で記された二十四史と称される所謂正史（尚、正史に関しては、コラム①を参照されたい）を見るのが便利である。但し、この正史に関しては、前四史と称される『史記《しき》』『漢書《かんじょ》』『後漢書《ごかんじょ》』『三国志《さんごくし》』の四書こそ大部な完訳（現代語）が有るものの、『晋書《しんじょ》』以下に関しては、研究者の目的や嗜好に基づいた部分的抄訳が有るだけで、未だ本格的な現代語訳書は存在しない。

この様な情況の中で、現代語抄訳の本書はそれなりの意味を持つものと勝手な自負を持っている。振り返れば、当時訓読（漢文読解）が大好きな若手中国研究者が集まった時、「どうして三国志以降の時代は世間から無いように扱われるのだろう」とか、「一般の人が簡便に読める正史の訳本が有れば善いなあ」とか、「『隋書』は面白いよ」とか、「いやいや『五代史《ごだいし》』の方が面白いぞ」等々話に花が咲き、「それじゃあ、『隋書』『新唐書《しんとうじょ》』『五代史』『宋史《そうし》』の四書の抄訳を作ろうか」等と、無謀な与太話で大いに気炎を上げていたらしい。ところが、この与太話を取り上げてくれた出版社が現れたことから、話は一気に進み本格的作業となったのである。彼らは、毎月数回の会合を開き、担当箇所の訳本原稿を付き合わせて論議を繰り返し、分かり易い現代語訳を作り上げていたのである。

無論本書は『隋書』の完訳ではなく重要部分の抄訳に過ぎず、その取捨選択には読者諸士の批判やご意見も有ろうかと愚考するが、本書で採取されている部分は、訳者四人が隋という時代を理解する上で必要と思われるであろう人々を、彼ら自身の見識と判断で取り上げた結果のものである。

筆者は、元来低俗な性格であれば、彼らの真面目な学問的話を小耳に挟みながらも、意識はどうしてもエンターテイメントの方に向かい、『隋書』ならテレビドラマの「大唐双龍伝」や「隋唐演義」か、『新唐書』ならドラマの「大唐游俠伝」「則天武后」や「狄仁傑」ものだなあ、『五代史』なら映画の張徹監督「十三太保」や胡金銓監督「天下第一」か、『宋史』ならドラマの「楊家将演義」に「包青天」「水滸伝」「岳飛伝」と言った所だろうな、等と勝手な想像をし、彼らの作業を横目で見ながら「実にご苦労なことをしているなあ」と思っていたが、図らずも本書の監修を引き受けることになった。

筆者は、訳者たちの漢文読解能力を高く評価して信頼しているが、監修と云う責務を受けた立場上、訳者達の原稿を逐一原文と照らし合わせてチェックし、その責任を果たさせて頂いた。因って、本書の現代語訳に過誤が有るとすれば、それは全て監修者の責任であり、逆に読者諸士に何か裨益する所があれば、それらは全て訳者たちの功績である。

本書を手に取られた読者諸士に、「面白かった」「分かり易かった」「中国の歴史に興味が出てきた」等々言って頂けたなら、それは望外の喜びである。また漢文に興味の有る諸士は、本書の現代語訳に基づいて、下段に有る原文を訓読されても面白かろうと思う。

本書『隋書』の後、果たして『新唐書』『五代史』『宋史』と続けて公刊出来るのであろうか、それは、一に本書の評価と訳者達の情熱とに係っている、と言えるのではあるまいか。筆者は、「若手研究者の情熱だけは消したくない」と常々思い続けているのではあるが、情熱だけでは如何ともし難い点が有るのも、また現実の一端である。

平成二十九年四月

識於黃虎洞　中林史朗

訳者前言

「中国史書入門」と題した本書であるが、言う心は、中国の歴史に興味を持って何らかの歴史書を原典に当たって読んでみたいという関心興味をお持ちであれば、先ずは正史を読まれてはいかがだろうか？　との提案である。無論現代語訳が存在するものには編年体通史の『十八史略《じゅうはっしりゃく》』が有り、略と題するようにダイジェスト版で分量も少ないため、三皇五帝の時代から南宋に至るまでの古典的中国史を概略的に、かつ一般教養レベルで知るためには充分な本である。また、その略されている所をもう少し詳しく知りたいのであれば、同じく編年体通史の『資治通鑑』が有る。しかしもし、歴史書にも興味を持たれていれば、古典的中国世界における正式な歴史書のスタイルである紀伝体の正史をお勧めしたい。勿論正史には絶対的に正しいことが書いてあるわけではなく、ましてや本によっては千数百年の間の抄写と印刷の繰り返しを経て、少なからぬ誤脱を有している。そのため本格的な研究資料にするのであれば、他書との比較や同時代資料（隋であれば石刻文など）の参照などが不可欠となろうが、好奇心に駆られての入門であれば、比較的に文章が整い、内容もまとまっており、読者層も多い正史が相応しかろう。

正史の初めに置かれる本紀（帝紀）とは、言わば年表であり、その帝王の朝代に起きた大事を眺めて要点を押さえていくことができる。次いで興味を持った事件について、それに関与した人々の列伝を読んでいけば、縦横に交錯する人間関係や事件の背景が、血の通ったリアリティを増して見えてこよう。ただ文章を追うのではなく、散り散りに配置された記述を、自分の頭の中で組み立てていく作業を味わって頂きたい。

さて隋の時代は、従来「隋唐」と唐の枕にされるか、さもなくば南北朝時代のサゲに使われる事が多かった。また『隋書』も、日本について記された所謂倭国伝の訳注を除くと、内田智雄・梅原郁氏『訳注　続　中国歴代刑法志（補）』（創文社）に刑法志の訳注が収められ、興膳宏・川合康三氏『隋書経籍志詳攷』（汲古書院）、渡辺信一郎氏『『魏書』食貨志・『隋書』食貨志訳注』（汲古書院）、六朝楽府の会『『隋書』音楽志訳注』（和泉書院）といった制度・文化に関わる専門的な内容を含む志や、内田吟風氏等『騎馬民族史　正史北狄伝』（東洋文庫）や小谷仲男・菅沼愛語氏「『隋書』西域伝、『周書』異域伝（下）の訳注」（『京都女子大学大学院文学研究科研究紀要 史学編』十一号、二〇一二年三月）といった周辺民族の列伝が訳された他は、興膳宏氏編『六朝詩人伝』（大修館書店）に煬帝の本紀と盧思道・薛道衡伝や文学伝の序が抄訳される等、多くの訳注が公刊されてはいるが、本紀全文を中心とした現代語訳は存在しなかった。それは何よりも、本紀や一般的な列伝であれば「自分で読めばいい」との考えに依るものであろう。

それでは漢文資料を読むためには、どうすればいいだろうか。方法は、大きく分けて二つある。一つは、直読や音読と呼ばれ、所謂中国語で漢文を読む方法である。もう一つの方法は訓読と呼ばれる方法で、漢語で書かれた漢文を日本語で解釈する方法である。無論詩文を読む時には音韻の知識が必要となるが、漢語という外国語で書かれた文であっても、それを日本語で理解するためには、訓読の方が便利であろう。或いはレ点や一二点を用いて文字を前後して読む作業を不自然と感じる人もいるだろうが、例えば英文を読む時に"if"や"why"がどこまで係るかと線を書き込むのと同じで、動詞や否定詞などがどこまで係るのかを確認する作業と考えれば、そう違和感を感じずに済むのではないだろうか。

つまり訓読とは解釈であり、その漢文の構造や内容をどう理解したかを示す作業である。そのため訓読文とは、漢文を日本語で解釈した翻訳文に他ならず、監修者が「はじめに」で触れた全訳の『資治通鑑』というのも、実は『続国訳漢文大成』（国民文庫刊行会）に修められた加藤繁・公田連太郎氏による訓読文を指している。また本書が対象とした『隋書』も、古典研究会の『和刻本正史』によって岡井馨等の校点本が影印出版されているが、句点と返り点が付されており、すでに訳されているに等しい。

とは言え一般的な読者の視線に立てば、送り仮名が無ければまだ日本語になっていないと言う人もいるだろうし、また送り仮名が付いていても、訓読文は現代日本語ではないと言う人もいるだろう。まして興味を覚えた初めから原文を「自分で読めばいい」と言うのは酷であろうし、たとえ自分で読むにしても、いくらかの指標が有った方が興味を保てるのではないだろうか。本書はそうした観点から訳者一同が行った試みであり、それがこうして出版されることは僥倖の至りである。

本書の訳出作業に当たって、担当者はいずれも訓読を行った上で現代語訳を作ったが、紙幅と需要を考慮して訓読文は載せなかった。また繁雑になる事を避けて注釈も設けなかったが、可能な限り文意を現代語訳で補った。史書に限らず、経書・子書・文集などの漢文を読む上で最も必要になるのは、そこに書かれた内容を知っていることであろうが、その文を読む前にどうやって内容を知るのかと言えば、それは他の資料を読み続け、こうした内容はこう書かれ、こうした語句は何を意味している等といった知識を蓄積していくことによって可能となる。本書に付された原文に限らず、漢文に興味を持たれた読者諸氏がご自分で解釈して読まれる時には、先ず何よりも先人の蓄積である辞書を引く事をお薦めしたいが、その他の一般的な目に触れやすい参考書としては、池田温氏編『日本古代史を学ぶための漢文入門』（特に第Ⅳ章）（吉川弘文館）や坂出祥伸氏著『中国古典を読むはじめの一歩――これだけは知っておきたい』（集広舎）が大きな助けとなるだろう。

本書の構成は以下の如くである（丸括弧内は訳稿の担当者を示す）。

第一章には『隋書』巻一～五の三帝紀（高祖上を池田、同下を田中、煬帝上を洲脇、同下を大兼、恭帝を池田・田中）を、第二章には巻三十六の后妃伝（田中）を、第三章には巻四十五の文四子伝（田中）を、第四章には巻三十八より劉昉・鄭譯伝と巻四十より元冑伝（池田）を、第五章には巻四十二の李徳林伝と巻五十八より許善心伝（洲脇）を、第六章には巻四十一の高熲・蘇威伝と巻四十八の楊素伝及び巻七十より楊玄感伝（池田）を、第七章には巻五十二の韓擒虎等の伝（大兼）と巻五十三の達奚長儒等の伝及び巻六十四より來護兒伝（田中）を、第八章には巻六十一の宇文述等の伝（田中）を、第九章には巻六十七の虞世基等の伝（洲脇）を、第十章には巻八十五の宇文化及等の伝（田中）を、第十一章には巻七十八の芸術伝（田中）を、第十二章には巻八十の列女伝（池田）を訳出し、各列伝末に有る「史臣曰」も併せて訳出したが、合伝より抜粋した劉昉・鄭譯・元冑・許善心・楊玄感・來護兒については、これを略した。またその間に『隋書』や隋代に関わるコラム七本、巻末には多少の参考になればと資料編を設けた。資料編の作成は一同の提案をまとめて田中が担当したが、勉誠出版編集部の萩野強氏に多大なご助力を頂戴した。萩野氏をはじめ本書出版に関わられた関係各位には、様々なご迷惑をお掛けした事と承知するが、ここに一同陳謝する次第である。

訳出の範囲は訳者の菲才と時間的制約によって、当初の予定から大幅に削減することになったが、翻訳の進行に従いながら損益を重ね、隋の興国・隆盛・滅亡の軌跡を最低限に辿れるものとした。もっとも、一辺倒に過ぎる事も憚られるため、芸術伝と列女伝を全訳し、文学・哲学史の概説書ではあまり触れられていない当時の文化や思想の一端が垣間見えるように努めた。なお、隋末の英傑李密については、唐書の伝の方が詳細であるため、本書では訳出しなかった。

「三人行けば必ず吾が師有り」とは言うが、担当者以外の三人が本人以上に真剣な議論を交わす中で、担当者一人では思いもよらなかった解釈が導き出される事は幾度ともなく有り、『隋書』の読解とともに充実した日々を過ごすことができた。しかし若い衆が集まっての切磋琢磨と言えば聞こえもいいが、「三人寄れば文殊の知恵」と言うには烏滸《おこ》がましく、中国風に「諸葛亮の知恵」と言えば五伐無功で心許《もと》ない。

詩に「白圭の玷《か》けたるは、猶《な》ほ磨く可《べ》きなり」と有るが、監修の中林・山口両先生にはページ毎に赤を入れる労を執って頂くこととなった。不勉強は時流に従って今後の課題とさせて頂くが、学籍を離れ数年経ちながらも、またこうして学恩を蒙る機会を得られたことに深く謝する所以である。

それでも、上記の白圭の句は「斯《こ》の言の玷けたるは、為《おさ》む可からざるなり」と続く。今上梓された本書に瑕疵《かし》の存すること有りや否や。読者諸氏に願わくは、本書を以て他山の石とされんことを。

平成二十九年四月

訳者一同に代わり　田中良明

中国史書入門　現代語訳　隋書　目次

はじめに　中林史朗　1
訳者前言　田中良明　3

第一部　帝室の軌跡

第一章　帝紀――高祖（上下）・煬帝（上下）・恭帝　11
第二章　后妃伝――文献獨孤皇后・宣華夫人陳氏・容華夫人蔡氏・煬帝蕭皇后　149
第三章　文四子伝――房陵王楊勇・秦孝王楊俊・庶人楊秀・庶人楊諒　164
コラム①　『隋書』の成立　洲脇武志　198
コラム②　隋の皇族たち　田中良明　203

第二部　人臣の列伝

第四章　劉昉・鄭譯――高祖を北周丞相として迎えた隋建国の発端（附・元冑――高祖暗殺未遂事件）　210
コラム③　周隋禅譲　池田雅典　226

第五章　李徳林・許善心――南北朝から隋への移行期　229
コラム④　隋に仕えた遺臣たち――姚察・顔之儀・顔之推　洲脇武志　272
第六章　高熲・蘇威・楊素――隋の礎を築いた宰相たち
（附・楊玄感――隋滅亡の序章）　277
コラム⑤　理想都市・大興城　池田雅典　333
第七章　韓擒虎・賀若弼・達奚長儒・賀婁子幹・史萬歳・劉方――隋の版図を築き支えた将軍たち
（附・來護兒――煬帝期の将軍）　336
第八章　宇文述・郭衍――煬帝立太子の立役者　373
第九章　虞世基・裴蘊・裴矩――煬帝の執政たち　388
コラム⑥　『隋書』経籍志　洲脇武志　414
第十章　宇文化及・宇文智及・司馬徳戡・裴虔通・王世充・段達――逆臣たち　419
第十一章　芸術伝　442
コラム⑦　隋の術数・災異　田中良明　482
第十二章　列女伝　486

資料編

隋版図図・南北朝版図図　510／隋朝官品表　512／隋大事表　514／隋国系図　516

おわりに　山口謠司　518

第一部　帝室の軌跡

【凡例】

＊本書は、底本に清の武英殿版『隋書』を用い、諸本及び校勘記・考証に拠って原文の誤字・脱字を適宜校訂した。また、原文には句読点を付して、本文下段に示した。

＊底本に見られる清代の避諱については、全て原文の段階で元来の字形に改めたが、唐代の避諱についてはそれを本文に存し、現代語訳において適宜改めた。

例：

（原文）		（現代語訳）	（原文）		（現代語訳）
武牙郎将	↓	虎牙郎将	木魚符	↓	木虎符
騶虞	↓	白虎	韓擒	↓	韓擒虎
王充	↓	王世充			

なお、唐代の避諱によって景字に作られている干支の丙字のみは、全て原文の段階で丙字に改めた。

＊『隋書』中に存している隋代の避諱と考えられるものは、そのままでは訳語に難が有ると思われた場合に限り、現代語訳において改めた。

例：

（原文）		（現代語訳）
唯誠與孝	↓	ただ忠と孝とが
任蠻奴	↓	任忠
魯達	↓	魯廣達

第一章　帝紀——高祖（上下）・煬帝（上下）・恭帝

高祖（上）

　高祖《こうそ》文皇帝は、姓は楊氏《ようし》、諱《いみな》は堅《けん》、弘農《こうのう》郡華陰《かいん》県の人である。漢の太尉である楊《よう》震《しん》の八代孫にあたる楊鉉《ようげん》が、燕《えん》に仕え北平太守となった。楊鉉は楊元壽《ようげんじゅ》を生み、楊元壽は北魏《ほくぎ》の時に武川鎮司馬となり、子孫はこれにより武川鎮に家を構えた。楊元壽は太原太守の楊恵嘏《ようけいか》を生み、楊恵嘏は平原太守の楊烈《ようれつ》を生み、楊烈は寧遠将軍の楊禎《ようてい》を生み、楊禎は楊忠《ようちゅう》を生み、楊忠が皇考《こうこう》つまり文帝の父である。皇考は北周《ほくしゅう》の太祖《たいそ》（宇文泰《うぶんたい》）が関西《かんせい》で義兵を起こしたのに従い、姓として普六茹氏《ふりくじょし》を賜り、位は柱国・大司空・隋国公に至った。薨去した後、太保を追贈され、諡《おくりな》は桓《かん》という。

　皇妣《こうひ》つまり高祖の母である呂氏《りょし》が、大統七年六月癸丑の夜に、高祖を馮翊《ひょうよく》の般《はん》若寺《にゃじ》で産んだところ、紫色の気が庭に充満した。尼僧（智仙《ちせん》）が河東よりやって来て、皇妣に「この子は生まれ来る所が全く異なります、俗世間にこの子を住まわせてはなりません」と言った。尼僧は高祖を連れて般若寺の別館に留まり、自ら高祖を養育した。皇妣がかつて高祖を抱いていたところ、突如として頭に角が生えてきて、体中を鱗が覆うのを目の当たりにした。皇妣はたいそう驚いて、高祖を地に取り落としてしまった。尼僧は外から入ってきて様子を見て「ああ、我が子に驚いて、

【原文】

　高祖文皇帝、姓楊氏、諱堅、弘農郡華陰人也。漢太尉震八代孫鉉、仕燕爲北平太守。鉉生元壽、後魏代爲武川鎮司馬、子孫因家焉。元壽生太原太守惠嘏、嘏生平原太守烈、烈生寧遠將軍禎、禎生忠、忠即皇考也。皇考從周太祖起義關西、賜姓普六茹氏、位至柱國・大司空・隋國公。薨、贈太保、諡曰桓。

　皇妣呂氏、以大統七年六月癸丑夜、生高祖於馮翊般若寺、紫氣充庭。有尼來自河東、謂皇妣曰「此兒所從來甚異、不可於俗間處之」。尼將高祖舍於別館、躬自撫養。皇妣嘗抱高祖、忽見頭上角出、偏體鱗起。皇妣大駭、墜高祖於地。尼自外入見曰「已、驚我兒、致令晩得天下」。爲人龍頷、額上有

天下を得る日を遅くさせてしまいましたね」と言った。高祖の容姿は龍のような形のあごをして、額の上に玉柱が頭頂まで生えており、眼光は射すくめるかのようで、手には「王」と浮き出ていた。胴が長く足は短く、落ち着き払って威厳があった。太学《たいがく》に入ると、学友と昵懇《じっこん》の仲となっても馴れ合おうとしなかった。

十四歳、京兆尹の薛善《せつぜん》が辟召して功曹とした。

十五歳、皇考が挙げた勲功により、散騎常侍・車騎大将軍・儀同三司を授けられ、成紀県公に封ぜられた。

十六歳、驃騎大将軍に遷任し、開府《かいふ》を加えられた。北周の太祖《たいそ》は楊堅を見て感歎し「この者の風骨は、世間の人間とまるで似ておらん」と言った。北周の明帝（宇《う》文毓《ぶんいく》）が即位すると、右小宮伯を授けられ、爵位は大興郡公に進んだ。明帝がかつて名のある人相見である趙昭《ちょうしょう》をやって高祖を見定めさせたところ、趙昭は偽って「柱国となるのが精一杯です」と報告した。そうしてから密かに高祖に「あなたはまさに天下の君となるべきお方ですが、その地位は必ずや大誅殺を行ってから安定することでしょう。私の言葉をよく覚えておかれますよう」と告げた。

北周の武帝（宇文邕《うぶんよう》）が即位すると、左小宮伯に選任した。外任に出で隋州刺史となり、官位を大将軍に進め、のち都に召し返された。たまたま皇妣が三年にわたり病に伏せったため、昼夜となく側から離れず看病し、世間から「純孝」と賞賛された。宇文護《うぶんご》が執政していた間は、とかく高祖を忌み嫌い、しばしば暗殺しようと謀ったが、大将軍の侯伏侯萬壽《こうふくこうばんじゅ》らが擁護したので免れることができた。その後、隋国公を継いだ。武帝が高祖の長女（楊麗華《ようれいか》）を皇太子妃としたので、ますます礼遇

玉柱入頂、目光外射、有文在手曰王。長上短下、沈深嚴重。初入太學、雖至親昵不敢狎也。

年十四、京兆尹薛善辟爲功曹。

十五、以太祖勳、授散騎常侍・車騎大將軍・儀同三司、封成紀縣公。

十六、遷驃騎大將軍、加開府。周太祖見而嘆曰「此兒風骨、不似代間人」。明帝卽位、授右小宮伯、進封大興郡公。帝嘗遣善相者趙昭視之、昭詭對曰「不過作柱國耳」。既而陰謂高祖曰「公當爲天下君、必大誅殺而後定。善記鄙言」。

武帝卽位、遷左小宮伯。出爲隋州刺史、進位大將軍、後徵還。遇皇妣寢疾三年、晝夜不離左右、代稱純孝。宇文護執政、尤忌高祖、屢將害焉、大將軍侯伏侯壽等匡護得免。其後、襲爵隋國公。武帝娉高祖長女爲皇太子妃、益加禮重。齊王憲言於帝曰「普

された。斉王の宇文憲《うぶんけん》が武帝に「普六茹堅の容貌は尋常ではございませぬ。わたくしめはかの者を見るたび、不覚にも我を失ってしまいます。おそらくは人の下につく者ではございませぬゆえ、どうか早々にかの者を排除なさいますよう」と言上した。武帝は「普六茹堅は一将軍に留めておくべきであろうな」と応じた。内史の王《おう》軌《き》驟《しゅう》が武帝に「皇太子は社稷の主たる器ではなく、普六茹堅の容貌には反逆の相が見えます」と言上した。武帝は喜ばず「天命があるかどうかのことだ、どうしようもないではないか」と答えた。高祖はたいそう恐れ入って、慎重に己を包み隠すようになった。

建徳年間、水軍三万を率いて、北斉《ほくせい》の軍を河橋に破った。

翌年、武帝に従って北斉を平定し、官位を柱国に進めた。宇文憲が北斉の任城王の高湝《こうかい》を冀州に破ると、高祖は定州総管に叙任された。これより以前、定州城の西門はながらく閉じられ行き来できなくなっていた。北斉の文宣帝（高洋《こうよう》）の時、ある者が開門して交通の便をよくするよう請願した。文宣帝は許さず「聖人が来訪することがあれば開くだろう」と言っていた。高祖が到着し門を開いたので、驚かない者はなかった。ついで亳州総管に転任した。

北周の宣帝（宇文贇《うぶんいん》）が即位すると、高祖は皇后の父ということで召し出されて上柱国・大司馬に任命された。

大象の初年、大後丞・右司武に選任し、すぐさま大前疑に転任した。宣帝が巡幸するたび、常に留守を委ねられた。このころ、宣帝は広く刑罰の判例を集めてさらに峻烈な法を作り出す「刑経聖制《けいけいせいせい》」を推し進めていて、その法ははなはだ厳しかっ

六茹堅相貌非常。臣毎見之、不覺自失。恐非人下、請早除之」。帝曰「此止可爲將耳」。內史王軌驟言於帝曰「皇太子非社稷主、普六茹堅貌有反相」。帝不悅曰「必天命有在、將若之何」。高祖甚懼、深自晦匿。

建德中、率水軍三萬、破齊師於河橋。

明年、從帝平齊、進位柱國。與宇文憲破齊任城王高湝於冀州、除定州總管。先是、定州城西門久閉不行。齊文宣帝時、或請開之以便行路。帝不許曰「當有聖人來啓之」。及高祖至而開焉、莫不驚異。尋轉亳州總管。

宣帝即位、以后父徵拜上柱國・大司馬。

大象初、遷大後丞・右司武、俄轉大前疑。每巡幸、恒委居守。時帝爲「刑經聖制」、其法深刻。高祖以法令滋章非興化之道、切

た。高祖は法令が多すぎると徳化を妨げるとして、強く諫めたが、聞き入れられなかった。高祖の地位と声望とが日に日に高まっていくため、宣帝はすこぶる疎ましく思っていた。宣帝には四人の愛妻がおり、みな皇后にしたため、それぞれが寵愛を争って、しばしば貶しあっていた。宣帝はそのたびに怒り狂って皇后たちに「必ずやお前の一族を皆殺しにしてくれる」と言っていた。そんなことから高祖を召し出した際、左右の者に「もし動揺しているようなら、すぐさまあいつを殺せ」と命じておいた。高祖が到着すると、泰然自若としていたため、取り止めた。

　大象二年五月、高祖を揚州総管とした。まさに出発しようという時に、急に足が痛んだため、とうとう行かなかった。乙未、宣帝が崩御した。このとき、静帝（宇《う》文闡《ぶんせん》）はまだ幼かったので、自身で政務を執ることはできなかった。内史上大夫の鄭譯《ていやく》と御正大夫の劉昉《りゅうほう》は、高祖が皇后の父で、衆望を寄せられていることから、詔を歪曲して高祖を招き入れて朝政を総覧させ、内外の諸軍事をも統帥させることにした。北周朝の諸王で領地にいる者について、高祖はそれらことごとくが変事を起こすのを恐れ、趙王の宇文招《うぶんしょう》が娘（千金公主《せんきんこうしゅ》）を突厥《とっけつ》の佗鉢可汗《たはつかがん》に嫁がせることを詞にする、という口実で招集した。丁未、宣帝の大喪を行った。庚戌、静帝は高祖を仮黄鉞・左大丞相に任命した。文武百官は己の職務を取りまとめ高祖の指示を仰いだ。正陽宮を丞相府とし、鄭譯を長史、劉昉を司馬とし、その幕僚も置いた。宣帝時代は、刑罰が過酷だったため、群臣は心休まらず、志のままに振る舞うことはできなかった。ここにきて、高祖が大いに恵み深い政策を尊重し、法令を明確にし、自ら倹約に励んだので、みな高祖の摂政を歓迎した。

諫、不納。高祖位望益隆、帝頗以爲忌。帝有四幸姫、並爲皇后、諸家争寵、數相毀譖。帝毎忿怒謂后曰「必族滅爾家」。因召高祖、命左右曰「若色動、即殺之」。高祖既至、容色自若、乃止。

　大象二年五月、以高祖爲揚州總管。將發、暴有足疾、不果行。乙未、帝崩。時静帝幼冲、未能親理政事。内史上大夫鄭譯、御正大夫劉昉、以高祖皇后之父、衆望所歸、遂矯詔引高祖入總朝政、都督内外諸軍事。周氏諸王在藩者、高祖悉恐其生變、稱趙王招將嫁女於突厥爲詞、以徴之。丁未、發喪。庚戌、周帝拜高祖假黄鉞・左大丞相、百官總己而聽焉。以正陽宮爲丞相府、以鄭譯爲長史、劉昉爲司馬、具置僚佐。宣帝時、刑政苛酷、羣心崩駭、莫有固志。至是、高祖大崇惠政、法令清簡、躬履節儉、天下悦之。

六月、趙王の宇文招、陳王の宇文純《うぶんじゅん》、越王の宇文盛《うぶんせい》、代王の宇文達《うぶんたつ》、滕王の宇文《うぶん》逌《ゆう》らがともども長安に到着した。相州総管の尉遅迥《うっちけい》は、重臣であり宿将である自負から、心中穏やかならず、とうとう東夏《とうか》の地（旧北斉の地域）にて挙兵した。趙や魏の地の人士がこれに従うことは水の流れるがごとき勢いで、十日もしないうちに、将兵は十数万人となった。また宇文冑《うぶんちゅう》が滎州、石愻《せきそん》が建州、席毗《せきひ》が沛郡、席毗の弟の席叉羅《せきさら》は兗州を挙げて、みな尉遅迥に呼応した。尉遅迥は子を陳に派遣して人質として助力を要請した。高祖は上柱国・鄖国公の韋孝寛《いこうかん》に命じて尉遅迥を討伐させた。雍州牧・畢王の宇文賢《うぶんけん》および趙や陳の五王は、天下の期待が高祖に集まっていることから、反乱を企てた。高祖は宇文賢を捕らえさせてこれを斬り、趙王たちの罪は問わず、詔により五王に対して剣を帯び靴を履いたまま上殿し、入朝の際に小走りせずともよい特権を与え、五王を安心させた。

七月、陳の将軍の陳紀《ちんき》や蕭摩訶《しょうまか》らが広陵で略奪し、呉州総管の于顗《うがい》が転戦してこれを打ち破った。広陵の杜喬生《ときょうせい》が人を集めて反乱を企み、刺史の元義《げんぎ》が討伐し平定した。韋孝寛が尉遅迥を相州にて破り、その首を朝廷に伝送し、余勢もことごとく平定した。当初、尉遅迥が反乱した際、鄖州総管の司馬消難《しばしょうなん》が州を拠点に呼応し、淮南の州県の多くが同調した。襄州総管の王誼《おうぎ》に命じこれを討伐させると、司馬消難は陳に逃げた。荊《けい》・郢《えい》の蛮族が内乱に乗じて蜂起したので、亳州総管の賀《が》若誼《じゃくぎ》に命じて討伐させ平定した。これに先んじて、上柱国の王謙《おうけん》が益州総管となると、幼主が即位し、政事が高祖により行われているのを見て、とうとう巴蜀の衆と決起し、「匡復」をスローガンに掲げた。高祖はちょうど東夏の尉遅迥や山南で

六月、趙王招、陳王純、越王盛、代王達、滕王逌並至于長安。相州總管尉遲迥、自以重臣宿將、志不能平、遂擧兵東夏。趙・魏之士從者若流、旬日之間、衆至十餘萬。又宇文冑以滎州、石愻以建州、席毗以沛郡、毗弟叉羅以兗州、皆應於迥。迥遣子質於陳請援。高祖命上柱國・鄖國公韋孝寬討之。雍州牧畢王賢及趙陳等五王、以天下之望歸於高祖、因謀作亂。高祖執賢斬之、寢趙王等之罪、因詔五王劍履上殿、入朝不趨、用安其心。

七月、陳將陳紀・蕭摩訶等寇廣陵、吳州總管于顗轉擊破之。廣陵人杜喬生聚衆反、刺史元義討平之。韋孝寬破尉遲迥於相州、傳首闕下、餘黨悉平。初、迥之亂也、鄖州總管司馬消難據州響應、淮南州縣多同之。命襄州總管王誼討之、消難奔陳。荊・郢羣蠻乘釁作亂、命亳州總管賀若誼討平之。先是、上柱國王謙爲益州總管、既見幼主在位、政由高祖、遂起巴蜀之衆、以「匡復」爲辭。

の反乱に対処していたため、王謙を討つ余裕がなかった。王謙が兵を進め剣閣に駐屯し、始州を落とした。ここに至って、行軍元帥・上柱国の梁睿《りょうえい》に命じて討伐させ平定し、首を朝廷に伝送させた。巴蜀は土地が険阻で、好んで乱を起こす者が出るため、さらに道を開かせ、剣閣の桟道を破壊し、碑銘を立てて訓戒を垂れた。五王の陰謀がいよいよ活発となったので、高祖は酒肴を持参して趙王の邸宅に行き、相手の出方を窺おうとした。趙王は兵を伏せて高祖をもてなし、高祖はほとんど落命寸前に追い込まれたが、元冑《げんちゅう》のおかげで助かった。この事件の詳細は元冑伝にある。ここに及んで、趙王の宇文招と越王の宇文盛とを誅殺した。

九月、世子の楊勇《ようゆう》を洛州総管・東京小冢宰とした。

壬子、静帝は詔を下して、

仮黄鉞・使持節・左大丞相・都督内外諸軍事・上柱国・大冢宰・隋国公の楊堅（普六茹堅）は、山河の霊や、星辰の気に感応し、道によって優雅な者も卑俗な者も高め、徳によって名の無い者でも有る者でも心を和らがせる。隠者は頭巾を脱いで仕官し、身分ある者はなびき、人々を啓発して役目を果たさせ、朝廷にある者も在野の士もその導きを受けている。先代皇帝より遺詔を受けて、か弱い私を補弼し、天地を合一させて万物を生育し、陰陽を調和させ四夷を撫順している。近頃、内には宇文賢や宇文招らによる憂慮すべき事態があり、外には尉遲迥ら胡乱な輩の報告を聞いた。楊堅はタカやハヤブサのごとく奸邪なる者どもを討ち払う決意で、帷幄の内に謀を運らし、宮中の粛清を行い、賊どもを万里の外に討ち捨てた。おかげで国の遠近となく整然と治まっており、実に

高祖方以東夏・山南爲事、未遑致討。謙進兵屯劍閣、陷始州。至是、乃命行軍元帥・上柱國梁睿討平之、傳首闕下。巴蜀阻險、人好爲亂、於是更開平道、毀劍閣之路、立銘垂誡焉。五王陰謀滋甚、高祖齎酒肴以造趙王第、欲觀所爲。趙王伏甲以宴高祖、高祖幾危、賴元胄以濟。語在胄傳。於是誅趙王招・越王盛。

九月、以世子勇爲洛州總管・東京小冢宰。

壬子、周帝詔曰、

假黄鉞・使持節・左大丞相・都督内外諸軍事・上柱國・大冢宰・隋國公堅、感山河之靈、應星辰之氣、道高雅俗、德協幽顯。釋巾登仕、搢紳傾屬、開物成務、朝野承風。受詔先皇、弼諧寡薄、合天地而生萬物、順陰陽而撫四夷。近者、内有艱虞、外聞妖寇。以鷹鸇之志、運帷帳之謀、行兩觀之誅、掃萬里之外。遐邇清肅、實所賴焉。四海之廣、百官之富、俱稟大訓、咸餐至道。治定功成、棟梁斯託、神猷盛

頼りになる。国士は広く、府庫は富み、ともに大いなる教えを授かり、みな至道に興じている。政治は安定し功は遂げられ、諸臣を統率する役割が隋国公に託され、神のごとき知謀を持ち徳の盛んな者といったら、今において楊堅に並ぶ者はいない。楊堅に大丞相を授け、左・右丞相の官を廃止し、その他の官職は元のままでよい。

と言った。

冬十月壬申、詔により高祖の曾祖父の楊烈を柱国・太保・都督徐兗等十州諸軍事・徐州刺史・隋国公とし、諡は康《こう》とした。祖父の楊禎は柱国・太傅・都督陝蒲等十三州諸軍事・同州刺史・隋国公とし、諡は献《けん》とした。父の楊忠は上柱国・太師・大冢宰・都督冀定等十三州諸軍事・雍州牧とした。陳王の宇文純を誅殺した。癸酉、上柱国・鄖国公の韋孝寛が没した。

十一月辛未、代王の宇文達と滕王の宇文逌を誅殺した。

十二月甲子、静帝は詔を下して、

天と地とは広大であり、その大徳を合わせ結ぶのが聖人の役割であり、気の一陰と一陽とを、調和させるのが宰相の役割である。天がすぐれた人物を降して、万物を育成させ、蒼天の創造を代行させて、尊い業績を遂げさせるのである。仮黄鉞・使持節・大丞相・都督内外諸軍事・上柱国・大冢宰・隋国公の楊堅は、百世千年の中ちょうど朕の世に当たって、国家においては宰相の威儀をますま

德、莫二於時。可授大丞相、罷左・右丞相之官、餘如故。

冬十月壬申、詔贈高祖曾祖烈爲柱國・太保・都督徐兗等十州諸軍事・徐州刺史・隋國公、謚曰康。祖禎爲柱國・太傅・都督陝蒲等十三州諸軍事・同州刺史・隋國公、謚曰獻。考忠爲上柱國・太師・大冢宰・都督冀定等十三州諸軍事・雍州牧。誅陳王純。癸酉、上柱國・鄖國公韋孝寛卒。

十一月辛未、誅代王達・滕王逌。

十二月甲子、周帝詔曰、

天大地大、合其德者聖人、一陰一陽、調其氣者上宰。所以降神載挺、陶鑄羣生、代蒼蒼之功、成巍巍之業。假黃鉞・使持節・大丞相・都督内外諸軍事・上柱國・大冢宰・隋國公、應百代之期、當千齡之

す高め、宮門においては朕を翼賛する勤めを果たしている。楊堅の志は伊尹《いいん》に等しく、信頼できることは尭《ぎょう》・舜《しゅん》に迫り、情愛は孔丘《こうきゅう》に似て、人々の規範として文王《ぶんのう》・武王《ぶおう》よりも相応しい。その楊堅が初めて出仕すると、その雅やかな物腰が世に広まり、公卿は法であるかのように仰ぎ見て、官位ある者は模範とした。宮中に入れば帝側に侍り、都を出れば封国たる隋の政治を取り仕切り、秀でた計画性で優れた功績を挙げ、名声はいよいよ高まった。先に東夏の地を平定したものの、民心はなお安らがなかった。燕南・趙北の地はまこと天府と言うべき豊穣の地であるから、楊堅は定州総管として節を持して軍を指揮し、太守の任に当たった。楊堅が人心を和らがせるために徳を示し、導くために礼を示すと、民草の楊堅を畏れることは神を見るかのごとく、仰ぐことは日のごとくで、立派な業績を残し、善政を讃える歌が作られた。淮海の地は草木に覆われた未開の地で、ながらくそのままであった。楊堅が亳州総管として南方を鎮護すると、民の中から賢者を選出し、威風を民間に行き渡らせ、民を教化した。楊堅は皇室を補佐し、国政を司り、国の大事には、朝廷がこれを信任することいよいよ深く、天子が鑾駕《らんが》に乗って巡狩する際には、楊堅が朝廷に留まって政務に勤しんだ。楊堅の功績は古の周公旦《しゅうこうたん》が幼き成王《せいおう》を補佐した事跡と、ほとんど変わらぬものであり、漢の霍光《かくこう》などでは、まるで比較にならない。天は崩れ地は裂け、先帝が身罷られたため、朕が若年にして即位すると、たちまち暴虐に見舞われたが、楊堅は先帝の遺言を受けて、皇室を護った。邪な者が隙に乗じて、密かに国家転覆を謀り、朕を除こうとする企てが行われ、蜂起の期日は

運、家隆台鼎之盛、門有翊贊之勤。心同伊尹、必致尭舜、情類孔丘、憲章文武。爰初入仕、風流映世、公卿仰其軌物、搢紳謂爲師表。入處禁闈、出居藩政、芳猷茂績、問望彌遠。往平東夏、人情未安。燕南趙北、實爲天府、擁節杖旄、任當連率。柔之以德、導之以禮、畏之若神、仰之若日、芳風美迹、歌頌獨存。淮海榛蕪、多歷年代、作鎮南鄙、選衆惟賢、威震殊俗、化行黔首。任掌鈎陳、職司邦政、國之大事、朝寄更深、鑾駕巡游、留臺務廣。周公陜西之任、僅可爲倫、漢臣關内之重、未足相況。及天崩地坼、先帝升遐、朕以眇年、奄經荼毒、親受顧命、保乂皇家。姦人乘隙、潛圖宗社、無君之意已成、竊發之期有日。英規潛運、大略川廻、匡國庇人、罪人斯得。兩河遘亂、三魏稱兵、半天之下、洶洶鼎沸。祖宗之基已危、生人之命將殆。安陸作釁、南通吳越、蜂飛蠆聚、江・漢騷然。巴蜀鴟張、翻將問鼎、

迫っていた。楊堅は優れた知略を発揮して、国家を正して罪なき者を庇い、罪人はここに捕らえられた。河南・河北は乱を起こし、三魏は兵を起こし、天下の半分は、戦々恐々として沸き立つかのようであった。朕が周の祖宗より受け継いだ土地は既に危うく、生ける者の命もまさに脅かされようとしていた。安陸郡では司馬消難が罪を犯し、南は呉越と手を結び、ハチやサソリの集うがごとき情勢に、江・漢は騒然となった。巴蜀では王謙が羽を広げたフクロウのごとく周辺を威嚇し、反乱した将は楚の荘王《そうおう》が鼎の軽重を問うたがごとく朕の位を窺い、秦嶺の道はいよいよ険阻となり、漢中の関は重く閉ざされた。だが楊堅が謀を帷幄の内に巡らし、車騎を出立させる準備を整え、諸将がその計略を授かり、壮士がその義に感じると、時を違えずして、みな平定することができた。楊堅の持つ文の九功《きゅうこう》（水・火・金・木・土・穀・正徳・利用・厚生）は遠方にまで影響を及ぼし、武の七徳《しちとく》（禁暴・戢兵・保大・定功・安民・和衆・豊財）によってみなまことに和らぎ、文武百僚は互いを師として尊重し、宮中は麗しく立派に治まっている。朕が直々に治める都も、反乱の起こった地方でも、楊堅の徳はまことに武でありまことに文であり、愚者も知者もその徳に懐き、その徳が山河を巡り、遠近となく心を寄せている。楊堅が朕に上皇より授かりし天子の位を引き継がせてより、朕が何もせずとも国は治まり、声望は宇宙にまで高まり、道に則って天地の綻びが正されていく。伊尹が殷の天子を、霍光が漢の天子を補佐したことすら、楊堅に比べれば見劣りすると言えよう。その昔、太公望《たいこうぼう》が封ぜられ営丘に開いた斉国と周公が封ぜられ曲阜に開いた魯国とは、他国に比

秦塗更阻、漢門重閉。晝籌帷帳、建出師車、諸將稟其謀、壯士感其義、不違時日、咸得清蕩。九功遠被、七德允諧、百僚師師、四門穆穆。光景照臨之地、風雲去來之所、允武允文、幽明同德、縣山縣水、遐邇歸心。使朕繼蹤上皇、無爲以治、聲高宇宙、道格天壤。伊尹輔殷、霍光佐漢、方之蔑如也。昔、營丘・曲阜、地多諸國、重耳・小白、錫用殊禮、蕭何優贊拜之儀、番君越公侯之爵。姬・劉以降、代有令謨、宜崇典禮、憲章自昔。可授相國、總百揆。去都督内外諸軍事・大冢宰之號、進公爵爲王、以隋州之崇業、鄖州之安陸・城陽、溫州之宜人、應州之平靖・上明、順州之淮南、士州之永川、昌州之廣昌・安昌、中州之義陽・淮安、息州之新蔡・建安、豫州之汝南・臨潁・廣寧・初安、蔡州之蔡陽、郢州之漢東、二十郡爲隋國。劍履上殿、入朝不趨、贊拜不名、備九錫之禮、加璽紱・遠游冠・相國印綠綟綬、位在諸

べて封邑が多く、晋の文公《ぶんこう》と斉の桓公《かんこう》とは、天子より格別の礼で遇され、前漢の蕭何《しょうか》は謁見の儀において優遇され、呉芮《ごぜい》は異姓でありながら公侯の爵を越えて長沙王に封ぜられたと聞く。周漢以降、代々良きはかりごとをした者には、典礼と恩典の賜与を重んじよと、憲章でとうに定められている。楊堅は相国の位を受けて、百官を統べよ。それに伴い都督内外諸軍事・大冢宰の号を取り去り、隋国公の爵位を進めて隋王とし、隋州の崇業、鄖州の安陸・城陽、温州の宜人、応州の平靖・上明、順州の淮南、士州の永川、昌州の広昌・安昌、申州の義陽・淮安、息州の新蔡・建安、豫州の汝南・臨潁・広寧・初安、蔡州の蔡陽、郢州の漢東、以上二十郡をもって隋国とせよ。帯剣し靴を履いたまま昇殿し、朝廷で小走りせず、朝見の際に諱を呼ばせず、九錫《きゅうしゃく》の礼を備え、璽紱《じふつ》・遠游冠《えんゆうかん》・相国印・緑綟綬《りょくれいじゅ》を加え、位は諸侯王の上とする。隋国には丞相以下百僚を置くこと、ひとえに旧礼通りとせよ。

と言った。

高祖は二度辞退したが、静帝は許さなかった。そこで隋王の爵位と十郡だけを受けることにした。詔により高祖の祖父の楊禎と、父の楊忠の爵位を進めてともに王とし、それぞれの夫人は王妃とした。

辛巳、司馬消難が陳の軍を率いて江州に侵入した。刺史の成休寧《せいきゅうねい》が撃破してこれを退けた。

大定元年春二月壬子、静帝は「以前に周より姓を賜った者は、みな旧姓に戻せ」と命じた。

侯王上。隋國置丞相已下、一依舊式。

高祖再讓、不許。乃受王爵・十郡而已。詔進皇祖・考爵並爲王、夫人爲王妃。

辛巳、司馬消難以陳師寇江州。刺史成休寧擊却之。

大定元年春二月壬子、令曰「已前賜姓、皆復其舊」。

この日、静帝が詔を下して、

伊尹や周公が摂政を務め、格別の待遇を辞退せず、桓公や文公が覇者となり、異例の恩典を受け入れたのは、天子に代わり天下の乱を鎮めたという類い稀なる業績を表彰して後世の範とするためである。相国たる隋王の楊堅は、朕が先だって王位に就き恩典を受けるよう命令を与え、大礼を明らかにしようとしたにもかかわらず、謙遜して固辞し、あれこれ言い逃れていまだに受けようとしない。隋王が天命として恩典を受けるべきこと、ひとえに先の趣旨の通りである。隋王は論功行賞の際に必ず人を先にし、己を後にし、謙譲を基としているが、その態度はまこと朕の意に違うものである。諸侯百官こぞって隋王の宮に詣でて、皆の心で隋王を感じせしめ、必ずや承諾させるように。もし隋王が辞退を奏上してきても、もう朕の耳に入れるでない。

と言った。

癸丑、文武百官が台閣に詣でて恩典を受けるよう強く勧めたので、高祖はとうとう全てを受けることにした。

甲寅、静帝は楊堅を王に任命する策書《さくしょ》を作り、

ああ爾《なんじ》、仮黄鉞・使持節・大丞相・都督内外諸軍事・上柱国・大冢宰たる隋王よ。天地は万物を覆い載せて、人の働きによって価値あるものが作られる。日月の運行は、王道によって満ち欠けする。五気が生じ、万物はさまざまに形を変える。こうした天のはたらきを代行できるのは誰であろうか、それは大聖にだけ成し得るのである。朕は先代の賢臣が、皇朝を助け導かせ、徳行を広め善

是日、周帝詔曰、

伊・周作輔、不辭殊禮之錫、桓・文爲霸、允應異物之典、所以表格天之勳、彰不代之業。相國隋王、前加典策、式昭大禮、固守謙光、絲言未綍。宜申顯命、一如往旨。王功必先人、賞存後己、退讓爲本、誠乖朕意。宜命百辟盡詣王宮、衆心克感、必令允納。如有表奏、勿復通聞。

癸丑、文武百官詣閤敦勸、高祖乃受。

甲寅、策曰、

咨爾、假黃鉞・使持節・大丞相・都督内外諸軍事・上柱國・大冢宰隋王。天覆地載、藉人事以財成。日往月來、由王道而盈昃。五氣陶鑄、萬物流形。誰代上玄之工、斯則大聖而已。曰惟先正、翊亮皇朝、

行を積むことを願って、貴公という素晴らしい宰相を得ることができた。貴公はその輝かしさでは余人に代えがたいものがあり、風骨は常人と異なっていて、国家を正して時勢を救い、凶賊を排除して反乱を抑えた。これにより百神はその働きを尽くし、万民は周朝に心を寄せられるようになった。殷の阿衡《あこう》たる伊尹は国の将来を見越して太甲《たいこう》に罪を悟らせ、周の摂政《せっせい》たる周公旦はよく道を世に広めたが、貴公の功績に比べれば見劣りしよう。今より貴公に王の典礼を授けるゆえ、朕の命を謹んで聞くがよい。

朕は不徳でありながら、（父が早々に帝位を退いたことで）若くして先祖の大いなる功勲を継承したため、上帝が禍を降され、先代の崩御を招いてしまった。このため不埒者どもが分不相応な望みを抱き、ひそかに社稷の転覆を計画したので、宮省に仕える者たちも、疑心暗鬼に陥り不安がった。貴公が先皇より遺命を受けて、補弼の臣たることを決意し、内外を取りまとめ、機知を巡らせたことで、不心得者は恐れおののき、謀議は明るみに出て、朕は流浪の危機から逃れ、我が周は泰山のごとく堅牢となった。これは貴公が皇室を重んじて、覇道の礎をなしたからである。思うに我が祖父や父の代から、貴公を信頼することはたいへん厚い。貴公は宮中に入れば禁軍の兵を率い、都を出れば藩政を取り仕切り、文においても武においても、良い影響をながらく朝野に広めている。貴公が武器を手に兵を率い、晋・魏に遠征すれば、平陽の宇文憲は熊の勢いに震えるがごとく、冀部の高湝は虎の威に怯えるがごとく降服した。貴公が東夏を平定しはじめたころ、民の心はなお安定しなかったが、いざ叢台《そうだい》の北、易水《いすい》の南、西

種徳積善、載誕上相。精采不代、風骨異人、匡國濟時、除凶撥亂。百神奉職、萬國宅心。殷相以先知悟人、周輔乃弘道於代、方斯蔑如也。今將授王典禮、其敬聽朕命。

朕以不徳、早承丕緒、上靈降禍、夙遭愍凶。妖醜覬覦、密圖社稷、宮省之內、疑慮驚心。公受命先皇、志在匡弼、輯諧內外、潛運機衡、姦人懾憚、謀用丕顯、俾贅旒之危、爲太山之固。是公重造皇室、作霸之基也。伊我祖考之代、任寄已深。入掌禁兵、外司藩政、文經武略、久播朝野。戎軒大擧、長驅晉・魏、平陽震熊羆之勢、冀部耀貔豹之威。初平東夏、人情未一、叢臺之北、易水之南、西距井陘、東至滄海、比數千里、擧袂如帷。委以連城、建旌杖節、敎因其俗、刑用輕典、如泥從印、猶草隨風。此又公之功也。

は井陘《いけい》を越え、東は滄海に至るまで、およそ数千里を慰撫すると、民が貴公に手を振り別れを告げる様が帷幄のように連なっていた。貴公に多数の郡をまたいで委任すると、周の旗をなびかせて戦場に臨み、教化は土地の風俗に合わせ、刑罰は軽易を旨としたので、封泥が印面にあわせて形を変えるように、草が風になびくように民は順った。これも貴公の功績である。

呉越の地が従わぬことは久しく、淮海の外ともなると、周の支配の及ばぬことすらあった。貴公が征旅を整えて、出立して亳《はく》の地に鎮座すると、その武は人を畏怖させ、その文は遠方の者をも引きつけた。盗賊はおのずと逃げ去り、人々はよろい戸を閉じなくともよくなり、人民は貴公の義を慕い、赤子をむつきに背負って帰属してきた。わが北朝の威風が、南国を教化したのである。これもまた貴公の功績である。

貴公は宣帝の外戚であり、信任は宗室の臣よりも重く、宮城の八つの屯所と、謀反など九種の討伐を統帥している。禁衛では巡警の任を勤め、兵を率いて巡狩の礼を代行した。これもまた貴公の功績である。

先帝の鑾駕が行幸する際は、貴公はたびたび留守を委ねられ、文武に意を注ぎ、軍にある者も国政に携わる者も貴公に指示を仰いだ。おかげで万事みな治まり、振り返っても憂うことがなくなった。これもまた貴公の功績である。

朕が先帝の喪に服している間は、貴公が政治を総覧した。揺るぎなきはずの宗族ですら、野心を懐く者が多く、無頼漢を招き入れ、小人どもを取り込んでいた。先頃より周の衰えようは大変なものであったから、不埒者どもが陰謀を企

呉越不賓、多歷年代、淮・海之外、時非國有。爰整其旅、出鎮於亳、武以威物、文以懷遠。羣盗目奔、外戶不閉、人黎慕義、襁負而歸。目北之風、化行南國。此又公之功也。

宣帝御宇、任重宗臣、入典八屯、外司九代。禁衛勤巡警之務、治兵得蒐狩之禮。此又公之功也。

鑾駕游幸、頻委留臺、文武注意、軍國諮稟。萬事咸理、反顧無憂。此又公之功也。

朕在諒闇、公實總己。磐石之宗、姦回者衆、招引無賴、連結羣小。往者國衰甫爾、已剏陰謀、積惡數旬、昆吾方稔。泣誅磬

て、巡らせること数十日に至り、夏の時代に昆吾氏《こんごし》が桀《けつ》に背いたように、反乱の機が熟そうとしていた。貴公が宇文賢らを涙ながらに誅して縊り殺したことにより、宗廟は安寧となった。これもまた貴公の功績である。

尉遅迥は凶暴で、鄴《ぎょう》に兵を挙げると、長戟を宮室に向け、強弩で朝臣を囲もうとし、三魏の一帯を侵略し、九州の半ばまでもを震撼させ、兵が群がること百万人、ことごとく蛇や豚のように貪欲で、それらが淇水《きすい》や洹水《かんすい》で口を潤さんとすれば、一人一飲だけでも川が枯れるほどであった。民の生死は悪人に弄ばれ、寿命の長短は司命の神の決める通りではなくなった。貴公は麾下の勇猛なる将兵に征伐を告げ、車騎を出して練兵し、周の武王のごとく各々その職分を果たすことを河朔に誓い、瓶の水を覆す勢いで山東を攻めんとした。自ら兵書を口受し、手ずから行陣の計画を練り、敵をはかり勝ちを制して、期日を定めた。諸将はその旨に従い、壮士はその大義に感じて、死を軽んじ生を忘れ、千里の彼方を転戦し、軍旗を振るい進軍の太鼓を打ち鳴らすこと、火が毛を焼き払うかのような勢いであった。血が漳水の色を変え、敵の死骸を積み上げた塚は銅爵台の高さにも比するものであった。三魏の百城を覆っていた悪しき気は、一度に濯ぎ清められた。これもまた貴公の功績である。

東方の諸侯は群れ集まり、山東に割拠し、辺境の産物と、連なる山の険阻さとに頼って、三輔の支配を望んで中原に鹿を逐わんとし、戦国に六国が覇を争う時代を願い、乱世の兵たちは、彼ら悪辣な諸侯に組してむごい行いをした。だが諸侯という根が抜けてしまえば、枝葉はおのずと枯れるものだから、貴公は

甸、宗廟以寧。此又公之功也。

尉迥猖狂、稱兵鄴邑、欲長戟而指北闕、強弩而圍南斗、憑陵三魏之間、震驚九州之半、聚徒百萬、悉成蛇豕、淇水・洹水、一飲而竭。人之死生、翻繋凶豎、壽之長短、不由司命。公乃戒彼鷹揚、出車練卒、誓蒼兕於河朔、建瓴水於山東。口授兵書、手畫行陣、量敵制勝、指日剋期。諸將遵其成旨、壯士感其大義、輕死忘生、轉鬬千里、旗鼓奮發、如火燎毛。玄黃變漳河之水、京觀比爵臺之峻。百城氛祲、一旦廓清。此又公之功也。

青土連率、跨據東秦、藉負海之饒、倚連山之險、望三輔而將逐鹿、指六國而願連雞、風雨之兵、助鬼爲虐。本根既拔、枝葉自殞、屈法申恩、示以大信。此又公之

兵には法を弛め恩を施し、大信を示した。これもまた貴公の功績である。

敗残した部隊や賊どもが、一所に寄り集まって、蠅や蟻がたかるかのように、州を攻め土地を侵した。貴公が聖徳を広めると、迷いの中から帰属を思い、降服して賊をやめたので、無益に争わずに済んだ。これもまた貴公の功績である。

宇文冑は宗族の一員であり、滎州という外藩の要害を任されながら、鄴の賊に影響され、ともに兵火を広げた。吏民を脅迫して、城塞を背かせて、軍でもって押し迫り、とうとう州を網羅して、兵を虎牢関《ころうかん》に束ねたことで、滎州は牢獄さながらであった。これが貴公の差し向けた楊素《ようそ》将軍に追い詰められたことは、国刑に伏したも同然である。これもまた貴公の功績である。

檀譲《だんじょう》と席毗とは、兵を河外に擁していた。陳・韓・梁・鄭・宋・衛・鄒《すう》・魯の村落は、親をも殺す獣のような輩の棲家と化し、足を踏み入れることは豺狼《さいろう》の餌となるに等しかった。強き者が弱き者を殺し、大なる者は小なる者を呑み込み、城は日中も門を閉じ、巷間に道行く者はいなくなった。貴公が軍律を与えて軍を出撃させ、機を逃さず掃討すると、檀譲は首を差し出し、席毗もまた晒し首となった。これもまた貴公の功績である。

司馬消難は皇后司馬氏の父にして朕の義父でありながら、安陸郡に要塞を築き、性格は貪婪で、意のままに民衆を貪った。支配下の城邑の子女はみな掠われて、人々の貨財は多寡の区別無く奪い尽くされた。ほしいままに朕の監察官を殺し、勝手に朝廷の臣を殺した。罪を畏れ国威を畏れ、ややもすれば陳国と内通し、郡県を片隅からじわじわ侵し、華夷に毒を振りまいた挙げ句、禁軍が討伐に来

功也。

中部殘賊、充斥一隅、蠅飛蟻聚、攻州略地。播以玄澤、迷更知反、服而捨之、無費遺鏃。此又公之功也。

宇文冑親則宗枝、外藩巖邑、影響鄴賊、有同就燥。迫脅吏人、叛換城戍、偏師討蹙、遂入網羅、束之武牢、有同囹圄。事窮將軍、如伏國刑。此又公之功也。

檀讓・席毗、擁衆河外。陳・韓・梁・鄭・宋・衞・鄒・魯、村落成梟獍之墟、入庶爲豺狼之餌。強以陵弱、大則呑小、城有晝閉、巷無行人。授律出師、隨機掃定、讓既授首、毗亦梟懸。此又公之功也。

司馬消難與國親姻、作鎭安陸、性多嗜欲、意好貪聚。屬城子女、劫掠靡餘、部人貨財、多少具罄。擅誅刺擧之使、專殺儀台之臣。懼罪畏威、動而內巽、蠶食郡縣、鴆毒華夷、聞有王師、自投南裔。帝唐崇

たと聞けば、みずから陳に亡命した。堯が驩兜《かんとう》を崇山に放逐した罰が、かろうじてこれに等しく、大漢でいう流罪の刑も、これと同様であろうか。ともあれ司馬消難が逃れて賊に落ちたことで、荊と郢とは安寧を得た。これもまた貴公の功績である。

王謙は蜀にあって、反乱して災禍の発端となり、剣閣の門を閉じ、霊関の屋根を塞ぎ、自ら蜀の英雄・五丁《ごてい》の再来と称していて、誰も逆らうことができなかった。貴公が将帥を抜擢すると、間を置くことなく、風のように席巻し、一息に平定して、凶悪な王謙一味を捕らえて斬り、一掃して残しもしなかった。これもまた貴公の功績である。

陳の陳頊《ちんきょく》は偽皇帝の地位にしがみつき、金陵をほしいままにし、しばしばよからぬ輩を寄こして、江北を騒がせた。貴公は藩鎮に指示し、彼奴らを挫き散らさぬことはなく、漢の馬援《ばえん》が銅柱を立て国境を明らかにしたのに習って、南越王の尉佗《ちた》を反乱させた呉臣《ごしん》のごとき行いでもって陳頊を追い詰めなかった。これもまた貴公の功績である。

貴公には天下を平定する勤めがあり、そのために明徳を重んじて、宰相に任ぜられるに及んでは、己を屈して人を引き立てた。もとより行いが清く、声望は官庁に響いており、神の如き機略を発揮し、気は朝野となく天下を覆っている。百官を整序して学官を起こし、統制を恥じて共和を良しとした。賢者と有徳者を尊び、年長者と功績ある者を重んじ、故事を記録し良き者を表彰し、亡国を再興し途絶えた家を継承させた。寛治と猛政を使い分け、人倫を正した。外戚

山之罰、僅可方此、大漢流禦之刑、是亦相匹。逋逃入藪、荊・郢用安。此又公之功也。

王謙在蜀、翻爲厲階、閉劍閣之門、塞靈關之宇、自謂五丁復起、萬夫莫向。分閫推轂、甞不踰時、風馳席卷、一擧大定、擒斬兇惡、掃地無遺。此又公之功也。

陳頊因循僞業、自擅金陵、屢遣醜徒、趑趄江北。公指麾藩鎮、無不摧殄、方置文深之柱、非止尉佗之拜。此又公之功也。

公有濟天下之勤、重之以明德、始於辟命、屈己登庸。素業清徽、聲掩廊廟、雄規神略、氣蓋朝野。序百揆而穆四門、耻一匡之擧九合。尊賢崇德、尚齒貴功、錄舊旌善、興亡繼絕。寛猛相濟、彝倫攸敍。敦睦帝親、崇獎王室。星象不拆、陰陽自調、

として友愛に務め、王室を崇拝した。星々の運行は乱れず、陰陽の消息はおのずと調い、玄冥《げんめい》と祝融《しゅくゆう》が太公望の招きに応じた時のごとく、雨師《うし》と風伯《ふうはく》が成王の命令に応じた時のごとく調和している。世は祥嘉の風気に満ち、石に触れ林を揺らし、祥瑞の禽獣は、宮苑に遊び楼閣に鳴いている。至功至徳にして、偉大であり無窮であり、物品の調和を尽くし、定かならぬものの深奥を極めていると言えよう。

朕はまたこのように聞いている、その昔、明王が官を設け地に封じ、丘陵と河川により境界を定め、五等爵を任ずるには、唐叔虞《とうしゅくぐ》が晋侯に封ぜられた時や曹操《そうそう》が魏公に封ぜられた時のように、功績に応じてそれぞれ送る物が異なり、これにより王家の藩屏は強固となり、手を拱いていても職務を果させることができ、宮廷では言葉を発することなく、堂席より下る必要もなかった、と。貴公は高潔にして功績ある身でありながら、先帝より恩典を賜ることが少なかった。朕は取るに足りない身でありながら、天より万民の長たるを託されたがため、諸々の故事をたずねて、違うことがないようはなはだ恐れている。貴公には先に恩典を加えることにしたが、これは憲章に定められた通りのことである。しかるに貴公は謙譲して自らを抑制し、いまだ恩典に応じようとしない。時の流れは待ってはくれず、既に数年を隔てている。なおも貴公が異議を述べたところで、朕には何も加えて言うことはない。いま貴公の位を進めて相国とし、百官を統べさせ、中州の義陽郡など二十郡をもって隋国とする。今、使持節・太傅・上柱国・杞国公の宇文椿《うぶんちん》と大宗伯・大将軍・金城公の趙煚《ちょうけい》に命じて、

玄冥・祝融如奉太公之召、雨師・風伯似應成王之宰。祥風嘉氣、觸石搖林、瑞獸異禽、游園鳴閣。至功至德、可大可久、盡品物之和、究杳冥之極。

朕又聞之、昔者、明王設官胙土、營丘四履、得征五侯、參墟寵章、異其禮物、故藩屏作固、垂拱責成、沈默巖廊、不下堂席。公道高往烈、賞薄前王。朕以眇身、託于兆人之上、求諸故實、甚用懼焉。往加大典、憲章在昔。謙以自牧、未應朝禮。日月不居、便已隔歲。時談物議、其謂朕何。今進授相國、總百揆、以申州之義陽等二十郡爲隋國。今命使持節・太傅・上柱國・杞國公椿、大宗伯・大將軍・金城公趙煚、授相國印綬。相國、禮絕百辟、任總羣官、舊職常典、宜與事革。昔、堯臣太尉、舜佐司空、姬旦相周、霍光輔漢、不居藩國、唯在天朝。其以相國總百

貴公に相国の印綬を授ける。相国とは、礼遇されること百官と隔絶し、任務は群僚を統べることであり、旧来の官制における常例であるが、時宜に合わせて改めるべきである。その昔、堯が臣として太尉を務め、舜が佐として司空を務め、周公の姫旦が周の相となり、霍光が漢を補佐していた時は、藩国には戻らず、ただ天朝に仕えた。よって相国の任は百官を統べるのみとし、隋王の他の官号は除く。仮節・大丞相・大冢宰の印綬は返上せよ。また九錫を加えるゆえ、謹んで朕がこれより下す命を聴くがよい。貴公が法を執り徳を修め、獄訟の処理を慎ませ刑罰を弛め、規範となったことで、人は二心を抱かなくなった。これにより貴公に大輅《たいろ》と戎輅《かいろ》をそれぞれ一台、玄牡《げんひ》八匹を賜う。貴公が地利を得ることに心を砕き、人の天性を宝とし、農事を国の基として尊んだことで、官民となく豊かとなった。これにより貴公に袞冕《こんべん》の服と、赤舄《せきしゃく》を副えて賜う。貴公が音楽と雅言により風俗を教化したことで、遠近となくみな喜び、天地の間にあるものはみな和合した。これにより貴公に軒懸《けんけん》の楽と、六佾《りくいつ》の舞を賜う。貴公の仁徳による教化は、海浜にまで及び、はるか辺境の荒れ地まで、首を巡らし周に帰している。これにより貴公に朱戸《しゅこ》を賜い住まわせる。貴公は人倫の鏡とするに足り、諸官より適・不適を判別し、能ある官吏は褒め称え、在野の賢者も余さず推挙した。これにより貴公に納陛《のうへい》を賜り登殿させる。貴公が公平に朝議を執り行い、性情を正し下の者を導いたので、義に悖り礼無き者は、退けられぬことはなかった。これにより貴公に虎賁の士三百人を賜う。貴公は（原文欠く）。これにより貴公に鈇《ふ》と鉞《えつ》とをそれぞれ一つずつ賜う。貴公の威厳は夏

揆、去衆號焉。上所假節・大丞相・大冢宰印綬。又加九錫、其敬聽朕後命。以公執律修德、慎獄恤刑、爲其訓範、人無異志。是用錫公大輅・戎輅各一、玄牡二駟。公勤心地利、所寶人天、崇本務農、公私殷阜。是用錫公袞冕之服、赤舄副焉。公樂以移風、雅以變俗、遐邇胥悅、天地咸和。是用錫公軒懸之樂・六佾之舞。公仁風德教、覃及海隅、荒忽幽遐、廻首内向。是用錫公朱戸以居。公水鏡人倫、銓衡庶職、能官流詠、遺賢必擧。是用錫公納陛以登。公執鈞於内、正性率下、犯義無禮、罔不屏黜。是用錫公武賁之士三百人。公(元本闕)。是用錫公鈇鉞各一。公威嚴夏日、精厲秋霜、猾夏必誅、顧眄天壤、掃清姦宄、折衝無外。是用錫公彤弓一、彤矢百、盧弓十、盧矢千。惟公孝通神明、肅恭祀典、尊嚴如在、情切幽明。是用錫公秬鬯一卣、珪瓚副焉。隋國置丞相以下、一遵舊式。往欽哉。其敬循往策、祇服大

日のごとく苛烈で、精勤なること秋霜のごとく厳しく、中華を乱す者は必ず誅し、天地を見渡して、奸賊を清め祓い、遠方へ挫き散らした。これにより貴公に彤弓《とうきゅう》を一張、彤矢《とうし》を百本、盧弓《ろきゅう》を十張、盧矢《ろし》を千本賜う。思うに貴公は孝にして神明に通じ、恭しく典礼を重んじて、祭祀にあたりては尊厳を尽くすこと在《い》ますがごとく、死者を一途に慕っている。これにより貴公に秬鬯《きょちょう》を一樽と、珪瓚《けいさん》を副えて賜う。隋国には丞相以下を置くこと、ひとえに旧例に従え。これらを謹んで受けよ。謹んで既存のしきたりに従い、大典を慎み服し、隋国の民衆を憐れみ、朕の期待に応えて我が太祖の大命を称揚せよ。

と言った。こうして隋国のための官邸を建て官を設置した。

丙辰、詔を下して王の冕冠《べんかん》のたまだれの本数を天子と同じ十二旒《りゅう》とすること、天子の旌旗《せいき》を立てること、出入に御先払いをつけること、天子の金根車《きんこんしゃ》に乗ること、馬車を六頭立てにすること、五時の副車を備えること、行列の際は旌旗を掲げた旄《せん》頭騎《とうき》を配置すること、楽舞を八佾《はちいつ》で行うこと、鐘を懸けるための台と架とを設置すること、王妃の呼称を王后とし、長子を太子とすることを許した。高祖は前後三たび辞退し、それから受けた。

その後すぐさま、静帝は人々の期待が楊堅に集まっていることから、詔を下して、

天地の気が初めて開かれたのち、人を治めるために君主が立てられたが、天命とは常に君主にあるわけではなく、ただ徳ある者のみを助けるのである。君主とは、天の心に応えて人事を行い、賢者や有能な者を採り上げることで、あまさず四海の民が楽しんで推戴するものであり、君主ただ一人が独力で保つもの

典、簡恤爾庶功、對揚我太祖之休命。

於是建臺置官。

丙辰、詔王冕十有二旒、建天子旌旗、出警入蹕、乘金根車、駕六馬、備五時副車、置旄頭雲罕、樂舞八佾、設鍾虡宮懸。王妃爲王后、長子爲太子。前後三讓、乃受。

俄而周帝以衆望有歸、乃下詔曰、

元氣肇闢、樹之以君、有命不恒、所輔惟德。天心人事、選賢與能、盡四海而樂推、非一人而獨有。周德將盡、妖孽遞生、骨肉多虞、藩維構釁、影響同惡、過半區宇、

ではない。周の徳はまさに尽きようとしており、不吉な前兆が頻発し、一族には憂慮すべき事態が多く、藩屏は隙につけ込んで、相応じて悪事を行い、天下の半分を奪って、小となく大となく、帝王たらんことを謀ったため、我が祖宗の功業は、線のように細くなりかろうじて絶えないだけであった。相国たる隋王は、英知を天より授かり、華やかさは誰よりも秀で、刑法と礼儀とを均しく運用でき、文徳と武功はともに遠大で、万物を愛する様は己を愛するがごとく、兆民の憂いをになって己が憂いとしている。手ずから渾天儀《こんてんぎ》を巡らせて天運を察し、自ら将士に命じて、内憂外患を除き去り、淀んだ邪気を刷新し、教化は官吏に行き渡り、その威光ははるか辺境にまで及んでいる。古の舜の挙げた二十の大功には、なおまだ及ばないが、周の姫發《きはつ》が天意に適い神助を得て殷を討ったこととは、どうして併せ論ずるに足りようか。ましてや周の徳である木行がもはや衰え、火運がすでに起こり、黄河と洛水《らくすい》からは革命の符が出現し、星辰は周朝終焉の象を表しているではないか。煙雲は色を改め、笙簧《しょうこう》は音を変じ、訴訟ごとはみな納得し、隋王を讃える歌はどこからも届いている。かつ聖人は天地と徳を合し、日月のごとく常に明らかなものであり、よって偉大なる王者として、下土を照らすかのように君臨するのである。朕は愚昧であり、時世の変化には疎いが、みなが密かに期するところは、明白であり察するに容易い。今こそ天命に順って、別宮に移り、天子の位を隋王に禅譲すること、ひとえに堯と舜および献帝《けんてい》と曹丕《そうひ》の故事に倣おう。

と言った。高祖は三たび辞退したが、静帝は許さなかった。

或小或大、圖帝圖王、則我祖宗之業、不絶如線。相國隋王、叡聖自天、英華獨秀、刑法與禮儀同運、文徳共武功俱遠、愛萬物其如己、任兆庶以爲憂。手運璣衡、躬命將士、芟夷姦宄、刷蕩氛祲、化通冠帶、威震幽遐。虞舜之大功二十、未足相比、姬發之合位三五、豈可足論。況木行已謝、火運既興、河・洛出革命之符、星辰表代終之象。煙雲改色、笙簧變音、獄訟咸歸、謳歌盡至。且天地合德、日月貞明、故以稱大爲王、照臨下土。朕雖寡昧、未達變通、幽顯之情、皎然易識。今便祇順天命、出遜別宮、禪位於隋、一依唐虞・漢魏故事。

高祖三讓、不許。

兼太傅・上柱国・杞国公の宇文椿を派遣して冊書《さくしょ》を授けさせ、

ああ爾、相国たる隋王よ。ああ上古の初め、この天地陰陽開闢《かいびゃく》の時、天は受命の符を降して聖人に授け、天下の君とした。上帝に仕えて天下の民を統治し、百霊を調和して万物に利益をもたらすというのは、天下の富によって成すところではなく、また帝位の尊さによってするものでもない。大庭氏《だいていし》・軒轅氏《けんえんし》以前や、驪連氏《りれんし》・赫胥氏《かくしょし》の治めていたころは、みな無為無欲であり、鏡のように応対するだけだったが、遠い昔のことであり、その詳細を聞くことはできない。典籍に記載され、残された文言を詳らかにできる者では、聖なること堯に勝る者はなく、美なること誰も舜に及ばない。堯は舜を太尉にすると、禅譲の時を知り運衡《うんこう》の篇を記して、舜は禹を司空に任じると、自分の徳の尽きたことを述べ、裳裾を紮《から》げ履き物を捨てて去り、宮を二つにし宴を設けると、諸侯の禹に帰属することと、舜が堯より禅譲を受けた時のようであったという。上に立つ者は天の時に則り、位を授けぬわけにはいかなかったのであり、臣下たる者は天命を畏れ敬い、位を受けないわけにはいかなかったのである。殷の湯王は夏王朝と、周の武王は殷王朝と放伐により交代している。放伐と禅譲とでは、手段こそ異なっているけれども、天の命に応じ人の願いに順ったということでは、道理として異ならない。漢より晋、さらに魏より周に至るまで、天の暦数は民が訴訟を頼るか否かで移り変わり、帝鼎は民の謳歌の声が去れば随って去っていった。徳の高い者は帝と称され、帝籙《ていろく》の命が尽きた者は王でなくなるというのは、堯が文祖廟で舜に譲り、舜が神宗廟で禹《う》に譲ったころから変わらないのである。

遣兼太傅・上柱國・杞國公椿奉冊曰、

咨爾、相國隋王。粤若上古之初、爰啓清濁、降符授聖、爲天下君。事上帝而理兆人、和百靈而利萬物、非以區宇之富、未以宸極爲尊。大庭・軒轅以前、驪連・赫胥之日、咸以無爲無欲、不將不迎、遐哉、其詳不可聞已。厥有載籍、遺文可觀、聖莫逾於堯、美未過於舜。堯得太尉、已作運衡之篇、舜遇司空、便叙精華之竭、彼褰裳脱屣、貳宮設饗、百辟歸禹、若帝之初。斯蓋上則天時、不敢不授、下祇天命、不可不受。湯代於夏、武革於殷。干戈揖讓、雖復異揆、應天順人、其道靡異。自漢迄晉、有魏至周、天曆逐獄訟之歸、神鼎隨謳歌之去。道高者稱帝、籙盡者不王、與夫文祖・神宗無以別也。周德將盡、禍難頻興、宗戚姦回、咸將竊發。顧瞻宮闕、將圖宗社、藩維連率、逆亂相尋。搖蕩三方、不合如礪、蛇行鳥攫、投足無所。王受大明命、叡德在躬、救頽運之艱、匡墜

周の徳は尽きようとしており、災禍がしきりに起こって、宗室すら悪事を企て、将軍たちは謀反した。宮城を窺い見、社稷を転覆せんと謀り、藩鎮は兵を率いて、反乱が続いた。天下の三方に動乱が起こり、ざらついた砥石のように合わさることがなく、蛇が這えば鳥が掠い、足を投げ出し休む場所もなかった。しかし隋王が天より明命を受けると、優れた徳を身に備え、周の衰え滅びんとする命運を救い正し、大川に溺れる者を救いあげ、燎原の炎を打ち消すかのごとく、群凶を宮城社稷より除き、妖気を遠方に隔絶した。隋王の至徳なることは造化の大道に合し、その神用は天地に行き渡っている。八方九州・万国四夷の人々はことごとく、隋王を楽しんで推戴しないものはない。先頃、彗星が夜に払い、天を過ぎりて昼に現れた。八方の風が禹のころと同じく、五惑星の集合が漢の高祖の時の連なりと同じであるのは、古きを除く兆しであり、燦然と天に現れている。先頃、赤雀《せきじゃく》が福を降し、玄亀《げんき》が霊験を顕し、鍾《しょう》と磬《けい》が音色を変え、蛟魚《こうぎょ》が穴から出てきたのは、新しきを布く兆しであり、明らかに地に現れている。民草が赴き頼り、百神が力を寄せ、人神ともに即位を嘱望しているのに、私だけが気づかぬことがあろうか。天を仰ぎ見て皇霊を敬い、俯して地を見て人の願いに順い、いま謹んで帝位を爾が身に禅譲する。周の天命ここに窮まり、周の天恵ここに終わらん。ああ王よ、どうかまことに調和に務め、経典に倣いたまえ。煙を円丘より昇して蒼天に敬意を伝え、治世の要道たる皇極を修めて黎民を安撫し、天下の心に沿うて、無窮なる天子の位を宣揚すれば、天下が盛んにならぬはずがあろうか。

地之業、拯大川之溺、撲燎原之火、除羣凶於城社、廓妖氛於遠服。至徳合於造化、神用洽於天壤。八極九野、萬方四裔、圓首方足、罔不樂推。往歳長星夜掃、經天晝見。八風比夏后之作、五緯同漢帝之聚、除舊之徵、昭然在上。近者、赤雀降祉、玄龜效靈、鍾石變音、蛟魚出穴、布新之貺、煥焉在下。九區歸往、百靈協贊、人神屬望、我不獨知。仰祇皇靈、俯順人願、今敬以帝位禪於爾躬。天祚告窮、天祿永終。於戲王、宜允執厥和、儀刑典訓。升圓丘而敬蒼旻、御皇極而撫黔黎、副率土之心、恢無疆之祚、可不盛歟。

と言った。

大宗伯・大将軍・金城公の趙煚を派遣して皇帝の璽紱を高祖に届けさせ、百官が即位を勧めた。そこで高祖は受諾した。

開皇元年二月甲子、上《しょう》（高祖）は宰相府より常服で宮中に入り、礼を備えて臨光殿にて皇帝の位に即いた。天壇《てんたん》を南郊に設け、使者を派遣し柴を焚いて煙をあげ、天に即位のことを伝えた。この日、即位を廟に告げ、大赦を行い、改元した。京師《けいし》では慶雲が現れた。周王朝の官制・礼制を変更するにあたっては、漢・魏の禅譲の事例に習った。柱国・相国司馬・渤海郡公の高熲《こうけい》を尚書左僕射兼納言とし、相国司録・沁源県公の虞慶則《ぐけいそく》を内史監兼吏部尚書とし、相国内郎・咸安県男の李徳林《りとくりん》を内史令とし、上開府・漢安県公の韋世康《いせいこう》を礼部尚書とし、上開府・義寧県公の元暉《げんき》を都官尚書とし、開府・民部尚書・昌国県公の元巖《げんがん》を兵部尚書とし、上儀同・司宗の長孫毗《ちょうそんひ》を工部尚書とし、上儀同・司会の楊尚希《ようしょうき》を度支尚書とし、上柱国・雍州牧・邗国公の楊恵《ようけい》を左衛大将軍とした。乙丑、皇考の楊忠を追尊して武元皇帝とし、廟号は太祖とし、皇妣の呂氏を元明皇后とした。八使を派遣し各地の風俗を巡察させた。丙寅、宗廟と社稷を改修した。隋王后の獨孤氏《どっこし》を立てて皇后とし、隋王太子の楊勇《ようゆう》を皇太子とした。丁卯、大将軍・金城郡公の趙煚を尚書右僕射とし、上開府・済陽侯の伊婁彦恭《いろうげんきょう》を左武

高祖・楊堅（541～604）

遣大宗伯、大將軍、金城公趙煚奉皇帝璽紱、白官勸進。高祖乃受焉。
開皇元年二月甲子、上自相府常服入宮、備禮即皇帝位於臨光殿。設壇於南郊、遣使柴燎告天。是日、告廟、大赦、改元。京師慶雲見。易周氏官儀、依漢・魏之舊。以柱國・相國司馬・渤海郡公高熲爲尚書左僕射兼納言、相國司錄・沁源縣公虞慶則爲內史監兼吏部尚書、相國內郎・咸安縣男李德林爲內史令、上開府・漢安縣公韋世康爲禮部尚書、上開府・義寧縣公元暉爲都官尚書、開府・民部尚書・昌國縣公元巖爲兵部尚書、上儀同・司宗長孫毗爲工部尚書、上儀同・司會楊尚希爲度支尚書、上柱國・雍州牧・邗國公楊惠爲左衞大將軍。乙丑、追尊皇考爲武元皇帝、廟號太祖、皇妣爲元明皇后。遣八使巡省風俗。丙寅、修廟社。立王后獨孤氏爲皇后、王太子勇爲皇太子。丁卯、以大將軍・金城郡公趙煚爲尚書右僕射、上

候大将軍とした。己巳、北周の静帝を介国公とし、封邑五千戸を与え、隋室の貴賓とした。介国公の旌旗・車服・礼楽は、全て北周の制度の通りとし、上書する際には上表の書式を用いずともよく、上が上表に返答する際も詔の書式を用いなかった。北周の宇文氏の諸王はことごとく降格させ公とした。辛未、皇弟の同安郡公の楊爽《ようそう》を雍州牧とした。乙亥、皇弟の邵国公の楊慧《ようけい》を封じて滕王とし、同安公の楊爽を衛王とした。皇子である雁門公の楊廣《ようこう》を晋王とし、楊俊《ようしゅん》を秦王とし、楊秀《ようしゅう》を越王とし、楊諒《ようりょう》を漢王とした。上柱国・幷州総管・申国公の李穆《りぼく》を太師とし、上柱国・鄧国公の竇熾《とうし》を太傅とし、上柱国・幽州総管・任国公の于翼《うよく》を太尉とし、観国公の田仁《でんじん》恭《きょう》を太子太師とし、武徳郡公の柳敏《りゅうびん》を太子太保とし、済南郡公の孫恕《そんじょ》を太子少傅とし、開府の蘇威《そい》を太子少保とした。丁丑、晋王の楊廣を幷州総管とし、陳留郡公の楊智積《ようちせき》を蔡王とし、興城郡公の楊静《ようせい》を道王とした。戊寅、官府の牛のうち五千頭分を貧民に賜った。

三月辛巳、高平では赤雀、太原では蒼烏《そうちょう》、長安では白雀《はくじゃく》がそれぞれ一羽ずつ獲らえられた。宣仁門の槐樹《かいじゅ》が枝を絡めあい、多くの枝が門の内側に伸びた。壬午、白狼国が地方の名物を貢献した。甲申、太白（金星）が昼に現れた。乙酉、太白がまた昼に現れた。上柱国の元景山《げんけいさん》を安州総管とした。丁亥、詔を下して名犬・名馬や宝飾や珍味を献上させないようにした。戊子、山沢での禁猟制限を緩めた。上開

開府・濟陽侯伊婁彥恭爲左武候大將軍。己巳、以周帝爲介國公、邑五千戶、爲隋室賓。旌旗車服禮樂、一如其舊。上書不爲表、答表不稱詔。周氏諸王、盡降爲公。辛未、以皇弟同安郡公爽爲雍州牧。乙亥、封皇弟邵國公慧爲滕王、同安公爽爲衞王。皇子雁門公廣爲晉王、俊爲秦王、秀爲越王、諒爲漢王。以上柱國・幷州總管・申國公李穆爲太師、上柱國・鄧國公竇熾爲太傅、上柱國・幽州總管・任國公于翼爲太尉、觀國公田仁恭爲太子太師、武德郡公柳敏爲太子太保、濟南郡公孫恕爲太子少傅、開府蘇威爲太子少保。丁丑、以晉王廣爲幷州總管、以陳留郡公楊智積爲蔡王、興城郡公楊靜爲道王。戊寅、以官牛五千頭分賜貧人。

三月辛巳、高平獲赤雀、太原獲蒼烏、長安獲白雀、各一。宣仁門槐樹連理、衆枝內附。壬午、白狼國獻方物。甲申、太白晝見。乙酉、又晝見。以上柱國元景山爲安州總管。丁亥、詔犬馬器玩口味不得獻上。戊

府・当亭県公の賀若弼《がじゃくひつ》を楚州総管とし、和州刺史・新義県公の韓擒虎《かんきんこ》を廬州総管とした。己丑、盩厔県《ちゅうおくけん》が連理の樹を献上したので、これを宮庭に植えた。辛卯、上柱国・神武郡公の竇毅《とうき》を定州総管とした。戊戌、太子少保の蘇威に納言・吏部尚書を兼ねさせ、従来の官職についてもそのままとした。

庚子、詔を下して、

古より帝王が先朝の終焉を受け前代を改め、侯を立て爵位を授けるにも、多くの変遷があった。朕は符命に応じ図讖を受け、帝王として海内に君臨しているが、その沿革を考察すると、なるほど次第が同じでないものがある。しかしながら前帝や後王は、みな天下を救わんとしており、臣下は功を立て事を成さんとするからこそ、爵賞のこともよく行われてきたのである。たまたま朕に時の利があり、天下を一つにできたからといって、どうして彼我の違いを論じ、今古の別を比べ改めることがあろうか。周朝に与えられた品と爵とは、全て周制の通りに引き継げ。

と言った。

丁未、後梁の主君の蕭巋《しょうき》が、その太宰の蕭巌《しょうがん》と司空の劉義《りゅうぎ》を使者に派遣して祝賀した。

四月辛巳、大赦を行った。壬午、太白と歳星（木星）が昼に現れた。戊戌、太常散楽を解散して庶民に戻した。雑楽や百戯を禁止した。辛丑、陳の散騎常侍の韋鼎《いてい》

子、弛山澤之禁。以上開府、當亭縣公賀若弼爲楚州總管・和州刺史・新義縣公韓擒爲廬州總管。己丑、盩厔縣獻連理樹、植之宮庭。辛卯、以上柱國・神武郡公竇毅爲定州總管。戊戌、以太子少保蘇威兼納言・吏部尚書、餘官如故。

庚子、詔曰、

自古帝王受終革代、建侯錫爵、多與運遷。朕應籙受圖、君臨海內、載懷沿革、事有不同。然則前帝後王、俱在兼濟、立功立事、爵賞仍行。苟利於時、其致一揆、何謂物我之異、無計今古之殊。其前代品爵、悉可依舊。

丁未、梁主蕭巋使其太宰蕭巖・司空劉義來賀。

四月辛巳、大赦。壬午、太白・歲星晝見。戊戌、太常散樂並放爲百姓。禁雜樂百戲。

と兼通直散騎常侍の王瑳《おうさ》が周に来聘したが、到着した時にはすでに上に禅譲されていたため、これを介国公のもとに向かわせた。この月、稽胡《けいこ》を徴発して長城を修築し、二十日で労役の任を解いた。

五月戊子、邗国公の楊雄《ようゆう》を封じて広平王とし、永康郡公の楊弘《ようこう》を河間王とした。辛未、介国公が薨去した。上は朝堂にて告泣の礼を行い、一族の宇文洛《うぶんらく》に公位を継がせた。

六月癸未、詔を下して、上が天命を受けた時、赤雀の瑞祥が降り、五徳相生では赤は火色であるから、郊祭および社稷・宗廟では服冕の儀の衣服を着るが、朝会の服、旗幟、犠牲は、ことごとく赤色を用いることとした。武官の戎服には黄色を用いた。

秋七月乙卯、上が初めて皇帝の黄衣を着て、百官がみな慶賀した。庚午、靺鞨《まっかつ》の酋長が地方の名物を貢献した。

八月壬午、東京の官を廃止した。突厥の阿波可汗《あはかがん》が使者を派遣し地方の名物を貢献した。甲午、行軍元帥・楽安公の元諧《げんかい》を派遣し、吐谷渾《とよくこん》を青海に討たせ、破ってこれを降した。

九月戊申、戦乱により亡くなった者がいる家には、使者を派遣して施しをした。庚午、陳の将軍の周羅睺《しゅうらこう》が攻めて胡墅《こしょ》を陥落させ、蕭摩訶が江北に侵入した。辛未、越王の楊秀を益州総管とし、封地を改め蜀王とした。壬申、上柱国・薛国公の長孫《ちょうそん》覧《らん》と上柱国・宋安公の元景山をともに行軍元帥とし、陳を討伐させ、尚書左僕射の高熲に命じて諸軍を統括させた。突厥の沙鉢略可汗《さはつりゃくかがん》が使者を派遣し地方の名物を

辛丑、陳散騎常侍韋鼎・兼通直散騎常侍王瑳來聘于周、至而上已受禪、致之介國。是月、發稽胡修築長城、二旬而罷。

五月戊子、封邗國公楊雄爲廣平王、永康郡公楊弘爲河間王。辛未、介國公薨。上舉哀於朝堂、以其族人洛嗣焉。

六月癸未、詔以初受天命、赤雀降祥、五德相生、赤爲火色、其郊及社廟、依服冕之儀、而朝會之服、旗幟犧牲、盡令尚赤。戎服以黃。

秋七月乙卯、上始服黃、百僚畢賀。庚午、靺鞨酋長貢方物。

八月壬午、廢東京官。突厥阿波可汗遣使貢方物。甲午、遣行軍元帥樂安公元諧、擊吐谷渾於青海、破而降之。

九月戊申、戰亡之家、遣使賑給。庚午、陳將周羅睺攻陷胡墅、蕭摩訶寇江北。辛未、以越王秀爲益州總管、改封爲蜀王。壬申、以上柱國・薛國公長孫覽、上柱國・宋安公元景山、並爲行軍元帥、以伐陳、仍命尚書

貢献した。この月、五銖銭《ごちゅうせん》を発行した。

冬十月乙酉、百済王の扶餘昌《ふよしょう》が使者を派遣して祝賀した。扶餘昌に上開府・儀同三司・帯方郡公を授けた。戊子、新律を施行した。壬辰、岐州《きしゅう》に行幸した。

十一月乙卯、永昌郡公の竇榮定《とうえいてい》を右武候大将軍とした。丁卯、兼散騎侍郎の鄭撝《ていき》を使者として陳に派遣した。己巳、流星があり、音は垣根が崩れるかのようで、光は地を照らした。

十二月戊寅、申州刺史の爾朱敞《じしゅしょう》を金州総管とした。甲申、礼部尚書の韋世康を吏部尚書とした。己丑、柱国の元袞《げんこん》を鄜州総管とし、興勢郡公の衞玄《えいげん》を淮州総管とした。庚子、岐州より帰還した。壬寅、高麗王の高陽《こうよう》が使者を派遣し朝貢した。高陽に大将軍・遼東郡公を授けた。太子太保の柳敏が没した。

二年春正月癸丑、上柱国の王誼の邸宅に行幸した。庚申、安成長公主《あんせいちょうこうしゅ》の邸宅に行幸した。陳の宣帝が殂落《そらく》し、子の陳叔寶《ちんしゅくほう》が継いだ。辛酉、河北道行臺尚書省を并州に設置し、晋王の楊廣を尚書令とした。河南道行臺尚書省を洛州に設置し、秦王の楊俊を尚書令とした。西南道行臺尚書省を益州に設置し、蜀王の楊秀を尚書令とした。戊辰、陳が使者を派遣して和議を請い、我が胡墅の地を返還した。辛未、高麗と百済がともに使者を派遣し地方の名物を貢献した。甲戌、詔を下して賢良の

左僕射高熲節度諸軍。突厥沙鉢略可汗遣使貢方物。是月、行五銖錢。

冬十月乙酉、百濟王扶餘昌遣使來賀。授昌上開府・儀同三司・帶方郡公。戊子、行新律。壬辰、行幸岐州。

十一月乙卯、以永昌郡公竇榮定爲右武侯大將軍。丁卯、遣兼散騎侍郎鄭撝使於陳。己巳、有流星、聲如隤牆、光燭于地。

十二月戊寅、以申州刺史尒朱敞爲金州總管。甲申、以禮部尚書韋世康爲吏部尚書。己丑、以柱國元袞爲鄜州總管、興勢郡公衞玄爲淮州總管。庚子、至自岐州。壬寅、高麗王高陽遣使朝貢。授陽大將軍・遼東郡公。太子太保柳敏卒。

二年春正月癸丑、幸上柱國王誼第。庚申、幸安成長公主第。陳宣帝殂、子叔寶立。辛酉、置河北道行臺尚書省於幷州、以晉王廣爲尚書令。置河南道行臺尚書省於洛州、以秦王俊爲尚書令。置西南道行臺尚書省於益州、以蜀王秀爲尚書令。戊辰、陳遣使請和、

士を推挙させた。

二月己丑、詔を下して高熲らの陳討伐軍を帰還させた。庚寅、晋王の楊廣を左武衛大将軍とし、秦王の楊俊を右武衛大将軍とし、従来の官職についてもそのままとした。辛卯、趙国公の獨孤陀《どっこだ》の邸宅に行幸した。庚子、京師に土が降った。

三月戊申、渠を開き、杜陽水《とようすい》を三時原《さんしげん》に引いた。

四月丁丑、寧州刺史の竇榮定を左武候大将軍とした。庚寅、大将軍の韓僧壽《かんそうじゅ》が突厥を鶏頭山に破り、上柱国の李充《りじゅう》が突厥を河北山に破った。

五月戊申、上柱国・開府の長孫平《ちょうそんへい》を度支尚書とした。己酉、日照りであったので、上がみずから囚人を再審理すると、その日のうちに大雨が降った。己未、北斉の遺臣の高寶寧《こうほうねい》が平州を侵し、突厥が長城に入った。庚申、豫州刺史の皇甫績《こうほせき》を都官尚書とした。壬戌、太尉・国公の于翼が薨去した。甲子、伝国の璽の呼称を改め受命の璽とした。

六月壬午、太府卿の蘇孝慈《そこうじ》を兵部尚書とし、雍州牧・衛王の楊爽を原州総管とした。甲申、使者を派遣し陳国に弔問した。乙酉、上柱国の李充が突厥を馬邑に破った。戊子、上柱国の叱李長叉《しつりちょうさ》を蘭州総管とした。辛卯、上開府の爾朱敞を徐州総管とした。

歸我胡墅。辛未、高麗・百濟並遣使貢方物。甲戌、詔擧賢良。

二月己丑、詔高熲等班師。庚寅、以晉王廣爲左武衞大將軍、秦王俊爲右武衞大將軍、餘官並如故。辛卯、幸趙國公獨孤陀第。庚子、京師雨土。

三月戊申、開渠、引杜陽水於三時原。

四月丁丑、以寧州刺史竇榮定爲左武候大將軍。庚寅、大將軍韓僧壽破突厥於雞頭山、上柱國李充破突厥於河北山。

五月戊申、以上柱國・開府長孫平爲度支尚書。己酉、旱、上親省囚徒、其日大雨。己未、高寶寧寇平州、突厥入長城。庚申、以豫州刺史皇甫績爲都官尚書。壬戌、太尉・任國公于翼薨。甲子、改傳國璽曰受命璽。

六月壬午、以太府卿蘇孝慈爲兵部尚書、雍州牧・衞王爽爲原州總管。甲申、使使弔於陳國。乙酉、上柱國李充破突厥於馬邑。戊子、以上柱國叱李長叉爲蘭州總管。辛卯、以上開府尒朱敞爲徐州總管。

丙申、詔を下して、
朕は天命を奉じて、万国に君臨するにあたり、人々の疲弊した時代を引き継
ぎ、前朝の宮殿に起居している。常日頃から思うに、造る者は苦労するが、住
む者は気楽なものであるからして、改めて造営の労を取るにも、心にそうした
余裕がなかった。しかるに王公大臣が献策を伸べて、みな言うことには、伏《ふく》
義《ぎ》・神農《しんのう》以降、周・漢にいたるまで、王朝によってはしばしば遷都することが
あり、革命があったなら遷都しないことはない。魏・晋以降は、時々の旧習に
沿うばかりであるが、これはいわば末代の身を滅ぼす悦楽のようなもので、か
つて聖人が都を置いたことの正しく広い意義に及ばない。この城は漢朝の造営
に拠っており、荒れ果てることすでに久しく、しばしば戦場となり、古くから
喪乱を経ている。今の宮室は、臨時の措置であって、卜筮によって吉凶を占っ
たでもなく、星宿を見て日取りを決めたでもないから、皇帝の都を建てるに
も、大衆の集まるところという意義にも合していない、というのである。この
献策は、時に応じ変化すべきことを論じ、明らかならぬ人々の願いをよく捉え
ており、みな心を同じうして固く請願し、言葉から伝わる情は甚だ厚いものが
ある。すなわち京師とは百官の府であり、四海の者ども全てが拠り所とするも
のであって、朕一人の所有するものではない。ものごとに利があるのなら、違
えるわけにはいくまい。まして殷が五たび遷都したのは、人がみな死ぬのを恐
れたからで、これは土地の吉凶によって、王朝の命運の長短を制したのである。
新しきを謀り古きを去るというのは、言うなれば農家が秋を望むようなもので、

丙申、詔曰、
朕祇奉上玄、君臨萬國、屬生人之敝、處
前代之宮。常以爲作之者勞、居之者逸、
改創之事、心未遑也。而王公大臣陳謀獻
策、咸云羲・農以降、至于姫・劉、有當
代而屢遷、無革命而不徙。曹・馬之後、
時見因循、乃末代之宴安、非往聖之宏義。
此城從漢、彫殘日久、屢爲戰場、舊經喪
亂。今之宮室、事近權宜、又非謀筮從
龜、瞻星揆日、不足建皇王之邑、合大衆
所聚。論變通之數、具幽顯之情、同心固
請、詞情深切。然則京師百官之府、四海
歸向、非朕一人之所獨有。苟利於物、其
可違乎。且殷之五遷、恐人盡死、是則以
吉凶之土、制長短之命。謀新去故、如農
望秋、雖暫劬勞、其究安宅。今區宇寧一、
陰陽順序、安安以遷、勿懷胥怨。龍首山
川原秀麗、卉物滋阜、卜食相土、宜建都
邑。定鼎之基永固、無窮之業在斯。公私
府宅、規模遠近、營構資費、隨事條奏。

しばしの苦労があったところで、ついには安らかな暮らしを得られるのである。いま天下は一つにまとまり、陰陽は秩序を得ているが、安寧の地にあっても遷都すべきならば遷都し、朝野たがいに労を厭うて恨みを懐くべきではない。龍首山は川原が秀麗で、草木も繁っており、食料の豊富さを占っても土地の良し悪しを観させても、都を建造するに相応しい。九鼎を安置する基として盤石であり、隋朝無窮の功業はここにある。公府と私宅の配置、規模と遠近、造営に掛かる資財・費用については、随事に條奏せよ。

と言った。

この詔によって左僕射の高熲、将作大匠の劉龍《りゅうりゅう》、鉅鹿郡公の賀婁子幹《がろうしかん》、太府少卿の高龍叉《こうりゅうさ》らが新都の創造にかかわった。

秋八月癸巳、左武候大将軍の竇榮定を秦州総管とした。

十月癸酉、皇太子の楊勇を咸陽に駐屯させ、胡に備えた。庚寅、上の病が癒えたので、百官を観徳殿に持てなした。銭帛を賜うには、みなが自ら取るに任せ、百官も目一杯取って退出した。辛卯、営新都副監の賀婁子幹を工部尚書とした。

十一月丙午、高麗が使者を派遣し地方の名物を貢献した。

十二月辛未、上は後園にて射御の教練を行った。甲戌、上柱国の竇毅《とうき》が没した。丙子、新都に大興城《だいこうじょう》と名付けた。乙酉、沁源公の虞慶則を派遣して弘化に駐屯させ、胡に備えた。突厥が周槃を侵し、行軍総管の達奚長儒《たつけいちょうじゅ》がこれを討ったが、賊に敗

仍詔左僕射高熲・将作大匠劉龍・鉅鹿郡公賀婁子幹・太府少卿高龍叉等創造新都。

秋八月癸巳、以左武候大将軍竇榮定爲秦州總管。

十月癸酉、皇太子勇屯兵咸陽、以備胡。庚寅、上疾愈、享百僚於觀徳殿。賜錢帛、皆任其自取、盡力而出。辛卯、以營新都副監賀婁子幹爲工部尚書。

十一月丙午、高麗遣使獻方物。

十二月辛未、上講武於後園。甲戌、上柱國竇毅卒。丙子、名新都曰大興城。乙酉、遣沁源公虞慶則屯弘化、備胡。突厥寇周槃、

れた。丙戌、国子寺の学生のうち経義に明るい者に束帛を賜った。丁亥、上が自ら囚人を審理した。

三年春正月庚子、新都に入城するにあたり、天下に大赦を行った。大刀や長矛の所持を禁止した。癸亥、高麗が使者を派遣し来朝した。

二月己巳朔、日食があった。壬申、北道の勲功ある者と宴を設けた。癸酉、陳が兼散騎常侍の賀徹《がてつ》と兼通直散騎常侍の蕭褒《しょうほう》を派遣して来聘した。突厥が辺境を侵した。甲戌、涇陽《けいよう》で毛亀をとらえた。癸未、左衛大将軍の李禮成《りれいせい》を右武衛大将軍とした。

三月丁未、上柱国・鮮虞県公の謝慶恩《しゃけいおん》が没した。己酉、上柱国の達奚長儒を蘭州総管とした。丙辰、雨が降った。常服で新都に入城した。京師から醴泉《れいせん》が湧いた。丁巳、詔を下し散失した書物を天下に買い求めた。庚申、百官と宴を設け、賞賜には各々差があった。癸亥、楡関に城を築いた。

夏四月己巳、上柱国・建平郡公の于義《うぎ》が没した。庚午、吐谷渾が臨洮を侵し、洮州刺史の皮子信《ひししん》がこれにより死んだ。辛未、高麗が使者を派遣し来朝した。壬申、尚書右僕射の趙煚に内史令を兼任させた。丁丑、滕王の楊瓚《ようさん》を雍州牧とした。己卯、衛王の楊爽が突厥を白道に破った。庚辰、行軍総管の陰壽《いんじゅ》が高寶寧を黄龍に破った。甲申、日照りとなり、上が自ら雨師を大興城の西南に祀った。丙戌、詔を下し天下に学問を勧め礼に則らせた。済北郡公の梁遠《りょうえん》を汶州総管とした。己丑、陳の郢州城

行軍總管達奚長儒擊之、爲虜所敗。丙戌、賜國子生經明者束帛。丁亥、親錄囚徒。

三年春正月庚子、將入新都、大赦天下。禁大刀長矟。癸亥、高麗遣使來朝。

二月己巳朔、日有蝕之。壬申、宴北道勳人。癸酉、陳遣兼散騎常侍賀徹・兼通直散騎常侍蕭褒來聘。突厥寇邊。甲戌、涇陽獲毛龜。癸未、以左衞大將軍李禮成爲右武衞大將軍。

三月丁未、上柱國・鮮虞縣公謝慶恩卒。己酉、以上柱國達奚長儒爲蘭州總管。丙辰、雨。常服入新都。京師醴泉出。丁巳、詔購求遺書於天下。庚申、宴百僚、班賜各有差。癸亥、城楡關。

夏四月己巳、上柱國・建平郡公于義卒。庚午、吐谷渾寇臨洮、洮州刺史皮子信死之。辛未、高麗遣使來朝。壬申、以尚書右僕射趙煚兼内史令。丁丑、以滕王瓚爲雍州牧。己卯、衞王爽破突厥於白道。庚辰、行軍總管陰壽破高寶寧於黃龍。甲申、旱、上親祀雨師於

主の張子譏《ちょうしき》が使者を派遣し降服を請うたが、上は先の講和を重んじて、受け入れなかった。辛卯、兼散騎常侍の薛舒《せつしょ》と兼通直散騎常侍の王劭《おうしょう》を使者として陳に派遣した。癸巳、上が自ら雨乞いの儀式を行った。甲午、突厥が使者を派遣して来朝した。

五月癸卯、行軍総管の李晃《りこう》が突厥を摩那渡口で破った。甲辰、高麗が使者を派遣して来朝した。乙巳、後梁の太子の蕭琮《しょうそう》が来朝し遷都を祝賀した。丁未、靺鞨が地方の名物を貢献した。戊申、幽州総管の陰壽が没した。辛酉、方沢《ほうたく》にて地を祭った。壬戌、行軍元帥の竇榮定が突厥および吐谷渾を涼州に破った。丙寅、黄龍の死罪以下の囚人を赦免した。

六月庚午、衛王の楊爽の子の楊集《ようしゅう》を遂安郡王とした。戊寅、突厥が使者を派遣して和議を請うた。庚辰、行軍総管の梁遠が吐谷渾を爾汗山《じかんざん》に破り、その異姓の王族である名王《めいおう》を斬った。壬申、晋州刺史の燕榮《えんえい》を青州総管とした。己丑、河間王の楊弘を寧州総管とした。乙未、安成長公主の邸宅に行幸した。

秋七月辛丑、豫州刺史の周搖《しゅうよう》を幽州総管とした。

壬戌、詔を下して、

仁を行い義を実践するのは、儒教が第一とするところであり、世にこれを勧め励まし風俗を篤くした者は、褒奨が行われるべきである。先頃、山東と黄河の

國城之西南。丙戌、詔天下勸學行禮。以濟北郡公梁遠爲汶州總管。己丑、陳郢州城主張子譏遣使請降、上以和好、不納。辛卯、遣兼散騎常侍薛舒、兼通直散騎常侍王劭使於陳。癸巳、上親雩。甲午、突厥遣使來朝。

五月癸卯、行軍總管李晃破突厥於摩那渡口。甲辰、高麗遣使來朝。乙巳、梁太子蕭琮來賀遷都。丁未、靺鞨貢方物。戊申、幽州總管陰壽卒。辛酉、有事於方澤。壬戌、行軍元帥竇榮定破突厥及吐谷渾於涼州。丙寅、赦黃龍死罪已下。

六月庚午、以衞王爽子集爲遂安郡王。戊寅、突厥遣使請和。庚辰、行軍總管梁遠破吐谷渾於爾汗山、斬其名王。壬申、以晉州刺史燕榮爲青州總管。己丑、以河間王弘爲寧州總管。乙未、幸安成長公主第。

秋七月辛丑、以豫州刺史周搖爲幽州總管。

壬戌、詔曰、

行仁蹈義、名教所先、厲俗敦風、宜見褒獎。往者、山東・河表、經此妖亂、孤城

南では、こたびの妖乱にて、孤立して遠隔地を守るにあたり、節を全うできない者が多かった。済陰太守の杜猷《とゆう》はその身命を賊に捕らわれたが、郡省事の范臺玫《はんだいばい》が私財をなげうって守ったので、賊に辱められるのを免れた。振り返るにこの忠節は、実に嘉すべきであり、通常の恩賞を越えて、節を屈さなかった忠勤を明らかにせねばなるまい。范臺玫は大都督・仮湘州刺史とする。

と言った。

丁卯、日食があった。

八月丁丑、靺鞨が地方の名物を貢献した。己卯、右武衛大将軍の李禮成を襄州総管とした。壬午、尚書左僕射の高熲は寧州道、内史監の虞慶則は原州道より出撃させ、ともに行軍元帥とし、胡を討たせた。戊子、上は太社に祭祀を行った。

九月壬子、城東に行幸し、収獲の様子を観覧した。癸丑、天下に大赦を行った。

冬十月甲戌、河南道行臺省を廃止し、秦王の楊俊を秦州総管とした。

十一月己酉、使者を放って風俗を巡察させ、それに基づき詔を下して、

朕は天下に君臨し、深く世を治める術を思い、生民を教化し、徳をもって刑に代え、素朴な善を求め、村里の純朴な営みを顕彰したいと願っている。こたびは民間のありのままの様子を、みな詳しく聞き出したく思う。すでに詔により人員を派遣しているが、在所に施しをし、くつわを取って行き先を分け、あまねく四海を巡り、必ずや朕の耳目として勤めよ。もし文武の才能を持ちながら、

遠守、多不自全。濟陰太守杜猷身陷賊徒、命懸寇手、郡省事范臺玫傾產營護、免其戮辱。眷言誠節、實有可嘉、宜超恒賞、用明沮勸。臺玫可大都督・假湘州刺史。

丁卯、日有蝕之。

八月丁丑、靺鞨貢方物。己卯、以右武衞大將軍李禮成爲襄州總管。壬午、遣尚書左僕射高熲出寧州道、内史監虞慶則出原州道、並爲行軍元帥、以擊胡。戊子、上有事於太社。

九月壬子、幸城東、觀稼穀。癸丑、大赦天下。

冬十月甲戌、廢河南道行臺省、以秦王俊爲秦州總管。

十一月己酉、發使巡省風俗、因下詔曰、

朕君臨區宇、深思治術、欲使生人從化、以德代刑、求草萊之善、旌閭里之行。民間情僞、咸欲備聞。已詔使人、所在賑恤、揚鑣分路、將遍四海、必令爲朕耳目。如有文武才用、未爲時知、宜以禮發遣、朕

いまだ世の知るところとならない者がいれば、礼をもって京師へ送りやるがよい、朕が試みたうえ上で抜擢するであろう。志節が高妙で、人並み優れた者がいれば、また使者に敬わせ報奨を加え、その一行一善を民に奨励させよ。遠近の諸官、遠近の風俗について、細大漏らさず記載し、帰還した日に奏聞せよ。どうか朕に庭から出ることなく、座して万里の彼方までを知らせてほしい。

と言った。

庚辰、陳が散騎常侍の周墳《しゅうふん》と通直散騎常侍の袁彦《えんげん》を派遣して来聘した。陳主は上の容貌が世人と異なると聞き知り、袁彦に上の画像を持ち帰らせた。甲午、天下の諸郡を廃止することにした。

閏十二月乙卯、兼散騎常侍の曹令則《そうれいそく》と通直散騎常侍の魏澹《ぎたん》を使者として陳に派遣した。戊午、上柱国の竇榮定を右武衛大将軍とし、刑部尚書の蘇威を民部尚書とした。

四年春正月甲子、日食があった。己巳、大廟にて祭祀を行った。辛未、南郊にて祭祀を行った。壬申、後梁の君主の蕭巋が来朝した。甲戌、北苑《ほくえん》にて大射の礼を行い、十日で終えた。壬午、斉州で洪水があった。辛卯、渝州で鹿に似て、一角で蹄の別れていない獣が捕らえられた。壬辰、新暦を頒布した。

二月乙巳、上は覇上《はじょう》で梁主の蕭巋に餞の宴を設けた。丁未、靺鞨が地方の名物を貢献した。突厥の蘇尼《そじ》部の男女一万人あまりが投降した。庚戌、隴州に行幸した。突厥の可汗の阿史那玷《あしなてん》がその属民を率いて投降した。

將銓擢。其有志節高妙、越等超倫、亦仰使人就加旌異、令一行一善奬勸於人。遠近官司、遐邇風俗、巨細必紀、還日奏聞。庶使不出戶庭、坐知萬里。

庚辰、陳遣散騎常侍周墳・通直散騎常侍袁彥來聘。陳主知上之貌異世人、使彥畫像持去。甲午、罷天下諸郡。

閏十二月乙卯、遣兼散騎常侍曹令則、通直散騎常侍魏澹使於陳。戊午、以上柱國竇榮定爲右武衞大將軍、刑部尚書蘇威爲民部尚書。

四年春正月甲子、日有蝕之。己巳、有事於太廟。辛未、有事於南郊。壬申、梁主蕭巋來朝。甲戌、大射於北苑、十日而罷。壬午、齊州水。辛卯、渝州獲獸似麋、一角同蹄。壬辰、班新曆。

二月乙巳、上餞梁主於霸上。丁未、靺鞨貢方物。突厥蘇尼部男女萬餘人來降。庚戌、幸隴州。突厥可汗阿史那玷率其屬來降。

夏四月己亥、勅を下して総管・刺史の父母および十五歳以上の子が任地に赴くことを禁じた。庚子、吏部尚書の虞慶則を尚書右僕射とし、瀛州刺史の楊尚希を兵部尚書とし、毛州刺史の劉仁恩《りゅうじんおん》を刑部尚書とした。甲辰、上柱国の叱李長叉を信州総管とした。丁未、突厥・高麗・吐谷渾の使者と大興殿に宴を設けた。丁巳、上大将軍の賀婁子幹を楡関総管とした。

五月癸酉、契丹主の莫賀弗《ばくがふつ》が使者を派遣して降服を請うたので、大将軍に任じた。丙子、柱国の馮昱《ふういく》を汾州総管とした。乙酉、汴州刺史の呂仲泉《りょちゅうせん》を延州総管とした。

六月庚子、囚人の罪を減じた。乙巳、鴻臚卿の乙弗寔《いつふつしょく》を翼州総管とし、上柱国の豆盧勣《とうろせき》を夏州総管とした。壬子、渠を開き、渭水《いすい》から黄河までの運河を通じた。戊午、秦王の楊俊が来朝した。

秋七月丙寅、陳が兼散騎常侍の謝泉《しゃせん》、兼通直散騎常侍の賀徳基《がとくき》を派遣し来聘した。

八月甲午、十使を派遣して天下を巡察させた。戊戌、衛王の楊爽が来朝した。この日、秦王の楊俊が妃を娶ったので、百官に宴を設け、賞賜には各々差があった。壬寅、上柱国・太傅・鄧国公の竇熾が薨去した。丁未、秦王の官属に宴を設け、賞賜には各々差があった。壬子、陳の使者に享礼を行った。乙卯、陳の将軍の夏侯《かこう》苗《びょう》が降服を請うたが、上は先の講和を重んじて、受け入れなかった。

夏四月己亥、勑總管・刺史父母及子年十五已上、不得將之官。庚子、以吏部尚書虞慶則爲尚書右僕射、瀛州刺史楊尚希爲兵部尚書、毛州刺史劉仁恩爲刑部尚書。甲辰、以上柱國叱李長叉爲信州總管。丁未、宴突厥・高麗・吐谷渾使者於大興殿。丁巳、以上大將軍賀婁子幹爲楡關總管。

五月癸酉、契丹主莫賀弗遣使請降、拜大將軍。丙子、以柱國馮昱爲汾州總管。乙酉、以汴州刺史呂仲泉爲延州總管。

六月庚子、降囚徒。乙巳、以鴻臚卿乙弗寔爲翼州總管、上柱國豆盧勣爲夏州總管。壬子、開渠、自渭達河以通運漕。戊午、秦王俊來朝。

秋七月丙寅、陳遣兼散騎常侍謝泉、兼通直散騎常侍賀德基來聘。

八月甲午、遣十使巡省天下。戊戌、衞王爽來朝。是日、以秦王俊納妃、宴百僚、頒賜各有差。壬寅、上柱國・太傅・鄧國公竇熾薨。丁未、宴秦王官屬、賜物各有差。壬子、享陳使。乙卯、陳將夏侯苗請降、上以通和、不納。

九月甲子、襄国公主《じょうこくこうしゅ》の邸宅に行幸した。乙丑、霸水《はすい》に行幸し、運河を観覧し、監督者に帛を賜ること各々差があった。己巳、上が自ら囚人を審理した。庚午、契丹《きったん》が内属した。甲戌、車駕が洛陽に行幸した。関内で飢饉があったからである。癸未、太白が昼に現れた。

冬十一月壬戌、兼散騎常侍の薛道衡《せつどうこう》と通直散騎常侍の豆盧寔《とうろしょく》を使者として陳に派遣した。癸亥、楡関総管の賀婁子幹を雲州総管とした。

五年春正月戊辰、詔を下して新礼を施行した。

三月戊午、尚書左僕射の高熲を左領軍大将軍とし、上柱国の宇文忻《うぶんきん》を右領軍大将軍とした。

夏四月甲午、契丹主の多彌《たび》が使者を派遣して地方の名物を貢献した。壬寅、上柱国の王誼が謀反の罪で誅殺された。乙巳、詔を下して山東の馬榮伯《ばえいはく》ら六人の儒者を召し出した。戊申、上の車駕が洛陽より帰還した。

五月甲申、詔を下して義倉を設置した。後梁の主君の蕭巋が殂落し、その太子の蕭琮が継いだ。上は大将軍の元契《げんせつ》を使者として突厥の阿波可汗に派遣した。

秋七月庚申、陳が兼散騎常侍の王話《おうわ》と兼通直散騎常侍の阮卓《げんたく》を派遣し来聘した。丁丑、上柱国の宇文慶《うぶんけい》を涼州総管とした。壬午、突厥の沙鉢略が上表して臣と称した。

八月丙戌、沙鉢略可汗が子の庫合眞特勤《こごうしんとくきん》を派遣し来朝した。甲辰、河南の諸州に洪水があり、民部尚書・邳国公の蘇威を派遣して河南の民に施しを行った。戊申、

九月甲子、幸襄國公主第。乙丑、幸霸水、觀漕渠、賜督役者帛各有差。己巳、上親錄囚徒。庚午、契丹内附。甲戌、駕幸洛陽、關内饑也。癸未、太白晝見。

冬十一月壬戌、遣兼散騎常侍薛道衡、通直散騎常侍豆盧寔使於陳。癸亥、以楡關總管賀婁子幹爲雲州總管。

五年春正月戊辰、詔行新禮。

三月戊午、以尚書左僕射高熲爲左領軍大將軍、上柱國宇文忻爲右領軍大將軍。

夏四月甲午、契丹主多彌遣使貢方物。壬寅、上柱國王誼謀反伏誅。乙巳、詔徵山東馬榮伯等六儒。戊申、車駕至自洛陽。

五月甲申、詔置義倉。梁主蕭巋殂、其太子琮嗣立。遣上大將軍元契使于突厥阿波可汗。

秋七月庚申、陳遣兼散騎常侍王話、兼通直散騎常侍阮卓來聘。丁丑、以上柱國宇文慶爲涼州總管。壬午、突厥沙鉢略上表稱臣。

八月丙戌、沙鉢略可汗遣子庫合眞特勤來朝。甲辰、河南諸州水、遣民部尚書邳國公

流星が数百個、四散して下った。己酉、栗園に行幸した。

九月丁巳、栗園《りえん》より帰還した。乙丑、鮑陂《ほうは》を改名して杜陂《とは》とし、霸水を滋水《じすい》とした。陳の将軍の湛文徹《たんぶんてつ》が和州に侵入し、儀同三司の費寶首《ひほうしゅ》がこれを捕らえた。丙子、兼散騎常侍の李若《りじゃく》と兼通直散騎常侍の崔君贍《さいくんせん》を使者として陳に派遣した。

冬十月壬辰、上柱国の楊素を信州総管とし、朔州総管の吐萬緒《とばんしょ》を徐州総管とした。

十一月甲子、上大将軍の源雄《げんゆう》を朔州総管とした。丁卯、晋王の楊廣が来朝した。

十二月丁未、囚人の罪を減じた。戊申、上柱国の達奚長儒を夏州総管とした。

六年春正月甲子、党項羌《とうこうきょう》が内属した。庚午、暦を突厥に頒布した。辛未、柱国の韋洸《いこう》を安州総管とした。壬申、民部尚書の蘇威を派遣し山東を巡察させた。

二月乙酉、山南の荊・淅《せつ》など七州にて洪水があり、前工部尚書の長孫毗を派遣して施しを行った。丙戌、制を下して刺史の副官を毎年暮れに入朝させ、考課を上奏させるようにした。丁亥、成人男性十一万人を徴発して長城を修築し、二十日で労役の任を解いた。乙未、上柱国の崔弘度《さいこうたく》を襄州総管とした。庚子、天下に大赦を行った。

蘇威賑給之。戊申、有流星數百、四散而下。己酉、幸栗園。

九月丁巳、至自栗園。乙丑、改鮑陂曰杜陂、霸水爲滋水。陳將湛文徹寇和州、儀同三司費寶首獲之。丙子、遣兼散騎常侍李若、兼通直散騎常侍崔君贍使於陳。

冬十月壬辰、以上柱國楊素爲信州總管、朔州總管吐萬緒爲徐州總管。

十一月甲子、以上大將軍源雄爲朔州總管。丁卯、晉王廣來朝。

十二月丁未、降囚徒。戊申、以上柱國達奚長儒爲夏州總管。

六年春正月甲子、党項羌内附。庚午、班曆於突厥。辛未、以柱國韋洸爲安州總管。壬申、遣民部尚書蘇威巡省山東。

二月乙酉、山南荊・淅七州水、遣前工部尚書長孫毗賑恤之。丙戌、制刺史上佐每歲暮更入朝、上考課。丁亥、發丁男十一萬修築長城、二旬而罷。乙未、以上柱國崔弘度爲襄州總管。庚子、大赦天下。

三月己未、洛陽の男子の高徳《こうとく》が上書し、上を太上皇とし、帝位を皇太子に譲るよう願い出た。上は「朕は天命を承け、民草を養育せんと、日々毎夜務めに務めながら、なお及ばないことを恐れている。どうして事を行うに近代の帝王に学び、古を師としないで、位を子に譲り、自ら逸楽を求めようか」と答えた。癸亥、突厥の沙鉢略が使者を派遣し地方の名物を貢献した。

夏四月己亥、陳が兼散騎常侍の周璠《しゅうばん》と兼通直散騎常侍の江椿《こうちん》を派遣して来聘した。

秋七月辛亥、河南の諸州で洪水があった。乙丑、京師で毛が降った。馬のたてがみとしっぽのようで、長いものは二尺あまり、短かいものは六・七寸であった。

八月辛卯、関内の七州で日照りがあったため、その賦税を免除した。散騎常侍の裴豪《はいごう》と兼通直散騎常侍の劉顗《りゅうがい》を陳に派遣し聘問した。戊申、上柱国・太師・申国公の李穆《りぼく》が薨去した。

閏八月己酉、河州刺史の段文振《だんぶんしん》を蘭州総管とした。丁卯、皇太子に洛陽を守らせた。辛未、晋王の楊廣と秦王の楊俊がともに来朝した。丙子、上柱国・郕国公の梁《りょう》士彦《しげん》、上柱国・杞国公の宇文忻、柱国・舒国公の劉昉が、謀反の罪で誅殺された。上柱国・許国公の宇文善《うぶんぜん》が連座して官簿から名を除かれた。

九月辛巳、上が素服を着て射殿に臨み、詔を下して、百官に梁士彦ら三家より召し上げた財物を射たせ、当てた物を賜った。丙戌、上柱国・宋安郡公の元景山が没した。庚子、上柱国の李詢《りじゅん》を隰州総管とした。辛丑、詔を下して北周の宣帝の大象

三月己未、洛陽男子高徳上書、請上爲太上皇、傳位皇太子。上曰「朕承天命、撫育蒼生、日旰孜孜、猶恐不逮。豈學近代帝王、事不師古、傳位於子、自求逸樂者哉」。癸亥、突厥沙鉢略遣使貢方物。

夏四月己亥、陳遣兼散騎常侍周璠、兼通直散騎常侍江椿來聘。

秋七月辛亥、河南諸州水。乙丑、京師雨毛、如馬鬉尾、長者二尺餘、短者六七寸。

八月辛卯、關內七州旱、免其賦稅。遣散騎常侍裴豪、兼通直散騎常侍劉顗聘于陳。戊申、上柱國・太師・申國公李穆薨。

閏月己酉、以河州刺史段文振爲蘭州總管。丁卯、皇太子鎮洛陽。辛未、晉王廣・秦王俊並來朝。丙子、上柱國・郕國公梁士彥、上柱國・杞國公宇文忻、柱國・舒國公劉昉、以謀反伏誅。上柱國・許國公宇文善坐事除名。

九月辛巳、上素服御射殿、詔百僚射、賜梁士彥三家資物。丙戌、上柱國・宋安郡公元景山卒。庚子、以上柱國李詢爲隰州總管。

年間以来、刑死者の出た家には、みな施しを行った。

冬十月己酉、河北道行臺尚書令・幷州総管・晋王の楊廣を雍州牧とし、従来の官職も元のままとした。兵部尚書の楊尚希を礼部尚書とした。癸丑、山南道行臺尚書省を襄州に設置し、秦王の楊俊を尚書令とした。丙辰、芳州刺史の駱平難《らくへいなん》を疊州刺史とし、衡州総管の周法尚《しゅうほうしょう》を黄州総管とした。甲子、甘露が華林園に降った。

七年春正月癸巳、大廟にて祭祀を行った。乙未、制を下して諸州に毎年三人（の学生）を（国士寺に）推薦させた。

二月丁巳、朝日を東郊に祀った。己巳、陳が兼散騎常侍の王亨《おうきょう》と兼通直散騎常侍の王昚《おうせん》を派遣し来聘した。壬申、車駕が醴泉宮に行幸した。この月、成人男性十万人あまりを徴発して長城を修築し、二十日で労役の任を解いた。

夏四月己酉、晋王の邸宅に行幸した。庚戌、揚州に山陽瀆《さんようとく》を開き、運河を通じた。突厥の沙鉢略可汗が没し、その子の雍虞閭《ようぐりょ》が継いだ。これが都藍可汗《とらんかがん》である。癸亥、青龍符を東方総管・刺史に頒布し、西方には白虎符を、南方には朱雀符を、北方には玄武符を頒布した。甲戌、兼散騎常侍の楊同《ようどう》と兼通直散騎常侍の崔儦《さいひょう》を使者として陳に派遣した。民部尚書の蘇威を吏部尚書とした。

辛丑、詔大象已來死事之家、咸令賑恤。

冬十月己酉、以河北道行臺尚書令・幷州總管・晉王廣爲雍州牧、餘官如故。兵部尚書楊尚希爲禮部尚書。癸丑、置山南道行臺尚書省於襄州、以秦王俊爲尚書令。丙辰、以芳州刺史駱平難爲疊州刺史、衡州總管周法尚爲黄州總管。甲子、甘露降于華林園。

七年春正月癸巳、有事于太廟。乙未、制諸州歲貢三人。

二月丁巳、祀朝日于東郊。己巳、陳遣兼散騎常侍王亨、兼通直散騎常侍王昚來聘。壬申、車駕幸醴泉宮。是月、發丁男十萬餘修築長城、二旬而罷。

夏四月己酉、幸晉王第。庚戌、於揚州開山陽瀆、以通運漕。突厥沙鉢略可汗卒、其子雍虞閭嗣立。是爲都藍可汗。癸亥、頒青龍符於東方總管・刺史、西方以騶虞、南方以朱雀、北方以玄武。甲戌、遣兼散騎常侍楊同、兼通直散騎常侍崔儦使于陳。以民部尚書蘇威爲吏部尚書。

五月乙亥朔、日食があった。己卯、武安から滏陽までの間、十里あまりに石が降った。

秋七月己丑、衛王の楊爽が薨去し、上は門下外省にて喪を発した。

八月丙午、懐州刺史の源雄を朔州総管とした。庚申、後梁の主君の蕭琮が来朝した。

九月乙酉、後梁の安平王の蕭巖が後梁国を奪い、陳に投じた。辛卯、梁国を廃し、江陵に特赦した。後梁の主君の蕭琮を柱国とし、莒《きょ》国公に封じた。

冬十月庚申、同州に行幸した。先帝こと楊忠がかつて行同州軍事として駐屯した土地である縁から、囚人の罪を減じた。癸亥、蒲州に行幸した。丙寅、父老と宴を設け、上は上機嫌となり「このあたりの人物は、衣服は見目鮮やかで、起居はしとやかで美しいから、任官希望者の郷にして、感化して土地の風俗とするが良かろう」と述べた。

十一月甲午、馮翊に行幸し、自ら故社に祭祀を行った。土地の父老が上の意向に反する行いをしたため、上は大いに怒り、県官を罷免して去った。戊戌、馮翊より帰還した。

高祖（下）

八年春正月乙亥、陳が散騎常侍の袁雅《えんが》と兼通直散騎常侍の周止水《しゅうしすい》を派遣して来聘した。


五月乙亥朔、日有蝕之。己卯、雨石于武安、滏陽間十餘里。

秋七月己丑、衞王爽薨、上發喪於門下外省。

八月丙午、以懷州刺史源雄爲朔州總管。庚申、梁主蕭琮來朝。

九月乙酉、梁安平王蕭巖掠於其國、以奔陳。辛卯、廢梁國、曲赦江陵。以梁主蕭琮爲柱國、封莒國公。

冬十月庚申、行幸同州。以先帝所居、降囚徒。癸亥、幸蒲州。丙寅、宴父老、上極歡曰「此間人物、衣服鮮麗、容止閑雅、良由仕宦之鄉、陶染成俗也」。

十一月甲午、幸馮翊、親祠故社。父老對詔失旨、上大怒、免其縣官而去。戊戌、至自馮翊。


八年春正月乙亥、陳遣散騎常侍袁雅・兼通直散騎常侍周止水來聘。

二月庚子、鎮星《ちんせい》（土星）が東井宿に入った。辛酉、陳人が硤州《こうしゅう》を荒した。

三月辛未、上柱国・隴西《ろうせい》郡公の李詢が没した。壬申、成州刺史の姜須達《きょうしゅだつ》を会州総管とした。甲戌、兼散騎常侍の程尚賢《ていしょうけん》と兼通直散騎常侍の韋惲《いうん》を使者として陳に派遣した。

戊寅、詔を下して、

昔、有苗氏《ゆうびょうし》が服従しないと、堯帝は征伐を行い、呉の孫皓《そんこう》が度を超して暴虐であると、晋の武帝（司馬炎《しばえん》）は誅伐を行った。今、陳は江南を盗み取り、天に逆い万物を損なっている。朕が初めて天命を受けた頃、陳頊（陳の宣帝）が存命であったため、道義によって教導し、誅伐の号令を出さぬようにと思い、交際して親睦を深め、彼が悪を改め善に向うことを望んだが、その後間もなく、陳の悪業が聞こえてきた。手厚く扱っていたのに陳は背叛し、隋の城砦を襲い、呉越の地で、残忍の限りを尽くした。そこで軍を大挙して天下を統一しようとしたので、陳頊は隋に土地を返還して軍を撤収させ、心に深く怖れ震え、その身を責めて和約を請い願っていたが、すぐに没してしまった。その不幸を哀れみ、詔して軍を帰還させた。陳頊の子、陳叔寶（陳の後主）は父の遺風を受け継ぎ、隋との友好を継続させることを求めたので、立ち止まって善を為すことを思い、互いに使者を盛んにした。入朝した陳の使者に会い、隋の使者を出向かわせるたびに、心より訓告し、万事を改善させないことはなかった。しかし陳叔寶は、抱いていた狼の子のような野心を野に放ち、五常の徳を侮って陵辱し、天地人の三才を怠って放棄し、骨肉の親族に罪を着せて殺し、賢才良士を族滅してし

二月庚子、鎮星入東井。辛酉、陳人寇硤州。

三月辛未、上柱國・隴西郡公李詢卒。壬申、以成州刺史姜須達爲會州總管。甲戌、遣兼散騎常侍程尚賢・兼通直散騎常侍韋惲使于陳。

戊寅、詔曰、

昔、有苗不賓、唐堯薄伐、孫皓僭虐、晉武行誅。有陳竊據江表、逆天暴物。朕初受命、陳頊尚存、思欲教之以道、不以龔行爲令、往來修睦、望其遷善、時日無幾、舋惡已聞。厚納叛亡、侵犯城戍、勾吳・閩越、肆厥殘忍。于時王師大擧、將一車書、陳頊反地收兵、深懷震懼、責躬請約、俄而致殞。矜其喪禍、仍詔班師。叔寶承風、因求繼好、載佇克念、共敦行李。每見珪璪入朝、輶軒出使、何嘗不殷勤曉喩、戒以惟新。而狼子之心、出而彌野、威侮五行、怠棄三止、誅翦骨肉、夷滅才良。據手掌之地、恣溪壑之險、劫奪閭閻、資産俱竭、驅蹙内外、勞役弗已。徵責女子、擅造宮室、日增月益、止足無期、帷薄嬪

まった。手のひらのような狭い土地におりながら、渓谷の険要を我がものとし、村邑に掠奪をはたらき、国庫を枯渇させ、朝廷の内外を困窮させ、労役は止むことがない。女子を後宮に召し出して、欲しいままに宮室を造営し、日ごと月ごとにその数を増やして、満足して止まる所を知らず、後宮の女官は万を超えている。宝玉のような豪奢な衣食を用い、奢侈を極め、淫らな楽曲を聞きながら酒を飲み、真昼でも夜のように過ごしている。直諫する賓客を斬り殺し、罪無き人の家族を根絶やし、人の血肉を割いて食らっている。天を欺いて悪事を行い、鬼神を祭ってはその恩恵を求め、路上で歌舞を行っては、宮中で泥酔している。化粧をした女官に武器を持たせては、綾絹を着たまま出入の号令を行わせている。鞭を揮って馬を躍り上がらせては、早朝から夕刻まで、特に何をするわけでもなく走り続け、甲冑を身につけ儀仗を持った者に、歩行《かち》で随行させ、追いつかなければ、その罪を責めている。古以来の昏迷無道の君主といえど、これに及ぶ者は少ない。兵士は寒さと飢えに耐えながらも労役を務め、その精力は土木によって削られ、その性命は溝渠の中で終焉を待つばかりである。君子は逃げ隠れ、小人は望みを叶え、各家は隠れて殺戮を犯し、租税の取り立てを欲しいままにしている。天は災異を下し、地は妖孽を生み、万物の精怪と人の妖異が現れているのに、士人は口を閉ざして道で目配せするだけである。しかし彼等は心より待ち望み、隋朝にそのことを告げ、日夜請い願って奏上を続けている。それにもかかわらず陳はさらに徳に背いて虚言を弄し、国土を動揺させており、巴と三峡の地より海浜に至るまで、長江の南北は、魑魅魍魎《ちみもうりょう》の住

嬙、有踰萬數。寶衣玉食、窮奢極侈、淫聲樂飲、俾晝作夜。斬直言之客、滅無罪之家、剖人之肝、分人之血。欺天造惡、祭鬼求恩、歌儛衢路、酣醉宮闈。盛粉黛而執干戈、曳羅綺而呼警蹕。躍馬振策、從旦至昏、無所經營、馳走不息、負甲持仗、隨逐徒行、追而不及、即加罪譴。自古昏亂、罕或能比。介士武夫、飢寒力役、筋髓罄於土木、性命俟於溝渠。君子潛逃、小人得志、家家隱殺戮、各各任聚斂。天災地孽、物怪人妖、衣冠鉗口、道路以目。傾心翹足、誓告於我、日月以冀、文奏相尋。重以背德違言、搖蕩疆埸、巴峽之下、海澨已西、江北・江南、爲鬼爲蜮。死隴窮發掘之酷、生居極攘奪之苦、抄掠人畜、斷截樵蘇、市井不立、農事廢寢。歷陽・廣陵、窺覦相繼、或謀圖城邑、或劫剝吏人、晝伏夜遊、鼠竄狗盜。彼則羸兵敝卒、來必就擒、此則重門設險、有勞藩捍。天之所覆、無非朕臣、毎關聽覽、有懷傷惻。

処となっている。死ねばその墳墓を盗掘されることを憂え、生きながらもその家が掠奪に遭うことに苦しみ、人も家畜も強奪されて樹木は切り倒され、市は成り立たずに農事も荒廃している。陳の歴陽と隋の広陵とは地を接しているが、城邑の奪い合いや、官民への強奪が行われ、昼は鼠のように物陰に隠れ、夜は犬のように物を盗んでいく。陳の側は疲弊した兵卒であるため、来れば必ず物を奪い、隋では門を重ねて障害を増やし、防衛に苦慮している。普天の下、みな朕の臣下であれば、こうした事を見聞きするたびに、憐れみを抱いている。梁国は我が隋の南方の封国であるが、その君王が隋に入朝している隙に、密かに陳と誘い合って、朕の恩徳を顧みず、江陵国の男女はともに脅かされる悲しみを深くし、城邑には閑散とした寂しさが漂っている。朕はいたずらに民の上に君臨しているのではないのだから、民のことを心に思って忘れることはない。その上に百官が繰り返し言及し、万民の請願が止まないのだから、どうして誅伐を行わずに心に堪え忍び、民を救済せずにいられようか。近く秋が来たれば、策を練って民に憐れみを施そう。巴蜀の楼船をすべて東行させれば、神龍数十隻が、長江の流れを飛び躍り、誅伐の軍を引率して金陵へ向かい、楼船の進退とともに神龍も進退し、三日の内に、三軍の将兵皆が、天が民を愛し、陰陽が交り、神明が先導して、軍の威勢を助け奮わすことを目にしよう。天の霊妙なる力によって、天下を平定する助力とするのだから、出兵して軍律を授け、この機に応じて誅伐を加え、この一挙によって呉越の地を永久に清めることができよう。将士の軍糧や武具、水陸の軍費、出兵の期日進退については、すべて

有梁之國、我南藩也、其君入朝、潛相招誘、不顧朕恩、士女深迫脅之悲、城府致空虛之歎。非直朕居人上、懷此無忘。既而百辟屢以爲言、兆庶不堪其請、豈容對而不誅、忍而不救。近日秋始、謀欲弔人。益部樓船、盡令東騖、便有神龍數十、騰躍江流、引伐罪之師、向金陵之路、船住則龍止、船行則龍去、三日之内、三軍皆覩、豈非蒼旻愛人、幽明展事、降神先路、協贊軍威。以上天之靈、助戡定之力、便可出師授律、應機誅殄、在斯擧也、永清吳越。其將士糧仗、水陸資須、期會進止、一準別勑。

別勅に準拠せよ。

と言った。

秋八月丁未、河北の諸州に飢饉が起きた。吏部尚書の蘇威を派遣して民に施しをあたえた。

九月丁丑、南征の諸将と宴席を設け、賞賜には各々差が有った。癸巳、嘉州から龍が現れたと報告が有った。

冬十月己亥、太白《たいはく》が西方の空に出た。己未、淮南行台省を寿春に置き、晋王の楊廣を尚書令とした。辛酉、陳が兼散騎常侍の王琬《おうえん》と兼通直散騎常侍の許善心《きょぜんしん》を派遣して來聘した。拘留して返さなかった。甲子、陳を誅伐するに当たり、太廟で祭祀を行った。晋王の楊廣・秦王の楊俊・清河公の楊素に命じてともに行軍元帥として、陳を伐たせた。この時、晋王の楊廣は六合に軍を出し、秦王の楊俊は襄陽に軍を出し、清河公の楊素は信州に軍を出し、荊州刺史の劉仁恩は江陵に軍を出し、宜陽公の王世積《おうせいせき》は蘄春に軍を出し、新義公の韓擒虎は廬江に軍を出し、襄邑公の賀若弼は呉州に軍を出し、落叢公の燕榮は東海に軍を出し、総べて総管九十名、兵は五十一万八千人。皆、晋王の指令を受けた。東は滄海から西は巴蜀まで、旗指物と船の櫂は数千里に渉った。陳国を特赦した。彗星が牽牛を払った。

十一月丁卯、天子の車駕が出軍の兵士を見送った。詔を下して陳叔寶の身を上柱

秋八月丁未、河北諸州饑、遣吏部尚書蘇威賑恤之。

九月丁丑、宴南征諸將、頒賜各有差。癸巳、嘉州言龍見。

冬十月己亥、太白出西方。己未、置淮南行臺省於壽春、以晉王廣爲尚書令。辛酉、陳遣兼散騎常侍王琬・兼通直散騎常侍許善心來聘。拘留不遣。甲子、將伐陳、有事於太廟。命晉王廣・秦王俊・清河公楊素並爲行軍元帥、以伐陳。於是、晉王廣出六合、秦王俊出襄陽、清河公楊素出信州、荊州刺史劉仁恩出江陵、宜陽公王世積出蘄春、新義公韓擒出廬江、襄邑公賀若弼出吳州、落叢公燕榮出東海、合總管九十、兵五十一萬八千、皆受晉王節度。東接滄海、西拒巴・蜀、旌旗舟檝、横亘數千里。曲赦陳國。有星孛于牽牛。

十一月丁卯、車駕餞師。詔購陳叔寶位上

国・万戸公の位で購うとした。乙亥、定城に行幸し、軍士を列して戒告した。丙子、河東に行幸した。

十二月庚子、河東から帰還した。

九年春正月己巳、白虹が太陽を夾《はさ》んだ。辛未、賀若弼が陳の京口を攻め落とし、韓擒虎が陳の南豫州を攻め落とした。癸酉、尚書右僕射の虞慶則を右衛大将軍とした。丙子、賀若弼が陳軍を蔣山で敗り、陳将の蕭摩訶を捕らえた。韓擒虎が軍を進めて建鄴に入り、陳将の任忠《じんちゅう》を捕らえ、陳主の陳叔寶を捕らえた。陳国の三十州、一百郡、四百県が平定された。癸巳、使持節を派遣して平陳の将兵を巡撫させた。

二月乙未、淮南行臺省を廃した。丙申、制を下して五百家を郷として、そのうちの一人を郷正とし、百家を里として、そのうちの一人を里長とした。丁酉、襄州総管の韋世康を安州総管とした。

夏四月己亥、驪山に行幸し、上が自ら帰還した軍兵を慰労した。乙巳、三軍が凱旋入城し、捕虜を太廟に献上した。晋王の楊廣を太尉に任命した。庚戌、上は広陽門に臨幸し、将士に宴席を設け、賞賜には各々差が有った。辛亥、天下に大赦を行った。己未、陳の都官尚書の孔範《こうはん》、散騎常侍の王瑳《おうさ》と王儀《おうぎ》、御史中丞の沈觀《しんかん》らを、その君主へ邪に諂い亡国の道へと導いた罪によって、皆辺境に放逐した。辛酉、信州総管の楊素を荊州総管とし、吏部侍郎の宇文弼《うぶんひつ》を刑部尚書とし、宗正少卿の楊异《ようい》を工部尚書とした。

柱國・萬戸公。乙亥、行幸定城、陳師誓衆。丙子、幸河東。

十二月庚子、至自河東。

九年春正月己巳、白虹夾日。辛未、賀若弼拔陳京口、韓擒拔陳南豫州。癸酉、以尚書右僕射虞慶則爲右衞大將軍。丙子、賀若弼敗陳師於蔣山、獲其將蕭摩訶。韓擒進師入建鄴、獲其將任蠻奴、獲陳主叔寶。陳國平、合州三十、郡一百、縣四百。癸巳、遣使持節巡撫之。

二月乙未、廢淮南行臺省。丙申、制五百家爲鄕、正一人。百家爲里、長一人。丁酉、以襄州總管韋世康爲安州總管。

夏四月己亥、幸驪山、親勞旋師。乙巳、三軍凱入、獻俘於太廟。拜晉王廣爲太尉。庚戌、上御廣陽門、宴將士、頒賜各有差。辛亥、大赦天下。己未、以陳都官尚書孔範、散騎常侍王瑳・王儀、御史中丞沈觀等、邪佞於其主、以致亡滅、皆投之邊裔。辛酉、以信州總管楊素爲荊州總管、吏部侍郎宇文

壬戌、詔を下して、

以前の呉越の野は、民衆が塗炭の苦しみに合い、兵乱が積み重なり、安寧を得ていなかった。今、天下は統一され、万民は本性に従うことができ、太平の法をようやく執り行うことができる。すべての我が臣下群僚は、その身を徳によって洗い清めて耳目を開くことを、ここより始めるのだ。戦乱が起きてから、もう十年にならうとするが、君主に君徳が無く、臣下が臣道を失い、父が子を愛さず、子が親に孝養を尽くさず、兄弟の情が薄くなり、夫婦の関係が損なわれ、長幼の序が失われ、尊卑の関係が乱れている。朕は帝王となってから、心に愛養を思い、時折大道に及ぶことが有っても、決して安息することはない。朝廷内外の官員、遠近の民よ、各々の家を整え治め、各々よく善行に思いをめぐらせて、違法無法の事柄を跡形もなくなくしてしまうのだ。武器によって威厳を作り出すことはできるが、そのまましまわない訳にはいかない。刑罰によって教化を助けることはできるが、それだけを使い続けることはできない。宮中と都の防衛と、四方の辺境の鎮守兵以外は、すべての軍隊の拡張と武器の製造をやめさせよう。世情はすでに平安であり、各地とも平穏なのだから、将兵の子は詩書を学び、世間の武器はすべて捨て去るのだ。戦功の有った臣下が心を学問に向け、卿大夫の家の子たちがそれぞれに経書を学べば、天下の民はこぞってその徳を敬慕しよう。都や各地方州県の学校で学業を受けた者が、朝廷へと出仕してくるが、まだ著しく経学《けいがく》に通暁する優秀な者はいない。これは教育が

弨爲刑部尚書、宗正少卿楊异爲工部尚書。

壬戌、詔曰、

往以呉越之野、羣黎塗炭、干戈方用、積習未寧。今、率土大同、含生遂性、太平之法、方可流行。凡我臣僚、澡身浴德、開通耳目、宜從茲始。喪亂已來、緬將十載、君無君德、臣失臣道、父有不慈、子有不孝、兄弟之情或薄、夫婦之義或違、長幼失序、尊卑錯亂。朕爲帝王、志存愛養、時有臻道、不敢寧息。內外職位、遐邇黎人、家家自修、人人克念、使不軌不法、蕩然俱盡。兵可立威、不可不戢、刑可助化、不可專行。禁衛九重之餘、鎮守四方之外、戎旅軍器、皆宜停罷。代路既夷、羣方無事、武力之子、俱可學文、人間甲仗、悉皆除毀。有功之臣、降情文藝、家門子姪、各守一經、令海內翕然、高山仰止。京邑庠序、爰及州縣、生徒受業、升進於朝、未有灼然明經高第。此則教訓不篤、考課未精、明勒所由、隆茲儒

浅く、試験が雑なためであろうから、それらの内容を明確に整え、ここに儒学の教育を施せ。政府の官吏と在野の諸士とを問わず、寛大な心を持って行為に示せ。歩みを止めて我が教化に背いてはならない。朕が天下に君臨してから九年、直言の士のために道を設け、心を開いて忌み嫌うことなく、それを態度に示して日夜励んできた。しかしこの頃は、文芸の才能を発揮して功績を論じるのに美言を費やす者は多くても、真心から強く諫言するものは大変少ない。公卿から庶民に及ぶまで、その望みに適わぬことがあれば、それぞれの至誠の心を開き、朕の及ばざる所を正せ。善行や才能の有る者がいれば必ず推挙せよ。その場では押し黙り、隠れて批難したりしてはならない。以上を天下に布告し、朕が思いを知らしめよ。

と言った。

閏月甲子、安州総管の韋世康を信州総管とした。丁丑、雌雄各々一枚の木虎符を総管・刺史に配付した。己卯、吏部尚書の蘇威を尚書右僕射とした。

六月乙丑、荊州総管の楊素を納言とした。丁丑、吏部侍郎の盧愷《ろがい》を礼部尚書とした。この時に朝廷や在野では議論が起こり、誰もが封禅が行われることを願っていた。

秋七月丙午、詔を下して、

どうして少数の将軍に命じて弱小の陳国を平定し、遠近に心をかける程度で太平などと言うことができようか。薄弱な徳によって泰山で封禅を行い、虚偽の

訓。官府從宦、丘園素士、心迹相表、寛弘爲念。勿爲踽促、乖我皇猷。朕君臨區宇、於茲九載、開直言之路、披不諱之心、形於顔色、勞於興寢。自頃逞藝論功、昌言乃衆、推誠切諫、其事甚疎。公卿士庶、非所望也、各啓至誠、匡茲不逮。見善必進、有才必擧。無或噤嘿、退有後言。頒告天下、咸悉此意。

閏月甲子、以安州總管韋世康爲信州總管。丁丑、頒木魚符於總管・刺史、雌一雄一。己卯、以吏部尚書蘇威爲尚書右僕射。

六月乙丑、以荊州總管楊素爲納言。丁丑、以吏部侍郎盧愷爲禮部尚書。時朝野物議、咸願登封。

秋七月丙午、詔曰、

豈可命一將軍、除一小國、遐邇注意、便謂太平。以薄德而封名山、用虛言而干上

言葉によって上帝を冒瀆することは、朕が聞き及ばぬことである。今後、封禅に関わる発言は、すべて禁止するように。

と言った。

八月壬戌、広平王の楊雄を司空とした。

冬十一月壬辰、考使定州刺史の豆盧通らが上表して、封禅が行われることを請願したが、上は許可しなかった。庚子、右衛大将軍の虞慶則を右武候大将軍とし、右領軍将軍の李安《りあん》を右領軍大将軍とした。甲寅、囚徒の罪を減じた。

十二月甲子、詔を下して、

朕は天命を謹み承け、天下を安定させた。歴代の帝王の徳が衰えた後、万民が浮薄な風俗に馴染む時、聖人の遺された教が、尽く失われようとしている。今こそ、礼の制度を起こし、楽律を作成する時である。朕は心より古楽を思い、深く雅道を望む。鄭・衛の淫らで邪な音楽や、魚や龍に化けるような雑戯は、もし楽府の中にあれば、すべて除き去れ。今、新たに律呂《りつりょ》を調えて琴瑟の弦を張り直したく思うが、そもそも楽律に関わる細やかな妙術は、教え習って身につくものではない。楽工や芸人が代々そのことを掌り、ただ端々のことのみを伝えていても、神明の徳に到達し、天地の和合を論じることには不充分である。一国の版図の中、天にまでその名を知られ、神よりその技芸を授かったような奇才異芸の士は、どの朝代にもいるはずである。恐らくはまだその時ではないと身を隠し、自らの心に見合った言葉を待っているのであろう。これらの士を

帝、非朕攸聞。而今以後、言及封禪、宜即禁絶。

八月壬戌、以廣平王雄爲司空。

冬十一月壬辰、考使定州刺史豆盧通等上表、請封禪、上不許。庚子、以右衞大將軍虞慶則爲右武候大將軍、右領軍將軍李安爲右領軍大將軍。甲寅、降囚徒。

十二月甲子、詔曰、

朕祇承天命、清蕩萬方。百王衰敝之後、兆庶澆浮之日、聖人遺訓、掃地倶盡。制禮作樂、今也其時。朕情存古樂、深思雅道。鄭・衞淫聲、魚龍雜戲、樂府之内、盡以除之。今、欲更調律呂、改張琴瑟、且妙術精微、非因教習。工人代掌、止傳糟粕、不足達神明之德、論天地之和。區域之間、奇才異藝、天知神授、何代無哉。蓋晦迹於非時、俟昌言於所好。宜可搜訪、速以奏聞。庶覩一藝之能、共就九成之業。

探し求め、速やかに奏上せよ。願わくは一芸の能に秀でた士に出会い、ともに
楽制を作り上げようではないか。

と言った。そのまま太常の牛弘、通直散騎常侍の許善心、祕書丞の姚察《ようさつ》、通直郎の虞世基《ぐせいき》らに詔を下し、楽律の作成を議論して定めさせた。己巳、黄州総管の周法尚を永州総管とした。

十年春正月乙未、皇孫の楊昭《ようしょう》を河南王とし、楊楷《ようかい》を華陽王とした。

二月庚申、幷州に行幸した。

夏四月辛酉、幷州から帰還した。

五月乙未、詔を下して、

北魏の末の動乱によって天下は分割され、使役される民の荷車は毎年のように移動し続け、いまなお休息することができずにいる。兵士や軍人は、しばらく住居邸宅を離れて南征北伐に従軍しており、住まいが定まることがない。家の垣根は完成されることがなく、植えた桑が叢生することもなく、つねに流寓の人となり、ついには故郷と呼べる地がなくなってしまう。朕は大変このことを不愍に感じている。これより軍人はすべて各州県に所属させ、土地や戸籍もすべて、民と同様にせよ。軍府の統率者については、旧例に依拠するように。山東・河南及び北方の辺境の地に新設していた軍府は廃止する

と言った。

六月辛酉、制を下して年齢が五十歳以上の者には労役を免除し、代わりに物品を

仍詔太常牛弘、通直散騎常侍許善心、祕書丞姚察、通直郎虞世基等、議定作樂。己巳、以黄州總管周法尚爲永州總管。

十年春正月乙未、以皇孫昭爲河南王、楷爲華陽王。

二月庚申、幸幷州。

夏四月辛酉、至自幷州。

五月乙未、詔曰、

魏末喪亂、寓縣瓜分、役車歲動、未遑休息。兵士軍人、權置坊府、南征北伐、居處無定。家無完堵、地罕包桑、恒爲流寓之人、竟無鄉里之號。朕甚愍之。凡是軍人、可悉屬州縣、墾田籍帳、一與民同。軍府統領、宜依舊式。罷山東河南及北方緣邊之地新置軍府。

六月辛酉、制人年五十、免役收庸。癸亥、

収めさせた。癸亥、霊州総管の王世積を荊州総管とし、淅州刺史の元冑を霊州総管とした。

秋七月癸卯、納言の楊素を内史令とした。庚戌、上が自ら囚人を審理した。辛亥、高麗王である遼東郡公の高陽が没した。壬子、吐谷渾が使者を派遣して来朝した。

八月壬申、柱国・襄陽郡公の韋洸、上開府・東莱郡公の王景を派遣し、ともに符節を持たせて嶺南を巡撫させたところ、百越はみな服従した。

冬十月甲子、木虎符を京師の五品以上の官吏に配付した。戊辰、永州総管の周法尚を桂州総管とした。

十一月辛卯、国学に行幸し、賞賜には各々差が有った。丙午、契丹が使者を派遣して朝貢した。辛丑、南郊で祭祀を行った。この月に、婺州の人である汪文進《おうぶんしん》・会稽の人である高智慧《こうちけい》・蘇州の人である沈玄懀《しんげんかい》が、いずれも挙兵して反乱を起こし、天子を自称して、百官を任命した。また、楽安の蔡道人《さいどうじん》・蒋山の李稜《りりょう》・饒州の呉代華《ごだいか》・永嘉の沈孝徹《しんこうてつ》・泉州の王國慶《おうこくけい》・餘杭の楊寶英《ようほうえい》・交趾の李春《りしゅん》らが、みな大都督を自称し、各州県を攻め落とした。そのため、上柱国・内史令・越国公の楊素に詔を下し、これらを討伐して平定させた。

十一年春正月丁酉、陳を平定した際に獲得した古い器物が多く怪異を起こしたので、すべて壊させた。辛丑、高麗が使者を派遣して朝貢した。丙午、皇太子妃の元氏が薨去した。上は文思殿で哭泣の礼を行った。

以靈州總管王世積爲荊州總管、淅州刺史元冑爲靈州總管。

秋七月癸卯、以納言楊素爲内史令。庚戌、上親錄囚徒。辛亥、高麗遼東郡公高陽卒。壬子、吐谷渾遣使來朝。

八月壬申、遣柱國・襄陽郡公韋洸、上開府・東萊郡公王景、並持節巡撫嶺南、百越皆服。

冬十月甲子、頒木魚符於京師官五品已上。戊辰、以永州總管周法尚爲桂州總管。

十一月辛卯、幸國學、頒賜各有差。丙午、契丹遣使朝貢。辛丑、有事於南郊。是月、婺州人汪文進・會稽人高智慧・蘇州人沈玄懀皆擧兵反、自稱天子、署置百官。樂安蔡道人・蔣山李稜・饒州吳代華・永嘉沈孝徹・泉州王國慶・餘杭楊寶英・交趾李春等、皆自稱大都督、攻陷州縣。詔上柱國・内史令・越國公楊素討平之。

十一年春正月丁酉、以平陳所得古器多爲妖變、悉命毀之。辛丑、高麗遣使朝貢。丙午、皇太子妃元氏薨。上擧哀於文思殿。

二月戊午、吐谷渾が使者を派遣して地方の名物を貢献した。大将軍の蘇孝慈《そこうじ》を工部尚書とした。丙子、臨潁令の劉曠《りゅうこう》の民を治める方法が最も優れていたので、抜擢して莒州刺史とした。己卯、突厥が使者を派遣して七宝の盌を献上した。辛巳晦、日食があった。

三月壬午、通事舎人の若干洽《じゃくかんこう》を使者として吐谷渾に派遣した。癸未、幽州総管の周搖を寿州総管に、朔州統管の吐萬緒を夏州総管とした。

夏四月戊午、突厥の雍虞閭可汗《ようぐりょかがん》がその特勤《とくきん》（可汗の子弟や宗族が就く官）を派遣して来朝した。

五月甲子、高麗が使者を派遣して地方の名物を貢献した。癸卯、詔を下して百官全員に朝堂に至り封をした上奏文を奏上させた。乙巳、右衛将軍の元旻を左衛大将軍とした。

秋七月己丑、柱国の杜彦を洪州総管とした。

八月壬申、栗園に行幸した。滕王の楊瓚が薨去した。乙亥、栗園より帰還した。上柱国・沛国公の鄭譯が没した。

十二月丙辰、靺鞨が使者を派遣して地方の名物を貢献した。

十二年春正月壬子、蘇州刺史の皇甫績を信州総管とし、宣州刺史の席世雅《せきせいが》を広州総管とした。

二月己巳、蜀王の楊秀を内史令とし、右領軍大将軍を兼任させ、漢王の楊諒を雍州牧・右衛大将軍とした。

二月戊午、吐谷渾遣使貢方物。以大將軍蘇孝慈爲工部尚書。丙子、以臨潁令劉曠治術尤異、擢爲莒州刺史。己卯、突厥遣使獻七寶盌。辛巳晦、日有蝕之。

三月壬午、遣通事舍人若干洽使于吐谷渾。癸未、以幽州總管周搖爲壽州總管、朔州總管吐萬緒爲夏州總管。

夏四月戊午、突厥雍虞閭可汗遣其特勤來朝。

五月甲子、高麗遣使貢方物。癸卯、詔百官悉詣朝堂上封事。乙巳、以右衞將軍元旻爲左衞大將軍。

秋七月己丑、以柱國杜彥爲洪州總管。

八月壬申、幸栗園。滕王瓚薨。乙亥、至自栗園。上柱國・沛國公鄭譯卒。

十一月丙辰、靺鞨遣使貢方物。

十二年春正月壬子、以蘇州刺史皇甫績爲信州總管、宣州刺史席代雅爲廣州總管。

二月己巳、以蜀土秀爲內史令、兼右領軍大將軍、漢王諒爲雍州牧・右衞大將軍。

夏四月辛卯、寿州総管の周揺を襄州総管とした。

五月辛亥、広州総管の席世雅が没した。

秋七月乙巳、尚書右僕射・邳国公の蘇威と礼部尚書・容城県侯の盧愷が、罪に連坐して免官され官簿から名を除かれた。壬戌、昆明池に行幸し、その日の内に宮殿に帰還した。己巳、太廟にて祭祀を行った。壬申晦、日食があった。

八月甲戌、制を下して全国の死罪に当たる者で、諸州が軽々に判断できないのであれば、すべて大理に再審理させた。乙亥、龍首池に行幸した。癸巳、制を下して宿衛する者がその都度守衛する場所を離れることを禁じた。丁酉、上柱国・夏州総管・楚国公の豆盧勣が没した。戊戌、上が自ら囚人を取り調べた。

九月丁未、工部尚書の楊异を呉州総管とした。

冬十月丁丑、遂安王の楊集を衛王とした。壬午、太廟にて祭祀を行った。上は、太祖の神主の前に来ると、涙を流して嗚咽し、悲みに堪えられなかった。

十一月辛亥、南郊にて祭祀を行った。壬子、百官に宴席を設け、賞賜には各々差が有った。己未、上柱国・新義郡公の韓擒虎が没した。庚申、豫州刺史の権武を潭州総管とした。甲子、百官が武徳殿にて大射の礼を行った。

十二月癸酉、突厥が使者を派遣して来朝した。乙酉、上柱国・内史令の楊素を尚書右僕射とした。己酉、吐谷渾と靺鞨がともに使者を派遣して地方の名物を貢献し

夏四月辛卯、以壽州總管周搖爲襄州總管。

五月辛亥、廣州總管席代雅卒。

秋七月乙巳、尚書右僕射・邳國公蘇威、禮部尚書・容城縣侯盧愷、並坐事除名。壬戌、幸昆明池、其日還宮。己巳、有事於太廟。壬申晦、日有蝕之。

八月甲戌、制天下死罪、諸州不得便決、皆令大理覆治。乙亥、幸龍首池。癸巳、制宿衞者不得輒離所守。丁酉、上柱國・夏州總管・楚國公豆盧勣卒。戊戌、上親錄囚徒。

九月丁未、以工部尚書楊异爲吳州總管。

冬十月丁丑、以遂安王集爲衞王。壬午、有事于太廟。至太祖神主前、上流涕嗚咽、悲不自勝。

十一月辛亥、有事於南郊。壬子、宴百僚、頒賜各有差。己未、上柱國・新義郡公韓擒卒。庚申、以豫州刺史權武爲潭州總管。甲子、百僚大射於武德殿。

十二月癸酉、突厥遣使來朝。乙酉、以上柱國・内史令楊素爲尚書右僕射。己酉、吐

た。

十三年春正月乙巳、上柱国・郇国公の韓建業《かんけんぎょう》が没した。丙午、契丹・奚《けい》・霫《し》・室《しつ》韋《い》がみな使者を派遣して地方の名物を貢献した。壬子、上が自ら感生帝《かんしょうてい》を祀った。己未、信州総管の韋世康を吏部尚書とした。壬戌、岐州に行幸した。

二月丙子、詔して仁寿宮を造営させた。丁亥、岐州から帰還した。戊子、宴席を設け嘉則殿で使者に接見した。己卯、皇孫の楊暕を豫章王とした。戊子、晋州刺史・南陽郡公の賈悉達《かしつたつ》、隰州総管・撫寧郡公の韓延《かんえん》などが、収賄の罪によって誅殺された。己丑、制を下して連坐して免官される者は、配流一年とした。丁酉、制を下して緯書や尚書中候・図讖を個人が密かに収蔵することを禁じた。

夏四月癸未、制を下して戦死者を出した家に租税賦役を一年免除した。

五月癸亥、詔を下して民間で国史を撰集したり、人物を評論する者がいれば、ともに厳重に禁止させた。

秋七月戊申、靺鞨が使者を派遣して地方の名物を貢献した。壬子、左衛大将軍・雲州総管・鉅鹿郡公の賀婁子幹が没した。丁巳、昆明池に行幸した。戊辰晦、日食があった。

九月丙辰、囚徒の罪を減じた。庚申、邵国公の楊綸を滕王とした。乙丑、柱国の杜彦を雲州総管とした。

冬十月乙卯、上柱国・華陽郡公の梁彦光が没した。

谷渾・靺鞨並遣使貢方物。

十三年春正月乙巳、上柱國・郇國公韓建業卒。丙午、契丹・奚・霫・室韋並遣使貢方物。壬子、親祀感帝。己未、以信州總管韋世康爲吏部尚書。壬戌、行幸岐州。

二月丙子、詔營仁壽宮。丁亥、至自岐州。戊子、宴考使於嘉則殿。己卯、立皇孫暕爲豫章王。戊子、晉州刺史・南陽郡公賈悉達、隰州總管・撫寧郡公韓延等、以賄伏誅。己丑、制坐事去官者、配流一年。丁酉、制私家不得隱藏緯候圖讖。

夏四月癸未、制戰亡之家、給復一年。

五月癸亥、詔人間有撰集國史・臧否人物者、皆令禁絕。

秋七月戊申、靺鞨遣使貢方物。壬子、左衛大將軍・雲州總管・鉅鹿郡公賀婁子幹卒。丁巳、幸昆明池。戊辰晦、日有蝕之。

九月丙辰、降囚徒。庚申、以邵國公楊綸爲滕王。乙丑、以杜國杜彦爲雲州總管。

冬十月乙卯、上柱國・華陽郡公梁彦光卒。

十四年夏四月乙丑、詔を下して、

昔は聖人は、音楽を作り徳を崇敬し、風俗を移し易えることを、重要視していた。晋が南遷して以来、兵乱は止まずに雅楽は流散し、多くの年月が経ちながらも、天下は統一されることがなく、正しい楽を確かめる方法もなかった。我が隋は、上天の照覧と神明の祝福を受け、世の塗炭の苦しみを救って民を安息させ、天下は一つとなって統治され、古い文物はすべて我が隋が所有している。先頃所管の官吏に命じて、典雅方正なる音楽を研究させ、すでに詳細な考察が終了したので、すぐに施行させ、現行のものは廃止するように。民間の音楽が誤ることは長きにわたり、その古い姿を捨て、競うようにして賑やかな音楽を作り、軽薄に流れて戻ることを知らず、そのまま習俗と化してしまった。これらに禁令を加え、本来の楽を保たせるようにせよ。

と言った。

五月辛酉、京師で地震が起きた。関内の諸州で旱魃が起きた。

六月丁卯、各省府州県に詔を下し、それぞれに公田を与え、他に田畑を経営して民と利を争わせないようにした。

秋七月乙未、邳国公の蘇威を納言とした。

八月辛未、関中で大規模な旱魃があり、饑饉が起きた。上は関中の民を洛陽に率いて食糧を与えた。

九月己未、斉州刺史の樊子蓋《はんしがい》を循州総管とした。丁巳、基州刺史の崔仲方《さいちゅうほう》を会州総管とした。

十四年夏四月乙丑、詔曰、

在昔聖人、作樂崇德、移風易俗、於斯爲大。自晉氏播遷、兵戈不息、雅樂流散、年代已多、四方未一、無由辨正。賴上天鑒臨、明神降福、拯茲塗炭、安息蒼生、天下大同、歸於治理、遺文舊物、皆爲國有。比命所司、總令研究、正樂雅聲、詳考已訖、宜即施用、見行者停。人間音樂、流僻日久、棄其舊體、競造繁聲、浮宕不歸、遂以成俗。宜加禁約、務存其本。

五月辛酉、京師地震。關内諸州旱。

六月丁卯、詔省府州縣、皆給公廨田、不得治生、與人爭利。

秋七月乙未、以邳國公蘇威爲納言。

八月辛未、關中大旱、人飢。上率戶口就食於洛陽。

九月己未、以齊州刺史樊子蓋爲循州總管。丁巳、以基州刺史崔仲方爲會州總管。

冬閏十月甲寅、詔を下して、

　斉・梁・陳は以前に一地方において国を建て、数代を経た。今その宗廟の祭祀は絶え、儀式を行う者もいない。これを思うと哀れみの念を禁じえず、なんとも心に痛みを覚える。莒国公の蕭琮と高仁英・陳叔寶らは、それぞれの時宜によって祭祀を修め行うようにせよ。必要な器物が有れば、有司《やくにん》はこれを与えるように。

と言った。

乙卯、制を下して九品以上の外官は、父母と十五歳以上の子を連れて任地に行くことを禁じた。

十一月壬戌、制を下して各州県の属吏は、三年に一度交代し、連続して任用することを禁じた。癸未、彗星が角宿と亢宿を払った。

十二月乙未、東方に巡狩した。

十五年春正月壬戌、巡狩の車駕は斉州に留まり、上が自ら民の疾苦を慰問した。丙寅、王符山に至った。庚午、上は近年旱魃が起きていることから、泰山を祭り、己の罪過を陳謝した。天下に大赦を行った。

二月丙辰、天下の武器を没収し、私造する者がいれば、罪に問うた。関中と辺境一帯は例外とした。丁巳、上柱国・蔣国公の梁睿が没した。

三月己未、東方への巡狩より帰還した。五岳と大海・江河への望祭を行った。丁亥、仁寿宮に行幸した。営州総管の韋藝《いげい》が没した。

冬閏十月甲寅、詔曰、

　齊・梁・陳往皆創業一方、綿歷年代。既宗祀廢絶、祭奠無主。興言矜念、良以愴然。莒國公蕭琮及高仁英・陳叔寶等、宜令以時修其祭祀。所須器物、有司給之。

乙卯、制外官九品已上、父母及子年十五已上、不得將之官。

十一月壬戌、制州縣佐吏、三年一代、不得重任。癸未、有星孛于角亢。

十二月乙未、東巡狩。

十五年春正月壬戌、車駕次齊州、親問疾苦。丙寅、旅王符山。庚午、上以歲旱、祠太山、以謝愆咎。大赦天下。

二月丙辰、收天下兵器、敢有私造者、坐之。關中・緣邊、不在其例。丁巳、上柱國・蔣國公梁睿卒。

三月己未、至自東巡狩。望祭五嶽海瀆。丁亥、幸仁壽宮。營州總管韋藝卒。

夏四月己丑朔、天下に大赦を行った。甲辰、趙州刺史の楊達を工部尚書とした。丁未、開府儀同三司の韋沖《いちゅう》を営州総管とした。

五月癸酉、吐谷渾が使者を派遣して朝貢した。丁亥、制を下して五品以上の京官に銅虎符を佩帯させた。

六月戊子、詔を下して黄河の底柱山を削らせた。庚寅、相州刺史の豆盧通が綾文布を貢献したが、命を下してそれを朝堂で焼かせた。乙未、林邑が使者を派遣して地方の名物を貢献した。辛丑、詔を下してこれまでに祭祀の対象とされていなかった名山大川をすべて祭らせた。

秋七月乙丑、晋王の楊廣が毛亀を献上した。甲戌、邳国公の蘇威を派遣して、江南を巡察させた。戊寅、仁寿宮より帰還した。辛巳、制を下して九品以上の官吏で理由が有って離職する者は、みな笏を手にすることを許可した。

冬十月戊子、吏部尚書の韋世康を荊州総管とした。

十一月辛酉、温湯に行幸した。乙丑、温湯より帰還した。

十二月戊子、勅を下して辺境の糧食を一升以上盗んだ者は、みな斬り殺し、またその家財親族を官府に没収させた。己丑、詔を下して、文武官は四回の審査を経てから交代させた。

十六年春正月丁亥、皇孫の楊裕《ようゆう》を平原王とし、楊筠《よういん》を安成王とし、楊嶷《ようぎ》を安平王とし、楊恪《ようかく》を襄城王とし、楊該《ようがい》を高陽王とし、楊韶《ようしょう》を建安王とし、楊煚《ようけい》を潁川王とした。

夏四月己丑朔、大赦天下。甲辰、以趙州刺史楊達爲工部尚書。丁未、以開府儀同三司韋沖爲營州總管。

五月癸酉、吐谷渾遣使朝貢。丁亥、制京官五品已上、佩銅魚符。

六月戊子、詔鑿底柱。庚寅、相州刺史豆盧通貢綾文布、命焚之於朝堂。乙未、林邑遣使來貢方物。辛丑、詔名山大川未在祀典者悉祠之。

秋七月乙丑、晉王廣獻毛龜。甲戌、遣邳國公蘇威巡省江南。戊寅、至自仁壽宮。辛巳、制九品已上官、以理去職者、聽並執笏。

冬十月戊子、以吏部尚書韋世康爲荊州總管。

十一月辛酉、幸溫湯。乙丑、至自溫湯。

十二月戊子、勅盜邊糧一升已上皆斬、並籍沒其家。己丑、詔文武官以四考交代。

十六年春正月丁亥、以皇孫裕爲平原王、筠爲安成王、嶷爲安平王、恪爲襄城王、該爲高陽王、韶爲建安王、煚爲潁川王。

夏五月丁巳、懷州刺史の龐晃《ほうこう》を夏州総管とし、蔡陽県公の姚辯《ようべん》を霊州総管とした。

六月甲午、制を下して工商業に従事する者の仕官を禁じた。幷州で大規模な蝗害があった。辛丑、詔を下して九品以上の官員の妻と五品以上の官員の妾が、夫の没後に再婚することを禁じた。

秋八月丙戌、詔を下して死罪に決した者は、三度奏上した後に刑を行うようにした。

冬十月己丑、長春宮に行幸した。

十一月壬子、長春宮から帰還した。

十七年春二月癸未、太平公の史萬歳が西寧羌を攻撃し、平定した。庚寅、仁寿宮に行幸した。庚子、上柱国の王世積が桂州の賊である李光仕《りこうし》を討伐し、平定した。壬寅、河南王の楊昭《ようしょう》が妃を娶ったので、群臣に宴席を設け、賞賜には各々差が有った。

三月丙辰、詔を下して、

職務を分けて官吏を設け、各自の職務を行わせ、職官爵位の高下にはそれぞれ等級の差が有る。もし任官された者が互いに敬い憚ることもせず、自己に寛容に縦にすることが多ければ、事を成し遂げることは困難となろう。職務に停滞や過失が有り、法令の条文が備わっていても、もし律令に依拠すれば刑罰は軽くなるが、感情によって議論すれば罰は重くなり、また罪を速やかに処断しなければ懲罰粛正の意図が薄れてしまう。諸官がその属官の評定を行い、もし過失が有ったのであれば、律令以外の裁量によって杖刑を加えることを許可する。

夏五月丁巳、以懷州刺史龐晃爲夏州總管、蔡陽縣公姚辯爲靈州總管。

六月甲午、制工商不得進仕。幷州大蝗。辛丑、詔九品已上妻、五品已上妾、夫亡不得改嫁。

秋八月丙戌、詔決死罪者、三奏而後行刑。

冬十月己丑、幸長春宮。

十一月壬子、至自長春宮。

十七年春二月癸未、太平公史萬歲擊西寧羌、平之。庚寅、幸仁壽宮。庚子、上柱國王世積討桂州賊李光仕、平之。壬寅、河南王昭納妃、宴羣臣頒賜各有差。

三月丙辰、詔曰

分職設官、共理時務、班位高下、各有等差。若所在官人不相敬憚、多自寬縱、事難克舉。諸有殿失、雖備科條、或據律乃輕、論情則重、不即決罪、無以懲肅。其諸司論屬官、若有愆犯、聽於律外斟酌決杖。

と言った。
辛酉、上が自ら囚人を審理した。癸亥、上柱国・彭国公の劉昶《りゅうちょう》が罪によって誅殺された。庚午、治書侍御史の柳彧《りゅういく》と皇甫誕《こうほたん》を派遣して河南・河北を巡察させた。

夏四月戊寅、新暦を頒布した。壬午、詔を下して、
周の命数が終焉を迎えようとした時、多くの凶賊が反乱を起こし、災厄は辺境から巻き起こり、その害毒は民に及んだ。朕は上天より命を受け、天下を掃き清め、聖霊より神助を授かり、文武の臣下は心を同じくしていた。申明公の李穆・鄖襄公の韋孝寛《いこうかん》・広平王の楊雄・蔣国公の梁睿・楚国公の豆盧勣・斉国公の高熲・越国公の楊素・魯国公の虞慶則・新寧公の叱李長叉・宜陽公の王世積・趙国公の陰壽（字は羅雲《らうん》）・隴西公の李詢・広業公の（某）景・真昌公の（某）振・沛国公の鄭譯・項城公の王韶・鉅鹿公の賀婁子幹らは、朕が登極して任官した時、王朝創業のあの日より、その大いなる忠節の心によって帝業に尽力し、その大いなる功績を上げた力によって王府を宣揚した。彼等の家門を栄えさせ、国と幸を同じくさせるのだ。その嫡子嫡孫でまだ州刺史の任すら得ていない者は、その才能によって任用し、多くの栄誉と高位を受けさせ、代々その俸禄の尽きることが無いようにせよ。
と言った。
五月、玉女泉で百官に宴席を設け、賞賜には各々差が有った。己巳、蜀王の楊秀が来朝した。高麗が使者を派遣して地方の名物を貢献した。甲戌、左衛将軍の獨孤

辛酉、上親錄囚徒。癸亥、上柱國・彭國公劉昶以罪伏誅。庚午、遣治書侍御史柳彧・皇甫誕巡省河南・河北。
夏四月戊寅、頒新曆。壬午、詔曰、
周曆告終、羣凶作亂、釁起蕃服、毒被生人。朕受命上玄、廓清區宇、聖靈垂祐、文武同心。申明公穆・鄖襄公孝寬・廣平王雄・蔣國公睿・楚國公勣・齊國公熲・越國公素・魯國公慶則・新寧公長叉・宜陽公世積・趙國公羅雲・隴西公詢・廣業公景・眞昌公振・沛國公譯・項城公子相・鉅鹿公子幹等、登庸納揆之時、草昧經綸之日、丹誠大節、心盡帝圖、茂績殊勳、力宣王府。宜弘其門緒、與國同休。其世子世孫未經州任者、宜量才升用、庶享榮位、世祿無窮。
五月、宴百僚於玉女泉、頒賜各有差。己巳、蜀王秀來朝。高麗遣使貢方物。甲戌、

羅を涼州総管とした。

閏月己卯、鹿の群れが殿門より侵入し、侍衛に馴れ従った。

秋七月丁丑、桂州の人である李世賢《りせいけん》が反乱を起こしたので、右武候大将軍の虞慶則を派遣してこれを討伐し平定させた。丁亥、上柱国・幷州総管・秦王の楊俊が罪に連坐して官職を罷免され、王の身分のまま邸宅に蟄居した。戊戌、突厥が使者を派遣して地方の名物を貢献した。

八月丁卯、荊州総管・上庸郡公の韋世康が没した。

九月甲申、仁寿宮から帰還した。庚寅、上は侍臣に「礼とは恭敬の心を根幹として、皆が心を尽くして行うべきものである。供物の黍や稷が芳しいのではない。厳粛な場を貴ぶのである。宗廟と朝廷に楽を設けるのは本来神聖なものを迎え入れるためであり、斎戒や祭祀を行う日は目に触れるもの多くに深く感じ入る。こうした時に、他事に心を割けようか。路上で楽を奏でるのは、礼法の認める所ではない。諸公卿士はこの事について詳細に議論しなくてはならない」と言った。

冬十月丁未、銅虎符を驃騎府と車騎府に配付した。戊申、道王の楊静が薨去した。

庚申、詔を下して、
五帝の楽がそれぞれ異なり、三王の礼がそれぞれ異なるのは、どれも当時の事がらに合わせて増減し、人情によって制度を立てていたのである。敬仰して宗廟の祭祀を行い、そこに祖先がいるかのように恭しく仰ぎ見れば、感極まって、祖先への想いが深まっていく。それなのに祭祀が終わり帰路に就けば、出駕に

以左衛將軍獨孤羅爲涼州總管。

閏月己卯、羣鹿入殿門、馴擾侍衛之内。

秋七月丁丑、桂州人李代賢反、遣右武候大將軍虞慶則討平之。丁亥、上柱國・幷州總管秦王俊坐事免 以王就第。戊戌、突厥遣使貢方物。

八月丁卯、荊州總管・上庸郡公韋世康卒。

九月甲申、至自仁壽宮。庚寅、上謂侍臣曰「禮主於敬、皆當盡心。黍稷非馨。貴在祇肅。廟庭設樂、本以迎神、齋祭之日、觸目多感。當此之際、何可爲心。在路奏樂、禮未爲允。羣公卿士、宜更詳之」。

冬十月丁未、頒銅獸符於驃騎・車騎府。

戊申、道王靜薨。

庚申、詔曰、
五帝異樂、三王殊禮、皆隨事而有損益、因情而立節文。仰惟祭享宗廟、瞻敬如在、罔極之感、情深茲日。而禮畢升路、鼓吹發音、還入宮門 金石振響。斯則哀樂同

際して鼓吹の楽が流され、帰還して宮城の門に入れば、金石の楽が迎え入れる。これは同日に哀しいことと楽しいことが行われているのであり、心に感じることは相違し、感情が休まらず、理念と事実が一致していない。この従来の礼式を改め、礼教を広めようではないか。今後、廟で祭祀を行う日には鼓吹を同行させず、宮殿の庭に金鐘や石磬を設置しないようにせよ。

と言った。

辛未、京師で大捜索を行った。

十一月丁亥、突厥が使者を派遣して来朝した。

十二月壬子、上柱国・右武候大将軍・魯国公の虞慶則が罪によって誅殺された。

十八年春正月辛丑、詔を下して、
呉越地方の人々は、往年の宜しからぬ習俗を受け継ぎ、所々で大船を私造し、結集しては民に害をなしている。江南の諸州の間に、長さ三丈以上の船があれば、全て官府に没収せよ。

と言った。

二月甲辰、仁寿宮に行幸した。乙巳、漢王の楊諒を行軍元帥として、水陸三十万の軍によって高麗を征伐した。

三月乙亥、柱国の杜彦を朔州総管とした。

夏四月癸卯、蔣州刺史の郭衍《かくえん》を洪州総管とした。

五月辛亥、詔を下して、猫鬼《びょうき》・蠱毒《こどく》・厭魅《えんみ》・野道《やどう》などの呪術を行う者たちは、四

日、心事相違、情所不安、理實未允。宜改茲往式、用弘禮教。自今已後、享廟日不須備鼓吹、殿庭勿設樂懸。

辛未、京師大索。

十一月丁亥、突厥遣使來朝。

十二月壬子、上柱國・右武候大將軍・魯國公虞慶則以罪伏誅。

十八年春正月辛丑、詔曰、
吳越之人、往承弊俗、所在之處、私造大船、因相聚結、致有侵害。其江南諸州、人間有船長三丈已上、悉括入官。

二月甲辰、幸仁壽宮。乙巳、以漢王諒爲行軍元帥、水陸三十萬伐高麗。

三月乙亥、以柱國杜彦爲朔州總管。

夏四月癸卯、以蔣州刺史郭衍爲洪州總管。

五月辛亥、詔畜猫鬼・蠱毒・厭魅・野道

方の辺境に放逐した。

六月丙寅、詔を下して、高麗王の高元《こうげん》の官爵を除いた。

秋七月壬申、詔を下して、河南の八州は洪水が起きたため、労役を免除した。丙子、京官の五品以上・総管・刺史に詔を下して志行修謹・清平幹済の二科によって人才を推挙させた。

九月己丑、漢王の楊諒が率いた軍が疫病が流行ったために帰還した。全軍の八九割が死亡した。庚寅、勅を下してその地方に宿る旅客が官府の発行した身分証を所持していない場合は、その罪に刺史・県令も連坐させた。辛卯、仁寿宮から帰還した。

冬十一月甲戌、上が自ら囚人を取り調べた。癸未、南郊にて郊祀を行った。

十二月庚子、上柱国・夏州総管・任城郡公の王景が罪によって誅殺された。この月、京師から仁寿宮への道のりに、十二ヶ所の行宮を設置した。

十九年春正月癸酉、天下に大赦を行った。戊寅、武徳殿にて大射の礼を行い、宴席を設けて百官に賞賜した。

二月己亥、晋王の楊廣が来朝した。辛丑、幷州総管の長史の宇文弼を朔州総管とした。甲寅、仁寿宮に行幸した。

夏四月丁酉、突厥の突利可汗《とつりかがん》が朝廷に帰順した。達頭可汗が辺塞を攻撃したので、行軍総管の史萬歳を派遣してこれを撃破した。

六月丁酉、豫章王の楊暕を内史令とした。


之家、投於四裔。

六月丙寅、下詔黜高麗王高元官爵。

秋七月壬申、詔以河南八州水、免其課役。丙子、詔京官五品已上。總管・刺史、以志行修謹・清平幹濟二科擧人。

九月己丑、漢王諒師遇疾疫而旋。死者十八九。庚寅、勑舍客無公驗者、坐及刺史・縣令。辛卯、至自仁壽宮。

冬十一月甲戌、上親錄囚徒。癸未、有事於南郊。

十二月庚子、上柱國・夏州總管・任城郡公王景以罪伏誅。是月、自京師至仁壽宮、置行宮十有二所。

十九年春正月癸酉、大赦天下。戊寅、大射武德殿、宴賜百官。

二月己亥、晉王廣來朝。辛丑、以幷州總管長史宇文弼爲朔州總管。甲寅、幸仁壽宮。

夏四月丁酉、突厥突利可汗內附。達頭可汗犯塞、遣行軍總管史萬歲擊破之。

六月丁酉、以豫章王暕爲內史令。

秋八月癸卯、上柱国・尚書左僕射・斉国公の高熲が罪に連坐して免官された。辛亥、上柱国・皖城郡公の張威《ちょうい》が没した。甲寅、上柱国・城陽郡公の李徹《りてつ》が没した。

九月乙丑、太常卿の牛弘を吏部尚書とした。

冬十月甲午、突厥の突利可汗を啓民可汗とし、大利城を築かせてその部族を住まわせた。庚子、朔州総管の宇文弢を代州総管とした。

十二月乙未、突厥の都藍可汗が配下の者に殺された。丁丑、星が勃海に落ちた。

二十年春正月辛酉朔、上は仁寿宮に行幸している。突厥・高麗・契丹がともに使者を派遣して地方の名物を貢献した。癸亥、代州総管の宇文弢を呉州総管とした。

二月己巳、上柱国の崔弘度を原州総管とした。丁丑、雲が無いのに雷があった。

三月辛卯、熙州の人である李英林《りえいりん》が反乱を起こしたので、行軍総管の張衡を派遣して討伐させ平定した。

夏四月壬戌、突厥が辺塞を攻撃したので、晋王の楊廣を行軍元帥として、これを撃破させた。乙亥、水を流すような音が、天の南から北に向かって聞こえた。

六月丁丑、秦王の楊俊が薨去した。

秋八月、老人星が現れた。

秋八月癸卯、上柱國・尚書左僕射・齊國公高熲坐事免。辛亥、上柱國・皖城郡公張威卒。甲寅・上柱國・城陽郡公李徹卒。

九月乙丑、以太常卿牛弘爲吏部尚書。

冬十月甲午、以突厥利可汗爲啓人可汗、築大利城處其部落。庚子、以朔州總管宇文弢爲代州總管。

十二月乙未、突厥都藍可汗爲部下所殺。丁丑、星霣於勃海。

二十年春正月辛酉朔、上在仁壽宮。突厥・高麗・契丹並遣使貢方物。癸亥、以代州總管宇文弢爲呉州總管。

二月己巳、以上柱國崔弘度爲原州總管。丁丑、無雲而雷。

三月辛卯、熙州人李英林反、遣行軍總管張衡討平之。

夏四月壬戌、突厥犯塞、以晉王廣爲行軍元帥、撃破之。乙亥、天有聲如瀉水、自南而北。

六月丁丑、秦王俊薨。

秋八月、老人星見。

九月丁未、仁寿宮から帰還した。癸丑、呉州総管の楊昇が没した。

冬十月己未、太白が昼間に現れた。乙丑、皇太子の楊勇とその子たちを、ともに廃位して庶民とした。柱国・太平県公の史萬歳を殺した。己巳、左衛大将軍・五原郡公の元旻を殺した。

十一月戊子、全土で地震があり、京師では暴風雪があった。晋王の楊廣を皇太子とした。

十二月戊午、詔を下して、東宮に所属する官吏は皇太子に対して「臣」と自称することを禁じた。

辛巳、詔を下して、

仏法は奥深く神妙なものであり、道教は太虚和合を尊ぶ。どちらも大いなる慈悲によって衆生を救済し、すべて生あるものは、みなその庇護を受けている。霊妙なる姿を彫刻・鋳造し、本来の姿を図に描くのは、天下をあげて神仏を敬慕し、誠心誠意謹み敬うためである。また五嶽と四鎮は、雲雨を適切に差配し、長江・黄河・淮水と海は、その地域を潤すとともに万物を育成し、万民に利益を施している。そのために廟を建てて祭祀を行い、時期ごとに恭しく敬っている。それなのに仏や天尊の像、または五嶽・四鎮・海・河川の神の像を損壊したり窃盗する者がいれば、不道の罪によって、仏像を壊す僧侶や天尊の像を壊す道士がいれば、悪逆の罪によって処断せよ。

と言った。

九月丁未、至自仁壽宮。癸丑、呉州總管楊昇卒。

冬十月己未、太白晝見。乙丑、皇太子勇及諸子並廢爲庶人。殺柱國・太平縣公史萬歲。己巳、殺左衞大將軍・五原郡公元旻。

十一月戊子、天下地震、京師大風雪。以晉王廣爲皇太子。

十二月戊午、詔東宮官屬不得稱臣於皇太子。

辛巳、詔曰、

佛法深妙、道教虚融。咸降大慈、濟度羣品、凡在含識、皆蒙覆護。所以雕鑄靈相、圖寫眞形、率土瞻仰、用申誠敬。其五嶽四鎭、節宣雲雨、江・河・淮・海、浸潤區域、並生養萬物、利益兆人。故建廟立祀、以時恭敬。敢有毀壞偸盜佛及天尊像・嶽鎭海瀆神形者、以不道論、沙門壞佛像、道士壞天尊者、以惡逆論。

仁寿元年春正月乙酉朔、大赦を行い、改元した。尚書右僕射の楊素を尚書左僕射とし、納言の蘇威を尚書右僕射とした。丁酉、河南王の楊昭を晋王に移した。突厥が恒安を荒したので、柱国の韓洪《かんこう》を派遣してこれを撃たせたが、官軍は敗れた。晋王の楊昭を内史令とした。

辛丑、詔を下して、

君子がその身を立てるには百もの行いがあるが、ただ忠と孝とが最もその筆頭たるべき行いである。そのため主命に身を投じて忠節に殉じることは、古来その成しがたきを称賛し、国事に命を落とせば、礼法として勲二等を加えている。それなのに世俗の徒は大義を理解せず、兵事に落命した者を墓地に入れずにいる。これは死んでいった孝子の思いを傷つけ、人臣の心を損う行為であり、折に触れてこの事を思えば、つねに深く憂い歎じている。また廟に入れて祭祀すれば、決して失われる事がないのに、どうして墳墓に葬ることだけに止めて、彼等だけを廟に祀らないことがあろうか。今後は、戦死した者であっても墓地に葬るように。

と言った。

二月乙卯朔、日食があった。辛巳、上柱国の獨孤楷《どっこかい》を原州総管とした。

三月壬辰、豫章王の楊暕を揚州総管とした。

夏四月、淅州刺史の蘇孝慈を洪州総管とした。

仁壽元年春正月乙酉朔、大赦、改元。以尚書右僕射楊素爲尚書左僕射、納言蘇威爲尚書右僕射。丁酉、徙河南王昭爲晉王。突厥寇恒安、遣柱國韓洪擊之、官軍敗績。以晉王昭爲内史令。

辛丑、詔曰、

君子立身、雖云百行、唯誠與孝、最爲其首。故投主殉節、自古稱難、殞身王事、禮加二等。而代俗之徒、不達大義、至於致命戎旅、不入兆域。虧孝子之意、傷人臣之心、興言念此、每深愍歎。且入廟祭祀、並不廢闕、何止墳塋、獨在其外。自今已後、戰亡之徒、宜入墓域。

二月乙卯朔、日有蝕之。辛巳、以上柱國獨孤楷爲原州總管。

三月壬辰、以豫章王暕爲揚州總管。

夏四月、以淅州刺史蘇孝慈爲洪州總管。

五月己丑、突厥の男女九万人が投降した。壬辰、暴雨と雷があり、暴風が木を根元から抜き払い、宜君を流れていた湫水が始平に移動した。

六月癸丑、洪州総管の蘇孝慈が没した。乙卯、十六人の使者を派遣して風俗を巡察させた。

乙丑、詔を下して、

儒学の道は、民を教導するために、父子君臣の義と尊卑長幼の序を学ばせ、朝廷に推挙して適職に任用するので、その時々の急務を助け治め、教化を増していくことができる。朕は天下を統治してより徳教を広めようと思い、学生を集めて学校を建て、民が身を進めて官に就くための路を開き、賢人俊才が現れるのを待っていた。しかし国学の学生は今にも千人を超えようとし、地方の州県の学校もまた生徒が少なくなく、学生の名簿はあるものの、虚しく年月を経るばかりであり、今なおその徳によって民の模範となり、その才能によって国事を任されるような者は現れていない。そもそも学校を建てた理由からすれば、数が多いだけで、まだ優れた成果が得られていないということになる。今、これら学校の組織を簡略化し、民の教導に一層勉め励むように。

と言った。そこで国子学では学生七十人のみを留め、太学と四門、及び州県の学校はすべて廃止した。この日、仏舎利を諸州に配布した。

秋七月戊戌、国子学を太学に改めた。

九月癸未、柱国の杜彦を雲州総管とした。

十一月己丑、南郊で祭祀を行った。壬辰、資州刺史の衞玄を遂州総管とした。

五月己丑、突厥男女九萬口來降。壬辰、驟雨震雷、大風拔木、宜君湫水移於始平。

六月癸丑、洪州總管蘇孝慈卒。乙卯、遣十六使巡省風俗。

乙丑、詔曰、

儒學之道、訓教生人、識父子君臣之義、知尊卑長幼之序、升之於朝、任之以職、故能贊理時務、弘益風範。朕撫臨天下、思弘德教、延集學徒、崇建庠序、開進仕之路、佇賢雋之人。而國學胄子、垂將千數、州縣諸生、咸亦不少、徒有名錄、空度歲時、未有德爲代範、才任國用。良由設學之理、多而未精。今宜簡省、明加獎勵。

於是國子學唯留學生七十人、太學・四門及州縣學並廢。其日、頒舍利於諸州。

秋七月戊戌、改國子爲太學。

九月癸未、以柱國杜彥爲雲州總管。

十一月己丑、有事於南郊。壬辰、以資州

二年春二月辛亥、邢州刺史の侯莫陳穎《こうばくちんけい》を桂州総管とし、宗正の楊文紀《ようぶんき》を荊州総管とした。

三月己亥、仁寿宮に行幸した。壬寅、斉州刺史の張奫《ちょういん》を潭州総管とした。

夏四月庚戌、岐州と雍州で地震があった。

秋七月丙戌、詔を下して内外官各々の知る優れた者を推挙させた。戊子、原州総管の獨孤楷を益州総管とした。

八月己巳、皇后の獨孤氏が崩御した。

九月丙戌、仁寿宮より帰還した。壬辰、河南・河北の諸州に大水があり、工部尚書の楊達を派遣して民に施しを与えた。乙未、上柱国・襄州総管・金水郡公の周搖が没した。隴西で地震があった。

冬十月壬子、益州の管轄地域に特赦を行った。癸丑、工部尚書の楊達を納言とした。

閏月甲申、詔を下して尚書左僕射の楊素と諸術に優れた者に、陰陽諸術の錯謬について評定させた。

己丑、詔を下して、

　礼を用いるには、時の宜しきにかなうことを重視する。黄琮《こうそう》と蒼璧《そうへき》を用いて天地の神祇を降し、穀物と犠牲によって宗廟への敬意を深め、父子君臣の序を正し、婚姻喪事の節を明かにするのである。そのため道徳仁義は礼でなければ成

刺史衞玄爲遂州總管。

二年春二月辛亥、以邢州刺史侯莫陳穎爲桂州總管、宗正楊文紀爲荊州總管。

三月己亥、幸仁壽宮。壬寅、以齊州刺史張奫爲潭州總管。

夏四月庚戌、岐・雍二州地震。

秋七月丙戌、詔內外官各舉所知。戊子、以原州總管獨孤楷爲益州總管。

八月己巳、皇后獨孤氏崩。

九月丙戌、至自仁壽宮。壬辰、河南・北諸州大水、遣工部尚書楊達賑恤之。乙未、上柱國・襄州總管・金水郡公周搖卒。隴西地震。

冬十月壬子、曲赦益州管內。癸丑、以工部尚書楊達爲納言。

閏月甲申、詔尚書左僕射楊素與諸術者刊定陰陽舛謬。

己丑、詔曰、

禮之爲用、時義大矣。黃琮蒼璧、降天地之神、粢盛牲食、展宗廟之敬、正父子君臣之序、明婚姻喪紀之節。故道德仁義、

し遂げることができず、上位に安んじて民を治めるには、礼に勝るものはない。天下が戦乱により分裂したまま数代に渡り、『詩《し》』に詠われた王道は衰えて民間に悪しき風俗が起こり、『春秋《しゅんじゅう》』の微言は絶えて大義は誤解され、世とともに移りかわって、その弊害は日々重くなっている。四季の祭祀や郊祀の儀礼の制定や、五種の喪服の尊卑については、それぞれ異説があって混乱しており、聖教を衰退させて誤らせ、事の軽重を計るのに基準がなくなってしまっている。朕が謹んで天命を承けて生民を統治するに当たっては、旧悪を一掃する時であり、戦乱の世であった。そこで先ず武功を運らして争乱を平定したが、旧典を訂正するにはまだ余裕がなかった。今、四海は安定して兵力を用いる必要がなくなったので、まことに礼節を広めて民を教化し、徳に導いて礼を整え、往古の聖人の旧典をつなぎ合わせて、先王の偉大なる礼則を興すべきである。尚書左僕射・越国公の楊素、尚書右僕射・邳国公の蘇威、吏部尚書・奇章公の牛弘、内史侍郎の薛道衡、秘書丞の許善心、内史舎人の虞世基、著作郎の王劭は、或いは国政を担う地位にいて古今に通暁しており、或いは令名ある大器であり、その学問は経史を治めている。これらに編纂を委ねよう。よくよくともに論議して、五礼を修定せよ。
と言った。

壬寅、献皇后獨孤氏を太陵に埋葬した。

十二月癸巳、上柱国・益州総管・蜀王の楊秀が廃位されて庶民となった。交州の人である李佛子《りふつし》が挙兵して反乱を起こしたので、行軍総管の劉方《りゅうほう》を派遣してこれを

非禮不成、安上治人、莫善於禮。自區宇亂離、緜歷年代、王道衰而變風作、微言絶而大義乖、與代推移、其弊日甚。至於四時郊祀之節文、五服麻葛之隆殺、是非異說、踳駁殊塗、致使聖教凋訛、輕重無準。朕祗承天命、撫臨生人、當洗滌之時、屬干戈之代。克定禍亂、先運武功、刪正彝典、日不暇給。今、四海乂安、五戎勿用、理宜弘風訓俗、導德齊禮、綴往聖之舊章、興先王之茂則。尚書左僕射・越國公楊素、尚書右僕射・邳國公蘇威、吏部尚書・奇章公牛弘、内史侍郎薛道衡、祕書丞許善心、内史舍人虞世基、著作郎王劭、或任居端揆、博達古今、或器推令望、學綜經史。委以裁緝。實允僉議、可並修定五禮。

壬寅、葬獻皇后於太陵。

十二月癸巳、上柱國・益州總管蜀王秀廢爲庶人。交州人李佛子擧兵反、遣行軍總管

討伐して平定させた。

三年春正月己卯、原州総管・比陽県公の龐晃が没した。戊子、大将軍・蔡陽郡公の姚辯を左武候大将軍とした。

夏五月癸卯、詔を下して、

哀しきかな、父母は我を生みて労苦せしに、この徳へ報いようにも、蒼天に尽きることもなきこの思いはもう果たすことが適わぬ。父母の死に接しては、ただ厳かに慎むばかりで何もしてやることはできず、霜露の降るをみても、心虚しく通切な思いを懐くのみである。六月十三日は、朕の生れた日である。海内に令を下し、武元皇帝・元明皇后のために屠殺を禁じさせるように。

と言った。

六月甲午、詔を下して、

『礼記《らいき》』に「至親の喪は一年を限りとする」と言うのは、つまり四季の移り変わりによって万物が新たになるので、聖人はこれに則って一年としたのだ。父母の喪が三年あるのは、父母を重んじるからである。ただし家には最も尊い者は二人もいないので、母の喪の期間は減らす。そのため父の存命中に母の喪に服して、一年で喪を終えるのは、服喪の礼として正しいものである。しかしどうしてその一年の内に小祥まで行えようか。そもそも三年の喪に服すときに小祥があるのは、『礼記』に「一年で小祥の祭祀を行うのは、礼に即している。一年で喪服を脱ぐのは、道に即している」と言っているからである。そうであ

劉方討平之。

三年春正月己卯、原州總管・比陽縣公龐晃卒。戊子、以大將軍・蔡陽郡公姚辯爲左武候大將軍。

夏五月癸卯、詔曰、

哀哀父母、生我劬勞、欲報之德、昊天罔極。但風樹不靜、嚴敬莫追、霜露既降、感思空切。六月十三日、是朕生日。宜令海内、爲武元皇帝・元明皇后斷屠。

六月甲午、詔曰、

禮云「至親以朞斷」。蓋以四時之變易、萬物之更始、故聖人象之。其有三年、加隆爾也。但家無二尊、母爲厭降。是以父存喪母、還服于朞者、服之正也。豈容朞内而更小祥。然三年之喪而有小祥者、禮云「朞祭、禮也。朞而除喪、道也」。以是之故、雖未再朞、而天地一變、不可不祭、不可不除。故有練焉、以存喪祭之

るから、まだ三年経っていなくても、天地が一巡して一年経てば、祭祀を行い、喪服を脱がなければならないのである。そのために練服があり、喪礼の本義をのこしている。しかしながら一年の喪に練服があるのは、理として不適切ではないか。『礼記』に「十一ヶ月で練服を行う」と言ってはいるが、天地の何者に則るわけでもなく、まだ一年経っておらずその時でもないのだから、どうして喪服を除く祭祀ができようか。それを儒者は無意味に三年の喪に準じて、一年の喪にも練と禫《たん》を行う区切り目を設けるが、仮にその変化をのこすならば、喪礼の本質を失ってしまい、それをなくそうとすれば、喪礼を軽くしてしまうと言えよう。練服を行うのに、子に練冠を被らせて首経を取り去り、黄色い裏地に薄紅の縁取りをした服を着せているのに、まだ粗末な葛で作られた腰経を帯に用いて身に着けているのだから、粗服を脱ぎ去ったのではない。これでは経帯を用いて哀しみを表しながらも、親に対する情がすでに失われ、親疎の秩序が損なわれ、事の軽重が転倒しているではないか。これは人の情に順うものではなく、聖人の意図した所でもあるまい。そのため先聖の礼は後人によって廃されていたことが分かる。三年の喪を行わない者が、小祥や練服を行おうというのだから、どうして礼が損なわれていないと言えようか。『礼記』に「父母の喪については、貴賤の区別なく、同じように行う」と言うが、しかし大夫と士が父母の喪に服すには、身分の貴賤によって服しかたが異なっている。これはつまり礼楽の道は古くから崩れ乱れていたのである。そのため晏嬰《あんえい》が斉の桓公の喪に斬縗を用いた際には、古老に非礼であると言われ、滕の文公

本。然朞喪有練、於理未安。雖云十一月而練、乃無所法象、非朞非時、豈可除祭。而儒者徒擬三年之喪、立練禫之節、可謂苟存其變、而失其本、欲漸於奪、乃薄於喪。致使子則冠練去經、黃裏縓緣、經則布葛在躬、麤服未改。豈非經哀尚存、子情已奪、親疎失倫、輕重顚倒。乃不順人情、豈聖人之意也。故知先聖之禮廢於人邪。三年之喪尚有不行之者、至於祥練之節、安能不墜者乎。禮云「父母之喪、無貴賤一也」。而大夫士之喪父母、乃貴賤異服。然則禮壞樂崩、由來漸矣。所以晏平仲之斬麤縗、其老謂之非禮、滕文公之服三年、其臣咸所不欲。蓋由王道既衰、諸侯異政、將踰越於法度、惡禮制之害己、乃滅去篇籍、自制其宜。遂至骨肉之恩、輕重從俗、無易之道、隆殺任情。況孔子沒而微言隱、秦滅學而經籍焚者乎。有漢之興、雖求儒雅、人皆異說、義非一貫。又近代亂離、唯務兵革、其於典禮、時所

が三年の喪に服そうとした際には、その臣下がこぞって反対したのである。これは王道がすでに衰え、諸侯各々が異なった政治をしていたため、人々は規則を破り、礼制度が自己の欲求を害することを嫌ったために、礼の典籍を捨て去って、自分の良いように決めていったのであろう。そして肉親への報恩についても、その軽重は世間の習慣に従うこととなり、変わるはずのない道義すら、その判断を人情に委ねることとなったのである。まして孔子が没して『春秋』の微言は失われ、秦の焚書坑儒を経ればなおさらである。漢が興ると儒者を求めたが、人ごとに説が異なり、その趣旨すら一貫していなかった。また近代に至って天下は戦乱により分断され、ただ軍事のみが重んじられ、儀礼については考慮する余裕がなかった。礼とは、天から降ってくるものでも、地から生まれ出てくるものでもなく、人の心によって定まるものであり、人の情は恩によって定まるものであると言う。そのため恩を厚くする者はその礼も厚く、情の軽い者はその礼も薄い。このために聖人は情によって礼を興し、親疎貴賤の区別を設けた。それが臣下と子の道義や上下の秩序が失われてより、これ以上にない親への恩も、世情に従って薄まり、なによりも重い親の喪に服す礼も、時とともに損なわれていった。これでは喪に服しているといっても服したとは言えず、喪服を着ているといっても喪に服しているとは言えない。いわゆる聖人が恩によりそって情を表すことで礼を制定したという本義にもとるものである。そうであるならば喪礼は穏やかであるよりは、むしろ悲痛な哀しみに基づくことが、礼の本義である。礼には他にも重んずべきものはあるが、悲哀に及ぶものはな

未遑。夫禮不從天降、不從地出、乃人心而已者、謂情緣於恩也。故恩厚者其禮隆、情輕者其禮殺。聖人以是稱情立文、別親疎貴賤之節。自臣子道消、上下失序、莫大之恩、逐情而薄、莫重之禮、與時而殺。此乃服不稱喪、容不稱服。非所謂聖人緣恩表情、制禮之義也。然喪與易也、寧在於戚、則禮之本也。禮有其餘、未若於哀、則情之實也。今十一月而練者、非禮之本、非情之實。由是言之、父存喪母、不宜有練。但依禮十三月而祥、中月而禫。庶以合聖人之意、達孝子之心。

く、人情の実を得たものと言えよう。今、一年の喪に服した際に、十一ヶ月で練服を行うのは礼の本義ではなく、情の実を得るものでもない。よって、父の存命中に母の喪に服す際は、練服を行ってはならない。ただ礼に依拠して十三ヶ月目に小祥を行い、喪が明けた後に一ヶ月を置いて禫祭を行え。願わくはこの礼制が聖人の意図に附合し、孝子の心情に及ぶことを。

と言った。

秋七月丁卯、詔を下して、

日月が往来するのは天が運行させているからであり、山川が聳え流れるのは地が気を発して育むからである。天の運行は寒暑に差がなく、地が気を発して育めば雲雨が起こり、こうして天地の大徳が成り、万物を育成する大功が行われるのである。ましてや一人で四海に君臨し、万物の運行を欲し、一人で政治を行い、群才の力を借りずにいるというのは、いまだかつて行われなかったことである。そのため堯帝は謹んで明察し、羲氏と和氏に命じて四方の山岳に居らせて天地の運行を観測させ、舜帝は優れた徳によって、八元と八凱を推挙して治政を助けさせた。伊尹は厨房に居りながらも殷の阿衡となり、呂望は魚を釣りながらも、周の尚父となった。これはつまり鶴が物陰で鳴こうとも、その子は必ずその鳴き声に和すようなもので、風雲が龍虎に従うように、賢哲の人は聖明の天子の出現に応じ、君主の徳が変わらなくとも、臣下の道は正しく、そのために天地の調和に通じ、陰陽の秩序に順うのであって、頭となる君主がいて初めて股肱となる臣下がいるのである。王道が衰微してより、民の風俗は軽

秋七月丁卯、詔曰、

日往月來、唯天所以運序、山鎮川流、唯地所以宣氣。運序則寒暑無差、宣氣則雲雨有作、故能成天地之大德、育萬物而爲功。況一人君于四海、睹物欲運、獨見致治、不藉羣才、未之有也。是以唐堯欽明、命羲・和以居岳、虞舜叡德、升元・凱而作相。伊尹鼎俎之媵、爲殷之阿衡、呂望漁釣之夫、爲周之尚父。此則鳴鶴在陰、其子必和、風雲之從龍虎、賢哲之應聖明、君德不回、臣道以正、故能通天地之和、順陰陽之序、豈不由元首而有股肱乎。自王道衰、人風薄、居上莫能公道以御物、爲下必踵私法以希時。上下相蒙、

薄となり、身を上位においても公正なる道義によって万物を支配することができず、臣下となっても勝手な規則に従って時勢に任せるしかなかった。上下ともに蒙昧となり、君臣の義は失われ、政治は誤り、民は苦しんでいる。思うに徳を同じくする気風というのは続けにくく、徳に背いた方法は追随しやすいので、職に任じられた者は宜しからず、宜しき者は任じられずにおり、人々は讒言を口にし、互いに陵辱を受ける禍は計りがたいものとなっている。そのため世の賢人たちが道に歌い世事を避け、官を辞して畑を耕し、退いては志を失わず、退けられても怨むことをせず、江湖のほとりに放逐され、河海の流れに身を任せるのは、自らの潔白を守って悔いることがないためである。巷間の秀才異才の士や村々の博識な儒者に至っては、その言動は当今の政治を助け、風俗を導くことができても、野に捨てられたまま誰にも気付かれずにおり、言うに堪えないものがある。このため古の聖王賢臣の故事を目にするごとに嘆息している。今や天下は一家となり、炊煙は万里に連なり、万民は平安であり、四方の蛮族もみな帰順しているが、これは人による功績などではなく、まことに天の意思であろう。朕が朝な夕な畏れ謹むのは、我が治世を嗣ぐ者を思えばこそであり、そのために謹んで己を励まし、日々慎みを深くしている。民のことを思えば、万民がいまだ平安を得ざることを憂え、政務を思えば、一つでも失策はなかったかと危惧している。殷の傅説の如き賢人を求めても、隠士を見つけることはできず、黄帝の如く崆峒山に道を問うことも適わない。ただただ斉の寧威《ねいい》が夜通し身の不遇を悲しんで歌い、あるいは魏の侯嬴《こうえい》が門番を務めたよう

君臣義失、義失則政乖、政乖則人困。蓋同徳之風難嗣、離徳之軌易追、則任者不休、休者不任、則衆口鑠金、戮辱之禍不測。是以行歌避代、辭位灌園、卷而可懷、黜而無慍、放逐江湖之上、沈赴河海之流、所以自潔而不悔者也。至於閭閻秀異之士、鄕曲博雅之儒、言足以佐時、行足以勵俗、遺棄於草野、堙滅而無聞、豈勝道哉。所以覽古而歎息者也。方今區宇一家、煙火萬里、百胜乂安、四夷賓服、豈是人功、實乃天意。朕惟夙夜祇懼、將所以上嗣明靈、是以小心勵己、日愼一日。以黎元在念、憂兆庶未康、以庶政爲懷、慮一物失所。雖求傅巖、莫見幽人、徒想崆峒、未聞至道。唯恐商歌於長夜、抱關於夷門、遠跡犬羊之間、屈身僮僕之伍。其令州縣搜揚賢哲、皆取明知今古、通識治亂、究政教之本、達禮樂之源。不限多少、不得不擧、限以三旬、咸令進路。徵召將送、必須以禮。

に世に現れることなく、または塞外に囚われ、あるいは奴僕に身をやつしてはいないかと恐れるばかりである。州県に令を発して賢哲の人を捜索させ、古今に明るい者、治乱に通じた者、政教の根本に詳しい者、礼学の淵源を知る者を選ばせよ。数は不問とするが、必ず一人は推挙し、三十日間を期限として京師に出立させよ。召喚と出立に際しては、必ず礼を重んじるようにせよ。

と言った。

八月壬申、上柱国・検校幽州総管・落叢郡公の燕榮が罪によって誅殺された。

九月壬戌、常平官を設置した。甲子、営州総管の韋沖を民部尚書とした。

十二月癸酉、河南の諸州に洪水が起き、納言の楊達を派遣してこれに施しを与えた。

四年春正月丙辰、大赦を行った。甲子、仁寿宮に行幸した。乙丑、詔を下して、賞罰の裁量は事の大小となく、すべて皇太子の楊廣に任せた。

夏四月乙卯、上が病に臥した。

六月庚午、天下に大赦を行った。星が月の中に入り、数日して出た。長人が雁門に現れた。

秋七月乙未、太陽が青くなり光を失い、八日で元にもどった。己亥、大将軍の段文振を雲州総管とした。甲辰、上の病が重篤であったので、仁寿宮に臥したまま、百官に別れを告げ、ともに手を握りあって咽び泣いた。丁未、大宝殿で崩御した。

八月壬申、上柱國・検校幽州總管・落叢郡公燕榮以罪伏誅。

九月壬戌、置常平官。甲子、以營州總管韋沖爲民部尚書。

十二月癸酉、河南諸州水、遣納言楊達賑恤之。

四年春正月丙辰、大赦。甲子、幸仁壽宮。乙丑、詔賞罰支度、事無巨細、並付皇太子。

夏四月乙卯、上不豫。

六月庚申、大赦天下。有星入月中、數日而退。長人見於雁門。

秋七月乙未、日青無光、八日乃復。己亥、以大將軍段文振爲雲州總管。甲辰、上以疾甚、臥於仁壽宮、與百僚辭訣、並握手歔欷。

時に六十四歳。

遺詔に、

ああ、昔晋の王室が東遷した時より、天下は騒乱して四海の内は統一されず、周・斉の世に至っても、戦乱は続いて三百年も経《た》とうとしていた。そのため、領土の奪い合いは何ヶ所でも行われ、帝王を僭称する者は何人もいて、制度は互いに異なり、生民は塗炭の苦しみに窮した。上天がこれを御覧になり、朕に命を下して帝位に登らせたのは、人為の関与するところではない。よって朕が戦乱を治めて世情を正常な状態にもどし、武備を止めて文徳を修め、天下は一統されて、威風と教化を遠方にまで及ぼすことができたのは、これもまた天が中華を安寧にせんと欲したためである。未明より朝廷に臨んで安楽を求めず、一日に多大な政務を処理し、何事も自らの目で見ることに留意し、天候季節の別なく労苦を厭わなかったのは、朕自らのために行ったのではない。いずれも百姓万民のためを思えばこそである。王公卿士が毎日朝廷に列し、刺史以下の外任にある者が春夏秋に朝見した際にも、誡敕《かいちょく》を下すのに一度でも心を尽くして情を厚くせぬことがあったであろうか。道義として君臣の関係であるが、心情としては父子の間柄ともいえよう。願わくは百官の智力と万国の支援を頼りにして、天下の民に無窮の安楽を与えよ。朕が病を長引かせて危篤に陥るとは思いも及ばなかったが、これは人の常なれば、わざわざ口にすることでもあるまい。ただ天下の万民はまだ衣食を豊かにしておらず、教化と政令刑罰もまだ善を尽くしているとはいえない。このことを思うと、なんとも心残りである。朕は今

丁未、崩於大寶殿、時年六十四

遺詔曰、

嗟乎、自昔晉室播遷、天下喪亂、四海不一、以至周・齊、戰爭相尋、年將三百。故、割疆土者非一所、稱帝王者非一人、書軌不同、生人塗炭。上天降鑒、爰命於朕、用登大位、豈關人力。故得撥亂反正、偃武修文、天下大同、聲教遠被、此又是天意欲寧區夏。所以昧旦臨朝、不敢逸豫、一日萬機、留心親覽、晦明寒暑、不憚劬勞、匪曰朕躬。蓋爲百姓故也。王公卿士、毎日闕庭、刺史以下、三時朝集、何嘗不罄竭心府、誡勅殷勤。義乃君臣、情兼父子。庶藉百僚智力、萬國歡心、欲令率土之人、永得安樂。不謂遘疾彌留、至於大漸、此乃人生常分、何足言及。但四海百姓、衣食不豐、教化政刑、猶未盡善。興言念此、唯以留恨。朕今年踰六十、不復稱夭。但筋力精神、一時勞竭。如此之事、本非爲身。止欲安養百姓、所以致此。人

六十歳を超えているので、早世とは言えまい。ただ体力と精神がこの一時に疲弊し、尽きようとしているのだ。こうしたことは、我が身を惜しんで言うのではない。ただ万民の心身を安んじたいがために、かく述べるのである。人に子や孫が生まれれば、それを愛さぬ者はおるまい。しかし天下を統治することになれば、その情愛を万民に割かねばならない。我が子勇と秀らは、ともに凶悪な心を懐き、臣子の心を持たぬことが分かったために、廃嫡廃位した。古人の言にも「臣を知ること君に及ぶ者なく、子を知ること父に及ぶ者なし」とあるが、もし勇や秀にその志を遂げさせて、ともに国家を治めさせれば、必ずや公卿を陵辱し、民草に害を及ぼすこととなったであろう。今、悪しき子息はすでに万民のために排除し、好《よ》き子息は帝業を担わせるに足りよう。これは朕の家庭の事情であるが、理として隠すわけにもいかず、以前に左右の文武官へ詳細に述べてある。皇太子の廣は世継ぎの地位にいるが、その仁孝の心は人に知られ、その徳行と功績からも朕の志を成就させることができよう。ただ内外の百官が心をともにして力を合わせ、我が子とともに天下を治めてくれれば、朕は何の恨みもなく、もって瞑すべきであろう。ただ国家の事の方が大事であるから、通常の礼の規定にとらわれなくてよい。埋葬が済めば天下の服喪を解け。こうしたことは昔からあることなので、この度もそれにしたがい、苦労して礼制を改めたりはしなくてよい。喪礼に必要なのは、それを遂げることであるから、節約に務めて人を煩わせてはならない。諸州の総管・刺史以下の者は、その職務を尽くし、京師に駆けつけてはならない。古の聖王以来、人に依拠して

生子孫、誰不愛念。既爲天下、事須割情。勇及秀等、並懐悖惡、既知無臣子之心、所以廢黜。古人有言「知臣莫若於君、知子莫若於父」。若令勇・秀得志、共治國家、必當戮辱徧於公卿、酷毒流於人庶。今、惡子孫已爲百姓黜屏、好子孫足堪負荷大業。此雖朕家事、理不容隱、前對文武侍衞、具已論述。皇太子廣、地居上嗣、仁孝著聞、以其行業、堪成朕志。但令内外羣官、同心戮力、以此共治天下、朕雖瞑目、何所復恨。但國家事大、不可限以常禮。既葬公除。行之自昔、今宜遵用、不勞改定。凶禮所須、纔令周事、務從節儉、不得勞人。諸州總管・刺史已下、宜各率其職、不須奔赴。自古哲王、因人作法、前帝後帝、沿革隨時。律令格式、或有不便於事者、宜依前勅修改、務當政要。嗚呼、敬之哉。無墜朕命。

法令を作っており、その後の帝王もその時々に随って発展変革させている。律令と格式の中には実状に対して不便なものもあるが、先の詔勅に依拠して改修し、施政の要領に適応させていくように。ああ、これらのことに慎むのだ。朕の遺命を無にするなかれ。

と言った。

乙卯、喪を発した。河間の楊の樹四株の葉が理由なく枯れ落ちたが、しばらくしてまた花や葉をつけた。

八月丁卯、上の柩が仁寿宮より帰還した。丙子、大興殿の前殿で殯祭を行った。

冬十月己卯、太陵に合葬した。皇后とは同じ陵墓であるが墓室は別けた。

上の性格は厳粛で物静かでありながら威厳があり、外見は質朴であって内面は聡明であり、遠大な計略を懐いていた。当初、北周の政権を得た頃は、衆意は賛同せず、子息らはまだ幼く、都では六王の陰謀があり、地方には三方で反乱が起きた。兵権を握り国家の重鎮の席にいた者は、みな北周の旧臣であった。上は誠心より人材を推挙して各々にその力を尽くさせ、一ヶ月も経たずに三方を平定した。さらに十年も経たぬうちに天下を統一すると、税の取り立ては薄くし、刑罰は軽くし、国内では制度を修定し、国外には戎夷を鎮撫した。毎日夜明けとともに朝事を聞き、日が暮禁令があれば忽ちに行われなくなり、位の上下を問わず教化された。開皇・仁寿年間、男子は美しい織物を着ず、金玉の装飾を身につけず、日常の服装は麻や葛を用い、帯飾りにも銅や鉄、骨や角を用いるのみであった。財を惜しんではいた

乙卯、發喪。河間楊柳四株無故黃落、既而花葉復生。

八月丁卯、梓宮至自仁壽宮。丙子、殯于大興前殿。

冬十月己卯、合葬於太陵、同墳而異穴。

上性嚴重、有威容、外質木而内明敏、有大略。初、得政之始、羣情不附、諸子幼弱、内有六王之謀、外致三方之亂。握強兵居重鎮者、皆周之舊臣。上推以赤心、各展其用、不踰朞月、克定三邊。未及十年、平一四海、薄賦歛、輕刑罰、内修制度、外撫戎夷。每旦聽朝、日昃忘倦、居處服玩、務存節儉、令行禁止、上下化之。開皇・仁壽之間、丈夫不衣綾綺、而無金玉之飾、常服率多布帛、裝帶不過以銅鐵骨角而已。雖嗇於

が、功績ある者に賞賜する際には、何等惜しむことがなかった。車駕が都から出た際、道に上表する者があれば、馬を止めて自ら下問した。また密かに人を派遣して民間の習俗を採集させ、官吏の治政の得失、世間の困苦に留意しないことはなかった。かつて関中の飢饉に際しては、左右の者を派遣して民の食事を視察させ、豆屑や雑穀の糠を食べる現状を見て上奏する者がいれば、上は涙を流してそれを諸臣に示し、自らを深く責め、そのために自らの飲食を減らして酒肉を断つこと一年にも及んだ。東に巡狩して泰山に礼拝した時には、関中の民で洛陽に食を得ようとする者が往路を同じくした。上は斥候に命じて民を追い遣ることをすぐさま禁じ、民は男女となく上の衛兵の間に身を置いた。老人を助けていたり幼児を抱える者がいれば、すぐに馬の手綱を引いてこれを避けさせ、慰労して励ましてから立ち去った。道の難所にあって、肩や背を貸しあう者がいれば、左右の者に助けさせた。また将士に戦没する者がいれば、必ず厚く恩賞を加え、さらに使者に慰問させていた。こうした態度は自ら努めて止むことなく、朝な夕なと怠らなかったので、民は繁栄して国庫は充実した。まだなお最上の治世であると称賛するには足らないが、それでも近代の良主と讃えるには十分である。しかしながら生来疑い深い上に学問がなく、些末のことを好んで大要に及ばなかったために、忠臣義士が心と言葉を尽くして仕えることもなかった。その創業の元勲や功績ある諸将は、誅滅されたり罪によって野に退き、朝廷に留まった者は少ない。また経学を尊ばずに学校を廃止し、婦女の言葉を用いて諸子を排斥した。晩年には法の執行が最も厳しくなり、喜怒の情は安定せず、殺戮が相次いだ。かつて近侍の者に命じて西域から朝貢してきた使者が玉

財、至於賞賜有功、亦無所愛吝。乘輿四出、路逢上表者、則駐馬親自臨問。或潛遣行人採聽風俗、吏治得失、人間疾苦、無不留意。嘗遇關中饑、遣左右視百姓所食。有得豆屑雜糠而奏之者、上流涕以示羣臣、深自咎責、爲之徹膳不御酒肉者殆將一朞。及東拜太山、關中戸口就食洛陽者道路相屬。上勑斥堠不得輒有驅逼、男女參廁於仗衞之間。逢扶老携幼者、輒引馬避之、慰勉而去。至艱險之處、見負擔者、遽令左右扶助之。其有將士戰沒、必加優賞、仍令使者就加勞問。自強不息、朝夕孜孜、人庶殷繁、帑藏充實。雖未能臻於至治、亦足稱近代之良主。然天性沉猜、素無學術、好爲小數、不達大體、故忠臣義士莫得盡心竭辭。其草創元勳及有功諸將、誅夷罪退、罕有存者。又不悅詩書、廢除學校、唯婦言是用、廢黜諸子。逮于暮年、持法尤峻、喜怒不常、過於殺戮。嘗令左右送西域朝貢使出玉門關、其人所經之處、或受牧宰小物饋遺鸚鵡・麖皮・馬鞭之

門関から帰還するのを見送らせたが、その近侍が通過する土地で、州刺史や県令から鸚鵡や大鹿の皮、馬の鞭などのささやかな贈与を受け取ったので、上はそれを聞いて激怒した。また兵器庫に行った際に、部署内の風紀が乱れているのを見ると、兵器庫の長官と贈賄を受けていた者たちを捕らえ、開遠門の外に出御して、上自ら決裁し、死罪となる者は数十人だった。他にも時折密かに命じて尚書や府庫の官吏に賄を贈らせ、それを受けた者がいれば必ず死罪に処し、赦された者はいなかった。上について議論する者は、こうしたことを欠点としている。

史臣の言葉。

高祖文皇帝がまだ人臣の身であった時、その容貌は人に異なってはいたが、陰日向と能力を隠していたので、知己といえる者は少なかった。始めは外戚の立場によって託孤の任を受けたが、楊堅が推挙されたことは当時の人々に認められず、そのために周室の旧臣はみな憤り悔やんだ。しかし王謙が三蜀の険を頼りに乱を起こしながらも一月も保たず、尉遅迥が全ての旧北斉地域を擁して兵を挙げても一戦で滅んでしまったのは、もはやただ人の謀略の是非によるものではなく、これもまた天佑神助があってのことであろう。この機運に乗じて北周の九鼎を受け、帝位に即いたのである。この時蛮夷は中華を脅かし、荊州と揚州の江南一帯は統一されていなかったが、日夜労苦に励み、四方の経略を案じた。楼船が南に迫れば金陵はその守りを失い、騎馬が北に向かえば単于は修好を求め、『周礼』職方に載せられた地方は全て領土

屬、上聞而大怒。又詣武庫、見署中蕪穢不治、於是執武庫令及諸受遺者、出開遠門外、親自臨決、死者數十人。又往往潛令人賂遺令史府史、有受者必死、無所寬貸。議者以此少之。

史臣曰、

高祖龍德在田、奇表見異、晦明藏用、故知我者希。始以外戚之尊受託孤之任、與能之議未爲當時所許、是以周室舊臣咸懷憤惋。既而王謙固三蜀之阻不踰朞月、尉迥擧全齊之衆一戰而亡、斯乃非止人謀、抑亦天之所贊也。乘茲機運、遂遷周鼎。于時蠻夷猾夏、荊・揚未一、劬勞日昃、經營四方。樓船南邁則金陵失險、驃騎北指則單于款塞、職方所載、並入疆理、禹貢所圖、咸受正朔。雖晉武之克平吳會、

に編入され、『尚書』禹貢に画かれた地域はみな隋の制度を拝受した。晋の武帝が孫呉を平定し、漢の宣帝が社稷の再興を果たしたことも、その功績を論じ、その意義を比べれば、高祖の事跡に及ぶものではない。文武の七徳が敷かれ、九功の徳が遍く歌われ、遠方の国々もみな使者を派遣し、辺境の要塞から警報が届くこともなくなった。その上で身は倹約に務めて労役と租税は均等になり、国府は充足して法令は施行され、君子はみなその人生を楽しみ、小人も各々その生業に落ち着き、強者は弱者を辱めず、多者は少者を虐げず、人口と産物は豊富になり、朝野を問わず喜び楽しんだ。その治世二十年の間、天下に大事は起こらず、全土が安定していた。これは古代の帝王と比較しても、その盛大な功績と相並ぶものである。ただし学問がなくて臣下に心を尽くさせることができず、寛容な度量がなくて酷薄な資質があり、これが晩年に至って徐々に増していった。また平素より符瑞を愛好して治世の大道に暗く、諸子を封建するのに帝室に等しい実権を与え、いずれも朝廷と同様の制度を持たせたことは、臣下にいずれに従うべきかを見失わせた。婦人の言葉に耳を傾け、邪臣の言説に惑乱し、偏寵によって嫡子を廃し、国を託する者を見誤った。これは父子の道を滅し、兄弟の間に恩讐を生み出したのであり、思うがままに斧を振い、大樹の幹も枝も切り去ったようなものである。そのため陵墓の土が乾かぬ内に、子孫は相次いで殺されてしまい、陵墓に植えられた松や檟《ひさぎ》がまばらな内に、天下は隋朝のものではなくなってしまった。惜しいかな。隋の衰退と危急の原因を求め、騒乱と滅亡の兆候を考

漢宣之推亡固存、比義論功、不能尚也。七德既敷、九歌已洽、要荒咸暨、尉候無警。於是躬節儉、平徭賦、倉廩實、法令行、君子咸樂其生、小人各安其業、強無陵弱、衆不暴寡、人物殷阜、朝野歡娛。二十年間、天下無事、區宇之内晏如也。考之前王、足以參蹤盛烈。但素無術學、不能盡下、無寬仁之度、有刻薄之資、曁乎暮年、此風逾扇。又雅好符瑞、暗於大道、建彼維城、權侔京室、皆同帝制、靡所適從。聽哲婦之言、惑邪臣之說、溺寵廢嫡、託付失所。滅父子之道、開昆弟之隙、縱其尋斧、翦伐本枝。墳土未乾、子孫繼踵屠戮、松檟纔列、天下已非隋有。惜哉。迹其衰怠之源、稽其亂亡之兆、起自高祖、成於煬帝、所由來遠矣、非一朝一夕。其不祀忽諸、未爲不幸也。

えれば、それはすでに高祖の時に始まって煬帝の時に帰結したのであり、その由来は古く、一朝一夕のことではないのだ。その祭祀が突如と断たれたことは、まだなお不幸とはしないのである。

煬帝（上）

煬皇帝、諱は廣、一名は英、幼名は阿麼といい、高祖の第二子である。母は文献獨孤皇后という。上《しょう》（楊廣）は姿が美しく、幼いころから機敏で賢く、高祖と皇后に諸子の中でも特にかわいがられていた。北周王朝では、高祖の勲功により、雁門郡公に封じられた。

開皇元年、晋王に立てられ、柱国・幷州総管に任命され、時に十三歳であった。続いて武衛大将軍を授けられ、爵位は上柱国に進み、河北道行臺尚書令となったが、大将軍の職位は元のままであった。高祖は項城公の王韶《おうしょう》と安道公の李徹に上の補佐と指導をさせた。上は学問を好み、文章を綴るのに優れ、落ち着き払って威厳があり、朝野の人々に嘱望されていた。高祖は人相見の來和《らいか》という者に密かに子どもたちを見させたところ、來和は「晋王の眉上には二つの骨が隆起しており、その貴さは言うことができません」と言った。しばらくして高祖が上の邸宅に行幸し、楽器の弦が多く切れ、また埃を被り、まるで使っていない様子なのを見て、歌舞楽曲を好まないと思い、それを善しとした。上はうわべを取り繕い、当時は仁孝であると賞賛された。以前、猟を見物した際、たまたま雨に降られたので、左右の者は油衣を進めたが、上は「士卒がみな濡れているのに、どうして私だけが着ることができ

煬皇帝諱廣、一名英、小字阿麼、高祖第二子也。母曰文獻獨孤皇后。上美姿儀、少敏慧、高祖及后於諸子中特所鍾愛。在周、以高祖勳、封雁門郡公。

開皇元年、立爲晉王・拜柱國、幷州總管、時年十三。尋授武衞大將軍、進位上柱國、河北道行臺尚書令、大將軍如故。高祖令項城公韶、安道公李徹輔導之。上好學、善屬文、沉深嚴重、朝野屬望。高祖密令善相者來和徧視諸子、和曰「晉王眉上雙骨隆起、貴不可言」。既而高祖幸上所居第、見樂器絃多斷絕、又有塵埃、若不用者、以爲不好聲妓、善之。上尤自矯飾、當時稱爲仁孝。嘗觀獵遇雨、左右進油衣、上曰「士卒皆霑濕、我獨衣此乎」。乃令持去。

ようか」と言って、退けさせた。

六年、淮南道行臺尚書令に転任した。その年、召されて雍州牧・内史令に任命された。

八年の冬、大挙して陳を伐つにあたり、上を行軍元帥とした。陳を平定すると、陳の湘州刺史の施文慶《しぶんけい》、散騎常侍の沈客卿《しんかくけい》、市令の陽慧朗《ようけいろう》、刑法監の徐析《じょせき》、尚書都令の史暨慧《しきけい》を捕らえ、彼らは佞臣《ねいしん》で、民に害をなしたとして、彼らを右城門のあたりで斬り、江南の人々に謝罪した。そして陳の府庫を封印して、財産を横取りしなかったので、天下の人々は上を賢だと賞賛した。官位を太尉に進め、輅車・乗馬・袞冕の服・玄珪・白璧をそれぞれ一つ賜った。再び并州総管に任命された。間もなく江南の高智慧らが集まって乱を起こしたので、上を異動させて揚州総管とし、江都に鎮守させ、年に一回都に朝見させた。高祖が泰山を祠るときに、武候大将軍を兼任し、翌年、領地に帰還した。

煬帝・楊廣（604～618）

数年して、突厥が辺境を掠めたので、再び行軍元帥となり、霊武から出撃したが、敵と出会うこと無く帰還した。

皇太子の楊勇が廃嫡されると、上を皇太子に立てた。この月、立皇太子の冊を受けた。高祖は「私は大興公から帝業を成したのだ」と言い、上を送り出して大興県に宿泊させた。その夜、

六年、轉淮南道行臺尚書令。其年、徵拜雍州牧・内史令。

八年冬、大擧伐陳、以上爲行軍元帥。及陳平、執陳湘州刺史施文慶、散騎常侍沈客卿、市令陽慧朗、刑法監徐析、尚書都令史暨慧、以其邪佞、有害於民、斬之石闕下、以謝三呉。於是封府庫、資財無所取、天下稱賢。進位太尉、賜輅車・乘馬・袞冕之服・玄珪・白璧各一。復拜并州總管。俄而江南高智慧等相聚作亂、徙上爲揚州總管、鎮江都、毎歳一朝。高祖之祠太山也、領武候大將軍、明年、歸藩。

後數載、突厥寇邊、復爲行軍元帥、出靈武、無虜而還。

及太子勇廢、立上爲皇太子。是月、當受冊。高祖曰「吾以大興公成帝業」。令上出舍大興縣。其夜、烈風大雪、地震山崩、民舍多壞、壓死者百餘口。

烈風と大雪があり、地は震え山は崩れ、民家は多く倒壊し、圧死する者は百人余りであった。

仁寿の初め、詔を奉じて東南地方を巡撫した。この後、高祖が仁寿宮で避暑をするたびに、常に上に国政を監督させた。

四年七月、高祖が崩じ、上は仁寿宮で皇帝の位に即いた。八月、高祖の柩を奉じて京師に帰還した。并州総管・漢王の楊諒が挙兵して叛いたので、尚書左僕射の楊素に詔してこれを平定させた。九月乙巳、備身将軍の崔彭《さいほう》を左領軍大将軍とした。十一月乙未、洛陽に行幸した。丙申、二十一歳から六十歳までの男子数十万人を徴発して塹を掘らせ、龍門から東に向かい長平・汲郡に接続させ臨清関に突き当たり、黄河を渡して、浚儀・襄城に至り、上洛に到達し、関所を置いた。

癸丑、詔を下して、
乾道が変化するのは、陰陽が消息するためであり、旧例に沿ったり制度を創設するのが同じでないのは、生き物に盛衰があるためである。もし天意が不変であれば、万物を育てるのにどうして四季を作るのであろうか、人事が変移しなければ、政を行うのにどうやって万民を治めるというのだ。『易《えき》』に「其の変に通じ、民をして倦まざらしむ」、「変ずれば則ち通じ、通ずれば則ち久し」、「徳有れば則ち久しかるべし、功有れば則ち大いなるべし」と言うではないか。朕はまた、遷都すべき時には遷都したことで、民も変わっていったとも聞いている。だからこそ姫氏が二つの都を建造したのは、武王の意志なのであり、殷人

仁壽初、奉詔巡撫東南。是後高祖毎避暑仁壽宮、恒令上監國。
四年七月、高祖崩、上即皇帝位於仁壽宮。八月、奉梓宮還京師。并州總管漢王諒擧兵反、詔尚書左僕射楊素討平之。九月乙巳、以備身將軍崔彭爲左領軍大將軍。十一月乙未、幸洛陽。丙申、發丁男數十萬掘塹、自龍門東接長平、汲郡、抵臨淸關、度河、至浚儀・襄城、達於上洛、以置關防。
癸丑、詔曰、
乾道變化、陰陽所以消息、沿創不同、生靈所以順叙。若使天意不變、施化何以成四時、人事不易、爲政何以釐萬姓。易不云乎「通其變、使民不倦」、「變則通、通則久」。「有德則可久、有功則可大」。朕又聞之、安安而能遷、民用丕變。是故姫邑兩周、如武王之意、殷人五徙、成湯后之業。若不因人順天、功業見乎變、愛人

が五回遷都して、湯王の事業を完成させたのである。もし人や天に従わずに、功業を変化させたら、民を愛し国を治める者はよしとするであろうか。しかも雒邑は古からの都で、王畿の内にあり、天地の合わさる所で、陰陽の調和する所でもある。三つの河が控え、四方は山河で固く守られ、水陸に通じ、貢賦が均等である。だから漢の高祖は「わしは天下に行くことが多いが、見るべきものは雒陽《らくよう》（洛陽）だけだった」というのである。古より帝王は、どうして留意しなかったことがあろうか、しかし都としなかったのは思うに理由があったのである。ある時は九州が未だ一つでなかったから、またある時は府庫（の欠乏）に困ったから、雒陽を造営する制書を作るにもまだ暇が無かったのが理由である。我が隋王朝を開いた当初、懐・雒を造営しようと思ったが、一日また一日と、今に至った。このことを思うこと、感極まって涙が出るのである。朕は先帝の万歳の後を謹んで受け、後を継いで万邦に君臨し、（先帝の方針を）遵守し逆らわないようにし、心に先帝の意志を奉じている。今漢王の楊諒が反逆し、その害毒は山東に降りかかり、遂には州県を惑わせた。これは要衝や山河が遙か遠くで、兵が急事に駆けつけられず、加えて并州の移民が河南にいるためである。周が殷人を移住させた意図はここにあるのだ。また南（旧陳の地）は遙か遠く、東（旧北斉の地）は広大であるから、動勢に応じ、今こそ雒陽に都を置くべき時なのである。文武百官は、この議について協議せよ。ただし成周の廃墟は、宮殿の建造に耐えられない。今伊雒の地に東京を建設すべきであり、すぐさま官職を設置し担当を決め、民に規範を示せ。

治國者可不謂歟。

然雒邑自古之都、王畿之内、天地之所合、陰陽之所和。控以三河、固以四塞、水陸通、貢賦等。故漢祖曰「吾行天下多矣、唯見雒陽」。自古皇王、何嘗不留意、所不都者蓋有由焉。或以九州未一、或以困其府庫、作雒之制所以未暇也。我有隋之始、便欲創茲懷・雒、日復一日、越暨于今。念茲在茲、興言感哽。朕肅膺寶曆、纂臨萬邦、遵而不失、心奉先志。今者漢王諒悖逆、毒被山東、遂使州縣或淪非所。此由關河懸遠、兵不赴急、加以并州移戸復在河南。周遷殷人、意在於此。況復南服遐遠、東夏殷大、因機順動、今也其時。羣司百辟、僉諧厥議。但成周墟塉、弗堪葺宇。今可於伊、雒營建東京、便即設官分職、以爲民極也。

そもそも宮室の制度の根本は簡便であって、上棟《じょうとう》下宇《かう》は、雨風を避けられれば十分であり、高台や広い家は、どうして適形と言えようか。だから『春秋左氏伝』に「倹は、徳の共、侈は、悪の大なり」と言う。孔子にも「其の不遜ならんよりは、寧ろ倹なれ」という言葉がある。どうして宝玉で飾られて初めて宮殿であると言えようか、土の階段や無垢の垂木が帝王の住まいでないことがあろうか。天下が一人に奉仕するのでは無く、一人が天下に主たることを知るのである。民は国の根本であって、その根本が固まって邦は安寧であり、百姓が充足しているのであれば、一体どこに充足していないものがいようか。今建造する宮殿は、倹約に努め、壁を飾った高い宮殿を建てさせないようにし、粗末な宮殿と粗食を後世に残させることを願うのだ。有司は規格を明確に作り、朕の意志に適うように。

と言った。

十二月乙丑、右武衛将軍の來護兒《らいごじ》を右驍衛大将軍とした。戊辰、柱国の李景《りけい》を右武衛大将軍とし、右衛率の周羅睺《しゅうらこう》を右武候大将軍とした。

大業元年春正月壬辰朔、大赦し、改元した。妃の蕭氏《しょうし》を皇后とした。豫州を改めて溱州とし、洛州を豫州とした。諸州の総管府を廃止した。丙申、晋王の楊昭を皇太子とした。丁酉、上柱国の宇文述を左衛大将軍とし、上柱国の郭衍を左武衛大将軍とし、延寿公の于仲文《うちゅうぶん》を右衛大将軍とした。己亥、豫章王の楊暕を豫州牧とした。

夫宮室之制本以便生、上棟下宇、足避風露、高臺廣廈、豈曰適形。故傳云「儉、德之共、侈、惡之大」。宣尼有云「與其不遜也、寧儉」。豈謂瑤臺瓊室方爲宮殿者乎、土堦采椽而非帝王者乎。是知非天下以奉一人、乃一人以主天下也。民惟國本、本固邦寧、百姓足、孰與不足。今所營構、務從節儉、無令雕牆峻宇復起於當今、欲使卑宮菲食將貽於後世。有司明爲條格、稱朕意焉。

十二月乙丑、以右武衞將軍來護兒爲右驍衞大將軍。戊辰、以柱國李景爲右武衞大將軍。以右衞率周羅睺爲右武候大將軍。

大業元年春正月壬辰朔、大赦、改元。立妃蕭氏爲皇后。改豫州爲溱州、洛州爲豫州。廢諸州總管府。丙申、立晉王昭爲皇太子。丁酉、以上柱國宇文述爲左衞大將軍、上柱國郭衍爲左武衞大將軍、延壽公于仲文爲右

戊申、八使を発して風俗を巡視させた。詔を下して、

昔、明哲な王が天下を治める際には、民を愛することがあったのではなかろうか。そうだからこそ民は豊かになり教化もされ、家々人々は満ち足りるので、その風俗も厚く穏やかなものとなり、遠方の民はやって来て近隣の民は安心するのである。政治が安定し功績があってこそ、斯道に従うのだ。朕は先帝の万歳の後を受け継ぎ、民の中の賢者を撫育するのに、日夜恐れ謹み、深い渓谷に臨むようである。先人の遺業を述べ従い、失墜することが決してないとはいえ、深く政道を量るに、欠けている所が多い。まして四海は遠大で民は多く、朕親ら臨んでその悩み苦しむことを問うことができないことは言うまでもない。常に隠者が推挙されず、志を曲げて伸び伸びできず、その人に相応しい地位を得られないことを慮り、調和している気を傷つけ、天下至る所に罪があるのは、その責任は朕の身にあるからであり、寝ても覚めても歎きを増して、日夜悩みを抱いているのである。

今既に政を行うことは始まっているが、寛大であることがよいであろう。使者を派遣して、各地の風俗を巡視し、感化を宣揚させて、才徳があるのに下位にいるものを抜擢し、無実の罪を正すのだ。親に孝行、年長者に従順、耕作に勤勉な者は、租税用役を免除せよ。鰥や寡婦・独居者で自立できない者は、必要に応じて救済せよ。義夫や節婦は、村里の門に表彰せよ。長寿の者には、侍者を与え、併せて別条に依って、粟帛も与えよ。重病人や、侍丁を支給されてい

衞大將軍。己亥、以豫章王暕爲豫州牧。

戊申、發八使巡省風俗。下詔曰、

昔者哲王之治天下也、其在愛民乎。既富而教、家給人足、故能風淳俗厚、遠至邇安。治定功成、率由斯道。朕嗣膺寶曆、撫育黎獻、夙夜戰兢、若臨川谷。雖則聿遵先緒、弗敢失墜、永言政術、多有缺然。況以四海之遠、兆民之衆、未獲親臨、問其疾苦。毎慮幽仄莫擧、寃屈不申、一物失所、乃傷和氣、萬方在罪、責在朕躬、所以寤寐增歎、而夕惕載懷者也。

今既布政惟始、宜存寛大。可分遣使人、巡省方俗、宣揚風化、薦拔淹滯、申達幽枉。孝悌力田、給以優復。鰥寡孤獨不能自存者、量加賑濟。義夫節婦、旌表門閭。高年之老、加其版授、並依別條、賜以粟帛。篤疾之徒、給侍丁者、雖有侍養之名、

る者は、養護の名目があるとはいえ、援助の実態がないので、しっかりと調査して、撫育させるようにせよ。もし名声や言行が顕著な者、品行誠実な者、及び学業や才能がある者、一芸に秀でて取るべき者がいたら、すべて訪問して採用し、朝廷に参上させるべきである。その者がいる州県は、その人を送り出す時には礼を尽くせ。政治や民に危害を加え、時節に不便なものがあれば、使者が帰還する日に、具に記録し奏聞せよ。

と言った。己酉、呉州総管の宇文弼を刑部尚書とした。

二月己卯、尚書左僕射の楊素を尚書令とした。

三月丁未、尚書令の楊素、納言の楊達、将作大匠の宇文愷《うぶんがい》に詔して東京を造営させ、豫州周辺の住民を移住させてその住民たちで東京を満たした。

戊申、詔を下して、

朕は多くの人々の議論を納れ、謀ることは庶民に及んだので、政治と刑罰の得失を詳しく知ることができた。昧旦思治《まいたんしち》の気持ちを知り、無実の罪を必ず正させ、人倫に条理をあらしめようとしている。州県の長官に任じられた者は朝廷の意志だとするが、しかしもし仮に州県の長官がわずかな功績で査定を求め、その治績の序列を虚しく立てても、その治績は実際には存在せず、綱紀も理に適っておらず、志を曲げている者が意見することができないものである。関河が険阻であると、そういった状況を伝える方法もない。朕はそれ故に東京を建造し、自ら長官の査定をするのである。今揚州を巡察して、風俗を観察し、正

曾無賙贍之實、明加検校、使得存養。若有名行顯著、操履修絜、及學業才能、一藝可取、咸宜訪採、將身入朝。所在州縣、以禮發遣。其有蠹政害人、不便於時者、使還之日、具録奏聞。

己酉、以呉州總管宇文弼爲刑部尚書。

二月己卯、以尚書左僕射楊素爲尚書令。

三月丁未、詔尚書令楊素、納言楊達、將作大匠宇文愷營建東京、徙豫州郭下居人以實之。

戊申、詔曰、

聽採輿頌、謀及庶民、故能審政刑之得失。是知昧旦思治、欲使幽枉必達、彝倫有章。而牧宰任稱朝委、苟爲徼幸以求考課、虚立殿最、不存治實、綱紀於是弗理、寃屈所以莫申。關河重阻、無由自達。朕故建立東京、躬親存問。今將巡歴淮海、觀省風俗、眷求讜言、徒繁詞翰、而鄉校之内、闕爾無聞。恇然夕愓、用忘興寢。其民下

しい良い言葉を探し求めたが、ただ文章を増やすだけで、郷学の内では、その言葉は欠けていて聞くことがなかった。朕は恐れ慎むこと、寝起きを忘れるほどである。州県の役人で政治が苛酷で、人々を侵害し、公に背いて私に従い、民に不便を強いる者を知っている民がいるなら、朝堂に詣でて朕以外に読まれぬよう封をして上奏してもよい。朕は四方の声がよく聞こえるようにし、天下に冤罪を無くすことを願っている。

と言った。また阜澗に顕仁宮を造営し、国内の珍しい鳥獣や草木を採集させて、それらで庭園を満たした。天下の豪商大金持ち数万家を東京に移住させた。辛亥、河南諸郡の男女百数万人あまりを徴発して、通済渠を開削し、西苑から穀水・洛水の水を引いて黄河に通し、板渚から黄河の水を引いて淮水に通した。庚申、黄門侍郎の王弘《おうこう》と上儀同の於士澄《おしちょう》を江南に派遣して材木を集めさせ、龍舟・鳳艒・黄龍・赤艦・楼船など数万艘の舟を建造させた。

夏四月癸亥、大将軍の劉方が林邑を撃ち、これを打ち破った。

五月庚戌、民部尚書・義豊侯の韋沖が没した。

六月甲子、熒惑（火星）が太微に入った。

秋七月丁酉、制書を下して戦死者がいる家の租税と用役を十年間免除した。丙午、滕王の楊綸と衛王の楊集がともに爵位を剥奪されて辺境に移送された。

閏七月甲子、尚書令の楊素を太子太師とし、安徳王の楊雄を太子太傅とし、河間王の楊弘を太子太保とした。

有知州縣官人政治苛刻、侵害百姓、背公徇私、不便於民者、宜聽詣朝堂封奏、庶乎四聰以達、天下無冤。

又於阜澗營顯仁宮、採海内奇禽異獸草木之類、以實園苑。徙天下富商大賈數萬家於東京。辛亥、發河南諸郡男女百餘萬、開通濟渠、自西苑引穀、洛水達于河、自板渚引河通于淮。庚申、遣黄門侍郎王弘、上儀同於士澄往江南採木、造龍舟・鳳艒・黄龍・赤艦・樓船等數萬艘。

夏四月癸亥、大將軍劉方撃林邑、破之。

五月庚戌、民部尚書・義豐侯韋沖卒。

六月甲子、熒惑入太微。

秋七月丁酉、制戰亡之家給復十年。丙午、滕王綸、衞王集並奪爵徙邊。

閏七月甲子、以尚書令楊素爲太子太師、安德王雄爲太子太傅、河間王弘爲太子太保。

丙子、詔を下して、
民に君臨して国を建てる際は、教学を先にし、風俗を変えること、必ずここから始めるものである。しかし経書の言は絶えてその義は離れ、多くの年数を経て、徳を進め業を修めようとしても、その道は衰えてしまっている。漢は焚書坑儒の余りを採り、途切れないこと線のようにしてきたが、晋は周の厲王《れいおう》の政道を歌う「板蕩《ばんとう》」のごとき気運を承けて、斯道はすっかり無くなり、まさに尽きようとしていた。これより以降、軍事と国事に憂いが多かったので、学校をその時々に建設し、礼を愛することを示し、講学の席を設けたものの、ほとんどが形式だけのものであった。そして遂には高貴な者をして学問優秀でなくさせて、官に仕える者をして無学無芸の者を多くさせた。上下の秩序が乱れ、大綱は立つことも無く、正しい教えも消滅してしまったのは、実にこれが原因である。
朕は帝業を受け継ぎ、教訓を広めることを志し、師を尊び道を重んじ、その方法を明らかにし、誠を説き仲睦まじくなるように修め、名教を推奨しようとしている。今、天下は平定統一され、文軌は同じくするところとなったが、十歩の内に必ず芳草があるように、四海の中に、どうして優秀な人物がいないことがあろうか。諸々の家にいる者及び学校に入っている者に、もし志を篤くし古を好み、経典を深く愛し、学業言行が秀でて賢く、時務に通じた者がいれば、その所在を訪ねて、つぶさにその名を報告し、すぐさまその能力に応じて、序列を考慮せずに抜擢せよ。もし経学に研鑽していて、まだ出仕することを考え

丙子、詔曰、
君民建國、教學爲先、移風易俗、必自茲始。而言絶義乖、多歷年代、進德修業、其道寖微。漢採坑焚之餘、不絶如線、晉承板蕩之運、掃地將盡。自時厥後、軍國多虞、雖復黌宇時建、示同愛禮、函丈或陳、殆爲虛器。遂使紆青拖紫、非以學優、製錦操刀、類多牆面。上陵下替、綱維靡立、雅缺道消、實由於此。
朕纂承洪緒、思弘大訓、將欲尊師重道、用闡厥繇、講信修睦、敦奬名教。方今宇宙平一、文軌攸同、十步之內、必有芳草、四海之中、豈無奇秀。諸在家及見入學者、若有篤志好古、耽悅典墳、學行優敏、堪膺時務、所在採訪、具以名聞、即當隨其器能、擢以不次。若研精經術、未願進仕者、可依其藝業深淺、門蔭高卑、雖未升

ていない者がいれば、その学芸の深さや、門地の上下に応じて、朝廷に参上せずとも、並びに俸禄を支給せよ。恂恂として善き方に誘導し、ほどなく器と成り、済々として朝廷に満ち溢れることを願うのは、どのような遠きことがあろうか。その国子監などの学校は、また旧制を重ねて明らかにし、生徒を教え、細かく考課の方法を作り、その鍛錬の道を尽くせ。

と言った。

八月壬寅、上は龍舟に乗り、江都に行幸した。左武衛大将軍の郭衍を前軍とし、右武衛大将軍の李景を後軍とした。文武官五品以上の者は樓船を支給され、九品以上の者は黄蔑を支給された。多くの船が連なり、その長さは二百里以上にもなった。

冬十月己丑、江淮以南に大赦した。揚州は租税と用役を五年間免除し、旧総管区域は租税と用役を三年間免除した。十一月己未、大将軍の崔仲方を礼部尚書とした。

二年春正月辛酉、東京が完成し、監督した者への賞賜にはそれぞれ差があった。大理卿の梁毗を刑部尚書とした。丁卯、十人の使者を派遣してそれぞれに州県を省察させた。

二月丙戌、詔して尚書令の楊素・吏部尚書の牛弘・大将軍の宇文愷・内史侍郎の虞世基・礼部侍郎の許善心に輿服を制定させた。ここで始めて輦路と五時副車を備えた。皇帝の常服は十二の玉すだれの付いた皮弁、文官は弁服・佩玉、五品以上の者には犢車・通幰を支給し、三公と親王にはこれに加えて油絡も支給し、武官は平

朝、並量準給祿。庶夫恂恂善誘、不日成器、濟濟盈朝、何遠之有。其國子等學、亦宜申明舊制、教習生徒、具爲課試之法、以盡砥礪之道。

八月壬寅、上御龍舟、幸江都。以左武衛大將軍郭衍爲前軍、右武衛大將軍李景爲後軍。文武官五品已上給樓船、九品已上給黄蔑。舳艫相接、二百餘里。

冬十月己丑、赦江淮已南。揚州給復五年、舊總管内給復三年。十一月己未、以大將軍崔仲方爲禮部尚書。

二年春正月辛酉、東京成、賜監督者各有差。以大理卿梁毗爲刑部尚書。丁卯、遣十使併省州縣。

二月丙戌、詔尚書令楊素・吏部尚書牛弘・大將軍宇文愷・内史侍郎虞世基・禮部侍郎許善心制定輿服。始備輦路及五時副車。上常服、皮弁十有二琪、文官弁服・佩玉、

巾幘・袴褶を身に付け、三品以上の者には更に颮槊を支給した。下は胥吏に至るまで、服の色にはみな差が有った。庶人でなければ軍服を着ることはできなくした。戊戌、都尉官を置いた。

三月庚午、車駕は江都を出発した。これに先だって、太府少卿の何稠《かちょう》と太府丞の雲定興《うんていこう》は皇帝の儀仗を豪華に飾り立てようとし、そこで州県に羽毛を送ることを課した。民は鳥獣を捕らえるために、水陸に網を仕掛け、鳥獣で羽根飾りに使えるものは、ほとんど絶滅してしまった。こうして皇帝の儀仗は完成した。

夏四月庚戌、上は伊闕から、法駕を列ね、数多の車馬を備え、東京に入城した。辛亥、上は端門に登り、大赦して、天下の今年の租税を免除した。癸丑、冀州刺史の楊文思《ようぶんし》を民部尚書とした。

五月甲寅、金紫光禄大夫・兵部尚書の李元通が連座して免官された。

乙卯、詔を下して、

先哲を広く世に示し、その饗祀を存続させるのは、賢者を礼遇して、その遺徳を顕彰するためである。朕は前賢を末永く鑑戒とし、その名徳を想い、いまだかつて天下に感嘆し、千年の長きに想いを馳せなかったことはない。古からの賢人君子で、名声を挙げ徳がある者、時世を助けた者、特に功績を挙げた者、人々に利益をもたらした者は、全て祠堂を立て、季節ごとに祭祀を行うべきである。

五品已上給犢車・通幰、三公親王加油絡、武官平巾幘・袴褶、三品已上給颮槊。下至胥吏、服色皆有差。非庶人不得戎服。戊戌、置都尉官。

三月庚午、車駕發江都。先是、太府少卿何稠、太府丞雲定興盛修儀仗、於是課州縣送羽毛。百姓求捕之、網羅被水陸、禽獸有堪氅毦之用者、殆無遺類。至是而成。

夏四月庚戌、上自伊闕、陳法駕、備千乘萬騎、入於東京。辛亥、上御端門、大赦、免天下今年租稅。癸丑、以冀州刺史楊文思爲民部尚書。

五月甲寅、金紫光祿大夫、兵部尚書李通坐事免。

乙卯、詔曰、

旌表先哲、式存饗祀、所以優禮賢能、顯彰遺愛。朕永鑒前修、尚想名德、何嘗不興歎九原、屬懷千載。其自古以來賢人君子、有能樹聲立德、佐世匡時、博利殊功、有益於人者、並宜營立祠宇、以時致祭。

墳墓のある所は、侵害してはならない。有司は検討して規定を定め、朕の意を
明らかにせよ。

と言った。

六月壬子、尚書令・太子太師の楊素を司徒とした。豫章王の楊暕の封爵を進めて斉王に封じた。

秋七月癸丑、衛尉卿の衛玄を工部尚書とした。庚申、百官は官職の等級を考慮せずに、徳行と才能があって、それが顕著であればその者を抜擢するように、と制した。壬戌、晋王時代の旧臣である鮮于羅《せんうら》ら二十七人を抜擢して、官爵を進めたがそれぞれに差が有った。甲戌、皇太子の楊昭が薨去した。乙亥、上柱国・司徒・楚国公の楊素が薨去した。

八月辛卯、皇孫の楊倓《ようたん》を封じて燕王とし、楊侗《ようとう》を封じて越王とし、楊侑《ようゆう》を封じて代王とした。

九月乙丑、秦の孝王の楊俊の子である楊浩《ようこう》を秦王とした。

冬十月戊子、霊州刺史の段文振を兵部尚書とした。

十二月庚寅、詔を下して、

前代の帝王は、時勢に因って創業して、民に君臨して国を立て、天下に南面した。しかし時世は推移し、年代も長く経過して、その墳墓は壊れて、木こりや牧人が行き交うようになり、墓地は荒れ果てて埋没し、目印として植えられた樹木も判別できない。帝王の陵墓が消え去ってしまうのは、心中に悲しみを覚える。古からの帝王の陵墓は、その付近に十戸を支給して、その他の雑役を免除

墳壟之處、不得侵踐。有司量爲條式、稱
朕意焉。

六月壬子、以尚書令・太子太師楊素爲司徒。進封豫章王暕爲齊王。

秋七月癸丑、以衛尉卿衛玄爲工部尚書。庚申、制百官不得計考增級、必有德行功能、灼然顯著者、擢之。壬戌、擢藩邸舊臣鮮于羅等二十七人官爵有差。甲戌、皇太子昭薨。乙亥、上柱國・司徒・楚國公楊素薨。

八月辛卯、封皇孫倓爲燕王、侗爲越王、侑爲代王。

九月乙丑、立秦孝王俊子浩爲秦王。

冬十月戊子、以靈州刺史段文振爲兵部尚書。

十二月庚寅、詔曰、

前代帝王、因時創業、君民建國、禮尊南面。而歷運推移、年世永久、丘壟殘毀、樵牧相趨、塋兆堙蕪、封樹莫辨。興言淪滅、有愴于懷。自古已來帝王陵墓、可給隨近十戶、蠲其雜役、以供守視。

して、陵墓を管理させるように。

と言った。

三年春正月癸亥、勅を下して、漢王楊諒の反乱に与した幷州の逆賊で流配されて逃亡している者は、捕らえ次第、即座に斬っても構わないとした。丙子、長星が天を貫くこと、東壁より出て、二十日で止んだ。この月、武陽郡から、黄河の水が澄んだと上奏があった。

二月己丑、彗星が奎宿に現れ、文昌を掃いて、大陵・五車・北河を経て、太微に入り、帝坐を掃くこと、前後百日余りで止んだ。

三月辛亥、上の車駕が京師に帰還した。壬子、大将軍の姚辯を左屯衛将軍とした。癸丑、羽騎尉の朱寛《しゅかん》を使者として流求国に派遣した。乙卯、河間王の楊弘が薨去した。

夏四月庚辰、詔を下して、

古の帝王が風俗を観察するのは、すべて百姓を憂慮勤苦し、辺境荒廃の地を安定させるためである。蛮族は付き従ったが、未だ慰撫する暇も無く、山東は騒乱を経たので、憐れみ労いを加えなくてはならない。そこで今河北を慰撫し、趙と魏を巡守しようと思う。役人は式に依るように。

と言った。

甲申、律令を頒布し、天下に大赦し、関内の租税と用役を三年間免除した。壬辰、州を改めて郡とした。度量権衡を改めて、全て古式に依った。上柱国以下の官を改

三年春正月癸亥、勅幷州逆黨已流配而逃亡者、所獲之處、即宜斬決。丙子、長星竟天、出於東壁、二旬而止。是月、武陽郡上言、河水清。

二月己丑、彗星見於奎、掃文昌、歷大陵・五車・北河、入太微、掃帝坐、前後百餘日而止。

三月辛亥、車駕還京師。壬子、以大將軍姚辯爲左屯衛將軍。癸丑、遣羽騎尉朱寛使於流求國。乙卯、河間王弘薨。

夏四月庚辰、詔曰、

古者帝王觀風問俗、皆所以憂勤兆庶、安集遐荒。自蕃夷内附、未遑親撫、山東經亂、須加存恤。今欲安輯河北、巡省趙・魏。所司依式。

甲申、頒律令、大赦天下、關内給復三年。壬辰、改州爲郡。改度量權衡、並依古式。

めて大夫とした。

甲午、詔を下して、

天下の大事は、ただ安定している所を治めるだけでなく、帝王の功業も、ただ一人の謀だけではない。古より明君賢君が、政治を行い国を経営する時に、賢人や才人を選び、隠者を採用しなかったことがあったであろうか。周は士が多いと称えられ、漢は人を得ていたと言われており、常に前朝の遺風を慕い、敬慕の思いを抱いている。朕は朝廷に臨んで政を聴くこと朝早くから、冕旒を着けて夜明けを待ち、巖谷に住む隠者を首を長くして待ち望み、官に列して、賢人才人と共に多くの功績を挙げることを願っている。しかし賢人を求めても声無く、隠棲したままでやって来ることはまれであるが、どうして美しい原石や隠された輝きは良工に出会わずに、また堅い貞操は懐にあるだけで堅く強く屈しがたいものとなるのだろうか。ここに前代の賢哲を鑑みると、憮然として歎きが湧き上がってくるのである。そもそも官位に就くことは、例えば朕の股肱となることであり、大河を渡る時に例えれば、朕の船となるのと同義である。恩寵や俸禄を得ているのに、自分の知っていることを隠して、生涯ゆっくりと暮らすことは、甚だ道理の無いことである。祁大夫《きたいふ》は善き人物を推挙したので、史官は至公であると評価し、臧文仲《ぞうぶんちゅう》が柳下恵《りゅうかけい》といった賢者を登用しなかったので、孔子は位を盗む者だと譏った。

こういった故事を見れば、褒貶されていないことはないのだから、賢人を推挙することを考え、薄徳を正すべきなのである。そもそも孝悌有聞は、人倫の本

改上柱國已下官爲大夫。

甲午、詔曰、

天下之重、非獨治所安、帝王之功、豈一士之略。自古明君哲后、立政經邦、何嘗不選賢與能、收採幽滯。周稱多士、漢號得人、常想前風、載懷欽佇。朕負扆夙興、冕旒待旦、引領巖谷、寘以周行、冀與羣才共康庶績。而彙茅寂寞、投竿罕至、豈美璞韜采、未値良工、將介石在懷、確乎難拔。永鑒前哲、憮然興歎。凡厥在位、譬諸股肱、若濟巨川、義同舟楫。豈得保茲寵祿、晦爾所知、優游卒歲、甚非謂也。祁大夫之擧善、良史以爲至公、臧文仲之蔽賢、尼父譏其竊位。求諸往古、非無褒貶、宜思進善、用匡寡薄。

夫孝悌有聞、人倫之本、德行敦厚、立身之基。或節義可稱、或操履清潔、所以激

であり、徳行敦厚は、立身の基礎である。節義可称と操履清潔は、貪欲な習俗を抑制し、教化に有益である。強毅正直と執憲不撓と学業優敏と文才美秀は、ともに朝廷で役立つもので、誠に瑚璉の器のような資質である。才堪将略は抜擢して敵を防がせ、膂力驍壮は敵を攻めさせる。ここに一芸を持つ者は採用するか名簿に記録し、多くの才有る者は全て推挙し、遺漏無きようにせよ。これによって政治を行えば、古の理想の政治に近づけるであろう。文武の官職を有する者、五品以上の者は、令によってこの十科について人物を推挙するように。以上の徳目のうち、一つを有していればよく、必ずしも全てを備えていなくともよい。朕は序列によらずに応待し、その才能に従って抜擢しよう。九品以上の官職に任じられている者は、この人材推挙の命令外である。

と言った。

丙申、車駕は北方を巡狩した。丁酉、刑部尚書の宇文弼を礼部尚書とした。

戊戌、勅を下して、

百官は穀物を踏みつけてはならず、土地を切り拓いて道を作る時は、必ず有司がその土地の収穫量を計算して、すぐに近隣の倉庫から対価を与え、勤めて優遇するように。

と言った。

己亥、赤岸澤に宿泊した。太牢でもって故太師の李穆《りぼく》の墓を祭った。

五月丁巳、突厥の啓民可汗《けいみんかがん》が子の拓特勤《たくとくきん》を派遣して来朝した。戊午、河北十余郡

貪厲俗、有益風化。強毅正直、執憲不撓、學業優敏、文才美秀、並爲廊廟之用、實乃瑚璉之資。才堪將略、則拔之以禦侮、膂力驍壯、則任之以爪牙。爰及一藝可取、亦宜採録、衆善畢擧、與時無棄。以此求治、庶幾非遠。文武有職事者、五品已上、宜依令十科擧人。有一於此、不必求備。朕當待以不次、隨才升擢。其見任九品已上官者、不在擧送之限。

丙申、車駕北巡狩。丁酉、以刑部尚書宇文弼爲禮部尚書。

戊戌、勑、

百司不得踐暴禾稼、其有須開爲路者、有司計地所收、即以近倉酬賜、務從優厚。

己亥、次赤岸澤。以太牢祭故太師李穆墓。

五月丁巳、突厥啓民可汗遣子拓特勤來朝。

の成人男性を徴発して太行山を削って幷州に達したので、天子の用いる馳道を通した。丙寅、啓民可汗が兄の子の毗黎伽特勤《ひれいかとくきん》を派遣して来朝した。辛未、啓民可汗が使者を派遣して、自ら中国側に入って帝の車駕を奉迎することを願い出てきた。上は許可しなかった。癸酉、彗星が文昌の上将星を通って、星がすべて動いた。

六月辛巳、上は連谷で狩を行った。

丁亥、詔を下して、

祖先の祭祀を追って行うことは、徳としてこれより高きものは無く、寝廟を建てることは、礼として最も大きなものである。しかしながら文質は世によって異なり、損益も時によって違っている。秦の焚書坑儒によって儒学が滅び、経典が散逸し、規範が跡形もなくなったため、廟堂の制度は師によってその説が異なってしまい、廟の数も正すことができず、内部の構造にも基準が無い。

朕は祖宗を奉じる立場となり、謹んで大業を継承し、永久に父祖を天に配して祀り、その大典を思い盛んにしていきたい。そこで官位の者に問い諮り、広く儒者を訪ねたところ、みな「高祖文皇帝が天命を受け、中華を所有し、乱れていた四海を救い、衰えた諸侯を一新し、獄訴や刑罰を緩和したので、生民はみなその本性を遂げ、徭役や租税を軽減したので、家々はそれぞれがその生業に安んじた。宇宙を平定して、車軌と文字を統一し、東西の果てまで服従しない者は無く、南北を征伐すると苦しむ者はみなその来訪によって蘇った。禹のようにそりや車に乗って、歴代の人々が達しなかったところの者や、弁髪左衽し

戊午、發河北十餘郡丁男鑿太行山、達于幷州、以通馳道。丙寅、啓民可汗遣其兄子毗黎伽特勤來朝。辛未、啓民可汗遣使請自入塞、奉迎輿駕。上不許。癸酉、有星孛于文昌上將、星皆動搖。

六月辛巳、獵於連谷。

丁亥、詔曰、

聿追孝饗、德莫至焉、崇建寢廟、禮之大者。然則質文異代、損益殊時、學滅坑焚、經典散逸、憲章湮墜、廟堂制度、師說不同。所以世數多少、莫能是正、連室異宮、亦無準定。

朕獲奉祖宗、欽承景業、永惟嚴配、思隆大典。於是詢謀在位、博訪儒術、咸以爲「高祖文皇帝受天明命、奄有區夏、拯羣飛於四海、革凋敝於百王、恤獄緩刑、生靈皆遂其性、輕徭薄賦、比屋各安其業。恢夷宇宙、混壹車書。東漸西被、無思不服、南征北怨、俱荷來蘇。駕毳乘風、歷代所弗至、辮髪左衽、聲教所罕及、莫不

天子の名声や教化が届かなかった所の者でも、辺塞や宮廷で地に頭を就けて礼をしない者は無かった。通訳は絶えず、使者の来た記録が書かれない時は無く、武器はしまわれて兵事は行われず、天下は安らかになった。瑞祥や吉兆が現れ、内外は幸福になり、ああなんとも言い表せないほどのものだ」と考えていた。朕はまた次のように聞き及んでいる、徳の厚き者は感化を及ぼし、よく治める者は礼が盛んである、と。これによって周の文王と武王、漢の高祖（劉邦《りゅうほう》）と光武帝（劉秀《りゅうしゅう》）は、その祭祀の制度が特別に設けられ、諡号も斯様に重いが、これらは情によって遺徳を称え、崇顕の意を表したものではなかろうか。高祖文皇帝は別に廟堂を建造し、その巍巍たる徳を顕彰し、月ごとに祭祀を行い、孝の思いを表すべきである。有司は時世によって祭祀の次第を作り、典制に合するように務めよ。また名位が異なれば、礼もまた異なるものである。天子が七廟であることは、経書に記すところであり、諸侯が二昭（五廟）であるのは、尊卑の等差を設けるためであり、それ故に多い方を貴いものとするのが王者の礼である。そこで今これを採用し、子孫に遺せ。

と言った。

戊子、楡林郡に宿泊した。丁酉、啓民可汗が来朝した。己亥、吐谷渾と高昌《こうしょう》が共に使者を派遣して地方の名物を貢献した。甲辰、上は北楼に行き、黄河で漁をするのを見て、百官と宴席を設けた。

秋七月辛亥、啓民可汗は上表して、自らの服装を変えて中国の衣冠をまねたいと願い出た。詔を下して啓民可汗が参拝する際は諱を呼ばせず、その位は諸侯王の上

厥角闕塞、頓顙闕庭。譯靡絶時、書無虛月、韜戈偃武、天下晏如。嘉瑞休徵、表裏禔福、猗歟偉歟、無得而名者也」。朕又聞之、德厚者流光、治辨者禮縟。是以周之文武、漢之高光、其典章特立、謚號斯重、豈非緣情稱述、即崇顯之義乎。高祖文皇帝宜別建廟宇、以彰巍巍之德、仍遵月祭、用表蒸蒸之懷。有司以時創造、務合典制。又名位既殊、禮亦異等。天子七廟、事著前經、諸侯二昭、義有差降、故其以多爲貴。王者之禮、今可依用、貽厥後昆。

戊子、次楡林郡。丁酉、啓民可汗來朝。己亥、吐谷渾、高昌並遣使貢方物。甲辰、上御北樓、觀漁于河、以宴百寮。

秋七月辛亥、啓民可汗上表請變服、襲冠帶。詔啓民贊拜不名、位在諸侯王上。甲寅、

とした。甲寅、上は郡の城の東に天幕を張り、その下には儀衛を備え、旌旗を立て、啓民可汗及びその部族三千五百人と宴席を設け、百戯の楽を演奏した。啓民可汗とその部族に賞賜を与えそれぞれに差があった。丙子、光禄大夫の賀若弼・礼部尚書の宇文弼・太常卿の高熲を殺した。尚書左僕射の蘇威は連座して免官された。成年男性百万人余りを徴発して長城を築かせ、西は楡林から、東は紫河に至り、十日で終わらせ取り止め、死者は十人に五・六人であった。

八月壬午、車駕は楡林を出発した。乙酉、啓民可汗は廬を飾り道を清め、上の車駕を出迎えた。帝はその天幕に行幸し、啓民可汗は杯を捧げ上の長寿を祈り、宴席での賞賜は極めて厚かった。上は高麗の使者に「帰国したらそなたの王に告げよ、早急に朝見せよ、もし朝見しないのであれば、私は啓民とそなたの地へ巡守に出向くぞ」と言った。皇后もまた義城《ぎじょう》（義成《ぎせい》）公主《こうしゅ》の天幕に行幸した。己丑、啓民可汗は領地に帰還した。癸巳、楼煩関に入った。壬寅、太原に宿泊した。詔を下して晋陽宮を造営させた。

九月己未、済源に宿泊した。御史大夫の張衡《ちょうこう》の邸宅に行幸し、宴席は歓を極めた。己巳、東都に到着した。壬申、斉王の楊暕を河南尹・開府儀同三司とした。癸酉、民部尚書の楊文思を納言とした。

四年春正月乙巳、詔を下して、河北諸郡の男女百万人余りを徴発して永済渠を開き、沁水《しんすい》を引いて南は黄河に達し、北は涿郡に通した。庚戌、百官が允武殿で大射の礼を行った。丁卯、城内の住民それぞれに米十石を賜った。壬申、太府卿の元壽

上於郡城東御大帳、其下備儀衞、建旌旗、宴啓民及其部落三千五百人、奏百戲之樂。賜啓民及其部落各有差。丙子、殺光祿大夫賀若弼・禮部尚書宇文弼・太常卿高熲。尚書左僕射蘇威坐事免。發丁男百餘萬築長城、西距楡林、東至紫河、一旬而罷、死者十五六。

八月壬午、車駕發楡林。乙酉、啓民飾廬清道、以候乘輿。帝幸其帳、啓民奉觴上壽、宴賜極厚。上謂高麗使者曰「歸語爾王、當早來朝見。不然者、吾與啓民巡彼土矣」。皇后亦幸義城公主帳。己丑、啓民可汗歸蕃。癸巳、入樓煩關。壬寅、次太原。詔營晉陽宮。

九月己未、次濟源。幸御史大夫張衡宅、宴享極歡。己巳、至于東都。壬申、以齊王暕爲河南尹・開府儀同三司。癸酉、以民部尚書楊文思爲納言。

四年春正月乙巳、詔發河北諸郡男女百餘萬開永濟渠、引沁水南達于河、北通涿郡。庚戌、百寮大射於允武殿。丁卯、賜城内居民米

を内史令とし、鴻臚卿の楊玄感《ようげんかん》を礼部尚書とした。癸酉、工部尚書の衞玄を右候衛大将軍とし、大理卿の長孫熾《ちょうそんし》を民部尚書とした。

二月己卯、司朝謁者の崔君毅《さいくんき》を（西）突厥の泥撅処羅可汗《でいけつしょらかがん》に使者として派遣し、汗血馬《かんけつば》を持ち帰らせ献上させた。

三月辛酉、将作大匠の宇文愷を工部尚書とした。壬戌、百済・倭《わ》・赤土・迦羅舎国がともに使者を派遣して地方の名物を貢献した。乙丑、車駕が五原に行幸し、そこで砦を出て長城を巡守した。丙寅、屯田主事の常駿《じょうしゅん》を赤土に使者として派遣し、羅刹の人を連れてきた。

夏四月丙午、離石郡の汾源県と臨泉県、雁門郡の秀容県を合わせて楼煩郡とした。汾陽宮を建てた。癸丑、河内太守の張定和《ちょうていか》を左屯衛大将軍とした。

乙卯、詔を下して、

突厥の意利珍豆《いりちんとう》啓民可汗は部族を率いて、辺塞を保持し、朝廷の政教と風化を遵奉し、狄の風俗を改めんと思い、頻りに入朝して謁見し、しばしば陳情してきた。毛氈で幕を張って部屋を作り、それは大変に粗末なものであるが、その上棟下宇が、中国の家屋と同じくなることを願っていた。啓民可汗の誠心懇切なることは、朕が重んずるところである。そこで万寿戍に城を設置し家屋を築き、帷帳牀褥などのものは、状況に応じて支給し、務めて厚遇して、朕の意に適うように。

各十石。壬申、以太府卿元壽爲内史令、鴻臚卿楊玄感爲禮部尚書。癸酉、以工部尚書衞玄爲右候衞大將軍、大理卿長孫熾爲民部尚書。

二月己卯、遣司朝謁者崔君毅使突厥處羅、致汗血馬。

三月辛酉、以將作大匠宇文愷爲工部尚書。壬戌、百濟・倭・赤土・迦羅舍國並遣使貢方物。乙丑、車駕幸五原、因出塞巡長城。丙寅、遣屯田主事常駿使赤土、致羅刹。

夏四月丙午、以離石之汾源、臨泉、雁門之秀容、爲樓煩郡。起汾陽宮。癸丑、以河内太守張定和爲左屯衞大將軍。

乙卯、詔曰、

突厥意利珍豆啓民可汗率領部落、保附關塞、遵奉朝化、思改戎俗、頻入謁覲、屢有陳請。以氈牆毳幕、事窮荒陋、上棟下宇、願同比屋。誠心懇切、朕之所重。宜於萬壽戍置城造屋、其帷帳牀褥已上、隨事量給、務從優厚、稱朕意焉。

と言った。

五月壬申、蜀郡では三足烏を一羽捕らえ、張掖《ちょうえき》では玄狐を一匹捕らえた。

秋七月辛巳、成人男性二十数万人を徴発して長城を楡林谷から以東に築かせた。乙未、左翊衛大将軍の宇文述が吐谷渾を曼頭と赤水で破った。

八月辛酉、上自ら恒岳を祀り、河北道の郡守は全員参集した。天下に大赦した。車駕が通過した郡県は、一年分の租調を免除した。

九月辛未、天下の鷹師を召し出してすべて東京に集めたところ、やって来た者は一万人余りであった。戊寅、彗星が五車に出現して、文昌を掃い、房宿に至ると消滅した。辛巳、詔を下して、長城の建築に従事した者は一年分の租税を免除した。

冬十月丙午、詔を下して、

先師仲尼は、聖徳はその身に備わり、天賦の才を発揮して、文王・武王の道に倣った。当時最も優れた人物で天命を受けて、素王としての立場もあり、孔子の死ぬときの歎き声は、忽ちに千年を越えて伝わるも、孔子の徳を称える声は百世も続いていない。しかし、とこしえに美しき規範は、尊崇されるべきであるから、孔子の子孫を立てて紹聖侯とすべきである。有司たちはその末裔を探し、記録して奏上するように。

と言った。

辛亥、詔を下して、

昔、周の武王は戦を終えて戦車を降りると始めに唐・虞の後胤を封じ、漢の皇

五月壬申、蜀郡獲三足烏、張掖獲玄狐、各一。

秋七月辛巳、發丁男二十餘萬築長城、自楡林谷而東。乙未、左翊衞大將軍宇文述破吐谷渾於曼頭、赤水。

八月辛酉、親祠恒岳、河北道郡守畢集。大赦天下。車駕所經郡縣、免一年租調。

九月辛未、徵天下鷹師悉集東京、至者萬餘人。戊寅、彗星出於五車、掃文昌、至房而滅。辛巳、詔免長城役者一年租賦。

冬十月丙午、詔曰、

先師尼父、聖德在躬、誕發天縱之姿、憲章文・武之道。命世膺期、蘊茲素王、而頹山之歎、忽踰於千祀、盛德之美、不存於百代。永惟懿範、宜有優崇。可立孔子後爲紹聖侯。有司求其苗裔、錄以申上。

辛亥、詔曰、

昔周王下車、首封唐・虞之胤、漢帝承曆、

帝が暦運を承けるとまた殷・周の後裔に祭祀を継ぐように命じたのは、みな先代を顕彰するよう、憲章にとうに定められているからである。朕は大業を受け継ぎ、あらゆる所で正しき教えを求め、少しく弘め、慎んで経書に従っている。思うに周は夏・殷の文質を兼ねて大いに備わり、漢が天下を保有すると、車軌と文字は統一され、魏・晋はそれを踏襲し、その遺風も未だ遠くはない。並びに子孫を立てて、途絶えている祭祀を継がせるべきである。有司はその末裔を捜し求めて報告せよ。

と言った。

乙卯、新たな式を天下に頒布した。

五年春正月丙子、東京を改めて東都とした。癸未、詔を下して天下に均田制を施行した。戊子、上は東都より京師に帰還した。己丑、制書を下して民間で叉・搭鈎・穳刃の類を鋳造することは、すべて禁止した。また太守に毎年属官の優れた行いを密奏させるようにした。

二月戊戌、閿郷に宿泊した。詔を下して、古の帝王の陵及び先帝の功臣の墓を祭らせた。庚子、北魏・北周の官では蔭位をえられないと制を下した。辛丑、赤土国が使者を派遣して地方の名物を貢献した。戊申、車駕が京師に到着した。丙辰、六十歳の老人四百人と武徳殿で宴席を設け、賞賜にはそれぞれ差があった。己未、上は崇徳殿の西院に行幸し、表情を引き締めて穏やかでなくなり、左右の近臣を顧みて「ここは先帝の居所なので、感情が高まり、気持ちも安らかにならないので、この院の西側に別に一殿を造営するのがよかろう」と言った。壬戌、制書を下して父

亦命殷・周之後。皆所以褒立先代、憲章在昔。朕嗣膺景業、傍求雅訓、有一弘益、欽若令典。以爲周兼夏・殷、文質大備、漢有天下、車書混一、魏・晉沿襲、風流未遠。並宜立後、以存繼絶之義。有司可求其冑緒列聞。

乙卯、頒新式於天下。

五年春正月丙子、改東京爲東都。癸未、詔天下均田。戊子、上自東都還京師。己丑、制民間鐵叉、搭鉤、穳刃之類、皆禁絶之。太守毎歳密上屬官景迹。

二月戊戌、次于閿郷。詔祭古帝王陵及開皇功臣墓。庚子、制魏・周官不得爲蔭。辛丑、赤土國遣使貢方物。戊申、車駕至京師。丙辰、宴耆舊四百人於武德殿、頒賜各有差。己未、上御崇德殿之西院、愀然不怡、顧謂左右曰「此先帝之所居、實用增感、情所未安、宜於此院之西別營一殿」。壬戌、制父

母は子の赴任に随行させた。

三月己巳、車駕は西に向かい河西を巡狩した。庚午、有司が武功の男子の史永遵《しえいそん》はいとこたちと同居していると申し上げた。上はこれを嘉して、反物一百段・米二百石を賜い、その村里の門に顕彰した。乙亥、扶風の旧宅に行幸した。

夏四月己亥、隴西で大々的に狩をした。壬寅、高昌・吐谷渾・伊吾《いご》がともに使者を派遣して来朝した。乙巳、狄道に宿泊した。党項羌が来朝して地方の名物を貢献した。癸亥、臨津関を出発して、黄河を渡り、西平に至り、軍事演習を行った。

五月乙亥、上は抜延山で大々的に狩をし、その範囲は二千里にも及んだ。庚辰、長寧谷に入った。壬午、星嶺を渡った。甲申、郡臣と金山の上で宴席を設けた。丙戌、浩亹に橋を架けたが、御馬が渡ると橋が壊れたので、朝散大夫の黄亘《こうせん》及び監督者九人を斬った。吐谷渾の主である伏允《ふくいん》が配下の衆を率いて袁川を占拠したので、帝は内史の元壽《げんじゅ》を南行して金山に駐屯させ、兵部尚書の段文振を北行して雪山に駐屯させ、太僕卿の楊義臣《ようぎしん》を東行して琵琶峽に駐屯させ、将軍の張壽を西行して泥嶺に駐屯させ、四方を取り囲んだ。伏允は数十騎を引き連れて脱出し、名王に伏允と詐称させて、車我真山を保持させた。壬辰、右屯衛大将軍の張定和に伏允を捕らえるよう詔を下した。張定和は身を曝して戦に挑んだが、賊軍に殺された。次将の柳《りゅう》武建《ぶけん》はこれを撃破して、数百の首を斬った。甲午、吐谷渾の仙頭王《せんとうおう》は包囲されて進退窮まったので、男女十万人余りを引き連れて降伏した。

母聽隨子之官。

三月己巳、車駕西巡河右。庚午、有司言、武功男子史永遵與從父昆弟同居。上嘉之、賜物一百段、米二百石、表其門閭。乙亥、幸扶風舊宅。

夏四月己亥、大獵於隴西。壬寅、高昌・吐谷渾・伊吾並遣使來朝。乙巳、次狄道、党項羌來貢方物。癸亥、出臨津關、渡黄河、至西平、陳兵講武。

五月乙亥、上大獵於拔延山、長圍周亘二千里。庚辰、入長寧谷。壬午、度星嶺。甲申、宴羣臣於金山之上。丙戌、梁浩亹、御馬度而橋壞、斬朝散大夫黄亘及督役者九人。吐谷渾主率衆保覆袁川、帝分命内史元壽南屯金山、兵部尚書段文振北屯雪山、太僕卿楊義臣、東屯琵琶峽、將軍張壽西屯泥嶺、四面圍之。渾主伏允以數十騎遁出、遣其名王詐稱伏允、保車我眞山。壬辰、詔右屯衞大將軍張定和往捕之。定和挺身挑戰、爲賊所殺。亞將柳武建擊破之、斬首數百級。甲午、

六月丁酉、左光禄大夫の梁黙《りょうもく》と右翊衛将軍の李瓊《りけい》らを派遣して伏允を追撃させたが、みな賊軍に遭遇して殺された。癸卯、大斗抜谷を通過する際、山路は狭く険しかったので、一列になって出て行った。大風が起こり、あたりが暗くなるほど霰が降って、近臣ともはぐれてしまい、士卒は凍死する者が半数以上であった。丙午、張掖に宿泊した。辛亥、詔を下し、諸郡に学業該通・才藝優洽、膂力驍壮・超絶等倫、在官勤奮・堪理政事、立性正直・不避強禦の四科で人を推挙させた。壬子、高昌王の麴伯雅《きくはくが》が来朝した。伊吾の吐屯設《ととんせつ》らが西域の数千里の土地を献上した。上は大変喜んだ。癸丑、西海・河源・鄯善・且末の四郡を設置した。丙辰、上は観風行殿に行き、多くの文物を並べ、九部の音楽を演奏し、魚龍曼延の雑伎を行わせ、高昌王と吐屯設と殿上で宴会をし、彼らを優遇すること格別であった。蛮族の陪席する者は三十国余りであった。戊午、天下に大赦した。開皇以来流配されていたものは、すべて故郷に帰したが、漢王の楊諒の反乱に与した晋陽の逆賊は、そこには含まれなかった。隴西の諸郡は一年分の租調を免除し、通過した所は二年分の租調を免除した。

秋七月丁卯、馬の牧場を青海の水辺に作り、龍種を求めたが、成果がなかったので止めた。

九月癸未、上の車駕が長安に入った。

冬十月癸亥、詔を下して、

其仙頭王被圍窮蹙、率男女十餘萬口來降。

六月丁酉、遣左光祿大夫梁默、右翊衛將軍李瓊等追渾主、皆遇賊死之。癸卯、經大斗拔谷、山路隘險、魚貫而出。風霰晦冥、與從官相失、士卒凍死者太半。丙午、次張掖。辛亥、詔諸郡學業該通・才藝優洽、膂力驍壯・超絶等倫、在官勤奮・堪理政事、立性正直・不避強禦四科擧人。壬子、高昌王麴伯雅來朝、伊吾吐屯設等獻西域數千里之地。上大悅。癸丑、置西海・河源・鄯善・且末等四郡。丙辰、上御觀風行殿、盛陳文物、奏九部樂、設魚龍曼延、宴高昌王・吐屯設於殿上、以寵異之。其蠻夷陪列者三十餘國。戊午、大赦天下。開皇已來流配、悉放還鄉、晉陽逆黨、不在此例。隴右諸郡、給復一年、行經之所、給復二年。

秋七月丁卯、置馬牧於青海渚中、以求龍種、無效而止。

九月癸未、車駕入長安。

冬十月癸亥、詔曰、

徳のある人を優遇し、老人を尊ぶことは、これは典訓に載せられており、尊んで教えを請い、学校で顕彰するものである。楚の鬻熊《いくゆう》は師となったが、筋力によるものではなく、周の方叔《ほうしゅく》は元老であるが、壮者の英気があり謀を盛んにしたという。朕は長くここに古を鑑み、天下がよく治まる方法を求めんとするのである。そうであるから老人は更に任用されるべきであり、任務は簡潔であっても秩禄は優遇し、薬膳を欠かすことなくし、願わくば無為にして治まり、その弘く利益が及ぶことを待ちたい。今年、六、七十才の老人で赴き集まれる者は近郡に赴任させ、七十歳以上で病気が重く、職務に耐えられない者は、すぐさま帛を支給して本郡に送り返し、その官が七品以上の者は、食料を支給すること終身に渉るようにせよ。

と言った。

十一月丙子、上の車駕が東都に行幸した。

六年春正月癸亥朔、朝に賊数十人が、みな白絹の冠と絹の衣を着て、香を焚いて花を持ち、弥勒仏と自称して、建国門から宮殿に入っていった。門番はみな額ずいて礼拝した。そうして衛兵の武器を奪い、反乱を起こそうとした。斉王の楊暕が出くわして彼らを斬り捨てた。そこで都を大捜索し、連坐する者は千軒余りであった。丁丑、角抵や雑伎を端門街で行い、全国の珍しい技芸や変わった曲芸がすべて集まり、月末まで行われた。帝はしばしばお忍びで見物に出かけた。己丑、倭国が使者を派遣して地方の名物を貢献した。

二月乙巳、虎賁郎将の陳稜《ちんりょう》と朝請大夫の張鎮周《ちょうちんしゅう》が流求を攻撃してこれを破り、捕

優德尚齒、載之典訓、尊事乞言、義彰膠序。鬻熊爲師、取非筋力、方叔元老、克壯其猷。朕永言稽古、用求至治、是以庬眉黄髮、更令收叙、務簡秩優、無虧藥膳、庶等臥治、佇其弘益。今歳耆老赴集者、可於近郡處置、年七十以上、疾患沈滯、不堪居職、即給賜帛、送還本郡、其官至七品已上者、量給廩、以終厥身。

十一月丙子、車駕幸東都。

六年春正月癸亥朔、旦、有盜數十人、皆素冠練衣、焚香持華、自稱彌勒佛、入自建國門。監門者皆稽首。既而奪衞士仗、將爲亂。齊王暕遇而斬之。於是都下大索、與相連坐者千餘家。丁丑、角抵大戲於端門街、天下奇伎異藝畢集、終月而罷。帝數微服往觀之。己丑、倭國遣使貢方物。

二月乙巳、武賁郎將陳稜・朝請大夫張鎮

虜一万七千人を献上したので、百官に分け与えた。

乙卯、詔を下して、

そもそも帝業の草創期で、王業がまだ困難なときは、すべて股肱の臣を頼り、心徳を同じくして、その衰運を救い、天子の位を受けることができ、その後賢者を登用して褒賞を厚くし、国を開き家を受け、山河に誓って、これを不朽に伝えた。近代は世が乱れ、四海は統一されず、封爵は乱れ、名実は乖離し、長い時間を経ても、改めることはできなかった。皇朝の初め、あらゆる法律制度が始まったが、なお旧例に従っており、改定する暇も無かったが、今天下は大いに通じ、文軌は同じくするところとなったのだから、先典を遵守して、長しえに大訓を垂れるべきである。今後は勲功があって初めて封土を承け、そうしてその子孫に継承させることができるものとする。

と言った。

丙辰、安徳王の楊雄を改めて観王に封じ、河間王の楊子慶《ようしけい》を郇王とした。庚申、魏・斉・周・陳の楽人を召して、みな太常に配属した。

三月癸亥、江都宮に行幸した。甲子、鴻臚卿の史祥《ししょう》を左驍衛大将軍とした。

夏四月丁未、江淮以南の父老を宴会に招き、恩賞にそれぞれ差が有った。

六月辛卯、室韋と赤土がともに使者を派遣して地方の名物を貢献した。壬辰、雁門の賊の首領である尉文通《いぶんつう》が三千人を集めて、莫壁谷を占拠した。鷹揚の楊伯泉《ようはくせん》を派遣してこれを撃破した。甲寅、制書を下して江都太守の俸禄を京兆尹と同じにし

州撃流求、破之、獻俘萬七千口、頒賜百官。

乙卯、詔曰、

夫帝圖草創、王業艱難、咸仗股肱、協同心德、用能拯厥頽運、克膺大寶、然後疇庸茂賞、開國承家、誓以山河、傳之不朽。近代喪亂、四海未一、茅土妄假、名實相乖、歷茲永久、莫能懲革。皇運之初、百度伊始、猶循舊貫、未暇改作、今天下交泰、文軌攸同、宜率遵先典、永垂大訓。自今已後、唯有功勳乃得賜封、仍令子孫承襲。

丙辰、改封安德王雄爲觀王、河間王子慶爲郇王。庚申、徵魏・齊・周・陳樂人、悉配太常。

三月癸亥、幸江都宮。甲子、以鴻臚卿史祥爲左驍衛大將軍。

夏四月丁未、宴江淮已南父老、頒賜各有差。

六月辛卯、室韋、赤土並遣使貢方物。壬辰、雁門賊帥尉文通聚衆三千、保於莫壁谷。遣鷹揚楊伯泉擊破之。甲寅、制江都太守秩

た。

冬十月壬申、刑部尚書の梁毗が没した。壬子、民部尚書・銀青光禄大夫の長孫熾が没した。

十二月己未、左光禄大夫・吏部尚書の牛弘が没した。辛酉、朱崖の人である王萬《おうばん》昌《しょう》が挙兵して乱を起こしたので、隴西太守の韓洪を派遣して討たせ平定した。

七年春正月壬寅、左武衛大将軍・光禄大夫・真定侯の郭衍が没した。

二月己未、上は釣台に登り、揚子津に臨んで、百官と大宴会を行い、賞賜にそれぞれ差が有った。庚申、百済が使者を派遣して朝貢した。乙亥、上は江都から龍舟に乗って通済渠に入り、そのまま涿郡に行幸することにした。

壬午、詔を下して、

武には七徳があるが、その中でも民を安んじることを優先する。政には六本があるが、これを興すには礼教を用いる。高麗の高元《こうげん》（嬰陽王）は、藩王としての礼に欠けているので、その罪を遼東に問い、打ち勝って平定したことを広く知らしめんと思う。しかし国を伐とうと考えてはいても、四方を巡視することとしたい。そこで今、涿郡に向かい、民の暮らしを巡撫している。道中の河北諸郡及び山西・山東の九十歳以上の者は、太守を版授し、八十歳以上の者は、県令を授けよ。

と言った。

同京尹。

冬十月壬申、刑部尚書梁毗卒。壬子、民部尚書・銀青光祿大夫長孫熾卒。

十二月己未、左光祿大夫・吏部尚書牛弘卒。辛酉、朱崖人王萬昌擧兵作亂、遣隴西太守韓洪討平之。

七年春正月壬寅、左武衞大将軍・光祿大夫・眞定侯郭衍卒。

二月己未、上升釣臺、臨揚子津、大宴百寮、頒賜各有差。庚申、百濟遣使朝貢。乙亥、上自江都御龍舟入通濟渠、遂幸于涿郡。

壬午、詔曰、

武有七德、先之以安民。政有六本、興之以教義。高麗高元、虧失藩禮、将欲問罪遼左、恢宣勝略。雖懷伐國、仍事省方。今往涿郡、巡撫民俗。其河北諸郡及山西、山東年九十已上者、版授太守、八十者、授縣令。

三月丁亥、右光禄大夫・左屯衛大将軍の姚辯が没した。

夏四月庚午、涿郡の臨朔宮に到着した。

五月戊子、武威太守の樊子蓋を民部尚書とした。

秋、洪水があり、山東・河南の三十余郡が水没し、民は自ら売買して奴隷となった。

冬十月乙卯、底柱山が崩れて、黄河をせき止め逆流すること数十里であった。戊午、東平太守の吐萬緒を左屯衛大将軍とした。

十二月己未、西面突厥の處羅多利可汗《しょらたりかがん》が来朝した。上は大変喜び、格段の礼でもって応接した。時に遼東に向かう戦士や食料を運搬する者で道は溢れて、昼夜絶えることなく、その労役に苦しむ者はとうとう盗賊となった。甲子、都尉・鷹揚と郡県に連携させ、盗賊を追跡逮捕させ「捕らえ次第切り捨てよ」と勅を下した。

煬帝（下）

八年春正月辛巳、大軍が涿郡に集結した。兵部尚書の段文振を左候衛大将軍とした。

壬午、詔を下して、

天地の大いなる徳は、厚い霜を秋の季節に降らし、聖人は高い仁徳でもって、軍事の要を刑罰の法典に著した。そのために自然の摂理の中において秋の時節に草木が枯れゆくが、その意義は無私にあるので、帝王が軍事を発動させるの

三月丁亥、右光祿大夫・左屯衞大將軍姚辯卒。

夏四月庚午、至涿郡之臨朔宮。

五月戊子、以武威太守樊子蓋爲民部尚書。

秋、大水、山東、河南漂沒三十餘郡、民相賣爲奴婢。

冬十月乙卯、底柱山崩、偃河逆流數十里。戊午、以東平太守吐萬緒爲左屯衞大將軍。

十二月己未、西面突厥處羅多利可汗來朝。上大悅、接以殊禮。于時遼東戰士及餽運者塡咽於道、晝夜不絶、苦役者始爲羣盜。甲子、勅都尉、鷹揚與郡縣相知追捕、隨獲斬決之。

八年春正月辛巳、大軍集于涿郡。以兵部尚書段文振爲左候衞大將軍。

壬午、下詔曰、

天地大德、降繁霜於秋令、聖哲至仁、著甲兵於刑典。故知造化之有肅殺、義在無私、帝王之用干戈、蓋非獲已。版泉・丹

も、およそやむを得ないことが分かろう。黄帝《こうてい》の版泉の戦いや堯の丹浦の戦いは、天命を奉じて行われたものであり、世の乱れや闇を取り除いたことは、すべて天の摂理に則っている。まして甘の野で諸侯の軍に誓いを結ぶことで、夏の啓が禹の大業を継承し、殷の地の外れで紂王の罪を問う軍を起こしたことで、周の姫發が文王の大志を成し遂げたことなどは、言うまでもあるまい。永い歴史を顧みるに、今朕のこの身に軍征の大任が委ねられているのである。

ここに我が隋王朝は大いに天命を承け、天・地・人の徳を兼ねて天下の中心に居り、天下四方を統べて一家を為している。その版図は、遥か西方の細柳や盤桃の産地に至り、威望と教化は遠く南方の紫舌・黄枝の地にまで及んでいる。遠きより近きに至るまでの国々は安寧を得て、平和を享受して集っている。大功が成就し統治が安定しているのは、このような点にあるのだ。しかし高麗は醜悪で、愚かにも恭順せずに、勃・碣の地に屯《たむろ》し、遼・獩の境界を侵している。漢と魏は誅伐を繰り返し、彼奴らの巣窟は暫くの間危うきに傾き、離散して多く阻隔状態となったが、各部族がまた集まりだしている。かつて桀《けつ》や紂《ちゅう》のもとに悪人が集まったように、増えて今に至っている。かの中華であった地を望めば、そこは割かれて蛮夷の地となっている。長らく時を経て、積みかさねた悪業はすでに充満しており、天道は淫悪に災禍を下し、滅亡の徴候がすでに兆している。常軌を乱し道徳を壊していることは、一々考えてみるまでもないのに、奸悪を懐いていることを隠匿するのに、日々を費やしている。隋の布告を受ける際厳粛であるべきなのに、未だ面と向かって受け取らず、臣下としての朝貢

浦、莫匪襲行、取亂覆昏、咸由順動。況乎甘野誓師、夏開承大禹之業、商郊問罪、周發成文王之志。永監前載、屬當朕躬。

粤我有隋、誕膺靈命、兼三才而建極、一六合而爲家。提封所漸、細柳・盤桃之外、聲教爰暨、紫舌・黄枝之域。遠至邇安、罔不和會。功成治定、於是乎在。而高麗小醜、迷昏不恭、崇聚勃・碣之間、荐食遼・獩之境。雖復漢・魏誅戮、巣窟暫傾、亂離多阻、種落還集。萃州藪於往代、播實繁以迄今。眷彼華壤、翦爲夷類。歴年永久、惡稔既盈、天道禍淫、亡徵已兆。亂常敗德、非可勝圖、掩慝懷姦、唯日不足。移告之嚴、未嘗面受、朝覲之禮、莫肯躬親。誘納亡叛、不知紀極、充斥邊垂、亟勞烽候。關柝以之不靜、生人爲之廢業。

を、決して自ら進んですることはない。亡命の叛徒を誘い入れるのに際限なく、辺境に蔓延り、屡々国境に警報の烽火を揚げさせる。辺塞はこれにより安まらず、そこに住む民はこのために生業を放棄するしかない。

以前に征伐を加えたが、とうに天が広げる法の網から漏れ、前方へ逃れる鳥を許すが如きの仁愛を受け、後から降る者に対する誅罰も加えられていないにも拘わらず、ますます恩を感じず、かえって大悪を為している。そして契丹と徒党を組み、海上では殺戮を行い、靺鞨の風俗に習い、遼西を侵している。また東方の青丘の地の者は、すべて朝貢をし、東海の国々も、我が隋の暦を奉じているのに、ついにはそれらの国の貢物を強奪して往来を絶ち、その酷虐さは無辜の民に及び、誠実な者まで禍に遇っている。

天子の使者は、今や東海の果てにまで至り、名代の証たる旌節の行くところ、冊封された国々を通過していく。しかし高麗がその道筋を塞ぎ、王たる者の使いを拒絶するのは、彼奴らに君主に仕える心が無いからであり、どうして臣下の礼といえようか。これが容認できるのならば、他に何が容認できないといえようか。なおかつ法令は過酷で税は煩雑で重く、権臣や豪族は国政を牛耳り、徒党を組んではそれを慣習とし、賄賂は市場のように横行し、無実の罪の者は潔白を上申することも出来ずにいる。その上に年々国は災禍にみまわれ、城下の民は餓えに苦しみ、軍争は止まず、徭役に期日は無く、税を納めることに心血を尽くし、その身は深い困窮の中に朽ち果てていく。

民は苦しみ抜いているのに、このようなことで誰が付き随おうというのか。高

在昔薄伐、已漏天網、既緩前禽之戮、未即後服之誅、曾不懷恩、翻爲長惡。乃兼契丹之黨、虔劉海戍、習靺鞨之服、侵軼遼西。又青丘之表、咸修職貢、碧海之濱、同稟正朔、遂復敚攘琛賮、遏絶往來、虐及弗辜、誠而遇禍。

輶軒奉使、爰暨海東、旌節所次、途經藩境。而擁塞道路、拒絶王人、無事君之心、豈爲臣之禮。此而可忍、孰不可容。且法令苛酷、賦斂煩重、強臣豪族、咸執國鈞、朋黨比周、以之成俗、賄貨如市、寃枉莫伸。重以仍歲災凶、比屋饑饉、兵戈不息、徭役無期、力竭轉輸、身塡溝壑。

百姓愁苦、爰誰適從。境内哀惶、不勝其

麗の国内は悲しみと懼れに溢れ、国の弊害に堪えきれずにいる。その内側を覘いてみれば、人々は命を長らえさせることを思いながら、老人から子供までもが、怨嗟の声をあげている。その国の風俗を見て、ここに北方に至り、民をみまい高麗の罪を問おうとするも、再度の出征を必要とする方法はとるまい。ここに至って朕自ら六軍を統べ、九つの罰を数えあげ、その危難を救い、天の意に従い、ここに匪賊を滅し、先帝の大計を継ごうではないか。

今よろしく軍律を授けて軍を発し、路を分けて進み、雷鳴轟くが如き軍威によって渤海の地を掩い、夫餘《ふよ》を経由して電光の如く速やかに彼奴らを一掃せんと思う。軍備を整え、軍旅の誓いを立てた後に出発し、十分に訓戒を浸透させ、勝ちを必然にした後に戦おうではないか。左第一軍は鏤方《るほう》道より、第二軍は長岑《ちょうぎん》道より、第三軍は海冥道より、第四軍は蓋馬《がいば》道より、第五軍は建安道より、第六軍は南蘇道より、第七軍は遼東道より、第八軍は玄菟《げんと》道より、第九軍は扶餘道より、第十軍は朝鮮道より、第十一軍は沃沮《よくそ》道より、第十二軍は楽浪道より行け。右第一軍は黏蟬《ねんせん》道より、第二軍は含資《はんし》道より、第三軍は渾彌《こんや》道より、第四軍は臨屯《りんとん》道より、第五軍は候城道より、第六軍は提奚《ていけい》道より、第七軍は踏頓《とうとん》道より、第八軍は粛慎《しゅくしん》道より、第九軍は碣石《けっせき》道より、第十軍は東暆《とうふ》道より、第十一軍は帯方道より、第十二軍は襄平道より行け。およそこの大軍は、先ず廟算の軍略を奉じて、絶え間なく出発し、平壌に集結せよ。我が将兵には猛獣の如き勇者、百戦百勝の猛者でない者はなく、この者たちが眼光を向ければ山岳は傾き、叱咤すれば風雲が沸き起こり、その心は一つにしており、敵を討つ爪

弊。廻首面内、各懐性命之圖、黄髪稚齒、咸興酷毒之歎。省俗觀風、爰届幽朔、弔人問罪、無俟再駕。於是親總六師、用申九伐、拯厥阽危、協從天意、殄茲逋穢、克嗣先謨。

今宜授律啓行、分麾屆路、掩勃澥而雷震、歷夫餘以電掃。比戈按甲、誓旅而後行、先令五申、必勝而後戰。左第一軍可鏤方道、第二軍可長岑道、第三軍可海冥道、第四軍可蓋馬道、第五軍可建安道、第六軍可南蘇道、第七軍可遼東道、第八軍可玄菟道、第九軍可扶餘道、第十軍可朝鮮道、第十一軍可沃沮道、第十二軍可樂浪道。右第一軍可黏蟬道、第二軍可含資道、第三軍可渾彌道、第四軍可臨屯道、第五軍可候城道、第六軍可提奚道、第七軍可踏頓道、第八軍可肅愼道、第九軍可碣石道、第十軍可束暆道、第十一軍可帶方道、第十二軍可襄平道。凡此衆軍、先奉廟略、

牙はかくあり。

朕自ら兵車を繰り、命令を出して、遼河を渡って東に向かい、渤海の西岸を巡り、遠縁の民の危急の難を救い、その苦しみを慰問しよう。出でては軽装で予備の車に乗り、機に応じて動き、鎧をとき枚を銜え、敵の不意を突こう。また滄海道の軍が有する軍艦は千里に連なり、帆を高くすれば電光の速さ、巨大な軍艦は空を飛ぶ雲の如く、浿江を横断し平壌に至る。さすれば彼奴らは海上の島々に逃げ込む望みを断たれ、この井の中の蛙どもの命運も窮ろう。その他の髪を結わず着物を左前に着る蛮族ですら、弓の弦を引き出発の時を待っている。『尚書』に言う微・盧・彭・濮のような軍隊は、謀らずとも意を同じくし、正しきに従い逆賊に臨み、人々はその勇気を百倍にしている。この軍容で敵と戦えば、その勢いは枯れ枝を折るに等しかろう。

なればこそ王者の軍は、大義は殺戮を止ませることに在り、聖人の教えは、必ず残虐な行いを止めさせる。天は罪有る者に罰を下すが、そもそも元凶の者の罪であり、民の悪事をはたらいた者は、脅されて従ったのだから罰してはならない。もし高元が我が軍門に頭を垂れ、自ら法の裁きに就くというのであれば、すぐにその縛めを解き棺桶を焚き棄て、彼に対し恩徳を示そう。その他の臣民の帰服して順う者には、みな慰撫を加え各々が生業に安んじられるようにし、その才能によって官職に任用し、そこには夷狄と中華の隔たりは無い。軍が駐

駱驛引途、總集平壤。莫非如豺如貔之勇、百戰百勝之雄、顧盼則山岳傾頽、叱吒則風雲騰鬱、心德攸同、爪牙斯在。

朕躬馭元戎、爲其節度、涉遼而東、循海之右、解倒懸於遐裔、問疾苦於遺黎。其外輕齎遊闕、隨機赴響、卷甲銜枚、出其不意。又滄海道軍舟艫千里、高颿電逝、巨艦雲飛、横斷浿江逕造平壤。島嶼之望斯絕、坎井之路已窮。其餘被髮左衽之人、控弦待發。微・盧・彭・濮之旅、不謀同辭、杖順臨逆、人百其勇。以此衆戰、勢等摧枯。

然則王者之師、義存止殺、聖人之教、必也勝殘。天罰有罪、本在元惡、人之多僻、脅從罔治。若高元泥首轅門、自歸司寇、即宜解縛焚櫬、弘之以恩。其餘臣人歸朝奉順、咸加慰撫、各安生業、隨才任用、無隔夷夏。營壘所次、務在整肅、芻蕘有禁、秋毫勿犯。布以恩宥、喩以禍福。

屯する地では、整粛であることを務めとし、草木の伐採にも禁令を出し、僅かも犯してはならない。その地には恩恵をいきわたらせ、その民には禍福を諭せ。もし相も変わらずに悪行を為し、官軍に抵抗する者がおれば、国の常刑によって根絶やしにせよ。これらを徹底して周知させ、朕の意にかなえよ。

と言った。軍の総数百十三万三千八百、二百万と号し、その輜重に関わる者の数はその倍であった。癸未、第一軍が出発し、最後の軍が発つまで四十日、先頭の軍から最後尾まで、軍旗は千里に及んだ。近代の出師の威容でこれに及ぶものは無かった。乙未、右候衛大将軍の衛玄を刑部尚書とした。甲辰、内史令の元壽が没した。

二月甲寅、詔を下して、

朕は燕の末裔たる地の民の風俗を見、遼河の浜辺に罪を問う。文武の官は協力し、兵たちは奮起せんとし、武器を手に取り王者に尽くし、家を捨て軍役に従わぬ者はいないが、倉庫の蓄えを少なくし、さらに農時の務めを損なわせている。朕が夜に憂えるのは、その民の衣食足りぬ事を慮ればである。たとえ裕福な者たちであっても、その心情に私心は無いのだから、悦んで付き従って来た者たちは、厚く待遇すべきである。こたび従軍せしすべての従一品以下、佽《し》飛《ひ》・募人以上の家人には、諸郡県はしきりに見舞いを派遣せよ。もし食料の乏しき家があれば、そのすべてに施しを与えよ。また田畑を有していても、貧しくて働き手がなく自ら耕作することがかなわない家は、男手に余裕のある家や富豪の家から割り当てて扶助させせよ。家に残る者たちには充分な貯えをさせて、

若其同惡相濟、抗拒官軍、國有常刑、俾無遺類。明加曉示、稱朕意焉。

總一百一十三萬三千八百、號二百萬、其餽運者倍之。癸未、第一軍發、終四十日、引師乃盡、旌旗亘千里。近古出師之盛、未之有也。乙未、以右候衞大將軍衞玄爲刑部尚書。甲辰、內史令元壽卒。

二月甲寅、詔曰、

朕觀風燕裔、問罪遼濱。文武叶力、爪牙思奮、莫不執銳勤王、捨家從役、罕蓄倉廩之資、兼損播殖之務。朕所以夕惕愀然、慮其匱乏。雖復素飽之衆、情在忘私、悅使之人、宜從其厚。諸行從一品以下、佽飛・募人以上家口、郡縣宜數存問。若有糧食乏少、皆宜賑給。或雖有田疇、貧弱不能自耕種、可於多丁富室勸課相助。使夫居者有斂積之豐、行役無顧後之慮。

軍役に行く者たちには顧後の憂いをなくさせよ。

と言った。

壬戌、司空・京兆尹・光禄大夫・観王の楊雄が薨去した。

三月辛卯、兵部尚書・左候衛大将軍の段文振が没した。癸巳、上が自ら軍を指揮した。甲午、上が自ら遼水橋において陣営を布いた。戊戌、隋の大軍は賊軍に拒まれ、渡河を果たせなかった。右屯衛大将軍・左光禄大夫の麦鐵杖《ばくてつじょう》、虎賁郎将の銭士《せんし》雄《ゆう》、孟金叉《もうきんさ》らは皆この時戦死した。甲午、上の車駕が遼水を渡った。遼水の東岸で激しく戦い、賊を打ち破り、軍を進め遼東城を包囲した。乙未、頓舎に二羽の大鳥が現れた。大きさは一丈余り、白い身で朱い足をしており、自由自在に泳いでいた。上はこれを珍しく思い、画工に命じて大鳥を描かせ、また賞賛する碑を立てた。

五月壬午、納言の楊達が没した。この時、諸将は各自命令を奉じていたが、けして戦端を開こうとしなかった。その間に高麗の各城は守りを固めており、これを攻めても下せなかった。

六月己未、上は遼東に行幸し、諸将を責め立てた。城の西数里に止まり、(組み立て式の)六合城に臨御した。

七月壬寅、宇文述らは薩水にて敗れ、右屯衛将軍の辛世雄《しんせいゆう》が戦死した。全軍はみな統率が乱れ、将帥の逃げ帰った者は二千騎余りであった。癸卯、軍を引き返させた。

九月庚辰、上は東都に到着した。己丑、詔を下して、

壬戌、司空・京兆尹・光祿大夫觀王雄薨。

三月辛卯、兵部尚書・左候衞大將軍段文振卒。癸巳、上御師。甲午、臨戎于遼水橋。戊戌、大軍爲賊所拒、不果濟。右屯衞大將軍・左光祿大夫麥鐵杖、武賁郎將錢士雄、孟金叉等、皆死之。甲午、車駕渡遼。大戰于東岸、擊賊破之、進圍遼東。乙未、大頓見二大鳥。高丈餘、皜身朱足、遊泳自若。上異之、命工圖寫、幷立銘頌。

五月壬午、納言楊達卒。于時、諸將各奉旨、不敢赴機。既而高麗各城守、攻之不下。

六月己未、幸遼東、責怒諸將。止城西數里、御六合城。

七月壬寅、宇文述等敗績于薩水、右屯衞將軍辛世雄死之。九軍並陥、將帥奔還亡者二千餘騎。癸卯、班師。

九月庚辰、上至東都。己丑、詔曰、

軍政と国政とはその容態を異にし、文と武もその用途を殊にする。危難を救う時は、覇者の徳が隆興し、民の風俗を教化する時には、王者の道が貴ばれる。混乱を収束させる時には、屠殺を生業とするような卑しい者が朝廷に登ることができ、隆盛し泰平の世になると、儒学の徒が参内してくる。かつて周の文王が豊に都を建てた時、儒者はそれに先立つ出征に関与することなく、後漢の光武帝の頃、天下平定の功臣たちは国政に参与しなかった。天下が三分され統一されておらず、天下が騒乱に遭っていた時、文徳によって民を教化するゆとりがなく、唯々武功を尚ぶばかりであった。官職を設けても、才能ある者に職を授けることはまれであり、朝廷の序列や民の秩序も、武勲によって定められ、戦役に赴かなかった者はなく、誰もが勇敢な兵士であった。学問の道はすでに伝習されず、政事の方策も、だからこそ取るべきものがないのである。物事の是非は我欲により暗まされ、刑罰と賞与は下級官吏に独占され、この者たちは賄賂を貪り喰らい、とどまるところを知らない。政を蝕み民を害するのは、まことにこの事に起因するのだ。今より後、諸々の勳官を授かった者たちは、再度文武の官職に就くことを禁ず。願わくはかの琴瑟の弦を張り替え、その音色を調える喩えに従い、よき人物を求めて、その美錦を傷つけないようにせよ。もし吏部に独断で疑わしい任用があれば、御史はすぐさま糾弾せよ。
と言った。

冬十月甲寅、工部尚書の宇文愷が没した。

十一月己卯、皇族の一員として華容公主《かようこうしゅ》を高昌王の麴伯雅に降嫁させた。辛巳、

軍國異容、文武殊用。匡危拯難、則霸德攸興、化人成俗、則王道斯貴。時方撥亂、屠販可以登朝、世屬隆平、經術然後升仕。豐都爰肇、儒服無預于周行、建武之朝、功臣不參于吏職。自三方未一、四海交爭、不遑文教、唯尚武功。設官分職、罕以才授、班朝治人、乃由勳叙、莫非拔足行陣、出自勇夫。斆學之道、既所不習、政事之方、故亦無取。是非暗于在己、威福專於下吏、貪冒貨賄、不知紀極。蠹政害民、實由於此。自今已後、諸授勳官者、並不得回授文武職事。庶遵彼更張、取類於調瑟、求諸名製、不傷于美錦。若吏部輒擬用者、御史即宜糾彈。

冬十月甲寅、工部尚書宇文愷卒。

十一月己卯、以宗女華容公主嫁于高昌

光禄大夫の韓壽が没した。甲申、敗将の宇文述と于仲文らはみな官簿から除名して庶民とし、尚書右丞の劉士龍《りゅうしりゅう》を斬刑に処し、天下に謝罪した。この歳、大旱魃が起こり、疫病により多くの人々が死に、中でも山東の被害がもっとも甚大であった。密かに江南・淮南の諸郡に詔を下して民間の少女の中で容姿が端麗な者を見定め、毎年朝廷に貢がせた。

九年春正月丁丑、天下の兵を徴集し、民の中から驍果となる者を募り、涿郡に集結させた。壬午、賊の首領の杜彦冰《とげんひょう》と王潤《おうじゅん》らが平原郡を陥落させ、大いに掠奪して去っていった。辛卯、折衝・果毅・武勇・雄武などの郎将官を設置し、驍果を統べさせた。乙未、平原の李徳逸《りとくいつ》が数万の衆を集め、阿舅賊と自称し、山東を荒らし回った。霊武の白榆妄《はくゆもう》が奴賊と自称し、官牧の馬を掠取し、北は突厥と連携し、隴西の多くの地がその被害を受けた。将軍の范貴《はんき》にこれらを平定させようとしたが、何年も打ち払えなかった。戊戌、大赦を行った。己亥、代王の楊侑と刑部尚書の衛玄に京師を鎮護させた。辛丑、右驍騎将軍の李渾を右驍衛大将軍とした。

二月己未、済北の人である韓進洛《かんしんらく》が数万の衆を集め群盗をなした。壬午、宇文述らの官爵を元のとおりにした。また兵を徴集して高麗を討伐することにした。

三月丙子、済陰の人である孟海公《もうかいこう》が兵を挙げて盗賊となり、その数は数万人に至った。丁丑、成人した男子十万人を動員して大興城を修築した。戊寅、上が遼東に行幸した。越王の楊侗と民部尚書の樊子蓋に東都の留守を任せた。庚子、北海の

王。辛巳、光祿大夫韓壽卒。甲申、敗將宇文述・于仲文等並除名爲民、斬尚書右丞劉士龍、以謝天下。是歲、大旱、疫、人多死、山東尤甚。密詔江・淮南諸郡閲視民間童女姿質端麗者、毎歲貢之。

九年春正月丁丑、徵天下兵、募民爲驍果、集于涿郡。壬午、賊帥杜彦冰・王潤等陷平原郡、大掠而去。辛卯、置折衝・果毅・武勇・雄武等郎將官、以領驍果。乙未、平原李德逸聚衆數萬、稱阿舅賊、劫掠山東。靈武白榆妄、稱奴賊、劫掠牧馬、北連突厥、隴右多被其患。遣將軍范貴討之、連年不能剋。戊戌、大赦。己亥、遣代王侑・刑部尚書衛玄鎭京師。辛丑、以右驍騎將軍李渾爲右驍衞大將軍。

二月己未、濟北人韓進洛聚衆數萬爲羣盜。壬午、復宇文述等官爵。又徵兵討高麗。

三月丙子、濟陰人孟海公起兵爲盜、衆至數萬。丁丑、發丁男十萬城大興。戊寅、幸遼東。以越王侗・民部尚書樊子蓋留守東都。

人である郭方預《かくほうよ》が衆を集めて盗賊をなし、盧公と自称して、その数は三万人に至たり、郡城を攻め落とすと、大いに掠奪して去っていった。

夏四月庚午、上の車駕が遼水を渡った。壬申、宇文述と楊義臣を派遣して平壌に行かせた。

五月丁丑、熒惑が南斗宿に入った。己卯、済北の人である甄寶車《しんほうしゃ》が衆を一万人余り集め、城邑を荒らし回った。

六月乙巳、礼部尚書の楊玄感が黎陽で反乱を起こした。丙辰、楊玄感の軍が東都に迫った。河南賛務の裴弘策《はいこうさく》がこれを阻もうとしたが、かえって賊に敗られた。戊辰、兵部侍郎の斛斯政《こくしせい》が高麗に出奔した。庚午、上は軍を引き返させた。高麗が後軍を攻撃したので、右武衛大将軍の李景に勅を下して殿軍とさせた。左翊衛大将軍の宇文述と左候衛将軍の屈突通《くつとつつう》らを派遣して、至急の伝令によって兵を徴発して楊玄感を討伐させた。

秋七月己卯、それぞれの土地の住民を動員して県の府駅を修築させた。癸未、餘杭の人である劉元進《りゅうげんしん》が挙兵して反乱を起こし、その数は数万人に至った。

八月壬寅、左翊衛大将軍の宇文述らは楊玄感を閿郷に破り、これを斬った。その一族郎党もすべて制圧した。癸卯、呉の人である朱燮《しゅしょう》と晋陵の人である管崇《かんすう》が衆十万人あまりを擁し、将軍を自称し、江東を荒らした。甲辰、制を下して驍果となった者のいる家の賦税を免除した。丁未、詔を下して郡の県城から五里以上離れて暮らす者は、その県城に移り住まわせた。戊申、制を下して盗賊となった者はその家の財産を官が没収した。乙卯、賊の首領の陳瑱《ちんてん》らの衆三万が信安郡を攻め落とした。

庚子、北海人郭方預聚徒爲盜、自號盧公、衆至三萬、攻陷郡城、大掠而去。

夏四月庚午、車駕渡遼。壬申、遣宇文述・楊義臣趣平壤。

五月丁丑、熒惑入南斗。己卯、濟北人甄寶車聚衆萬餘、寇掠城邑。

六月乙巳、禮部尚書楊玄感反於黎陽。丙辰、玄感逼東都。河南贊務裴弘策拒之、反爲賊所敗。戊辰、兵部侍郎斛斯政奔于高麗。庚午、上班師。高麗犯後軍、勑右武衛大將軍李景爲後拒。遣左翊衛大將軍宇文述・左候衛將軍屈突通等、馳傳發兵以討玄感。

秋七月己卯、令所在發人城縣府驛。癸未、餘杭人劉元進擧兵反、衆至數萬。

八月壬寅、左翊衛大將軍宇文述等破楊玄感於閿鄉、斬之。餘黨悉平。癸卯、吳人朱燮、晉陵人管崇擁衆十萬餘、自稱將軍、寇江左。甲辰、制驍果之家蠲免賦稅。丁未、詔郡縣城去道過五里已上者、徙就之。戊申、制盜賊籍沒其家。乙卯、賊帥陳瑱等衆三萬、

辛酉、司農卿・光禄大夫・葛国公の趙元淑《ちょうげんしゅく》が罪によって誅殺された。

九月己卯、済陰の人である呉海流《ごかいりゅう》と東海の人である彭孝才《ほうこうさい》がともに挙兵して盗賊となり、その衆は数万になった。庚辰、賊の首領の梁慧尚《りょうけいしょう》がその衆四万を率い、蒼梧郡を陥落させた。甲午、上の車駕が上谷に宿営した際、供応の費用が不足していたために上は激怒し、太守の虞荷《ぐか》らの官を剝奪した。丁酉、東陽の人である李三児《りさんじ》と向但子《しょうたんし》が挙兵して反乱を起こし、その衆は一万人余りになった。

閏月己巳、上は博陵に行幸した。庚午、上は侍臣に向かって「朕は昔、先帝に着き随って、この地を巡った。当時八歳であったが、年月は流れ三十六年余りが経ち、昔のことを追憶しても、あの時を求めることはできないのだな」と言った。その言葉が終わらぬうちに、嗚咽を漏らして涙を流したので、侍衛の者たちも皆涙を流して襟を濡らした。

冬十月丁丑、賊の首領の呂明星《りょめいせい》が衆数千人を率いて東郡を包囲した。虎賁郎将の費青奴《ひせいど》はこれを攻撃し呂明星を斬った。

乙酉、詔を下して、

博陵はその昔は定州であり、要衝の地にある。先帝について、その王業の基をなすものをいろいろと思案してみるに、王徳が民を教化したのは、はるか遠くこの博陵から始まっていたのだ。そのためこの博陵は、道義として『詩経《しきょう》』豳《ひん》風《ふう》に謡われた周の祖公劉《こうりゅう》が都した豳や、虞舜を生んだ姚邑よりも尊ばねばならぬ。朕は巡行して、民の暮らしを慰撫せんとしてこの地に至り、はるか郊外を

攻陷信安郡。辛酉、司農卿・光祿大夫・葛國公趙元淑以罪伏誅。

九月己卯、濟陰人吳海流・東海人彭孝才並舉兵爲盜、衆數萬。庚辰、賊帥梁慧尚率衆四萬、陷蒼梧郡。甲午、車駕次上谷、以供費不給、上大怒、免太守虞荷等官。丁酉、東陽人李三兒、向但子舉兵作亂、衆至萬餘。

閏月己巳、幸博陵。庚午、上謂侍臣曰「朕昔從先朝、周旋於此。年甫八歲、日月不居、倐經三紀、追惟平昔、不可復希」。言未卒、流涕嗚咽、侍衛者皆泣下沾襟。

冬十月丁丑、賊帥呂明星率衆數千圍東郡。武賁郎將費青奴擊斬之。

乙酉、詔曰、

博陵昔爲定州、地居衝要。先皇歷試所基、王化斯遠。故以道冠豳風、義高姚邑。朕巡撫氓庶、爰屆茲邦、瞻望郊廛、緬懷敬止、思所以宣播德澤、覃被下人。崇紀顯號、式光令緒。可改博陵爲高陽郡。赦境

眺めやり、遠く先帝の偉業を敬慕すれば、その徳を伸べ広め、その恩恵は遍く民に下されたことに思いを致すのである。そこでこれらの事を尊んで美名を施し、偉大な功業を明らかにせんとする。博陵を改めて高陽郡とせよ。その郡内の死罪以下の罪人を赦免し、租税と賦役を一年免除せよ。

と言った。そこで高祖の時の故吏を召喚し、皆その才能に応じて官職を授けた。

壬辰、納言の蘇威を開府儀同三司とした。朱燮と管崇が劉元進を推戴し天子とした。将軍の吐萬緒と魚倶羅《ぎょぐら》を派遣し討伐させたが、何年も討ち果たせなかった。斉の人である孟讓《もうじょう》と王薄《おうぼ》らが衆十万余りを引き連れ長白山を拠点とし、周辺の郡を攻めて略奪した。清河の賊の張金稱《ちょうきんしょう》は衆数万を抱え、渤海の賊の首領の格謙《かくけん》は燕王と自称し、孫宣雅《そんせんが》は斉王と自称し、その衆は各々十万おり、山東はこれに苦しんだ。丁亥、右候衛将軍の郭榮《かくえい》を右候衛大将軍とした。

十一月己酉、右候衛将軍の馮孝慈《ふうこうじ》が張金稱を清河の地で討伐しようとしたが、かえって賊に敗られ、馮孝慈は戦死した。

十二月甲申、楊玄感の弟である朝請大夫の楊積善《ようせきぜん》とその郎党十余人を車裂きにし、屍を焼いてその灰を捨てた。丁亥、扶風の人である向海明《しょうかいめい》が挙兵して反乱を起こし、皇帝と称し、元号を白烏とした。太僕卿の楊義臣を派遣してこれを撃破させた。

十年春正月甲寅、皇族の娘を信義公主《しんぎこうしゅ》として、突厥の曷娑那可汗《かつばだかがん》に嫁がせた。

内死罪已下。給復一年。

於是召高祖時故吏、皆量材授職。

壬辰、以納言蘇威爲開府儀同三司。朱燮、管崇推劉元進爲天子。遣將軍吐萬緒、魚俱羅討之、連年不能剋。齊人孟讓・王薄等衆十餘萬據長白山、攻剽諸郡。清河賊張金稱衆數萬、渤海賊帥格謙自號燕王、孫宣雅自號齊王、衆各十萬、山東苦之。丁亥、以右候衛將軍郭榮爲右候衛大將軍。

十一月己酉、右候衛將軍馮孝慈討張金稱於清河、反爲所敗、孝慈死之。

十二月甲申、車裂玄感弟朝請大夫積善及黨與十餘人、仍焚而揚之。丁亥、扶風人向海明擧兵作亂、稱皇帝、建元白烏。遣太僕卿楊義臣擊破之。

十年春正月甲寅、以宗女爲信義公主、嫁於突厥曷娑那可汗。

二月辛未、詔を下して文武百官に高麗を征伐することを議論させたが、数日の間発言しようとする者はいなかった。

戊子、詔を下して、

力を王役に尽くし、身を行軍に置き、みな義に徇じ、勤忠の心でない者はいないのに、命を草沢に捨て、骸を原野に曝している。折に触れてこれを思いやり、つねに哀れみを胸に懐いている。往年に先帝が車駕を出して高麗の罪を問わんとし、まさに遼河の浜辺に行こうとして、廟堂にて勝算を計り、細かな命令を下した。しかしながら楊諒は物事に暗く粗暴で、事の是非も分からず、高熲は片意地で他人の言葉を聞かず、もとより智謀などなく、三軍を率いても子供の遊び事程度であり、人の命を塵芥のように見て、法度に遵わず、撤退を来してしまい、ついに死亡者を多数出して、その遺体を埋めることも叶わなかった。今よろしく使者を遣わし地域ごとに遺体を埋葬し、祭壇を遼西郡に設け、寺院一所を建立する。仏恩を黄泉に垂れ、苦しめる魂の怨みを安んじ、恩沢を遺骨に及ぼし、仁者の恩恵を広めよ。

と言った。

辛卯、詔を下して、

天下を治めるために黄帝は五十二度戦い、殷の湯王《とうおう》は二十七度出征し、そこではじめて徳は諸侯に施され、その威令は天下に行われた。盧芳《ろほう》は盗人風情であるにもかかわらず、漢の高祖はそれでも自ら陣に立ち、隗囂《かいごう》は天下が分裂した際の余燼でしかなかったが、後漢の光武帝はなお自ら隴の地に赴いた。彼らは

二月辛未、詔百寮議伐高麗、數日無敢言者。

戊子、詔曰、

竭力王役、致身戎事、咸由徇義、莫匪勤誠、委命草澤、棄骸原野、興言念之、每懷愍惻。往年出車問罪、將屆遼濱、廟算勝略、具有進止。而諒凶罔識成敗、高熲愎很、本無智謀、臨三軍猶兒戲、視人命如草芥、不遵成規、坐貽撓退、遂令死亡者衆、不及埋藏。今宜遣使人分道收葬、設祭於遼西郡、立道場一所。恩加泉壤、庶弭窮魂之冤、澤及枯骨、用弘仁者之惠。

辛卯、詔曰、

黃帝五十二戰、成湯二十七征、方乃德施諸侯、令行天下。盧芳小盜、漢祖尚且親戎、隗囂餘燼、光武猶自登隴。豈不欲除暴止戈、勞而後逸者哉。朕纂成寶業、君

暴虐を排除してから戈を収め、自ら労苦した後に安らごうとした者である。朕は帝業を継承し、天下に君臨しており、日月の照らし出すところ、風雨が潤すところ、誰かひとりとして我が臣でない者はなく、我が声教から隔てられている者などいるだろうか。矮小なる高麗は、荒廃した僻地に居り、フクロウが羽を拡げオオカミが嚙み付くかのように、傲慢で恭順の意を示さず、我が辺境を盗み取り、我が城塞を侵した。それゆえ昨年に軍を派遣し、罪を遼・碣の間に問い、長蛇封豕のような残忍な輩を玄菟・襄平の地で誅戮した。扶餘に集いし軍は、風の如く馳せ電光の如く進み、逃げる敵を追撃して、浿水を越えて平壌に迫り、滄海の軍船は、賊の心腹を突き、その城郭を焼き、その宮室を破壊した。高元は斬刑に処されるのを覚悟して頭を地に擦りつけ、降服の上表文を軍門に送り、入朝することを請い、隋の司法の裁決に身を委ねることを求めた。朕はその過ちを改める姿勢を認め、そこで詔を下して軍を帰還させた。しかしながら高元は悪を深めて罪を改めることをせず、いたずらに遊び耽って民を害している。これを見過ごすことができるのならば、何を許せないというのだろうか。そこで六軍に命を授け、百道よりともに進ませる。朕は自ら威風を示し、諸軍に臨み、飼い葉を丸都に取り、軍を遼水に閲《み》、天誅を海外に順い行い、困窮する民を非常な苦しみより救おう。征伐を行ってこれらを正し、明徳によってこれらを誅殺するが、ただ元悪を取り除くだけであり、他の者たちに罪を問うことはない。もし国家存亡の際の分別を知り、安危の機微を悟れる者がいれば、身を転じて隋に北面し、自ら多福なることを求めよ。悪を共にし、我が軍

臨天下、日月所照、風雨所沾、孰非我臣、獨隔聲教。蕞爾高麗、僻居荒表、鴟張狼噬、侮慢不恭、抄竊我邊陲、侵軼我城鎭。是以去歲出軍、問罪遼・碣、殪長蛇於玄菟、戮封豕於襄平。扶餘衆軍、風馳電逝、追奔逐北、徑踰浿水、滄海舟楫、衝賊腹心、焚其城郭、汙其宮室。高元伏鑕泥首、送款軍門、尋請入朝、歸罪司寇。朕以許其改過、乃詔班師。而長惡靡悛、宴安鴆毒。此而可忍、孰不可容。便可分命六師、百道倶進。朕當親執武節、臨御諸軍、秣馬丸都、觀兵遼水、順天誅於海外、救窮民於倒懸。征伐以正之、明德以誅之、止除元惡、餘無所問。若有識存亡之分、悟安危之機、翻然北首、自求多福。必其同惡相濟、抗拒王師、若火燎原、刑茲無赦。有司便宜宣布、咸使知聞。

に抗うことがあれば、必ずや火が草むらを焼くが如く一掃し、刑罰を下すのに容赦はしない。有司は便宜を図りこのことを宣布し、尽く知らしめよ。

と言った。

丁酉、扶風の人である唐弼《とうひつ》が挙兵して反乱を起こし、その衆は十万人にのぼり、李弘《りこう》を推戴して天子とし、自らは唐王と名乗った。

三月壬子、上は涿郡に行幸した。癸亥、臨渝宮に滞在し、上が自ら武装を着て、黄帝を祭り戦勝を祈った。軍規に叛いた者を斬り、その血を太鼓に塗って祭った。

夏四月辛未、彭城の賊の張大彪《ちょうだいひょう》が衆数万人を集め、懸薄山を拠点として盗賊となった。楡林太守の董純《とうじゅん》を派遣してこれを撃破し、張大彪を斬った。甲午、上の車駕が北平に滞在した。

五月庚子、詔を下して郡の孝悌・廉潔それぞれ十人を推挙させた。壬寅、賊の首領の宋世謨《そうせばく》が琅邪郡を陥落させた。庚申、延安の人である劉迦論《りゅうかろん》が挙兵して反乱を起こし、皇王と自称し、元号を大世とした。

六月辛未、賊の首領の鄭文雅《ていぶんが》と林寶護《りんほうご》らの軍勢三万人が、建安郡を陥落させた。太守の楊景祥《ようけいしょう》はこの時に死んだ。

秋七月癸丑、上の車駕が懐遠鎮に滞在した。乙卯、曹国が使者を派遣して地方の名物を貢献した。甲子、高麗が使者を派遣して降服を請い、斛斯政を囚えて送り届けた。上は大いに喜んだ。

八月己巳、軍を引き返させた。庚午、右衛大将軍・左光禄大夫の鄭榮が没した。

丁酉、扶風人唐弼舉兵反、衆十萬、推李弘爲天子、自稱唐王。

三月壬子、行幸涿郡。癸亥、次臨渝宮、親御戎服、禡祭黃帝。斬叛軍者、以釁鼓。

夏四月辛未、彭城賊張大彪聚衆數萬、保懸薄山爲盜。遣楡林太守董純擊破、斬之。甲午、車駕次北平。

五月庚子、詔舉郡孝悌・廉潔各十人。壬寅、賊帥宋世謨陷琅邪郡。庚申、延安人劉迦論擧兵反、自稱皇王、建元大世。

六月辛未、賊帥鄭文雅・林寶護等衆三萬、陷建安郡、太守楊景祥死之。

秋七月癸丑、車駕次懷遠鎭。乙卯、曹國遣使貢方物。甲子、高麗遣使請降、囚送斛斯政。上大悅。

八月己巳、班師。庚午、右衞大將軍・左光祿大夫鄭榮卒。

冬十月丁卯、上が東都に到着した。己丑、上が京師に帰還した。

十一月丙申、金光門外において斛斯政を四肢を切り離す酷刑に処した。乙巳、南郊で祭祀を行った。己酉、賊の首領の司馬長安《しばちょうあん》が長平郡を攻め破った。乙卯、離石の胡の劉苗王《りゅうびょうおう》が挙兵して反乱を起こし、天子を自称し、その第六児を永安王とし、衆は数万人に至った。将軍の潘長文《はんちょうぶん》がこれを討伐しようとしたが、勝てなかった。この月、賊の首領の王徳仁《おうとくじん》が衆数万人を擁して、林慮山を拠点として盗賊となった。

十二月壬申、上は東都に向かった。その日、天下に大赦を行った。戊子、東都に入城した。庚寅、賊の首領の孟譲の衆十万人余りが、都梁宮を占拠した。江都郡丞の王世充を派遣してこれを撃破し、その衆を全て捕虜とした。

十一年春正月甲午朔、百官と大宴会を開いた。突厥・新羅・靺鞨・畢大辞《ひつだいじ》・訶《か》咄《とつ》・傅越・烏那曷《うなかつ》・波臘《はろう》・吐火羅《とから》・倶慮建《ぐりょけん》・忽論・靺鞨・訶多《かた》・沛汗《はいかん》・亀茲・疎勒・于闐《うてん》・安国・曹国・何国・穆国・畢・衣密・失范延《しつはんえん》・伽折《かせつ》・契丹などの国がみな使者を派遣して朝貢した。戊戌、虎賁郎将の高建毗《こうけんひ》が賊の首領の顔宣政《がんせんせい》を斉郡で破り、男女数千人を捕虜とした。乙卯、蛮夷たちと大規模な会合を開き、魚龍や曼延の雑技を催した。賞賜には各々差があった。

二月戊辰、賊の首領の楊仲緒《ようちゅうしょ》が衆一万人余りを率い、北平を攻めた。滑公の李景はこれを破り楊仲緒を斬った。

冬十月丁卯、上至東都。己丑、還京師。

十一月丙申、支解斛斯政於金光門外。乙巳、有事於南郊。己酉、賊帥司馬長安破長平郡。乙卯、離石胡劉苗王擧兵反、自稱天子、以其第六兒爲永安王、衆至數萬。將軍潘長文討之、不能剋。是月、賊帥王德仁擁衆數萬、保林慮山爲盜。

十二月壬申、上如東都。其日、大赦天下。戊子、入東都。庚寅、賊帥孟讓衆十餘萬、據都梁宮。遣江都郡丞王世充擊破之、盡虜其衆。

十一年春正月甲午朔、大宴百寮。突厥・新羅・靺鞨・畢大辭・訶咄・傅越・烏那曷・波臘・吐火羅・倶慮建・忽論・靺鞨・訶多・沛汗・龜茲・疎勒・于闐・安國・曹國・何國・穆國・畢・衣密・失范延・伽折・契丹等國並遣使朝貢。戊戌、武賁郎將高建毗破賊帥顏宣政於齊郡、虜男女數千口。乙卯、大會蠻夷、設魚龍曼延之樂。頒賜各有差。

二月戊辰、賊帥楊仲緒率衆萬餘、攻北平。滑公李景破斬之。

庚午、詔を下して、

険を設けて国を守るとは、『易経』の坎卦などに著されており、門を多重にし暴挙を防ぐとは、すでに昔の政策に明らかであり、居住の地とし国を安んじ、邪悪を除き国の根本を固める所以である。しかしながら近頃の戦争で、住民たちは散り散りとなり、田畑に人はおらず、城邑の外郭は修復されず、ついに遊び怠ける者たちを多くさせてしまい、盗賊行為がおさまらない。今、天下は一つとなり、四海の内は安らかとなったので、民をすべて城郭の中に住まわせることとし、田畑の割り振りは近く沙汰するのに従い、強き者たちも弱き者たちも互いに協力させ、用役は等しく行わせれば、こそ泥のような小人もその悪巧みをする場をなくし、叢沢には亡命の徒が集まることもなかろう。有司は具体的に事の次第を検討し、適宜に処置せよ。

と言った。

丙子、上谷の人である王須抜《おうしゅばつ》が反乱を起こし、漫天王と自称し、国号を燕とした。賊の首領の魏刁兒《ぎちょうじ》が歴山飛と自称した。それぞれ衆十万人余りを率い、北は突厥と連携し、南は昔の趙の地を侵した。

五月丁酉、右驍衛大将軍・光禄大夫・郕公の李渾と将作監・光禄大夫の李敏を殺し、ともにその家を族滅させた。癸卯、賊の首領の司馬長安が西河郡を破った。己酉、上は太原に行幸し、避暑のために汾陽宮に滞在した。

秋七月己亥、淮南の人である張起緒《ちょうきしょ》が挙兵して盗賊となり、その衆は三万人に

庚午、詔曰、

設險守國、著自前經、重門禦暴、事彰往策、所以宅土寧邦、禁邪固本。而近代戰爭、居人散逸、田疇無伍、郛郭不脩、遂使遊惰實繁、寇攘未息。今、天下平一、海內晏如、宜令人悉城居、田隨近給、使強弱相容、力役兼濟、穿窬無所厝其姦宄、萑蒲不得聚其逋逃。有司具爲事條、務令得所。

丙子、上谷人王須拔反、自稱漫天王、國號燕、賊帥魏刁兒自稱歷山飛、衆各十餘萬、北連突厥、南寇趙。

五月丁酉、殺右驍衞大將軍・光祿大夫・郕公李渾、將作監・光祿大夫李敏、並族滅其家。癸卯、賊帥司馬長安破西河郡。己酉、幸太原、避暑汾陽宮。

秋七月己亥、淮南人張起緒擧兵爲盜、衆至

至った。辛丑、光禄大夫・右禦衛大将軍の張壽が没した。

八月乙丑、上は北塞に巡幸した。戊辰、突厥の始畢可汗《しひつかがん》が騎兵数十万を率い、上を襲撃することを謀ったが、義成公主《ぎせいこうしゅ》が使者を派遣して事態を告げさせた。壬申、上の車駕は急ぎ雁門に行幸した。癸酉、突厥が雁門城を包囲し、官軍はたびたび戦ったが劣勢であった。上は大いに懼れ、精鋭の騎兵を率いて囲みを崩して脱出しようと思ったが、民部尚書の樊子蓋が強く諫めたため、そこで思いとどまった。斉王の楊暕が後軍を率い崞県を防衛した。甲申、天下の諸郡に詔を下し兵を募った。そこではじめて太守や県令は各自で救難に動いた。

九月甲辰、突厥は包囲を解いて去っていった。丁未、太原群と雁門郡の死罪以下の罪人に特赦を行った。

冬十月壬戌、上は東都に到着した。丁卯、彭城の人である魏騏驎《ぎきりん》が衆一万人余りを集めて盗賊となり、魯郡を荒した。壬申、賊の首領の盧明月《ろめいげつ》が十数万人を集めて陳や汝の地域を荒した。東海の賊の首領の李子通《りしつう》が衆を擁して淮水を渡り、楚王と自称し、元号を明政とし、江都を荒した。

十一月乙卯、賊の首領の王須抜が高陽郡を破った。

十二月戊寅、斛《ます》くらいの大きさの流星が、明月の軍営に落ちてその衝車を破壊した。庚辰、民部尚書の樊子蓋に詔を下して関中の兵を徴発させ、絳郡の賊の敬盤陀《けいばんた》と柴保昌《さいほしょう》らを討たせたが、何年も討ち果たせなかった。譙郡の人である朱粲《しゅさん》が衆数十万人を擁して荊襄の地を荒し、楚帝と僭称し、元号を昌達とした。漢水以南の諸郡の多くが朱粲に陥落された。

三萬[8]。辛丑、光祿大夫・右禦衛大將軍張壽卒。

八月乙丑、巡北塞。戊辰、突厥始畢可汗率騎數十萬、謀襲乘輿、義成公主遣使告變。壬申、車駕馳幸雁門。癸酉、突厥圍城、官軍頻戰不利。上大懼、欲率精騎潰圍而出、民部尚書樊子蓋固諫、乃止。齊王暕以後軍保于崞縣。甲申、詔天下諸郡募兵。於是守令各來赴難。

九月甲辰、突厥解圍而去。丁未、曲赦太原・雁門郡死罪已下。

冬十月壬戌、上至于東都。丁卯、彭城人魏騏驎聚衆萬餘爲盜、寇魯郡。壬申、賊帥盧明月聚衆十餘萬、寇陳・汝間。東海賊帥李子通擁衆度淮、自號楚王、建元明政、寇江都。

十一月乙卯、賊帥王須拔破高陽郡。

十二月戊寅、有大流星如斛、墜明月營、破其衝車。庚辰、詔民部尚書樊子蓋發關中兵、討絳郡賊敬盤陀・柴保昌等、經年不能剋。譙郡人朱粲擁衆數十萬、寇荊襄、僭稱楚帝、建元昌達。漢南諸郡多爲所陷焉。

十二年春正月甲午、雁門の人である翟松柏《てきしょうはく》が霊丘にて兵を起こし、衆は数万人に至り、周辺の県を攻めまわった。

二月己未、真臘国が使者を派遣して地方の名物を貢献した。甲子、夜に二羽の鵰《わし》に似た大きな鳥が、大業殿に飛び入り、天子の幄に止まり、明け方になって去っていった。癸亥、東海の賊の盧公暹《ろこうせん》が衆一万人あまりを率い、蒼山を占拠した。

夏四月丁巳、顕陽門にて火災があった。癸亥、魏刁児の配下の将であった甄翟児《しんてきじ》がまた歴山飛を名のり、衆十万人でもって太原を荒らしまわった。将軍の潘長文はこれを討伐しようとしたが、かえって敗れてしまった。潘長文はこの時戦死した。

五月丙戌朔、皆既日食があった。癸巳、大きな流星が呉郡に落ち、石となった。壬午、上は景華宮にて、蛍を集めるように命じ、数斛の蛍を得た。夜、宮殿を出て山に行き、蛍を放つと、その光は山谷に満ちあふれた。

秋七月壬戌、民部尚書・光禄大夫・済公の樊子蓋が没した。甲子、上は江都宮に行幸しようとし、越王の楊侗、光禄大夫の段達《だんたつ》、太府卿の元文都《げんぶんと》、検校民部尚書の韋津《いしん》、右武衛将軍の皇甫無逸《こうほむいつ》、右司郎の盧楚《ろそ》らに留守の事を統轄させた。奉信郎の崔民象《さいみんしょう》は盗賊が各地に跋扈している現状を、建国門において上表し、巡幸すべきではないと諫めた。上は激怒し、まずその頤《あご》を外し、その上で斬り捨てた。戊辰、馮翊の人である孫華《そんか》は総管を自称し、挙兵して盗賊となった。高涼通守の洗珤徹《せんかんてつ》が挙兵して反乱を起こし、嶺南の渓洞の蛮夷の多くがこれに呼応した。己巳、熒惑が羽林に留まり、一月余りしてようやく退いた。上の車駕は汜水に滞在し、奉信郎の王《おう》愛仁《あいじん》は盗賊らが日々隆盛していく現状をもって、上を諫め西京に帰還することを請

十二年春正月甲午、雁門人翟松柏起兵於靈丘、衆至數萬、轉攻傍縣。

二月己未、眞臘國遣使貢方物。甲子夜、有二大鳥似鵰、飛入大業殿、止于御幄、至明而去。癸亥、東海賊盧公暹率衆萬餘、保于蒼山。

夏四月丁巳、顯陽門災。癸亥、魏刁兒所部將甄翟兒復號歷山飛、衆十萬轉寇太原。將軍潘長文討之、反爲所敗。長文死之。

五月丙戌朔、日有蝕之、既。癸巳、大流星隕于吳郡、爲石。壬午、上於景華宮徵求螢火、得數斛。夜、出遊山、放之、光徧巖谷。

秋七月壬戌、民部尚書・光祿大夫・濟公樊子蓋卒。甲子、幸江都宮、以越王侗、光祿大夫段達、太府卿元文都、檢校民部尚書韋津、右武衛將軍皇甫無逸、右司郎盧楚等總留後事。奉信郎崔民象以盜賊充斥、於建國門上表、諫不宜巡幸。上大怒、先解其頤、乃斬之。戊辰、馮翊人孫華自號總管、擧兵爲盜。高涼通守洗珤徹擧兵作亂、嶺南溪洞多應之。己巳、熒惑守羽林、月餘乃退。車

願した。上は怒り、王愛仁を斬って巡幸を続けた。

八月乙巳、賊の首領の趙萬海《ちょうばんかい》は衆数十万人でもって、恒山を出て高陽を荒らした。壬子、斗ほどの流星があり、王良と閣道に出現して、その音は土塀を崩した時のようであった。癸丑、甕ほどの流星が羽林に出現した。

九月丁酉、東海の人である杜伏威《とふくい》と揚州の人である沈覓敵《しんべきてき》らが反乱を起こし、その衆は数万人に至った。右禦衛将軍の陳稜《ちんりょう》がこれを撃破した。戊午、二つの枉矢が北斗の魁に出現して、蛇の形のように曲がりくねり、南斗宿に流れた。壬戌、安定の人である荔非世雄《れいひせいゆう》が臨涇の県令を殺し、挙兵して反乱を起こし、将軍を自称した。

冬十月己丑、開府儀同三司・左翊衛大将軍・光禄大夫・許公の宇文述が薨去した。

十二月癸未、鄱陽の賊の操天成《そうてんせい》が挙兵して反乱を起こし、元興王を自称し、元号を始興として、豫章郡を攻め落とした。乙酉、右翊衛大将軍の來護兒を開府儀同三司・行左翊衛大将軍とした。壬辰、鄱陽の人である林士弘《りんしこう》が皇帝を自称し、国号を楚とし、元号を太平として、九江と廬陵郡を攻め落とした。唐公の李淵《りえん》は甄翟兒を西河にて破り、男女数千人を捕虜とした。

十三年春正月壬子、斉郡の賊の杜伏威が衆を率いて淮水を渡り、歴陽郡を攻め落とした。丙辰、勃海の賊の竇建徳《とうけんとく》が河間の楽寿に祭壇を設け、長楽王と自称して、

駕次汜水、奉信郎王愛仁以盜賊日盛、諫上請還西京。上怒、斬之而行。

八月乙巳、賊帥趙萬海衆數十萬、自恒山寇高陽。壬子、有大流星如斗、出王良閣道、聲如隤牆。癸丑、大流星如甕、出羽林。

九月丁酉、東海人杜伏威・揚州沈覓敵等作亂、衆至數萬。右禦衛將軍陳稜擊破之。戊午、有二枉矢出北斗魁、委曲蛇形、注於南斗。壬戌、安定人荔非世雄殺臨涇令、舉兵作亂、自號將軍。

冬十月己丑、開府儀同三司・左翊衛大將軍・光祿大夫・許公宇文述薨。

十二月癸未、鄱陽賊操天成舉兵反、自號元興王、建元始興、攻陷豫章郡。乙酉、以右翊衛大將軍來護兒爲開府儀同三司・行左翊衛大將軍。壬辰、鄱陽人林士弘自稱皇帝、國號楚、建元太平、攻陷九江、廬陵郡。唐公破甄翟兒於西河、虜男女數千口。

十三年春正月壬子、齊郡賊杜伏威率衆渡淮、攻陷歷陽郡。丙辰、勃海賊竇建德設壇

元号を丁丑とした。辛巳、賊の首領の徐圓朗《じょえんろう》が衆数千を率い東平郡を攻め破った。弘化の人である劉㑊成《りゅうけんせい》は衆一万人余りを集め盗賊となり、周辺の郡はこれに苦しんだ。

二月壬午、朔方郡の人である梁師都《りょうしと》が郡丞の唐世宗《とうせいそう》を殺し、その郡を拠点として反乱を起こし、大丞相を自称した。銀青光録大夫の張世隆《ちょうせいりゅう》を派遣してこれを攻めさせたが、かえって敗れてしまった。戊子、賊の首領の王子英《おうしえい》が上谷郡を攻め破った。己丑、馬邑県の校尉の劉武周《りゅうぶしゅう》が太守の王仁恭《おうじんきょう》を殺し、挙兵して反乱を起こし、北は突厥と連携して、定楊可汗《ていようかがん》を自称した。庚寅、賊の首領の李密《りみつ》と翟譲《てきじょう》らが興洛倉を陥落させた。越王の楊侗は虎賁郎将の劉長恭《りゅうちょうきょう》・光録少卿の房崱《ぼうしょく》を派遣してこれを攻撃させたが、かえって敗れてしまい、兵の五六割が死んだ。庚子、李密は魏公を自称し、元年を称して、興洛倉を開いて群盗に分け与えた。その勢力は数十万人に至り、河南の諸郡は相継いで陥落した。壬寅、劉武周が桑乾鎮にて虎賁郎将の王智《おうち》辯《べん》を破り、王智辯はこの時戦死した。

三月戊午、廬江の人である張子路《ちょうしろ》が挙兵して反乱を起こした。右禦衛将軍の陳稜を派遣してこれを討たせ平定させた。丁丑、賊の首領の李通徳《りつうとく》が衆十万人を擁して廬江を荒らしたが、左屯衛将軍の張鎮州がこれを撃破した。

夏四月癸未、金城県の校尉の薛擧《せつきょ》が衆を率いて反乱を起こし、西秦霸王と自称し、元号を秦興として、隴西の諸郡を攻め落とした。己丑、賊の首領の孟譲は、夜に東都の外郭へ侵入し、豊都の市を焼いて逃走した。癸巳、李密が廻洛の東倉を陥落さ

於河間之樂壽、自稱長樂王、建元丁丑。辛巳、賊帥徐圓朗率衆數千、破東平郡。弘化人劉㑊成聚衆萬餘人爲盜、傍郡苦之。

二月壬午、朔方人梁師都殺郡丞唐世宗、據郡反、自稱大丞相。遣銀青光祿大夫張世隆擊之、反爲所敗。戊子、賊帥王子英破上谷郡。己丑、馬邑校尉劉武周殺太守王仁恭、擧兵作亂、北連突厥、自稱定楊可汗。庚寅、賊帥李密・翟讓等陷興洛倉。越王侗遣武賁郎將劉長恭・光祿少卿房崱擊之、反爲所敗、死者十五六。庚子、李密自號魏公、稱元年、開倉以振羣盜。衆至數十萬、河南諸郡相繼皆陷焉。壬寅、劉武周破武賁郎將王智辯于桑乾鎮、智辯死之。

三月戊午、廬江人張子路擧兵反。遣右禦衞將軍陳稜討平之。丁丑、賊帥李通德衆十萬寇廬江、左屯衞將軍張鎭州擊破之。

夏四月癸未、金城校尉薛擧率衆反、自稱西秦霸王、建元秦興、攻陷隴右諸郡。己丑、賊帥孟讓、夜入東都外郭、燒豐都市而去。

せた。丁酉、賊の首領の房憲伯《ぼうけんはく》が汝陰郡を陥落させた。この月、光録大夫の裴仁基《はいじんき》と淮陽太守の趙佗《ちょうた》らはともに衆を引き連れて隋に叛き李密に帰順した。

五月辛酉、夜に甕《かめ》ほどの流星が現れ、江都に落ちた。甲子、唐公の李淵が太原にて義軍を起こした。丙寅、突厥数千人が太原を荒らしたが、唐公の李淵はこれを撃破した。

秋七月壬子、熒惑が積屍に留まった。丙辰、武威の人である李軌《りき》が挙兵して反乱を起こし、河西の諸郡を陥落させた。李軌は涼王と自称し、元号を安楽とした。

八月辛巳、唐公の李淵が虎牙郎将の宋老生《そうろうせい》を霍邑にて破り、宋老生を斬った。

九月己丑、帝は江都の家々の娘や寡婦を召し出させ、麾下の兵に娶せた。この月、武陽郡丞の元寶蔵《げんほうぞう》が郡を挙げて隋に叛いて李密に帰順し、賊の首領の李文相《りぶんそう》とともに黎陽倉を陥落させた。彗星が営室に出現した。

冬十月丁亥、太原の楊世洛《ようせいらく》が衆一万人余りを集め、城邑を荒らし回った。丙申、羅県の令である蕭銑《しょうせん》が県を挙げて反乱を起こした。鄱陽の人である董景珍《とうけいちん》は郡を挙げて反乱を起こし、蕭銑を羅県から迎え入れ、梁王と名のらせ、周辺の郡を陥落させた。戊戌、虎賁郎将の高毗《こうひ》が[山監]山にて済北郡の賊の甄寶車に敗れた。

十一月丙辰、唐公の李淵が京師に入城した。辛酉、江都にいる上を尊び太上皇と

癸巳、李密陷廻洛東倉。丁酉、賊帥房憲伯陷汝陰郡。是月、光祿大夫裴仁基・淮陽太守趙佗等並以衆叛歸李密。

五月辛酉、夜有流星如甕、墜於江都。甲子、唐公起義師於太原。丙寅、突厥數千寇太原、唐公擊破之。

秋七月壬子、熒惑守積屍。丙辰、武威人李軌舉兵反、攻陷河西諸郡、自稱涼王、建元安樂。

八月辛巳、唐公破武牙郎將宋老生於霍邑、斬之。

九月己丑、帝括江都人女寡婦、以配從兵。是月、武陽郡丞元寶藏以郡叛歸李密、與賊帥李文相攻陷黎陽倉。彗星見於營室。

冬十月丁亥、太原楊世洛聚衆萬餘人、寇掠城邑。丙申、羅令蕭銑以縣反、鄱陽人董景珍以郡反、迎銑於羅縣、號為梁王、攻陷傍郡。戊戌、武賁郎將高毗敗濟北郡賊甄寶車於[山監]山。

十一月丙辰、唐公入京師。辛酉、遙尊帝

し、代王の楊侑を立て皇帝とし、元号を義寧に改めた。上は丹陽に宮殿を造営し、江東に留まり続けて難を避けようとした。烏鵲がやってきて幄帳に巣を作り始めたので、それを追い立てようとしたが、止めさせることができなかった。熒惑が太微を犯した。石が長江より浮かび上がり、揚子江に入っていくということがあった。日光が四方に散り、さながら血を流しているかのようであった。上は甚だそれらを嫌悪した。

　二年三月、右屯衛将軍の宇文化及《うぶんかきゅう》、虎賁郎将の司馬徳戡《しばとくかん》と元禮《げんれい》、監門直閣の裴虔通《はいけんつう》、将作少監の宇文智及《うぶんちきゅう》、武勇郎将の趙行樞《ちょうこうすう》、鷹揚郎将の孟景《もうけい》、内史舎人の元敏《げんびん》、符璽郎の李覆《りふく》と牛方裕《ぎゅうほうゆう》、千牛左右の李孝本《りこうほん》とその弟である李孝質《りこうしつ》、直長の許弘仁《きょこうじん》と薛世良《せつせいりょう》、城門郎の唐奉義《とうほうぎ》、医正の張愷《ちょうがい》らは、驍果兵を率いて反乱を起こし、上のいる宮殿奥へと侵入した。上は温室殿にて崩御した。時に五十歳。蕭皇后は宮人に寝台の板を取りはずし棺を作らせ、上の遺体を埋葬した。宇文化及が江都より出立した後、右禦衛将軍の陳稜が上の柩を成象殿に奉じ、呉公台の下に埋葬した。正式な葬礼を行うために遺体を柩に収める斂葬の儀式を執り行った時、上の容貌は生きているようで、これを見た者たちは皆そのことに驚いた。大唐が江南を平定した後、上を雷塘に改葬した。

　はじめ、上は自身が藩王であり、皇太子に立てられることはないことから、常に本心を偽り行いを粉飾することで、虚名を得て、密かに皇太子の位を奪う計略を抱いていた。この時期、高祖は文献皇后を信用していたが、文献皇后の性格は妾や側室を嫌うものであった。皇太子の楊勇は側室を多く抱え、これにより寵愛を失うこ

為太上皇、立代王侑為帝、改元義寧。上起宮丹陽、將遜于江左。有烏鵲來巣幄帳、驅不能止。熒惑犯太微。有石自江浮入于揚子。日光四散如流血。上甚惡之。

　二年三月、右屯衛將軍宇文化及、武賁郎將司馬德戡・元禮、監門直閤裴虔通、將作少監宇文智及、武勇郎將趙行樞、鷹揚郎將孟景、内史舍人元敏、符璽郎李覆・牛方裕、千牛左右李孝本、弟孝質、直長許弘仁・薛世良、城門郎唐奉義、醫正張愷等、以驍果作亂、入犯宮闈。上崩于溫室。時年五十。蕭后令宮人撤牀簀爲棺、以埋之。化及發後、右禦衛將軍陳稜奉梓宮於成象殿、葬吳公臺下。發斂之始、容貌若生、衆咸異之。大唐平江南之後、改葬雷塘。

　初、上自以藩王、次不當立、毎矯情飾行、以釣虚名、陰有奪宗之計。時、高祖雅信文獻皇后、而性忌妾媵。皇太子勇内多嬖幸、以此失愛。帝後庭有子、皆不育之、示

ととなった。帝（楊廣）は側室に子ができても、皆養育に手をかけず、側室を寵愛しないことを示して、文献皇后に媚を売った。重臣で政事の枢要に関わる者には、心を尽くして親交をもった。朝廷からの使者が邸宅に赴いた時は、その貴賤に関わらず、こまかに顔色を覗い、礼を厚くして応待した。帝の邸宅を行き来する奴僕たちでさえ、その仁孝を讃えない者はいなかった。また常に密かに後宮に出入りし、文献皇后と密謀を企て、楊素らは機を見て事を荒立てて朝廷を煽動し、ついに皇太子の廃立を成し遂げた。高祖の病が進んでより、服喪の期間に至るまで、見境もなく高祖の側室にまで手をつけ淫猥に耽り、高祖の陵墓への埋葬が済むと、すぐさま地方に巡幸することにかまけた。天下は久しく泰平であり、兵馬は十全であることから、秦の始皇帝や漢の武帝の事跡を踏襲しようと熱中した。そして盛んに宮殿を造営し、奢侈に耽り贅を極め、使者となる者を募り、遠く絶域に派遣した。隋に使者を派遣してきた蛮夷には、厚く礼物を賜与し、隋の命に従わないものには、軍を派遣して討伐した。そして盛んに玉門関や柳城の外に屯田をおこなった。全土の富豪たちに、軍馬を多く買って献納することを義務づけたので、軍馬・頭の値が十数万にもなった。このために九割の富豪の家が衣食に困窮した。

　帝の性格は常軌を佚しているところが多く、行幸するところも人に知られたがらなかった。ある箇所に行幸しようとすれば、幾つかの道どりに駐屯所を設け、四海の珍味美味を供えさせ、水路でも陸路でも必ずこれらを準備させ、これを目的に売ろうとする者は遠かろうともやってきた。郡や県の役人たちは競って供物を献上し、豊富に献上した者は抜擢され、献上の品が粗末であった者は罪を得た。悪徳官吏は

無私寵、取媚於后。大臣用事者、傾心與交。中使至第、無貴賤、皆曲承顔色、申以厚禮。婢僕往來者、無不稱其仁孝。又常私入宮掖、密謀於獻后、楊素等因機構扇、遂成廢立。自高祖大漸、暨諒闇之中、烝淫無度、山陵始就、即事巡遊。以天下承平日久、士馬全盛、慨然慕秦皇、漢武之事。乃盛治宮室、窮極侈靡、召募行人、分使絶域。諸蕃至者、厚加禮賜、有不恭命、以兵擊之。盛興屯田於玉門、柳城之外。課天下富室、益市武馬、匹直十餘萬。富強坐是凍餒者十家而九。

帝性多詭譎、所幸之處不欲人知。毎之一所、輒數道置頓、四海珍羞殊味、水陸必備焉、求市者無遠不至。郡縣官人競爲獻食、豐厚者進擢、疎儉者獲罪。姦吏侵漁、内外虚竭、頭會箕斂、人不聊生。于時軍國多務、

民から搾取し、朝廷の内外は枯渇し、厳しい人頭税が課され、人々は安心して暮らすことができなかった。この時、国の軍事と内政は案件が繁多で、息つく暇もないほどであったが、帝は驕り且つ怠慢し、政務を耳に入れる事を嫌がり、冤罪を見過ごし、奏請された事も滅多に決裁しなかった。また臣下を猜疑の目で見、信任することはなく、朝臣に自分の意にそぐわない者があれば、必ずその人に罪をこじつけて一族までも根絶やしにした。そのために高熲と賀若弼は先帝が信頼し、その側でともに計略を練った者たちであり、張衡と李金才《りきんさい》は上が藩王の頃からの臣下で、その功績は国家の運営に明らかでありながらも、ある者はまっすぐで正しい行いを憎まれ、ある者はその正しい議論でもって怒りを買い、あるはずもない罪を詮索され、ついには誅殺された。その他の礼を尽くして、我が身を惜しまず帝に仕えながらも、冤罪を着せられ、理不尽に殺戮された者たちは、記録しきれない程であった。政治や刑罰は乱れ、賄賂が公然と行われても、敢えて直言しようとする者はおらず、すれ違いざまに目配せするしかできなかった。軍旅は休む暇なく、徭役も頻繁に行われ、徴発された者は帰ってこず、家に残された者は生活が立ちゆかなかった。人々は飢えて互いに喰らいあい、集落は廃墟と化したが、上がこれらを憐れむことはなかった。上が東西に行幸を繰り返し、一カ所に留まることがなかったため、その度ごとに供応の費用が不十分だとして、数年先の税賦が徴収された。

行幸した先では後宮の女性たちと京師に帰るのも忘れて酒色に溺れ、一日だけでは満足せず、年増の女性を呼び入れて、朝な夕なにその女性たちと卑猥な言葉を言い合い、また少年たちを引き入れ、宮女たちと淫らな行為をさせた。このような無

日不暇給、帝方驕怠、惡聞政事、冤屈不治、奏請罕決。又猜忌臣下、無所專任、朝臣有不合意者、必構其罪而族滅之。故高熲・賀若弼先皇心膂、參謀帷幄、張衡・李金才藩邸惟舊、績著經綸、或惡其直道、或忿其正議、求其無形之罪、加以丹頸之誅。其餘事君盡禮、謇謇匪躬、無辜無罪、橫受夷戮者、不可勝紀。政刑弛紊、賄貨公行、莫敢正言、道路以目。六軍不息、百役繁興、行者不歸、居者失業。人饑相食、邑落爲墟、上不之恤也。東西遊幸、靡有定居、每以供費不給、逆收數年之賦。

所至唯與後宮流連躭湎、惟日不足、招迎姥媼、朝夕共肆醜言、又引少年、令與宮人穢亂。不軌不遜、以爲娛樂。區宇之内、盜

軌道で上下の区別も無い行いを、娯楽としていたのである。国内では、盗賊があちらこちらで沸き起こり、官吏たちは脅し連れ去られ、城邑は陥落して民は殺された。近臣は互いに事実を隠蔽し、賊軍の数を伏せて実際の状況を通達しなかった。ある者が賊軍が多いと上奏すれば、そのことで厳しく詰問され、臣下はみな責任を逃れようとし、上下は欺き騙しあい、出兵するたびに、負け戦が続いた。兵士が尽力して戦おうとも、決して褒美が与えられることは無く、民は罪が無くとも、みな殺戮された。人々は憤怒し怨嗟の声を挙げ、天下は土塊のように崩れていたが、上は賊に捕らえられても、それでもこれらを悟ることがなかった。

史臣の言葉。

煬帝は弱齢であった時から、早に誉れ高く、南は陳を平定し、北は匈奴を退け、兄弟の中でも、その功績は顕著であった。そこにきて本心を偽り外見を飾りながら、その陰謀を廻らせ、それゆえに文献皇后の寵愛を受け、文帝の継嗣の考えを改めさせた。天道はまさに乱れ始め、ついに皇太子となり、皇帝に即位し、大いなる天命を継承したのである。版図は夏・殷・周の三代より広大で、その威厳は天下に隈無く振るわれ、北の単于は首を垂れ、南方の越裳の者も訳者を重ねて来朝した。銭貨は都の中に溢れ、腐って赤くなるほどの粟は、辺塞の地にも積まれた。その富国強兵の基を負い、思いは飽くことのない欲を逞しくし、殷・周の制度を軽んじ、秦・漢の制度を尊んだ。己が才を恃み、明徳を蔑ろにし、その内心は厳しく荒々しいが、外見には落ち

賊蜂起、劫掠従官、屠陥城邑。近臣互相掩蔽、隠賊數不以實對。或有言賊多者、輒大被詰責、各求苟免、上下相蒙、毎出師徒、敗亡相繼。戰士盡力、必不加賞、百姓無辜、咸受屠戮。黎庶憤怨、天下土崩、至於就擒而猶未之寤也。

史臣曰、

煬帝爰在弱齢、早有令聞、南平呉會、北却匈奴、昆弟之中、獨著聲績。於是矯情飾貌、肆厥姦回、故得獻后鍾心、文皇革慮。天方肇亂、遂登儲兩、踐峻極之崇基、承丕顯之休命。地廣三代、威振八紘、單于頓顙、越裳重譯。赤仄之泉、流溢于都内、紅腐之粟、委積於塞下。負其富強之資、思逞無厭之欲、狭殷・周之制度、尚秦・漢之規摹。恃才矜己、傲狠明德、内

着いて質朴なように振る舞い、冠や服装を凝らせ、その姦佞を飾り立て、諫官を退け、その過ちを掩い隠した。その淫荒には際限が無く、法令は繁雑になり、名教は（礼義廉恥の）四維の道徳を絶たれ、刑罰は（大辟・墨・劓・剕・宮の）五虐の肉刑を用い、骨肉の間柄の者を誅殺して根絶やしにし、忠義に厚い臣下を屠りさり、賞を授かる者はその功績が示されることはなく、殺戮された者もその罪が知らされることはなかった。驕りと怒りに任せた出征は幾度となく繰り返され、土木の用役が止むことはなく、しきりに朔方に行幸し、三度も遼東に車駕を向かわせ、行軍の御旗は万里に連なり、あらゆる所から徴税し、狡猾な官吏は民を搾取し、人々はその王命に堪えることができなかった。それにもかかわらず、二転三転する法令でもって民を煩わせ、過酷な刑法でもって民に臨み、軍隊の武威でもって民を監督した。これによって天下は騒然として、民は生きた心地がしなかった。ほどなくして楊玄感は黎陽で反乱を引き起こし、匈奴の地においては雁門の包囲戦が展開され、天子である煬帝はそこで中原を放棄して、遠く江南の地に赴いた。姦佞なる者たちはその隙に乗じ、強き者も弱き者も互いにその領分を侵し、関所や橋梁も閉鎖されて通ることができず、皇帝の御輿は江南に行ったまま帰還しなかった。その上に軍役と饑饉が重なり、民は路頭に彷徨い、のたれ死んでいった者は、十の内八九にのぼった。ここにきて民は叢沢に集い、群がって蜂起し、規模が大きいものは州郡を跨ぎ、皇帝や王を僭称し、小さいものも千や百を数える人々が集まり、城郭を攻め村落で略奪をし、人々の流れた血は川や沢

懐険躁、外示凝簡、盛冠服以飾其姦、除諫官以掩其過。淫荒無度、法令滋章、教絶四維、刑參五虐、鋤誅骨肉、屠勦忠良、受賞者莫見其功、爲戮者不知其罪。驕怒之兵屢動、土木之功不息、頻出朔方、三駕遼左、旌旗萬里、徵税百端、猾吏侵漁、人不堪命。乃急令暴條以擾之、嚴刑峻法以臨之、甲兵威武以董之。自是海内騷然、無聊生矣。俄而玄感肇黎陽之亂、匈奴有雁門之圍、天子方棄中土、遠之揚・越。姦宄乘釁、強弱相陵、關梁閉而不通、皇輿往而不反。加之以師旅、因之以饑饉、流離道路、轉死溝壑、十八九焉。於是相聚萑蒲、蝟毛而起、大則跨州連郡、稱帝稱王、小則千百爲羣、攻城剽邑、流血成川澤、死人如亂麻、炊者不及析骸、食者不遑易子。茫茫九土、並爲麋鹿之場、惏惏黔黎、倶充蛇豕之餌。四方萬里、

となり、死人は乱麻のごとく入り交じり、『左伝《さでん》』にあるように死体を煮て喰らうにしても骸を切り分けることができず、子を喰らう時に他人の子と取り換えるといったこともできなかった。広大な九州の地は、みな山林に隠れているはずの麋鹿《びろく》の現れる場となり、恐れ戦く民草は、ともに蛇や豚のような狡猾で貪欲な者たちの餌食となった。万里四方、王土の隅々より報告書が送り続けられたが、江南の朝廷ではなおも「鼠や犬の類が小悪をなしているだけで、恐れ慮るには及ばない」と言い、上下の者が互いに欺き、決して反乱を懸念することがなく、一時の快楽に耽り、長夜の楽しみを極めた。土が上から崩れ魚が内部から腐っていくように国家は乱れ、悪意に満ち満ち、普天の下、仇怨を思わない者はなく、左右の隣人たちは、みな互いに敵国となった。煬帝は今際の時まで悟ることはなく、秦の時に二世皇帝が望夷宮において趙高によって弑殺されたのと同じく、ついに万乗至尊の身でありながら、一匹夫の手にかかり殺された。臣民には恩を感じる者はおらず、各地の長官は勤王の軍を起こさなかった。煬帝の子弟はともに誅滅され、骸は打ち棄てられ掩われることなく、社稷は崩れさり、隋の宗室は根絶やしにされた。有史以来、天下が崩壊し、民草は塗炭の苦しみに遭い、その身を損ない国を滅ぼしたこと、この煬帝ほど甚だしかった者はいなかった。『尚書《しょうしょ》』に「天の作《な》せる孽《わざわい》は、猶《な》ほ違《さ》くべくも、自ら作せる孽は、逭《のが》るべからず」とあり、『左伝』には「吉凶は人に由り、祅《わざわい》妄りには作《な》らず」とあり、また「兵は猶ほ火のごときなり。戢《おさ》めざれば将《まさ》に自焚せんとす」とある。隋室の存亡を

簡書相續、猶謂「鼠竊狗盗、不足爲虞」、上下相蒙、莫肯念亂、振蜉蝣之羽、窮長夜之樂。土崩魚爛、貫盈惡稔、普天之下、莫匪仇讎、左右之人、皆爲敵國。終然不悟、同彼望夷、遂以萬乘之尊、死於一夫之手。億兆靡感恩之士、九牧無勤王之師。子弟同就誅夷、骸骨棄而莫掩、社稷顚隕、本枝殄絶。自肇有書契以迄于茲、宇宙崩離、生靈塗炭、喪身滅國、未有若斯之甚也。書曰「天作孽、猶可違、自作孽、不可逭」。傳曰「吉凶由人、祅不妄作」。又曰「兵猶火也、不戢將自焚」。觀隋室之存亡、斯言信而有徵矣。

鑑みるに、この言葉は信ずるに足りその証があると言えよう。

恭帝

恭皇帝は、諱は侑、元徳太子（楊昭）の子である。母を韋妃といった。生まれつき聡明で、度量があった。大業三年、陳王に立てられた。のち数年、代王に移り、食邑は一万戸であった。煬帝が遼東に親征するに及んで、京師で留守のことを総轄させた。十一年、煬帝が晋陽に行幸するのに従い、太原太守に任命された。ついで京師を鎮護した。唐公の李淵の義兵が長安に入城すると、煬帝を尊んで太上皇とし、代王を帝位に奉じて帝業を継がせた。

義寧元年十一月壬戌、上《しょう》（恭帝）は大興殿にて皇帝の位に即いた。

詔を下して、

王道は失われ、天の歩みはすこやかでない。古今より、世々このようなことはあり、今朕の身に託され、万難に相対してみると、蒼々たる天よ、どうして堪え忍べようか。朕がまだ産着を着ていたころ、早くも父の不幸に遭い、年少なる今、太上皇は江南に逃れており、ことごとに心を動かされ、実に胸を痛めている。太尉の唐公（李淵）は、巡り合わせにより百官を統べ、舟の楫のごとき輔弼の臣だと称えられ、大いに乱世という激流から民を救い、義兵を糾合し、皇室を翼賛して、国と禍福を共にし、再び中華を助け、ここに我が詔を奉じて、幼い私を輔弼せよ。天命が到り、我が身に迫り、尊号を称することは、心を痛めており考えが及ばなかった。いま一人遠く京師に居り、三たび辞退したがか

恭皇帝、諱侑、元德太子之子也。母曰韋妃。性聰敏、有氣度。大業三年、立爲陳王。後數載、徙爲代王、邑萬戶。及煬帝親征遼東、令於京師總留事。十一年、從幸晉陽、拜太原太守。尋鎭京師。義兵入長安、尊煬帝爲太上皇、奉帝纂業。

義寧元年十一月壬戌、上即皇帝位於大興殿。

詔曰、

王道喪亂、天步不康。古往今來、代有其事、屬之於朕、逢此百罹、彼蒼者天、胡寧斯忍。襁褓之歲、夙遭憫凶、孺子之辰、太上播越、興言感動、實疚于懷。太尉唐公、膺期作宰、時稱舟楫、大拯橫流、糾合義兵、翼戴皇室、與國休戚、再匡區夏、爰奉明詔、弼予幼沖。顯命光臨、天威咫尺、對揚尊號、悼心失圖。一人在遠、三讓不遂、僶俛南面、厝身無所、苟利社稷、

なわず、天子の職務に努めて、身を惜しむこともなく、仮にも社稷のためになるならば、敢えて迷わず朝議に従い、聖旨に従いたい。天下に大赦を行い、大業十三年を改元して義寧元年とする。十一月十六日夜明け以前の、死罪以下の罪は、みな赦して赦免するが、通常の恩赦で赦されない者は対象としない。

と言った。

甲子、光祿大夫・大将軍・太尉の唐公を仮黄鉞・使持節・大都督内外諸軍事・尚書令・大丞相とし、爵位を進めて唐王に封じた。

丙寅、詔を下して、

朕はまだ幼弱で、宮殿から出たこともないが、太上皇は遠地に行幸されたので、周の穆王《ぼくおう》の故事に倣っている。今多くの困難に遭遇し、群臣に託されて帝位に即き、辞退したが免れず、恭しくして朝廷に臨んだが、まるで大河を渡るにも、渡る術が解らないありさまで、我が身を撫でて嘆き悲しみ、心に憂えること急である。民の気持ちも知れぬ身で、王業の艱難を容易いと言えるだろうか。股肱の臣が力を合わせるのを頼みにし、宰相や賢臣は幼い身を補佐し、その至らぬ点を補佐せよ。国の軍事・政治については事の大小に関わらず、文武百官の任官については位の貴賤に関わらず、それらの制度賞罰については、全て大丞相の府に委ね、各種の功績が定まれば、その職官に一任し、遠く前史に例を求め、これを典故とせよ。旧事の例によっているので空言ではない。至公に基づくものであるから、ここで人に功を譲る徳を積んではならない。

莫敢或違、俯從羣議、奉遵聖旨。可大赦天下、改大業十三年爲義寧元年。十一月十六日昧爽以前、大辟罪已下、皆赦除之、常赦所不免者、不在赦限。

甲子、以光祿大夫・大將軍・太尉唐公爲假黃鉞・使持節・大都督内外諸軍事・尚書令・大丞相、進封唐王。

丙寅、詔曰、

朕惟孺子、未出深宮、太上遠巡、追蹤穆滿。時逢多難、委當尊極、辭不獲免、恭己臨朝、若涉大川、罔知所濟、撫躬永歎、憂心孔棘。民之情僞、曾未之聞、王業艱難、載云其易。賴股肱戮力、上宰賢良、匡佐沖人、輔其不逮。軍國機務、事無大小、文武設官、位無貴賤、憲章賞罰、咸歸相府、庶績其凝、責成斯屬、逖聽前史、茲爲典故。因循仍舊、非曰徒言。所存至公、無爲讓德。

と言った。
己巳、唐王の子の隴西公の李建成《りけんせい》を唐国世子とし、敦煌公の李世民《りせいみん》を京兆尹として、改めて秦公に封じ、李元吉《りげんきつ》を斉公とし、食邑はそれぞれ一万戸とした。太原に鎮北府を置いた。乙亥、張掖の康老和《こうろうか》が挙兵して反乱を起こした。

十二月癸未、薛擧が天子を自称して、扶風を荒した。秦公の李世民を元帥とし、これを撃破させた。丁亥、桂陽の人である曹武徹《そうぶてつ》が挙兵して反乱を起こし、年号を通聖とした。丁酉、唐の義軍が驍衛大将軍の屈突通を閿郷で捕らえ、その麾下の衆数万人を捕虜とした。乙巳、賊の首領の張善安《ちょうぜんあん》が廬江郡を陥落させた。

二年春正月丁未、唐王の李淵に詔を下して、帯剣して靴を履いたまま昇殿し、朝廷で小走りせず、朝見の際に諱を呼ばせず、行列の前後に羽葆の車蓋と鼓吹を加えることを許した。壬戌、将軍の王世充が李密に敗れ、河内通守の孟善誼《もうぜんぎ》、虎賁郎将の王辯《おうべん》、楊威《ようい》、劉長恭、梁德《りょうとく》、董智通《とうちつう》らは皆この時に死んだ。庚戌、河陽郡の都尉の獨孤武都《どっこぶと》が李密に降伏した。

三月丙辰、右屯衛将軍の宇文化及が江都宮で太上皇を殺し、右禦衛将軍の獨孤盛《どっこせい》も死んだ。斉王の楊暕、趙王の楊杲、燕王の楊倓、光禄大夫・開府儀同三司・行右翊衛大将軍の宇文協《うぶんきょう》、金紫光禄大夫・内史侍郎の虞世基、銀青光禄大夫・御史大夫の裴蘊、通議大夫・行給事郎の許善心らも、皆殺害された。宇文化及は秦王の楊浩を擁立して皇帝にし、大丞相を自称し、朝廷の士は文武を問わず皆その官爵を受け

己巳、以唐王子隴西公建成爲唐國世子、敦煌公爲京兆尹、改封秦公、元吉爲齊公、食邑各萬戸。太原置鎮北府。乙亥、張掖康老和擧兵反。

十二月癸未、薛擧自稱天子、寇扶風。秦公爲元帥、擊破之。丁亥、桂陽人曹武徹擧兵反、建元通聖。丁酉、義師擒驍衛大將軍屈突通於閿鄉、虜其衆數萬。乙巳、賊帥張善安陷廬江郡。

二年春正月丁未、詔唐王、劍履上殿、入朝不趨、贊拜不名、加前後羽葆鼓吹。壬戌、將軍王世充爲李密所敗、河內通守孟善誼、武賁郎將王辯、楊威、劉長恭、梁德、董智通皆死之。庚戌、河陽郡尉獨孤武都降於李密。

三月丙辰、右屯衛將軍宇文化及殺太上皇於江都宮、右禦衛將軍獨孤盛死之。齊王暕、趙王杲、燕王倓、光祿大夫、開府儀同三司、行右翊衛大將軍宇文協、金紫光祿大夫、內史侍郎虞世基、銀青光祿大夫、御史

た。光禄大夫・宿公の麦孟才《ばくもうさい》と折衝郎将・朝請大夫の沈光《しんこう》は、ともに賊を討つことを計画し、夜に宇文化及の軍営を襲ったが、かえって殺害された。戊辰、唐王の李淵に詔を下して、九錫の礼を備えさせ、璽紱・遠遊冠・緑綟綬を加え与え、位は諸侯王の上とした。唐国に丞相以下の官を置き、すべて旧来の礼式に依拠させた。

五月乙巳朔、唐王の李淵に詔を下して、冕冠に十二のたまだれを付け、天子の旗を立て、出入の際に先払いを行い、黄金飾りの車駕を用い、五時の副車を備え、旄頭・雲罕の車を置き、八佾を舞わせ、鍾虡・宮懸を設けることを許した。王后・王子・王女が封爵される際の称号は、すべて旧来の典籍を遵守させた。

戊午、詔を下して、

天は隋国に禍を下され、大行太上皇は江都で盗賊の害に遇われた。これは秦の趙高が望夷宮で弑逆を犯したことよりも暴虐であり、驪戎が驪山の梺《ふもと》で周の幽《ゆう》王《おう》を殺したことよりも罪深い。哀れなるこの若輩は、突然大きな咎に相対し、哀しみ叫び心に傷み、胸は潰れんばかりであり、この暴虐に対して仇を報じるすべもなく、己の影とのみ身を寄せ合い、誰に何を言えば良いのかも分からない。

相国の唐王は、運り合わせを受け、治世の才があり、激流に溺れるがごとき危難を助け、北から南に至り、東に征伐を行えば、西にそれを待ち望まれ、天下を統一し、百勝を千里の外に決し、夷夏の諸族を糾合し、大いに百姓を庇護し、

大夫裴蘊、通議大夫、行給事郎許善心、皆遇害。化及立秦王浩爲帝、自稱大丞相、朝士文武皆受其官爵。光祿大夫・宿公麥孟才、折衝郎將・朝請大夫沈光、同謀討賊、夜襲化及營、反爲所害。戊辰、詔唐王、備九錫之禮、加璽紱・遠遊冠・綠綟綬、位在諸侯王上。唐國置丞相已下、一依舊式。

五月乙巳朔、詔唐王、冕十有二旒、建天子旌旗、出警入蹕、金根車駕、備五時副車、置旄頭・雲罕車、儛八佾、設鍾虡・宮懸。王后・王子・王女爵命之號、一遵舊典。

戊午、詔曰、

天禍隋國、大行太上皇遇盜江都。酷甚望夷、釁深驪北。憫予小子、奄逮丕愆、哀號承感、心情糜潰、仰惟荼毒、仇復靡申、形影相弔、罔知啓處。

相國唐王、膺期命世、扶危拯溺、自北徂南、東征西怨、總九合於一匡、決百勝於千里、糾率夷夏、大庇氓黎、保乂朕躬。

朕の身を安んじ養っている。ああ唐王よ、あなたに頼りたい。徳は天地を生み出す者に等しく、功績は蒼天に届かんばかりであり、万民は心より帰服していれば、天運はあなたに至ったのだ。膝を屈して人臣の身でいるのは、天命に背くことであろう。

むかし、舜と禹は、誰に言われるでも無く、天子の位を譲り合った。舜ほどの徳がなければ、禹のような人物に命令を下すことはできまい。今、隋の天下は分裂瓦解しており、天神地祇祖霊に卜問しなおしても、天命は隋から過ぎ去っているので、賢人のために路を譲り、徳を施そうとは思うが、自分にその能力は無いので、家臣に車駕を出させて封国に帰らねばならない。私は元々代王であったが、私の在位中に王朝が交代するのは、天命によって廃されるということが、なんともすでに決定していたのだろう。

どうか古の聖王の例にならい、四方の凶賊を誅伐されよ。どうか維新の恩恵を与え、前三代の王の血筋によって、我が身を重んじられよ。皇祖のために恥辱を雪ぎ、祭祀を続けて子孫をのこせるのであれば、最早九泉に行っても恨むまい。

今、旧例によって旧邸に退き下がる。百官諸侯は、改めて唐朝に服事し、前例に依拠して急いで唐王へ尊号を奏上せよ。もし、この重責を許されるのであれば、安堵を感じ抱き、真に天命を受けた人の力を借りて、逆賊を排除して頂こう。百官群臣よ、朕の意思を明知せよ。

と言った。何度も有司に勅命を下し、いかなる上表や奏文が有っても、すべて奏聞させないようにした。この日、上は皇帝の位を大唐に譲り、酅《けい》国公となった。

繄王是賴。德侔造化、功格蒼旻、兆庶歸心、曆數斯在。屈爲人臣、載違天命。

在昔虞夏、揖讓相推、苟非重華、誰堪命禹。當今九服崩離、三靈改卜、大運去矣、請避賢路、兆謀布德、顧己莫能、私僮命駕、須歸藩國。予本代王、及予而代、天之所廢、豈期如是。

庶憑稽古之聖、以誅四凶、幸値惟新之恩、預充三恪。雪寃恥於皇祖、守禋祀爲孝孫、朝聞夕殞、及泉無恨、

今遵故事、遜於舊邸。庶官羣辟、改事唐朝、宜依前典、趣上尊號。若釋重負、感泰兼懷、假手眞人、俾除醜逆。濟濟多士、明知朕意。

仍勅有司、凡有表奏、皆不得以聞。是日、上遜位於大唐、以爲酅國公。

武徳二年夏五月に崩御した。時に十五歳。

史臣の言葉。

恭帝は幼弱のおりに国家の多難に遭遇し、一人が徳を失ったために、天下は土塊のように崩壊していた。多くの盗賊が涌き起こり、暴虐な者どもが要路を塞いだため、夏の桀王が南巣に放逐され、周の厲王が彘《てい》に逃れたまま帰れなかった状況に等しかった。時はすでに百六の厄災の期に当たり、その身はまさに尽きんとする命運を襲い、王徳を謳歌するものは他に歌うべき者を得、笙鍾の音は変じて天命の移ろいを示していた。堯舜禅譲の典故に遵わぬようにと願ったところで、どうしてそれが可能であったろうか。

武徳二年夏五月崩。時年十五。

史臣曰、

恭帝年在幼沖、遭家多難、一人失徳、四海土崩。羣盗蜂起、豺狼塞路、南巣遂往、流彘不歸。既鍾百六之期、躬踐數終之運、謳歌有屬、笙鍾變響。雖欲不遵堯舜之迹、其庸可得乎。

第二章　后妃伝——文献獨孤皇后・宣華夫人陳氏・容華夫人蔡氏・煬帝蕭皇后

序

まず陰陽二気が分かれ、天地がその位置を定めたことにより、君臣の道は明らか

【原文】

大陰陽肇分、乾坤定位、君臣之道斯著、

になり、夫婦の義も現れた。陰陽が調和すれば万物を育成し、家道が正しければ天下に教化が行き渡る。身近な所から遠くにまで及ぼし、家を斉えることから国を治めるのである。その徳を天と一致させているのは、なんと偉大なことであろうか。国家の興亡が幾度となく繰り返されたことも、なんと重大なことであろうか。そのために先王は夫婦のことに慎重であり、その根本を正しくして厳重に災厄が訪れることを防いでいた。後世はその体裁を受け継いでも、その徳を修めることができず、柔弱で色艶のある容姿に満足し、柔順で物静かな品行を思い求める者がいなかった。事の成敗や国家の安泰と危亡の原因もここにあるのだ。だからこそ堯《ぎょう》の娘である娥《が》皇《こう》と女英《じょえい》が舜《しゅん》に降嫁すると舜の道は盛んになり、周の季歴《きれき》に太任《たいじん》が、周の文王《ぶんのう》に太《たい》姒《じ》が輿入れすると周の宗族は盛えたが、妹喜《ばっき》と妲己《だっき》はそれぞれ夏と殷の罪を生み出し、褒姒《ほうじ》と趙飛燕《ちょうひえん》もそれぞれ周と漢の禍を結実させた。そこで晋や宋の歴代の記録を繙いてみても、こうした例はまことに多い。いずれも寵愛によって地位を得た者であり、その栄誉は徳によって進んだものではなく、淫行を恣に行って礼儀を顧みることがなく、『詩経《しきょう》』に詠われた褒姒と同じく、梟の悪声のように悪しきことを口に出し、誤りを正そうともしなかった。その後の皇帝の正妻たる皇后は、その地位を正して大きな誤ちを犯すことはしなかったが、謙遜して穏やかな道を歩む者は少なく、前朝の悪例に順う者が多かった。雎鳩に喩えて『詩経』に謳われた太姒のような婦人の徳は、物寂しくもこの千年の長きにわたり聞こえてこないのに、雌鶏が夜明けを告げて鳴くように皇后が国政に口を出すさまは、異国にさえその悪名が響き渡っている。窈窕として物静かな淑女は、寝ても覚めても求める者がおらず、

夫婦之義存焉。陰陽和則裁成萬物、家道正則化行天下。由近及遠、自家刑國。配天作合、不亦大乎。興亡是繫、不亦重乎。是以先王愼之、正其本而嚴其防。後之繼體、靡克聿脩、甘心柔曼之容、罔念幽閑之操。成敗攸屬、安危斯在。故皇・英降而虞道隆、任・姒歸而姫宗盛、妹・妲致夏・殷之釁、褒・趙結周・漢之禍。爰歴晉・宋、寔繁有徒。皆位以寵升、榮非德進、恣行淫僻、莫顧禮儀、爲梟爲鴟、敗不旋踵。後之伉儷宸極、正位居中、罕蹈平易之塗、多遵覆車之轍。雎鳩之德、千載寂寥、牝雞之晨、殊邦接響。窈窕淑女、靡有求於寤寐、鏗鏘環珮、鮮克嗣於徽音。永念前脩、歎深彤管。覽載籍於既往、考行事於當時、存亡得失之機、蓋亦多矣。故述皇后列傳、所以垂戒將來。

淫乱で知られる衛の南子《なんし》のように首飾りを鳴らす者はいても、その麗しき音色に見合った徳を持つ者は少なかった。長く古の修徳の婦人へ思いを致し、后妃の事蹟に深く嘆息する。過去の書籍に目を通し、その言動を今日に当てはめて考えれば、そこには国家の存亡や是非成敗の契機が、また多分に見えよう。よってここに皇后列伝を叙述することは、後世に訓戒を残さんがためである。

さて后妃の制度について、夏・殷以前の事は詳らかでない。周公《しゅうこう》が礼制度を定めてより、宮中の職務はようやく整備された。秦・漢以後、歴代に踏襲されたものと変革されたものとが有り、女官の等級や秩禄の次序については、前代の史書に詳しく記されている。南朝の斉・梁以降、北朝の魏を経て周に及ぶまで、女官の廃止や増置の損益は、似通ってはいても同じものではなかった。北周の宣帝は帝位を継承すると制度に従わず、雉模様の祭服を着て皇后に立てられた者は、一時に五人もおり、夫人以下の女官はほぼ定数がなかった。隋の高祖は前朝の悪弊を改め、その礼に違ったところを大いに矯正しようと思っていたが、ただ皇后のみ地位を確定させ、他の者を密かに寵愛することはなく、女官の称号はまだ詳細な整備をされずにいた。

開皇二年、宮中の細則を作った。内容はほぼ『周礼《しゅらい》』に依拠し、その員数を省いて減らした。嬪は三員、婦人の四徳（徳・言・容・功）を教えることを掌り、位は正三品に相当した。世婦は九員、賓客への応対や祭祀儀礼を掌り、正五品に相当した。女御は三十八員、機織りや糸紡ぎを掌り、正七品に相当した。また、漢や晋の旧制度を採用し、六尚・六司・六典を置き、順次統制させ、後宮の政務を掌らせた。六尚の一つ目を尚宮と言い、皇后の出入の引率と後宮の俸禄や賞賜を掌る。尚宮

然后妃之制、夏・殷以前略矣。周公定禮、内職始備列焉。秦・漢以下、代有沿革、品秩差次、前史載之詳矣。齊・梁以降、歴魏暨周、廢置益損、參差不一。周宣嗣位、不率典章、衣褘翟・稱中宮者、凡有五、夫人以下、略無定數。高祖思革前弊、大矯其違、唯皇后正位、傍無私寵、婦官稱號、未詳備焉。

開皇二年、著内宮之式。略依周禮、省減其數。嬪三員、掌教四德、視正三品。世婦九員、掌賓客祭祀、視正五品。女御三十八員、掌女工絲枲、視正七品。又採漢・晉舊儀、置六尚・六司・六典、遞相統攝、以掌宮掖之政。一曰尚宮、掌導引皇后及閨閤廩

は、図画書籍や法令と弾劾や上奏を掌る司令三人と、印璽や御物を掌る典琮三人を管理する。二つ目を尚儀と言い、礼儀作法や学問の教導を掌る。尚儀は、音楽の事を掌る司楽三人と、内外の客人の案内と百官の妻女の朝見を掌る典賛三人を管理する。三つ目を尚服と言い、服装や紋章・宝飾を掌る。尚服は、簪・耳飾りや化粧を掌る司飾三人と、洗髪などの頭髪の世話を掌る典櫛三人を管理する。四つ目を尚食と言い、御膳の用意や毒味を掌る。尚食は、医療と薬や卜筮を掌る司醫三人と、酒器や食器を掌る典器三人を管理する。五つ目を尚寝と言い、寝室の帳幕や寝具を掌る。尚寝は、寝具の設置や清掃を掌る司筵三人と、扇や傘・燭台などを掌る典執三人を管理する。六つ目を尚工と言い、物作りや雑用を掌る。尚工は、衣服の裁縫を掌る司製三人と、後宮の金銭や布帛の収支を掌る典会三人を管理する。六尚それぞれに三員おり、従九品に相当し、六司は勲品に相当し、六典は流外二品に相当する。

当初、文献皇后《ぶんけんこうごう》は帝業に様々な助言をした実績から、外は朝政に関与し、内に後宮のことを専断し、嫉妬の心を懐いていたため、皇后以外の嬪妾の位に立つ者はなく、三妃を設けずに、他の女性が上の御召しに合うことを妨げた。嬪以下は、六十員が置かれた。それに加えて女官の服装や紋章についても制限し、その位や俸禄も下げた。文献皇后が崩御すると、はじめて貴人三員が置かれ、嬪を九員に増やし、世婦は二十七員、御女は八十一員置かれた。貴人等が後宮の政務を掌握し、六尚以下は皆それに分属した。

煬帝《ようだい》の時、后妃や嬪・女御は、上記の婦職を治めず、ただ見目美しく着飾り、宴

賜。管司令三人、掌圖籍法式、糾察宣奏。典琮三人、掌琮璽器翫。二曰尚儀、掌禮儀教學。管司樂三人、掌音律之事。典贊三人、掌導引内外命婦朝見。三曰尚服、掌服章寶藏。管司飾三人、掌簪珥花嚴。典櫛三人、掌巾櫛膏沐。四曰尚食、掌進膳先嘗。管司醫三人、掌方藥卜筮。典器三人、掌罇彝器皿。五曰尚寢、掌幃帳牀褥。管司筵三人、掌鋪設灑掃。典執三人、掌扇傘燈燭。六曰尚工、掌營造百役。管司製三人、掌衣服裁縫。典會三人、掌財帛出入。六尚各三員、視從九品、六司視勳品、六典視流外二品。

初、文獻皇后功參歴試、外預朝政、内擅宮闈、懷嫉妬之心、虚嬪妾之位、不設三妃、防其上逼。自嬪以下、置六十員。加又抑損服章、降其品秩。至文獻崩後、始置貴人三員、増嬪至九員、世婦二十七員、御女八十一員。貴人等關掌宮闈之務、六尚已下、皆分隷焉。

煬帝時、后妃嬪御、無釐婦職、唯端容麗

遊に付き従い陪席するだけだった。帝はまた典故を詳らかに参照し、自ら嘉名を作り、それを後宮の制度として令に明記した。貴妃・淑妃・徳妃が三夫人であり、官品は正第一。順儀・順容・順華・脩儀・脩容・脩華・充儀・充容・充華が九嬪であり、官品は正第二。婕妤は十二員とし、官品は正第三、美人・才人は十五員とし、官品は正第四、これらが世婦である。宝林は二十四員とし、官品は正第五、御女は二十四員とし、官品は正第六、采女は三十七員とし、官品は正第七、これらが女御である。全て一百二十員、これらを宴席や上の私室に侍らせた。また承衣と刀人がおり、ともに帝の側近くに仕え、定員は無く、六品以下に相当した。

この時にまた女官を増置し、尚書省に準じて、六局を設けて二十四司を管理させた。六局の一つ目を尚宮局と言い、伝達や上奏を掌る司言、女官の名簿や俸禄を掌る司簿、法令や刑罰を掌る司正、宮門の開閉を掌る司闈を管理した。二つ目を尚儀局と言い、経書や史書の教学・紙筆や机などを掌る司籍、音楽を掌る司楽、賓客の応対を掌る司賓、儀礼の手伝いや引率を掌る司賛を管理した。三つ目を尚服局と言い、印璽や符節を掌る司璽、衣服を掌る司衣、沐浴・洗髪や宝飾具を掌る司飾、儀仗や兵器を掌る司仗を管理した。四つ目を尚食局と言い、御膳を掌る司膳、酒やししびしおなどを掌る司醞、医術や薬剤を掌る司薬、糧食や薪・炭を掌る司饎を管理した。五つ目を尚寝局と言い、寝具・帳幕やその設営と清掃を掌る司設、輿・輦車や傘や扇、出遊の際の旗印などを掌る司輿、宮苑の植物や耕作物・果実を掌る司

飾、陪從醼遊而已。帝又參詳典故、自製嘉名、著之於令。貴妃・淑妃・德妃、是爲三夫人、品正第一。順儀・順容・順華・脩儀・脩容・脩華・充儀・充容・充華、是爲九嬪、品正第二。婕妤一十二員、品正第三、美人・才人一十五員、品正第四、是爲世婦。寶林二十四員、品正第五。御女二十四員、品正第六。采女三十七員、品正第七、是爲女御。總一百二十、以叙於宴寢。又有承衣刀人、皆趨侍左右、並無員數、視六品已下。

時又增置女官、準尚書省、以六局管二十四司。一曰尚宮局、管司言、掌宣傳奏啓。司簿、掌名錄計度。司正、掌格式推罰。司闈、掌門閤管鑰。二曰尚儀局、管司籍、掌經史教學、紙筆几案。司樂、掌音律。司賓、掌賓客。司贊、掌禮儀贊相導引。三曰尚服局、管司璽、掌琮璽符節。司衣、掌衣服。司飾、掌湯沐巾櫛翫弄。司仗、掌仗衛戎器。四曰尚食局、管司膳、掌膳羞。司醞、掌酒醴醯醢。司藥、掌醫巫藥劑。司饎、掌廩餼柴炭。

苑、灯火を掌る司灯を管理した。六つ目を尚工局と言い、物作りや裁縫を掌る司製、金銀珠玉や貨幣を掌る司宝、布帛を掌る司綵、織物や染め物を掌る司織を管理した。六尚のうちの二十二司は、それぞれ二員、司楽と司膳のみはそれぞれ四員だった。司ごとに典と掌を設置し、それぞれの職務を助けさせた。六尚は十人、官品は従第五。司は二十八人、官品は従第六。典は二十八人、官品は従第七。掌は二十八人、官品は従第九。流外官に当たる女使は、各局の繁忙次第で設け、多くとも十人以下であり、定員が無かった。職務を連ねて官職を分け、それぞれに司る官署が存在したのである。

文献獨孤皇后

文献獨孤《どっこ》皇后は、河南雒陽《かなんらくよう》（洛陽）の人であり、北周の大司馬・河内公の獨孤信《どっこしん》の娘である。獨孤信は、高祖楊堅《ようけん》がめずらしい容貌なのを見て、特別にその娘を妻合わせた。時に十四歳。高祖と后は意気投合し、異腹の子を作らぬことを誓った。后も初めのころは、柔順で慎み深く親孝行で、婦人の行うべき道を誤らなかった。后の姉は北周の明帝の后となり、長女は北周の宣帝の后となり、外戚としての盛名は、ならぶものがなかったが、それでも后はつねに謙遜して本分をわきまえていたので、世の人々は彼女を賢婦と称えた。北周の宣帝が崩御すると、高祖は禁中に起

五曰尚寢局、管司設、掌牀席帷帳、鋪設灑掃。司輿、掌輿輦繖扇、執持羽儀。司苑、掌園籞種植、蔬菜瓜果。司燈、掌火燭。六曰尚工局、管司製、掌營造裁縫、司寶、掌金玉珠璣錢貨。司綵、掌繒帛。司織、掌織染。六尚二十二司、員各二人、唯司樂・司膳員各四人。每司又置典及掌、以貳其職。六尚十人、品從第五。司二十八人、品從第六。典二十八人、品從第七。掌二十八人、品從第九。女使流外、量局閑劇、多者十人已下、無定員數。聯事分職、各有司存焉。

文獻獨孤皇后、河南雒陽人、周大司馬・河內公信之女也。信見高祖有奇表、故以后妻焉、時年十四。高祖與后相得、誓無異生之子。后初亦柔順恭孝、不失婦道。后姊爲周明帝后、長女爲周宣帝后、貴戚之盛、莫與爲比、而后每謙卑自守、世以爲賢。及周宣帝崩、高祖居禁中、總百揆、后使人謂高

居して百官の職務を統轄した。后は人を使わして、高祖に「すでに天下の大事がこうなってしまえば、虎に跨がっているようなもので、もう下りることはできません。どうかお励み下さい」と告げさせた。高祖が禅譲を受けると、皇后に立てられた。

突厥が以前に中国と交易をしていた際、値八百万の明珠一箱が有り、幽州総管の陰壽《いんじゅ》が后にこれを買うように薦めた。后は「それは私が求めるものではありません。昨今、西北の蛮族どもが繰り返し侵犯し、将兵は疲労しているですから、その八百万を褒賞として功績がある者へ分け与えたほうがましでしょう」と言った。百官はこれを聞くと皆で后を慶賀した。高祖は后のことを大変寵愛しながらも畏敬の念をもった。上（高祖）が朝廷に臨むたびごとに、后は上と輦車を並べて行き、閣殿に到着するとそこに留まった。后は宦官を使わして上の様子を伺わせ、その政策に過失が有れば、そのつどそれを諫め正し、資するところが多かった。后は上が朝廷から退席するのを待って一緒に居室へ帰るが、二人は互いに顔を見合い喜び合う体だった。后は早くに二親を失ったので、常に父母に対する思慕の念を抱いており、親が健在な公卿に会えば、かかさずその親への礼物を送っていた。

有司《やくにん》が、『周礼』には百官の妻は王后の命を受けるとあり、こうした制度は昔から有るのだからと、古制に依拠して実行することを請願した。后は「婦人を国政に関与させてしまうのは、あるいはこうしたことから始まるのでしょう。その源を開いてはなりません」と言って許さなかった。后はつねに公主たちに「北周の公主は、いずれも婦人としての徳が無く、舅や姑への礼に欠けておりました。人の肉親を遠ざけたり、付き合いを薄くするのは、事の道理に順わないものです。お前たちはこ

祖曰「大事已然、騎獸之勢、必不得下。勉之」。高祖受禪、立爲皇后。

突厥嘗與中國交市、有明珠一篋、價値八百萬。幽州總管陰壽白后市之。后曰「非我所須也。當今戎狄屢寇、將士罷勞、未若以八百萬分賞有功者」。百僚聞而畢賀。高祖甚寵憚之。上每臨朝、后輒與上方輦而進、至閤乃止。使宦官伺上、政有所失、隨則匡諫、多所弘益。候上退朝而同反燕寢、相顧欣然。后早失二親、常懷感慕、見公卿有父母者、每爲致禮焉。

有司奏以周禮百官之妻、命於王后、憲章在昔、請依古制。后曰「以婦人與政、或從此漸。不可開其源也」不許。后每謂諸公主曰「周家公主、類無婦德、失禮於舅姑。離薄人骨肉、此不順事。爾等當誡之」。大都督崔長仁、后之中外兄弟也、犯法當斬。高

の事を戒めとしなさい」と言い聞かせていた。大都督の崔長仁《さいちょうじん》は、后の母方の従兄弟にあたり、法を犯して罪は斬刑に相当したが、高祖は后との関係から、崔長仁の罪を赦免しようと考えた。后は「国家の事柄について、どうして私事を顧みることができましょうか」と言い、崔長仁は結局刑死した。后の異母弟の獨孤陀《どっこた》は、猫《びょう》鬼《き》・巫蠱《ふこ》を用いて后を呪詛し、その罪は死罪に相当した。后は三日の間食事を断ち、獨孤陀の助命を願い出て「陀がもし政事を誤り、民を害したのであれば、妾《わたくし》は何も申しません。しかし今、妾の身一つのために罪を得たというのでしたら、なんとしてもその助命をお願い申します」と言った。そこで獨孤陀は死一等を許された。后は上と話をして、話題が政事に及ぶたびに、大抵は二人の意見が一致したので、宮中の者は二人を二聖と呼んでいた。

　后はとても仁愛が深く、大理の囚人の罪が決まったのを聞くたびに、涙を流さないことはなかった。しかしながらも、その性格はとりわけ嫉妬深く恨み深いものであり、後宮には自ら進んでお召しを求める者はいなかった。尉遅迥《うっちけい》の孫娘に容貌の美しい者がおり、すでに北周の宣帝の皇后であったことから宮中に住んでいた。上が仁寿宮でこの尉遅氏を見て喜び、このため尉遅氏は寵愛を受けることとなった。后は上が朝廷に赴いた隙を窺い、密かに彼女を殺させた。上はこのことを大いに怒り、一人馬に乗って宮殿の苑中から出て行き、道も構わずに山谷の間二十里余りまで駆け入った。高熲《こうけい》と楊素《ようそ》らが上に追いつき、馬を鞭打って留めながら上を必死に諫めた。上は大きくため息をつくと「我が身は天子の貴きに在るというのに、何も勝手ができぬ」と言った。高熲が「陛下はどうして一婦人ごときによって天下を軽

祖以后之故、欲免其罪。后曰、「國家之事、焉可顧私」。長仁竟坐死。后異母弟陀、以猫鬼・巫蠱咒詛於后、坐當死。后三日不食、爲之請命曰「陀若蠹政害民者、妾不敢言。今坐爲妾身、敢請其命」。陀於是減死一等。后毎與上言及政事、往往意合、宮中稱爲二聖。

　后頗仁愛、毎聞大理決囚、未嘗不流涕。然性尤妬忌、後宮莫敢進御。尉遲迥女孫有美色、先在宮中。上於仁壽宮見而悅之、因此得幸。后伺上聽朝、陰殺之。上由是大怒、單騎從苑中而出、不由徑路、入山谷間二十餘里。高熲・楊素等追及上、扣馬苦諫。上太息曰「吾貴爲天子、而不得自由」。高熲曰「陛下豈以一婦人而輕天下」。上意少解、駐馬良久、中夜方始還宮。后俟上於閤內、及上至、后流涕拜謝、熲・素等和解之。上

んじるのですか」と言うと、上の憤りは少しばかり解け、長いこと馬を留めてはいたが、夜半になってようやく宮殿に帰還した。后は上のことを室内で待っており、上がやってくると涙を流して謝ったので、高熲と楊素らが二人を和解させた。上は酒宴を設けて楽しんだが、后の意気はこのことによって大変衰え弱まっていった。そもそも、后は高熲が父の家の客人であったことから、肉親に対するかのように高熲を礼遇していた。しかしこの一件で、高熲が自分のことを「一婦人」と見なしたことを聞くと、そのことを根に持つようになった。また高熲の夫人が亡くなり、その妾《めかけ》が男児を産んだことから、ますます高熲を嫌うようになり、徐々に高熲を悪しざまに言いだし、上もまた何かあるとただ后の言葉のみを信用していた。后は諸王や朝廷に仕える者に妾腹の子がいることを知ると、必ず上に勧めてその者を排斥させた。当時、皇太子の楊勇《ようゆう》には寵妾が多く、皇太子妃の元氏《げんし》が急に薨去したので、后は太子の愛妾の雲氏《うんし》が元氏を殺害したのだと思った。こうしたことから上に遠回しに告げて高熲を排斥させ、とうとう楊勇を廃位させて晋王の楊廣《ようこう》を皇太子に立てたのは、すべて后の謀である。

　仁寿二年八月甲子、四重の月暈が現れた。己巳、太白（金星）が軒轅《けんえん》を犯した。その夜、后は永安宮で崩御した。時に五十歳。太陵に埋葬された。その後、宣華《せんか》夫人の陳氏《ちんし》と容華《ようか》夫人の蔡氏《さいし》はともに寵愛を受け、上はひどく彼女らに惑乱し、そのために病となった。上は危篤の際に侍者へ「皇后が健在であれば、こうはならなかったろうに」と言ったという。

置酒極歡、后自此意頗衰折。初、后以高熲是父之家客、甚見親禮。至是、聞熲謂己爲一婦人、因此銜恨。又以熲夫人死、其妾生男、益不善之、漸加譖毀、上亦毎事唯后言是用。后見諸王及朝士有妾孕者、必勸上斥之。時、皇太子多內寵、妃元氏暴薨、后意太子愛妾雲氏害之。由是諷上黜高熲、竟廢太子立晉王廣、皆后之謀也。

仁壽二年八月甲子、月暈四重。己巳、太白犯軒轅。其夜、后崩於永安宮、時年五十。葬於太陵。其後、宣華夫人陳氏・容華夫人蔡氏俱有寵、上頗惑之、由是發疾。及危篤謂侍者曰「使皇后在、吾不及此」云。

宣華夫人陳氏

宣華夫人の陳氏は、陳の宣帝（陳頊《ちんきょく》）の娘である。聡明な性格であり、容貌はならぶ者がいなかった。陳が滅亡すると隋の宮中に住まわされ、その後選ばれて後宮に入り嬪となった。当時は獨孤皇后が嫉妬深かったため、後宮の者はお召しを得ることが少なかったが、ただ陳氏だけは寵愛を受けていた。晋王の楊廣は諸王であった時に、密かに皇太子の位を奪う計画を立てており、宮中からの助勢を求めようとして、つねに陳氏への礼儀を尽くし、金色の蛇や駱駝を進上しては陳氏の歓心を買っていた。皇太子廃立の際には大きな助力があった。文献皇后が崩御すると、位を進めて貴人となり、宮室のことを取り仕切って上の寵愛を独占し、宮中のことを思うままに処断し、後宮にはならぶ者がいなかった。上の病が重篤になると、遺詔が下されて宣華夫人に任命された。

当初、上が仁寿宮で病に寝込んでいる時に、夫人と皇太子が一緒に上の側で看病をしていた。明け方に夫人が着替えへ出た際、太子に押し迫られ、夫人はこれを拒んで難を免れると、上のところに帰った。上は夫人の顔色がおかしいのを怪しんで、その理由を問いただした。夫人は涙をはらはらとこぼしながら「太子無礼」と言った。上は腹を立てて「畜生め、どうして大事を任すことができようか、獨孤はおれをなんと誤らせたことか」と言った。これは文献皇后のことを指している。そこで上は兵部尚書の柳述《りゅうじゅつ》と黄門侍郎の元巖《げんがん》を呼んで「我が子を召し出せ」と言った。柳述らが太子の楊廣を呼ぼうとすると、上は「勇《ゆう》の方だ」と言った。柳述と元巖は宮殿を出て勅書を書き上げると、左僕射の楊素に見せた。楊素がその内容を太子の楊

宣華夫人陳氏、陳宣帝之女也。性聰慧、姿貌無雙。及陳滅、配掖庭、後選入宮爲嬪。時獨孤皇后性妬、後宮罕得進御、唯陳氏有寵。晉王廣之在藩也、陰有奪宗之計、規爲内助、毎致禮焉、進金蛇・金駝等物、以取媚於陳氏。皇太子廢立之際頗有力焉。及文獻皇后崩、進位爲貴人、專房擅寵、主斷内事、六宮莫與爲比。及上大漸、遺詔拜爲宣華夫人。

初、上寢疾於仁壽宮也、夫人與皇太子同侍疾。平旦出更衣、爲太子所逼、夫人拒之得免、歸於上所。上怪其神色有異、問其故。夫人泫然曰「太子無禮」。上恚曰「畜生、何足付大事、獨孤誠誤我」。意謂獻皇后也。因呼兵部尚書柳述・黄門侍郎元巖曰「召我兒」。述等將呼太子、上曰「勇也」。述・巖出閤爲勅書訖、示左僕射楊素。素以其事白太子、太子遣張衡入寢殿、遂令夫人及後宮

廣に申し上げると、太子は張衡《ちょうこう》を派遣して上の寝室に入らせ、そのまま夫人や後宮で一緒に上の看病をしていた者たちを、すべて寝室から出して別室に入らせた。すぐさま上の崩御が聞こえてきたが、まだ喪は公表されなかった。夫人や後宮の女官たちは互いに顔を見合わせて「大変なことが起きている」と言った。みな顔色を変えて足を震わせた。夕刻、太子は使者を派遣すると、金の合子を贈り物として、紙を蓋の隙間に貼り付け、封印の文字を自ら書き記し、それを夫人に下賜した。夫人はそれを見ると恐れおののき、鴆毒《ちんどく》が入っていると考えて、蓋を開こうとしなかった。使者が開くようにと催促するので、ようやくそれを開くと、合子の中に同心結が数枚あるのを見た。宮人たちはみな喜んで「死なずにすんだ」と言い合った。陳氏は腹を立てて席に戻り、感謝の意を示そうとしなかった。宮人たちがみなで夫人に押し迫ると、夫人は使者に謝意を述べた。その夜、夫人に太子の慰みがあった。

煬帝が帝位を継承した後は、宮殿を出て仙都宮に住んだ。すぐに召されて宮殿に入ったが、一年余りでその生涯を終えた。時に二十九歳。帝はその死を深く哀悼し、彼女のために「神傷の賦」を作った。

容華夫人蔡氏

容華夫人の蔡氏は、丹陽の人である。陳が滅亡した後、選ばれて後宮に入り、世婦となった。容姿や振る舞いは物静かで美しく、上は大層それを喜んだが、文献皇后のために、お召しになることは希であった。后が崩御すると、徐々に寵愛を受け、貴人に任命されて、宮中の職務を処断し、その立場は陳氏に次いだ。上が病に寝込

同侍疾者、並出就別室。俄聞上崩、而未發喪也。夫人與諸後宮相顧曰「事變矣」。皆色動股慄。晡後、太子遣使者、齎金合子、帖紙於際、親署封字、以賜夫人。夫人見之惶懼、以爲鴆毒、不敢發。使者促之、於是乃發、見合中有同心結數枚。諸宮人咸悅、相謂曰「得免死矣」。陳氏恚而却坐、不肯致謝。諸宮人共逼之、乃拜使者。其夜、太子烝焉。

及煬帝嗣位之後、出居仙都宮。尋召入、歳餘而終。時年二十九。帝深悼之、爲製神傷賦。

容華夫人蔡氏、丹陽人也。陳滅之後、以選入宮、爲世婦。容儀婉嫕、上甚悅之、以文獻皇后故、希得進幸。及后崩、漸見寵遇、拜爲貴人、參斷宮掖之務、與陳氏相亞。上

んでいた時、容華夫人の称号を加えられた。上が崩御した後、みずから願い出ても の申し、彼女も煬帝の慰みを受けた。

煬帝蕭皇后

煬帝の蕭皇后《しょうこうごう》は、梁の明帝蕭巋《しょうき》の娘である。江南の風俗では、二月に子を生んだ者はその子を育てなかった。后は二月に生まれたことから、末の叔父の蕭岌《しょうきゅう》が彼女を引き取り養った。ほどなくして、蕭岌夫妻がともに死去したために、舅の張軻《ちょうか》の家で養われた。しかしながら張軻の家は非常に貧しく、后も自ら寝食に労を執った。煬帝が晋王であった時、高祖は晋王のために梁から妃を選ぼうとして、梁の娘たちをすべて占わせたが、その結果はいずれの娘たちも不吉であった。蕭巋は后を舅の張氏のもとから迎え戻して、隋の使者に占わせると「吉である」との結果が出た。こうして后に策命を下して晋王の妃とした。

后は性格が柔順で、智識もあり、学問や文学を好み、特に占候《うらない》について知っていた。高祖は彼女をとても喜び、帝もまた彼女をたいへん寵愛し敬意をはらった。帝が即位すると、詔を下して「朕は謹んで大業を継承し、憲章にもとうに定められているため、ここに皇后を立て、子孫の祭祀を承け続けたいと思う。妃の蕭氏は、早くから教えを受け、婦人としての道もよく修めているので、是非にもその位を宮中に正し、婦女の教えを用い広めさせるべきである。皇后に立てよ」と言った。

帝が出遊するたびに、后はつねに随行していった。当時后は帝が徳を失っていくのを見て、心中そのよろしくないことを理解していても、あえて口を出そうとはせ

寢疾、加號容華夫人。上崩後、自請言事、亦爲煬帝所烝。

煬帝蕭皇后、梁明帝巋之女也。江南風俗、二月生子者不舉。后以二月生、由是季父岌收而養之。未幾、岌夫妻俱死、轉養舅氏張軻家。然軻甚貧窶、后躬親勞苦。煬帝爲晉王時、高祖將爲王選妃於梁、遍占諸女、諸女皆不吉。巋迎后於舅氏、令使者占之、曰「吉」。於是遂策爲王妃。

后性婉順、有智識、好學解屬文、頗知占候。高祖大善之、帝甚寵敬焉。及帝嗣位、詔曰「朕祇承丕緒、憲章在昔、爰建長秋、用承饗薦。妃蕭氏、夙禀成訓、婦道克脩、宜正位軒闈、式弘柔教、可立爲皇后」。

帝每遊幸、后未嘗不隨從。時后見帝失德、心知不可、不敢厝言、因爲述志賦以自寄。

ずに、そのために「述志の賦」を書いて帝に送り届けた。
その内容は以下のようなものであった。

祖先の善行のおかげをこうむり、帝室に嫁いで参りましたが、皇后の名に相応しい務めを果たせず、祖霊を辱めることを恐れ、朝な夕なと怠らぬようにしながらも、まことに天地神明に対し謹み畏れております。日々努めて止まぬようにしておりますが、愚かにして進まず、節を尽くそうと思っても、不才にして心の思うようには行きませぬ。なんと凡庸の身にして幸多く、恩寵に恵まれたことでしょうか。いま天は高く地は厚く、陛下の御代は太平であり、陰陽二気は調和され、その輝きは日月とも斉しく、万物は春に生れ夏に育ち、栄華をともにしております。願わくは恭敬の志を立てて、栄誉に満ちることを戒め、途中で満足することなく、名実を乱さぬようにと思います。

陛下の徳は広く深く、情を歌舞女色にかけず、昔年のことを思われて、漢の宣帝のように微賤の折の妻である私を皇后に立てられました。世に希なる恩恵を受け、非才の身ながらも勅命を奉じ、なんと分を超えた恩寵を受けていることでしょうか、胸中訳も分かりませぬ。身を恩沢に浴しながらも、心中慙愧に堪えず息もままなりません。

卑しく暗愚な我が身を思えば、淑やかに品位を保つことはまことに困難、息をつく暇もなく、安心することもできず、寒くもないのに肌が粟立ち、まさに深き淵に臨み薄氷を履むかの如き思いで、戦々恐々としております。

そもそも高位におればその身は必ず危うく、栄誉に満ちれば綻びを防ごう

其詞曰、

承積善之餘慶、備箕箒於皇庭。恐脩名之不立、將負累於先靈。迺夙夜而匪懈、實寅懼於玄冥。雖自新彊而不息、亮愚蒙之所滯。思竭節於天衢、才追心而弗逮。寔庸薄之多幸、荷隆寵之嘉惠。賴天高而地厚、屬王道之升平。均二儀之覆載、與日月而齊明。迺春生而夏長、等品物而同榮。願立志於恭儉、私自兢於誡盈。孰有念於知足、苟無希於濫名。

惟至德之弘深、情不邇於聲色。感懷舊之餘恩、求故劍於宸極。叨不世之殊盼、謬非才而奉職。何龍祿之踰分、撫胸襟而未識。雖沐浴於恩光、内慚惶而累息。

顧微躬之寡昧、忠令淑之良難。實不遑於啟處、將何情而自安。若臨深而履薄、心戰慄其如寒。

夫居高而必危、慮處滿而防溢。知恣夸之

としますが、奢侈をほしいままにするのが君子の道でないことを知れば、ただ安寧に生きようと思うものです。寵愛と恥辱の移ろいはなんと恐ろしいことでしょうか、余計なことはせずにまことの道を守りゆくしかありません。身を退けて志を守り、膝を接して安らぎを得ましょう。珠玉の簾の麗しさも、金玉の屋敷の美しさも、俗世が貴ぶものであっても、私どもには賤しく思われましょう。夏に着ていただく葛の着物を上手に縫えぬことを恥じても、どうして管絃を奏でて御耳を患わせましょうか。道徳を尊んで、ことの善し悪しが己の身に由来することを承知しております。こうるさい俗世の考えなどは洗い清め、経書や史書に心を傾けたく思います。

戒めの言葉を集めては己が心を教え導き、貞婦や淑女の絵を見ては模範とし、古の賢人ののこした規範を守り、ただ安らかに生きることを願い、その時々に我が身を幾度となく省みて、昨日までの誤りに気付きましょう。黄老の教えが思慮を少なくせよというのを心に笑い、結局は善行を為す以外にないことを信じましょう。

周の太姒の遺風を慕い、舜の妃たちの教えを讃え、古の哲婦の才能を仰ぎ、聖人の美徳を尊べば、たとえこの賤しき身では及ぶことがなくても、心は安らかに楽しんで惑いを除き去ることができましょう。

一生をかけて節を守るのは、礼にも適うことであり、生まれながら愚鈍とはいえ、願わくは行いを積み重ねることでどうにか仁徳を備えますように。かように願ったところで実際にできるのは僅かな人でありましょうから、これ以上は

非道、乃攝生於冲謐。嗟寵辱之易驚、尚無爲而抱一。履謙光而守志、且願安乎容膝。珠簾玉箔之奇、金屋瑤臺之美、雖時俗之崇麗、蓋吾人之所鄙。愧絺綌之不工、豈絲竹之喧耳。知道德之可尊、明善惡之由己。蕩囂煩之俗慮、乃伏膺於經史。

綜箴誡以訓心、觀女圖而作軌。遵古賢之令範、冀福祿之能綏。時循躬而三省、覺今是而昨非。嗤黄老之損思、信爲善之可歸。

慕周姒之遺風、美虞妃之聖則。仰先哲之高才、貴至人之休德。質菲薄而難蹤、心恬愉而去惑。

乃平生之耿介、實禮義之所遵。雖生知之不敏、庶積行以成仁。懼達人之蓋寡、謂何求而自陳。誠素志之難寫、同絕筆於獲

何も申しません。まことに普段から思っていることでも文に記すのは難しく、
聖人の獲麟の故事に倣ってここで筆を置きましょう。

帝が江都に行幸すると臣下は二心を抱き、宮中に仕える者が「宮廷の外では人々が離反しようとしてるのが聞こえてきます」と后に申し上げた。后は「お前にそのことを上奏するのを任せましょう」と言った。その者が帝に言上すると、帝は激怒して「お前が口を出すことではない」と言って、そのままその者を斬ってしまった。後にまたある者が后に「宿衛の者が時折反乱を起こす計画を話し合っています」と申し上げたが、后は「天下の事は最早ここに至ったのです。時勢がもうこうなってしまったのですから、救いようがありません。そんなことを言って何の意味がありますか。帝の耳をむやみに煩わせるだけのことです」と言って、それからは事を申すものがいなかった。

宇文氏が乱を起こすと、皇后は軍とともに聊城まで来た。宇文化及《うぶんかきゅう》が敗れると、后の身柄は竇建徳《とうけんとく》の手中に落ちた。突厥の處羅可汗《しょらかがん》が使者を派遣して后を洺州から迎えようとすると、竇建徳は后を留めようとはせず、后はそのまま蛮夷の地に入った。大唐の貞観《じょうがん》四年、唐が東突厥を撃破して滅ぼすと、礼儀を尽くして迎え入れたので、后は京師に帰還した。

史臣の言葉。

二人の皇后は、帝がまだ頭角を現す前から、すでに帝の伴侶となり、恩寵は厚く仲睦まじく、終始心は違わなかった。文献皇后の徳が、『詩経』の鵲巣

麟。

及帝幸江都、臣下離貳、有宮人白后曰「外聞人人欲反」。后曰「任汝奏之」。宮人言於帝、帝大怒曰「非所宜言」。遂斬之。後人復白后曰「宿衛者往往偶語謀反」。后曰「天下事一朝至此。勢已然、無可救也。何用言之。徒令帝憂煩耳」。自是無復言者。

及宇文氏之亂、隋軍至聊城。化及敗、沒於竇建徳。突厥處羅可汗遣使迎后於洺州、建徳不敢留、遂入於虜庭。大唐貞觀四年、破滅突厥、乃以禮致之、歸于京師。

史臣曰、

二后、帝未登庸、早儷宸極、恩隆好合、始終不渝。文獻徳異鳲鳩、心非

に謡われた鳲鳩のごとき婦人の徳とは異なり、均一の徳が無く、寵愛を独り占めにして後継ぎを取り替えてしまい、宗廟と社稷を傾けたのは、なんとも惜しいことである。『尚書《しょうしょ》』の牧誓に「雌鶏が夜明けを告げるのは、家の終わりだ」とある。高祖が一族を親和させられなかったのは、そもそもこうした理由が有ったのだ。蕭皇后は当初、藩王の家に嫁ぎ、君子を輔佐する心を持っていた。しかし煬帝は君子の道を行うことができないばかりか、忠信の心を持つ臣下がいないと言った。煬帝は父子の間にすら、猜疑心を抱いていたのだから、夫婦の間に、どうして真心を保てただろうか。国と家とが滅亡して、身を置く場所も無く、異国の地を漂流したことに至っては、なんとも悲しいことではあるまいか。

均一、擅寵移嫡、傾覆宗社、惜哉。書曰「牝雞之晨、惟家之索」。高祖之不能敦睦九族、抑有由矣。蕭后初歸藩邸、有輔佐君子之心。煬帝得不以道、便謂人無忠信。父子之間、尚懷猜阻、夫婦之際、其何有焉。暨乎國破家亡、竄身無地、飄流異域、良足悲矣。

第三章　文四子伝——房陵王楊勇・秦孝王楊俊・庶人楊秀・庶人楊諒

序

高祖には五人の男児がおり、みな文献皇后が生んだ子である。長男を房陵王の勇

【原文】

高祖五男、皆文獻皇后之所生也。長曰房

といい、次を煬帝、次を秦孝王の俊《しゅん》、次を庶人の秀《しゅう》、次を庶人の諒《りょう》といった。

房陵王楊勇

房陵王の楊勇は、字は睍地伐《けんちばつ》といい、高祖の長子である。北周の時、太祖（楊忠）の軍功によって、博平侯に封ぜられた。高祖が政務を執り行うようになると、楊勇を後継ぎとしたので、大将軍・左司衛に任命され、長寧郡公に封ぜられた。外任に出て雒州総管・東京小冢宰となり、旧北斉の地を統轄した。その後、京師に召還され、位を上柱国・大司馬に進め、内史御正を兼任し、諸々の禁衛はすべて楊勇の下に配属された。高祖が禅譲を受けると、皇太子に立てられ、軍事や国政と尚書が上奏する死罪以下の案件は、すべて楊勇に裁決へ参与させた。上は山東の民の多くが流散していることから、使者を派遣して調査させ、また民を北方に移住させて辺境の城塞の人員を充足させようと考えていた。

楊勇は上書して、

臣が思いますに、世俗を教え導く時には少しずつ行うべきであって、急に変革をなすべきではなく、土地を愛し故郷を懐かしむのは、民の本来の情でありましょうから、そこから逃亡して各地を流れ歩いているのは、そうせざるを得なかったからなのでしょう。北斉の末、君主は暗愚であり時勢は芳しからず、北周が東夏の地を平定した後も、残酷で凶悪な治世が続いたために、民は国からの命令に堪えられず、逃亡する者が出てきたのは、故郷を嫌い、自ら願って行

陵王勇、次煬帝、次秦孝王俊、次庶人秀、次庶人諒。

房陵王勇、字睍地伐、高祖長子也。周世、以太祖軍功、封博平侯。及高祖輔政、立爲世子、拜大將軍・左司衞、封長寧郡公。出爲雒州總管・東京小冢宰、總統舊齊之地。後、徵還京師、進位上柱國・大司馬、領內史御正、諸禁衞皆屬焉。高祖受禪、立爲皇太子、軍國政事及尚書奏死罪已下、皆令勇參決之。上以山東民多流冗、遣使按檢、又欲徙民北實邊塞。

勇上書諫曰、

竊以、導俗當漸、非可頓革、戀土懷舊、民之本情、波迸流離、蓋不獲已。有齊之末、主闇時昏、周平東夏、繼以威虐、民不堪命、致有逃亡、非厭家鄉、願爲羈旅。加以去年三方逆亂、賴陛下仁聖、區宇肅清、鋒刃雖屛、瘡痍未復。若假以數歲、

旅の人となったのでありません。さらには昨年に三地方での反乱が起き、幸いにも陛下の仁聖をもちまして、天下は粛清され、兵刃は斥けられは致しましたが、その疲弊はまだなお快復しておりません。もし仮に数年の間、民の身を陛下の徳風によって洗い清めていれば、逃亡した者たちも、自然ともとの故郷に帰りましょう。北夷は凶暴で勝手な振る舞いがあり、以前に辺境の狼煙台を襲ったこともありましたが、今は我が隋の城塞がそびえ立ち、堅牢堅固となっておりますれば、どうして移住させて配置するなどと、民を疲れ煩わせる必要がありましょうか。臣は凡庸無学にして、みだりにも太子の位におりますゆえ、わずかながらの誠意と見識によって、かように取るに足らぬ事柄でお耳を汚させて頂きます。

と、上を諫めた。上はこれを見て喜び、山東の民を北方に移住させることを沙汰止みとした。

この後、時の政事に不便なところがあれば、楊勇がその多くを正し、上はつねに楊勇の意見を取り入れた。かつて上はくつろいだ折に臣下たちに向かって「これまでの皇帝たちが婢妾を溺愛したのは、太子の廃立が起こる原因であった。朕の側には侍妾がおらず、五人の息子は同じ母から生まれており、これは真の兄弟というべきものである。どうしたって先の世に寵姫が多く、妾腹の子どもが互いに憤怒して争いあい、亡国の道を歩んだようなことにはなるまいよ」と言った。

楊勇はたいへん学問を好み、詞賦をよく理解して自らも作り、性格は寛容で温和であり、感情にまかせて行動することが有っても、その言動を飾り立てることはし

沐浴皇風、逃竄之徒、自然歸本。雖北夷猖獗、嘗犯邊烽、今城鎮峻峙、所在嚴固、何待遷配、以致勞擾。臣以庸虛、謬當儲貳、寸誠管見、輒以塵聞。

上覽而嘉之、遂寢其事。

是後、時政不便、多所損益、上每納之。上嘗從容謂羣臣曰「前世皇王溺於嬖幸、廢立之所由生。朕傍無姬侍、五子同母、可謂眞兄弟也。豈若前代多諸內寵、孽子忿諍、爲亡國之道邪」。

勇頗好學、解屬詞賦、性寬仁和厚、率意任情、無矯飾之行。引明克讓・姚察・陸開

なかった。明克讓《めいこくじょう》・姚察《ようさつ》・陸開明《りくかいめい》らを引き立てて賓客や友人として交わっていた。楊勇が以前に蜀で造られた鎧を美しく飾りたてると、上はそれを見て喜ばず、こうしたことが徐々に奢侈の行いに繋がっていくであろうと案じたため、楊勇を戒めて「私が聞くには、天道は特定の者を贔屓することが無く、ただ徳の有る者にのみ手をさしのべる。歴代の帝王を見てみれば、奢侈に耽った者で長続きした者はいない。お前は皇太子の地位に在り、もし上は天の心に適わず、下は民の思いに合わないのであれば、どうやって宗廟の重責を継承し、万民の上に立とうというのか。私は昔の衣服をそれぞれ一つずつ手元に残し、時折それを見ては、自戒としている。今、小刀を賜与するゆえ、よくよく我が心を承知せよ」と言った。

その後、冬至になると、百官が楊勇に拝朝し、楊勇は楽を設けて朝賀を受けた。高祖はこのことを知ると、朝臣に「この頃冬至となり、内外の百官がこぞって東宮に拝朝したと聞くが、これは何の儀礼か」と問うた。太常少卿の辛亶《しんたん》が「東宮に対しては拝賀といっても、拝朝と言うことはできませぬ」と答えたので、高祖は「時節の拝賀であれば、まさに三十人ほどの人数で、思い思いにそれぞれ行けばよいであろう。どうして有司《やくにん》が呼び出して時を決めて集まり、太子が正装して楽を設けて待っているのだ。東宮がかような振る舞いをするのは、なんと礼の制度に逆らうものであろうか」と言った。

そこで詔を下して、

礼には等級と差別が有り、君と臣との身分では同じ礼を行わない。しかし一昔前より、聖人の教えは徐々に損なわれ、上下の者が互いに思うがままに振る舞

明等爲之賓友。勇嘗文飾蜀鎧、上見而不悅、恐致奢侈之漸、因而誡之曰「我聞、天道無親、唯德是與。歷觀前代帝王、未有奢華而得長久者。汝當儲后、若不上稱天心、下合人意、何以承宗廟之重、居兆民之上。吾昔日衣服、各留一物、時復看之、以自警戒。今、以刀子賜汝、宜識我心」。

其後、經冬至、百官朝勇、勇張樂受賀。高祖知之、問朝臣曰「近聞至節、內外百官相率朝東宮、是何禮也」。太常少卿辛亶對曰「於東宮是賀、不得言朝」。高祖曰「改節稱賀、正可三數十人、逐情各去。何因有司徵召、一時普集、太子法服設樂以待之。東宮如此、殊乖禮制」。

於是下詔曰、

禮有等差、君臣不雜。爰自近代、聖教漸虧、俯仰逐情、因循成俗。皇太子雖居上

い、それが習俗となってしまっている。皇太子は天下の世継ぎとはいえ、立場としては臣下であり子である。しかるに四方の諸侯が冬至に朝賀し、それぞれの土地からの朝貢の品を、別に東宮にまで献上している。こうした事は礼の典則に適うものでないため、すべて停止するように。

と言った。この時から上の皇太子に対する恩寵は損なわれ始め、徐々に疑惑が生じるようになった。

当時、高祖は皇族の衛兵から侍官を選出して、三公の宿衛に入れようとしていた。高熲《こうけい》が、もし強健な者をすべて選び出してしまうと、東宮の宿衛が程度の悪いものになることが憂慮される旨を上奏すると、高祖は顔色を変えて「俺は時折宮城を移動するから、衛兵には勇敢な者が必要となろう。しかし太子は東宮で徳を育んでいればよいのだから、どうして武勇に優れた衛兵を必要としようか。公の申しようは極めて法にもとり、私の真意を理解できてない。私の考えでは、つねに交代の日になってから、東宮の方へ出向させれば、部隊を分ける必要もなく、なんとも都合が良いではないか。私は過去の王朝の事例をよくよく見た上で考えているのだ。公は悪しき例を踏襲してはならぬぞ」と言った。思うにこれは高熲の息子が楊勇の娘を娶っていたことで疑惑が生じ、こう言っておくことで、高熲に釘を刺したのである。

楊勇には寵姫が多かったが、昭訓《しょうくん》の雲氏《うんし》がもっとも寵愛を受け、彼女に関わる儀礼は王妃の儀礼と同等であった。楊勇の妃の元氏《げんし》は寵愛を受けることが無く、これ以前に心を患って、二日で薨去していた。文献皇后は彼女の死には他に原因があると考え、楊勇をつよく疑い怨んだ。この時から、雲昭訓は東宮の後宮内の諸事を専

嗣、義兼臣子。而諸方岳牧、正冬朝賀、任土作貢、別上東宮。事非典則、宜悉停斷。

自此恩寵始衰、漸生疑阻。

時、高祖令選宗衞侍官、以入上臺宿衞。高熲奏稱、若盡取強者、恐東宮宿衞太劣、高祖作色曰「我有時行動、宿衞須得雄毅。太子毓德東宮、左右何須強武。此極敝法、甚非我意。如我商量、恒於交番之日、分向東宮上下、團伍不別、豈非好事。我熟見前代。公不須仍踵舊風」。蓋疑高熲男尚勇女、形於此言、以防之也。

勇多內寵、昭訓雲氏、尤稱嬖幸、禮匹於嫡。勇妃元氏無寵、嘗遇心疾、二日而薨。獻皇后意有他故、甚責望勇。自是、雲昭訓專擅內政、后彌不平、頗遣人伺察、求

断したため、后はますます不満を懐き、頻繁に人をやって東宮の様子を伺わせ、楊勇の過失を探させた。晋王の楊廣《ようこう》はこのことを知ると、よりいっそう言動を飾るようになり、妾姫は礼に定められた人数をそろえたというだけで、ただ蕭妃《しょうき》とのみ寝食をともにしていた。そのため皇后は楊勇に冷淡になり、次第に晋王の徳行を褒めそやすようになった。その後、晋王が来朝した際、その車馬や従者は、すべて質素な作りや身なりで、朝臣に接するにも恭しく、たいへん従順な態度で礼法を行っていたため、楊廣の名声は高まり、諸王第一とされた。晋王は揚州に帰還するにあたって、内宮に入って皇后に別れを告げ「臣は鎮守を任じられた土地に行かねばならぬため、これよりご尊顔を拝することも叶わなくなりますが、臣として子としてお仕えする想いは、この心に形を為しております。今この宮殿を去れば、お側近くにお仕えすることもできず、再びご尊顔を拝する日は、杳として知れませぬ」と進言し、嗚咽を漏らして涙を流し、地に伏して立ち上がることができなかった。皇后もまた「お前は地方の鎮守を任じられ、私も年老いた。今日の別れは、日頃のものより切実であるな」と言うと、また涙を流してともにむせび泣いた。晋王は「臣は性根も見識も愚劣ではあるものの、つね日頃より兄弟の序を守っておりましたが、どのような罪を犯してしまったのか、東宮に疎まれることとなり、兄上はずっと怒りを積み重ならせ、私を殺そうとしております。そのため私はつねに讒言が繰り返えされることで曾参のごとく母上にも罪を信じられてしまったり、食事に毒が盛られることもあるのではないかと恐怖して、そのため憂いがつのっていつ死ぬことになるのかと危惧しております」と言った。皇后は怒りを露わにして「睍地伐めには

勇罪過。晉王知之、彌自矯飾、姬妾但備員數、唯共蕭妃居處。皇后由是薄勇、愈稱晉王德行。其後、晉王來朝、車馬侍從、皆爲儉素、敬接朝臣、禮極卑屈、聲名籍甚、冠於諸王。臨還揚州、入內辭皇后、因進言曰「臣鎮守有限、方違顏色、臣子之戀、實結于心。一辭階闥、無由侍奉、拜見之期、杳然未日」、因哽咽流涕、伏不能興。皇后亦曰「汝在方鎮、我又年老。今日之別、有切常離」、又泫然泣下、相對歔欷。王曰「臣性識愚下、常守平生昆弟之意、不知何罪、失愛東宮、恒蓄盛怒、欲加屠陷。每恐讒譖生於投杼、鴆毒遇於杯勺、是用勤憂積念、懼履危亡」。皇后忿然曰「睍地伐漸不可耐、我爲伊索得元家女、望隆基業、竟不聞作夫妻、專寵阿雲、使有如許豚犬。前新婦本無病痛、忽爾暴亡、遣人投藥、致此夭逝。事已如是、我亦不能窮治、何因復於汝處發如此意。我在尚爾、我死後、當魚肉汝乎。每思東宮竟無正嫡、至尊千秋萬歲之後、遣汝

もう我慢ならぬ。私は彼のために元家の娘を求めて娶らせ、帝業を継いで隆興させることを望んでいたが、とうとう元氏とは夫妻のことをなさなかったと聞いているし、雲氏の小娘に寵愛を傾け、ああして豚や犬のように子を産み増やしている。元氏はもともと病などなかったのに、それが突然死んでしまったのは、誰か人をやって毒を盛り、元氏を夭折させてしまったのであろう。すでにかような事態となっているが、私もどうすることもできず、それがどうしたわけでお前にまでそのような企みを及ぼそうとしているのだろうか。私がいてさえこんな具合であるのなら、私が死んだ後になっては、お前の事を肉か魚のように切り刻むであろう。東宮には結局嫡子が生まれなかったので、陛下万歳の後になって、お前たち兄弟をあの小娘の生んだ小倅めに再拝して機嫌を伺わせるようにさせてしまうかと思えば、これはなんという苦痛であろうか」と言った。晋王はまた皇后の言葉に拝謝し、嗚咽を止めることもできず、皇后も悲しみに耐えきれない様子だった。

この別れの後、楊廣は皇后の思いが皇太子から離れていることを知り、そこで皇太子の位を奪う計略を立て始めた。そこで張衡《ちょうこう》を任用して策略を定め、褒公の宇文《うぶん》述《じゅつ》を派遣して楊約《ようやく》との親交を深めさせ、越国公の楊素《ようそ》へ事の次第を説明させ、皇后の言葉を詳しく伝えさせた。楊素は驚いて「ただ皇后がどうされようとしているのかが分からぬ。もしお言葉の通りに思われているのであれば、私はどうすればよいのか」と言った。

数日後、楊素は内宮に入って宴席に坐し、晋王が孝悌の徳をそなえて恭しく慎み深いことは、陛下に似ていると褒め称えることで、皇后の意図を確認しようとした。

等兄弟向阿雲兒前再拜問訊、此是幾許大苦痛邪」。晉王又拜、嗚咽不能止、皇后亦悲不自勝。

此別之後、知皇后意移、始構奪宗之計。因引張衡定策、遣褒公宇文述深交楊約、令喩旨於越國公素、具言皇后此語。素瞿然曰「但不知皇后如何。必如所言、吾又何爲者」。

後數日、素入侍宴、微稱晉王孝悌恭儉、有類至尊、用此揣皇后意。皇后泣曰、「公

皇后は泣きながら「公の言う通りです。あの子はたいへん孝行を尽くしていて、陛下や私が内宮からの使者を派遣したと聞くたびに、必ず任地の境界まで迎えに来ています。別れの挨拶の時には、涙を流さぬことはありません。また婦人の蕭氏もたいへん愛すべき者であり、私が女官を減らせてからは、つねに二人で寝食をともにしているといいます。なんとも睍地伐めが雲氏の娘と向かい合い坐っては終日酒宴に興じ、小人と慣れ親しんで肉親を疑って害そうとしているのに比べられましょうか。私がますます阿麼《あもう》（楊廣の幼名）を憐んでいるのは、太子が晋王を暗殺するのではないかとつねに恐れているからです」と言った。楊素は后の思いを知ると、言葉盛んに太子の不才を口にした。皇后はそこで楊素に金子を贈り、ここに初めて太子廃立の意思を持った。

　楊勇は太子廃立の策謀が廻らせていることをよくよく承知しており、そのことを憂慮していたが、良案が思いつかずにいた。新豊の人である王輔賢《おうほけん》が占候《うらない》に優れていることを聞くと、召し出して問うた。王輔賢は「白虹が東宮の門を貫き、太白（金星）が月を凌犯したのは、皇太子が廃位される象徴です」と言った。そこで銅や鉄の五種類の武器によって様々な禍避けの厭勝《えんしょう》を作らせた。また、東宮の後園の中に庶人村を作り、粗末な建物を用意し、太子は時折その中で休息し、民と同じ服を着て草を敷いて寝ることで、それを占いに出た太子の位を廃されて庶人になることに当てはめようとした。高祖は楊勇の不安を知ったが、自らは仁寿宮に居たため、楊素を京師に使わして楊勇の様子を見させた。楊素は東宮に到着すると、足を止めて中に入ろうとしなかった。楊勇は衣冠を整えて待っていたが、楊素はわざと

言是也。我兒大孝順、毎聞至尊及我遣內使到、必迎於境首。言及違離、未嘗不泣。又其新婦亦大可憐、我使婢去、常與之同寢共食。豈若睍地伐共阿雲相對而坐終日酣宴、昵近小人疑阻骨肉。我所以益憐阿麼者、常恐暗地殺之」。素既知意、因盛言太子不才。皇后遂遺素金、始有廢立之意。

　勇頗知其謀、憂懼、計無所出。聞新豐人王輔賢能占候、召而問之。輔賢曰「白虹貫東宮門、太白襲月、皇太子廢退之象也」。以銅鐵五兵造諸厭勝。又、於後園之內作庶人村、屋宇卑陋、太子時於中寢息、布衣草褥、冀以當之。高祖知其不安、在仁壽宮、使楊素觀勇。素至東宮、偃息未入。勇束帶待之、故久不進、以激怒勇。勇銜之、形於言色。素還、言勇怨望、恐有他變、願深防察。高祖聞素譖毀、甚疑之。皇后又遣人伺

歩を進めないことで、楊勇の怒りを誘ったのである。楊勇は楊素の態度に腹を立て、それを態度や言葉に出した。楊素は仁寿宮に帰還すると、楊勇の憤懣の様を口にし、変事が起こりかねないので、よくよく観察してそれを防せぐようにと言上した。高祖は楊素の誹謗を聞いて、たいそう疑を懐いた。皇后もまた人を派遣して東宮の様子を監視させ、どんな些細なことであっても上奏させて、様々な過失を生み出すことで、楊勇の罪を作り上げた。高祖は邪念に満ちた奏議に惑わされ、次第に楊勇を遠ざけて嫌うようになった。そして京師の玄武門から至徳門までの間に斥候を配置して、楊勇の動向を窺わせ、何か有ればすべて上奏させた。また、東宮の宿衛で、侍官以上の者はその官籍をすべて他の衛府に所属させ、強健な者はすべて東宮から除いた。晋王もまた段達《だんたつ》を東宮の寵臣である姫威《きい》に通じさせ、財貨を贈らせて太子の消息を入手すると、それを密かに楊素に報告させた。こうして宮廷の内外の者が楊勇を誹謗したので、その過失は連日のように上聞に達した。段達は姫威を「東宮の罪過は、主上もすべてご存じであり、すでに密詔が下されているから、太子は必ず廃位されるであろう。君が太子の罪を告発すれば、たいへんな富貴が得られるぞ」と脅し、姫威はこれを承諾した。

九月壬子、上の車駕が仁寿宮より帰還した。翌日、上は大興殿に臨幸し、侍臣に「私はこたび京師に帰還し、くつろいで快いはずであるのに、どうしたことであろうか、かえって楽しくもなく憂い苦しんでおる」と言ったので、吏部尚書の牛弘《ぎゅうこう》が「臣らが職務を全うできぬばかりに、陛下にはご心労をおかけしております」と答えた。高祖はすでに幾度となく楊勇に対する讒言を聞いていたので、朝臣たちは

覘東宮、纖介事皆聞奏、因加媒孽、構成其罪。高祖惑於邪議、遂疎忌勇。乃於玄武門達至德門量置候人、以伺動靜、皆隨事奏聞。又、東宮宿衞之人、侍官已上名籍悉令屬諸衞府、有健兒者咸屏去之。晉王又令段達私於東宮幸臣姫威、遺以財貨令取太子消息、密告楊素。於是内外諠謗、過失日聞。段達脅姫威曰「東宮罪過、主上皆知之矣、已奉密詔、定當廢立。君能告之、則大富貴」。威遂許諾。

九月壬子、車駕至自仁壽宮。翌日、御大興殿、謂侍臣曰「我新還京師、應開懷歡樂、不知何意、翻邑然愁苦」。吏部尚書牛弘對曰「由臣等不稱職、故至尊憂勞」。高祖既數聞讒譖、疑朝臣皆具委、故有斯問、冀聞

みな楊勇の所行を詳しく知っていると思い込んでいたために、こうした問い方をすることで、皇太子の過失を聞こうとしたのである。牛弘のこの答え方は、上の意図とはかけ離れたものであった。高祖はそのため顔色を変え、東宮の属官に「仁寿宮はここから遠くもないが、それなのに私が京師に帰還するたび、衛兵に厳重に守らせるさまは、まるで敵国に入る時のようだ。私は利害に配慮して、衣服を脱いで休むこともできぬ。昨夜は近くの厠で用を足そうと思い、寝室の裏の厠に行くべきところを、危急のことが起こるのを恐れ、わざわざ前殿の厠まで来たのだ。それもこれも貴様らが我が国と家を台無しにしようとしているからではないのか」と言った。そこで唐令則《とうれいそく》ら数人を捕らえ、所司に引き渡して訊問させた。また楊素に東宮に関するあらましを述べさせ、近臣たちに聞かせた。楊素は包み隠すことなく、「臣は勅命を奉じて京師に向かい、皇太子に俠客の劉居士《りゅうこじ》の残党を取り調べさせることになりました。太子は詔勅を奉じると、顔色を変えて激怒し、体を跳び上がらせながら、臣に、『劉居士の残党をすべて捕らえて法に処すにしても、私にさせる必要があるのか。お前は右僕射なのだから、これを任すにはちょうど良かろう。自分で取り調べよ、私が知ったことではない』と語られました。また、『もし大事を遂げることができなければ、私は真っ先に誅殺されよう。今にも天子になろうとしていたのに、弟たちにも及ばぬこととなり、何一つとして、自由をうしなってしまうのだ』と言いました」と言うと、長いため息をついて近臣たちを見回して「私はたいへん身の危険を感じました」と言った。

高祖は、

太子之愆。弘爲此對、大乖本旨。高祖因作色、謂東宮官屬曰「仁壽宮去此不遠、而令我每還京師、嚴備仗衞、如入敵國。我爲患利、不脱衣臥。昨夜欲得近廁、故在後房、恐有警急、還移就前殿。豈非爾輩欲壞我國家邪」。於是執唐令則等數人、付所司訊鞫。令楊素陳東宮事狀、以告近臣。素顯言之曰「臣奉勅向京、令皇太子檢校劉居士餘黨。太子奉詔、乃作色奮厲、骨肉飛騰、語臣云『居士黨盡伏法、遣我何處窮討。爾作右僕射、委寄不輕。自檢校之、何關我事』。又云、『若大事不遂、我先被誅。今作天子、竟乃令我不如諸弟、一事以上、不得自由』」、因長歎廻視云「我大覺身妨」。

高祖曰、

この子はもうとおの昔に帝位を受け継ぐことができなくなっていたのだ。皇后は常日頃より廃嫡を勧めていたが、高位に就く前に生まれた子であるし、長男であることから、私は勇が徐々に改めていくことを望み、内心我慢しながらも今に至った。勇は以前に南兗州から帰還した時に、衛王（楊集）に「母さんは私にいい女を一人もくれない。恨めしいことだ」と語った。さらには皇后の侍女を指して「こいつらはみんな私の物だ」と言った。これらの言葉は異心を抱いているに近しい。その婦人である元氏が亡くなった際には、小さな帷でその亡婦の身を扱った。元氏が亡くなった時、私は太子薬蔵監の馬嗣明《ばしめい》に毒殺させたのではないかと疑った。私が以前にこのことを詰問すると、勇は恨みがましく「必ずや元孝矩《げんこうきょ》（元氏の父）を殺してやる」と言っていた。これは私を殺そうと思いながらも自らの怒りを元孝矩にそらしただけである。以前は、長寧王（楊儼）が生まれた際には、朕と皇后とともにこの子を抱いてあやしておったが、勇がこの企みを抱いてからは、なんとも虚しさがつのるようになった。そもそも雲定興《うんていこう》の娘というのは、雲定興が外で私通して生ませた子であり、こうした由来を思えば、雲定興の子であるかどうかも分らぬ。昔、晋の太子（後の恵帝）は肉屋の娘を娶り、その子（司馬遹）は肉を切り分けることを好んだ。今、雲氏を見ればとてもそれどころではなく、宗廟社稷を混乱させている。また劉金《りゅうきん》驎《りん》は、奸佞の輩であるのに、雲定興を親家翁と呼び、雲定興は愚鈍な男であるから劉金驎のこの呼び方を容認した。私が以前に劉金驎を解任したのは、そもそもこうした理由からである。勇はかつて曹妙達《そうみょうたつ》を引き連れて雲定興の娘と

此兒不堪承嗣久矣。皇后恒勸我廢之、我以布素時生、復是長子、望其漸改、隱忍至今。勇昔從南兗州來、語衞王云「阿孃不與我一好婦女、亦是可恨」。因指皇后侍兒曰「是皆我物」。此言幾許異事。其婦初亡、即以斗帳安餘老嫗。新婦初亡、我深疑使馬嗣明藥殺。我曾責之、便懟曰「會殺元孝矩」。此欲害我而遷怒耳。初、長寧誕育、朕與皇后共抱養之、自懷彼此、連遣來索。且雲定興女、在外私合而生、想此由來、何必是其體胤。昔、晉太子取屠家女、其兒即好屠割。今、儻非類、便亂宗社。又劉金驎、諂佞人也、呼定興作親家翁、定興愚人、受其此語。我前解金驎者、爲其此事。勇嘗引曹妙達共定興女同讌、妙達在外說云「我今、得勸妃酒」。直以其諸子偏庶、畏人不服、故逆縱之、欲收天下之望耳。我雖德慚堯・舜、終不以萬姓付不肖子也。我恒畏其加害、如防大敵、今欲廢之、以安天下。

ともに宴席を設けたが、曹妙達は外で「俺はこの前、太子の妃から酌を受けたぞ」と吹聴していた。ただただその子息らはみな妾腹の子であり、他人が心服しないことを恐れたために、わざわざこうした行いをすることで、天下の衆望を求めようとしていただけであろう。私の徳は堯や舜に比べれば恥ずべきものではあるが、どうして天下の万民をこの不肖の子に任せられようか。私は常に勇から殺害されることを恐れて、大敵から身を守るようにしてきたが、今こそ勇を廃嫡し、天下を安寧にしたいと思う。

と言った。

左衛大将軍・五原公の元旻《げんびん》が上《しょう》を諫めて「皇太子の廃立は国家の大事であり、天子に二言はありません。詔が実行されてしまえば、後悔しても遅いのです。讒言にはきりがないのですから、陛下はそのことはお察し下さい」と言った。元旻の言葉は直接的で事を構える勢いがあり、声も表情も激しかったが、上は返答しなかった。

この時、姫威もまた上表して太子の非法を告発した。高祖が姫威に「太子の所業を洗いざらい申せ」と言うと、姫威は答えて、

皇太子は以前より臣に語らうときには、驕傲と奢侈だけをお考えで、樊川から散関までの土地を得て、それらすべてを苑囿にされようとしていました。その際には「昔、漢の武帝が上林苑を造営しようとした時、東方朔《とうほうさく》が諫めると、武帝は東方朔に黄金百斤を賜与したというが、なんとも可笑しな話だ。俺ならばそうした輩には絶対に黄金をやるまい。もし諫める者がいても、そやつらを斬って、百人ほども殺してしまえば、自然と声はやむであろうに」と仰いまし

左衛大將軍・五原公元旻諫曰「廢立大事、天子無二言。詔旨若行、後悔無及。讒言罔極、惟陛下察之」。旻辭直爭強、聲色倶厲、上不答。

是時、姫威又抗表告太子非法。高祖謂威曰『太子事跡宜皆盡言』。威對曰、

皇太子由來共臣語、唯意在驕奢、欲得從樊川以至于散關、總規爲苑。兼云『昔、漢武帝將起上林苑、東方朔諫之、賜朔黃金百斤、幾許可笑。我實無金輒賜此等。若有諫者、正當斬之、不過殺百許人、自然永息』。前、蘇孝慈解左衞率、皇太子

た。先年、(太子右庶子でもあった)蘇孝慈《そこうじ》が左衛率を解任された際には、皇太子は頬髯を振るわせながら腕を挙げて「大丈夫たる者には必ずや決意の一日がもたらされるのだ、このことを忘れずにさえいれば、必ずや快心を得ることができるであろう」と仰いましたし、また東宮で必要とする物は、多くの場合は尚書が法を根拠に給与しませんので、そのつど怒って「僕射以下の者どもは、必ずや一人か二人を殺し、俺を侮った罪を思い知らせてやる」と仰っていました。また、東宮の苑内に小さな城を築き、春夏秋冬を通して、労役を止めることがなく、亭台や宮殿を造営するのにも、朝に造ったものを夕方には改築させておりました。そしていつも「陛下は俺に側室が多いことをお怒りになるが、高緯(北斉の後主)や陳叔寶(陳の後主)は妾の子でもないのに国を滅ぼしたではないか」と仰っていました。また以前には占い師の老女に吉凶を占わせて、臣に「陛下のご不幸は十八年に起こるそうだ、もうすぐやってくるぞ」と語られました。

と言った。

高祖は涙を流しながら「人の親から生まれておきながら、このようになってしまう者がいるだろうか。私は以前仕えていた侍女に、東宮の様子を見させていたが、その侍女は私に『広平王(楊雄)を皇太子の所に行かせてはなりません。東宮が私を疎ましく思うのも、広平王が教えたからです』と上奏した。元贇《げんさん》もまた勇の悪心に気づいており、左蔵の東で私に、衛兵を二部隊増やして配置することを勧めてきた。そもそも陳を平定した後、陳の宮廷の女官で見目よき者は全て東宮に配属させたというのに、勇は満足することを知らずに、宮外からさらに女官を求めたと聞い

奮髯揚肘曰『大丈夫會當有一日、終不忘之、決當快意』。又宮內所須、尚書多執法不與、便怒曰『僕射以下、吾會戮一二人、使知慢我之禍』。又、於苑內築一小城、春夏秋冬、作役不輟、營起亭殿、朝造夕改。每云『至尊嗔我多側庶、高緯・陳叔寶豈是孽子乎』。嘗令師姥卜吉凶、語臣曰『至尊忌在十八年、此期促矣』。

高祖泫然曰「誰非父母生、乃至於此。我有舊使婦女、令看東宮、奏我云『勿令廣平王至皇太子處。東宮憎婦、亦廣平教之』。元贇亦知其陰惡、勸我於左藏之東、加置兩隊。初平陳後、宮人好者悉配春坊、如聞不知厭足、於外更有求訪。朕近覽齊書、見高歡縱其兒子、不勝忿憤。安可效尤邪」。於

ている。朕は先頃『斉書《せいしょ》』を見て、高歓《こうかん》がその子の高洋《こうよう》（北斉の文宣帝）に悪逆放蕩な行いをさせてしまったことを読むと、怒りに堪えられなくなった。どうしてこのひときわ邪悪な事例を踏襲することができようか」と言った。そこで楊勇とその子らは皆幽閉され、その徒党もそれぞれ収監した。楊素は筆を揮って文を巧みに楊勇らの罪を糾弾し、工夫して罪案を作り上げた。楊勇はこうして敗れた。

　数日して、楊素の意を承けた有司が、左衛大将軍の元旻が上の宿衛に任じられていながらも、常に物事を楊勇の意に沿うようにし、心から楊勇を頼っており、仁寿宮にいる時は、裴弘《はいこう》が楊勇の書を朝廷から元旻に送り「余人には見せるな」と封をしていたことを上奏した。高祖は「朕が仁寿宮にいる時、どんな小さなことであっても、東宮は駅馬車よりも速くそれを知っていた。長いことそれを奇妙に思っていたが、なるほど此奴らであったか」と言った。兵士を派遣して元旻と裴弘を捕らえ、法に照らしてその罪を審理させた。

　こうしたことが起こる以前に、楊勇は仁寿宮に上へ参謁に伺った帰路、道中で、根や幹がねじ曲がり、五六人で囲むほどの大きさの一本の枯れた槐樹を見つけ、左右の者に「これは何に使えるのだ」と言った。ある者が「古い槐樹は火を着けるのによいです」と答えた。この時、衛士は皆松明を装備していたので、楊勇は工人に命じて数千本を作らせて、左右の者に分け与えようとしていた。それがこの時になり、東宮の庫から発見された。又、東宮の薬蔵局には艾《もぐさ》が数斛《こく》備蓄されておれ、それも捜索されて見つかった。捜索の任に当たった大将はこれらを怪しみ、姫威に問いただした。姫威は「太子の意図は別の所にも見えます。この頃は長寧王が仁寿宮

是勇及諸子皆被禁錮、部分收其黨與。楊素舞文巧詆、鍛錬以成其獄。勇由是遂敗。

　居數日、有司承素意、奏言左衛元旻身備宿衛、常曲事於勇、情存附託。在仁壽宮、裴弘將勇書於朝堂與旻、題封云「勿令人見」。高祖曰「朕在仁壽宮、有纖小事、東宮必知、疾於驛馬。怪之甚久、豈非此徒耶」。遣武士執旻及弘付法治其罪。

　先是、勇嘗從仁壽宮參起居還、塗中見一枯槐、根幹蟠錯、大且五六圍、顧左右曰「此堪作何器用」。或對曰「古槐尤堪取火」。于時、衛士皆佩火燧、勇因令匠者造數千枚、欲以分賜左右。至是、獲於庫。又、藥藏局貯艾數斛、亦搜得之。大將爲怪、以問姫威。威曰「太子此意別有所在。比令長寧王已下、詣仁壽宮還、每嘗急行、一宿便至、恒飼馬

に赴いて帰る際にも、常に道を急がせて、途中一宿しただけで京師に到着させており、東宮では常に馬千匹を飼い養っていました。そして『途中の城で足止めされては、餓え死んでしまうぞ』と言っていました」と言った。楊素は姫威の証言によって楊勇を詰問したが、楊勇は承伏せずに「窺い聞く所によれば公の家には馬が数万匹いるそうではないか。勇は忝くも太子の位におるが、馬は千匹、これが反逆の証拠と言えるのか」と言った。楊素はまた東宮の服飾品や愛好品を発見すると、華美な装飾が加えられたような物は、すべて朝廷の庭先に陳列し、それを文武百官に示し、太子の罪であるとした。高祖はそれらの物を楊勇に示して責め質させた。皇后もまた楊勇の罪を詰責した。高祖は使者を使わして楊勇を詰問したが、楊勇は承伏しなかった。太史令の袁充《えんじゅう》が「臣が天文の変異を観測しますに、皇太子は廃位されねばなりません」と進言すると、上は「天がかようにお示しになっているのだ。臣下たちにも何か言う者はおるまい」と言った。

そこで人を使わして楊勇を召し出した。楊勇は使者を見ると、驚いて「私は殺されずにすむのか」と言った。高祖は戎服を着て兵士を並ばせ、武徳殿に臨幸して百官を参集させ、東側に立たせ、皇族は西側に立ち、楊勇とその子らを引きたてて武徳殿の庭に並ばせた。薛道衡《せつどうこう》に命じて勇を廃位する詔を読み上げさせた。

太子の位は、まことに国の根本であるため、仮にもそれに相応しくない者であれば、いたずらにその地位に立たせてはならない。古より太子になる者には、あるいは不才の者がおり、悪道に進み慎むことがないのに、なおもその位に立たせてしまうのは、すべて情に流され寵愛し、道理に欠けたためであり、宗廟

千匹。云『徑往捉城門、自然餓死』」。素以威言詰勇、勇不服曰「竊聞公家馬數萬匹。勇忝備位太子、有馬千匹、乃是反乎」。素又發洩東宮服玩、似加琱飾者、悉陳之於庭、以示文武羣官、爲太子之罪。高祖遣將諸物示勇以誚詰之。皇后又責之罪。高祖使使責問勇、勇不服。太史令袁充進曰「臣觀天文、皇太子當廢」。上曰「玄象久見矣。羣臣無敢言者」。

於是使人召勇。勇見使者、驚曰「得無殺我耶」。高祖戎服陳兵、御武德殿、集百官、立於東面、諸親立於西面、引勇及諸子列於殿庭。命薛道衡宣廢勇之詔曰、

太子之位、實爲國本、苟非其人、不可虛立。自古儲副、或有不才、長惡不悛、仍令守器、皆由情溺寵愛、失於至理、致使宗社傾亡、蒼生塗地。由此言之、天下安

と社稷を傾け滅ぼし、民草を苦難に塗れさせてしまった。こうしたことから言うのであれば、天下の存亡は、帝位を嗣ぐ者に係っているのであり、帝業を伝えていくことは、かくも重大なことであるまいか。

皇太子の勇は、私が人臣の身であった頃からの長子として、情として特に愛しんだ者であるから、私が帝位に登った際に、すぐさま東宮に居らせ、その徳を日々新たにし、盛んに先人の偉業を継承していくことを願っていた。しかしながらその性質は凡庸暗愚にして、仁徳孝養の行いは聞こえてこず、小人と慣れ親しみ、姦佞の輩にことを任せ、前後の悪行は全てを書き記しきれない。ただ百姓《ひゃくせい》というものは、天の百姓であり、朕は天命を受けて、万民を安寧に育成することを務めとしておれば、吾が子を愛しみたく思ったとしても、まことに天地神霊に畏れ多く、どうしてこの不肖の子に大業を任せ、天下を乱すことができるであろうか。勇とその子女の王と公主になっている者は、すべて廃位して庶人とする。万民のことを顧念すれば、事はやむをえず、ことここに及ぶは、まことに深く慙愧するところである。

上は薛道衡に命じて楊勇へ「お前の罪悪は、人も神も見放したものである。廃位を免れようとしても、もう適わぬぞ」と言わせた。楊勇は再拝して「臣は刑に伏して京師の市に尸をさらして将来の戒めとなるべきところを、幸いにも哀れみを頂戴して生命を全うすることができました」と言った。言い終わると、涙が落ちて襟に流れたが、すぐに舞踏の儀礼を行ってからその場を退いた。居合わせた者はみな心を痛めて言葉を発しなかった。

危、繫乎上嗣、大業傳世、豈不重哉。

皇太子勇、地則居長、情所鍾愛、初登大位、即建春宮、冀徳業日新、隆茲負荷。而性識庸闇、仁孝無聞、昵近小人、委任姦佞、前後愆釁、難以具紀。但百姓者、天之百姓、朕恭天命、屬當安育、雖欲愛子、實畏上靈、豈敢以不肖之子、而亂天下。勇及其男女爲王・公主者、並可廢爲庶人。顧惟兆庶、事不獲已、興言及此、良深愧歎。

令薛道衡謂勇曰「爾之罪惡、人神所棄。欲求不廢、其可得耶」。勇再拜而言曰「臣合尸之都市爲將來鑒誡、幸蒙哀憐得全性命」。言畢、泣下流襟、既而舞蹈而去。左右莫不憫默。

また詔を下して、

古来、朝廷を危うくし国を乱すのは、みな邪臣が奸佞に諂い、凶悪な徒党が衆を扇動惑乱させ、災禍を宗廟社稷に及ばせ、害毒を万民に流すためである。もし典章制度を明らかにしなければ、どのようにして天下の綱紀を保てようか。左衛大将軍・五原郡公の元旻は、衛兵を司ることを任務とし、心から信任され、我が身辺に従事し、恩寵は厚かった。しかしながら奸計を懐き、君臣父子の関係を距て、禍の種を増長させたことは、元旻こそが魁首である。太子左庶子の唐令則は、太子の下《もと》に任官され、位は東宮の属僚の長であるのに、事を曲げて安寧を求めて音楽や技芸を進呈し、自ら楽器を手にして東宮内の人々に教え、太子の奢侈を助長し、非法に導いた。太子家令の鄒文騰《すうぶんとう》は、旁門左道のことを行い不相応な信用を得て、心腹の信頼を受け大小すべてのことに関わり、国家のことを占って災禍が起こることを望んだ。左衛率司馬の夏侯福《かこうふく》は、朝廷内では媚び諂って仕えながらも、外では権勢を誇示し、上下の者を侮り、宮中を汚辱した。典膳監の元淹《げんえん》は、愛憎を偽り列ねて怨恨と間隙を生み出し、無闇に誹謗して東宮と朝廷の間を隔て、妖人を推挙して厭魅や祈禱を行った。前《さき》の吏部侍郎の蕭子寶《しょうしほう》は、官署に身を置く閣僚であり、本来東宮の臣下ではないにもかかわらず、本性よりことを軽んじて軽挙妄動の心を懐き、奸計を画策して栄利を求め、間隙を生み出して禍の端緒を開こうとした。前の主璽下士の何竦《からつ》は、天文の変異に仮託して妖禍怪異の説を捏造し、心より禍乱を企図して速やかに起こることを望んだ。また東宮内で作られた礼に反する器物衣服は、すべ

又下詔曰、

自古以來、朝危國亂、皆邪臣佞媚、凶黨扇惑、致使禍及宗社、毒流兆庶。若不標明典憲、何以肅清天下。左衞大將軍・五原郡公元旻、任掌兵衞、委以心膂、陪侍左右、恩寵隆渥。乃包藏姦伏、離間君親、崇長厲階、最爲魁首。太子左庶子唐令則、策名儲貳、位長宮僚、諂曲取容、音技自進、躬執樂器、親教內人、贊成驕侈、導引非法。太子家令鄒文騰、專行左道、偏被親昵、心腹委付、鉅細關知、占問國家、希覬災禍。左衞率司馬夏侯福、內事諂諛、外作威勢、凌侮上下、褻濁宮闈。典膳監元淹、謬陳愛憎、開示怨隙、妄起訕謗、潛行離阻、進引妖巫、營事厭禱。前吏部侍郎蕭子寶、往居省閣、舊非宮臣、稟性浮躁、用懷輕險、進畫姦謀、要射榮利、經營間構、開造禍端。前主璽下士何竦、假託玄象、妄說妖怪、志圖禍亂、心在速發。兼制奇器異服、皆竦規摹、增長

て何竦の定めたものであり、奢侈を増長させて百姓の財を浪費した。これら七人は、害を為すこと甚しければ、みな斬刑に処し、妻妾子孫はすべて官府に没収する。車騎将軍の閻毗《えんび》、東郡公の崔君綽《さいくんしゃく》、游騎尉の沈福寶《しんふくほう》、瀛州の民である章仇太翼《しょうきゅうたいよく》らの四人は、その所業はいずれも凶悪、その罪状から論じれば極刑に処すべきところである。ただ朕の情は生命を慈愛するものであれば、すべてを殺すことはできぬため、これらの者はみな特別に死を免じ、各々杖刑一百に処し、本人とその妻子や資財・田宅は、すべて官府に没収する。副将作大匠の高龍乂《こうりゅうぎ》は、あらかじめ多めに徴収した役夫を東宮で使役させ、亭台や宮殿舎を造営し、東宮に出入りした。率更令の晉文建《しんぶんけん》、通直散騎侍郎・判司農少卿事の元衡《げんこう》は、規定外の俸禄を勝手に給与させ、妄りに役夫を使役して園地を横領した。これらはみな自尽せよ。

と言った。

こうして百官を広陽門の外に参集させ、詔を読み上げて罪人を殺した。広平王の楊雄は詔に答えて「陛下が百姓のために肉親を切り裂かれた御恩情、徳無き太子を廃位されましたことは、まことに目出度きこと、天下に至福がもたらされましょう」と言った。そうして楊勇の身柄を内史省に移し、晋王の楊廣を皇太子に立てると、楊勇を楊廣に委ね、東宮内に幽閉した。楊素に反物三千段、元冑と楊約にはともに千段、楊難敵《ようなんてき》には五百段を賜与した。すべて楊勇の罪を治め正した功賞である。

当時、文林郎の楊孝政《ようこうせい》が上書して「皇太子は小人によって道を誤らされましたが、これは訓誡を加えればよいのであって、廃位させるべきではありません」と諫めた。

驕奢、糜費百姓。凡此七人、爲害乃甚、並處斬、妻妾子孫皆悉沒官。車騎將軍閻毗、東郡公崔君綽、游騎尉沈福寶、瀛州民章仇太翼等四人、所爲之事、皆是悖惡、論其狀迹、罪合極刑。但朕情存好生、未能盡戮、可並特免死、各決杖一百、身及妻子資財田宅、悉可沒官。副將作大匠高龍乂、豫追番丁、輒配東宮使役、營造亭舍、進入春坊。率更令晉文建、通直散騎侍郎・判司農少卿事元衡、料度之外、私自出給、虚破丁功、擅割園地。並處盡。

於是集羣官于廣陽門外、宣詔以戮之。廣平王雄答詔曰「至尊爲百姓割骨肉之恩、廢黜無德、實爲大慶、天下幸甚」。乃移勇於内史省、立晉王廣爲皇太子、仍以勇付之、復囚於東宮。賜楊素物三千段、元胄・楊約並千段、楊難敵五百段、皆鞫勇之功賞也。

時、文林郎楊孝政上書諫曰「皇太子爲小人所誤、宜加訓誨、不宜廢黜」。上怒、撻

上は怒り、楊孝政の胸を鞭で打った。さらに貝州長史の裴粛《はいしゅく》が上表して「庶人の楊勇が罪を受けて廃位されてからしばらく経ちますが、すでに私欲に打ち克って行いを新たにしております。どうか楊勇を小国にでも封ぜられますようお願い致します」と言った。

高祖は楊勇の廃位について、天下の心情が充分に一致していないことを知り、裴粛を召し出して入朝させ、廃位の詳細について説明した。

また当時、楊勇は自分が不当な罪によって廃位されたことから、上に謁見して目の前で冤罪であることを申し述べたいと何度も請願した。しかし皇太子がそれを遮ったため、その請願は上聞に達さなかった。そこで楊勇は樹に登って大声で叫び、その声が上に聞こえて召し出されることを望んだ。そのため楊素は「楊勇の心は惑乱し、癲鬼に取り憑かれたようであり、二度と回復しないでしょう」と上奏し、上もその通りであると考えたので、楊勇はとうとう謁見することができなかった。楊素が人を誹謗して陥れ、その罪を作り上げるのは、みなこうした方法であった。

高祖は仁寿宮で病臥し、皇太子の楊廣を召し出して宮中での薬の上げ下げに従事させていたが、楊廣は宮中で無礼をはたらき、その事は高祖の耳に達した。高祖は寝床を叩きながら「我が子を誤って廃位してしまった」と言った。そこで楊勇を召し求めたが、まだ使者を出す前に、高祖は急に崩御して、喪は公表されなかった。楊勇の召喚を命じられていた兵部尚書の柳述《りゅうじゅつ》と黄門侍郎の元巖《げんがん》は捕らえられて大理の獄に収監され、高祖の勅書が偽作されて庶人の楊勇に死が賜れた。房陵王に追封し、継嗣は立てなかった。

其胸。尋而貝州長史裴肅表稱「庶人罪黜已久、當克己自新。請封一小國」。

高祖知勇之黜也、不允天下之情、乃徵肅入朝、具陳廢立之意。

時、勇自以廢非其罪、頻請見上、面申冤屈。而皇太子遏之、不得聞奏。勇於是升樹大叫、聲聞於上、冀得引見。素因奏言、「勇情志昏亂、爲癲鬼所著、不可復收」。上以爲然、卒不得見。素誣陷經營、構成其罪、類皆如此。

高祖寢疾於仁壽宮、徵皇太子入侍醫藥、而姦亂宮闈、事聞於高祖。高祖抵牀曰「枉廢我兒」。因遣追勇、未及發使、高祖暴崩、秘不發喪。遽收柳述・元巖繫於大理獄、偽爲高祖勅書賜庶人死。追封房陵王、不爲立嗣。

楊勇には十人の男児がおり、雲昭訓は長寧王の楊儼《ようげん》、平原王の楊裕《ようゆう》、安城王の楊《よう》筠《いん》を生み、高良娣《こうりょうてい》は安平王の楊嶷《ようぎ》と襄城王の楊恪《ようかく》を生み、王良媛《おうりょうえん》は高陽王の楊該《ようがい》と建安王の楊韶《ようしょう》を生み、成姫は潁川王の楊煚《ようけい》を生み、その他にも後宮の女官が楊孝《ようこう》實《じつ》と楊孝範《ようこうはん》を生んだ。

長寧王の楊儼は、楊勇の長子である。誕生した際、高祖に報告すると、高祖は「この子は皇太孫だというのに、どうしてちゃんとしたところから生まれなかったのだろう」と言った。雲定興が「天が至尊たる龍種を生むにも、雲の中から出てこさせます」と上奏したので、当時の人々はこれを鋭敏な受け答えであると褒めた。六歳、長寧郡王に封ぜられた。楊勇が敗れると、楊儼も連坐して廃位された。楊儼は上表して宿衛となることを望み、その文章と情感は哀切のこもったものであり、高祖はそれを見て楊儼を哀れんだ。楊素は「伏して願わくは今の主上の御心は毒虫に刺されたにひとしいゆえ、何とぞ御心には留め置かれませぬよう」と進言した。

煬帝が即位すると、楊儼は常に随行し、道中に没したが、実は毒殺されたのである。他の弟たちはそれぞれ嶺南への徒刑に処されたが、さらに現地に詔勅を下して彼らを殺した。

秦孝王楊俊

秦の孝王の楊俊は、字は阿祇といい、高祖の第三子である。

開皇元年、秦王に立てられた。

二年春、上柱国・河南道行臺尚書令・雒州刺史に任命された。時に十二歳。右武

勇有十男、雲昭訓生長寧王儼・平原王裕・安城王筠、高良娣生安平王嶷・襄城王恪、王良媛生高陽王該・建安王韶、成姫生潁川王煚、後宮生孝實・孝範。

長寧王儼、勇長子也。誕乳之初、以報高祖、高祖曰「此即皇太孫、何乃生不得地」。雲定興奏曰「天生龍種、所以因雲而出」、時人以爲敏對。六歲、封長寧郡王。勇敗、亦坐廢黜。上表乞宿衞、辭情哀切、高祖覽而憫焉。楊素進曰「伏願聖心同於螫手、不宜復留意」。

煬帝踐極、儼常從行、卒於道、實鴆之也。諸弟分徙嶺外、仍勅在所皆殺焉。

秦孝王俊字阿祇、高祖第三子也。

開皇元年立爲秦王。

二年春、拜上柱國・河南道行臺尚書令・

衛大将軍を加えられ、関東の兵を統制した。

三年、秦州総管に遷任し、隴右の諸州はすべて楊俊に従属した。楊俊は仁心と慈愛をそなえており、仏道を尊び敬って、僧侶となることを願ったが、上は許さなかった。

六年、山南道行臺尚書令に遷任した。陳を討伐した際、山南道行軍元帥となり、三十総管と水陸十余万の軍勢を監督し、漢口に駐屯して、長江上流の隋軍の統率をした。陳の将軍である周羅睺《しゅうらこう》と荀法尚《じゅんほうしょう》らが精兵数万を率いて鸚鵡洲に駐屯したため、総管の崔弘度《さいこうたく》は陳軍を攻撃することを願い出た。楊俊は殺生を憚って許さなかったが、周羅睺らもまた手勢を引き連れて投降した。そこで使者を派遣して奏章を奉じて朝廷に行かせるのに、使者に涙を流しながら「誤って大位を授けられて以来、わずかな功績も挙げられずに恥じ入っていたが、こたびのことも恥を増やしただけであった」と言った。上はこの言葉を聞くと楊俊を褒めた。楊俊は揚州総管四十四州諸軍事を授けられ、広陵に鎮守した。一年程で、幷州総管二十四州諸軍事に転任した。

当初、楊俊は大変名声が有り、高祖はそれを聞いてとても喜び、書信を送って楊俊を褒め励ましていた。その後、楊俊は奢侈に流れていき、法令制度に違犯し、金銭を貸し出しては利息を求め、民や官吏を苦しめた。上が使者を派遣してこの件を調査させると、この罪に連坐する者は百人を超えた。楊俊はそれでも行いを改めず、さらに大々的に宮室を造営し、奢侈華麗を極めた。楊俊は工芸を好み、常に自ら刃物を手にして、作り上げる精巧な器物は、珠玉で飾られていた。妃のために七宝で飾られた頭巾を作ったこともあった。また水際の宮殿を造営し、香の粉末を壁に塗

雍州刺史。時年十二。加右武衛大將軍、領關東兵。

三年、遷秦州總管、隴右諸州盡隸焉。俊仁恕慈愛、崇敬佛道、請爲沙門、上不許。

六年、遷山南道行臺尚書令。伐陳之役、以爲山南道行軍元帥、督三十總管・水陸十餘萬、屯漢口、爲上流節度。陳將周羅睺・荀法尚等、以勁兵數萬屯鸚鵡洲、總管崔弘度請擊之。俊慮殺傷不許、羅睺亦相率而降。於是遣使奉章詣闕、垂泣謂使者曰「謬當推轂、愧無尺寸之功、以此多慚耳」。上聞而善之。授揚州總管四十四州諸軍事、鎮廣陵。歲餘、轉幷州總管二十四州諸軍事。

初、頗有令問、高祖聞而大悅、下書獎勵焉。其後、俊漸奢侈、違犯制度、出錢求息、民吏苦之。上遣使按其事、與相連坐者百餘人。俊猶不悛、於是盛治宮室、窮極侈麗。俊有巧思、毎親運斤斧、工巧之器、飾以珠玉。爲妃作七寶羃離、又爲水殿、香塗粉壁、玉砌金堦、梁柱楣棟之間周以明鏡、

り、金の階《きざはし》を玉《ぎょく》でつなぎ、梁や柱と楣《まぐさ》や棟の間には明鏡が廻らされ、その間には宝珠が鏤められ、装飾の美を極めた。つねに賓客や妓女とその宮殿の上で楽器を弾いて歌った。楊俊はとても女人を好んだが、妃の崔氏は嫉妬深い性格のため、大変不満を懐いており、とうとう瓜の中に毒を盛って楊俊に食べさせた。楊俊はこのため病に臥せ、京師に召し還された。上は楊俊が奢侈をほしいままにしてたことから、免官したが王の位はそのままにして邸宅に蟄居させた。左武衛将軍の劉昇が「秦王は他に罪が有るわけでもなく、ただ官府の物品を使って官署を建てただけです。ご容赦があっても良いかと思われますが」と上を諫めると、上は「法は違ってはならぬ」と言った。劉昇は強く諫めたが、上が怒りを露わにしたので、諫めるのを止めた。その後、楊素もまた上を諫めて「秦王の罪は、ここまでの処置をされる程のものではありませぬ。願わくは陛下の御詳察を賜りますよう」と進言した。上は「私は五人の息子の父である。もし公の考えのようにいたすのであれば、別に天子の息子用の罰則も制定せねばならぬのか。周公ほどの人物でさえ、なおも弟の管叔鮮と蔡叔度を誅殺せねばならなかったのだ。私はまことに周公に遠く及ばぬというのに、どうして法を曲げることができようか」と言って、とうとう楊素の申し出を認めなかった。

楊俊の病状は重篤で、まだ立ち上がることもできなかったが、使者を派遣して上表を奉って上に陳謝した。上はその使者に「私は天下の力を合わせて帝業を開き、訓誡模範を示すと、臣下らはそれを守って破ることがない。お前は我が子だというのにそれを破ろうしたのだから、どのようにしてお前を詰責すればよいのかも分からぬ」と告げた。楊俊は恥じ畏れて病は一層重くなった。大都督の皇甫統《こうほとう》が上

間以寳珠、極榮飾之美。毎與賓客妓女絃歌於其上。俊頗好內、妃崔氏性妬、甚不平之、遂於瓜中進毒。俊由是遇疾、徵還京師。上以其奢縱、免官以王就第。左武衛將軍劉昇諫曰「秦王非有他過、但費官物營廨舍而已。臣謂可容」。上曰「法不可違」。昇固諫、上忿然作色、昇乃止。其後、楊素復進諫曰「秦王之過、不應至此。願陛下詳之」。上曰「我是五兒之父。若如公意、何不別制天子兒律。以周公之爲人、尚誅管・蔡。我誠不及周公遠矣、安能虧法乎」、卒不許。

俊疾篤、未能起、遣使奉表陳謝。上謂其使曰「我戮力關塞、創茲大業、作訓垂範、庶臣下守之而不失。汝爲吾子、而欲敗之、不知何以責汝」。俊慚怖疾甚。大都督皇甫統上表、請復王官、不許。歲餘、以

表して、秦王の官職を復帰させるように願い出たが、上は許さなかった。一年程して、楊俊が危篤となったために再び上柱国に任命した。二十年六月、楊俊は秦王の邸宅で薨去した。上は楊俊のために哭したが、声を数回挙げただけ止めた。楊俊が作った奢侈華麗の物品は、すべて命を下して焼き捨てさせた。勅を下して喪礼の道具は倹約に努めさせ、後の基準とさせた。王府の属僚が楊俊のために碑を立てることを請願したが、上は「名を留めようと思うのであれば、一巻の史書に記されれば充分であろう。どうして碑を立ててまでする必要があろうか。それにもし子孫が家を保てなくなれば、わざわざ他人様に重石を用意してやるようなものではないか」と言った。

妃の崔氏は王に毒を盛ったために、詔を下して廃位離縁させ、実家で死を賜った。楊俊の息子の楊浩《ようこう》は、崔氏が産んだ子である。また楊俊の庶子を楊湛《ようたん》といった。群臣は議論して「『春秋《しゅんじゅう》』の義によれば、母は子によって貴くなり、子は母によって貴くなる。貴くなることがこの様に定められているのだから、罪についても同様に理解すべきである。そのため前漢の景帝の時には、栗姫が罪を得ればその子も廃位され、後漢の光武帝の時には、郭皇后が廃位されればその子も退けられた。皇后と皇太子といった大きな事柄でさえこうしているのだから、王妃と王子といった小事についても同様にすべきである。今、秦王の二子は、母はともに罪を得て廃位させているので、両人とも王位を継承すべきではない」と言った。そこで秦国の官僚を喪主として喪礼を執り行わせた。楊俊の長女の永豊公主は、十二歳の時に父が死んだが、その哀慕の様はきわめて礼に適っており、喪が明けた後も、そのまま魚や肉

疾篤、復拜上柱國。二十年六月、薨於秦邸。上哭之數聲而已。俊所爲侈麗之物、悉命焚之。勅送終之具務從儉約、以爲後法也。王府僚佐請立碑、上曰「欲求名、一卷史書足矣。何用碑爲。若子孫不能保家、徒與人作鎭石耳」。

妃崔氏以毒王之故、下詔廢絕、賜死於其家。子浩、崔氏所生也。庶子曰湛。羣臣議曰「春秋之義、母以子貴、子以母貴。貴既如此、罪則可知。故漢時栗姬有罪、其子便廢、郭后被廢、其子斯黜。大既然矣、小亦宜同。今、秦王二子、母皆罪廢、不合承嗣」。於是以秦國官爲喪主。俊長女永豐公主、年十二遭父憂、哀慕盡禮、免喪、遂絕魚肉。每至忌日輒流涕不食。有開府王延者、性忠厚、領親信兵十餘年、俊甚禮之。及俊有疾、延恒在閤下、衣不解帶。俊薨、勺飲

を口にせず、亡父の命日となるたびに涙を流して食事をとらなかった。開府の王延《おうえん》という者がおり、忠誠寛容な性格で、（王公以下三品以上に配属される）親信兵を統制すること十年余りで、楊俊は彼を大変礼遇していた。楊俊が病に臥せると、王延はずっと宮殿の下に侍り、衣服の帯を緩めることもしなかった。楊俊が薨去すると、王延は数日の間わずかな水も口にせず、痩せ衰えて骨が浮き出た。上はそのことを聞くと王延を憐れみ、御薬を下賜し、驃騎将軍を授け、宿衛を司らせた。楊俊が埋葬された日、王延は慟哭して死んだ。上は之を称賛し、通事舎人に命じて王延を弔い祭らせた。詔を下して王延を楊俊の墓の側に葬らせた。

煬帝が即位すると、楊浩を秦王として孝王（楊俊）の継嗣とさせ、楊湛を済北侯に封じた。後、楊浩を河陽郡の都尉とした。楊玄感《ようげんかん》が反乱を起こした際、左翊衛大将軍の宇文述が兵と取り纏めながら楊玄感を討とうとした。河陽に到着すると、宇文述は楊浩に啓奏し、楊浩もまた宇文述の陣営に行き、兵士も互いに往来した。有司は楊浩が諸侯の身分でありながらも朝廷の臣下とよしみを通じたと弾劾し、楊浩はその罪で廃位免官された。宇文化及《うぶんかきゅう》が弑逆の罪を犯した直後、楊浩を立てて皇帝とした。宇文化及は黎陽で敗れると、魏県まで逃走し、そこで自ら帝号を僭称したため、楊浩を殺害した。楊湛は勇敢であり胆力があった。大業の初年、滎陽太守となったが、楊浩に連坐して免官され、また宇文化及に殺害された。

庶人楊秀

庶人の楊秀は、高祖の第四子である。

不入口者數日、羸顇骨立。上聞而憫之、賜以御藥、授驃騎將軍、典宿衞。俊葬之日、延號慟而絕。上嗟異之、令通事舍人弔祭焉。詔葬延於俊墓側。

煬帝即位、立浩爲秦王、以奉孝王嗣、封湛爲濟北侯。後、以浩爲河陽都尉。楊玄感作逆之際、左翊衞大將軍宇文述勒兵討之。至河陽、修啟於浩、浩復詣述營、兵相往復。有司劾浩、以諸侯交通內臣、竟坐廢免。宇文化及殺逆之始、立浩爲帝。化及敗於黎陽、北走魏縣、自僭偽號、因而害之。湛驍果有膽烈。大業初、爲滎陽太守、坐浩免、亦爲化及所害。

庶人秀、高祖第四子也。

開皇元年、越王に立てられた。まもなくして、蜀王に移封され、柱国・益州刺史・益州総管二十四州諸軍事に任命された。

二年、位を上柱国・西南道行臺尚書令に進め、もとの官職はそのままとした。一年程で罷免された。

十二年、また内史令・右領軍大将軍となった。すぐにまた外任に出て蜀に鎮守した。

楊秀は胆力があり、容貌は逞しく立派で、美しい鬚髯《ひげ》で、武芸を多く嗜み、朝臣には大変恐れられてた。上はつねに文献皇后に「秀は必ずろくでもない死に方をしよう。私がいてさえ遠慮しようとしないのだから、兄弟が帝位に即けば必ず反乱を起こすだろう」と言っていた。兵部侍郎の元衡が蜀への使者として派遣されると、楊秀は元衡との親交を深め、身辺に仕えさせることを望んだ。元衡が京師に帰還すると、楊秀は近侍を増員することを請願したが、上は許さなかった。大将軍の劉噲《りゅうかい》が西爨《せいさん》を討伐した時、高祖は上開府の楊武通《ようぶつう》に命を下して兵を率いて後続として軍を進めさせた。楊秀は寵臣の萬智光《ばんちこう》を派遣して楊武通の行軍司馬とさせた。上は楊秀の任官が選ぶべき人を選んでいないとして、このことを譴責した。そして群臣に「私の法を損なう者は、必ず私の子孫の中から出てこよう。例えば猛獣が、それを傷つけられるものはいないが、かえってその毛の中に潜む虫によって食い殺されていくようなものだ」と言った。そこで楊秀が統制する土地や職権を分散した。

楊秀は奢侈に流れていき、法令制度に違犯し、車馬や衣服は、天子のもののようであった。太子の楊勇が讒言によって廃位され、晋王の楊廣が皇太子になると、楊

開皇元年、立爲越王。未幾、徙封於蜀、拜柱國・益州刺史・總管二十四州諸軍事。

二年、進位上柱國・西南道行臺尚書令、本官如故。歳餘而罷。

十二年、又爲內史令・右領軍大將軍。尋復出鎮於蜀。

秀有膽氣、容貌瓌偉、美鬚髯、多武藝、甚爲朝臣所憚。上每謂獻皇后曰「秀必以惡終。我在當無慮、至兄弟必反」。兵部侍郎元衡使於蜀、秀深結於衡、以左右爲請。既還京師、請益左右、上不許。大將軍劉噲之討西爨也、高祖令上開府楊武通將兵繼進。秀使嬖人萬智光爲武通行軍司馬。上以秀任非其人、譴責之。因謂羣臣曰「壞我法者、必在子孫乎。譬如猛獸、物不能害、反爲毛間蟲所損食耳」。於是遂分秀所統。

秀漸奢侈、違犯制度、車馬被服、擬於天子。及太子勇以讒毀廢、晉王廣爲皇太子、

秀はとても不満を感じた。皇太子は楊秀が最後には反乱を起こすであろうと恐れ、内々に楊素に命じて楊秀の罪を探させそれを讒言させた。

仁寿二年、楊秀は京師に召し還され、上は楊秀と会ったが、言葉を交わさなかった。翌日、使者をやって楊秀を強く責めた。楊秀は「忝くも国恩を被り、外任に出ては一地方を総領しながらも、国法を奉ずることもできず、罪は万死に値します」と謝罪した。皇太子と諸王も宮殿の庭で涙を流して謝罪した。上は「先頃、秦王が財物を浪費した時には、私は父道によって訓戒した。今、楊秀は民草を害したのであるから、君道によってこれを罰すべきであろう」と言った。そうして法官に委ねた。開府の慶整《けいせい》が「庶人の楊勇はすでに廃位され、秦王はすでに薨去し、陛下の御子は多くもないのに、なんとこのような事態になってしまいました。しかしながら蜀王は根が正直であるため、今重い責罰を加えられましたらただでは済まぬかもしれませぬ」と諫めた。上は激怒して慶整の舌を断ち切ろうと思った。そこで群臣に「楊秀を市で斬刑に処し、百姓に謝罪すべきであろう」と言って、楊素・蘇威《そい》・牛弘・柳述・趙綽《ちょうしゃく》らに命を下し楊秀の罪を審理させた。皇太子は密かに人形を作り、その上に漢王（楊諒）の姓字を書き記し、手を縛り心臓に釘を刺し、これを人に華山の麓に埋めさせ、楊素に発見させた。又、楊秀の檄文を偽造して「逆臣賊子が権柄を擅断し、陛下はただ虚しき帝位を守られているに過ぎず、何一つとしてご存じではない」と書き、楊秀の兵士が強壮であることを書き連ね「日時を決めて彼らの罪を問おう」と書いた。それを楊秀の文章中に入れて上奏した。上は「天下にこんなことが有り得るのか」と言った。こうして楊秀を廃位して庶人とし、内侍省に幽

秀意甚不平。皇太子恐秀終爲後變、陰令楊素求其罪而譖之。

仁壽二年、徵還京師、上見、不與語。明日、使使切讓之。秀謝曰「忝荷國恩、出臨藩岳、不能奉法、罪當萬死」。皇太子及諸王流涕庭謝。上曰「頃者、秦王麋費財物、我以父道訓之。今、秀蠹害生民、當以君道繩之」。於是付執法者。開府慶整諫曰「庶人勇既廢、秦王已薨、陛下兒子無多、何至如是。然蜀王性甚耿介、今被重責、恐不自全」。上大怒欲斷其舌。因謂羣臣曰「當斬秀於市、以謝百姓」、乃令楊素・蘇威・牛弘・柳述・趙綽等推治之。太子陰作偶人、書上及漢王姓字、縛手釘心、令人埋之華山下、令楊素發之。又、作檄文曰「逆臣賊子、專弄威柄、陛下唯守虛器、一無所知」。陳甲兵之盛、云「指期問罪」。置秀集中因以聞奏。上曰「天下寧有是耶」。於是廢爲庶人、幽內侍省、不得與妻子相見、令給獠婢二人驅使。與相連坐者百餘人。

閉し、妻子との面会も禁じ、小間使いの女を二人やって給仕させた。この件に連坐した者は百人を超えた。

楊秀はすでに幽閉されると、怒りに悶えたがどうすればいいのか分からず、
臣は幸多くして、陛下の庶子として生まれる福に恵まれ、御慈愛による養育を頂戴し、九歳にして富貴の位を得、ただ裕福さと快楽を知るのみで、これまでに憂い恐れたことなどありませんでした。それを軽率にも愚かな心情に任せたことで法により罰を受けることとなり、その罪は山岳より重いので死して九泉に行くことも甘んじて受けましょう。思いもせず天恩の余漏を受け、今やっと、愚かな心情に任せてはならぬ事、国法は犯してはならぬ事を承知したものの、胸に手を置いて己の咎に思いを致し、自ら行いを新たにしようとしても最早手遅れです。今この身を増やしてでも天命を尽くし、少しでも御慈愛にお答えしようと望みましても、もはや神霊の佑助を得られずに、命運も消え尽きようとしていますし、夫婦のことを思い抱きましても、それはもう叶いませぬ。ただこのまま今生を辞して永久に黄泉に身を置くことを危惧しております。伏して陛下の慈恩に願いまするに、憐憫の情を垂れ賜もうて、せめてこの息のある内に瓜子と対面できることを望みます。どうか一穴を賜わり我が骸骨に葬る場所をお与え下さい。

と上表した。瓜子とは楊秀の愛息このとである。

上はこのため詔を下して楊秀の罪を数え上げた。

汝は地に生まれては臣であり子であり、情としては家と国とに同じように思い

秀既幽逼、憤懣不知所爲、乃上表曰、
臣以多幸、聯慶皇枝、蒙天慈鞠養、九歳榮貴、唯知富樂、未嘗憂懼。輕恣愚心、陷茲刑網、負深山岳、甘心九泉。不謂天恩尚假餘漏、至如今者、方知愚心不可縱、國法不可犯、撫膺念咎、自新莫及。猶望分身竭命、少答慈造、但以靈祇不祐、福祿消盡、夫婦抱思、不相勝致。只恐長辭明世、永歸泉壤。伏願慈恩、賜垂矜愍、殘息未盡之間、希與瓜子相見。請賜一穴、令骸骨有所。
瓜子即其愛子也。
上因下詔數其罪曰、
汝地居臣子、情兼家國、庸・蜀要重、委

を致さねばならず、庸と蜀とは重要な地域であるため、汝に委ねて鎮守させていた。しかるに汝は綱紀を犯し常道を乱し、悪心を懐いて災禍を楽しみ、皇宮と東宮の様子を伺って災厄を待ち望み、不逞の輩を取り立てて邪道と結託した。私と臣下に不和のことが有れば、汝はその内実を窺い知ろうとし、私が病に伏したのを見ると、汝は逆心を懐いた。皇太子は汝の兄であり、次いで帝位に立つべき者であるのに、汝は妖言に仮託しては「太子の位に居続けることはできない」と言い、無闇に鬼神や怪異を口にして「太子は皇宮に入ることができない」と言い、自分については「骨相が人臣のものではなく、徳と功業は帝位の継承に適う」と言った。また「清（青）城に聖人が現れる」と妄言して己自身がそれに当たるとし、「益州に龍が現れた」と空言して己が吉兆に仮託し、しきりに「木易（楊）の姓」の言説を述べ、さらに成都の宮殿を造営し、「禾乃（秀）の名」の者が「八千の命運」に当たると妄言した。好きなだけ京師の妖異を生み出しては父や兄の不徳によって下された災異であると説き、蜀地の瑞祥を捏造しては己が受命の符瑞であるとした。汝は国家の凶事や天下の混乱が起こることを望んでいたのであろう。そこで白玉の珽（笏）や白羽の箭を作っていたが、その文物服飾は、なんと天子の物に似ていようか。旁門左道の輩を寄せ集め、呪符を用い厭鎮《えんちん》を行わせた。漢王は汝にとっては、血を分けた実の弟であるのに、漢王の姿を象った上にその姓名を書き、手を縛り心臓に釘を刺し、枷と鎖によって縛り上げると「西岳華山慈父聖母神兵九億万騎に請い願わくは、楊諒の魂を収監し、華山の下に閉じ込め、決して逃さぬように」と祈った。私は汝

以鎮之。汝乃干紀亂常、懷惡樂禍、睥睨二宮、佇望災釁、容納不逞、結構異端。我有不和、汝便覘候、望我不起、便有異心。皇太子汝兄也、次當建立、汝假託妖言、乃云「不終其位」。妄稱鬼怪、又道不得入宮、自言「骨相非人臣、德業堪承重器」。妄道「清城出聖」、欲以己當之、詐稱「益州龍見」、託言吉兆。重述「木易之姓」、更治成都之宮、妄說「禾乃之名」、以當「八千之運」。橫生京師妖異、以證父兄之災、妄造蜀地徵祥、以符己身之籙。汝豈不欲得國家惡也。天下亂也。輒造白玉之珽、又爲白羽之箭、文物服飾、豈似有君。鳩集左道、符書厭鎮。漢王於汝、親則弟也、乃畫其形像、書其姓名、縛手釘心、枷鎖杻械。仍云「請西岳華山慈父聖母神兵九億萬騎、收楊諒魂神、閉在華山下、勿令散蕩」。我之於汝、親則父也、復云「請西岳華山慈父聖母、賜爲開化楊堅夫妻、廻心歡喜」。又畫我形

にとっては、血の繋がった実の父であるのに、また「西岳華山慈父聖母に請い願わくは、賜うに楊堅夫妻を散華させ賜えば、我心を踊らせ歓喜せん」と祈った。そして私の姿を象り、手を縛り頭をもぎ取ると「西岳神兵に請い願わくは、楊堅の魂を収監せよ」と祈った。こうした行状を見ては、私にはもう楊諒と楊堅が汝にとっていかなる親族であるのか理解しがたい。凶悪な心を包み隠し、反乱を画策したのは、逆臣の行跡である。父の災を望み、我が身の幸としたのは、賊子の心である。分不相応な望みを懐き、兄に対して不埒な心をほしいままにしたのは、悖弟の行いである。弟に嫉妬し、悪行の限りを尽くしたのは、兄弟の情が無いのである。制度に違犯したのは、壊乱の極である。多くの無辜の民を殺したは、豺狼の如き暴虐さである。庶民の財を搾取したのは、酷虐の甚だしきものである。ただ財貨を希求したのは、市井の者の所業である。妖説邪道に耽ったのは、愚妄の性によるものである。諸侯としての任に堪えられなかったのは、不材の器である。これら十の罪は、いずれも天理を滅して人倫に逆うものであるのに、汝はこれらすべてに当てはまっているのだから、不善であること甚しい。禍患を免れて長く富貴を守ろうと願おうとも、叶うはずもあるまい。

この後、楊秀がその子息と同居することを許可した。

煬帝が即位しても、もとのように幽閉されていた。宇文化及が煬帝を弑逆した際、楊秀を皇帝に即位させようと考えたが、群臣が議奏してこれを許さなかった。そこで諸子とともに殺害された。

像、縛手撮頭、仍云「請西岳神兵收楊堅魂神」。如此形狀、我今不知楊諒・楊堅是汝何親也。苞藏凶慝、圖謀不軌、逆臣之迹也。希父之災、以爲身幸、賊子之心也。懷非分之望、肆毒心於兄、悖弟之行也。嫉妬於弟、無惡不爲、無孔懷之情也。違犯制度、壞亂之極也。多殺不辜、豺狼之暴也。剝削民庶、酷虐之甚也。唯求財貨、市井之業也。專事妖邪、頑嚚之性也。弗克負荷、不材之器也。凡此十者、滅天理、逆人倫、汝皆爲之、不祥之甚也。欲免禍患、長守富貴、其可得乎。

後復聽與其子同處。

煬帝即位、禁錮如初。宇文化及之弑逆也、欲立秀爲帝、羣議不許。於是害之、幷其諸子。

庶人楊諒

庶人の楊諒は、字は徳章という。または名は傑という。

開皇元年、漢王に立てられた。

十二年、雍州牧となり、上柱国・右衛大将軍を加えられた。一年程で、左衛大将軍に転任した。

十七年、外任に出て并州総管になると、上は温湯まで行幸して楊諒を見送った。華山以東は海に至るまで、南は黄河に隔たれるまでの、五十二州すべてが楊諒に従属した。特別に便宜によって政務を行い、律令に拘らないことを許可した。

十八年、遼東征伐の際、楊諒を行軍元帥として、軍を率いさせて遼水まで行かせたが、疫病が流行ったために、不利であるとして帰還した。十九年、突厥が辺塞を侵犯したので、楊諒を行軍元帥としたが、結局戦闘には至らなかった。高祖は大変楊諒を寵愛した。

楊諒は自らが天下の精兵の地にいることと、太子楊勇が讒言によって廃位させられたことから、日々不満がつのり、密かに反意を懐いていた。そこで遠回しに高祖へ「突厥は強く、太原は重要な地でありますから、軍備を整えておくべきです」と言い、高祖はその言に従った。そうして大規模に工人を徴発すると、兵器を補修して并州に置いた。また亡命の徒を呼び集めて雇い、私的な臣下として側に置き、その数は数万人に及ぼうとした。王頍《おうき》というのは、梁の武将であった王僧辯《おうそうべん》の子であり、幼い頃から人より優れ、優れた兵略を持っており、楊諒の咨議参軍となった。蕭摩訶《しょうまか》というのは、もとは陳に仕えた武将であり、王頍とこの蕭摩訶の二人はと

庶人諒、字德章、一名傑。

開皇元年、立爲漢王。

十二年、爲雍州牧、加上柱國・右衛大將軍。歲餘、轉左衛大將軍。

十七年、出爲幷州總管、上幸溫湯而送之。自山以東至于滄海、南拒黃河、五十二州盡隸焉。特許以便宜、不拘律令。

十八年、起遼東之役、以諒爲行軍元帥、率衆至遼水、遇疾疫、不利而還。十九年、突厥犯塞、以諒爲行軍元帥、竟不臨戎。高祖甚寵愛之。

諒自以所居天下精兵處、以太子讒廢、居常怏怏、陰有異圖。遂諷高祖云「突厥方強、太原即爲重鎮、宜修武備」。高祖從之。於是大發工役、繕治器械、貯納於幷州。招傭亡命、左右私人、殆將數萬。王頍者、梁將王僧辯之子也、少倜儻、有奇略、爲諒咨議參軍。蕭摩訶者、陳氏舊將、二人俱不得志、每鬱鬱思亂、並爲諒所親善。

もに満足する地位に着くことができず、つねに鬱々としながら反乱を思い描いていたが、どちらも楊諒から親密にされた。

蜀王の楊秀が罪を得て廃位されると、楊諒の心中はいよいよ落ち着かなくなった。その時たまたま高祖が崩御し、楊諒は召還されたが京師に行かず、とうとう兵を挙げて反乱を起こした。総管司馬の皇甫誕《こうほたん》が強く諫めたが、楊諒は怒って皇甫誕を収監した。王頍は楊諒に「王が指揮する武将や官吏の家族はみな関西におります。もし彼等を用いるのであれば、すぐに兵馬を走らせて敵中に入り込み、そのまま京師を拠り所とすべきです。これは所謂雷を見て耳を掩っても間に合わぬというものです。もし王がただ旧北斉の地域のみを拠り所にしようとお考えなのでしたら、山東の人々を任用すべきです」と説いたが、楊諒は決断することができず、そこでこの二策を併用し「楊素が反乱を起こしたため、誅伐しにまいる」と喧伝した。

聞喜の人である総管府兵曹の裴文安《はいぶんあん》が楊諒に「河北の井陘より西の地は王が掌握されていますし、山東の兵士や馬も我らの手中にありますので、これらをすべて徴発すべきです。弱い兵を分けて要路を守らせておけば、手当たり次第に攻めていくことができます。王は精鋭を率いてすぐに蒲津に入られませ。文安が前鋒となりますゆえ、王は大軍を率いてお続きください。風のように軍を進めて雷のように敵を攻撃し、軍を霸上に駐屯させれば、咸陽以東は指一つ動かすだけで平定できましょう。京師は慌てふためき、兵は集める余裕さえなく、上下の者が互いに疑いあい、人々の心はばらばらになりましょう。そこで我れらが兵を陳ねて号令すれば、誰か従うぬ者がいましょうか。十日もあればことは決しましょうぞ」と説くと、楊諒は

及蜀王以罪廢、諒愈不自安。會高祖崩、徵之不赴、遂發兵反。總管司馬皇甫誕切諫、諒怒收繫之。王頍說諒曰「王所部將吏家屬盡在關西、若用此等、即宜長驅深入、直據京都。所謂疾雷不及掩耳。若但欲割據舊齊之地、宜任東人」、諒不能專定、乃兼用二策、唱言曰「楊素反、將誅之」。

聞喜人總管府兵曹裴文安說諒曰「井陘以西是王掌握之內、山東士馬亦爲我有、宜悉發之。分遣羸兵屯守要路、仍令隨方略地。率其精銳直入蒲津。文安請爲前鋒、王以大軍繼後。風行電擊、頓於霸上、咸陽以東可指麾而定。京師震擾、兵不暇集、上下相疑、羣情離駭。我即陳兵號令、誰敢不從。旬日之間事可定矣」、諒大悅。於是遣所署大將軍余公理出太谷以趣河陽、大將軍

大変喜んだ。そこで配下の大将軍の余公理《よこうり》に太谷を出て河陽に進軍させ、大将軍の綦良《きりょう》に滏口を出て黎陽に進軍させ、大将軍の劉建《りゅうけん》に井陘を出て燕や趙の地を攻めさせ、柱国の喬鍾葵《きょうしょうき》に雁門から兵を出させた。裴文安を柱国に任命し、紇單貴《こつたんき》、王《おう》聃《たん》、大将軍の茹茹天保《じょじょてんぽ》、侯莫陳惠《こうばくちんけい》は直接京師へと向かった。軍が蒲津に到着する百里程手前で、楊諒は突然考えを改め、紇單貴に黄河の橋を断たせ、蒲州を守らせると、裴文安を召し還させた。裴文安は王のもとに到着すると「用兵は詭道と迅速とを尊び、敵の不意を突くもの。王はすでに軍を進めず、文安もまた軍を撤退させて参りましたので、敵に策を講じさせていまい、こたびの大事は終わり申した」と言ったが、楊諒は言葉を返さなかった。楊諒は王聃を蒲州刺史とし、裴文安を晋州刺史とし、薛粹を絳州刺史とし、梁菩薩《りょうぼさつ》を潞州刺史とし、韋道正《いどうせい》を韓州刺史とし、張伯英《ちょうはくえい》を沢州刺史とした。

煬帝は楊素に騎兵五千を率いさせ、蒲州で王聃と紇單貴を撃破させた。そこで楊諒は歩兵と騎兵の四万を率いて太原に向かった。楊諒は趙子開《ちょうしかい》に高壁を守らせたが、楊素がそれを敗走させた。楊諒は大いに恐れ、楊素を蒿沢で迎撃しようとした。たまたま大雨が降り、楊諒は軍を帰還させようと思った。王頍が「楊素は孤軍であり、兵士も馬も疲弊しております。王が精兵を率いて自ら攻撃されれば、必ず我らが気勢は上がります。今、敵を見て帰れば、人に臆病を見せることとなり、我らが戦士の心を挫き、西軍の意気を高めることとなります。どうか軍を還されませぬように」と諫めたが、楊諒は従わずに軍を撤退させて清源を守った。楊素は進軍して清源を攻撃し、楊諒も兵を指揮して官軍と激戦し、死者は一万八千人にのぼった。楊

綦良出滏口以趣黎陽。大將軍劉建出井陘以略燕・趙。柱國喬鍾葵出雁門。署文安爲柱國、紇單貴・王聃・大將軍茹茹天保・侯莫陳惠直指京師。未至蒲津百餘里、諒忽改圖、令紇單貴斷河橋、守蒲州、而召文安。文安至曰「兵機詭速、本欲出其不意。王既不行、文安又退、使彼計成、大事去矣」、諒不對。以王聃爲蒲州刺史、裴文安爲晉州、薛粹爲絳州、梁菩薩爲潞州、韋道正爲韓州、張伯英爲澤州。

煬帝遣楊素率騎五千、襲王聃・紇單貴於蒲州破之。於是率步騎四萬趣太原。諒使趙子開守高壁、楊素擊走之。諒大懼、拒素於蒿澤。屬天大雨、諒欲旋師。王頍諫曰「楊素懸軍、士馬疲弊。王以銳卒親戎擊之、其勢必擧。今、見敵而還、示人以怯、阻戰士之心、益西軍之氣。願王必勿還也」、諒不從、退守清源。素進擊之、諒勒兵與官軍大戰、死者萬八千人。諒退保幷州、楊素進兵

諒は撤退して幷州を保持しようとしたが、楊素も兵を進めて幷州城を包囲した。楊諒は切迫して楊素に投降した。百官は楊諒の罪が死罪に当たると上奏したが、帝は「朕にはとうとう兄弟が少なくなってしまったので、情として彼の罪を言うに忍びぬ。法を曲げてでも諒に死ぬことは許してやりたい」と言った。そこで官簿から名を除いて民とし、一族の籍からも削り、そのまま幽閉して死なせた。

楊諒の子の楊顥《ようこう》は、父の罪によって蟄居させられ、宇文化及が煬帝を弑逆した際に殺害された。

史臣の言葉。

高祖の子は五人いたが、その天寿を遂げたものが一人もいないというのは、異常なことである。房陵王の楊勇は嫡子としての立場を拠り所としながら、さらには臣下としてもよく仕え、隋が天下を治めると、奮って艱難に努め、軍を鎮撫し国政に関与すること、二十年であった。『礼記《らいき》』に記された君臣・父子・長幼の徳行という三善が賞賛されていたわけではないが、それでも太子としての職務を損なうことはなかった。文帝が心変わりしてしまうと、讒言が君臣の間をさらに隔て、母の慈愛も急に人倫からかけ離れたものとなり、父子の関係もとうとう命運を決するものとなった。隋の帝室がいまにも滅びようとしていることは、誰もが知る所となった。『慎子《しんし》』に「一羽の兎が街中を走れば、百人がこれを追い求める。兎が市場に積まれていれば、通り過ぎる者はふり返りもしない」という言葉が有る。通り過ぎる者に

圍之。諒窮蹙降於素。百僚奏諒罪當死、帝曰「朕終鮮兄弟、情不忍言。欲屈法恕諒一死」。於是除名爲民、絶其屬籍、竟以幽死。

子顥、因而禁錮、宇文化及弑逆之際遇害。

史臣曰、

高祖之子五人、莫有終其天命、異哉。房陵資於骨肉之親、篤以君臣之義、經綸締構、契闊夷險、撫軍監國、凡二十年。雖三善未稱、而視膳無闕。恩寵既變、讒言間之、顧復之慈、頓隔於人理、父子之道、遂滅於天性。隋室將亡之效、衆庶皆知之矣。愼子有言曰「一兔走街、百人逐之。積兔於市、過者不顧」。豈其無欲哉。分定故也。房陵分定久矣、高祖一朝易之、開逆亂之源、長覬覦之望。

欲が無いことがあろうか。兎が分相応な場所に置かれているというだけである。房陵王も長い間分相応の地位に在ったが、高祖が一朝にしてそれを変えてしまい、反乱の端緒を開き、分不相応な望みを増長させてしまった。

また楊俊が封建された初めに、自らの権威に増長し、文帝の寵愛を頼みに驕り高ぶり、自らを尊んで権勢を飾り立て、それを行えば制度に違い、それを止めるにも道義に反していた。楊俊が憂死したのは、まことにこうした理由からである。天運が急変して困難が襲い来る中、讒言する者が勝っていたため、一尺の布や一斗の粟をともに用いるべき兄弟でさえ、互いに容認し合うことができなかった。楊秀は岷蜀の地が険阻であることを頼みとし、楊諒は晋陽の兵士を徴発し、それぞれの禍乱の端緒を築いたが、思うにこれも彼らにそうさせたものがあるのだ。兄弟の情愛を褒め称えた棠棣の詩は虚しく口ずさまれ、その子供たちも（舜が弟の象を有鼻の地に封建しても象の死後は後嗣を置かなかったように）とうとう王位を嗣がされることがなく、監獄に幽閉された者もいれば、毒殺された者もいた。隋室の幹であり根でもある兄弟たちは皆殺しにされ、その枝葉である子供たちまでことごとく駆除され、十数年にして隋の宗廟と社稷は衰滅した。古より嫡子を廃して庶子を立てることで、その一族を滅ぼして宗廟を傾けた者は多かったが、その混乱と衰亡の災禍を考えれば、隋ほどに苛酷なものはなかった。『詩経《しきょう》』の蕩の詩に「殷鑑遠からず、夏后の世に在り」と言うが、これからの家を斉え国を治めんとする者は、隋の世に起きたことを深く戒めとしなければならない。

又維城肇建、崇其威重、恃寵而驕、厚自封植、進之既踰制、退之不以道。俊以憂卒、實此之由。俄屬天步方艱、讒人已勝、尺布斗粟、莫肯相容。秀窺岷・蜀之阻、諒起晉陽之甲、成茲亂常之釁、蓋亦有以動之也。棠棣之詩徒賦、有鼻之封無期、或幽囚於囹圄、或顚殞於鴆毒。本根既絶、枝葉畢剪、十有餘年、宗社淪陷。自古廢嫡立庶、覆族傾宗者多矣、考其亂亡之禍、未若有隋之酷。詩曰「殷鑒不遠、在夏后之世」、後之有國有家者、可不深戒哉。

コラム①　『隋書』の成立

洲脇武志

唐《とう》の魏徴《ぎちょう》らによって編纂された『隋書』は、司馬遷《しばせん》の『史記《しき》』を筆頭とする「正史《せいし》」の一つで、隋王朝一代の歴史について書かれている歴史書である。ここでは『隋書』の成立ついて、そのあらましを見ていきたいが、まずは「正史」とは何か、簡単に確認しておきたい。

一、正史について

中国では古くから記録を掌る史官がおり、天子諸侯の言行や国家の出来事を記録していた。中国の史官の中で最も有名な人物は、前漢《ぜんかん》の司馬遷であろう。司馬遷は太史令であった父の司馬談《しばだん》の遺志を継ぎ、古老からの言い伝えや様々な歴史書などに拠りながら『史記』を編纂した。『史記』はそれまでの歴史書とは異なり、帝王の記録である「本紀《ほんぎ》」や個人の伝記である「列伝《れつでん》」といった項目を作り、人物中心の歴史書を編纂した。『史記』のこの体裁は「紀伝体」と呼ばれ、以後『史記』の体裁に倣った紀伝体の歴史書が数多く登場する。また、歴史書の編纂は各王朝の史官が作成した記録をもとに行われていたため、王朝ごとに歴史書をまとめるようになる。こういったある王朝一代の歴史をまとめた歴史書は「断代史」という。『史記』は伝説上の時代から前漢の武帝の時代までが書かれている、「通史」の形式を取るが、『史記』以後の紀伝体の歴史書は、断代史の形式を用いることが多くなる。

『史記』以降、国家や個人によって紀伝体で断代史の歴史書が数多く作られていくが、後にそれらの歴史書の中から、各王朝ごとに王朝公認の歴史書が選ばれるようになる。この王朝公認の歴史書を「正史」と呼び、清の乾隆《けんりゅう》帝《てい》時代以降は、『史記』から『明史《みんし》』までの正史をまとめて「二十四史」と呼ぶようになった。

さて、これら正史は紀伝体で書かれており、「本紀」や「列伝」といった項目が立てられている。今、『史記』に続いて書かれた正史で、最も標準的な体裁である班固《はんこ》の『漢《かん》書《じょ》』を例として、正史の項目を見てみよう。

○『漢書』の構成

本紀…帝王の記録　表……各種年表

志……分野別の歴史　列伝…個人の伝記

なお、正史だからといって、必ず上記の項目が設置されているわけではなく、本紀と列伝のみという必要最小限の正史も多くあり、また必要に応じて新たな項目を立てたり、項目の名称を改めたりもしている。現在の『隋書』は、本紀（三本紀・五巻）、列伝（五十列伝・五十巻）、志（十志・三十巻）で構成され、本書では本紀全巻と列伝の一部を訳出している。

二、『隋書』の編纂

さて、「現在の『隋書』は」、と断り書きを入れたのは、実は『隋書』の本紀・列伝部分と志の部分はもともと別々に企画・編纂され、後から一つにまとめられたものだからである。ここで『旧唐書《くとうじょ》』（魏徴伝・令狐徳棻《れいことくふん》伝）、『史通《しつう》』（古今正史篇）、『唐会要《とうかいよう》』、『隋書』の跋文《ばつぶん》（「宋天聖二年隋書刊本原跋」）といった資料に基づきながら、『隋書』編纂の過程を追っていきたい。

『隋書』の編纂は、唐の高祖の武徳四（六二一）年十一月に、令狐徳棻が「いまだ近代の正史は編纂されておらず、梁《りょう》・陳《ちん》・北斉《ほくせい》はまだ記録があるものの、大業年間の大乱を経た北周《ほくしゅう》や隋の記録は残欠が多く、十数年もするとこれらの記録が失われてしまうので、歴史書を編纂すべきである」と、梁・陳・北斉・北周・隋といった諸王朝の歴史書編纂を上奏したことに端を発する。上奏を受けた唐の高祖は武徳五（六二二）年十二月に詔を下して、「魏史《ぎし》」は中書令の蕭瑀《しょうう》・給事中の王敬業《おうけいぎょう》・著作郎の殷聞禮《いんぶんれい》に、「周史」は侍中の陳叔達《ちんしゅくたつ》・秘書丞の令狐徳棻・太史令の庾倹《ゆけん》に、「隋史」は中書令の封徳彝《ほうとくい》・中書舎人の顔師古《がんしこ》に、「梁史」は大理卿の崔善爲《さいぜんい》・中書舎人の孔紹安《こうしょうあん》・太子洗馬の蕭徳言《しょうとくげん》に、「斉史」は太子詹事の裴矩《はいく》・吏部郎中の祖孝孫《そこうそん》・前秘書丞の魏徴に、「陳史」は秘書監の竇璡《しうしん》・給事中の欧陽詢《おうようじゅん》・秦王府文学の姚思廉《ようしれん》にそれぞれ編纂を命じた。しかし、数年経っても完成せず、そのまま事業は中断してしまった。

その後、貞観三（六二九）年になると、唐の太宗《たいそう》は「魏史」を除いた「五代史」（ここでは梁・陳・北斉・北周・隋のこと）編纂の詔を改めて下し、「周史」は秘書丞の令狐徳棻・秘書郎の岑文本《しんぶんぽん》に、「斉史」は中書舎人の李百薬《りひゃくやく》に、「梁史」と「陳史」は著作郎の姚思廉に、「隋史」は秘書監の魏徴・前中書侍郎の顔師古・給事中の孔穎達《くようだつ》・著作郎の許敬宗《きょけいそう》らに編纂を命じ、尚書左僕射の房玄齢《ぼうげんれい》を総監として、この編纂事業を監督させた。担当官に旧王朝の出身者の子を充て、北斉の歴史書を編纂していた李徳林《りとくりん》の子である李百薬を「斉史」担当に、梁・陳の歴史書を編纂していた姚察《ようさつ》の子である姚思廉を「梁史」「陳史」担当にするといった適材適所が功を奏したのであろう、貞観十（六三六）年正月に「五代史」は完成する。この時編纂された「五代史」は、「五代紀伝」とも呼ばれており、各王朝の本紀と列伝のみであったことがわかる。

「五代紀伝」の完成から五年後の貞観十五（六四一）年、太宗は、礼部侍郎の令狐徳棻を監修として左僕射の于志《うし》寧《ねい》・太史令の李淳風《りじゅんふう》・著作郎の韋安仁《いあんじん》・符璽郎の李延壽《りえんじゅ》らに「五代史志」、つまり先に完成した「五代紀伝」の「志」部分を編纂するように命じた。この「五代史志」は高宗の顕慶元（六五六）年に完成し、太尉の長孫無忌《ちょうそんむき》らによって上奏された。

以上の過程を経て完成した「五代紀伝」と「五代史志」であるが、「紀伝」部分は、『梁書』・『陳書』・『北斉書』・『周書』・『隋書』と王朝ごとに分かれ、「五代史志」はそのまま『隋書』に組み込まれ、『隋書』の志となって現在に伝わっていったのである。今、『隋書』の志を見ると、隋以外の王朝、つまり梁・陳・北斉・北周についても項目が立てられており、王朝一代の事績のみを記す断代史の原則から外れているように見えるが、これは上述の通り、『隋書』の志がもともと「五代史」の志として編纂されていたためである。

『隋書』編纂のあらましは以上であるが、『隋書』編纂の意図について少し言及しておきたい。『隋書』編纂は、唐の高祖の時に令狐徳棻が上奏したことに始まるが、ここで特に注目したいのは、「北周や隋の記録」が失われる事に対する危惧である。何故、令狐徳棻はこの点にこだわったのであろうか。実はこれは唐王朝成立の背景に由来する問題なのである。そもそも唐王朝は、唐の高祖である李淵《りえん》が、隋の恭帝《きょうてい》から禅譲を受けて皇帝に即位して開かれた王朝である。したがって唐王朝の正統性は、隋から禅譲を受けたことに基づいている。そして、その隋も隋の高祖である楊《よう》堅《けん》が北周の静帝《せいてい》からの禅譲によって開いた王朝である。つまり、唐にとって北周と隋の正史を編纂すること、また同時期に存在していた梁・陳・北斉の正史を編纂することは、自らの正統性を確保するためにも必要不可欠な事業であったのである。従来の正史は『史記』を始めとして、個人による編纂（私撰）が多かったが、唐が国家として積極的に正史の編纂に取り組んだのはこういった事情があったのである。

三、『隋書』の編者

本書が底本として用いている『隋書』（清武英殿本）は、その編者について、本紀・列伝部分は「魏徴」と記し、志部分は「長孫無忌」と記しているが、これは代表者を一人挙げて記しているにすぎず、実際は上述した通り、多くの人々が『隋書』編纂に関わっている。彼らはみな当時を代表する政治家・学者・史官であり、唐王朝が「五代史」の編纂に力を入れていたことが窺えよう。そんな編纂者たち、特に『隋書』に関連した人物で注目すべき人物は、紀伝部分では魏徴、志部分では李淳風であろう。まず、魏徴であるが、彼は『隋書』列伝の巻頭にある序や巻末の論を執筆するなど、その編纂の中心的人物として活躍している。なお魏徴は『隋書』だけでなく、『梁書』・『陳書』・『北斉書』でも総論を担当している。そもそも志だけでなく紀伝も「五代史」として企画・編纂されていた。姚思廉が担当した『梁書』（巻六本紀敬帝）や『陳書』（巻六本紀後主・巻七皇后伝）に「史臣侍中鄭国公魏徴曰」とあり、李百薬の担当した『北斉書』に「鄭文貞公魏徴総而論之曰」（巻八幼主。ただし現行部分は『北史』によって補われている）とあるのは、こういった事情による。魏徴は太宗の治世、所謂「貞観の治」を支えた名臣として著名である。唐を支えた名臣が前代の歴史をどのように見ていたのか、そういった点でも魏徴は注目すべきであろう。

志部分については、前掲の人々が分担して編纂したようであるが、ただ天文・律歴・五行の三志は当時を代表する専門家である李淳風が一人で担当したと言われている。志は分野別の歴史を記すものであって、紀伝部分以上に高い専門性が要求される。一人では無いとしても李淳風に負うところは大きかったであろう。また彼は「五代史志」に先行して完成した『晋書《しんじょ》』の志も担当している。こういった点からも李淳風が果たした役割は大きいと言えよう（天文志・五行志に関してはコラム⑦を参照）。

参考文献

六朝楽府の会編著『『隋書』音楽志訳注』（和泉書院、二〇一六年）

渡辺信一郎『『魏書』食貨志・『隋書』食貨志訳注』（汲古書院、二〇〇八年）

コラム② 隋の皇族たち

田中良明

高祖本紀によれば、楊堅《ようけん》（高祖）の先祖の楊鉉《ようげん》は後漢の楊震《ようしん》の八代孫、つまり楊震から数えて八代目の子孫に当たるという。楊震は「関西孔子《かんせいこうし》」と称えられ、「四知」の故事でも有名な後漢を代表する人士であり、その家系は、楊震—楊秉《ようへい》—楊賜《ようし》—楊彪《ようひょう》と四代に渉って太尉と司空を歴任した「四世三公」の名族である。しかし、本紀では楊震から楊鉉の間の六代の名は記されておらず、李徳林《りとくりん》の天命論も楊喜《ようき》・楊敞《ようしょう》・楊震の故事を踏まえるが、楊震のいずれの子の系統が楊忠《ようちゅう》に繋がるかには触れていない。そのため近年の研究では、元来北方の鮮卑系民族であった普六茹氏《ふりくじょし》が、漢姓の楊氏を名乗った際、家格を上げるために自身の家系を楊震に繋げたのだと考えられている（なお楊喜が楊敞の先祖だというのも怪しい）。

高祖以下の三代の皇帝と楊廣《ようこう》（煬帝）以外の高祖の四人の息子については、本書に訳出した本紀と列伝に詳しく、また高祖の娘の蘭陵公主《らんりょうこうしゅ》と煬帝の娘の南陽公主《なんようこうしゅ》については、列女伝に詳しく述べられているが、勿論この他にも隋の皇族はおり、『隋書』にも列伝が立てられている。その詳細な系譜については巻末の系図を参照願いたいが、代表的人物の事績についてはここで簡略に触れておきたい。

一、煬帝の子と孫たち

『隋書』巻五十九の煬三子伝によれば、煬帝と蕭皇后《しょうこうごう》の間に楊昭《ようしょう》・楊暕《ようかん》が、蕭嬪《しょうひん》との間に楊杲《ようこう》が生まれている。

元徳太子《げんとくたいし》の楊昭は煬帝の長子であり、高祖の命によって宮中で愛育された。煬帝が即位して洛陽に行幸すると、京師の留守を任され、その後、洛陽から使者が派遣されて皇太子に立てられた。腕力も優れていたが穏やかな性格で怒ったことがなく、よほどの時にも「そうではあるまい」と言うだけで、仁愛に富んでいた。大業二年、洛陽に朝見し、留まることを請うたが許されず、幾度となく請う内に、太っていたので疲れて病気になってしまい、間もなく没した。「房陵王（楊勇《ようゆう》）の祟」と言われた。

この楊昭には三人の息子がいて、一人が李淵《りえん》に推戴された楊侑《ようゆう》（恭帝）であり、他に楊倓《ようたん》と楊侗《ようとう》がいた。

燕王の楊倓は孫たちの中で一番煬帝に可愛がられ、常に側近くに置かれた。宇文化及《うぶんかきゅう》の弑逆の際に、楊倓は事変に気づいて入奏しようとしたが、賊に察知されることを恐れ、芳林門側の水路を通って玄武門まで来ると門前に跪いて「臣は急病にかかってしまい、余命幾ばくもありませぬ。一目お目にかかれば、死して悔いはありません」と言って煬帝に会おうとしたが、宮室の役人に遮られ、とうとう煬帝の耳には届かなかった。すぐに反乱が起き、賊に殺された。

越王の楊侗は煬帝が行幸するたびに東都の留守を任された。宇文化及が弑逆を起こすと、元文都《げんぶんと》らの協議によって帝位に擁立された。その後のことは王世充《おうせいじゅう》伝に詳しいが、段達《だんたつ》らが禅譲を迫った時には、「天下は高祖の天下だ。東都は世祖（煬帝）の東都だ。隋の徳は衰えていないのに、ふざけたことを言うな。天命が改まるにしても、禅譲とは限るまい。公らは先朝の旧臣で高位高官にありながら何を言い出すのか。朕がそれを望むと思うてか」と怒り、侍衛の者は皆冷や汗を流したという。結局は王世充に禅譲し、後に殺された。毒酒を進められると、仏に香を焚いて「今後はどうか帝王の家に生まれませんように」と祈って毒を飲んだがすぐには死ねず、さらに首を絞められて死んだ。

煬帝の子に話を戻そう。

斉王の楊暕は眉目秀麗で文武に優れたので、元徳太子が死ぬと誰もが楊暕が帝位を継ぐのだと望み、煬帝の寵愛も益々盛んになった。しかし、楊暕はとても傲慢な性格で多くの不法を行っており、結局は女と狩りの成果を原因に煬帝の不興を買い、些細な事を口実に千人以上の兵士による大捜索が行われ、亡妃の姉（既婚）との間に一女を生ませていたこと、兄弟に対して呪詛を行っていたことなどが発覚した。まだ楊昦が幼かったため、煬帝は「朕には楊暕しか子がおらぬ、そうでもなければ、斬刑に処して国法を明らかにするものを」と言い、恩寵は衰えて政務からも遠ざけられ、行動は常に監視された。宇文化及の反乱が起きた時、初め煬帝は、楊暕が乱を起こしたと思い、楊暕もまた、宇文化及の手勢が煬帝の命によって動いていると思ったまま、二人の息子とともに殺された。なお、楊暕の忘れ形見の楊《よう》政道《せいどう》は蕭皇后とともに突厥に迎えられて隋王に立てられ、亡命した者たちを従えたが、突厥が敗れると唐に帰順した。

趙王の楊杲は、十二歳で宇文化及の乱に遭い、煬帝の側近くにあって泣き止まず、その場で斬り殺された。

なお、煬帝の娘の一人は李淵の四男の李元吉《りげんきつ》の妻となり、その後恐らく玄武門の変の後に李世民《りせいみん》（唐の太宗）の後宮に入り、李恪《りかく》を生んだ。李世民は李恪を皇太子にと望んだが、外戚の長孫無忌《ちょうそんむき》が諫止した。

二、隋の宗族

『隋書』巻四十四には、楊堅の弟やその子たちについて記されている。

滕王の楊瓚《ようさん》は、高祖の同母弟である。北周の時、武帝（宇文邕《うぶんよう》）の妹の順陽公主《じゅんようこうしゅ》を娶っていた。立ち居振る舞いが美しく、読書と人士を愛好したことから名が高まり「楊三郎」と呼ばれた。武帝の寵愛も深く、北斉征伐の際には、長安の留守を任されるほどであった。高祖が朝政を行うことになった際には「隋国公の位さえ保てるかどうか分からぬというのに、どうしてまた族滅の危険を冒すのだ」と反対した。高祖が丞相となってからも人士の心は一致していなかったので、楊瓚は一家に災いが及ぶことを恐れ、密かに高祖を陥れようと謀っていたが、高祖はつねにそれを黙認した。高祖が禅譲を受けると滕王に立てられ、高祖は時折同じ席に座らせると、親しんで「阿三」と呼んだ。開皇十一年、栗園への行幸に従い、急死した。人々は毒殺されたと噂した。

子の楊綸《ようりん》が滕王を継いだ。父のことが有ったので、高祖の治世では常に不安を感じており、煬帝が即位すると、楊綸は不安を募らせて僧侶らを招いて吉凶を占わせていたが、恨みを懐いて呪詛を行っていると誣告《ぶこく》された。煬帝がこの件の処置を公卿に議論させると、楊素《ようそ》の「前例に依れ」との発言によって、皇族の籍から除名されて民とされ、兄弟皆が散り散りに辺郡へと流された。天下が騒乱に遭うと、楊綸は妻子とともに海南島に隠れ住んだ後、唐に帰順して懐化県公となった。弟たちの内、楊温《ようおん》と楊詵《ようせん》は零陵に流された。楊温は学問を好み筆が立ったので悲哀を込めて「零陵の賦」を作ったが、それを見た煬帝は激怒してさらに南海に流した。楊詵はよくよく謹んでいたため、滕王を継がされ、大業の末年に江都で没した。

衛王の楊爽《ようそう》は高祖の異母弟である。北周の時にはまだ乳飲み子であり、六歳で父の楊忠が死ぬと獨孤皇后《どっここうごう》に養われたので、弟たちの中では最も高祖の寵愛を受けた。高祖が禅譲を受けると衛王に立てられ文武の諸官を歴任し、その行政と軍功によって高祖の信認も重かったが、二十五歳で病死した。

子の楊集《ようしゅう》が衛王を継いだが煬帝の猜疑が甚だしく、福助を祈禱していたのを呪詛を行っていると誣告され、楊綸同様に辺境に流された。その行く末は知られていない。

高祖の弟の楊整《ようせい》は北周の時に北斉征伐で戦死していた。高祖が禅譲を受けると蔡王に追封され、子の楊智積《ようちせき》が蔡王を継いだ。高祖と楊整は不仲であり、楊整の妻も獨孤皇后と合わなかったため、楊智積は恐れを募らせて常に自らを貶めており、高祖もその事情を知って彼を哀れんでいた。五男に恵まれたが、『論語《ろんご》』と『孝経《こうきょう》』を教えるだけで、賓客と交流させず、その理由を問われても「あなたには私が分からないのです」と答えるだけだった。子が才能を有して災いを招くことを恐れたのである。煬帝が即位すると楊綸・楊集の事が有り、楊智積はさらに恐れた。大業七年に弘農太守となり、楊玄感《ようげんかん》が乱を起こして西進して来ると「玄感は大軍が来ると聞いて、先に関中を取って足場を固めるつもりだ。ここで十日も足止めすれば捕らえられよう」と言い、楊玄感の軍が城下に至ると城壁の上から罵詈雑言を浴びせたので、楊玄感は激怒して軍を留め、弘農城を攻撃した。楊智積は城門が焼かれてもさらに火を盛んにさせて賊軍の侵入を拒み、数日後に到着した宇文述《うぶんじゅつ》らと楊玄感を撃破した。十二年、江都への行幸に従い、病床に臥したが医者も呼ばず、臨終に際しては親しい者たちへ「今日になってやっと、この首を保って死ねるのだと分かった」と語った。

三、隋の枝族

高祖と曾祖父以上の先祖を同じくする枝族の者たちについては『隋書』巻四十三に記されている。

河間王の楊弘《ようこう》は、高祖の従祖弟（互いの祖父が兄弟で、高祖より年下）である。祖父が早世したので、父の楊元孫《ようげんそん》は母の郭氏《かくし》の実家で養われた。楊忠が北周の太祖に仕えた時、楊元孫は北斉の都の鄴で暮らしていたので、身の危険を感じて郭氏と称した。楊元孫が死に、北斉が北周に併呑されると、楊弘は初めて関中に行って高祖との面識を得た。楊弘は聡明で文武に優れていたので、高祖が丞相となると常に側近くに仕え、心腹の信頼を委ねられた。高祖が禅譲を受けると、亡父は河間郡公に追封され、その年の内に楊弘を河間王に立てた。数万の兵を率いては突厥と戦い大勝し、寧州総管に任じられては清廉な政治を行い、民に恩恵を施した。大業の初年に没し、郇王に追封された。子の楊慶《ようけい》が継いだ。

楊慶は狡猾で、よく事変を察することができたため、楊綸らが廃位されて流された時も位を保てた。滎陽郡太守となった時、李密《りみつ》が乱を起こし、江都の事情も聞こえてくると、李密に利害を説かれて降服し、姓を郭氏と改めた。その後李密が敗れると、また楊氏に復して東都の楊侗に仕え、王世充が帝位を僭称すると、郇国公となって再び郭氏に復し、王世充の兄の娘を娶ったが、王世充が敗れそうになると唐に帰服し、郇国公となって楊氏に復した。長安への途上、妻は道理を説いてせめて自分だけでも東都に留まることを望んだが、許されなかったので自害した。東都に置いてきた母は年老いて両目とも失明していたが、楊慶が叛したことによって、王世充に殺された。

楊處綱《ようしょこう》は高祖の族父（輩行が楊忠と同じ）である。高祖が禅譲を受けるとその父の楊鍾葵《ようしょうき》が義城県公に追封され、それを継いで武官を歴任した。華やかな才能は無かったが、実直な性格で、地方官となってもその土地の吏民に喜ばれた。弟の楊處樂《ようしょらく》は、洛州刺史となったが、漢王の楊諒《ようりょう》が反乱を起こすと、朝廷に二心が有るのではと疑われ、官位を除かれた。

楊子崇《ようしすう》は楊堅の族弟（同じ輩行で年下）である。煬帝が汾陽宮へ行幸するのに従うと、突厥が攻め入ることを察して京師に帰還するようにと何度も求めたが、聞き入れられなかった。すぐに雁門での包囲戦が有り、突厥が退却した後、煬帝は「子崇の臆病な言葉が我が兵を動揺させたのだ」と怒って離石郡太守とした。隋末の動乱の中、離石に近い太原で李淵が義兵を起こし、それを聞いた腹心たちが去っていったので、楊子崇はその者たちの父兄を殺した。数日後に李淵が使わした義兵が離石へ来ると、城中の豪族たちが呼応し、楊子崇は仇家の手によって殺された。

観王の楊雄《ようゆう》は高祖の族子（輩行が高祖の子と同じ）であり、

一名を楊恵《ようけい》といった。楊雄は立ち居振る舞いが美しく、度量に優れた。北周の時、衛王の宇文直《うぶんちょく》が反乱を起こしたが、楊雄はその徒党を粛章門で遮った功績によって武陽県公となり、大象年間には邗国公となった。高祖が禅譲を受けると朝政に参与し、広平王となった。高祖の寵愛は厚く、高《こう》熲《けい》・虞慶則《ぐけいそく》・蘇威《そい》とともに「四貴」と呼ばれた。しかし高祖は、楊勇の人望が厚いことを内心嫌っており、楊雄を三公のうちの司空にすることで兵権を取り上げた。司空は名誉職であって実務が無かったため、楊雄は邸宅の門を閉ざして賓客の往来も断った。すぐに清漳王に改封されたが、仁寿の初年に高祖は「清漳の名では楊雄の名声徳望には不充分だ」と言い、地図を見ると指さして「こここそ彼に相応しい」と言って安徳王に改封した。大業年間、吐谷渾《とよくこん》の親征から帰還すると観王に改封された。当時、宗族は一字の国号によって王爵を与えられ、それ以外の者は二字の郡県の名によって封爵されるのが常礼であったため、楊雄は観王の受封を固辞したが許されなかった。大業八年の遼東征伐に従軍した時、急病によって薨去した。

楊雄の弟の楊達《ようたつ》は、軍功を重ね刺史を歴任して有能さを称えられていた。温厚で度量に優れた人柄で、楊素は常々「君子の容貌で君子の心を兼ね備えているのは、楊達しかおらん」と言っていた。兄と同年の遼東征伐で陣没した。

楊雄の長子の楊恭仁《ようきょうじん》は、刺史となっては善政を布いて高祖に嘉され、兵を率いては楊玄感を破って煬帝に戦功第一と称えられ、唐に帰順した後も礼遇されて観国公となった。

楊達の娘は武士彠《ぶしかく》に嫁いで武照《ぶしょう》を生んだ。後の則天武后である。この則天武后の孫の李隆基《りりゅうき》（玄宗）との間に李亨《りこう》（粛宗）を生んだ楊皇后も、楊達の曾孫に当たる。楊雄・楊達兄弟の一門は、唐になってから公主を娶った者が三人、王妃に配された者が五人、皇后を追贈された者が一人、三品以上の官についた者は二十人以上という隆盛を誇った。楊雄には本書に訳出した楊勇伝に触れられている様な、何かしらの悪行も有ったはずであるが、『隋書』本伝には記されていない。

参考文献

『隋書』・『北史』・『旧唐書』・『新唐書』各伝

第二部　人臣の列伝

第四章　劉昉・鄭譯——高祖を北周丞相として迎えた隋建国の発端（附・元冑——高祖暗殺未遂事件）

劉昉

劉昉《りゅうほう》は、博陵望都《はくりょうぼうと》の人である。父の劉孟良《りゅうもうりょう》は、大司農であり、北魏の武帝に従って関中に入り、北周の太祖（宇文泰《うぶんたい》）の下で東梁州刺史となった。劉昉の性格はずるがしこく、悪知恵がはたらいた。北周の武帝（宇文邕《うぶんよう》）の時、功臣の子として皇太子（宇文贇《うぶんひん》）の側に控えた。宣帝（宇文贇）が位を継ぐと、巧みなおべっかで親しまれ、宮掖に出入りして、寵愛は当時随一であった。大都督を授けられ、小御正に遷任し、御正中大夫の顔之儀《がんしぎ》とともに信任された。帝が病に伏せると、劉昉と顔之儀を呼び出して病床に伴わせ、後事を託したが、帝は声がかすれて言葉にならなかった。劉昉は、静帝（宇文闡《うぶんせん》）が幼く、皇帝の任に堪えないと思った。そこで劉昉はもとから高祖（楊堅）を知っていたし、皇后の父で、その名が天下に重んぜられていることから、鄭譯《ていやく》と謀って、高祖に政事を輔佐させることにした。高祖は固辞し、あえて受けようとはしなかった。劉昉は「公がやるのなら、すみやかにやるがよい。もしやらないというなら、私自らやるまで」と言った。高祖は彼らの誘いに従った。

【原文】

劉昉、博陵望都人也。父孟良、大司農、從魏武入關、周太祖以爲東梁州刺史。昉性輕狡、有姦數。周武帝時、以功臣子入侍皇太子。及宣帝嗣位、以技佞見狎、出入宮掖、寵冠一時。授大都督、遷小御正、與御正中大夫顏之儀並見親信。及帝不悆、召昉及之儀俱入臥內、屬以後事、帝瘖不復能言。昉見靜帝幼沖、不堪負荷。然昉素知高祖、又以后父之故、有重名於天下、遂與鄭譯謀、引高祖輔政。高祖固讓、不敢當。昉曰「公若爲、當速爲之。如不爲、昉自爲也」。高祖乃從之。

高祖が（左大）丞相となると、劉昉を（丞相府）司馬とした。このとき宣帝の弟である漢王の宇文贊《うぶんさん》も（右大丞相として）禁中におり、高祖と同席していた。劉昉が美妓を着飾らせて宇文贊に進めると、宇文贊はたいそう喜んだ。劉昉は宇文贊に「大王は、先帝の弟、世の期待の集まるお方。年端もいかぬ小僧では、どうして大任に耐えうるでしょうか。今は先帝が崩御されたばかりで、皆の気持ちも千々に乱れておりますゆえ、王はいったん藩邸にお戻り下さい。事が収まる頃合いを待ち、入朝して天子となる、これぞ万全の計ですぞ」と説いた。宇文贊もこのとき年はまだ二十歳より前で、性格や知識も並以下であったから、劉昉の話を聞き、なるほどその通りと思い、これに従った。高祖は劉昉に丞相就任を薦めた功績があったことから、上大将軍に任命し、黄国公に封じ、沛国公の鄭譯とともに股肱心膂の臣とした。前後の賞賜は巨万の額となり、出入には甲士が護衛に付き、朝野となく注目を浴び、黄・沛と併称された。当時の人はこれを「劉昉が前から牽いて、鄭譯が後ろから押す」と囃した。劉昉は自らその功を頼んで、たいそう驕った様子であった。もともと人間が薄っぺらいので、財利に溺れ、大商人が朝な夕なに引きも切らなかった。

時に尉遲迥《うっちけい》が兵を起こし、高祖は韋孝寛《いこうかん》にこれを追討させた。軍は武陟まで進んだものの、諸将は足並みがそろわなかった。高祖は劉昉か鄭譯のどちらか一人を監軍に行かせようとして、二人に「心膂の臣に大軍を統べてもらわねばならん、公ら二人のほか、誰ができようものか」と言った。劉昉はこれまで兵を率いたことがないからと言い、鄭譯も母が年老いているのでと断ったため、高祖は喜ばなかったが、高熲《こうけい》が志願したので、派遣された。これより高祖の恩寵は次第に薄れた。また王《おう》

及高祖爲丞相、以昉爲司馬。時宣帝弟漢王贊居禁中、每與高祖同帳而坐。昉飾美妓進於贊、贊甚悅之。昉因說贊曰「大王、先帝之弟、時望所歸。孺子幼沖、豈堪大事。今先帝初崩、羣情尚擾、王且歸第。待事寧之後、入爲天子、此萬全之計也」。贊時年未弱冠、性識庸下、聞昉之說、以爲信然、遂從之。高祖以昉有定策之功、拜上大將軍、封黃國公、與沛國公鄭譯皆爲心膂。前後賞賜鉅萬、出入以甲士自衞、朝野傾矚、稱爲黃・沛。時人爲之語曰「劉昉牽前、鄭譯推後」。昉自恃其功、頗有驕色。然性麤疏、溺於財利、富商大賈朝夕盈門。

于時尉迥起兵、高祖令韋孝寬討之。至武陟、諸將不一。高祖欲遣昉・譯一人往監軍、因謂之曰「須得心膂以統大軍、公等兩人、誰當行者」。昉自言未嘗爲將、譯又以母老爲請、高祖不懌、而高熲請行、遂遣之。由是恩禮漸薄。又王謙・司馬消難相繼而反、

謙《けん》と司馬消難《しばしょうなん》が相次いで反乱したため、高祖はこれを憂えて、寝食も忘れるほどだった。しかし劉昉は遊び呆けて酒に浸り、職務を気にも止めず、丞相府での仕事も、遺漏が多かった。高祖は大いに含むところがあり、高熲を劉昉に代え丞相府司馬とした。この後もますます疎んじられた。高祖が禅譲を受けると、位を柱国に進め、舒国公に改封されたが、仕事も与えられず暇であり、二度と任用されなかった。

　劉昉は自分に隋朝創業の功がありながら、中途から疎んじられたことで、はなはだ心が落ち着かなかった。のちたまたま京師が飢饉に陥ると、上は禁酒令を発した。劉昉は妾に建物を貸し、店を開いて酒を売らせていた。治書侍御史の梁毗《りょうひ》が劉昉を弾劾し「臣が聞き及びますに貴人となれば驕奢を戒め、充足した者は倹約を守るべしとのこと。劉昉はすでに郡公となり、俸禄は官府の長に等しく、爵をいただくこと久しく、賞賜は溢れんばかり、まさしく充足を戒めて余剰を人に分け与えれば、人の鑑としてふさわしくあるはずなのに、これがどうして酒麴で利益を求め、わずかな上がりを競い、身は酒飲みとつるんで、家は罪人の巣窟となっております。もしこの者を糾弾しなければ、何を粛正しろと仰るのですか」と言ったが、詔により沙汰止みとなった。

　劉昉は鬱々として気が晴れなかった。このとき柱国の梁士彦《りょうしげん》と宇文忻《うぶんきん》がともに失職して不満を抱いていた。劉昉はこれらと交際し、しばしば行き来した。梁士彦の妻が見目麗しかったので、劉昉はこれと私通したが、梁士彦はこれに気づかなかった。情好はいよいよ強まり、ついに反逆をくわだて、梁士彦を擁立することとなった。後に事が漏れ、上はとうとうこれを処分することにした。劉昉は罪を免れられ

高祖憂之、忘寝與食。昉逸遊縦酒、不以職司爲意、相府事物、多所遺落。高祖深銜之、以高熲代爲司馬。是後益見疎忌。及受禪、進位柱國、改封舒國公、閑居無事、不復任使。

　昉自以佐命元功、中被疎遠、甚不自安。後遇京師饑、上令禁酒。昉使妾賃屋、當壚沽酒。治書侍御史梁毗劾奏昉曰「臣聞處貴則戒之以奢、持滿則守之以約。昉既位列羣公、秩高庶尹、縻爵稍久、厚祿已淹、正當戒滿歸盈、鑒斯止足、何乃規麴糵之潤、競錐刀之末、身昵酒徒、家爲逋藪。若不糾繩、何以肅厲」、有詔不治。

　昉鬱鬱不得志。時柱國梁士彦・宇文忻倶失職忿望。昉並與之交、數相來往。士彦妻有美色、昉因與私通、士彦不之知也。情好彌協、遂相與謀反、許推士彦爲帝。後事泄、上窮治之。昉自知不免、默無所對。

ないと悟り、黙して答えなかった。

高祖は誅殺の詔を下して、

朕は四海に君臨するにあたり、慈愛を心がけている。まして無官から身を起こし、入殿して帝位へと至ったため、公卿たちは、親族でないならかつての友であり、位こそ差がついたが、情としてはみな古馴染みのままである。よって短所に触れず長所を守らせ、常に慈しみ促《うなが》し、常によく務めて戒めの約束をして、言葉を尽くしてきた。とはいえ天の命運とは、人知の及ばぬ奥深いところで定まるもので、どうして臣下の罪を隠そうとする心情によって、国家に害を為すことができようか。（これより断罪を行うのは）人の長ずる所をもって富貴を守らせ、法刑に触れさせないよう願うためである。上柱国・郕国公の梁士彦、上柱国・杞国公の宇文忻、柱国・舒国公の劉昉らは、朕が受命した時に、ならびに尽力してくれたので、その勲に酬い功に報い、栄誉は高く禄も重くした。彼らを待遇することは実に厚く、彼らを親愛することは実に盛んで、朝な夕なに言葉を交わし、彼らは朕の気持ちを知り尽くしていた。しかるに心は深い谷のように底知れず貪欲、志は豺狼に等しく、国恩に報いようとせず、たちまち反乱をたくらんだ。梁士彦は幼き頃より、常に虚妄の言を為し、自分にはこれこれの相があるとか、どれそれの予言に当たるとか吹聴し、六十歳を過ぎたら、必ずや天子になるなどと言っていた。はじめ尉遲迥を討った時、しばらく相州に赴任させたが、すでに背く心のあったこと、端目にも明らかであった。朕は人をやってこれに代えさせ、その罪については問わなかった。入京してからは、

下詔誅之、曰、

朕君臨四海、慈愛爲心。加以起自布衣、入升皇極、公卿之内、非親則友、位雖差等、情皆舊人。護短全長、恒思覆育、每殷勤戒約、言無不盡。天之曆數、定於杳冥、豈慮苞藏之心、能爲國家之害。欲使其長守富貴、不觸刑書故也。上柱國・郕國公梁士彥、上柱國・杞國公宇文忻、柱國・舒國公劉昉等、朕受命之初、並展勤力、酬勳報效、榮高祿重。待之既厚、愛之實隆、朝夕寡言、備知朕意。但心如溪壑、志等豺狼、不荷朝恩、忽謀逆亂。士彥爰始幼來、恒自誣罔、稱有相者、云其應籙、年過六十、必據九五。初平尉迥、暫臨相州、已有反心、彰於行路。朕即遣人代之、不聲其罪。入京之後、逆意轉深。忻・昉之徒、言相扶助。士彥許率僮僕、剋期不遠、欲於蒲州起事、即斷河橋、捉黎陽之關、塞河陽之路、劫調布以爲牟

反逆の志はいよいよ深まっていた。宇文忻や劉昉たちは、言を弄して同調した。梁士彦は家奴を率いて、近いうちに決起の日を定め、蒲州で乱を起こそうとしており、それはすなわち河橋を断ち、黎陽の関を拠点とし、河陽の路を閉ざして、帆布を調達して甲冑がわりとし、盗賊を募って戦士とすれば、食い詰めて困った者たちが、容易に集められるであろうというものであった。朝廷を軽んじて、官人を嘲笑し、自分がひとたび奮励決起すれば、誰も敵わないと思っていた。梁士彦の次男の梁剛《りょうごう》は、常に父を諫め続けたが、三男の梁叔諧《りょうしゅくかい》は、強く乱を勧め続けた。朕はそれを聞き知っていたが、なおまだむやみに断罪したくないと思い、晋州刺史の任を授け、蒲州決起の陰謀が事実かどうか試すことにした。梁士彦は職を得てはなはだ喜び「これぞ天の助け」と言って、宇文忻と劉昉は、ともに「時が来ましたな」と祝った。宇文忻は先に鄴城を平定したことから、自ら誇って止まず、位は人臣を極めながら、なお褒賞が少ないと恨み「私が反乱する気になれば、必ずうまくいくだろう」と言っていた。怒りの表情も憤懣の言葉も、周囲に隠そうともしなかった。朕は深くその功績を思い、その非礼の度合いを考慮せず、武候（宮中護衛の職）に任命し、右領軍大将軍を授け、これに爪牙の兵を預け、これに心腹を委ねた。それなのに宇文忻は密かによからぬ考えを起こし、宮門内に派閥を作ろうとして、多くの親しい友を推薦して、宿衛に与らせた。朕は心を砕いてこれをもてなし、彼の言うことならば必ず許可した。しかしよからぬ真似をして止まず、性根が徐々に露わとなったため、禁兵の任を解き、悔い改めさせることにした。しかるに心は不逞のまま、

甲、募盜賊而爲戰士、就食之人、亦云易集。輕忽朝廷、嗤笑官人、自謂一朝奮發、無人當者。其第二子剛、毎常苦諫、第三子叔諧、固深勸獎。朕既聞知、猶恐枉濫、乃授晋部之任、欲驗蒲州之情。士彦得以欣然、云「是天贊」。忻及昉等、皆賀「時來」。忻往定鄴城、自矜不已、位極人臣、猶恨賞薄、云「我欲反、何慮不成」。怒色忿言、所在流布。朕深念其功、不計其禮、任以武候、授以領軍、寄之爪牙、委之心腹。忻密爲異計、樹黨宮闈、多奏親友、入參宿衞。朕推心待物、言必依許。爲而弗止、心迹漸彰、仍解禁兵、令其改悔。而志規不逞、愈結於懷、乃與士彦情意偏厚、要請神明、誓不負約。俱營賊逆、逢則交謀、委彦河東、自許關右、蒲津之事、即望從征、兩軍結東西之旅、一擧合連横之勢、然後北破晋陽、還圖宗社。昉入佐相府、便爲非法、三度事發、二度其婦自論。常云姓是「卯金刀」、名是「一

いよいよ馴染みの者と結託し、梁士彦との情義はことさら厚く、互いに神明に請願して、盟約に背かないことを誓った。ともに大逆の計画にいそしみ、会えば謀議を交わし、梁士彦に河東を委ね、自身は関西を担い、蒲津で事が起きれば、征伐への従軍を志願し、両軍が東西の兵を結集し、一挙に連衡の大勢力にまとめ、しかるのち北は晋陽を破り、軍を返して隋の宗廟社稷を奪わんというたくらみであった。劉昉は丞相府の補佐に任じられると、不法の行いをして、三度も事が発覚し、うち二度はその婦人が自ら申し立てたものだった。常に姓を「卯・金・刀」、名を「一・万・日」と分解し、劉氏は王となるべきであり、自分ならば万日の天子となるであろうと言っていた。朕はこれを訓導し、その利害を示し、常に寛容に接して、改めることを待ち望んでいた。しかるに劉昉は口でこそ改めさせてほしいと言うものの、性根は元の通りで、また梁士彦との情義はますます深まり、不忠の志によこしまな心でもって、腹の内を探りあった。かつて梁士彦らと太白（金星）が犯す所について論じあい、東井の間であれば、関中に乱があるとし、軒轅《けんえん》の内であれば、宮廷に災いあるのだと願った。ただ蒲坂で乱が起こるのを待ち、関中にあって応じようとした。道に悖り義を損なう輩のたくらみは、ありとあらゆる所から生ずる。思うに宇文忻と劉昉は、名望も位階もともに高いというのに、どうしてわざわざ北面して礼を執り、梁士彦に臣従するのであろうか。それは各々不遜な願いを懐き、簒奪を為さんと謀り、ひとたび争乱のきっかけを得れば、すぐさま天下を併呑しようとたくらんだからである。人の欺瞞の行いは、これほどまでに至るというのか。国が一

万日」、劉氏應王、爲萬日天子。朕訓之導之、示其利害、毎加寛宥、望其悛改。口請自新、志存如舊、亦與士彦情好深重、逆節姦心、盡探肝鬲。嘗共士彦論太白所犯、問東井之間、思秦地之亂、訪軒轅之裏、願宮掖之災。唯待蒲坂事興、欲在關内應接。殘賊之策、千端萬緒。惟忻及昉、名位並高、寧肯北面曲躬、臣於士彦、乃是各懷不遜、圖成亂階、一得擾攘之基、方逞吞并之事。人之姦詐、一至於此。雖國有常刑、罪在不赦、朕載思草創、咸著厥誠、情用愍然、未忍極法。士彦・忻・昉、身爲謀首、叔諧贊成父意、義實難容、並已處盡。士彦・忻・昉兄弟叔姪、特恕其命、有官者除名。士彦小男女、忻母妻女及小男並放。士彦、叔諧妻妾及資財田宅、忻・昉妻妾及資財田宅、悉沒官。士彦・昉兒年十五以上遠配。上儀同薛摩兒、是士彦交舊、上柱國府戶曹參軍事裴石達、是士彦府僚、反狀逆心、巨細皆委。薛摩

度刑罰を定めれば、罪は赦されぬものであるが、朕は隋朝創業の時、かの者らがみな忠義を尽くしていたことを思い出すと、情として哀れみが涌き、いまだ極刑を加えるに忍びない。梁士彦・宇文忻・劉昉は、謀首であり、梁叔諧は父の考えに賛成しており、義としてまこと許すわけにはいかないから、並びに自尽せよ。梁士彦・宇文忻・劉昉の兄弟とそれらの子については、特別にその命は赦し、官にある者は除名とする。梁士彦の成人前の男子と娘、宇文忻の母・妻・娘および成人前の男子はみな放逐せよ。梁士彦と梁叔諧の妻妾および財産と土地家屋、宇文忻・劉昉の妻妾および財産と土地家屋は、全て国庫に没収せよ。梁士彦・劉昉の息子で十五歳以上の者は流配にせよ。上儀同の薛摩兒《せつまじ》は、梁士彦と旧交があり、上柱国・府戸曹参軍事の裴石達《はいせきたつ》は、梁士彦の幕僚であり、謀反の次第も逆心も、仔細みな打ち明けられていた。薛摩兒は話を聞き、ただ呼応して、上奏しなかったのであるから、大罪に当てるべきではあるものの、取り調べに対し尋ねられれば承知して、すこぶる素直であったゆえ、除名に留めて死罪は免じよ。朕は天命に応じ帝位に即いてより、六年を過ぎ、政務に励んでいるものの、徳化はいまだ行き渡らず、折に触れては心を痛めており、まことに深く嘆き悲しむばかりである。

と言った。

刑に臨むにあたり、朝堂にやってくると、宇文忻は高熲を見て、彼に向かって叩頭して助命を乞うた。劉昉は顔色を変えて宇文忻に「事はもはや決したのに、なぜ叩頭なぞするのか」と言った。

兒聞語、仍相應和、俱不申陳、宜從大辟、問即承引、頗是恕心、可除名免死。朕握圖當籙、六載於斯、政事徒勤、淳化未洽、興言軫念、良深歎憤。

臨刑、至朝堂、宇文忻見高熲、向之叩頭求哀。昉勃然謂忻曰「事形如此、何叩頭之有」。

こうして誅に伏し、その家族や財産は官府に没収された。のち数日して、上は素服で射殿に臨み、劉昉・宇文忻・梁士彦の三家より没収した財産を全て殿前に並べ、百官に射させて当てた物を下賜し、後の戒めとしたのであった。

鄭譯

鄭譯は、字は正義《せいぎ》、滎陽開封《えいようかいほう》の人である。祖父の鄭瓊《ていけい》は、北魏の太常、父の鄭道邕《ていどうよう》は、北周の司空であった。鄭譯はすこぶる学識に富み、かつ音律に詳しく、騎射に巧みであった。鄭譯の従祖父で開府の鄭文寛《ていぶんかん》は、魏の平陽公主《へいようこうしゅ》、つまり北周の太祖の元皇后の妹を娶《めと》らされていた。公主には子が無かったため、太祖は鄭譯を後継ぎにさせた。これにより鄭譯は若くして太祖に親愛され、いつも諸王子と遊ぶようになった。十数歳の時、相府司録の李長宗《りちょうそう》を訪ねると、李長宗は人前で鄭譯をからかった。鄭譯は威儀を正して李長宗に「明公《あなた》は位も名望も軽くはなく、世人の仰ぎ見て従属すべきお方、それが相手をなぶるようなことをしては、徳を失いましょう」と言った。李長宗はこれを逸材とした。鄭文寛が後に男子二人をもうけたため、鄭譯は生家に戻った。

北周の武帝の時、給事中士に起家し、銀青光禄大夫に任命され、左侍上士に転任した。儀同の劉昉と常に帝側に侍った。鄭譯が妻を亡くすと、武帝は梁の安固公主《あんここうしゅ》を娶らせた。武帝が親政を行うようになると、御正下大夫となり、すぐさま太子宮尹に転任した。このとき皇太子は徳を失う行いが多く、内史中大夫の烏丸軌《うがんき》は常に武帝に皇太子を廃して秦王の宇文贇《うぶんし》を立てるよう進言しており、このため皇太子は

於是伏誅、籍沒其家。後數日、上素服臨射殿、盡取昉・忻・士彥三家資物置於前、令百寮射取之、以爲鑒誡云。

鄭譯字正義、滎陽開封人也。祖瓊、魏太常、父道邕、周司空。譯頗有學識、兼知鍾律、善騎射。譯從祖開府文寬、尚魏平陽公主、則周太祖元后之妹也。主無子、太祖令譯後之。由是譯少爲太祖所親、恒令與諸子遊集。年十餘歲、嘗詣相府司錄李長宗、長宗於衆中戲之。譯斂容謂長宗曰「明公位望不輕、瞻仰斯屬、輒相玩狎、無乃喪德也」。長宗甚異之。文寬後誕二子、譯復歸本生。

周武帝時、起家給事中士、拜銀青光祿大夫、轉左侍上士。與儀同劉昉恒侍帝側。譯時喪妻、帝命譯尚梁安固公主。及帝親總萬機、以爲御正下大夫、俄轉太子宮尹。時太子多失德、内史中大夫烏丸軌每勸帝廢太子

いつも不安であった。その後、詔が下され皇太子が西方に吐谷渾《とよくこん》を討ちに行くこととなると、皇太子は密かに鄭譯に「秦王は、上の愛息であり、烏丸軌は、上の信頼する家臣である。今わたしが征伐に赴こうものなら、始皇帝の皇太子の扶蘇《ふそ》が偽詔によって自殺させられたような事になりはすまいか」と言った。鄭譯は「どうか殿下は仁と孝とをあらわすことに励まれ、子としての道を失ってはなりません。無用な心配はなさらぬことです」と答えた。皇太子はそれもそうだと思った。皇太子が出征し吐谷渾を破ると、鄭譯の功が最たる者であったため、開国子の爵位を賜わり、食邑は三百戸であった。のちに皇太子と馴れ合いが過ぎる罪に問われ、武帝は大いに怒り、官簿から名を除いて庶民とした。皇太子がまた辟召すると、鄭譯が皇太子と馴れ合うことは以前のままであった。そうして皇太子に「殿下は何時になったら天下を統べられるのでしょうな」と言い、太子は喜んでますます懇意にした。

武帝が崩御すると、皇太子が帝位を継いだ。これが宣帝である。鄭譯は常例を超えて開府・内史下大夫に任命され、帰昌県公に封ぜられ、食邑は一千戸となり、朝政を委ねられた。すぐに内史上大夫に遷任し、爵位を沛国公に進め、食邑は五千戸、子の鄭善願《ていぜんがん》を帰昌公、鄭元琮《ていげんそう》を永安県男に封じ、また国史を総覧させた。鄭譯は大いに専権を振るい、宣帝が東京に行幸した際、鄭譯は好き放題に官府の資財を用い、私邸を造営したため、罪に当てられまた官簿より名を除かれ庶民となった。劉昉がしばしば宣帝に申し添えたため、宣帝はまた鄭譯を召し、馴れ合うことは以前のままであった。詔を下され内史の諸事を統括した。

当初、高祖（楊堅）は鄭譯と太学での旧交があり、鄭譯もまたもとより高祖の風

而立秦王、由是太子恒不自安。其後、詔太子西征吐谷渾、太子乃陰謂譯曰「秦王、上愛子也、烏丸軌、上信臣也。今吾此行、得無扶蘇之事乎」。譯曰「願殿下勉著仁孝、無失子道而已。勿爲佗慮」。太子然之。既破賊、譯以功最、賜爵開國子、邑三百戸。後坐褻狎皇太子、帝大怒、除名爲民。太子復召之、譯戲狎如初。因言於太子曰「殿下何時可得據天下」。太子悅而益昵之。

及帝崩、太子嗣位。是爲宣帝。超拜開府・内史下大夫、封歸昌縣公、邑一千戸、委以朝政。俄遷内史上大夫、進封沛國公、邑五千戸、以其子善願爲歸昌公、元琮爲永安縣男、又監國史。譯頗專權、時帝幸東京、譯擅取官材、自營私第、坐是復除名爲民。劉昉數言於帝、帝復召之、顧待如初。詔領内史事。

初、高祖與譯有同學之舊、譯又素知高祖

貌が衆に異なることを知っていたため、熱心に親交を結んだ。ここに至り、高祖は宣帝に忌み嫌われていることから、内心落ち着かず、かつて宮中の通路で鄭譯へ内々に「私がしばらく藩屛として外任に着きたいと願っているのは、公もよく知っているだろう。敢えて心の内を晒すから、少し留意してくれないか」と言った。鄭譯は「公の徳望に対して、天下の皆が心を寄せている。公がこのうえ身の安全を願うのであれば、どうして忘れたりしようか。謹んで言上しておこう」と返答した。時に鄭譯を南征に向かわせようとしており、鄭譯は元帥となることを願い出た。宣帝は「卿の考えはどうだ」と尋ねた。鄭譯は「もし江東を平定したとして、然るべき外戚の重臣でない限りは民を鎮撫できません。隋公を行かせて、かつ寿陽総管として軍事を監督させてはいかがでしょうか」と答えた。宣帝はこれに従った。詔を下して高祖を揚州総管とし、鄭譯が兵を発して寿陽に会して陳を討つことになった。出発まで数日あるうちに、帝が危篤となり、鄭譯はとうとう御正下大夫の劉昉と謀り、高祖を招き入れて幼帝の補佐を行わせることにした。すでに鄭譯が詔を読み上げると、文武百官はみな高祖の指示を受けた。時に御正中大夫の顔之儀と宦官とが謀って、大将軍の宇文仲《うぶんちゅう》に輔政を行わせようとしていた。宇文仲が御前に至るに及んで、鄭譯はその企てを知り、あわてて開府の楊恵《ようけい》および劉昉・皇甫績《こうほせき》・柳裘《りゅうきゅう》らと共に入朝した。宇文仲と顔之儀とは鄭譯らの様子を見ると、愕然として戸惑い逃げだそうとしたが、高祖がこれを捕らえた。こうした功により詔をたわめて鄭譯を内史上大夫とした。翌日、高祖は丞相となり、鄭譯を柱国・相府長史に任命し、内史上大夫の職務も治めさせた。高祖が大冢宰となり、百官を総覧すると、鄭譯に天官

相表有奇、傾心相結。至是、高祖爲宣帝所忌、情不自安、嘗在永巷私於譯曰「久願出藩、公所悉也。敢布心腹、少留意焉」。譯曰「以公德望、天下歸心。欲求多福、豈敢忘也。謹即言之」。時將遣譯南征、譯請元帥。帝曰「卿意如何」。譯對曰「若定江東、自非懿戚重臣無以鎭撫。可令隋公行、且爲壽陽總管以督軍事」。帝從之。乃下詔以高祖爲揚州總管、譯發兵俱會壽陽以伐陳。行有日矣、帝不悆、遂與御正下大夫劉昉謀、引高祖入受顧託。既而譯宣詔、文武百官皆受高祖節度。時御正中大夫顏之儀與宦者謀、引大將軍宇文仲輔政。仲已至御坐、譯知之、遽率開府楊惠及劉昉・皇甫績・柳裘俱入。仲與之儀見譯等、愕然逡巡欲出、高祖因執之。於是矯詔復以譯爲内史上大夫。明日、高祖爲丞相、拜譯柱國・相府長史、治内史上大夫事。及高祖爲大冢宰、總百揆、以譯兼領天官都府司會、總六府事。出入臥内、言無不從、賞賜玉帛不可勝計。每出入、

都府司会を兼職させて、六府の事を総べさせた。高祖の私室に出入して、鄭譯が進言すれば高祖が従わないことはなく、恩賞の玉帛の類いは数え切れなかった。朝廷への出入に当たっては、甲士が護衛した。その子の鄭元璹《ていげんしゅう》を儀同に任命した。時に尉遅迥・王謙《おうけん》・司馬消難らが乱を起こしたことで、高祖はいよいよ鄭譯を礼遇するようになった。そこですぐさま位を上柱国に進められ、死罪の行いがあっても十回までは許されるものとした。

鄭譯は性格が軽薄で悪がしこく、職務には熱心でなく、収賄や横領を繰り返していた。高祖は内心これを嫌っており、しかし高祖を丞相に就任させた功を思って、罷免するに忍びなく、ひそかに官属へ勅を下して鄭譯に物事を報告させないようにしていた。鄭譯はなお朝議に名を連ねてはいたが、施政に与かることはなかった。鄭譯は恐れ、頓首して辞職を願い出たので、高祖は寛大にこれを諭して、恩礼をもって接した。上が禅譲を受けると、上柱国・沛国公の身分のまま私邸に帰らせ、賞賜はたいそう手厚かった。子の鄭元璹の爵位を城皐郡公に進め、食邑は二千戸、鄭元珣《ていげんしゅん》の爵位は永安男となった。その父および亡き兄二人に刺史を追贈した。鄭譯は自ら疎んじられていることを知っており、ひそかに道士を呼んで章醮の儀礼を行い鬼神の援助を祈らせたが、その下女が鄭譯は厭蠱左道《えんこさどう》の呪《まじな》いを行っていると上奏した。上は鄭譯に「わたしは公に背いたことはないのに、これはどういうことか」と問うた。鄭譯は答えようがなかった。鄭譯はまた母と別居していたため、憲司（刑獄を司る役所）に不孝と弾劾され、これにより官簿より名を除かれた。

詔を下して、

以甲士從。拜其子元璹爲儀同。時尉迥・王謙・司馬消難等作亂、高祖逾加親禮。俄而進位上柱國、恕以十死。

譯性輕險、不親職務、而贓貨狼籍。高祖陰疏之、然以其有定策功、不忍廢放、陰勅官屬不得白事於譯。譯猶坐廳事、無所關預。譯懼、頓首求解職、高祖寬諭之、接以恩禮。及上受禪、以上柱國公歸第、賞賜豐厚。進子元璹爵城皐郡公、邑二千戶、元珣永安男。追贈其父及亡兄二人並爲刺史。譯自以被疎、陰呼道士章醮以祈福助、其婢奏譯厭蠱左道。上謂譯曰「我不負公、此何意也」。譯無以對。譯又與母別居、爲憲司所劾、由是除名。

下詔曰、

鄭譯が良い献策をしたという話は、漠として聞こえてこないが、金で判決を曲げ官職を売ったという話は、盛んに聞こえてくる。もしかの者を世に留めておけば、人としては道に外れた臣となり、これを朝廷にて誅殺すれば、黄泉にあって不孝の霊となろう。現世にも冥界にも、鄭譯を置いておく場所は無い。ここに『孝経《こうきょう》』を下賜するゆえ、熟読するがよい。

と言った。

そうして母と同居させた。

まもなくして、詔を下して鄭譯を律令の制定に参与させ、また開府を授け、隆州刺史とした。鄭譯が病気療養のために帰京を請うたので、上は詔によって召し出し、醴泉宮にて引見した。上は宴席を設けて歓を尽くし、そうして鄭譯に「きみの位階を下げてから随分になるが、なんとも傷ましく思っている」と言った。こうしてまた爵を沛国公、位を上柱国に戻した。上は顧みて侍臣たちに「鄭譯と朕とは死生を共にし、危難を共にした仲、折に触れては思い出し、いつの日も忘れたことはなかったのだ」と語った。鄭譯は盃を掲げて祝いの言葉を述べた。上はこのころ内史令の李徳林に詔書を作らせていたので、高熲は戯れて鄭譯に「お筆が乾いておりますな」と言った。鄭譯は「朝廷を出て四方の守りとなり、策を杖がわりに帰京して、一銭も手にすることがないのに、潤うはずもありますまい」と答えた。上は大いに笑った。まもなくして、詔を下して鄭譯を楽制の議論に参与させた。鄭譯は北周で七声（七つの音階）が廃れてしまい、大隋が受命したからには、礼楽は刷新されるべきであるので、改めて七始の義（天・地・人の三始と春夏秋冬の四時に合わせた音階につい

譯嘉謀良策、寂爾無聞、鬻獄賣官、沸騰盈耳。若留之於世、在人爲不道之臣、戮之於朝、入地爲不孝之鬼。有累幽顯、無以置之、宜賜以孝經、令其熟讀」。

仍遣與母共居。

未幾、詔譯參撰律令、復授開府、隆州刺史。請還治疾、有詔徵之、見於醴泉宮。上賜宴甚歡、因謂譯曰「貶退已久、情相矜愍」。於是復爵沛國公、位上柱國。上顧謂侍臣曰「鄭譯與朕同生共死、間關危難、興言念此、何日忘之」。譯因奉觴上壽。上令内史令李德林立作詔書、高熲戲謂譯曰「筆乾」。譯答曰「出爲方岳、杖策言歸、不得一錢、何以潤筆」。上大笑。未幾、詔譯參議樂事。譯以周代七聲廢缺、自大隋受命、禮樂宜新、更修七始之義、名曰樂府聲調、凡八篇。奏之、上嘉美焉。俄遷岐州刺史。在職歲餘、復奉詔定樂於太常。前後所

ての議論）を修訂し、『楽府声調《がくふせいちょう》』と名付け、全八篇であった。これを上奏したところ、上はたいそう喜んだ。すぐさま岐州刺史に遷任した。在職して一年程して、また詔を受けて太常の下で楽制を定めた。前後に論じた楽制の内容は、音律志にある。上は鄭譯を労って「律令は公が定め、音楽は公が正した。礼・楽・律令と、公はその三つに関わったわけで、まことに素晴らしいことだ」と言った。こうして岐州に帰還した。

開皇十一年、病により在官のまま没した。時に五十二歳。上は使者を派遣し葬儀を取り行わせた。諡は達と言った。子の鄭元璹が継いだ。煬帝が即位すると、爵位が全て没収されたが、鄭譯には隋朝創業の功があることから、詔を下して鄭譯を沛国公より改め莘公に追封し、鄭元璹に継がせた。

鄭元璹ははじめ驃騎将軍となり、後に虎賁郎将に転任し、しばしば軍功を立てて位を右光禄大夫に進め、右候衛将軍に遷任した。大業の末年、外任に出て文城太守となった。唐公（李淵）の義兵が起こり、唐の将の張倫《ちょうりん》が攻略して文城に至ると、鄭元璹は城ごと帰順した。

（附・元冑）

元冑《げんちゅう》は、河南雒陽《かなんらくよう》（洛陽）の人である。北魏《ぎ》の昭成帝（拓跋什翼犍《たくばつじゅうよくけん》）の六世の子孫であり、祖父の元順《げんじゅん》は、北魏の濮陽王、父の元雄《げんゆう》は、武陵王であった。元冑は若くして果断であり、武芸に秀で、美しいあごひげと眉毛で、その前で無礼な振る舞いをするのをはばかられる容貌をしていた。北周の斉王の宇文憲《うぶんけん》は彼を見て壮士とし、

論樂事、語在音律志。上勞譯曰「律令則公定之、音樂則公正之。禮樂律令、公居其三、良足美也」。於是還岐州。

開皇十一年、以疾卒官。時年五十二。上遣使弔祭焉。謚曰達。子元璹嗣。煬帝初立、五等悉除、以譯佐命元功、詔追改封譯莘公、以元璹襲。

元璹初爲驃騎將軍、後轉武賁郎將、數以軍功進位右光祿大夫、遷右候衛將軍。大業末、出爲文城太守。及義兵起、義將張倫略地至文城、元璹以城歸之。

元冑、河南雒陽人也。魏昭成帝之六代孫、祖順、魏濮陽王、父雄、武陵王。冑少英果、多武藝、美鬚眉、有不可犯之色。周齊王憲見而壯之、引致左右、數從征伐。官至大將

引きたてて左右に置き、しばしば征伐に従えた。官は大将軍に至った。

　高祖は鄭譯・劉昉らに招き入れられ、静帝の輔政を任されんとした時、まず元冑を召し、次いで陶澄《とうちょう》を召して、ともに腹心の部下とし、常に私室に宿直させた。高祖が丞相となるに及んで、常に典軍として禁中に入侍させ、また弟の元威《げんい》を引きたててともに待衛させた。趙王の宇文招《うぶんしょう》は高祖が北周の帝位を奪わんとしているのを察して、そこで高祖を邸宅に招いた。趙王が高祖を連れて私室に入ったため、高祖の左右の者は付き従うことができず、ただ楊弘《ようこう》と元兄弟だけが戸の側に座した。趙王はその二子である宇文員《うぶんうん》と宇文貫《うぶんかん》に「お前たちは瓜を勧めろ、父がその機にやつを刺殺する」と言い含めた。酒もたけなわに、趙王は変事をおこそうとして、自前の刀子で瓜を刺し、おもむろに高祖に食べさせ、害をなそうとした。元冑は進み出て、「丞相府で一大事です、長居はいけませんぞ」と言った。趙王は元冑を「俺と丞相が語らっているのだぞ、貴様はなんなのだ」となじった。叱りつけて退出させようとしたが、元冑は目をいからせ怒気を吹き出し、刀に手を掛けて高祖の護衛についた。趙王がその姓名を問うと、元冑は偽らず答えた。趙王は「お前は以前、斉王に仕えていた者ではないか。真の壮士であるな」と言った。元冑に酒を賜り「俺によこしまな気持ちがあるものか。君は何故ことほどかように疑っておるのだ」と言った。趙王は吐くふりをして、後閤に退こうとしたが、元冑は兵が突入してきて変事をなすことを恐れ、趙王を押さえ座に留め、このようなやりとりが再三に及んだ。趙王はのどの渇きを訴え、元冑に厨房まで飲み物を取りに行くよう求めたが、元冑は動こうとしなかった。たまたま滕王の宇文逌《うぶんゆう》が遅れてやってきたので、高祖

軍。

　高祖初被召入、將受顧託、先呼冑、次命陶澄、並委以腹心、恒宿臥内。及爲丞相、毎典軍在禁中、又引弟威俱入侍衞。周趙王招知高祖將遷周鼎、乃要高祖就第。趙王引高祖入寢室、左右不得從、唯楊弘與冑兄弟坐於戶側。趙王謂其二子員・貫曰、「汝當進瓜、我因刺殺之」。及酒酣、趙王欲生變、以佩刀子刺瓜、連啗高祖、將爲不利。冑進曰「相府有事、不可久留」。趙王訶之曰「我與丞相言、汝何爲者」。叱之使却、冑瞋目憤氣、扣刀入衞。趙王問其姓名、冑以實對。趙王曰「汝非昔事齊王者乎。誠壯士也」。因賜之酒、曰「吾豈有不善之意邪。卿何猜警如是」。趙王僞吐、將入後閤、冑恐其爲變、扶令上坐、如此者再三。趙王稱喉乾、命冑就厨取飲、冑不動。會滕王逌後至、高祖降階迎之。冑與高祖耳語曰「事勢大異、可速去」。高祖猶不悟、謂曰「彼無兵馬、復何能爲」。冑曰「兵馬悉他家物。

は私室の階から降りてこれを迎えた。元冑は高祖に耳打ちし「事態は深刻です、速やかにお逃げを」と伝えた。高祖は危機を察せられず「彼奴には兵馬がおらん、何ができるものかよ」と言った。元冑は「天下の兵馬はみな宇文氏のものです。一度下手を打ったら、大事は去りますぞ。それがしは死を厭いませんが、あなたが死んだら何にもならんでしょう」と答えた。高祖はまた座に戻った。元冑は建物の裏手から鎧擦れの音を聞きつけ、すぐさま「丞相府は多事多忙なのです、あなたはこんなことをしている場合じゃないでしょう」と言った。そうして高祖の腕を取って椅子から降ろし、促して去らせた。趙王はこれを追わんとしたが、元冑が身をもって戸を塞いだので、王は私室から出ることができなかった。高祖が邸宅の門に及んだころ、元冑も遅れてやってきた。趙王は機を逸したことを悔恨し、指を弾いて血を滲ませた。趙王が誅殺されると、高祖が元冑に褒美を与えることは限りなかった。

高祖が禅譲を受けると、元冑は位を上柱国に進められ、武陵郡公に封ぜられ、食邑は三千戸となった。左衛将軍に任命され、ついで右衛大将軍に遷任した。高祖はくつろいだおり「朕の身を保護して、この帝業の基を成さしめたのは、元冑の功績である」と言っていた。のち数年して、京師を出て豫州刺史となり、亳・淅二州の刺史を歴任した。当時、突厥がしばしば辺境の悩みの種となっていた。朝廷は元冑にもとより威名があったことから、霊州総管に任命すると、突厥らはたいそう恐れ憚った。のちまた召されて右衛大将軍となり、高祖の信任はますます密であった。かつて正月十五日の元宵節に、上と近臣とで高台に登った。このとき元冑は宿直を終えていたが、上は使いを出して元冑を召し寄せた。元冑の到着を見ると、上

一先下手、大事便去。冑不辭死、死何益耶」。高祖復入坐。冑聞屋後有被甲聲、遽請曰「相府事殷、公何得如此」。因扶高祖下牀、趣而去。趙王將追之、冑以身蔽戶、王不得出。高祖及門、冑自後而至。趙王恨不時發、彈指出血。及誅趙王、賞賜不可勝計。

高祖受禪、進位上柱國、封武陵郡公、邑三千戶。拜左衞將軍、尋遷右衞大將軍。高祖從容曰「保護朕躬、成此基業、元冑功也」。後數載、出爲豫州刺史、歷亳・淅二州刺史。時、突厥屢爲邊患。朝廷以冑素有威名、拜靈州總管、北夷甚憚焉。後復徵爲右衞大將軍、親顧益密。嘗正月十五日、上與近臣登高。時冑下直、上令馳召之。及冑見、上謂曰「公與外人登高、未若就朕勝

は「君も他の者と楼閣に行くより、朕に従う方が良かろう」と言った。宴を設け歓を極めた。晋王の楊廣《ようこう》は常に元冑へ礼を尽くした。

房陵王の楊勇《ようゆう》が皇太子から廃されたとき、元冑はその陰謀に関与していた。上は東宮の罪状を徹底的に調べ上げようとしていた。左衛大将軍の元旻《げんびん》が苦言を呈したところ、楊素《ようそ》がこれを誹った。上は大いに怒り、元旻を衛兵に捕らえさせた。元冑はこのとき宿直を終えていたが、帰宅せず「臣が宿直を終えられないのは、元旻を守るためであります」と上奏した。この言葉がまた上を激怒させ、上は遂に元旻を誅殺したが、元冑には帛千匹を賜った。蜀王の楊秀《ようしゅう》が罪を得ると、元冑は交遊関係から連座し、官簿より除名された。

煬帝が即位したが、お呼びがかからなかった。このとき慈州刺史の上官政《じょうかんせい》が事に連座して嶺南に流され、将軍の丘和《きゅうか》もまた罪により免職となった。元冑は丘和と昔なじみであり、このためこれとよく遊んでいた。元冑は酒たけなわに丘和に向かって「上官政は壮士だからな、いま嶺表に流されているが、大事無しとはいくまいよ」と言った。そうして自分の腹を打ちながら「もしこれが君なら、のんびりしちゃいないよな」と言った。丘和が翌日にこれを上奏したため、元冑はついに死罪となった。そうして煬帝は上官政を呼び返して驍衛将軍とし、丘和を代州刺史とした。

也」。賜宴極歡。晉王廣毎致禮焉。

房陵王之廢也、冑豫其謀。上正窮治東宮事。左衞大將軍元旻苦諫、楊素乃譖之。上大怒、執旻於仗。冑時當下直、不去、因奏曰「臣不下直者、爲防元旻耳」。復以此言激怒上、上遂誅旻、賜冑帛千匹。蜀王秀之得罪、冑坐與交通、除名。

煬帝即位、不得調。時慈州刺史上官政坐事徙嶺南、將軍丘和亦以罪廢。冑與和有舊、因數從之遊。冑嘗酒酣謂和曰「上官政壯士也、今徙嶺表、得無大事乎」。因自拊腹曰「若是公者、不徒然矣」。和明日奏之、冑竟坐死。於是徵政爲驍衞將軍、拜和代州刺史。

コラム③　周隋禅譲

池田雅典

隋の楊堅《ようけん》（文帝）は、北周の宇文闡《うぶんせん》（静帝）より天子の位を譲り受け、隋王朝を開いた。儒教では、天が天下を統べるに相応しい有徳者に天命を与えて天子とし、天子は天の権威によって天下に君臨する。天子の徳が衰えると、天はまた新たな有徳者に天命を与え、天子を交代させる。こうして天命が移り天子の姓があらたまることを「易姓革命《えきせいかくめい》」という。易姓革命には「禅譲《ぜんじょう》」と「放伐《ほうばつ》」の二通りがあり、周から隋への交代は禅譲である。ところが幼帝に禅譲を強いたことをもって、これを「簒奪《さんだつ》」と呼ぶ者もいる。周隋禅譲について語るにあたり、まずは禅譲・放伐・簒奪の定義を確認しておこう。

一、禅譲・放伐・簒奪

「禅譲」とは、有徳の天子がその位を自らの子にではなく、より徳の高い人物に譲り渡すことをいう。儒教では、古の聖人である堯《ぎょう》から舜《しゅん》へ、舜から禹《う》へと禅譲が行われたことが、『尚書《しょうしょ》』等で語られている。とはいえ位の継承はあくまで親から子へ行われるのが基本であり、聖人の禅譲は理想論にすぎない。また南北朝では、後漢の劉協《りゅうきょう》（献帝）から魏の曹丕《そうひ》（文帝）への禅譲を前例として、禅譲が行われるようになっていた。

一方「放伐」は、天子が無道であった場合に、有徳者が武力でこれを追放し、天子に代わることをいう。放伐を行ったのは、夏の桀王《けつおう》を討った殷の湯王《とうおう》と、殷の紂王《ちゅうおう》を討った周の武王《ぶおう》である。しかしこれは臣が君を討つ行為であるため、後世では、放伐だけを大義名分とすることはまず無い。

そして「簒奪」は、本来天子となるべきでない人物が、天子に有形無形の圧力をかけ、むりやり位を譲らせることである。簒奪者として名高い人物といえば、前漢の劉嬰《りゅうえい》（孺子嬰《じゅしえい》）に譲位させた新の王莽《おうもう》であろう。王莽は、『尚書』に見える周公旦《しゅうこうたん》の故事に自らをなぞらえ、また符命《ふめい》と呼ばれる預言書の類いを捏造させて、摂政を務めたのち、天子の位を簒奪している。

ただし王莽の即位は、『春秋左氏伝《しゅんじゅうさしでん》』にもとづき、漢の劉氏を堯の子孫、自らは舜の子孫としたうえで、『尚書』の堯舜禅譲を再現したものである。符命も当時は儒教の一形態ではあり、王莽の即位は、まぎれもなく儒教に則った「禅譲」なのである。王莽の新は即位後の失策により一代で亡び、次に天下を統一したのは後漢を興した劉秀《りゅうしゅう》（光武《こうぶ》帝《てい》）であった。劉秀の正統性を高めるため、王莽は前漢を「簒奪」した大罪人として『漢書』に描かれてしまい、悪い評価が固まってしまったのである。

このように、「禅譲」は後世の評者の都合次第では「簒奪」ともなるのだが、基本的には同じものである。少なくとも楊堅は正しく禅譲の手続きを履んでいるので、周から隋へは「禅譲」で何もおかしくはない。

二、禅譲の手続き

では次に、禅譲の手続きを確認していこう。禅譲は、まず禅譲する天子の側の国運が傾いており、それを禅譲される側の有能な臣下が支えている、という状況で起こりうる。天子がまだ幼く、政務に耐えない人物であるとより可能性が高まる。有能な臣下が宰相に昇り詰めたあたりから、周囲の者が「いっそあなたが天子に」と禅譲をささやき始めるが、宰相はこれを怒って拒否する。次に天子は宰相を公に任じる。しばらくすると、天子は詔を下して公を王へ進めようとするが、公はこれを三度辞退する。その間も周囲から王位を受けるように説得が続き、公は四度目の詔で断り切れずに承諾する。天子は策書を発して公を王に任命する。これと前後して九錫《きゅうせき》（天子のみが用いることのできる九種の品物）が賜与される。続けて天子が禅譲の詔を下し、王が辞退することが三度続く。その間もまた周囲が禅譲を勧め、王はやむをえず承諾する。すると天子が冊書を下して王に譲位し、王は天を祭って易姓を告げ、受命して天子となる。

以上、一通りの流れを書くだけでも手続きの煩雑さはおわかりいただけよう。三度の辞退は「三譲」と呼ばれるもので、茶番といえば茶番であるが、決められた手続きを遵守できないようでは、禅譲を受ける資格は無いのである。

なお周隋の禅譲では、宇文闡の下した詔、策、冊や、楊堅が辞退を告げるための文書は、李徳林《りとくりん》が一手に起草していた。これらには各種典籍を踏まえ美辞を重ねる必要があり、幼帝にはもちろん、楊堅にも書ける代物ではなかったからである（詳細は第五章の李徳林伝を参照）。

三、漢魏禅譲と周隋禅譲

さて最後に、周隋禅譲と、手本とした漢魏禅譲との違いを見ていこう。漢魏禅譲は、曹氏を舜の末裔とし、堯舜禅譲になぞらえるという点で、実は王莽のそれと変わらない。そこで簒奪ではないことを示すために工夫を凝らしており、中でも曹操《そうそう》（武帝）と曹丕の二代に分けて行われたことは大きな特徴である。曹操は魏王に就任した時点で禅譲の手続きを一度止め、天下の支持を受けながら紂王に仕え続けた周の文王《ぶんのう》に自らを比定した。文王の子が武王であるから、曹操の子の曹丕はより禅譲を受けやすくなったのである。ただこれは年月がかかるので、後世では一代で全ての手続きをこなしており、楊堅もそうしている。

比較して面白いのは、曹操の魏公任命の策書と、楊堅の隋王任命の策書とであろう。後者は明らかに前者を意識して書かれたもので、王の功績を称えるために「此又君之功也」と繰り返すことに特徴がある。ところが、曹操の十の功績は、自ら前線に出て戦った外征の功が九を占めるのに対し、楊堅の十三の功績は、自らの目立った武功が無く、宰相として的確に人員を配置して乱を鎮めたことなど、内政に偏重のきらいがある。なるほど曹操は武帝で楊堅は文帝なのだと納得できる内容ではあるが、いささか水増し感は否めず、そこに李徳林の苦心が見て取れるのである。

そして両者の最も大きな違いは、曹丕は劉協をよく遇したが、楊堅は義理の孫にあたる宇文闡に禅譲を強いた挙げ句、すぐに一族もろとも皆殺しにした点である。これは何も楊堅ばかりがしたことではなく、南北朝の禅譲劇の慣習であったため、楊堅は漢魏禅譲を知る李徳林の反対に耳を貸さなかったのである。のちに曾孫の楊侑《ようゆう》（恭帝）が李淵《りえん》に禅譲を強いられ、さらに李世民《りせいみん》に殺害されて隋の命脈が絶たれることになるのは、因果応報というほかない。

參考文献

渡邉義浩『後漢における「儒教国家」の成立』（汲古書院、二〇〇九年）

渡邉義浩『王莽　改革者の孤独』（大修館書店、二〇一二年）

第五章　李徳林・許善心——南北朝から隋への移行期

李徳林（子・李百藥）

李徳林《りとくりん》は、字は公輔《こうほ》、博陵安平《はくりょうあんぺい》の人である。祖父の李壽《りじゅ》は、湖州戸曹従事であった。父の李敬族《りけいぞく》は、太学博士と鎮遠将軍を歴任した。東魏の孝静帝の時、当代の博識な者に典籍を校訂させたが、その際、李敬族を内校書とし、また直閤省に待機させた。李徳林は幼くして聡明で、数歳の頃、左思《さし》の「蜀都の賦」を読み出し、十日余りでそらんずるようになった。高隆之《こうりゅうし》はそれを見て驚嘆し、広く朝廷の士人に「もし無事に成長すれば、必ずや天下の偉器となるであろう」と言った。東魏の都である鄴の人士の多くは李徳林の家に彼を見に行き、一月余りの間、日中は車馬が絶えなかった。十五歳のころ、一日に数千言も五経と古今の文集をそらんじた。まもなく古籍に博く通じ、陰陽や讖緯に関わる書物でも渉猟しないものはなかった。文章を綴ることに優れ、その語句の使い方は厳格で内容は伸びやかであった。かつて魏收《ぎしゅう》は高隆之の李徳林評価について、父の李敬族に「ご子息の詩文はゆくゆくは溫子升《おんししょう》を継ぐほどになりましょう」と言った。これを聞いた高隆之は大笑して「魏常侍どのは殊更に賢才に嫉妬なさる。どうして彼にほど近い殷の賢大夫の老彭《ろうほう》と比べずに、彼とかけ離れている溫子升になぞらえるのか」と言った。

十六歳で父が死ぬと、自ら亡父の棺を乗せた輿を担いで郷里に帰って埋葬した。

【原文】

李徳林、字公輔、博陵安平人也。祖壽、湖州戶曹從事。父敬族、歷太學博士、鎮遠將軍。魏孝靜帝時、命當世通人正定文籍、以爲內校書、別在直閤省。徳林幼聰敏、年數歲、誦左思蜀都賦、十餘日便度。高隆之見而嗟歎、遍告朝士、云「若假其年、必爲天下偉器」。鄴京人士多就宅觀之、月餘、日中車馬不絕。年十五、誦五經及古今文集、日數千言。俄而該博墳典、陰陽緯候、無不通涉。善屬文、辭覈而理暢。魏收嘗對高隆之謂其父曰『賢子文筆終當繼溫子升』。隆之大笑曰「魏常侍殊已嫉賢、何不近比老彭、乃遠求溫子」。

年十六、遭父艱、自駕靈輿、反葬故里。

ちょうどその時は厳冬であったが、単衣の喪服に裸足という礼にかなった出で立ちで、郷里の人々はこのことにより李徳林を敬慕した。博陵の豪族に崔諶《さいしん》という者がおり、彼は僕射であった崔暹《さいせん》の兄で、休暇のため帰郷しており、その馬車や服装はとても豪勢であった。崔諶は自分の邸宅から李徳林を訪ねて弔問しようとした。両家は十里余り離れていたのだが、最初は従者は数十騎であったが、だんだんとその数を減らしてその場に待たせていき、李徳林の家の門に着いた時には、わずか五騎であった。崔諶は「従者を大勢引き連れて威勢を振るい、李徳林殿を困らせることはできない」と言った。李徳林は貧しく志も得ず、母親も病気がちだったので、典籍を読むことに専念しようとし、官職に就く気持ちもなかった。その後、母の病がやや回復してくると、李徳林は仕官を迫られるようになった。

　任城王の高湝《こうかい》が定州刺史となると、その才能を重んじられ、召されて州館に入った。朝夕行動を共にし、二人の関係はまるで師友のようで、君臣の礼儀を行わなかった。かつて高湝は李徳林に「賢明なる者を覆い隠していれば処罰される、と聞き及んでいる。長い間、君をここに留め、ただ私だけがその恩恵を得ていた。朝廷が見咎めなかったとしても、明霊に譴責されることを恐れるのだ」と語った。そこで李徳林を秀才として推挙して鄴に向かわせた。時に天保八年であった。任城王の高湝はそこで尚書令の楊愔《よういん》（楊遵彦《ようじゅんげん》）に「燕・趙の地方には元来奇士が多いと申しますが、この言葉には誠に偽りがございません。今年推薦しました秀才の李徳林という者は、文章学識はもとより言うまでもなく、その風格や度量を見ますに、ゆくゆくは国家の柱石を務めるでしょう。治国の大事に関しては、かの賈誼《かぎ》や晁錯《ちょうさく》に匹

時正嚴冬、單衰跣足、州里人物由是敬慕之。博陵豪族有崔諶者、僕射之兄、因休假還鄉、車服甚盛。將從其宅詣德林赴弔、相去十餘里、從者數十騎、稍稍減留。比至德林門、纔餘五騎。云不得令李生怪人燻灼。德林居貧轗軻、母氏多疾、方留心典籍、無復宦情。其後、母病稍愈、逼令仕進。

　任城王湝爲定州刺史、重其才、召入州館。朝夕同遊、殆均師友、不爲君民禮數。嘗語德林云「竊聞蔽賢蒙顯戮。久令君沈滯、吾獨得潤身、朝廷縱不見尤、亦懼明靈所譴」。於是擧秀才入鄴。于時天保八年也。王因遺尚書令楊遵彦書云「燕趙固多奇士、此言誠不爲謬。今歲所貢秀才李德林者、文章學識、固不待言、觀其風神器宇、終爲棟梁之用。至如經國大體、是賈生・晁錯之儔、雕蟲小技、殆相如・子雲之輩。今雖唐・虞君世、

敵する者ですし、作賦といった小事においても、司馬相如《しばしょうじょ》や揚雄《ようゆう》に並ぶものです。今は堯舜《ぎょうしゅん》の世のように、俊傑が朝廷に満ちていますが、大きな建物を修築する者が、どうして良材が積み重なっているのを厭いましょうか。私はかつて孔融《こうゆう》の「禰衡《でいこう》を薦むる表」に『洪水　横流し、帝　乂《おさ》めしめんことを思ふ』とあるのを読んだことがあります。禰衡をかの偉大な禹《う》になぞらえることについて、この喩えは筋が通っていないのではないかと常々思っておりました。今、李徳林についてこう言うならば、すぐに先の言葉が大袈裟なものでないことがおわかりになるでしょう」と手紙を送った。楊愔がすぐさま李徳林に「尚書令を譲る表」を書くように命じてみると、李徳林は筆を取るなり立ち所に書き上げ、修正する必要がなかった。そこで大いにその才を称賛し、それを吏部郎中の陸卬《りくこう》に見せた。陸卬は「この文章をよく読んでみると、浩浩としてまるで長江や黄河が東海に注ぐかのようである。近頃よく見る若い者が作ったものは、小川の流れにすぎない」と言った。陸卬はそこで息子の陸《りく》乂《がい》に李徳林と誼を通じさせ、息子に「お前はどんな時もこの方を師とし、模範とするのだぞ」と言って戒めた。この時、楊愔が人材の選考を行っていたが、その選考は大変慎重で、秀才として合格しても、甲科と評価されるものは稀であった。李徳林の答案は、試験ですべて上と評価され、殿中将軍を授けられた。李徳林はすでに西省散員となっていたのだが、好みに合わず、また天保の末年で政治も乱れていたので、そこで病だといって郷里に帰り、門を閉じて自らの道を守った。

乾明の初め、楊愔は李徳林を呼び戻して議曹に加えるよう上奏した。

皇建の初め、人物を探し推挙するよう詔が下されると、李徳林は再び呼び戻され

俊乂盈朝、然修大廈者、豈厭夫良材之積也。吾嘗見孔文擧薦禰衡表云『洪水横流、帝思俾乂』以正平比夫大禹、常謂擬諭非倫。今以德林言之、便覺前言非大」。遵彦即命德林製譲尚書令表、援筆立成、不加治點。因大相賞異、以示吏部郎中陸卬。卬云「已大見其文筆、浩浩如長河東注。比來所見、後生制作、乃涓澮之流耳」。卬仍命其子乂與德林周旋、戒之曰「汝毎事宜師此人、以爲模楷」。時遵彦銓衡、深慎選擧、秀才擢第、罕有甲科。德林射策五條、考皆爲上、授殿中將軍。既是西省散員、非其所好、又以天保季世、乃謝病還郷、闔門守道。

乾明初、遵彦奏追德林入議曹。

皇建初、下詔捜揚人物、復追赴晉陽。撰

晋陽に向った。「春思の賦」一篇を撰述すると、世の人々に典雅であると称賛された。この時、長広王の高湛《こうたん》（後の武成帝）が右丞相となり、また鄴の留守を預かっていた。李徳林に勅を下して鄴に帰らせ、散騎常侍の高元海《こうげんかい》らと機密を掌らせた。長広王は李徳林を引き立てて丞相府行参軍を授けた。ほどなくして長広王が帝位に即くと、奉朝請を授けられ、舎人の役所に宿直させられた。

河清年間に、員外散騎侍郎を授けられ、斉帥の官職にも就き、以前と変わらず本務とは別に機密を掌る役所に宿直した。

天統の初め、給事中を授けられ、中書に宿直し、詔誥を与り掌った。まもなく中書舎人に移った。

武平の初め、通直散騎侍郎の官を加えられた。また勅が下されて中書侍郎の宋士《そうし》素《そ》と副侍中の趙彦深《ちょうげんしん》とともに本務とは別に機密を掌った。まもなく母が死ぬと辞職したが、わずかな水も口に入れず五日間過ごした。そのために病気になって熱を出し、体中にはれものができたが、李徳林の亡母に対する哀泣は止むことはなかった。友人である陸騫《りくけん》・宋士素・名医の張子彦《ちょうしげん》らは、李徳林のために薬湯を作った。李徳林は喪中のため薬湯を飲みたがらず、体中が腫れ上がったが、数日すると、たちまち病は癒え、体は回復した。人々はみな李徳林の孝心が天に通じたからだと言った。太常博士の巴叔仁《はしゅくじん》がこの一件を上奏すると、朝廷はこのことを祝賀した。わずか百日で喪を止めさせられ復職したが、李徳林は病気であることを理由に速やかに辞職して帰郷することを願い出た。

魏收と陽休之《ようきゅうし》が国史である『斉書《せいしょ》』をどこから書き始めるかを議論し、勅が下

春思賦一篇、代稱典麗。是時長廣王作相、居守在鄴。敕德林還京、與散騎常侍高元海等參掌機密。王引授丞相府行參軍。未幾而王即帝位、授奉朝請、寓直舍人省。

河清中、授員外散騎侍郎、帶齋帥、仍別直機密省。

天統初、授給事中、直中書、參掌詔誥。尋遷中書舍人。

武平初、加通直散騎侍郎。又敕與中書侍郎宋士素・副侍中趙彥深別典機密。尋丁母艱去職、勺飲不入口五日。因發熱病、遍體生瘡、而哀泣不絕。諸士友陸騫・宋士素・名醫張子彥等、爲合湯藥。德林不肯進、遍體洪腫、數日間、一時頓差、身力平復。諸人皆云孝感所致。太常博士巴叔仁表上其事、朝廷嘉之。纔滿百日、奪情起復、德林以羸病屬疾、請急罷歸。

魏收與陽休之論齊書起元事、敕集百司會

されて百官を集めて会議を行った。魏收から李徳林への手紙にこう言う、
　先程の会議の議事録は、すべての事柄が載せられておりましたが、細かい点はごちゃごちゃで、非常にわかりにくいものでした。しかし、今項目ごとに並べると、どうにか注意が行き届き、細かく議論を追っていくことができます。ここで「ある者」と言っているのは、すべてが相手側の意見です。後は他者の説を聞いた上で、論を検討するだけです。

李徳林の返書にこう言う、
　即位が始まりとなるのは、『春秋《しゅんじゅう》』の常例ではあります。謹んで考えてみますに、魯の君主であった息姑《そくこ》（隠公）は「即位した」と書いておりませんが「元年」と書いてあるので、「即位」と書いてあるときだけ「元年」と言うことができるというわけではありません。議論の中に、「（帝位の）終わりを受け継ぐことが始まりとなるが、これは『尚書《しょうしょ》』に基づく古典である」との意見がございました。謹んで考えてみますに、『尚書大伝《たいでん》』には「周公《しゅうこう》摂政するに、一年　乱を救ひ、二年　殷を伐ち、三年　奄を践み、四年　侯衛を建て、五年　成周を営し、六年　礼を制し楽を作り、七年　政を成王に致す」とあります。論者は舜と禹が（帝位の）終わりを受け継いだことによって、天子となったとします。しかしながら周公は臣下の礼によって死んだのに、ここでもまた歳を数え始めています。（帝位の）終わりを受け継ぐときだけ帝となるというわけではありません。議事録をお示し下さり、病を抱えながらも拝見致しましたが、私のぼんやりとした心や誤った見識は、ようやくその蒙が開かれました。当世の

議。收與德林書曰、
前者議文、總諸事意、小如混漫、難可領解。今便隨事條列、幸爲留懷、細加推逐。凡言或者、皆是敵人之議。既聞人說、因而探論耳。

德林復書曰、
即位之元、春秋常義。謹按魯君息姑不稱即位、亦有元年、非獨即位得稱元年也。議云「受終之元、尚書之古典」。謹按、大傳「周公攝政、一年救亂、二年伐殷、三年踐奄、四年建侯衛、五年營成周、六年制禮作樂、七年致政成王」。論者或以舜、禹受終、是爲天子。然則周公以臣禮而死、此亦稱元、非獨受終爲帝也。蒙示議文、扶病省覽、荒情迷識、暫得發蒙。當世君子、必無橫議、唯應閣筆贊成而已。輒謂前二條有益於議、仰見議中不錄、謹以寫呈。

君子は、必ずや勝手な議論をせず、きっと筆を置き賛成するでしょう。この二つの話を取り上げたのは議論に資するものなのに、議事録を見ますに収録されていなかったからです。謹んでここに記し進呈致します。

魏収から李德林への手紙にこう言う、

二点教示いただけたこと、深く感佩いたしております。魯公諸侯の事についてですが、以前より少々疑問に思う点がございます。息姑は「即位」と書かず、舜と禹もまた「即位」と言っておりません。息姑が摂政であるのに、なお「元年」と書くことができるのであれば、舜と禹が摂政して「元年」と言えるのも、道理であります。しかし、周公が摂政するにあたって、そこで「一年乱を救ふ」と言っているのは、「元年」と言っていないようであります。私の手元には『尚書大伝』がありませんで、検討することができません。「一」と「元」とは、何か相違点があるのでしょうか。またご高説をお持ちでしたら、何卒ご教示ください。

李德林の返書にこう言う、

「摂」と「相」は、その意味は同一であります。それゆえ周公が摂政すると、孔《こう》子《し》は「周公は成王に相たり」と言い、魏の武帝《ぶてい》（曹操《そうそう》）が後漢の丞相となると、曹植《そうち》は「虞の唐を翼するが如し」と言うのです。ある者は高祖（高歓《こうかん》）自身は摂政ではなかった、と言いますが、その発言が理に適っていないことははっきりしております。「摂」とは賞罰を掌るものの名称ですが、今と昔では事態は異なっており、その外面で判断することはできません。陸機《りくき》は舜が「肆《ここ》に上帝に類し、瑞を群后に班す」のを見ても、それでも舜が天下を保有するには文《ぶん》

收重遺書曰、

惠示二事、感佩殊深。以魯公諸侯之事、昨小爲疑。息姑不書即位、舜・禹亦不言即位。息姑雖攝、尚得書元、舜・禹之攝稱元、理也。周公居攝、乃云「一年救亂」、似不稱元。自無大傳、不得尋討。一之與元、其事何別。更有所見、幸請論之。

德林答曰、

攝之與相、其義一也。故周公攝政、孔子曰「周公相成王」、魏武相漢、曹植曰「如虞翼唐」。或云高祖身未居攝、灼然非理。攝者專賞罰之名、古今事殊、不可以體爲斷。陸機見舜「肆類上帝、班瑞羣后」、便云舜有天下、須格於文祖也、欲使晉之三主異於舜攝。竊以爲舜若堯死、

祖《そ》に格する必要があった、と言い、晋の三主（司馬懿《しばい》・司馬師《しばし》・司馬昭《しばしょう》）は舜の摂政とは異っているとしようとしました。ひそかに思いますに、もし堯が死んだあと、裁判を願う者が舜のもとに行かなかったら、これは禹から禅譲されようとするも経験が浅いために諸侯が離れた夏王朝における益のようになるのですから、どうして文祖を格する必要がないことがあるのでしょうか。もし王者の礼を使用していることを「即真」といえるのであれば、周公が衡立を背にして諸侯に朝見し、前漢の霍光《かくこう》が周公の行いをしたことで、みな真帝と呼べましょうか。そうではありません。必ずや高祖と舜の摂政に違いが無く、陸機の謬説に従うことなど出来ないことがわかるでしょう。ある者は、元年と書くのは当時の実録で、後から追って書くものではない、と考えております。大斉が興ったのは、実に武帝（高歡）によるものですが、謙遜されて天命を受けたことを隠しているのですから、どうして直接記録に書きましょうか。これに比べれば、論者が後から受命の元を求めると、その多くは河漢にありますが、ただ天命を受けた歳を言うだけで安堵しようとしております。「元」字ばかりに心を煩わすことは、朝三暮四のようなもので、これは「一年」と言うのを許して、「元年」と言うのを許さないのですが、考えてみますに『易《えき》』坤卦に「黄裳《こうしょう》は元吉なり」とあり、その鄭玄《じょうげん》注に「舜の天子を試み、周公の摂政するが如し」とあります。ここから「試」と「摂」とは異ならないことがわかります。『尚書大伝』には「元」字がないとはいえ、「一」と「元」とは、異なる意味は無いのです。『春秋』で「一年一月」と言わないのは、人君に「元」を体して正しきところ

獄訟不歸、便是夏朝之益、何得不須格於文祖也。若使用王者之禮、便曰即眞、則周公負扆朝諸侯、霍光行周公之事、皆眞帝乎。斯不然矣。必知高祖與舜攝不殊、不得從士衡之謬。或以爲書元年者、當時實錄、非追書也。大齊之興、實由武帝、謙匿受命、豈直史也。比觀論者聞追擧受命之元、多有河漢、但言追數受命之歲、情或安之。似所怖者元字耳、事類朝三、是許其一年、不許其元年也。案易「黄裳元吉」、鄭玄注云「如舜試天子、周公攝政」。是以試攝不殊。大傳雖無元字、一之與元、無異義矣。春秋不言一年一月者、欲使人君體元以居正、蓋史之婉辭、非一與元別也。漢獻帝死、劉備自尊崇。陳壽蜀人、以魏爲漢賊。寧肯蜀主未立、已云魏武受命乎。士衡自尊本國、誠如高議、欲使三方鼎峙、同爲霸名。習氏漢晉春秋、意在是也。至司馬炎兼並、許其帝號。魏之君臣、吳人並以爲戮賊、亦寧肯當塗之

に居させようとしているのであって、おそらくこれは史の婉曲な表現で、「一」と「元」が別義であるというわけではないのです。後漢の献帝《けんてい》が死ぬと、劉備《りゅうび》は自ら皇帝となりました。陳壽《ちんじゅ》は蜀の人ですから、魏を漢賊としました。どうして蜀主が皇帝に即位していないのに、すでに魏の武帝が天命を受けたと（陳壽は）言えましょうか。陸機も本国（呉）を尊び、立派な議論に見せかけて、三国が鼎峙し、同じく霸を唱えていたとしたかったのです。習鑿歯《しゅうさくし》『漢晋春秋《かんしんしゅんじゅう》』の意図もここにあるので、司馬炎《しばえん》が統一することで、その帝号を承認したのです。魏の君臣については、呉の人はみなそれを戮賊としましたから、またどうして當塗の世（魏の時代）を認めて、その当時から晋には受命の兆しがあったと言えましょうか。史とは編年であり、だから魯《ろ》は「紀年」と号するのです。墨《ぼく》子《し》もまた「吾百国の春秋を見る」と言っております。史はまた記事が無くとも年を書くことが有りますが、これは年を重ねることを明らかにしているのです。もし高祖の諸事が謙遜しており、みな魏氏を推すように号令していたと考えたいのであれば、すなわちこれは魏の年を編し、魏の事を紀することであって、これは魏末の功臣の伝となり、どうしてまた皇朝の帝紀に入れられましょうか。陸機は王朝の断限を述べて、あるいは正始を、あるいは嘉平を始まりとしました。束晳《そくせき》の議に「赤雀白魚の事」とあります。恐らく晋朝の議では、併せて受命の「元」についても論じており、王朝の断限だけ論じられたのではなかったのでしょう。公議では「陸機が「元」を議論しなかったのは、理解していなかったからだ」としていますが、この点について更に考えたいと思います。陸機は（禹

世、云晉有受命之徵。史者、編年也、故魯號「紀年」。墨子又云「吾見百國春秋」。史又有無事而書年者、是重年驗也。若欲高祖事事謙沖、即須號令皆推魏氏。便是編魏年、紀魏事、此即魏末功臣之傳、豈復皇朝帝紀者也。陸機稱紀元立斷、或以正始、或以嘉平。束晳議云「赤雀白魚之事」。恐晉朝之議、是并論受命之元、非止代終之斷也。公議云「陸機不議元者、是所未喻」、願更思之。陸機以刊木著於虞書、龕黎見於商典、以蔽晉朝正始、嘉平之議、斯又謬矣。唯可二代相涉、兩史並書、必不得以後朝創業之跡、斷入前史。若然、則世宗・高祖皆天保以前、唯入魏氏列傳、不作齊朝帝紀、可乎。此既不可、彼復何證。

の事績である）「木を刊《けず》る」ことが『尚書』「虞書」（の益稷篇）に著され、（周の文王に関する）「龕黎《がんれい》」（西伯戡黎篇）が『尚書』「商典」に見えることから、晋朝が魏の正始・嘉平年間に始まるとする議論に蓋をしましたが、これはまた誤りです。ただ二つの王朝にまたがる人物は、二つの歴史書にともに書くことができるというだけで、後の王朝の創業に関わる事績は絶対に前史に入れることはできません。もしそうであるならば、世宗（高澄）と高祖（高歡）はみな天保年間以前の人物ですから、魏朝の列伝に入れるだけで、斉朝の帝紀には入れないとなりますが、それでよいのでしょうか。それはすでにできないことであり、彼らはまたどんな論証ができましょうか。

この時、中書侍郎の杜臺卿《とだいけい》が「世祖武成皇帝頌」を上奏したが、斉主（北斉の後主、高緯《こうい》）は最善を尽くしていないと考え、和士開《かしかい》に命じて頌を李徳林に見させた。宣旨を下して「杜臺卿のこの文は、まだ朕の意に適っていない。卿には大才があるので、世祖の盛徳を述べて、速やかに作成し、急ぎ正本を上奏せよ」と言った。李徳林はそこで「頌十六章并びに序」を上奏したが、文章量が多いのでここには掲載しない。武成帝は頌を見て称賛し、李徳林に名馬一匹を賜った。

武平三年、祖孝徴《そこうちょう》（祖珽《そてい》）が召し出されて侍中となり、尚書左僕射の趙彦深《ちょうげんしん》は外任に出て兗州刺史となった。朝廷の人士に以前から祖孝徴に優遇されていた者がおり、李徳林を譏って、彼は趙彦深の一派なので機密を掌らせるべきではない、と言った。祖孝徴は「李徳林は久しく軍務に携わっていたが、私は常々趙彦深の賢人に対する待遇が不十分であることに不満を抱いていた。朝廷の文書は、全て李徳林

是時、中書侍郎杜臺卿上世祖武成皇帝頌、齊主以爲未盡善、令和士開以頌示德林。宣旨云「臺卿此文、未當朕意。以卿有大才、須敘盛德、即宜速作、急進本也」。德林乃上頌十六章幷序、文多不載。武成覽頌善之、賜名馬一匹。

三年、祖孝徵入爲侍中、尚書左僕射趙彥深出爲兗州刺史。朝士有先爲孝徵所待遇者、間德林、云是彥深黨與、不可仍掌機密。孝徵曰「德林久滯絳衣、我常恨彥深待賢未足。內省文翰、方以委之。尋當有佳處分、不宜

に任せるように。追って良き沙汰を下さねばならぬが、そのような妄説を口にするのは宜しくないな」と言った。まもなく中書侍郎に叙任され、そして詔によって国史の編纂に携わった。斉主は文雅に心を寄せ、李徳林を召して文林館に入れた。また李徳林と黄門侍郎の顔之推《がんしすい》の二人を同判文林館事とした。

武平五年、敕令を下して黄門侍郎の李孝貞《りこうてい》と中書侍郎の李若《りじゃく》とともに本務とは別に宣布・伝達を掌らせた。まもなく通直散騎常侍に叙任され、中書侍郎を兼任した。

隆化年間に、仮儀同三司となった。

承光年間に、儀同三司を授けられた。

北周の武帝が北斉を打ち破り、鄴に入城する日、敕を下して小司馬の唐道和《とうどうか》に李徳林の自宅に向かわせて、宥め諭して「北斉を平定した意義は、ただそなただけである。朕はもとよりそなたが斉王を追って東に逃げ去ることを案じていたが、今そなたがまだ鄴に留まっていると聞き、大いに安堵している。すぐさま入朝し拝謁せよ」と告げさせた。唐道和が李徳林を引き連れて入朝すると、武帝は内史の宇文昂《うぶんこう》に北斉王朝の風俗政教や人物の善し悪しを李徳林に訪ねさせて、役所に留め、三泊してようやく帰宅させた。武帝の車駕に従って長安に行き、内史上士を授けられた。これより以後、詔誥格式や、山東の人物を用いることは、そのすべてを李徳林に一任した。武帝はかつて雲陽宮にて鮮卑《せんぴ》語で群臣に「私は常日頃から李徳林の名前だけは聞いていたが、その北斉王朝で作った詔書や檄文を見てみると、私には天上人としか思えなかった。今日、李徳林を仕えさせ、また私のために文書を作らせると

妄説」。尋除中書侍郎、仍詔修國史。齊主留情文雅、召入文林館。又令與黄門侍郎顔之推二人同判文林館事。

五年、敕令與黄門侍郎李孝貞・中書侍郎李若別掌宣傳。尋除通直散騎常侍、兼中書侍郎。

隆化中、假儀同三司。

承光中、授儀同三司。

及周武帝克齊、入鄴之日、敕小司馬唐道和就宅宣旨慰喩、云「平齊之利、唯在於爾。朕本畏爾逐齊王東走、今聞猶在、大以慰懷、宜即入相見」。道和引之入内、遣内史宇文昂訪問齊朝風俗政教、人物善惡、即留内省、三宿乃歸。仍遣從駕至長安、授内史上士。自此以後、詔誥格式、及用山東人物、一以委之。武帝嘗於雲陽宮作鮮卑語謂羣臣云「我常日唯聞李德林名、及見其與齊朝作詔書移檄、我正謂其是天上人。豈言今日得其驅使、復爲我作文書、極爲大異」。神武

は、実に不思議なことであるなあ」と言った。神武公の紇豆陵毅《こつとうりょうき》（竇毅《とうき》）が「明王聖主が麒麟と鳳凰を得ると瑞祥となるが、これは聖徳に麒麟と鳳凰が感応したからであって、人力で来させることはできず、また瑞祥がやって来たとしても、それらを使役できるわけではない、とそれがしは聞き及んでおります。今、李徳林があますことなく使役されるのも、また陛下の聖徳の致すところでありますが、かような大才を用い、使いこなされていることは、麒麟と鳳凰が遠方よりやって来ることに勝るものです」と答えた。武帝は大笑して「誠に貴公の言う通りである」と言った。

宣政の末に、御正下大夫を授けられた。

大象の初めに、成安県男の爵位を賜った。

北周の宣帝《せんてい》が危篤となり、高祖に遺詔を受けさせようとした際、邗国公の楊恵《ようけい》（後の楊雄）は李徳林に「朝廷は楊堅殿《ようけん》に政治と軍事を統べさせようとしておりますが、国家を経営する責務は重く、多くの才人が輔佐しなければ、大業を成し遂げることはできません。今、私は貴殿と共に事に当たりたいと思っております。どうかお引き受け下さい」と言った。李徳林はこの言葉を聞いてとても喜び「私めは平凡で軟弱ではございますが、忠誠の心も持ち合わせております。もし事を曲げてでも取り立てて下さいますなら、必ずや一命を賭してご奉公いたします」と答えた。高祖は大変喜び、すぐさま李徳林を召し出して共に語らった。劉昉《りゅうほう》と鄭譯《ていやく》は詔を改竄して高祖を召し出し、遺詔を受けさせて幼主（北周の静帝《せいてい》）を補佐させ、内外の軍事を統べさせた。諸衛府はすでに敕を奉じて、ともに高祖の指令を受けた。鄭譯と劉昉は相談して、高祖に冢宰を授け、鄭譯自身は大司馬を、劉昉はまた小冢宰の官を

公紇豆陵毅答曰「臣聞明王聖主、得麒麟鳳凰爲瑞、是聖德所感、非力能致之。瑞物雖來、不堪使用。如李德林來受驅策、亦陛下聖德感致、有大才用、無所不堪、勝於麒麟鳳凰遠矣」。武帝大笑曰「誠如公言」。

宣政末、授御正下大夫。

大象初、賜爵成安縣男。

宣帝大漸、屬高祖初受顧命、邗國公楊惠謂德林曰「朝廷賜令總文武事、經國任重、非羣才輔佐、無以克成大業。今欲與公共事、必不得辭」。德林聞之甚喜、乃答云「德林雖庸懦、微誠亦有所在。若曲相提奬、必望以死奉公」。高祖大悅、即召與語。劉昉・鄭譯初矯詔召高祖受顧命輔少主、總知内外兵馬事。諸衛既奉勅、並受高祖節度。鄭譯・劉昉議、欲授高祖冢宰、鄭譯自攝大司馬、劉昉又求小冢宰。高祖私問德林曰「欲何以見處」。德林云「即宜作大

求めようとした。高祖はひそかに李徳林に「どのような処置をするべきであろうか」と尋ねた。李徳林は「すぐさま大丞相・仮黄鉞・都督内外諸軍事となるべきです。そうでなくては、人びとを抑えつけることは出来ますまい」と言った。宣帝の喪を発すると、すぐさまその言葉通りにした。鄭譯を丞相府長史とし、内史上大夫にも任じ、劉昉を丞相府司馬としただけであった。鄭譯と劉昉はこのことにより不満を抱いた。李徳林を丞相府属とし、儀同大将軍を加えた。まもなく三方で反乱が起きると、戦略を差配するのに、高祖はみな李徳林と対応を協議した。指令書や檄文は、朝夕絶えることなく、一日の間に、百件以上発せられることもあった。特に急いで発する必要があれば、李徳林は口頭で述べて数人それぞれに筆記させ、その文章の内容は多岐に及んでいたが、修正する必要は無かった。鄖公の韋孝寛《いこうかん》は東道元帥となり、その軍勢は永橋に宿営していたが、沁水《しんすい》が増水して、兵は渡ることができなかった。長史の李詢《りじゅん》が密かに「大将の梁士彦《りょうしげん》・宇文忻《うぶんきん》・崔弘度《さいこうど》はともに尉遅《うっち》迥《けい》から賄賂を受け取っており、軍中は動揺し、人びとの心情も大きく変わってきております」と上申書を奉った。高祖は李詢の上申書を見ると、深く憂慮し、鄭譯と相談して、この三人を交代させようとした。李徳林だけは「公と諸将は、ともに国家の貴臣であり、まだ服属させるような関係ではございません。今は天子のご威光によって、彼らを動かすしかありません。またどうして後から派遣された者がすべて公の腹心となり、先に派遣された者だけが公に背くとわかりましょうか。また金を受け取ったことの真偽は明らかにし難いものですし、もし交代させようとすれば、彼らは罪を得るのを恐れましょうから、彼らが逃げ出す心配をせねばならず、拘束

丞相・假黄鉞・都督内外諸軍事。不爾、無以壓衆心」。及發喪、便即依此。以譯爲相府長史、帶内史上大夫、昉但爲丞相府司馬。譯・昉由是不平。以德林爲丞相府屬、加儀同大將軍。未幾而三方構亂、指授兵略、皆與之參詳。軍書羽檄、朝夕塡委、一日之中、動逾百數。或機速競發、口授數人、文意百端、不加治點。鄖公韋孝寬爲東道元帥、師次永橋、爲沁水泛漲、兵未得度。長史李詢上密啓云「大將梁士彥・宇文忻・崔弘度並受尉遲迥餉金、軍中慅慅、人情大異」。高祖得詢啓、深以爲憂、與鄭譯議、欲代此三人。德林獨進計云「公與諸將、並是國家貴臣、未相伏馭、今以挾令之威、使得之耳。安知後所遣者、能盡腹心、前所遣人、獨致乖異。又取金之事、虚實難明、即令換易、彼將懼罪、恐其逃逸、便須禁錮。然則鄖公以下、必有驚疑之意。且臨敵代將、自古所難、樂毅所以辭燕、趙括以之敗趙。如愚所見、但遣公一腹心、明於智略、爲諸將舊來

せねばなりません。そうなると鄖公以下の諸将は、必ずや疑念を抱きましょう。かつ敵に臨んで将を代えるのは、古来より難しいもので、樂毅《がくき》が燕を辞去した理由はこれで、趙括《ちょうかつ》もこれによって趙を大敗させてしまいました。それがしの見るところ、公の腹心で、智略に富み、諸将に以前から信頼されている者を一人、速やかに前線に向かわせ、軍中の実情を見させるだけでよいかと存じます。そうすればたとえ二心を抱く者がいたとしても、決して動きますまい」と献策した。丞相は大いに悟り「もし貴公がそう言ってくれなければ、この大事は失敗していたであろう」と言った。すぐさま高熲《こうけい》を伝令の馬車で前線に向かわせ、諸将を監督させたところ、とうとう大功をなすことができた。およそ李徳林の策謀は、多くがこのようなものであった。官職を進められて丞相府従事内郎を授かった。禅譲の際の「相国百揆を総べよ」、「九錫礼を殊にす」といった詔勅・策書やその際の上表文など一連の文書は、全て李徳林が書いたものであった。高祖が即位した日に、内史令を授かった。

当初、禅譲を受けようとしたときに、虞慶則《ぐけいそく》は高祖に宇文氏を族滅することを勧め、高熲と楊恵もまた曖昧な態度をとりつつもこの意見に従った。ただ李徳林だけは強く諫め、反対した。高祖は顔色を変えて怒って「お前のような書生に判断できることではない」と言った。そこでとうとう宇文氏を族滅した。これ以降、位階は加えられず、高熲と虞慶則の下に置かれ、ただ官品に基づいて上儀同を授けられ、子爵となるのみであった。

開皇元年、勅令により太尉・任国公の于翼《うよく》と高熲らと共に律令を制定した。制定後に奏聞すると、別に九環金帯一本と駿馬一匹を賜ったが、それは功績の多さを賞

所信服者、速至軍所、使觀其情僞。縱有異志、必不敢動」。丞相大悟曰「若公不發此言、幾敗大事」。即令高熲馳驛往軍所、爲諸將節度、竟成大功。凡厥謀謨、多此類也。進授丞相府從事內郎。禪代之際、其相國總百揆、九錫殊禮詔策箋表璽書、皆德林之辭也。高祖登阼之日、授內史令。

初、將受禪、虞慶則勸高祖盡滅宇文氏、高熲・楊惠亦依違從之。唯德林固爭、以爲不可。高祖作色怒云「君讀書人、不足平章此事」。於是遂盡誅之。自是品位不加、出於高・虞之下、唯依班例授上儀同、進爵爲子。

開皇元年、敕令與太尉任國公于翼・高熲等同修律令。事訖奏聞、別賜九環金帶一腰、

されたためである。格令が頒布された後、蘇威《そい》は常に条目を改訂したがっていた。李徳林は格式がすでに頒布されており、またその内容は画一である必要があり、たとえ少々の乱れがあっても、国や民を害するものでなければ、幾度も改変すべきではないと考えていた。蘇威はまた五百家ごとに郷正を設置して、民間の訴訟を処理させるよう上奏した。李徳林は、もともと郷官が訴訟を治めるのを廃止したのは、その里閭親戚のためにその判断が不公平であったからなのに、今、郷正に五百家を治めさせれば、その害が更にひどくなると考えた。かつ現在は吏部が官吏を選定しているが、天下は数百県あるに過ぎず、六・七百万戸の内から、その数百県の県令を選抜してさえも、その才能を称賛できるものはいないのに、一郷五百家の内から、五百家を治めることができる一人を選ぼうと思っても、人物を得られないだろうと考えた。また今のところ遠方の小県には、五百家に満たない郷もあり、（それら五百家に満たない郷を県を跨いで一郷としても）両県にその一郷を管理させることはできないと考えた。敕令を下して内外の群官に東宮で会議をさせると、皇太子以下、多くの者たちが李徳林の議論に従った。蘇威はまた郡を廃止することも言ったが、李徳林は蘇威に「令を修訂した時に、貴公はどうして郡を廃止することの利点を論じなかったのだ。今、令がようやく出たのに改められようか」と語った。しかしながら高熲が蘇威の議論に賛同し、李徳林のことを拗けていて固執することが多いと称した。これより高祖は全て蘇威の議論によることになった。

　五年、敕令が下され高祖が丞相だったときの文書を選録し、まとめて五巻とし、これを『霸朝雑集《はちょうざっしゅう》』と言った。

駿馬一匹、賞損益之多也。格令班後、蘇威毎欲改易事條。德林以爲格式已頒、義須畫一、縱令小有蹐駁、非過蠹政害民者、不可數有改張。威又奏置五百家鄕正、即令理民間辭訟。德林以爲、本廢鄕官判事、爲其里閭親戚、剖斷不平、今令鄕正專治五百家、恐爲害更甚。且今時吏部、總選人物、天下不過數百縣、於六七百萬戶內、詮簡數百縣令、猶不能稱其才、乃欲於一鄕之內、選一人能治五百家者、必恐難得。又即時要荒小縣、有不至五百家者、復不可令兩縣共管一鄕。敕令內外羣官、就東宮會議。自皇太子以下、多從德林議。蘇威又言廢郡、德林語之云「修令時、公何不論廢郡爲便。今令纔出、其可改乎」。然高熲同威之議、稱德林狠戾、多所固勢。由是高祖盡依威議。

　五年、敕令撰錄作相時文翰、勒成五卷、謂之霸朝雜集。

それに序をつけてこう言う、
思いますに太陽が光り輝くと、草は太陽に向かい、神龍が飛翔すると、飛雲は山の石に觸れます。聖人が上にいると、微かな符命が明らかとなり、それ故にどの家にも封ずるに足る人物がいると称され、万物はここに現れます。臣は皇朝創業の時にあって、参与して奔走し、そこで封ずるに足る人物に加わることができ、万物の一つとなりました。その慶賀すべきことは、まことに数多くございます。そもそも帝王の補佐が、運に応じて誕生し、朝廷に往来することは、実際にございます。班爾《はんじ》の神妙さで、曲がった木も変容し、朱や藍が染めれば、白糸もその色を改めます。舜の二十二臣は、とても素晴らしい功業を成し、後漢の光武帝《こうぶてい》の二十八将は、力をその時に発揮しております。徳を修め善を積むことは、どうして稷《しょく》・契《せつ》に匹敵しましょうか。戦功を計れば、耿弇《こうえん》・賈復《かふく》に類しましょうか。書契ができてから、言を立て事を立てましたが、資質が賢徳で無い者は、どうして世にないことがありましょうか。思うに上は英明な先君を受け継ぎ、遍く天下の英傑たちを集め、賤しい牧人や商人、身分の低い屠殺者や釣り人であっても、能力によって王侯となるのは、みなこのためであります。聖人の教えは区別無く行き届き、童子でも覇業を恥とし、その徳行を見習い、狂夫も聖業を成し遂げます。治世に士が多いのも、またこれによるのです。拠ることのできる煙霧があれば、螣蛇《とうだ》も蛟龍《こうりゅう》と共に遠方へ行き、休息するところがあれば、蒼蝿も麒麟と同じ速さとなります。人物を選んで事業を行えば、功績を上げることは難しくないのです。ここから言えば、上智でなくとも、受命

序其事曰、
竊以陽烏垂曜、微藿傾心、神龍騰擧、飛雲觸石。聖人在上、幽顯冥符、故稱比屋可封、萬物斯覩。臣皇基草創、便豫驅馳、遂得參可封之民、爲萬物之一。其爲嘉慶、固以多也。若夫帝臣王佐、應運挺生、接踵於朝、諒有之矣。而班爾之妙、曲木變容、朱藍所染、素絲改色。二十二臣、功成盡美、二十八將、效力於時。種德積善、豈皆比於稷・契、計功稱伐。非悉類於耿・賈。書契已還、立言立事、質非殆庶、何世無之。蓋上稟睿后、旁資羣傑、牧商鄙賤、屠釣幽微、化爲侯王、皆由此也。有教無類、童子羞於霸功、見德思齊、狂夫成於聖業。治世多士、亦因此焉。煙霧可依、螣蛇與蛟龍俱遠、栖息有所、蒼蠅同騏驥之速。因人成事、其功不難。自此而談、雖非上智、事受命之主、委質爲臣、遇高世之才、連官接席、皆可以翊亮天地、流名鐘鼎、何必蒼頡造書、伊尹制

の主に仕え、彼の臣下となり、高才の者に遇えば、高官と席を列ね、皆な天地の間に羽ばたき、その名を鐘鼎に留めることができるので、必ずしも蒼頡《そうけつ》が書を創り、伊尹《いいん》が命を制し、周公旦《しゅうこうたん》が筆を取り、老聃《ろうたん》が史官となって、やっと帝王の事を叙述し、人鬼のごとき謀を語ることができるというわけではないのです。私のような者にいたっては、もともと賓客としての実績も無く、勲功も徳も無いのに、高位高官の人々の中に混ざり、学才も無いのに、文芸の職務に携わっておりました。もしこのような好機に巡り会えず、天恩を蒙らなければ、輝かしい光が行き渉り、広く学んで、礼によってまとめられ、数多くの官吏は、全て才を兼ね備えているのに、村落に隠遁し、郷里に隠退したものも、東陵の瓜を植えず、南陽の掾に過ぎないのに、どうして宮殿の門に出入りし、天子の宮殿を奔走し、天子の階を履み、聖皇のお側に侍り、国家の枢要に参画し、その恩寵に与ることができたでしょうか。

昔、木徳である北周王朝がまさに終わらんとするとき、朝廷は喪にありましたが、（陛下の）火徳は勃興しはじめ、百官は統括されました。北周の司った八柄が、大隋にすべて納められたころ、両王朝の文翰は、この私が掌っておりました。時に普天の下は、三方で乱が起こり、軍事が多く、朝な夕なに文章は入り乱れておりました。公文書は紛紜として、文書は飛び交い、ある時は弩の様に素速く一斉に発せられ、あるものは天までみなぎるかのような壮大なものであり、またある時には万機に関わるものがあり、またあるものは万事に渉る内容でした。皇帝陛下は内に聡明で外に和順で、天下を経営して、無窮の術を述べ、

命、公旦操筆、老聃爲史、方可敍帝王之事、談人鬼之謀乎。至若臣者、本慚賓實、非勳非德、厠軒冕之流、無學無才、處藝文之職。若不逢休運、非遇天恩、光大含弘、博約文禮、萬官百辟、才悉兼人、收拙里閭、退仕郷邑、不種東陵之瓜、豈過南陽之掾、安得出入閶闔之闈、趨走太微之庭、履天子之階、侍聖皇之側、樞機帷幄、霑及榮寵者也。

昔歳木行將季、諒闇在辰、火運肇興、羣官總己。有周典八柄之所、大隋納百揆之日、兩朝文翰、臣兼掌之。時溥天之下、三方構亂、軍國多務、朝夕塡委。簿領紛紜、羽書交錯、或速均發弩、或事大滔天、或日有萬幾、或幾有萬事。皇帝内明外順、經營區宇、吐無窮之術、運不測之神、幽贊兩儀、財成萬類。咨謀臺閣、曉喻公

不測の神を巡らせ、陰陽を明らかにし、その財をなすこと万類でありました。台閣にて審議し、公卿たちを教え諭し、国中の者たちを訓導し、歯向かう賊を責め立てておりました。三軍は軍律を奉じるのは、戦えば勝ち攻めれば奪取できる策略であり、国々はその教化を受けるのは、位を安んじ民を治める道です。禅譲を受ける際には、群臣の請求に応え、古からの憲章を有しつつも、時節に随って新たな制度も創られました。千変万化すること、喩えればかの懸河が、僅かな時間でも、光景を惜しんでいるかのようです。大きなものは天地でも残すことなく、小さなものは毫毛であっても失うことはありません。遠く古の三代を尋ねて、未だ聞き及ぶことが無いものも尽く聞き、遠く先王の事を見ても、未だ見ることが無いものも皆な見ることができます。言を発し論を吐けば、すぐさま文章となるので、私は筆に墨を付けて簡牘をとって、書き記すだけでございました。昔、堯の教化は、老人は見ても理解できず、孔丘《こうきゅう》の言葉は、弟子たちは聞くも達しませんでした。私の愚かな情は陛下の聖を承けても、必ずや多くの誤りがあるかと思います。加えて殿門に上奏して宮殿を走り、袖は文章で満たされ、手に取って目で追いながらも、文章は机に積み重なっておりました。心に別慮なく、筆はしばらくも止まらず、あるいは夜まで食事もとらず、あるいは連夜眠りもせずに、非才を補うために勤めて、休みもしませんでした。時には詞理に誤謬や、遺漏闕疑がありましたが、皆な天旨が訓誘し、神筆によって改定されました。謀をうち立て、深遠な理に到達し、命に従う者は安きを得、命に違う者はすべて禍を得ました。遥か万里の外を測り、来事を指し示

卿、訓率土之濱、責反常之賊。三軍奉律、戰勝攻取之方、萬國承風、安上治民之道。讓受終之禮、報羣臣之令、有憲章古昔者矣、有隨事作故者矣。千變萬化、譬彼懸河、寸陰尺日、不棄光景。大則天壤不遺、小則毫毛無失。遠尋三古、未聞者盡聞、逖聽百王、未見者皆見。發言吐論、即成文章、臣染翰操牘、書記而已。昔放勛之化、老人覩而未知、孔丘之言、弟子聞而不達。愚情稟聖、多必乖舛。加以奏閤趨墀、盈懷滿袖、手披目閲、堆案積几。心無別慮、筆不暫停、或畢景忘餐、或連宵不寐、以勤補拙、不遑自處。其有詞理疎謬、遺漏闕疑、皆天旨訓誘、神筆改定。運籌建策、通幽達冥、從命者獲安、違命者悉禍。懸測萬里、指期來事、常如目見、固乃神知。變人亂而致太平、易可誅而爲淳粹、化成道洽、其在人文、盡出聖懷、用成典誥、並非臣意所能至此。伯禹矢謨、成湯陳誓、漢光數行之札、魏武接要

すことは、常にはっきりと目で見ることができるようで、もとより神知と言うべきものでした。大乱の世を一変させて太平の世をもたらし、誅すべき者を淳粋な者へ変化させて、教化は完成しその道は通じ、その人事にあっては、ことごとく聖懐より出で、典誥を用いることは、ともに私の及ぶところではございません。伯禹《はくう》が「謨」を作り、成湯《せいとう》が「誓」を列ねて、後漢の光武帝がしばしば文章を出し、魏の武帝が『兵書接要《へいしょせつよう》』といった書物を書き、時代や民を救ってはいましたが、それらをもってしても付け加えることはできません。それらは神器大宝に属すもので、まさに明徳を移そうとし、天道と人心とは、ともに一つとなっております。北周の静帝が南面していた時、詔を下して褒賞を与えるたびに、位にいる諸公たちは、それぞれがその志を述ておりましたが、その際の皇帝の璽書や臣下の上奏文は、全て私に委ねられておりました。私は四海の内にて、幸いにも一人の民として、推挙の心を楽しみ、人々に比べて切実で、欣然として天命に従い、決して辞退することはありませんでした。かの潘勗《はんきょく》の「冊魏王九錫文《さつぎおうきゅうせきぶん》」や、阮籍《げんせき》の「勧晋后《かんしんこう》」に比べると、皇道は前代よりも高いのに、文才は往事の人々に劣り、思い悩んで、朝な夕なと恥じ入っております。檄書や布告の文章、及びその他の文は、私が作成したものもあり、また私が潤色したものもあります。ただ自分の考えで作成したものや、奏定ではないものは、文藻が美しくなくとも、その理は覇徳を含んでおり、文章は疎略でも、事柄として捨てるべきではないものもあります。そこで先に勅旨を奉じて、職務に就いて以来、受命の文章までのものを集め、当時の制述は、その条目が大

之書、濟時拯物、無以加也。屬神器大寶、將遷明德、天道人心、同謨歸往。周靜南面、每詔褒揚、在位諸公、各陳本志、璽書表奏、羣情賜委。臣寰海之內、忝曰一民、樂推之心、切於黎獻、欣然從命、輒不敢辭。比夫潘勗之冊魏王、阮籍之勸晉后、道高前世、才謝往人、內手捫心、夙宵慚惕。檄書露板、及以諸文、有臣所作之、有臣潤色之。唯是愚思、非奏定者、雖詞乖黼藻、而理歸霸德、文有可忽、事不可遺。前奉敕旨、集納麓已還、至於受命文筆、當時制述、條目甚多、今日收撰、略爲五卷云爾。

変多いので、今日において収集して、編集して五巻といたしました。

高祖は目を通し終わると、翌朝、李徳林に「古より帝王が興るときには、必ず異才の人の輔佐があるものであるが、私は昨日『霸朝集』を読んで、やっと感応の理を知った。昨夜はすぐに貴公に会うことが出来なかったので、夜の長さが恨めしかったぞ。必ずや公の貴さを国の続く限り伝えさせよう」と言った。そこで李徳林の父に恆州刺史を追贈した。まもなく、上は「私の本意としてはますますそなたを栄達させたいと思っている」と言い、また李徳林の父に定州刺史と安平県公を追贈し、「孝」と諡して、李徳林にこれらを継がせた。李徳林は若くして才名があり、尊重されて高位高官に任ぜられ、大概彼が制作した文章は、場合によっては世間に流行し、李徳林の作だと知らない者たちは、古人の作とみなした。

李徳林は梁士彦や元諧といった輩がしきりに逆心を持ち、長江の南の陳は、隋に抵抗していることから、『天命論《てんめいろん》』を著してこれを奉った。

その辞に言う、

ああ遙か古を考えてみるに、天地開闢以来、帝王の神器は、帰すべき所に帰す運命であった。徳を生むものは天であり、時に応じるものは命であることは、確固として不変で、人力の及ぶものではない。龍図鳥篆、号諡遺跡は、疑わしくて信じがたく、欠けて詳らかではないものであり、それらは明らかにできないものである。文典に存し、帛書に明らかなもので、至徳を明らかにしているのは、唐《とう》・虞《ぐ》より盛んなものはなく、永久によき謀を残しているのは、文王・武王に過ぎるものはない。大隋の神功は文王より積み重なり、天命は唐叔より

高祖省讀訖、明旦謂德林曰「自古帝王之興、必有異人輔佐。我昨讀霸朝集、方知感應之理。昨宵恨夜長、不能早見公面。必令公貴與國始終」。於是追贈其父恒州刺史。未幾、上曰「我本意欲深榮之」。復贈定州刺史、安平縣公、謚曰孝、以德林襲焉。德林既少有才名、重以貴顯、凡制文章、動行於世、或有不知者、謂爲古人焉。

德林以梁士彥及元諧之徒頻有逆意、大江之南、抗衡上國。乃著天命論上之。

其辭曰、

粤若邃古、玄黄肇闢、帝王神器、歷數有歸。生其德者天、應其時者命、確乎不變、非人力所能爲也。龍圖鳥篆、號謚遺跡、疑而難信、缺而未詳者、靡得而明焉。其在典文、煥乎緗素、欽明至德、莫盛於唐・虞、貽謀長世、莫過於文・武。大隋神功積於文王、天命顯於唐叔。昔邑姜方

顕かである。昔、邑姜《ゆうきょう》が妊娠すると、夢に上帝が現れて、「余 而が子に命じて虞と曰ふ、将に之に唐を与へ、其の子孫を蕃育せん」と彼女に言った。出産すると、その手には「虞」という文字が現れており、そこでその子を「虞」と名付けた。成王《せいおう》は唐を滅ぼして太叔《たいしゅく》を封じた。また唐叔が封じられる際に、箕《き》子《し》は、「其の後必ず大ならん」と言った。『易』には「崇高富貴なること、帝王より大なるは莫し」とあり、老子は「域内に四大あり、王は一に居る」という。これは虞と唐と名付けたことで、二聖の美名を兼ね、その後裔を必ず盛んにし、唐・虞のよき政治を行い、子孫を繁栄させ、無窮の福を与えたのである。

我が王朝が建国するに及び、初め大興と号したが、箕子の「必ず大ならん」という言葉が、ここで実現したのであった。天の眷命は、聖朝に属しており、区々とした重耳《ちょうじ》では、言うに足らないのである。有娀《ゆうかい》が玄鳥の卵を呑むと、商は隆盛し、姜嫄《きょうげん》が巨人の足跡を踏むと、周は興隆し、邑姜が上帝を夢にみると、隋は勃興した。古今の三代は、その霊命は一つの如くであり、祖先に徳があると、後世は盛んになる。(隋の高祖の先祖である)楊喜《ようき》は漢の高祖を助けて楚を滅ぼし、楊敞《ようしょう》は宣帝を擁立して漢を安定させ、東京の太尉で、関西の孔子と呼ばれた楊《よう》震《しん》は、生まれた時には鱣《てん》が集まり、亡くなったときには巨鳥が降りてきたというが、仁を重ね善を積むと、大いなる命が下されるのである。隋の太祖が世に出ると、民を庇護して主君を補佐し、殊勲を魏室に立て、盛業を周朝に建てた。天の翼・軫の分野に当たる隋の国を開き、火徳の紀年を始めて、ここに天命を受けて、かの天の意志に従って即位した。高祖皇帝が誕生したとき、神光は部

娠、夢帝謂己「余命而子曰虞、將與之唐、而蕃育其子孫」。及生、有文在其手曰「虞」、遂以命之。成王滅唐而封太叔。又唐叔之封也、箕子曰「其後必大」。易曰「崇高富貴、莫大於帝王」。老子謂「域内四大、王居一」。此則名虞與唐、美兼二聖、將令其後必大、終致唐・虞之美、蕃育子孫、用享無窮之祚。

逮皇家建國、初號大興、箕子必大之言、於茲乃驗。天之眷命、懸屬聖朝、重耳區區、豈足云也。有娀玄鳥、商以興焉、姜嫄巨跡、周以興焉、邑姜夢帝、隋以興焉。古今三代、靈命如一、本枝種德、奕葉丕基。佐高帝而滅楚、立宣皇以定漢、東京太尉、關西孔子、生感遺鱣之集、歿降巨鳥之奇、累仁積善、大申休命。太祖挺生、庇民匡主、立殊勳於魏室、建盛業於周朝。啓翼軫之國、肇炎精之紀、爰受厥命、陟配彼天。皇帝載誕之初、神光滿室、具興王之表、韞大聖之能。或氣或雲、蔭映於

屋に満ち、興業の王としての容貌を備え、大聖の才能を蔵していた。ある時は雲気が、宮殿や宗廟を覆い、あるいは天の太陽が、軒冕《けんべん》を照らしていた。内には聡明で外では従順で、険悪な中からも平安を獲得したのは、なんと万福が扶持され、多くの幸福が集まるということではあるまいか。北周の末、朝野は騒然としていたが、天命を受けて政治を掌り、宗社を保持した。明神は高祖の徳を饗し、上帝はその民を高祖に付け、朝廷で奸臣を誅殺し、四海に教化を行った。この時において、尉遅迥は北斉が代々都をおいた鄴の地を拠点として、新国家は乱れやすいという風俗に乗じ、蛇や猪のような凶悪な兵を駆り立てて、縦横に連合し、領地は九州のうちの三州を陥れ、民は十分の六を擁した。王謙《おうけん》は率いている将軍たちの武威に乗じて、蜀の険阻さに拠って、挙兵し、江山を動揺させ、巴・庸の地を殺戮し、秦・楚の地を侵略した。この二人の賊は、凶悪残虐で、山東の地に割拠しただけでなく、剣閣の門も閉じて蜀の地も占拠し、長戟や強弩を用いて、虎視眈々と帝位を窺っていた。漳河から海に至るまで、泰山から華陽に至るまで、彼らは荊蛮を脅して、江漢を併呑した。戦乱を起こして互いに争うことが、あちこちで起こり、民は殺されて骨や腸を曝され、時局は切迫していた。そこで必勝の命を奉り、先天の謀略を巡らせ、部屋から出ずに、良将を任命して、一度に三方を平定し、数十日の内に万国を清らかにした。天地を掃蕩することの速さや、計画指揮の神妙さは、天地が造化して以来、いまだ聞いたことがなかったほどのものであった。その光熙は前王朝を超え、天下に服さない者は無く、煙雲は色を改め、鍾石は音を変じ、三霊は顧望し、万

廊廟、如天如日、臨照於軒冕。内明外順、自險獲安、豈非萬福扶持、百祿攸集。有周之末、朝野騷然、降志執均、鎮衛宗社。明神饗其德、上帝付其民、誅姦逆於九重、行神化於四海。于斯時也、尉迥據有齊累世之都、乘新國易亂之俗、驅馳虵豕、連合縱横、地迺九州陷三、民則十分擁六。王謙乘連率之威、憑全蜀之險、興兵擧衆、震蕩江山、鴆毒巴庸、蠶食秦楚。此二虜也、窮凶極逆、非欲割鴻溝之地、閉劍閣之門、皆將長戟強弩、睥睨宸極。從漳河而達負海、連岱岳而距華陽、迫脅荊蠻、吐納江漢。佐鬭嫁禍、紛若蝟毛、曝骨履腸、間不容礪。爾乃奉殪戎之命、運先天之略、不出戸庭、推轂分閫、一麾以定三方、數旬而清萬國。蕩滌天壤之速、規摹指畫之神、造化以來、弗之聞也。光熙前緒、罔有不服、煙雲改色、鍾石變音、三靈顧望、萬物影響。木運告盡、褰裳克讓、天歷在躬、推而弗有。百辟庶尹、四方岳

物にも影響した。木徳の王朝である北周の命運はすでに尽き、裳を上げて禅譲しようとし、天の命数がその身にあったが、推挙されても高祖は禅譲を受けなかった。百官と庶民、四方の長官たちは、図讖の文に考え、億兆の民の請願に従い、心の内を披瀝して、昼は歌い夜は吟じたので、そこで始めて箕潁の高潔な隠遁の志を屈して、ここに幽明の願《ねがい》に応じることとなった。帝業の基盤が固いことは、恒久に上昇するようであり、ここに帝位に登り、大業を創始して皇統を垂れた。尊号を改め、服色を改め、都邑を建設し、人倫を述べ、賦税と徭役を軽減して、刑罰と訴訟を少なくし、繁雑で苛酷な政治を取り除き、清静な風教を興して、無用の官を取り去り、高官の職を簡略にした。奇才は絶え間なく現れ、盛徳は隠されることなく、星精雲気は、共に宮殿の階までやって来て、山神海霊は、みな台閣に現れた。東は日が昇る谷まで、西は月が沈む川まで、皇帝の教化は北溟《ほくめい》の表まで及び、その名声は南海の外にまで届き、悠悠たる沙漠や、万里の区域にいた、蠢いていた数々の蛮族も、隋と争うようなことはしなかった。五帝が教化できなかった地や、三王が朝貢させられなかった地の者も、膝を屈して頭を叩き、ことごとく天子の臣下となった。遠方の異類で、書物も伝えないようなところでも、山を越え海を渡って、珍宝を献上したが、その様は楽しげであった。樹木の上や洞窟を住みかにしていた者も、教化を受けて宮室に住み、火を使わず穀物を食べなかった者も、訓導によって煮炊きをするようになった。礼楽は天地と合し、律呂は寒暑の巡りと和し、衣服の制度を制定した後、その淳朴純粋であること神農以前の時代のようであった。文雅の

牧、稽圖讖之文、順億兆之請、披肝瀝膽、晝歌夜吟、方屈箕潁之高、式允幽明之願。基命宥密、如恒如升、推帝居歆、創業垂統。殊徽號、改服色、建都邑、敍彝倫、薄賦輕傜、慎刑恤獄、除繁苛之政、興清靜之風、去無用之官、省相監之職。奇才間出、盛德無隱、星精雲氣、共趨走於堦墀、山神海靈、咸燮理於臺閣。東漸日谷、西被月川、教曁北溟之表、聲加南海之外、悠悠沙漠、區域萬里、蠢蠢百蠻、莫之與競。五帝所不化、三王所未賓、屈膝頓顙、盡爲臣妾。殊方異類、書契不傳、梯山越海、貢琛奉贄、欣欣如也。巢居穴處、化以宮室、不火不粒、訓以庖厨。禮樂合天地之同、律呂節寒暑之候、制作詳垂衣之後、淳粹得神農之前。遨遊文雅之場、出入杳冥之極、合神謨鬼、通幽洞微、羣物歲成、含生日用、飲和氣以自得、沐玄澤而不知也。丹雀爲使、玄龜載書、甘露自天、醴泉出地。神禽異獸、珍木奇草、望

場に遊び、神霊の極に出入し、鬼神と謀り、幽微なところにも通じ、万物は年ごとに生成し、生きるものは日々用いられ、中和の気を飲んで自得し、聖恩に浴していても気付かなかった。丹雀は使者となり、玄亀は書を載せ、甘露は天より降り、醴泉《れいせん》は地からわき出た。神禽異獣、珍木奇草は、風を望み海を観て、教化に応じて正しい風俗に帰した。吉祥は図牒に備わり、幽遠を尽くしてここに至った。その上に天を父とし民を子とし、兢兢翼翼たる様は、なんと至大なることよ。七十四帝であっても、我が皇朝と同列に語ることが出来ようか。

ああ天下は重く、妄りに保有できるものではないから、唐の許由《きょゆう》や、夏の伯益《はくえき》は、道を思い事を立て、人が授けようとしても受け取らなかったのだ。黄帝《こうてい》の頃の四帝や、周末の六王は、世の状況に依拠して、自ら天下を取ろうとしたが得ることはできなかった。孟軻《もうか》は仲尼《ちゅうじ》（孔子）の徳は堯舜に優ると称しており、仲尼の著述には帝業をなすための事柄が記され、弟子には王佐の才を備えさせたが、黒は蒼に代わらず、麒麟に泣き鳳凰に歎いて、栖栖汲汲として、聖人であっても天下を取ることは許されなかった。蚩尤《しゆう》は黄帝と対抗し、共工《きょうこう》は黒帝と敵対し、項羽《こうう》は秦を誅して漢を摧《くじ》き、中原を分割して、鹿を逐って争い、威力を尽くしたが成就しなかった。その他の妖妄な人々は、数えるに足りないだろう。賊子逆臣が、乱をなす理由は、それぞれが天道を知らず、人の謀を悟らず、鹿を逐う邪説を妄信し、軽舟のような人物であっても九鼎に値すると思うことによる。もし四凶に八元の誠を競わせ、三監に九臣の志と同じくさせ、韓《かん》信《しん》や彭越《ほうえつ》に深く赤帝の子の符をよく理解させ、公孫述《こうそんじゅつ》や隗囂《かいごう》に白水眞人《はくすいしんじん》が出現

風觀海、應化歸風。備休祥於圖牒、罄幽遐而戻止。猶且父天子民、兢兢翼翼、至矣大矣。七十四帝、曷可同年而語哉。

若夫天下之重、不可妄據、故唐之許由、夏之伯益、懷道立事、人授而弗可也。軒初四帝、周餘六王、藉世因基、自取而不得也。孟軻稱仲尼之德過於堯舜、著述成帝者之事、弟子備王佐之才、黒不代蒼、泣麟歎鳳、栖栖汲汲、雖聖達而莫許也。蚩尤則黄帝抗衡、共工則黒帝勍敵、項羽誅秦摧漢、宰割神州、角逐爭驅、盡威力而無就也。其餘欻起妖妄、曾何足數。賊子逆臣、所以爲亂、皆由不識天道、不悟人謀、牽逐鹿之邪說、謂飛凫而爲鼎。若使四凶爭八元之誠、三監同九臣之志、韓信・彭越深明帝子之符、孫述・隗囂妙識

することを認識し、尉遲迥にまわりと同じく皇朝を謳歌させ、王謙に獄訟のことへ専念させていれば、彼らの福禄は絶えることなく、窮することもなかったであろう。しかし天に違い物に逆らい、罪を人神に得たのである。ああ、この先例は大いなる戒めである。誅殺されたり一族を皆殺しにされたり煮殺されたり醢《ししびしお》にされたりする者は、歴代の蚩尤や共工のような者であり、僭称逆賊といった凶邪な者たちがいれば、その時々において獄吏を煩わせることとなるが、訓戒とすべきものである。思うに彼らは悪行を積み重ねてすでに形を成し、心は自ら善道を絶ったので、物類が互いに感応し、理として必ず誅戮に至るのである。それは天が彼らの生命を奪い、鬼神がその邪心が満ちるのを憎むためである。大帝が聡明で、群臣は正直で、その耳目が天下を監督し、賞罰は朝廷が参与し、一人を輔助して、億万の民を保育する。どうして俸禄を食《は》み、栄誉を受けているのに、邪心を抱いてそれを消さないものがあろうか。必ずや法を執る者がその罪を処断していなくとも、司命（の神）はすでに名簿からその名を除くのである。古より明哲は、遠慮にして徴候が現れたところで防ぎ、一心を執り、一徳を持ち、功を立てても樹下に坐し、上奏してもその草稿は捨て去り、位が尊くなれば心はいよいよ遜り、俸禄が厚くなれば意志はいよいよ固くなり、寵愛が盛んになれば懼れ懐《いだ》き、道が高くなれば恭しさで対応する。よくよくこの点を思えば、邪悪な心は至らない。事を行えば天を畏れ、ただ礼を愛するだけではない。謙譲の美徳は満ち溢れ、義は機微を知るのである。吉凶は人に定まるのだから、変異は勝手には起こらない。

眞人之出、尉迥同謳歌之類、王謙比獄訟之民、福祿蟬聯、胡可窮也。而違天逆物、獲罪人神。嗚呼、此前事之大戒矣。誅夷烹醢、歴代共尤、僭逆凶邪、時煩獄吏、其可不戒慎哉。蓋積惡既成、心自絶於善道、物類相感、理必至於誅戮。天奪其魄、鬼惡其盈故也。大帝聰明、羣臣正直、耳目監於率土、賞罰參於國朝、輔助一人、覆育兆庶。豈有食人之祿、受人之榮、包藏禍心而不殲盡者也。必當執法未處其罪、司命已除其籍。自古明哲、慮遠防微、執一心、持一德、立功坐樹、上書削藁、位尊而心逾下、祿厚而志彌約、寵盛思之以懼、道高守之以恭。克念於此、則姦回不至。事乃畏天、豈惟愛禮。謙光滿覆、義在知幾。吉凶由人、妖不自作。

衆星が北極に向かって栱礼《きょうれい》をしていることは、天に具象がある。夙沙《しゅくさ》は主が愚鈍であっても、その民は尽く神農《しんのう》に帰順し、有苗《ゆうびょう》は始め凶暴であったが、とうとう黄帝に服従した。漢水の南の諸国は、風俗を見て殷《いん》に帰順し、河西の将軍は、五郡を率いて漢に帰順した。それ故に誠心による帰順の助けを招き、泰山の安寧を保てるのだ。かの陳《ちん》は、江南地方を掠め取り、民は一郡より少なく、その地は半州よりも狭かった。受命の主に出逢い、太平の日に遭遇して、自ら土地や璧を献上し、溥天《ふてん》を共にすることを願い出てきた。これはまた家を失う禍を養うもので、転覆する軌道に随うものであり、呉越の地方に跋扈している者は、人でなしどもである。当今は大道に属し、武事を止めているとはいえ、しかし国家は統一される時運に当たり、金陵の偽朝は消滅すべき時期であり、その命運も長くはないことは、断じて知れよう。禹の時代の房風氏《ぼうふうし》が殺戮されたことは、まだ遠い時代の手本では無く、孫皓《そんこう》が晋に降って帰命侯となったのは、ただ株を守っていても得られるものではない。迷って未だ悟らないことは、誠に哀れむべきである。これは元来彼らが玄天の心を理解せず、君子の論を聞かないからである。

李徳林は隋が禅譲を受けて以来、常に陳を平定する計画を進めていた。

八年、上の車駕が同州に行幸したが、李徳林は病気のため随行しなかった。敕書で随行するよう迫ったが、その最後に御筆で「陳を討伐する件については、貴公のよきようにするがよい」と書かれていた。その時、高熲が使者として京師に行くところだったので、上は高熲に「李徳林がもし病気で来ることが出来なければ、君自

衆星栱極、在天成象。夙沙則主雖愚蔽、民盡知歸、有苗則始爲跋扈、終而大服。漢南諸國、見一面以從殷、河西將軍、率五郡以歸漢。故能招信順之助、保太山之安。彼陳國者、盗竊江外、民少一郡、地減半州。遇受命之主、逢太平之日、自可獻土銜璧、乞同溥天。乃復養喪家之疹、遵顚覆之軌、趑趄呉越、乃爲匪民。雖時屬大道、偃兵弭鍼、然國家當混一之運、金陵是殄滅之期、有命不恒、斷可知矣。房風之戮、元龜匪遙、孫皓之侯、守株難得。迷而未覺、諒可愍焉。斯故未辯玄天之心、不聞君子之論也。

德林自隋有天下、毎贊平陳之計。

八年、車駕幸同州、德林以疾不從。敕書追之、書後御筆注云「伐陳事意、宜自隨也」。時高熲因使入京、上語熲曰「德林若患未堪行、宜自至宅、取其方略」。高祖以

ら李德林の自宅へ行き、その計画を受け取ってくるように」と語った。（李德林が来ると）高祖は彼を晋王の楊廣《ようこう》の元に置いた。その後、上の車駕に従って京師に帰ってくる際、道の途中で、高祖は馬の鞭で南を指して「陳を平定し終えたら、七宝で貴公を飾り立て、山東に及ぶ者がないようにしてやろう」と言った。陳が平定されると、柱国・郡公・実封八百戸・賞物三千段を授けようとした。晋王の楊廣がすでに敕を宣布し終えていたが、ある人が高熲に「（陳を平定できたのは）天子が計画を立てて、晋王と諸将が尽力したおかげです。今、李德林にその功績を帰せば、諸将は必ずや憤慨し、後世の人は公に功績があっても名目だけだと見るでしょう」と言った。高熲が入朝してこのことを言うと、高祖は李德林への褒賞を取り止めた。

以前、大象の末年に、高祖は謀反人の王謙の邸宅を李德林に下賜しようとして、文書はすでに出され、当地の官府に届いたが、突然すぐさま改めて崔謙《さいけん》に下賜した。

上は李德林に「妻が舅の崔謙に与えたがったのだ。貴公が何をしたというわけではないし、言い訳するつもりもないので、よい邸宅を一軒選んでくれ。もし気に入るものがなければ、貴公のために建造するし、他に荘店を求めてもよいぞ」と語った。李德林はそこで謀反人の高阿那肱《こうあなこう》の衛国県の市の店八十軒を王謙の邸宅の代わりにもらい受けたいと上奏した。

九年、上の車駕が晋陽に行幸すると、その店の者が上表して「ここは民のものでしたが、高氏が強奪し、その土地に建物を建ててしまいました」と訴え出た。上は有司《やくにん》に命じてその対価を支払った。ちょうどその後、蘇威が長安からやって来て「高阿那肱は乱世の宰相で、媚びへつらって恩倖を得て、民の土地を無理矢理奪って、

之付晉王廣。後從駕還、在塗中、高祖以馬鞭南指云「待平陳訖、會以七寶裝嚴公、使自山東無及之者」。及陳平、授柱國・郡公・實封八百戶・賞物三千段。晉王廣已宣敕訖、有人說高熲曰、「天子畫策、晉王及諸將戮力之所致也。今乃歸功於李德林、諸將必當憤惋、且後世觀公有若虛行」。熲入言之、高祖乃止。

初、大象末、高祖以逆人王謙宅賜之、文書已出、至地官府、忽復改賜崔謙。

上語德林曰「夫人欲得、將與其舅。於公無形跡、不須爭之、可自選一好宅。若不稱意、當爲營造、幷覓莊店作替」。德林乃奏取逆人高阿那肱衛國縣市店八十塸爲王謙宅替。

九年、車駕幸晉陽、店人上表訴稱「地是民物、高氏強奪、於內造舍」。上命有司料還價直。遇追蘇威自長安至、奏云「高阿那肱是亂世宰相、以諂媚得幸、枉取民地、造

店を作り家賃を取っておりました。李徳林は偽って、でたらめな上奏をし、自分のものにしているのです」と上奏した。李圓通《りえんつう》と馮世基《ふうせいき》らはまた「この店の収益は食邑千戸に相当するので、さかのぼって不正な収入を取り立てたい」と上進した。上はこれによって李徳林を責め立てると、李徳林は謀反人の財産目録を調べて、邸宅と交換するという本来の高祖の意見に従いたいと願い出たが、上は聞き入れず、そこで店をすべて追い払い元々住んでいた者に与えた。高祖はこの一件によってますます李徳林を嫌うようになった。

十年、虞慶則らが関東の諸道を巡省して帰還した際、皆が「五百家の郷正は、訴訟を専門に取り扱いますが、民には不便です。仲間内で贔屓したりいがみ合ったり、賄賂が公然と行われてもおります」と上奏した。上はそこでこれを廃止させた。李徳林はまた「この件について、臣はもともと反対でございました。しかしながら制度を制定して始めたかと思えば、またすぐさま廃止する、政令が一定ではなく、朝に作り暮に壊すというのは、帝王が法を取り決める際の方法ではございません。臣は陛下がもし律令についてすみやかに改変しようとするならば、すぐさま軍法によって処置することを望んでおります。そうでなければ、物事は混乱し止むことがございません」と上奏した。高祖はとうとう怒りを爆発させ「お前はおれを王莽にしたいのか」と大声で罵った。当初、李徳林は、父は太尉諮議であったと称しており、そのことによって父の贈官を得ようとしていたが、李元操《りげんそう》と陳茂《ちんぼう》らはひそかに「李徳林の父は官を校書で終えているのに、妄りに諮議であったと称しております」と上奏した。上はこのことを大変不快に思っていた。ここに至って、李徳林

店賃之。徳林誣罔、妄奏自入」。李圓通・馮世基等又進云「此店收利如食千戸、請計日追贓」。上因責徳林、徳林請勘逆人文簿及本換宅之意、上不聽、乃悉追店給所住者。自是益嫌之。

十年、虞慶則等於關東諸道巡省使還、并奏云「五百家鄕正、專理辭訟、不便於民。黨與愛憎、公行貨賄」。上仍令廢之。徳林復奏云「此事臣本以爲不可。然置來始爾、復即停廢、政令不一、朝成暮毀、深非帝王設法之義。臣望陛下若於律令輒欲改張、即以軍法從事。不然者、紛紜未已」。高祖遂發怒、大詬云「爾欲將我作王莽邪」。初、徳林稱父爲太尉諮議、以取贈官、李元操與陳茂等陰奏之曰「徳林之父終於校書、妄稱諮議」。上甚銜之。至是、復廷議忤意、因數之曰「公爲内史、典朕機密、比不可豫計議者、以公不弘耳。寧自知乎。朕方以孝治

はまた朝議において高祖の意向に逆らったので、一つ一つ李徳林の罪状を責め立てて「貴公は内史として、朕の機密を掌っているのに、このごろ会議に参与できないのは、貴公の度量が狭いからである。どうして自分でわからないのか。朕はまさに孝によって天下を治めようとし、斯道が廃れてしまうことを恐れているので、五教を立ててこれを広めようとしている。貴公は孝は天性によると言うが、それならどうして教を設ける必要があるのか。そうであるならば孔子は『孝経《こうきょう》』を説く必要もないではないか。また嘘偽りを申して店を取り、妄りに父の官職を加えていた。朕は実に忿怒してきたが、まだ事を起こさずにいた。しかし、今となっては一州の長官として外任に出すしかない」と言った。そこで外任に出して湖州刺史とした。李徳林は拝謝して「臣はもう決して内史令は望みませんが、朝政には関わりとうございます。陛下が泰山に登って封禅を行って天にご報告なさる時を待ち、一度でもその壮大な儀礼を観ることができましたら、その後は丘園に隠居し、死んだとしてもお恨みいたしません」と言った。上は許さず、懐州刺史に転任させた。懐州で大干ばつに遭い、民に井戸を掘らせ田畑を灌漑させることを課したが、空しく疲弊させるだけで、結局何の効果もなかったために、考司に弾劾された。一年余りで、在職したまま亡くなった。時に六十一歳。大将軍・廉州刺史を追贈され、諡は文といった。埋葬する際に、勅を下して羽林百人、ならびに鼓吹一部を遣わして、喪事に給した。反物三百段と粟千石を賜り、太牢で祭った。

李徳林は立ち振る舞いが美しく、弁舌にも優れ、北斉の天統年間に、中書侍郎を兼任して、賓館にて相手国の国書を受け取っていた。陳の使者であった江總《こうそう》は目

天下、恐斯道廢闕、故立五教以弘之。公言孝由天性、何須設教。然則孔子不當説孝經也。又誷冒取店、妄加父官、朕實忿之而未能發。今當以一州相遣耳」。因出爲湖州刺史。德林拜謝曰「臣不敢復望内史令、請預散參。待陛下登封告成、一覩盛禮、然後收拙丘園、死且不恨」。上不許、轉懷州刺史。在州逢亢旱、課民掘井溉田、空致勞擾、竟無補益、爲考司所貶。歲餘、卒官、時年六十一。贈大將軍・廉州刺史、謚曰文。及將葬、勅令羽林百人、幷鼓吹一部、以給喪事。贈物三百段・粟千石、祭以太牢。

德林美容儀、善談吐、齊天統中、兼中書侍郎、於賓館受國書。陳使江總目送之

配せして「これがあの河朔の英傑である」といった。器量は大変大きく、当時の人びとは量りかねたが、ただ任城王の高湝・趙彦深・魏收・陸卬だけは彼をとても尊重し、その褒め称える言葉が、及ばない所はなかった。李徳林は幼くして父を亡くしたため、まだ字を持っていなかったので、魏收は李徳林に「君の見識と度量は人並み優れており、必ずや「公補」(天子を補佐する大官)となるであろうから、私はこの言葉を卿の字としよう思う」と言った。任官後は、すぐさま機密を掌ったが、その性格が慎重であったことは、いにしえから「古人(前漢の孔光《こうこう》)は宮中にある温室殿の樹木の種類を人から尋ねられても答えなかった」という話があるが、この言葉でも彼の慎重さを称賛するには足りないだろう。若くして才学によって知られたが、高い地位になると更に上を望むようになって、過度に自任するようになり、名利を争っている者たちは、代わる代わる彼を讒言した。そのため興国の王に巡り遇い、その受命を補佐する功績があったのにもかかわらず、十年余りもの間、ついに昇進しなかった。彼が撰集した文集は、まとめられて八十巻であったが、戦乱で失われ、五十巻だけが世に行われた。『斉史《せいし》』を撰述するよう勅が下されたが未完に終わった。

李百薬《りひゃくやく》という子がおり、見識が広く多才で、その詞藻は清らかで豊かであった。仕官して太子通事舎人となり、後に太子舎人と尚書礼部員外郎に遷任し、安平県公の爵位を継ぎ、桂州司馬となった。煬帝は李百薬が当初自分になびかなかったことを憎んで、歩兵校尉とした。

大業の末に、建安郡丞に転任した。

曰「此即河朔之英靈也」。器量沉深、時人未能測、唯任城王湝・趙彦深・魏收・陸卬大相欽重、延譽之言、無所不及。德林少孤、未有字、魏收謂之曰「識度天才、必至公輔、吾輒以此字卿」。從官以後、即典機密、性重慎、嘗云「古人不言溫樹」、何足稱也。少以才學見知、及位望稍高、頗傷自任、爭名之徒、更相譖毀、所以運屬興王、功參佐命、十餘年間竟不徙級。所撰文集、勒成八十巻、遭亂亡失、見五十巻行於世。勅撰齊史未成。

有子曰百藥、博渉多才、詞藻清贍。釋巾太子通事舍人、後遷太子舍人・尚書禮部員外郎、襲爵安平縣公、桂州司馬。煬帝惡其初不附己、以爲歩兵校尉。

大業末、轉建安郡丞。

史臣の言葉。

李徳林は幼くして志を曲げず、学識に富んで才能は優れ、その誉れは鄴中で重んぜられ、その名声は関西にまで届いた。王業の礎が構えられると、謀に参与し、檄文は一斉に飛び交い、綸旨はかわるがわる発せられ、その文章の美しさは、時に並ぶものがなかった。君臣は一体となって、青雲の上に昇っていったが、「己を知ること莫きを患へず」という言葉は、決して徒言などではないのである。

許善心

許善心《きょぜんしん》は、字は務本《むほん》、高陽北新城《こうようほくしんじょう》の人である。祖父の許懋《きょぼう》は、梁の太子中庶子、始平と天門の郡守、散騎常侍であった。父の許亨《きょこう》は、梁に仕えて給事黄門侍郎にまでなり、陳では羽林監・太中大夫・衛尉卿を歴任し、大著作を兼任した。許善心は九才で父を喪い、母の范氏《はんし》に養育された。幼くして聡明で、文章を作る境地を持ち、聞いたものはすぐさま暗唱でき、多聞黙識の人で、当時の人びとに称賛された。家には古書が一万巻余りもあり、その全てにすみずみまで通じていた。十五才で文章を理解してつづり、手紙を父の友人である徐陵《じょりょう》に送ったところ、徐陵は大いに許善心を褒め称え、人に「その才気は極めて高く、神童である」と言った。起家して新安王法曹に任命された。太子詹事の江總は許善心を秀才に推挙し、その後の試験で許善心の答案は成績優秀で合格となり、度支郎中を授けられ、侍郎に転任し、撰史学士に補任された。

史臣曰、

徳林幼有操尚、學富才優、譽重鄴中、聲飛關右。王基締構、叶贊謀猷、羽檄交馳、絲綸間發、文誥之美、時無與二。君臣體合、自致青雲、不患莫己知、豈徒言也。

許善心、字務本、高陽北新城人也。祖懋、梁太子中庶子、始平・天門二郡守、散騎常侍。父亨、仕梁至給事黄門侍郎、在陳歴羽林監・太中大夫・衛尉卿、領大著作。善心九歳而孤、爲母范氏所鞠養。幼聰明、有思理、所聞輒能誦記、多聞默識、爲當世所稱。家有舊書萬餘卷、皆徧通渉。十五解屬文、牋上父友徐陵、陵大奇之、謂人曰「才調極高、此神童也」。起家除新安王法曹。太子詹事江總擧秀才、對策高第、授度支郎中、轉侍郎、補撰史學士。

陳の禎明二年（開皇八年）、通直散騎常侍を加えられ、陳の使節として隋に来朝した。たまたま高祖は陳を討伐したので、使節としての務めを果たしていたが陳に帰国して報告することができなくなった。たびたび上表して辞去することを請うたが、上は許さず、賓館に留め置いた。陳が亡ぶと、高祖は使者を遣わして告げさせた。許善心は衰服を着て西階の下で号哭し、草を敷いて座って東に向い、三日過ごした。上は勅書を送って許善心を慰めた。翌日、詔が賓館に届けられ、通直散騎常侍に任命され、衣服一着を賜った。許善心は哭して哀悼の限りを尽くすと、部屋に入って衣服を改め、また部屋から出て北面して立ち、涙を流しながら再拝して詔を受けた。翌日に拝朝すると、殿下に伏して泣き、悲しみのあまり起き上がれなかった。上は左右の者を顧みて「私は陳を平定したが、得たのはただこの者だけだな。旧主をすら思いやることが出来るということは、我が忠臣になるに違いない」と言った。

勅を下して本官のまま門下省に宿直させ、反物千段と草馬二十匹を賜った。泰山への行幸に従い、戻ると虞部侍郎を授けられた。

開皇十六年、神雀が含章闥《がんしょうたつ》に降りてきたことがあったので、高祖は百官を召して宴席を設け、この瑞祥を告げた。許善心はその座で紙筆を請い、「神雀頌《しんじゃくしょう》」を作った。

その詞に言う、

私が聞くところによると、象を天に観て則ると、天はその徳に合し、法を地に観て審かにすると、大地は広大でその尊さを明らかにするとのこと。雨雲が巡り行くのは、四時が生殺する理由であり、川が流れ山がそびえ立ち、万物はそ

禎明二年、加通直散騎常侍、聘於隋。遇高祖伐陳、禮成而不獲反命。累表請辭、上不許、留縶賓館。及陳亡、高祖遣使告之。善心衰服號哭於西階之下、藉草東向、經三日。勅書唁焉。明日、有詔就館、拜通直散騎常侍、賜衣一襲。善心哭盡哀、入房改服、復出北面立、垂涕再拜受詔。明日乃朝、伏泣於殿下、悲不能興。上顧左右曰「我平陳國、唯獲此人。既能懷其舊君、即是我誠臣也」。

勅以本官直門下省、賜物千段、草馬二十匹。從幸太山、還授虞部侍郎。

十六年、有神雀降於含章闥、高祖召百官賜讌、告以此瑞。善心於座請紙筆、製神雀頌。

其詞曰、

臣聞、觀象則天、乾元合其德、觀法審地、域大表其尊。雨施雲行、四時所以生殺、川流岳立、萬物於是裁成。出震乘離之君、

こで生成していきます。震（東）木から現れた乗離（火徳）の君主が、鳥によって官職を名付けた司鳳の主君については、玉錘玉斗や、金版金縢によって伝えられました。ともに性霊を陶冶して、動植物を包み込み、玄珠を赤水に眇し、明鏡を虚堂に慎みました。景福が立ちこめ、天恩が集合しないことはなく、名声は（春秋時代の史官である）南史《なんし》や董狐《とうこ》を馳せさせ、礼楽の響きは黄帝の「雲門」や舜の「韶楽」を越えます。

ああ我が皇帝が君臨し、大道を顕彰して、太極を尊び、天子となるべき資質をお持ちになり、天命により統治されています。言行せずとも、天道は正しくめぐり、粛清しなくとも、自然の秩序は整っていきます。天地を包み中華を恢復し、海内を整え殷の紂王のような暴君を取り除き、就望はその尊を体し、位に登れば人々は朝廷に参集します。普天の下、遠き者は帰し近き者は安んじます。誠実さは湧き上がり名声は高く飛び、万物は伸び伸びと生い茂ります。天子が形の無い礼によって、布政の宮殿に威儀を整えると、臣下は声の無い楽によって、宮殿のしかるべき所に列します。太学では国老を養い、自ら長寿の人をいたわり、国においては民たちを養育して、百姓は心を一つにします。日月が沈む遠方の地方や、灼熱の南方や極寒の北方、吹鱗や没羽を産出する荒涼とした地や、赤蛇や青馬を献上する辺境の民は、弁髪を解いて官吏の派遣を要請し、衣服を変えて教化を承けました。この教化は漢の呼韓邪単于《こかんやぜんう》の治めていたような北地では、狼居胥山《ろうきょしょざん》の穴ぐらまでしっかりと刻みつけられ、（『爾雅』に記された）熄慎《そくしん》といった南方の地でも、不耐の城に親しく示されているだけではありませ

紀鳫司鳳之后、玉錘玉斗而降、金版金縢以傳。並陶治性靈、含煦動植、眇玄珠於赤水、寂明鏡乎虛堂。莫不景福氤氳、嘉貺鱻集、馳聲南董、越響雲韶。

粤我皇帝之君臨、闡大方、抗太極、負鳳邸、據龍圖。不言行焉、攝提建指、不肅清焉、喉鈴啓閉。括地復夏、截海翦商、就望體其尊、登咸昌其會。繇區浹宇、遐至邇安。騰實飛聲、直暢滂施。無體之禮、威儀布政之宮、無聲之樂、綴兆總章之觀。上庠養老、躬問百年、下土字民、心爲百姓。月棲日浴、熱坂寒門、吹鱗沒羽之荒、赤蛇青馬之裔、解辮請吏、削衽承風。豈止呼韓北埸、熕勒狼居之岫、熄慎南境、近表不耐之城。故使天弗愛道、地寧吝寶、川岳展異、幽明効靈、狎素游赬、團膏漱醴、半景青赤、孳歷虧盈。足足懷仁、般般擾義、祥祐之來若此、升隆之化

ん。それ故、天には大道を愛《おし》ませず、地にはその宝を展示し、山川はその珍奇を展示させ、鬼神はその霊異を発揮し、人主は質文ともに親しみ、甘露を集めて醴泉を飲み、わずかな時間は過ぎゆきて、歳月は満ち欠けを繰り返します。足足たる鳳凰の鳴き声は君主の仁愛を思うものであり、船船たる霊獣の模様は君主の義に馴れ従うものであり、吉祥が来ることこのようであり、太平隆盛の教化が至ることあのようでございます。封禅の盛典は、泰山の云云と亭亭の山で白検の儀式を行うだけで、治世の成功は、天を祭って柴燎《さいりょう》の儀式を行っても玄珪《げんけい》によってその成功を告げることはありませんでした。太常の制定した礼があり、（漢の武帝の）武騎常侍の司馬相如《しばしょうじょ》が「封禅文」を書いたとはいえ、天子は謙遜して実行せず、その功績を推薦されるも受け入れませんでした。恭謹謙譲である様は、この点にあるのでしょうか。封禅を行った七十二君であっても、まことに取るに足りません。故に神禽はその盛んなさまを顕彰し、霊異は突出して明らかで、白雀は正直な臣下が朝廷にいることを示す霊験であり、赤雀は丹書を口挟んでいる貴瑞であります。班固《はんこ》の「神爵の頌」は、武を履み文を戴せ、曹植《そうち》の「嘉爵の篇」は、庭に棲み窓に集まることを述べています。しかし、帝王の帳の前に飛んできて、美しい宮殿に慶賀にやって来て、青蒲を彩り、赤い帷幄の前で飛び上がろうとするのには及びません。早朝に玉案に寄りかかり、軒楯の間から玩具を取り、金門が開くと、五色の羽の影が映し出されます。このようなことは遥か昔より、いまだかつて聞いたこともなく、天の福によってこの兆しが招かれ、この日に見ることができたのでしょう。

如彼。而登封盛典、云亭佇白検之儀、致治成功、柴燎靡玄珪之告。雖奉常定禮、武騎草文、天子抑而未行、推而不有。允恭克讓、其在斯乎。七十二君、信蔑如也。故神禽顯貢、玄應特昭、白爵主鐵豸之奇、赤爵銜丹書之貴。班固神爵之頌、履武戴文、曹植嘉爵之篇、棲庭集牖。未若于飛武帳、來賀文木梔、刷采青蒲、將翱赤闕。玉几朝御、取玩軒楯之間、金門旦開、兼留翬翟之鑒。終古曠世、未或前聞、福召冥徵、得之茲日。

歳は庚（上章）の年にあり、音律は大呂の十二月に合し、時節は玄枵《げんきょう》、季節は冬に属します。至尊は夜明け前から衣服を身につけ、早朝から含章殿に起きられます。ここに瑞祥である神雀が、飛び降り立ちました。行ったり止まったりして、ついたてからだんだんと前に進み、集まって舞い、長い廊下をゆっくりと歩いておりました。さてそもそも瑞とは符で、明主の休徴であり、雀とは爵で、聖人の大宝であります。謹んで考えますに、『考異郵《こういゆう》』には「軒轅《けんえん》に黄爵赤頭有り、日傍に立つ」と言い、その占には「土精の応なり」と言います。また『礼稽命徴《れいけいめいちょう》』には「祭祀は其の宜に合すれば、則ち黄爵集まる」と言います。昔、漢では泰時《たいし》の祭壇に集い、魏では文昌宮に降り立ち、ひとたび雍丘の祠に現れ、三たび平東の府に入りましたが、遠巻きに見たものであり、人事もつまらないものであって、称するには足りないのです。またこのようにも聞いております。動物の胎児を取り出したり卵を割ったりしなければ鳳凰が鳴き、沢から魚を取り尽くしたり原野を焼かなければ龍が身をくねらせながら現れると。これによって陛下が殺生をやめさせたために、禽獣が仁義の心を持ち、生物を慈しんだので、魚も徳を育んだことがわかります。臣が陛下の教化を受け、大いなる祥瑞を示され、このめでたき宴に預かったことは、その喜びを抑えるのに堪えません。李虔《りけん》は辺境の西土から現れ、陸機は東方で成長しましたが、私は先代の賢人に及ばないことを恥じ入るも、先代より盛んなこの時代に巡り合うことができました。そこでこの凡才を尽くし、この頌を献上したいと思います。

混沌たる天地開闢《かいびゃく》の初め、天地大道はここから生じた。

歳次上章、律諧大呂、玄枵會節、玄英統時。至尊未明求衣、晨興於含章之殿。爰有瑞爵、翱翔而下。載行載止、當扆宁而徐前、來集來儀、承軒墀而顧歩。夫瑞者符也、明主之休徴、雀者爵也、聖人之大寶。謹案、考異郵云「軒轅有黄爵赤頭、立日傍」。占云「土精之應」。又禮稽命徴云「祭祀合其宜、則黄爵集」。昔漢集泰時之殿、魏下文昌之宮、一見雍丘之祠、三入平東之府、並旁觀廻矚、事陋人微、奚足稱矣。抑又聞之。不刳胎剖卵則鸞鳳馴鳴、不漉浸焚原則螭龍盤蜿。是知陛下止殺、故飛走宅心、皇慈好生、而浮潛育徳。臣面奉綸綍、垂示休祥、預承嘉宴、不勝藻躍。李虔僻處西土、陸機少長東隅、微臣慙於往賢、逢時盛乎曩代。輒竭庸瑣、敢獻頌云。

太素式肇、大德資生。

功業は造化して自ら満足せず、道徳は玄妙にして強く揚がらなかった。

内外は物事を改め、継承沿習したりする。

祥瑞の験に応ずることは、明々としてはっきりとしていた。

天は帝業を賜いて篤く定め、何と我が君は光明偉大なることか。

武の道は神武であり、文の教えは文明である。

（これらは）遍く宇宙に充満し、遍く姑射や汾陽の神仙にまで目配りしている。

黄帝の時俗は再生され、堯舜の気風は再び流行した。

明王の神策を広め揚げ、帝君の大道を顕彰した。

七神仙は地に臨御し、五老道は天を飛行した。

山の神は秘蔵を吐き表し、河の神は霊宝を孕み育てた。

黒鳥は堯帝の祭壇に昇り、青龍は玄丘に隠れ伏した。

（周の武王の時）火雲は丹鳥に化し、白雉は徳風に従ってやって来た。

赤鳥が丘阿に止息して（周の）徳行が高尚となり、鳳凰が岐山に鳴いて（周の）国運が繁栄した。

（しかし、これとて）今朝の神雀が、進み近づいて王宮に慶賀するのには及ばない。

五種の霊物には如何なる吉兆が有るのか、百福千祥は共にする所である。

『孔演図《こうえんと》』は赤雀を記載し、荀氏の文章は白雀を頌称している。

節節たる鳴き声は奇妙であり、行行たる足跡は吉祥を留めている。

（この神雀は）御坐屏風の間で美玉と化し、銜え来る玉環を殿階の前に献じた。

（これは）上天が下し賜った命であり、神霊が使いとしてもたらされたものである。


功玄不器、道要無名。

質文鼎革、沿習因成。

祥圖瑞史、赫赫明明。

天保大定、於鑠我君。

武義廼武、文教惟文。

横塞宇宙、旁凝射汾。

軒物重造、姚風再薫。

煥發王策、昭彰帝道。

御地七神、飛大五老。

山祇吐秘、河靈孕寶。

黑羽升壇、青鱗伏阜。

丹烏流火、白雉從風。

棲阿徳劭、鳴岐祚隆。

未如神爵、近賀王宮。

五靈何有、百福攸同。

孔圖獻赤、荀文表白。

節節奇音、行行瑞跡。

化玉黼扆、銜環陛戟。

上天之命、明神所格。

神霊なる応験は旃旗に現れており、(我ら)臣下はその座に預かり坐ることが出来た。
(このことは)永久に竹簡帛書に集め記し、音楽歌詠に乗せて広く伝えるべきである。
どんなに頌歌しても賛美するには不十分であり、手足で舞い踊っても表現するには不十分である。
臣はただ叩頭稽拝して敬祝し、(この喜びを)億万年までも享受する。

頌が完成し上奏すると、高祖は大変喜び「わたしは神雀を見かけると、皇后と共にこれを観賞した。今朝、貴公らを招き入れ、折良くこの事を述べたところ、許善心はこの座において始めて神雀が現れたことを知ったにもかかわらず、すぐさま頌を書き上げてしまった。(許善心が文章を書くときは)その文は一字も直さず、筆は少しも止まらない、と常に言われていることを聞き及んでいたが、今実際に見ることができるとは」と言った。そこで反物二百段を賜わった。

十七年、秘書丞に叙任された。当時、宮中の蔵書はなお混乱しているものが多かったので、許善心は阮孝緒の『七録《しちろく》』に倣って『七林《しちりん》』を作成し、(その七篇)それぞれに総叙を作り、篇首に置いた。また部録の下に作者の意を明記し、その類例も区分した。また上奏して李文博《りぶんはく》・陸従典《りくじゅうてん》ら十人ほどの学者に経書や史書の謬りを校定させるよう求めた。

仁寿元年、黄門侍郎の職を代行した。

二年、加えて太常少卿の職を代行し、牛弘《ぎゅうこう》たちと礼楽を議論し制定したが、秘書丞と黄門侍郎の官職はともに元のままであった。

四年、京師の留守を任された。高祖が仁寿宮で崩御すると、煬帝はその喪を秘し

綏應在旃、伊臣預焉。
永緝韋素、方流管絃。
頌歌不足、蹈儛無宣。
臣拜稽首、億萬斯年。

頌成、奏之、高祖甚悅、曰「我見神雀、共皇后觀之。今旦召公等入、適述此事、善心於座始知、即能成頌。文不加點、筆不停毫、常聞此言、今見其事」。因賜物二百段。

十七年、除秘書丞。于時秘藏圖籍尚多淆亂、善心放阮孝緒七錄更製七林、各爲總敍、冠於篇首。又於部錄之下、明作者之意、區分其類例焉。又奏追李文博・陸從典等學者十許人、正定經史錯謬。

仁壽元年、攝黃門侍郎。

二年、加攝太常少卿、與牛弘等議定禮樂、秘書丞・黃門、並如故。

四年、留守京師。高祖崩于仁壽宮、煬帝

て公表せず、まず留守の役人を交代させ、許善心を外任に出して巖州刺史とした。漢王の楊諒《ようりょう》の反乱に出くわしたので、赴任しなかった。

大業元年、礼部侍郎に転任し、上奏して儒者の徐文遠《じょぶんえん》を国子博士に推薦し、包《ほう》愷《がい》・陸徳明《りくとくめい》・褚徽《ちょき》・魯世達《ろせいたつ》といったものたちもともに品秩を加えられ、学官を授けられた。この年、副納言の楊達《ようたつ》が冀州道大使となると、許善心はその副官となり、上の意に適ったので、反物五百段を賜った。左衛大将軍の宇文述《うぶんじゅつ》は毎朝、本部兵数十人を借り出して、私的に使役し、いつも半日たってから止めていた。御史大夫代行の梁毗《りょうぴ》が上奏してこれを弾劾した。上はちょうど心を宇文述に委ねていたが、初めは法に付して取り調べさせると、千人余りの兵士は皆な使役されたと申し出た。二十日余り経って、法官が上の意を伺ったところ、「丸一日使役したわけでもなく、その回数が多いとはいっても、それらをまとめて考えるべきではないとし、たとえ事実であったとしても、また無罪とすべきだ」ということであった。兵士たちはこれを聞くと、証言を変えて初めから使役されていないと言い出した。上は宇文述を許したかったので、その虚実を審議させたところ、百官は皆な事実ではないと奏議した。許善心は「宇文述が仗衛から兵を抜き取って私役したことは、丸一日ではないとはいえ、宿衛の者を減らしたのであり、通常業務として部下を率いたのとはその情状は異なっている。また兵の多くは当番勤務を終えると、ばらばらに本府に帰還するが、個別に聴き取りにいったところ、計らずもみな証言を同じくしていた。それが今一ヶ月ほどして、兵士達は前言を翻している。悪事があるのは明らかで、見過ごすことはできない」と考えた。蘇威や楊汪《ようおう》ら二十人余りは、許善心の

秘喪不發、先易留守官人、出除巖州刺史。逢漢王諒反、不之官。

大業元年、轉禮部侍郎、奏薦儒者徐文遠爲國子博士、包愷・陸德明・褚徽・魯世達之輩並加品秩、授爲學官。其年、副納言楊達爲冀州道大使、以稱旨、賜物五百段。左衛大將軍宇文述每旦借本部兵數十人、以供私役、常半日而罷。攝御史大夫梁毗奏劾之。上方以腹心委述、初付法推、千餘人皆稱被役。經二十餘日、法官候伺上意、乃言「役不滿日、其數雖多、不合通計、縱令有實、亦當無罪」。諸兵士聞之、更云初不被役。上欲釋之、付議虛實、百僚咸議爲虛。善心以爲「述於仗衛之所抽兵私役、雖不滿日、闕於宿衛、與常役所部、情狀乃殊。又兵多下番、散還本府、分道追至、不謀同辭。今殆一月、方始翻覆、姦狀分明、此何可捨。蘇威・楊汪等二十餘人、同善心之議。其餘皆議免罪。煬帝可免罪之奏。後數月、述譖善心曰、「陳叔寶卒、善心與周羅

奏議に同調した。その他すべての者は免罪であると奏議した。煬帝は免罪の奏議を可とした。数ヶ月後、宇文述は許善心を譏って、「陳叔寶《ちんしゅくほう》が死ぬと、許善心は周羅睺《こう》・虞世基《ぐせいき》・袁充《えんじゅう》・蔡徴《さいちょう》たちと連れだってその葬列を送りました。許善心は祭文を書きましたが、そこで陳叔寶のことを「陛下」と呼び、今日において敢て陳叔寶に尊号を加えておりました」と言った。許善心を召し出して問いただしたところ、事実であったが先例に従っただけなので、事なきを得たが、帝は大変許善心を憎んだ。また太史が「帝の即位の年は堯の時と符合する」と上奏したが、許善心は「国家が先帝の喪に服し始めたばかりなのに祝賀するべきではない」と奏議した。宇文述が御史に許善心を弾劾させたので、給事郎に左遷され、官品を二等落とされた。

四年、『方物志《ほうぶつし》』を撰して上奏した。

七年、煬帝に付き従って涿郡に行き、帝は自ら軍を率いて高麗を討伐ようとしたので、許善心は封事を奉って帝の旨に逆らったところ、免官された。その年にまた召されて守給事郎となった。

九年、左翊衛長史を代行し、帝に従って遼水を渡り、建節尉を授けられた。帝はかつて高祖受命の符に言及し、鬼神の事を質問し、許善心と崔祖璿に勅を下して『霊異記《れいいき》』十巻を撰させた。

以前、許善心の父である許亨は『梁史《りょうし》』を撰述していたが、完成しないうちに亡くなった。許善心は父の志を述べ、家書を続修し、その「序伝」の末に制作の意図を述べた。

謹んで考えるに、太素《たいそ》がまさに萌えんとし、洪荒《こうこう》（太古）の時代に初めて分かれ、

睺・虞世基・袁充・蔡徴等同往送葬。善心爲祭文、謂爲陛下、敢於今日加叔寶尊號」。召問有實、自援古例、事得釋、而帝甚惡之。又太史奏帝即位之年、與堯時符合、善心議、「以國哀甫爾、不宜稱賀」。述諷御史劾之、左遷給事郎、降品二等。

四年、撰方物志奏之。

七年、從至涿郡、帝方自御戎以東討、善心上封事忤旨、免官。其年復徵爲守給事郎。

九年、攝左翊衛長史、從渡遼、授建節尉。帝嘗言及高祖受命之符、因問鬼神之事、勅善心與崔祖璿撰靈異記十卷。

初、善心父撰著梁史、未就而歿。善心述成父志、修續家書、其序傳末、述制作之意曰、

謹案、太素將萌、洪荒初判、乾儀資始、

陽の気である天は万物を助けて始まらせ、星象が時を正す所以となり、陰の気である地は命を養い、万物はここに気を育んだ。三才を交えて徳を育て、二統を象り霊を降した。人民が現れると、主君を立て、貴賤が生じ、その大本を作った。上天の眷命を保ち、下土の楽推を養育し、正しい方法を執らないことはなく、長鞭を振い、感応して風雲を呼び起こし、英俊を馳せさせた。放伐・禅譲は、行えば功は多大で、伝国の宝である鼎玉や受命の符である亀符は、出現すれば一致していた。天命を革めて制度を創り、典籍の道もだんだんと彰らかになり、事を紀し言を記し、筆墨の官が次第に現れていった。神農以前は、その名を残していてもその事績を洩していたが、黄帝以来は、その文は暗くともその効用を明らかにしていた。堯が舜たちを引き連れて丘に登って舜を納れて万機の政を執らせ、訓誥典謨を備え、禹が生まれた時には流星が昴を貫き、殷の湯王が受命した際には白雲が房に入るという瑞祥が現れ、夏正《かせい》と殷祀《いんし》を伝えた。方位を弁別し宮室の位置を正し、時を論じ功を教えると、南北東西は、併せて四名の別となり、春秋時代の史書である楚の檮杌《とうこつ》と晋の乗《じょう》は、一家の称をほしいままにした。国の悪事は忌み嫌うものとはいえ、君子（孔子）は取り上げて必ず書き記したので、賊子乱臣はもとより天下は大いに懼れ、後世の手本である元亀・明鏡は、昭然として見ることができ、三統が受け継いでいき、五行が相克の関係に沿うと、倶に百谷の王と称し、並びに四海を自任し、重光が徳を累ねることは、何世代もあったのである。

梁が天下に君臨し、江東において建国すると、これより盛んなものは無かった。

辰象所以正時、巛載厚生、品物於焉播氣。參三才而育德、肖二統而降靈。有人民焉、樹之君長、有貴賤矣、爲其宗極。保上天之眷命、膺下土之樂推、莫不執大方、振長策、感召風雲、驅馳英俊。干戈揖讓、取之也殊功、鼎玉龜符、成之也一致。革命創制、竹素之道稍彰、紀事記言、筆墨之官漸著。炎農以往、存其名而漏其迹、黄軒以來、晦其文而顯其用。登丘納麓、具訓誥及典謨、貫昴入房、傳夏正與殷祀。洎辯方正位、論時訓功、南北左右、兼四名之別、檮杌・乘車、擅一家之稱。國惡雖諱、君擧必書、故賊子亂臣、天下大懼、元龜明鏡、昭然可察、及三郊遞襲、五勝相沿、倶稱百谷之王、並以四海自任、重光累德、何世無哉。

逮有梁之君臨天下、江左建國、莫斯爲

天命が一人の君主に授けられると、皇統を受け継いで四主に伝えられ、その盛んな武帝の御代は四十八年、簡文帝以後も含めれば五十六年であった。武皇帝が多くの衆生の中から生まれ、ここに帝位に上り、歴代の帝王の弊害を助け出し、万姓の危機を救い、道徳が衰えた末世に逆らい、上皇の唯一の道を登っていった。朝廷には君子が多く、在野には遺賢もなく、礼楽は完備し、憲章もみな挙げられた。その深い慈悲を不殺にまで広め、その大忍を無刑まで弘め、その雄大で高くそびえ立つこと、第一と称すべきものであった。たまたま陸渾《りくこん》の戎が潁に攻め入り、羯胡《けつこ》が都に侵攻し、波立ち混濁すること、夏・殷・周の末でも未だ聞かぬような有様であり、地を掃き天に満ちる、一元の巨大な災厄が現れた。廊廟には秩序があったが、狐や兎を刈り取る場になり、珪帛《けいはく》には儀礼が有ったが、かの犬羊の手に砕かれた。福善は積み上げられていたがその身に禍が降りかかり、仁義は備わっていたが国は滅んでしまった。ああこれは天道によるものであろうか、人事によるものであろうか。かつて別にこの事を論じたので、序論の巻に収録する。

父君（許亨）は前代にあって、早くから述作の思いを懐き、『斉書』五十巻を撰述した。『梁書《りょうじょ》』の紀伝は、出来事に随って書き記していき、欠けているところや未完成の部分も含めると、目録注によれば一百八巻となっていた。梁室ともどもに喪われ、典籍は消え尽きた。冢や壁は皆な残っているものの、盗まれていない所は無く、帷嚢はともに毀損し、（漢の成帝の命で天下の遺書を集めた）陳農《ちんのう》であってもどうして求められようか。秦では儒者が穴埋めにされると、先王の道は墜

盛。受命在於一君、繼統傳乎四主、克昌四十八載、餘祚五十六年。武皇帝出自諸生、爰升寶曆、拯百王之弊、救萬姓之危、反澆季之末流、登上皇之獨道。朝多君子、野無遺賢、禮樂必備、憲章咸擧。弘深慈於不殺、濟大忍於無刑、蕩蕩巍巍、可爲稱首。屬陰戎入潁、羯胡侵洛、沸騰磣黷、三季所未聞、掃地滔天、一元之巨厄。廊廟有序、翦成狐兔之場、珪帛有儀、碎夫犬羊之手。福善積而身禍、仁義在而國亡。豈天道歟。豈人事歟。嘗別論之、在序論之卷。

先君昔在前代、早懷述作、凡撰齊書爲五十卷。梁書紀傳、隨事勒成、及闕而未就者、目録注爲一百八卷。梁室交喪、墳籍銷盡。冢壁皆殘、不准無所盜、帷囊同毀、陳農何以求。秦儒既坑、先王之道将墜、漢臣徒請、口授之文亦絕。所撰之書、一

ちんとし、漢の臣下は請願したが、口授の文もまた絶えてしまった。父君が撰述した書も、(これらのように)一時に散逸してしまった。父君は陳が建国された当初、詔によって史官となり、欠を補い遺事を拾い集め、心に暗唱していた部分を思い出したりしていた。旧本の目録により、更に修撰を加えて、百巻になろうとしたが、すでに六帙五十八巻あったので、宮中の図書室に献上しておいた。私、善心は幼い頃に父を失い、父君の偉業を受け継げなかったが、太建の末に、頻りに意見書を奏聞して、至徳の初めに、史官の任を仰せつかった。ここではじめて紙筆を願い求めて採訪し、門庭に記録し、弱才を励まして、先志を成し遂げようとしたが、しかし孤独で低い身分で頼りになる人も少なく、その家も原憲や顔淵《がんえん》の住まいに類したもので、邸宅に退いて交遊することも無く、閑居して出世や利益も求めなかった。班嗣《はんし》の書を借りようとして、いたずらにその言葉を聞くだけで、王隠《おういん》の紙筆を与えられても、未だその人を見ないようなものである。その上、並以下で才能も無く、見識が狭く枝葉末節な学問ではあるが、かたじけなくも郎署の職となり、あわせて『陳史《ちんし》』を撰述したため、この書に着手したものの時を延ばすばかりで、未だその続きを完成させていなかった。禎明二年、尚書郎として隋に入聘したが、本国の滅亡に出くわし、他郷に遠くさすらい、使者(である私)は時機を逸して、主命を復せなくなった。都亭を望んで嘆き悲しみ、別館に遷っても薬売りの老人がぶら下げた壺の中に隠れてしまう懸壺の故事のように閉じこもった。家史旧書も、後に焼失してしまい、今はただ六十八巻があるだけで、また欠落や篇次の乱れもある。京師に来て以

時亡散。有陳初建、詔爲史官、補闕拾遺、心識口誦。依舊目録、更加修撰、且成百卷、已有六帙五十八卷、上秘閣訖。

善心早嬰荼蓼、弗荷薪構、太建之末、頻抗表聞、至徳之初、蒙授史任。方願油素採訪、門庭記録、俯勵弱才、仰成先志、而單宗少強近、虚室類原・顔、退屏無所交遊、棲遲不求進益。假班嗣之書、徒聞具語、給王隱之筆、未見其人。加以庸瑣涼能、孤陋末學、忝職郎署、兼撰陳史、致此書延時、未即成續。禎明二年、以臺郎入聘、値本邑淪覆、他郷播遷、行人失時、將命不復。望都亭而長慟、遷別館而懸壺、家史舊書、在後焚蕩。今止有六十八卷在、又並缺落失次。自入京已來、隨見補葺、略成七十卷。四帝紀八卷、后妃一卷、三太子録一卷、爲一帙十卷。宗室王侯列傳一帙十卷。具臣列傳二帙二十

来、順番に補修していき、七十巻となった。「四帝紀」八巻、「后妃」一巻、「三太子録」一巻、これらは一帙十巻である。「宗室王侯列伝」、これは一帙十巻である。「具臣列伝」、これは二帙二十巻である。「外戚伝」一巻、「孝徳伝」一巻、「誠臣伝」一巻、「文苑伝」二巻、「儒林伝」二巻、「逸民伝」一巻、「数術伝」一巻、「藩臣伝」一巻、合せて一帙十巻である。「止足伝」一巻、「列女伝」一巻、「権幸伝」一巻、「羯賊伝」二巻、「逆臣伝」二巻、「叛臣伝」二巻、「叙伝論述」一巻、合せて一帙十巻である。史臣と称して（発言して）いる箇所は、すべて父君の言葉で、その下に名を称して案語をつけている箇所は、すべて私が補ったものである。別に「叙論」一篇を作り、これを叙伝の末に託した。

十年、また上に従って懐遠鎮に行くと、朝散大夫を授けられた。突厥が雁門を包囲した際には、左親衛虎賁郎将を代行し、江南兵宿衛殿省を兼任した。帝の車駕が江都郡に行幸すると、以前の勲功によって追叙されて、通議大夫を授けられ、詔によってもとの官品に戻され、行給事郎となった。

十四年、宇文化及《うぶんかきゅう》が弑逆をした日、隋の官人たちはことごとく朝堂に詣でて謁賀したが、許善心一人だけが行かなかった。許弘仁《きょこうじん》が馳せ参じて「天子はすでに崩御し、宇文将軍が政務を執られており、朝廷の文武百官で集まらぬ者はおりません。天道人事は、代替わりして終わりがあるものなのに、どうしてご自分のことにこだわってこのようにあれこれ思い悩んでいるのですか」と告げた。許善心は許弘仁に対して怒り、宇文化及の所に共に行こうとはしなかった。許弘仁はとって返して馬に乗ると「宇文将軍はあなたには全く悪意を持たれておりませんのに、急いで自ら

卷。外戚傳一卷、孝德傳一卷、誠臣傳一卷、文苑傳二卷、儒林傳二卷、逸民傳一卷、數術傳一卷、藩臣傳一卷、合一帙十卷。止足傳一卷、列女傳一卷、權幸傳一卷、羯賊傳二卷、逆臣傳二卷、叛臣傳二卷、敍傳論述一卷、合一帙十卷。凡稱史臣者、皆先君所言、下稱名案者、並善心補闕。別爲敍論一篇、託于敍傳之末。

十年、又從至懷遠鎮、加授朝散大夫。突厥圍雁門、攝左親衞武賁郎將、領江南兵宿衞殿省。駕幸江都郡、追敍前勳、授通議大夫、詔還本品、行給事郎。

十四年、化及弑逆之日、隋官盡詣朝堂謁賀、善心獨不至。許弘仁馳告之曰「天子已崩、宇文將軍攝政、合朝文武莫不咸集。天道人事、自有代終、何預於叔而低徊若此」。善心怒之、不肯隨去。弘仁反走上馬、泣而言曰「將軍於叔全無惡意、忽自求死、豈不痛哉」。還告唐奉義、以狀白化及、遣人就

死をお求めになるのであれば、なんと痛ましいことではありませんか」と泣きながら言った。許弘仁は戻って唐奉義《とうほうぎ》に告げ、事情を宇文化及に全て話したところ、宇文化及は人を邸宅に使わして許善心を朝堂に連れて来させた。宇文化及は許善心を赦したが、許善心は朝拝の際に行う舞蹈の儀礼をせずに退出した。宇文化及は目配せをして「この者は大変気位が高い」と言い、許善心を捕らえて連れてこさせるなり「おれはお前を赦してやろうとしたのに、どうしてそんなに不遜なのだ」と罵った。宇文化及の手下はすぐさま許善心を引っ立て、そしてとうとう許善心を殺害した。時に六十一歳であった。越王の楊侗《ようとう》が天子の位につくと、左光禄大夫・高陽県公を追贈され、文節と諡された。

　許善心の母の范氏は、梁の太子中舎人である范孝才《はんこうさい》の娘で、若くして寡婦となったが、遺児を養育し、博学で高節があった。高祖はこれを知ると、尚食局に勅を下して、旬の食べ物が献上されるたびに、いつも范氏にも分け与えさせた。以前、范氏に詔して内宮に入れて、皇后に対して侍読させたときに、永楽郡君に封じた。許善心が禍に遭ったとき、范氏は九十二才であったが、喪においては哭せずに、棺を撫でながら「国難に殉じることができるとは。私も立派な子を持ったものです」と言った。そして臥せって食事もせず、十日あまりで范氏も亡くなった。

宅執至朝堂。化及令釋之、善心不舞蹈而出。化及目送之曰「此人大負氣」。命捉將來、罵云「我好欲放你、敢如此不遜」。其黨輒牽曳、因遂害之、時年六十一。及越王稱制、贈左光祿大夫・高陽縣公、謚曰文節。

善心母范氏、梁太子中舍人孝才之女、少寡養孤、博學有高節。高祖知之、勅尚食每獻時新、常遣分賜。嘗詔范入內、侍皇后講讀、封永樂郡君。及善心遇禍、范年九十有二、臨喪不哭、撫柩曰「能死國難、我有兒矣」。因臥不食、後十餘日亦終。

コラム④　隋に仕えた遺臣たち
——姚察・顔之儀・顔之推

洲脇武志

中国は後漢《ごかん》末に起こった「黄巾《こうきん》の乱」以降、晋《しん》（西晋）による短期間の統一はあったものの、分裂時代が続いていた。華北は異民族である拓跋《たくばつ》氏が建国した北魏《ほくぎ》が四三九年に華北を統一して長らく支配していたが、後に西魏・東魏に分裂し、それぞれ北周《ほくしゅう》・北斉《ほくせい》に取って代わられた。江南は華北から逃れてきた晋（東晋）が支配し、次いで宋《そう》（劉《りゅう》宋）・斉（南斉）・梁《りょう》・陳《ちん》と王朝が移り変わっていった。

この長期間続いた分裂時代を大きく動かしていったのが、北周の武帝《ぶてい》（宇文邕《うぶんよう》）である。武帝は数々の制度改革を実行して国力を高め、五七七年に北斉を征服して華北の再統一を実現した。ところが武帝は翌年に死去し、後を継いだ宣帝《せんてい》も五八〇年に急死する。そして本書で述べているように、五八〇年に北周の外戚であった楊堅《ようけん》が北周の静帝《せいてい》から禅譲を受けて隋を建国し、開皇九（五八九）年に陳を征服して約四百年ぶりに中国を統一するのである。

このように北周の武帝が北斉を征服してからわずか十二年で隋は中国を統一する。隋の高祖の類い稀な才覚はもちろんだが、高祖は北周の臣下は当然のこと、北斉に仕えていた遺臣達を巧みに使って統一へ向かい、また統一後は南朝の遺臣たちも取り込んで統一国家の体制を整えていった。

例えば、高祖が北周の丞相となって権力を握り、それに反対する尉遲迥《うっちけい》らの反乱を平定する過程で高祖を支えていた高熲《こうけい》と李徳林《りとくりん》である。高熲はもともと北周に、李徳林は北斉を経て北周に仕えていたが、高祖が丞相となる際や反乱の平定にはその腹心として高祖に貢献している。

また、陳の平定後、隋に仕えた人物としては虞世基《ぐせいき》や許《きょ》善心《ぜんしん》がいる。虞世基は煬帝《ようだい》の腹心として活躍し、また許善心は宇文化及《うぶんかきゅう》の反乱の際には煬帝に殉じる形で死を迎えている。高熲・李徳林・虞世基・許善心たちのように複数の王朝に仕えたものは、おおむね最も功績を挙げた王朝の正史に立伝される。したがって最終的に隋に仕えたものの、前王朝の方で活躍したために『隋書』には立伝されていない人物も存在する。ここではそういった人物の中から三人紹介したい。

一、陳の遺臣——姚察

姚察《ようさつ》は、梁・陳を経て隋に仕えるという、虞世基・許善心と同じ経歴をたどっているにもかかわらず、『隋書』に立伝されずに『陳書』（巻二十七）に立伝されている人物である。まずは姚察の経歴を簡単に見てみたい。

姚察は、梁の武帝の中大通（五三三）年に生まれた。幼い頃から学問に優れ、六歳にして一万言余りも暗唱し、十二歳で文章を綴ることができた。医者として著名であった父の姚僧垣《ようそうえん》は、そんな我が子達に期待を掛け、宮中からの下賜は全て学費とし、その甲斐あって姚察の学問は大いに進歩し、当時の皇太子（後の梁の簡文帝《かんぶんてい》）にも目を掛けられるほどであった。将来を嘱望されて順風満帆な姚察であったが、太清二（五四八）年に侯景《こうけい》の乱が起こり、承聖三（五五四）年には西魏が江陵に侵攻し、梁の元帝《げんてい》が殺されるなど、南朝は一気に動乱の時代へと突入する。姚察自身も父と生き別れ、生活も困窮するなどしたが、そのような状況下でも学問を怠ることは無かったという。その後、梁から陳へと王朝が交代し、姚察も陳に出仕する。陳ではその文才・学識を見込まれて官僚・史官として活躍し、官僚としては吏部尚書（人事担当大臣）まで出世している。陳の滅亡後は隋に仕えたが、隋では陳の時ほど出世せず、秘書丞（宮中図書館の副館長）、次いで太子内舎人（皇太子付きの文章を掌る官）を務めた後、大業二（六〇六）年に七十四歳で亡くなった。

このように姚察の活躍した場は、隋ではなく陳であり、また官職も陳での方が高かった。したがって姚察の伝も『陳書』に立てられ、『梁書』と『陳書』の論纂に彼の言葉が引用される際には、「陳吏部尚書姚察曰」と書かれるのである。なお、姚察は隋において勅命を受けて梁と陳の歴史書を編纂していた。残念ながら存命中には完成しなかったが、姚察の息子である姚思廉《ようしれん》は父の遺志をよく受け継ぎ、唐の太宗による「五代史」編纂事業の一部である『梁書』・『陳書』へと繋がっていった。

二、北周の遺臣——顔之儀

顔之儀《がんしぎ》は、梁の普通四（五二三）年、姚察と同じく梁に生まれ、その後は西魏・北周を経て隋に仕えた人物である。彼もまた『隋書』に立伝されておらず、代わりに『周書』（巻四十）に立伝されている。

顔氏はもともと琅邪臨沂《ろうやりんぎ》の出身で、晋の南遷とともに江南に移住し、以来南朝に仕えていた。顔之儀も姚察と同じく幼くして学問に優れ、湘東王の蕭繹《しょうえき》（後の梁の元帝）の知遇を得ていた。しかし、西魏が侵攻して江陵が陥落すると、顔之儀もまた多くの人々と同じように捕虜として長安へ連行され、そのまま西魏・北周に仕えることとなった。

北周での顔之儀はその学識を見込まれて、明帝《めいてい》（宇文《うぶん》毓《いく》）の時には麟趾學士・司書上士に、次の武帝（宇文邕）の時には皇太子（宇文贇《うぶんいん》、後の宣帝《せんてい》）の侍読に抜擢されている。しかし、顔之儀が侍読に抜擢されたのは、その学識によるものだけではなかった。家臣の多くが皇太子に遠慮する中で、ただ顔之儀だけがたびたび諫言を行い、皇太子が皇帝に即位して暴虐な政治を行うようになっても怯まずに諫言を続けたのである。当然のことながら宣帝は顔之儀を疎ましく思って殺そうとするのだが、顔之儀の正直で私心の無い態度を見て殺害は諦めている。

暴虐の限りを尽くした宣帝が急死すると、鄭譯《ていやく》・劉昉《りゅうほう》らは宣帝の遺詔を矯めて楊堅（隋の高祖）を丞相にしようと画策する。そんな中で顔之儀は一人決然としてその陰謀に荷担するをよしとしなかった。また後に高祖が玉璽を探しに来た際には「玉璽は天子のものであって、それを管理する者もおりますのに、何故丞相はそれをお探しになられるか」と答えて、高祖を退けている。これにはさすがの高祖も大いに怒り、顔之儀を誅殺しようとしたが、彼の人望の高さに断念し、顔之儀は地方官として左遷されることとなった。隋ではしばらく地方官を務めた後、官職を退いている。

顔之儀は隋の開皇十一（五九一）年に六十九歳で亡くなるが、その死の前年に周隋革命の際の振る舞いを、一時は彼を殺そうとした隋の高祖から賞賛されている。顔之儀が『周書』に立伝されているのは、隋よりも北周で活躍したことは言うまでもないが、北周に忠義を尽くした彼の正直無心な行動が評価されてのことであろう。

三、北斉の遺臣——顔之推

顔之儀の弟である顔之推《がんしすい》は、彼の幅広い学識と当時の貴族や北朝・南朝の文化習俗について記した『顔氏家訓《がんしかくん》』の著者として知られ、当時を代表する知識人として同時代人の中でも特に著名な人物である。

顔之推は兄の顔之儀と同じように、江陵陥落後に長安へ連行された。兄の顔之儀はそのまま西魏・北周に仕えるのであるが、北の生活に馴染めない顔之推は、北斉が梁王朝を復興させようとしていることを知ると、北斉を経由して江南へ帰還することを計画し、北斉への脱出を決行する。顔之推は妻子とともに黄河の増水を利用して一気に黄河を下って北斉に向かったのである。ところが、命がけで北斉に到着したものの、梁王朝復興計画は既に頓挫しており、北斉経由で江南へ帰還する顔之推の目論見は崩れ去ってしまった。そこで顔之推はそのまま北斉に仕えることとなる。北斉では漢人貴族の領袖である祖珽《そてい》に見込まれて順調に出世し、盟友である李徳林とともに北斉の学問所である「文林館」の設立と運営を主導したりしている。しかし、その結果、顔之推は熾烈な政争の中に身を置くこととなる。顔之推は時に泥酔して事態をやり過ごし、また時には仲間を見棄てるように上奏文に署名することを避けて誅殺を免れ、また宦官とも気脈を通じるなどして、我が身を守り続け、黄門侍郎までに上り詰めたのであった。

だが、度重なる政争の結果、北斉の国力はすっかり衰えてしまい、遂に滅亡の時を迎える。顔之推は北斉の後主《こうしゅ》の側にあって最後まで延命に尽力したが、佞臣の高阿那肱《こうあなこう》によって妨害されてしまう。顔之推は黄門侍郎という大官でありながら、平原太守に転じ、黄河を渡ろうとする北周軍を防ごうとする。しかし、顔之推の数々の奮闘虚しく、北斉は滅亡した。北斉の滅亡後は長安に召し出されて北周に仕え、後に隋にも仕えたが、北斉時代の活発な活動にひきかえ、礼楽制度の制定や『切韻《せついん》』（韻書）の編纂に関わったことなどがわずかに史料に記されるだけである。

顔之推の没年は定かではないが、ただ『顔氏家訓』などの記述から、兄の顔之儀が亡くなる少し前、開皇十年前後に亡くなったらしい。北斉で活躍し、北斉に忠義を尽くした顔之推が『北斉書』（巻四十五 文苑）に立伝されているのは当然の事だと言えよう。また『北斉書』の編者は顔之推の盟友である李徳林の子の李百薬《りひゃくやく》であり、李百薬も姚思廉と同じように父の李徳林が編纂していた「斉史」を受け継いで『北斉書』を編纂している。顔之推が『北斉書』に立伝されたのは盟友の配慮によるものなのかもしれない。

なお、中国を代表する書家である顔眞卿《がんしんけい》は、この顔之推の子孫である。顔眞卿は書家としてだけではなく、剛直忠義の人としても知られており、安史《あんし》の乱では奇しくも顔之推と同じ平原太守として一族の顔杲卿《がんこうけい》と連携して反乱軍と戦っている。顔眞卿を始めとする顔氏の人々は顔之推の学問を継承していただけでなく、顔之推や顔之儀の立ち振る舞いも受け継いでいたのである。

参考文献

宇都宮清吉『顔氏家訓』1・2（東洋文庫、平凡社、一九八九、一九九〇年）
川本芳昭『中国の歴史05　中華の崩壊と拡大』（講談社、二〇〇五年）
吉川忠夫『侯景の乱始末記』（中公新書、中央公論社、一九七四年）

第六章　高熲・蘇威・楊素——隋の礎を築いた宰相たち
（附・楊玄感——隋滅亡の序章）

高熲

高熲《こうけい》は、字は昭玄《しょうげん》、一名を敏《びん》といい、渤海《ぼっかい》の蓨《ちょう》の人であると自称した。父の高賓《こうひん》は、北斉に背いて北周に帰属し、これを大司馬の獨孤信《どっこしん》が引きたてて幕僚としたことから、姓として獨孤氏を賜った。獨孤信が誅殺されると、その妻子は蜀に移された。文献皇后《ぶんけんこうごう》（獨孤信の娘）は、高賓が父の故吏であったことから、よくその家を訪れた。高賓は後に鄀州刺史に至り、高熲が出世すると、礼部尚書・渤海公を追贈された。

高熲は若い頃から明敏で、大局を見通す目があり、端から典籍を読んでいて、最も応対の口上を得意とした。乳飲み子であったころ、家に柳の樹があり、高さは百尺ばかり、こんもりと繁る様は車蓋のようであった。里の父老は「この家は貴人を出すことだろう」と噂していた。十七歳、北周の斉王の宇文憲《うぶんけん》が引きたてて記室とした。武帝（宇文邕《うぶんよう》）の時、武陽県伯を継ぎ、内史上士に叙任され、ついで下大夫に遷任した。北斉を平定した時の功績により、開府に任命された。ついで越王の宇《う》文盛《ぶんせい》に従って隰州で反乱した異民族を討伐し、これを平定した。

高祖（楊堅《ようけん》）が政権を握ると、以前から高熲の聡明さを知っており、また兵事

【原文】

高熲、字昭玄、一名敏、自云渤海蓨人也。父賓、背齊歸周、大司馬獨孤信引爲僚佐、賜姓獨孤氏。及信被誅、妻子徙蜀。文獻皇后以賓父之故吏、每往來其家。賓後官至鄀州刺史、及熲貴、贈禮部尚書・渤海公。

熲少明敏、有器局、略涉書史、尤善詞令。初孩孺時、家有柳樹、高百許尺、亭亭如蓋。里中父老曰「此家當出貴人」。年十七、周齊王憲引爲記室。武帝時、襲爵武陽縣伯、除內史上士、尋遷下大夫。以平齊功、拜開府。尋從越王盛擊隰州叛胡、平之。

高祖得政、素知熲強明、又習兵事、多計

に習熟し、機略に通じることから、なんとしても引き入れて幕僚に加えようとした。邘国公の楊恵《ようけい》（のち雄《ゆう》に改名）に意向を説かせると、高熲は旨を受け大いに喜び「是非とも受けて奔命いたしましょう。閣下が思いのままに公事を遂げられない時は、この高熲、一族を亡ぼされようとも厭わぬ所存」と応じた。こうして相府司録となった。時に長史の鄭譯《ていやく》と司馬の劉昉《りゅうほう》はともに驕り高ぶっていたため疎まれ、高祖はいよいよ高熲に頼るようになり、その信任されることは股肱心膂の臣というべきものであった。尉遲迥《うっちけい》が兵を起こし、子の尉遲惇《うっちとん》に歩騎八万を率いさせ、武陟に駐屯させた。高祖は韋孝寛《いこうかん》にこれを討たせたが、軍は河陽に至ると、そこからあえて先に進まなかった。高祖は諸将が一枚岩でないと悟り、崔仲方《さいちゅうほう》にこれを監督させようとしたが、崔仲方は「父が山東に居ります（のでふさわしくありません）」と辞退した。このとき高熲は劉昉と鄭譯も行くつもりはないと見て、自ら行くことを願い出て、深く上の意に適ったので、とうとう高熲が派遣された。高熲は命を受けるとすぐさま出発し、人をやって母に「忠と孝とは両立いたしません」と別れを告げさせ、すすり泣きつつ出立した。着陣すると、橋を沁水に架けさせた。賊は上流より火を載せた大筏を流したが、高熲はあらかじめ犬のような形をした土嚢を仕掛けておいてこれを防いだ。軍が渡りきると、橋を焼いて戦い、大いに敵を破った。ついに鄴城周辺に至り、尉遲迥と交戦すると、しきりに宇文忻《うぶんきん》や李詢《りじゅん》らと策を講じて、尉遲迥を平定した。軍が帰還すると、上は私室で宴を催し、御帷を取ってこれを高熲に賜わった。位を柱国に進め、義寧県公に改封されて、相府司馬に遷任し、信任はますます深まった。

略、意欲引之入府。遣邘國公楊惠諭意、熲承旨欣然曰「願受驅馳。縱令公事不成、熲亦不辭滅族」。於是爲相府司錄。時長史鄭譯、司馬劉昉並以奢縱被疎、高祖彌屬意於熲、委以心膂。尉迥之起兵也、遣子惇率步騎八萬、進屯武陟。高祖令韋孝寬擊之、軍至河陽、莫敢先進。高祖以諸將不一、令崔仲方監之、仲方辭「父在山東」。時熲又見劉昉・鄭譯並無去意、遂自請行、深合上旨、遂遣熲。熲受命便發、遣人辭母、云「忠孝不可兩兼」、歔欷就路。至軍、爲橋於沁水、賊於上流縱火栰、熲預爲土狗以禦之。既渡、焚橋而戰、大破之。遂至鄴下、與迥交戰、仍共宇文忻・李詢等設策、因平尉迥。軍還、侍宴於臥內、上撤御帷以賜之。進位柱國、改封義寧縣公、遷相府司馬、任寄益隆。

高祖が禅譲を受けると、尚書左僕射に任命され、納言を兼任し、封爵を渤海郡公に進めた。朝臣に並ぶ者はなく、上は常に「獨孤」と呼んで名を口にしなかった。高熲は身を謹しみ権勢を避けようとし、上表して位を蘇威《そい》に譲ろうとした。上はその美しい志を遂げさせてやろうと思い、僕射の官を解くことを許した。数日して上は「蘇威は前朝より隠棲していたが、高熲はそれをよく推挙した。私が聞くところ賢者を推薦した者は格別な報奨を受けるべきであり、どうして官を去らせることができよう」と言い、ここに高熲に復位を命じた。すぐさま左衛大将軍に任命され、本官も元の通りに務めさせた。このとき突厥がしばしば侵入していたため、詔を下して高熲に辺境を鎮圧させた。帰還すると、馬百匹あまりと牛羊千頭ばかりを賜った。新都大監を兼任し、計画の多くが高熲より提案された。高熲はいつも朝堂の北にある槐樹の下に座して政務を執っていた。その樹が庭木の列からずれていたので、有《やく》司《にん》がこれを伐採しようとしたが、上は特別に言いつけて伐らせず、それにより高熲への態度を後人に示そうとした。その尊重ぶりはかくの如くであった。また左領軍大将軍に任命され、他の官も元の通りであった。母の死に伴い辞職したが、二十日ほどで政務に復帰させられた。高熲は泣いて固辞したが、上は特に詔を下して許さなかった。

開皇二年、長孫覧《ちょうそんらん》と元景山《げんけいざん》らが陳を討伐するにあたり、高熲に諸軍を統制させた。たまたま陳の宣帝（陳頊《ちんぎょく》）が薨去したため、高熲は「礼によれば服喪する敵は討たぬ」として、上奏して軍を返すよう請うた。蕭巖《しょうがん》が叛乱すると、高熲に詔を下して江・漢を慰撫させ、よく人の和を得た。上がかつて高熲に陳を攻略する方策を尋ね

高祖受禪、拜尚書左僕射、兼納言、進封渤海郡公、朝臣莫與爲比、上每呼爲「獨孤」而不名也。熲深避權勢、上表遜位讓於蘇威。上欲成其美、聽解僕射。數日、上曰「蘇威高蹈前朝、熲能推擧。吾聞進賢受上賞、寧可令去官」、於是命熲復位。俄拜左衞大將軍、本官如故。時突厥屢爲寇患、詔熲鎭遏緣邊。及還、賜馬百餘匹・牛羊千計。領新都大監、制度多出於熲。熲每坐朝堂北槐樹下以聽事。其樹不依行列、有司將伐之、上特命勿去、以示後人。其見重如此。又拜左領軍大將軍、餘官如故。母憂去職、二旬起令視事。熲流涕辭讓、優詔不許。

開皇二年、長孫覽・元景山等伐陳、令熲節度諸軍。會陳宣帝薨、熲以「禮不伐喪」、奏請班師。蕭巖之叛也、詔熲綏集江・漢、甚得人和。上嘗問熲取陳之策、熲曰「江北

ると、高熲は「江北の地は寒く、収獲がやや遅いのに対し、江南の風土は暑く、水稲が早く熟します。あちらの収獲の時期を狙って、ひそかに兵馬を集め、声を挙げ攻めるふりをすると、あちらは必ずや兵を集め防御するでしょうから、農時を損なうことになります。あちらが既に徴兵を終えましたら、こちらはすみやかに鎧を脱いで逃げ、再三このようにすれば、賊もいつものことと慣れてきて、我らが後からさらに兵を集めましても、あちらは毎度のことだと信じないでしょう。秋も過ぎたころ、我らの軍に江を渡らせ、上陸して戦えば、兵の士気は何倍もの差となりましょう。また江南は土壌が薄く、家は竹や茅で葺いており、集積された糧秣も、みな穴蔵に収めてはおりません。ひそかに人をやって、風にのせて火を放ち、彼らが修繕を終えた頃合いを待ち、またさらにこれを焼きます。数年としないうちに、財力も人力も尽き果てることでしょう」と答えた。上はその策を実行させ、これにより陳の民衆はますます疲弊した。

九年、晋王の楊廣《ようこう》が大挙して陳を討伐するにあたり、高熲は元帥長史となり、三軍はみな高熲に計り、策はすべて高熲により取捨選択が行われた。陳が平定されると、晋王は陳主（陳叔寶《ちんしゅくほう》）の寵姫であった張麗華《ちょうれいか》を妻妾に加えようとした。高熲は「武王は殷を滅ぼしたとき、傾城の妲己《だっき》を殺したものです。いま陳国を平らげ、麗華を取るのはいただけません」と言い、兵に命じてこれを斬り捨てさせたため、晋王は大変不満を抱いた。軍が帰還すると、功績により上柱国を授かり、封爵を斉国公に進め、反物九千段を賜り、食邑として千乗県に千五百戸を加えられた。上は高熲を労って「公が陳を討伐に出た後、公の謀反を言いたてる者があったが、朕はす

地寒、田收差晩、江南土熱、水田早熟。量彼收穫之際、微徵士馬、聲言掩襲、彼必屯兵禦守、足得廢其農時。彼既聚兵、我便解甲、再三若此、賊以爲常、後更集兵、彼必不信。猶豫之頃、我乃濟師、登陸而戰、兵氣益倍。又江南土薄、舍多竹茅、所有儲積、皆非地窖。密遣行人、因風縱火、待彼修立、復更燒之。不出數年、自可財力俱盡」。上行其策、由是陳人益敝。

九年、晉王廣大舉伐陳、以熲爲元帥長史、三軍諮稟、皆取斷於熲。及陳平、晉王欲納陳主寵姬張麗華。熲曰「武王滅殷、戮妲己。今平陳國、不宜取麗華」、乃命斬之、王甚不悅。及軍還、以功加授上柱國、進爵齊國公、賜物九千段、定食千乘縣千五百戶。上因勞之曰「公伐陳後、人言公反、朕已斬之。君臣道合、非青蠅所間也」。

でにこの者を斬った。君臣が同じ道を歩む時、青蠅のごとき讒言など入り込む隙間はないのだ」と言った。

　高熲はまた権勢を避けようとしたため、上は詔を下して、

　公の判断は遙か遠くを見据え、計略は深遠にまで及び、出立すれば軍律を守らせ、淮海の汚濁を除き去り、入朝すれば禁軍を掌握し、真に朕の願いを委ねることができる者である。朕が受命してより、常に機密を司り、忠を尽くし力を尽くし、心も行いも極まっている。君こそ天が与えた良き参謀、朕の身を盛り立てる者である。どうか嫌とは言わないでくれ。

と言った。高熲の優遇されることはこのようであった。

　この後、右衛将軍の龐晃《ほうこう》と将軍の盧賁《ろほん》らが、前後して高熲のことを上に誹った。上は龐・盧らに怒り、ともども排斥された。上はこうしたことから高熲に「獨孤公は鏡のようであるな、常に磨かれ続けているから、煌々としてますます明るいのだ」と言った。間を置かず、尚書都事の姜曄《きょうよう》と楚州行参軍の李君才《りくんさい》が共に奏上し、「洪水と日照りとは全て高熲の罪状によるものであり、罷免すべきです」と言った。二人はともども罪を得て官を去った。上の信任はますます親密であった。上が幷州に行幸すると、高熲を都に残し留守を任せた。上が帰京すると、縑五千匹を賜り、また行宮の一所を賜り、別荘とした。その夫人である賀抜氏《がばつし》が病に伏せると、上は宮中の使者を派遣して様子をうかがわせ、連絡を絶やさなかった。上は自らその邸宅を訪ね、銭百万、絹一万匹を賜り、また千里馬を賜った。上はかつてくつろいだ折に高熲と賀若弼《がじゃくひつ》に陳を平定した時の事を論じあわせた。高熲は「賀若弼は先に

熲又遜位、詔曰、

　公識鑒通遠、謀略優深、出參戎律、廓清淮海、入司禁旅、實委心腹。自朕受命、常典機衡、竭誠陳力、心迹俱盡。此則天降良輔、翊贊朕躬。幸無詞費也。

其優獎如此。

　是後、右衛將軍龐晃及將軍盧賁等、前後短熲於上。上怒之、皆被疏黜。因謂熲曰「獨孤公猶鏡也、每被磨瑩、皎然益明」。未幾、尚書都事姜曄、楚州行參軍李君才並奏稱「水旱不調、罪由高熲、請廢黜之」。二人俱得罪而去。親禮逾密。上幸幷州、留熲居守。及上還京、賜縑五千匹、復賜行宮一所、以爲莊舍。其夫人賀拔氏寢疾、中使顧問、絡繹不絕。上親幸其第、賜錢百萬、絹萬匹、復賜以千里馬。上嘗從容命熲與賀若弼言及平陳事。熲曰「賀若弼先獻十策、後

は十策を献じて、後には蔣山にて苦しい戦のはてに賊を破っております。臣は文吏にすぎませんから、どうして大将軍と功績を比較できましょう」と答えた。帝は大いに笑い、当時の人はその謙譲ぶりを讃えた。ついで息子の高表仁《こうひょうじん》に太子の楊勇《ようゆう》の娘を娶せ、その前後の賞賜は数え切れないほどであった。時に熒惑《けいわく》（火星）が太微に入り、左執法を犯した。術者の劉暉《りゅうき》はひそかに高熲に「天文の様子が宰相によろしくない、徳を修めて災いを祓われますように」と告げた。高熲は不安になり、劉暉の言葉を奏上した。上は厚く報奨を加えて慰めた。突厥が辺塞を犯すと、高熲を元帥とし、賊を討たせてこれを破った。高熲はまた白道に出て、砂漠に入り追撃しようとして、上に使者を出し増援を求めた。近臣がこれに「高熲が反乱を企てています」と述べ立てたため、上が返答しないうちに、高熲もまた賊を破るのみで帰還した。

このとき太子の楊勇は上の寵愛を失い、上はひそかに廃立を考えていた。そこで高熲に「晋王の妃に神が降りて、『王は必ずや天下を治める』と告げたそうだが、どうであろうな」と尋ねた。高熲は跪いて「長幼の序というものがございますから、廃嫡することなどできましょうか」と答えた。上は黙りこくって止めた。獨孤皇后は高熲を翻意させるのは無理と悟り、ひそかにこれを失脚させることにした。まず、高熲の夫人が死ぬと、皇后は上に「高僕射も老いました。しかも夫人を亡くされたのですから、陛下が後妻を選んでやってはどうですか」と言った。上が皇后の言葉を高熲に伝えると、高熲は泣いて感謝しつつ「臣は今やすでに老いまして、職務が終わりましたら、ただ自室に籠もり仏典を読むばかりでございます。陛下の臣を思

於蔣山苦戰破賊。臣文吏耳、焉敢與大將軍論功」。帝大笑、時論嘉其有讓。尋以其子表仁取太子勇女、前後賞賜不可勝計。時熒惑入太微、犯左執法。術者劉暉私言於熲曰「天文不利宰相、可修德以禳之」。熲不自安、以暉言奏之。上厚加賞慰。突厥犯塞、以熲爲元帥、擊賊破之。又出白道、進圖入磧、遣使請兵。近臣緣此言「熲欲反」、上未有所答、熲亦破賊而還。

時太子勇失愛於上、潛有廢立之意。謂熲曰「晉王妃有神憑之、言『王必有天下』、若之何」。熲長跪曰「長幼有序、其可廢乎」。上默然而止。獨孤皇后知熲不可奪、陰欲去之。初、夫人卒、后言於上曰、「高僕射老矣。而喪夫人、陛下何能不爲之娶」。上以后言謂熲、熲流涕謝曰「臣今已老、退朝之後、唯齋居讀佛經而已。雖陛下垂哀之深、至於納室、非臣所願」。上乃止。至是、熲

う愛情の深いことは有り難く存じますが、つれあいにまで及びますのは、臣の願うところではございません」と答えた。そこで上は取りやめた。こうしたことがあってから、高熲の愛妾が男子を産んだ。上はこれを聞き大変喜んだが、皇后はまるで喜ばなかった。上がその理由を尋ねると、皇后は「陛下はまだ高熲を信じているのですか。以前陛下が高熲に後妻を世話しようとしたとき、高熲の心には愛妾のことがあったので、陛下を欺いたのです。今その嘘が露見したのに、陛下はどうして高熲を信じていられるのですか」と答えた。上はこれにより高熲を疎むようになった。朝廷で遼東討伐の議論が起こると、高熲は強く諫めて反対した。上はその進言に従わず、高熲を元帥長史とし、漢王の楊諒《ようりょう》に従わせて遼東を征伐させたが、長雨と疫病の流行とがあり、不利とみて撤退した。皇后は上に「高熲ははじめから行きたくないと言っていたのに、陛下が強いて派遣したのですから、わたくしはどうせ功績の挙がるはずがないとわかっておりましたよ」と告げた。また上は漢王が年少であることから、軍のことはもっぱら高熲に任せていた。高熲は上の信任も厚く、常に公平であり、二心を持たなかったが、楊諒は自分の意見がほとんど用いられなかったことで、たいそう含むところがあった。帰還するに及び、楊諒は泣きながら皇后に「わたしはかろうじて高熲に殺されずに済みました」と訴えた。上はこれを聞き、いよいよ面白くなかった。その後すぐに上柱国の王世積《おうせいせき》が罪により誅殺されたが、その取り調べの際、宮中に関することで、高熲の所から発見されたものがあると報告があった。上は高熲に罪を着せようと望んではいたが、これを聞いて大変驚いた。このとき、上柱国の賀若弼、呉州総管の宇文弼《うぶんひつ》、刑部尚書の薛冑《せっちゅう》、民部尚書の斛律《こくりつ》

愛妾産男。上聞之極歡、后甚不悅。上問其故、后曰「陛下當復信高熲邪。始陛下欲爲熲娶、熲心存愛妾、面欺陛下。今其詐已見、陛下安得信之」。上由是疎熲。會議伐遼東、熲固諫不可。上不從、以熲爲元帥長史、從漢王征遼東、遇霖潦疾疫、不利而還。后言於上曰「熲初不欲行、陛下彊遣之、妾固知其無功矣」。又上以漢王年少、專委軍於熲。熲以任寄隆重、每懷至公、無自疑之意、諒所言多不用、甚銜之。及還、諒泣言於后曰「兒幸免高熲所殺」。上聞之、彌不平。俄而上柱國王世積以罪誅、當推覈之際、乃有宮禁中事、云於熲處得之。上欲成熲之罪、聞此大驚。時上柱國賀若弼・呉州總管宇文弼、刑部尚書薛冑、民部尚書斛律孝卿、兵部尚書柳述等明熲無罪、上逾怒、皆以之屬吏。自是、朝臣莫敢言者。熲竟坐免、以公就第。

孝卿《こうけい》、兵部尚書の柳述《りゅうじゅつ》らが高熲は無罪であると弁明したが、上はいよいよ怒り、みな取り調べに下した。これより、朝臣にあえて進言する者はいなくなった。高熲はついに官は罷免されたが、斉国公のまま邸宅に蟄居となった。

ほどなくして、上は秦王の楊俊《ようしゅん》の邸宅に行幸した際、高熲を呼んで宴を催した。高熲は悲しみを堪えきれずすすり泣き、獨孤皇后もまたつられて泣き、左右の者もみな涙を流した。上は高熲に「朕は公に背いておらぬ、公がみずから背いたのだ」と言った。そして侍臣に「私にとって高熲は我が子にも勝っていて、たとえ会えなくとも、常に眼前にいるようなものだった。しかしその身をやつしてからは、目を閉じればこれを忘れ、もともと高熲などいなかったかのようになった。あのような態度で朕に訴え、第一の功臣などと言ったところで無駄なのだ」と語った。

しばらくして、高熲の国令（家宰）が高熲の密事を上奏し「息子の高表仁が高熲に『晋の司馬仲達《しばちゅうたつ》は初め病と称して参朝せず、ついに天下を得たとか。父上の状況も今そのようなものですから、福でないとも限りません』と言っていました」と述べたてた。このため上は大いに怒り、高熲を内史省に勾留し尋問させた。獄を預かる憲司もまた高熲の他の悪事を上奏し「僧侶の眞覺《しんかく》がかつて高熲に『明年、国家に大喪があるでしょう』と言い、尼の令暉《れいき》もまた『十七、十八年、皇帝に大厄がございます。十九年は越せますまい』と語っておりました」と報告した。上はこれを聞いてますます怒り、群臣を顧みて「帝王とはなろうとしてなれるものではない。孔子《こうし》が大聖の才をもって生まれ、法を作り世に垂れながら、帝位を望まなかったのは、天命がそうでなかったからだ。高熲が子と語らい、自らを晋帝になぞらえ

未幾、上幸秦王俊第、召熲侍宴。熲歔欷悲不自勝、獨孤皇后亦對之泣、左右皆流涕。上謂熲曰「朕不負公、公自負也」。因謂侍臣曰「我於高熲勝兒子、雖或不見、常似目前。自其解落、瞑然忘之、如本無高熲。不可以身要君、自云第一也」。

頃之、熲國令上熲陰事、稱「其子表仁謂熲曰『司馬仲達初託疾不朝、遂有天下。公今遇此、焉知非福』」。於是上大怒、囚熲於内史省而鞫之。憲司復奏熲他事、云「沙門眞覺嘗謂熲云『明年國有大喪』、尼令暉復云『十七、十八年、皇帝有大厄。十九年不可過』」。上聞而益怒、顧謂羣臣曰「帝王豈可力求。孔子以大聖之才、作法垂世、寧不欲大位邪、天命不可耳。熲與子言、自比晉帝、此何心乎」。有司請斬熲。上曰「去年

るとは、これはどんな心づもりか」と言った。有司は高熲を斬刑にするよう願い出た。上は「去年は虞慶則《ぐけいそく》を殺し、今ここに王世積を斬り、さらに高熲を誅殺したとあっては、天下の者は私を何と言うだろうか」と答えた。そこで官爵を除いて庶民に落とした。高熲が初め僕射であったころ、その母が「おまえの富貴はもう極まったと言えます。あとはただ首を斬られるだけ。おまえはよく身を慎むのですよ」と戒めていた。高熲はそれより常に災禍を恐れていた。事ここに及んで、高熲はむしろ喜んで恨む様子もなく、災いを免れたと思った。

煬帝が即位すると、太常に任命された。このとき、詔により周・斉に仕えていた楽人と民間の伎楽とを収集させていた。高熲は「この楽は廃れて久しゅうございます。今もしこれらを呼び集めても、おそらくは楽をわかりもしない連中が本質を捨て些末な部分を拾い、互いに教え合うことになるだけかと」と上奏した。帝は喜ばなかった。帝はこのとき奢侈であり、歌舞音曲はますます派手になり、また長城建設の賦役も課していた。高熲ははなはだこれを気に病み、太常丞の李懿《りい》に「(北)周の宣帝は天元皇帝を名乗って音曲を好みそして亡んだ。殷鑑遠からず、だ。どうしてまた安寧を得られよう」と言った。当時、帝は啓民《けいみん》可汗《かがん》に対してやや過剰に恩恵を施しており、高熲は太府卿の何稠《かちょう》に「あの夷狄はよく中国の虚実と山川の険易を知ってしまった、後の患いになるぞ」と言った。また観王の楊雄に「近頃は朝廷にことさら綱紀というものがございません」と言った。ある者がこれらを上奏すると、帝は朝政を誹謗したものとして、詔を下して高熲を誅殺し、子供たちは辺境に流した。

高熲は文武の大略を持ち合わせ、政務に精通していた。信任を寄せられてから

殺虞慶則、今茲斬王世積、更誅熲、天下其謂我何」。於是除名爲民。熲初爲僕射、其母誡之曰「汝富貴已極。但有一斫頭耳。爾宜愼之」。熲由是常恐禍變。及此、熲歡然無恨色、以爲得免於禍。

煬帝即位、拜爲太常。時詔收周・齊故樂人及天下散樂。熲奏曰「此樂久廢。今若徵之、恐無識之徒棄本逐末、遞相教習」。帝不悅。帝時侈靡、聲色滋甚、又起長城之役。熲甚病之、謂太常丞李懿曰「周天元以好樂而亡。殷鑒不遙。安可復爾」。時、帝遇啓民可汗恩禮過厚、熲謂太府卿何稠曰「此虜頗知中國虛實・山川險易、恐爲後患」。復謂觀王雄曰「近來朝廷殊無綱紀」。有人奏之、帝以爲謗訕朝政、於是下詔誅之、諸子徙邊。

熲有文武大略、明達世務。及蒙任寄之

は、忠を尽くし臣節を尽くし、貞良の臣を推薦し、国事を己が任とした。蘇威・楊《よう》素《そ》・賀若弼・韓擒虎《かんきんこ》らは、みな高熲の推薦した者であり、それぞれその才能を発揮し、一代の名臣となった。その他の手柄を立てた者たちは、数えきれないほどである。朝廷にて政務を執ること二十年、朝野となく心服し、彼の決議に異を唱える者はなかった。隋の治世に太平をもたらしたのは、高熲の力である。事を論ずる者は高熲こそ真の宰相であるとした。彼が誅殺されると、天下に悼み惜しまぬ者はなく、今に至るも冤罪と称する声が止まない。彼の奇策や密謀、時の政治を論じた文章は、本人がいずれも破棄してしまったため、世に知る者はいない。

息子の高盛道《こうせいどう》は、官は莒州刺史に至り、柳城に流されて死んだ。その弟の高弘徳《こうこうとく》は、応国公に封ぜられ、晋王府記室となった。その弟の高表仁は、渤海郡公に封ぜられ、蜀郡に流された。

蘇威（子・蘇夔）

蘇威《そい》は、字は無畏《むい》、京兆武功《けいちょうぶこう》の人である。父の蘇綽《そしゃく》は、西魏の度支尚書であった。蘇威は幼いころから善良な資質を持ち、五歳で父を亡くすと、成人がみなそうするように悲しみで健康を損なってしまった。北周の太祖（宇文泰《うぶんたい》）の時、美陽県公の爵位を継ぎ、郡功曹となった。大冢宰の宇文護《うぶんご》は蘇威に会って礼遇し、その娘の新興主《しんこうしゅ》を娶らせようとした。蘇威は宇文護が専権を振るう様を見て、災いが己に及ぶのを恐れ、山中に逃げたが、叔父に迫られて、とうとう逃れられず結婚した。しかし蘇威は山寺に隠棲し、文章をそらんじるのを楽しみとし仕えなかった。ほど

後、竭誠盡節、進引貞良、以天下爲己任。蘇威・楊素・賀若弼・韓擒等、皆熲所推薦、各盡其用、爲一代名臣。自餘立功立事者、不可勝數。當朝執政將二十年、朝野推服、物無異議。治致升平、熲之力也。論者以爲眞宰相。及其被誅、天下莫不傷惜、至今稱寃不已。所有奇策密謀、及損益時政、熲皆削藁、世無知者。

其子盛道、官至莒州刺史、徙柳城而卒。次弘德、封應國公、晉王府記室。次表仁、封渤海郡公、徙蜀郡。

蘇威、字無畏、京兆武功人也。父綽、魏度支尚書。威少有至性、五歲喪父、哀毀有若成人。周太祖時、襲爵美陽縣公、仕郡功曹。大冢宰宇文護見而禮之、以其女新興主妻焉。見護專權、恐禍及己、逃入山中、爲叔父所逼、卒不獲免。然威每屛居山寺、以諷讀爲娯。未幾、授使持節・車騎大將軍・

なくして、使持節・車騎大将軍・儀同三司を授けられ、懐道県公に改封された。武帝が親政するようになると、稍伯下大夫に任命されたが、その前後に授けられた官職は、すべて病気を理由に断り受けなかった。蘇威の従父妹は河南の元雄《げんゆう》に嫁いでいた。元雄は以前より突厥と確執があり、突厥は入朝すると、元雄とその妻子の引き渡しを求めて、意を達しようとした。北周はそこで彼らを引き渡してしまった。蘇威は「夷人は利に弱いから、金で動かせる」と言い、そこで田宅を競売にかけ、家財をなげうって元雄を買い戻した。このことを論ずる者たちは蘇威の行いを義であるとした。宣帝（宇文贇《うぶんいん》）が位を継ぐと、開府に任命された。

高祖が丞相となると、高熲がたびたび蘇威の賢人ぶりを薦め、高祖も以前よりその名を重んじていたことから、これを幕下に招いた。蘇威がやって来ると、上は私室に引き入れて、ともに語り大いに喜んだ。一ヶ月ほどして、蘇威は禅譲の話題を聞き、郷里に逃げ帰った。高熲はこれを追うように進言したが、高祖は「彼は我らの計画に関与したくないだけだ、ひとまず放っておけ」と言った。上（楊堅）が禅譲を受けると、蘇威を呼び寄せて太子少保とし、その父の蘇綽に邳国公と食邑三千戸を追贈し、蘇威に引き継がせた。さらに納言・民部尚書を兼務させた。

蘇威は上表して固辞しようとしたが、上は詔を下して、

舟は大きいほどより重いものを載せ、馬は速いほどより遠くまで走るもの。君の人に倍する才覚をもってすれば、人より多く働くことを拒めまい。

と言った。そこで蘇威は観念した。

かつて、父の蘇綽が西魏にいたころ、国費が足りなくなったため、征税（徴税）

儀同三司、改封懷道縣公。武帝親總萬機、拜稍伯下大夫。前後所授、並辭疾不拜。有從父妹者、適河南元雄。雄先與突厥有隙、突厥入朝、請雄及其妻子、將甘心焉。周遂遣之。威曰「夷人昧利、可以賂動」、遂標賣田宅、罄家所有以贖雄。論者義之。宣帝嗣位、就拜開府。

高祖爲丞相、高熲屢言其賢、高祖亦素重其名、召之。及至、引入臥内、與語大悅。居月餘、威聞禪代之議、遁歸田里。高熲請追之、高祖曰「此不欲預吾事、且置之」。及受禪、徵拜太子少保、追贈其父爲邳國公、邑三千戶、以威襲焉。俄兼納言・民部尚書。

威上表陳讓、詔曰、

舟大者任重、馬駿者遠馳。以公有兼人之才、無辭多務也。

威乃止。

初、威父在西魏、以國用不足、爲征稅之

の法を定めたことで、すこぶる尊重された。蘇綽はしばらくして歎き「今行われている法は、いうなれば張り詰めた弓のようなもの、平時の法ではない。後の君子の誰が弛められるだろうか」と言っていた。蘇威はそれを聞いていて、常にこの法を弛めることが自分の責務と考えていた。蘇威は先の詔を受けると、賦役を減らし、なるべく軽い法に当てるよう上奏し、上は全てこれに従った。だんだん尊重されるようになり、高熲と共に朝政を統べた。蘇威は宮中の幔幕の吊り具が銀製なのを見ると、さかんに倹約の美点を述べ立てて上を諭した。上はこれにより身ずまいを正し、以前からある飾り物は、ことごとく撤去させた。

上はかつてある者に怒り、これを殺そうとした。蘇威は別殿に入って諫めたが、上は聞かなかった。上の怒りは激しく、自ら別殿を飛び出し斬ろうとしたが、蘇威が上の前に立ち塞がった。上が蘇威を避けて行こうとすると、蘇威がまた遮るので、上は衣を翻し引き返した。しばらくして、蘇威を呼んで「公が止めてくれるから、私は後悔せずに済む」と謝意を述べた。そこで馬二匹、銭十数万を賜った。ついでまた大理卿・京兆尹・御史大夫を兼任し、従来の官職もそのままであった。

治書侍御史の梁毗《りょうひ》が、蘇威は五職を兼任し、多事多忙を良しとして、賢者を推薦し自らに代えようという心がけが無い、と上表して蘇威を弾劾した。上は「蘇威は朝夕となく務めに務め、志は遠大、推挙された賢者は居並ぶのに、どうしてそのように追求できよう」として、顧みて蘇威に「『用いられれば行い、用いられなければ隠棲する。ただ私と君だけがこれをできる』というわけだ」と言い、そうして朝臣には「蘇威は私にはもったいない臣下で、私に諫言を惜しまない。私に蘇威がい

法、頗稱爲重。既而歎曰「今所爲者、正如張弓、非平世法也。後之君子誰能弛乎」。威聞其言、毎以爲己任。至是、奏減賦役、務從輕典、上悉從之。漸見親重、與高熲參掌朝政。威見宮中以銀爲幔鉤、因盛陳節儉之美以諭上。上爲之改容、彫飾舊物、悉命除毀。

上嘗怒一人、將殺之。威入閤進諫、不納。上怒甚、將自出斬之、威當上前不去。上避之而出、威又遮止、上拂衣而入。良久、乃召威謝曰「公能若是、吾無憂矣」。於是賜馬二匹、錢十餘萬。尋復兼大理卿・京兆尹・御史大夫、本官悉如故。

治書侍御史梁毗、以威領五職、安繁劇、無擧賢自代之心、抗表劾威。上曰「蘇威朝夕孜孜、志存遠大、擧賢有闕、何遽迫之」、顧謂威曰「『用之則行、舍之則藏、唯我與爾有是夫』」、因謂朝臣曰「蘇威不値我、無以措其言。我不得蘇威、何以行其道。楊

なくては、どうやって道を行えばよいのか。楊素は弁才にかけては並ぶ者がないが、古今を斟酌して我が教化を助けることでは、蘇威に並ぶとは言えない。蘇威はもし乱世に居れば、秦の始皇帝《しこうてい》・漢の劉邦《りゅうほう》に仕えなかった南山の四賢者（東園公《とうえんこう》・夏黄公《かこう こう》・綺里季《いりき》・用里《ろくり》）らのようなもの、たやすく仕えてはくれんのだぞ」と評した。蘇威が上に尊重されることはこのようであった。

まもなく、刑部尚書に任命され、太子少保・御史大夫の官を解かれた。後に京兆尹が廃止されると、検校雍州別駕となった。このとき、高熲と蘇威は志を同じくして助け合い、政治と刑罰は大小となく、二人が与らないものはなく、このため隋の世となってから数年間を、天下の人々は善政と讃えた。ほどなくして民部尚書に転任し、納言の官は従来のままであった。山東の諸州に住む民が飢餓に苦しんでいるので、上は蘇威に慰撫させた。それから二年して、吏部尚書に遷任した。一年程して、国子祭酒を兼任した。隋は戦乱の後の天下を継いだため、憲章は北周のものを踏襲していた。上は朝臣に旧法を一新させ、一代の法典を作ろうとした。律令格式には蘇威の定めたものが多く、世間の人は蘇威の有能さを褒めた。

九年、尚書右僕射に任命された。この年、母の喪のために辞職すると、肌が青じろみ骨が浮き出るほど衰弱した。

上は蘇威に勅を下して、

公の徳行は人を凌ぎ、情を寄せることはことさら重いが、大孝の道は、節を屈し君に仕えるのと変わらぬものだ。どうか哀しみを抑えて、国のために身を惜しんでほしい。朕は公にとって、君であり父であるのだから、どうか朕の意を

素才辯無雙、至若斟酌古今助我宣化、非威之匹也。蘇威若逢亂世、南山四皓、豈易屈哉」。其見重如此。

未幾、拜刑部尚書、解少保・御史大夫之官。後京兆尹廢、檢校雍州別駕。時、高熲與威同心協贊、政刑大小、無不籌之、故革運數年、天下稱治。俄轉民部尚書、納言如故。屬山東諸州民飢、上令威賑卹之。後二載、遷吏部尚書。歲餘、兼領國子祭酒。隋承戰爭之後、憲章踳駁。上令朝臣釐改舊法、爲一代通典。律令格式多威所定、世以爲能。

九年、拜尚書右僕射。其年、以母憂去職、柴毀骨立。

上勑威曰、

公德行高人、情寄殊重、大孝之道、蓋同俯就。必須抑割、爲國惜身。朕之於公、爲君爲父、宜依朕旨、以禮自存。

汲み、礼の定めの範囲で自愛するように。
と言った。ほどなくして、政務に復帰させられた。蘇威は固辞したが、上は特に詔を下して許さなかった。

明年、上は幷州に行幸するにあたり、蘇威に高熲と共に留守中のことを総べるよう命じた。ほどなくして行在所まで追ってこさせて、民の訴訟ごとを裁決させた。

蘇威の子の蘇夔《そき》は、若くして天下に名高く、賓客を招いたので、世の士大夫たちが多く心を寄せた。後に楽について議論した際、蘇夔と国子博士の何妥《かだ》とに各々持論があった。ここにおいて、蘇夔と何妥とに建議書を作らせ、百官に賛同する方へと署名させた。朝廷の者はほとんど蘇威におもねり、十中八九が蘇夔に賛同した。何妥は「それがしは席を朝廷に連ねること四十余年、それなのに昨今仕えたばかりの小僧に屈さねばならんのか」と憤り、とうとう蘇威と礼部尚書の盧愷《ろがい》・吏部侍郎の薛道衡《せつどうこう》・尚書右丞の王弘《おうこう》・考功侍郎の李同和《りどうか》らが朋党を組み、省中では王弘を「世子」、李同和を「叔」と呼び、二人が蘇威の子弟であるかのように呼び合っていると上奏した。また、蘇威は道理を曲げて、その従父弟の蘇徹《そてつ》・蘇肅《そしゅく》らが文盲なのにもかかわらず官に就けたこと、また国子学が蕩陰県の王孝逸《おうこういつ》を書学博士にするよう要請したにもかかわらず、蘇威が彼を盧愷の府に配属させ、府参軍としていたことをも言上した。上が蜀王の楊秀《ようしゅう》や上柱国の虞慶則らに諸々調査させると、何妥の申し立てはみな事実であった。上は『宋書《そうしょ》』謝晦《しゃかい》伝の朋党が少帝（劉義符《りゅうぎふ》）を殺し文帝（劉義隆《りゅうぎりゅう》）に討伐されるくだりを、蘇威に読み上げさせた。蘇威は恐れおののき、冠を脱ぎ頓首した。上は「謝ってももう遅いわ」と告げ、こうして蘇威の官爵

未幾、起令視事。固辭、優詔不許。

明年、上幸幷州、命與高熲同總留事。俄追詣行在所、使決民訟。

威子夔、少有盛名於天下、引致賓客、四海士大夫多歸之。後議樂事、夔與國子博士何妥各有所持。於是、夔・妥俱爲一議、使百僚署其所同。朝廷多附威、同夔者十八九。妥恚曰「吾席間函丈四十餘年、反爲昨暮兒之所屈也」、遂奏威與禮部尚書盧愷・吏部侍郎薛道衡・尚書右丞王弘・考功侍郎李同和等共爲朋黨、省中呼王弘爲「世子」、李同和爲「叔」、言二人如威之子弟也。復言威以曲道任其從父弟徹・肅等罔冒爲官、又國子學請蕩陰人王孝逸爲書學博士、威屬盧愷、以爲其府參軍。上令蜀王秀・上柱國虞慶則等雜治之、事皆驗。上以宋書謝晦傳中朋黨事、令威讀之。威惶懼、免冠頓首。上曰「謝已晩矣」、於是免威官爵、以開府就

を免じ、開府のみ残して蟄居させた。名士のうち蘇威に連座して罪を得た者は百人あまりであった。

　ほどなくして、上は「蘇威は徳行の人、ただ人によって道を誤らされただけである」と言い、官籍に戻させた。一年程して、邳公に復爵し、納言に任命された。上が泰山を祀る行幸に従い、不敬の行いに当たり罷免されたが、しばらくして元の位に戻された。上は群臣に「世間では蘇威を偽の清廉だ、家には財貨がうねっている、と言っているようだが、これは世迷い言である。ただ性格がだいぶねじけており、皆の要望に取り合わず、名声を求めてばかりいて、己に従う者に喜び、己に逆らう者には必ず怒る、これこそ蘇威の大病だ」と述べた。それから符節を持たせて江南を巡撫させ、問題があれば適宜処置することを許した。会稽を通り、南嶺山脈を越えて帰還した。このころ、突厥の都藍可汗《とらんかがん》がしばしば辺境を犯していたので、また蘇威を可汗の居所に行かせ、和親を結ばせた。可汗はすぐさま使者を派遣して地方の名物を貢献した。勤めはげんだため、位を大将軍に進めた。

　仁寿の初年、また尚書右僕射に任命された。上が仁寿宮に行幸すると、蘇威に留守中の事を総覧させた。上が帰京するに及んで、御史が蘇威の決裁には理屈の通らないものが多いので、取り調べたいと上奏した。上は怒り、蘇威を詰問した。蘇威が跪拝して謝罪したので、上も追及を止めた。後に、上が仁寿宮へと行幸し、病に伏すと、皇太子が都より見舞いに行くこととなったため、蘇威に詔を下して京師の留守を任せた。

　煬帝が即位すると、上大将軍を加えられた。上が長城修復の労役を課すと、蘇威

第。知名之士坐威得罪者百餘人。

　未幾、上曰「蘇威德行者、但爲人所誤耳」、命之通籍。歳餘、復爵邳公、拜納言。從祠太山、坐不敬免、俄而復位。上謂羣臣曰「世人言蘇威詐淸、家累金玉、此妄言也。然其性很戾、不切世要、求名太甚、從己則悅、違之必怒、此其大病耳」。尋令持節巡撫江南、得以便宜從事。過會稽、踰五嶺而還。時、突厥都藍可汗屢爲邊患、復使威至可汗所、與結和親。可汗即遣使獻方物。以勤勞、進位大將軍。

　仁壽初、復拜尚書右僕射。上幸仁壽宮、以威總留後事。及上還、御史奏威職事多不理、請推之。上怒、詰責威。威拜謝、上亦止。後、上幸仁壽宮、不豫、皇太子自京師來侍疾、詔威留守京師。

　煬帝嗣位、加上大將軍。及長城之役、威

はこれを諫めた。高熲・賀若弼らが誅殺されると、蘇威も連座して免官された。一年程して、魯郡太守に任命された。しばらくすると、召還され、朝政に参与した。ほどなくして、太常卿を拝命した。その年、吐谷渾征伐に従い、位を左光禄大夫に進めた。帝は蘇威が先朝以来の旧臣であることから、だんだんと大事を任せるようになった。のち一年程して、また納言となった。左翊衛大将軍の宇文述《うぶんじゅつ》・黄門侍郎の裴矩《はいく》・御史大夫の裴蘊《はいおん》・内史侍郎の虞世基《ぐせいき》らと朝政を牛耳り、当時の人は「五貴」と呼んだ。

遼東の役にあたって、本官に加えて左武衛大将軍を兼任し、位を光禄大夫に進め、房陵侯の爵を賜った。その年、封爵を進めて房公となった。蘇威は年老いたことから、上表して引退を願い出た。上は許さず、また本官のまま官員の選事を司らせた。明年、遼東親征に従い、右禦衛大将軍を兼任した。

楊玄感《ようげんかん》の反乱が起こると、帝は蘇威を帷幄に引き入れ、恐れを顔に表しながら「かの小僧は聡明である、患いにならぬはずがあろうか」と言った。蘇威は「事の是非を知り成功失敗に通じる者が、いわゆる聡明な人物です。楊玄感は粗雑な男です。聡明でない者に、思い悩む必要はございません。ただ次第に争乱が広まることだけを危惧いたします」と答えた。蘇威は労役が休みなく続くために、民が乱を望んでいるのを見知っていて、遠回しにこうして帝を諫めたのだが、帝はとうとう悟らなかった。のちに都に帰ろうとして涿郡まで来たところで、詔を下して蘇威に関中を慰撫させ、蘇威の孫で尚輦直長の蘇儇《そけん》を副とした。蘇威の子である鴻臚少卿の蘇夔は、以前に関中簡黜大使となっていたので、一家三人ともども関右・三輔に慰

諫止之。高熲・賀若弼等之誅也、威坐與相連免官。歳餘、拜魯郡太守。俄召還、參預朝政。未幾、拜太常卿。其年、從征吐谷渾、進位左光祿大夫。帝以威先朝舊臣、漸加委任。後歳餘、復爲納言。與左翊衞大將軍宇文述、黄門侍郎裴矩、御史大夫裴蘊、内史侍郎虞世基參掌朝政、時人稱爲「五貴」。

及遼東之役、以本官領左武衞大將軍、進位光祿大夫、賜爵房陵侯。其年、進封房公。威以年老、上表乞骸骨。上不許、復以本官參掌選事。明年、從征遼東、領右禦衞大將軍。

楊玄感之反也、帝引威帳中、懼見於色、謂威曰「此小兒聰明、得不爲患乎」。威曰「夫識是非審成敗者、乃所謂聰明。玄感麤疎。非聰明者、必無所慮。但恐寖成亂階耳」。威見勞役不息、百姓思亂、微以此諷帝、帝竟不寤。從還至涿郡、詔威安撫關中、以威孫尚輦直長儇爲副。其子鴻臚少卿夔、先爲關中簡黜大使、一家三人、俱奉使關右・三輔、榮之。

問したことになり、名誉なこととされた。

その年の内に、帝は自ら筆を執り詔を下して、
玉はしっとりと清らかで、丹や紫といった高貴な色と並べても玉の本質を変えることは出来ず、松は冬の寒さに映えて、霜や雪でも松の彩りをしぼませることは出来ない。かように温厚かつ実直な人柄というのは、生まれながらの性質がそうさせるのである。房公の蘇威は、心根は穏やかで寛容、見識は広く雅やか、若きより大臣の座にあって、国の文章法度を知り尽くす、先帝の旧臣、朝廷の宿老、社稷の支えであり、朕の身を補弼し、規範を守って法を尊び、身を屈して礼に従う者である。その昔、漢の三傑のうち、恵帝（劉盈《りゅうえい》）を補佐した者は蕭《しょう》何《か》であり、周の十乱のうち、成王を補佐した者は邵公奭《しょうこうせき》であった。国の宝とすべきは、賢者を得ることである。賢者たちは宰相などの地位に就いて互いに和し輝き、人々が手本として仰ぎ見るようになる。時には論争に及ぶような事態が起きたにしても、最後は全てを明白にして、時宜に適った処置を行い、朝廷の枢要となるのである。開府儀同三司とし、他の官は並びに従来のままとせよ。

と言った。蘇威は煬帝の世に尊重され、朝臣に並ぶ者がないほどであった。

後に、帝が雁門に行幸するのに従ったところ、突厥の包囲を受けたため、朝廷は恐れおののいた。帝は軽騎兵で囲みを破って突破しようとしたが、蘇威が「城を守ることにかけては我らに一日の長があり、軽騎兵は彼奴らの得意とするところでございます。陛下は万乗の君でありますれば、なにとぞ軽々の行いはおやめいただきたく」と諌めたので、帝は中止した。突厥は急に包囲を解いて去った。車駕が太原

歳餘、帝下手詔曰、
玉以潔潤、丹紫莫能渝其質、松表歳寒、霜雪莫能凋其釆。可謂溫仁勁直、性之然乎。房公威、器懷溫裕、識量弘雅、早居端揆、備悉國章、先皇舊臣、朝之宿齒、棟梁社稷、弼諧朕躬、守文奉法、卑身率禮。昔、漢之三傑、輔惠帝者蕭何、周之十亂、佐成王者邵奭。國之寶器、其在得賢。參燮台階、具瞻斯允。雖復事藉論道、終期獻替、銓衡時務、朝寄爲重。可開府儀同三司、餘並如故。
威當時見尊重、朝臣莫與爲比。
後、從幸雁門、爲突厥所圍、朝廷危懼。帝欲輕騎潰圍而出、威諫曰「城守則我有餘力、輕騎則彼之所長。陛下萬乘之主、何宜輕脫」、帝乃止。突厥俄亦解圍而去。車駕至太原、威言於帝曰「今者盜賊不止、士馬

に至ると、蘇威は帝に「今は盗賊が止まず、兵馬も疲弊しています。どうか陛下は京師にお帰りになり、根を張り本を固め、社稷を安んずる手立てを整えなさいませ」と言上した。帝ははじめは蘇威の意図に頷いたが、とうとう宇文述らの意見を採用して、東都に向った。

このとき、天下は大いに乱れていたが、蘇威は帝が結局行いを改めないと悟り、たいそう心を痛めた。帝が侍臣に盗賊の事について問うと、宇文述は「盗賊どもはたいした数ではなく、心配するに及びません」と答えた。蘇威は帝を欺く対応をするわけにもいかないので、その身を宮殿の柱に隠した。帝は蘇威を呼びつけて賊について尋ねた。蘇威は「臣はその職ではございませぬゆえ、賊の数はわかりかねますが、ただ彼奴らがだんだん近づいてきていることが気がかりです」と答えた。帝は「何が言いたいのだ」と尋ねた。蘇威は「かつて賊は長白山を拠点としていましたが、今は近づいてきて滎陽・汜水におります」と答えた。帝は不快になって聞くのを止めた。

きたる五月五日、百僚が帝に慶賀の品を奉じるにあたり、多くの者は名物珍宝を献じたが、蘇威は『尚書《しょうしょ》』一揃いを献上し、それとなく帝を諫めたため、帝はいよいよ面白くなかった。のちまた、遼東征伐について問うと、蘇威は群盗に特赦を与え、高麗に派遣することを進言したため、帝はますます怒った。御史大夫の裴蘊は帝の意向を察して、在野の士である張行本《ちょうこうほん》を使い、蘇威が以前に高陽典選であった時、みだりに人事を行い、突厥に怯え、京師に帰りたいと望んでいたことを上奏させた。

疲敝。願陛下還京師、深根固本、爲社稷之計」。帝初然之、竟用宇文述等議、遂往東都。

時、天下大亂、威知帝不可改、意甚患之。屬帝問侍臣盜賊事、宇文述曰「盜賊信少、不足爲虞」。威不能詭對、以身隱於殿柱。帝呼威而問之。威對曰「臣非職司、不知多少、但患其漸近」。帝曰「何謂也」。威曰「他日賊據長白山、今者近在滎陽・汜水」。帝不悅而罷。

尋屬五月五日、百寮上饋、多以珍翫、威獻尚書一部、微以諷帝、帝彌不平。後復、問伐遼東事、威對願赦羣盜、遣討高麗、帝益怒。御史大夫裴蘊希旨、令白衣張行本奏威昔在高陽典選、濫授人官、畏怯突厥、請還京師。

帝はこの件を審理させ、結審すると、詔を下して、

蘇威は朋党を組みたがる性質で、人と異なる行いを好み、不正な方策を抱き、むやみに名利を求め、律令を中傷し、官庁を誹謗した。先年、官簿に登録された者たちに、日頃の志を述べさせたところ、みな熱心に自問し、おのおの胸の内を言い尽くした。しかるに蘇威は開陳せず、とうとう朕の命令に答えなかった。臣として君を諌める者が、斯様な態度で許されようか。臣として君を慕う気持ちが、何と薄いことだろうか。

と言った。こうして官簿より名を除かれ庶民に落とされた。

一月程して、蘇威と突厥が密かに反乱を企てていると上奏する者がおり、大理（検察）が蘇威を文書にもとづき尋問した。蘇威は自ら「官を奉じ二朝に仕えること三十余年、忠義が少ないため帝を観悟させられず、不始末もたびたび露見しており、罪は万死に値します」と陳述した。帝は憐れんで蘇威を許した。その年、上が江都宮へ行幸するのに従った。帝はまた蘇威を用いようとしたが、裴蘊・虞世基が「蘇威は既に老いさらばえています」と奏言したので、取り止めた。

宇文化及《うぶんかきゅう》が上を弑逆すると、蘇威を光禄大夫・開府儀同三司とした。宇文化及が敗れると、李密《りみつ》に帰属した。ほどなくして李密が敗れ、東都に帰ると、越王の楊侗《ようとう》が上柱国・邳公に任じた。王世充《おうせいじゅう》が帝号を僭称すると、蘇威を太師としたが、蘇威は自らを隋室の旧臣であり、争乱に遭い身を寄せたまでで、時の情勢がそうさせただけのことだとして、赦免を求めた。大唐の秦王（李世民《りせいみん》）が王世充を平定すると、蘇威は東都の閶闔門内に座り込んだ。蘇威は秦王との謁見を望み、老病により拝起

帝令案其事、及獄成、下詔曰、

威立性朋黨、好爲異端、懷挾詭道、徼幸名利、詆訶律令、謗訕臺省。昔歲薄伐、奉述先志、凡預切問、各盡胸臆。而威不以開懷、遂無對命。啓沃之道、其若是乎。資敬之義、何其甚薄。

於是除名爲民。

後月餘、有人奏威與突厥陰圖不軌者、大理簿責威。威自陳「奉事二朝三十餘載、精誠微淺不能上感、咎釁屢彰、罪當萬死」。帝憫而釋之。其年、從幸江都宮、帝將復用威。裴蘊・虞世基奏言「昏耄羸疾」、帝乃止。

宇文化及之弑逆也、以威爲光祿大夫・開府儀同三司。化及敗、歸於李密。未幾密敗、歸東都、越王侗以爲上柱國・邳公。王充僭號、署太師、威自以隋室舊臣、逢喪亂、所經之處、皆與時消息、以求容免。及大唐秦王平王充、坐於東都閶闔門內。威請謁見、

できないと言い添えた。秦王は人をやって蘇威を責め「公が隋朝の宰相でありながら、政治の乱れを救い正さなかったために、ついにはあらゆる者が塗炭の苦しみをなめ、主君は殺され国は亡んだ。李密・王世充とまみえれば、どちらにも拝伏し舞蹈の儀礼を行い仕えた。今もう老い病んだというなら、わざわざ対面して公を煩わせることもあるまい」と言わせた。それから長安に帰り、朝堂に至り謁見を請うたが、また許されなかった。家で没した。時に八十二歳。

蘇威は身を謹み誠実であり、廉直で慎み深いことを讃えられた。朝廷で議論のあるごとに、他者が自分と異なる意見を出すのを憎み、些細なことでも必ず強く争ったため、当時の人は「あるべき大臣の姿ではない」と思っていた。蘇威の定めた法令は、いずれも当世に施行されたが、たいそう過酷で細かいものだったため、論者は「簡素で長く行われる法ではない」と思っていた。大業の末年には、もっとも戦役が多かったが、論功行賞の話題となると、蘇威はいつも上の意向をうかがい、話を止めさせた。当時、盗賊が蜂起していたが、各地から上表のため宮門に訪れる者がいると、蘇威はその使者を叱りつけ、賊の数を減らさせた。このため出征し討伐しても、たいてい勝てなかった。こうした事により蘇威の評価は物議を醸し批判された。子は蘇夔である。

蘇夔は字を伯尼《はくじ》、若くして明敏で、口達者であった。八歳で詩書をそらんじて、かつ騎射に通暁していた。十三歳のとき、父に従って尚書省に来ると、安徳王の楊雄と馳射することになり、賭けをして楊雄の駿馬を得て帰った。十四歳のとき、国士学に行き、儒者たちと論議すると、発言に見るべきものがあり、居合わせた者た

稱老病不能拜起。王遣人數之曰「公隋朝宰輔、政亂不能匡救、遂令品物塗炭、君弒國亡。見李密・王充、皆拜伏舞蹈。今既老病、無勞相見也」。尋歸長安、至朝堂請見、又不許。卒於家。時年八十二。

威治身清儉、以廉慎見稱。每至公議、惡人異己、雖或小事、必固爭之、時人以爲「無大臣之體」。所修格令章程、並行於當世、然頗傷苛碎、論者以爲「非簡久之法」。及大業末年、尤多征役、至於論功行賞、威每承望風旨、輒寢其事。時、羣盜蜂起、郡縣有表奏詣闕者、又訶詰使人、令減賊數。故出師攻討、多不克捷。由是爲物議所譏。子夔。

夔字伯尼、少聰敏、有口辯。八歲誦詩書、兼解騎射。年十三、從父至尚書省、與安德王雄馳射、賭得雄駿馬而歸。十四詣學、與諸儒論議、詞致可觀、見者莫不稱善。及長、

ちはみな評価した。成長すると、博覧強記であり、最も鍾律に詳しいと自負した。初めは夔という名ではなかったが、父が舜《しゅん》の配下で音楽を司った夔《き》にならって改めたので、識者にはたいそうあざ笑われた。官は太子通事舎人に起家した。楊素はたいそう蘇夔を褒め、いつも蘇威に戯れて「楊素《おれ》にはろくな子がいないが、蘇夔には父がいないなあ」と言っていた。蘇夔は後に沛国公の鄭譯・国子博士の何妥らと楽について議論したが、これにより罪を得て、議事も取り止めとなり行われなかった。『楽志《がくし》』十五篇を著し、その思うところを表明した。数年して、太子舎人に遷任した。のちに武騎尉を加官された。仁寿の末年、詔を下して天下の礼楽の淵源に通じた者を集めた。時の雍州牧であった晋王の楊昭《ようしょう》は、蘇夔を推挙し、蘇夔はこれに応じた。諸州より推挙された五十数人と謁見すると、高祖は蘇夔を見つけて侍臣に「ただこの一人だけが、私の目に適う者だ」と言った。こうして晋王の王友に任命された。

煬帝が即位すると、太子洗馬に遷任し、司朝謁者に転任した。父が免官されると、蘇夔も官を去った。のちに尚書職方郎や燕王司馬を歴任した。遼東の役では、蘇夔は宿衛軍を預かり、功により朝散大夫に任命された。時に、帝はちょうど遠方の調略に取り組んでおり、蛮夷の朝貢が前後あい続いた。帝は以前くつろいだおりに宇文述や虞世基らに「四方の蛮夷が進んで服属し作法を中華のものになぞらえるかどうかは、外交を司る鴻臚の職にある者の良き評判にかかっておる。よく才芸を備え、容貌麗しく、賓客と応対するのに適した者といったら誰であろうな」と言うと、みな蘇夔の名を答えた。帝もその通りだと思い、蘇夔はその日のうちに鴻臚少卿に任

博覽羣言、尤以鍾律自命。初不名夔、其父改之、頗爲有識所哂。起家太子通事舍人。楊素甚奇之、素每戲威曰「楊素無兒、蘇夔無父」。後與沛國公鄭譯・國子博士何妥議樂、因而得罪、議寢不行。著樂志十五篇、以見其志。數載、遷太子舍人。後加武騎尉。仁壽末、詔天下擧達禮樂之源者。晉王昭時爲雍州牧、擧夔、應之。與諸州所擧五十餘人謁見、高祖望夔謂侍臣「唯此一人、稱吾所舉」。於是拜晉王友。

煬帝嗣位、遷太子洗馬、轉司朝謁者。以父免職、夔亦去官。後歷尚書職方郎・燕王司馬。遼東之役、夔領宿衞、以功拜朝散大夫。時、帝方勤遠略、蠻夷朝貢前後相屬。帝嘗從容謂宇文述・虞世基等曰「四夷率服、觀禮華夏、鴻臚之職須歸令望。寧有多才藝、美容儀、可以接對賓客者爲之乎」、咸以夔對。帝然之、即日拜鴻臚少卿。其年、高昌

命された。その年、高昌王の麴伯雅《きくはくが》が来朝し、朝廷は公主を嫁がせることにした。蘇夔が雅やかな容貌を備えていたので、婚姻を差配させた。そののち、弘化・延安など数郡の盜賊が蜂起し、根拠地に群れ集まると、蘇夔は詔を奉じて関中を巡撫した。突厥が帝のいる雁門城を囲んだ時は、蘇夔に城の東側の対応を任せた。蘇夔が弩楼車と廂虎圏を作らせると、一夕にして完成した。帝はこれらを見て褒め、その功により位を通議大夫に進めた。父の罪に連座し、官簿から除名され庶民となった。ちょうど母の死が重なり、悲しみに耐えきれず没した。時に四十九歳。

史臣の言葉。

斉公の高熲については、高祖の覇業は彼を得て始まったのであり、彼は初期から国家の計に預かり、文帝と彼とは君臣水魚の交わりを結んで言わずとも通じ合い、風が虎に従い雲が龍に従うように感応しあい、身を正して王道を歩み、共に助け合って隋朝を興し、心と誓いを同じくし、言えば聞き入れ計れば従って、東夏の地を平らげ、南国を定め、謀を帷幄の中に巡らせ、勝ちを千里の外に決した。高祖が九州全土を恢復し、王徳を天下に布くことができたのも、高熲が船にとっての舵のように寄り添い、塩と梅のように高祖と相性の良い賢臣だったからこそである。人民は信頼をよせて安らぎ、百僚は力をよせて和らいで、およそ二十四年になろうとするまで、余人の讒言が入り込むことはなかった。しかるに高祖が太子を廃そうとすると、彼は忠信ゆえに罪を得て、煬帝が淫蕩奢侈の行いに及ぶと、時勢に逆らったため惨殺さ

王麴伯雅來朝、朝廷妻以公主。夔有雅望、令主婚焉。其後弘化・延安等數郡盜賊蜂起、所在屯結、夔奉詔巡撫關中。突厥之圍雁門也、夔領城東面事。夔爲弩樓車・箱獸圈、一夕而就。帝見而善之、以功進位通議大夫。坐父事、除名爲民。復丁母憂、不勝哀而卒。時年四十九。

史臣曰、

齊公、霸圖伊始、早預經綸、魚水冥符、風雲玄感、正身直道、弼諧興運、心同契合、言聽計從、東夏克平、南國底定、參謀帷幄、決勝千里。高祖既復禹迹、思布堯心、舟楫是寄、鹽梅斯在。兆庶賴以康寧、百僚資而輯睦、年將二紀、人無間言。屬高祖將廢儲宮、由忠信而得罪、逮煬帝方逞浮侈、以忤時而受戮。若使遂無猜釁、克終厥美、雖未可參蹤稷・契、足以方駕蕭・曹。繼之實難、惜矣。

れた。高熲がもし最後まで文帝に猜疑心を起こさせず、美しいまま官途を終えることが出来たなら、舜に仕えた后稷《こうしょく》や契《せつ》とまではいかなくとも、漢の蕭何や曹参《そうさん》を越えるに十分であったろう。あり続けるとはいかに難しいものか、惜しいことである。

邳公の蘇威は、北周の国勢が衰えると、隠棲して過ごし、隋室が隆興すると、初めて求めに応じた。帝からよく厚遇され、栄華と寵愛を極め、ながらく台閣にあって、政治を損益するところが多く、彼が心力を尽くせば、その知恵に出来ないことはなかった。しかしながら志では清廉を尊んでいたものの、実際は闊達とは言えず、賛同に喜び異論を憎み、正道に乖離するところがあり、法も簡便ではなく、徳に通じた人物とは言えなかった。二帝に仕えること三十数年、時々に失脚することはあっても、とうとう前朝の遺臣を名乗るに至った。だが主君がよこしまな言動をした時は直諫することが出来ず、国が亡びようとする時には庶民の心情と変わらぬざまで大臣の振るまいと言えなかった。『尚書』益稷《えきしょく》篇には「予が違へば汝弼《たす》けよ」とあるが、ただその言葉を聞きはしても、風が吹けば草はなびくと言わんばかりで、おもねらず臣下の勤めを果たす者を見ない。創業の王のもとから臣下が去り命令が行き届かなくなるのは、そもそもこれが原因なのである。

蘇夔は、心根は落ち着きがあり知恵は明敏、正しく雅やかな人柄は評価に値する。寿命さえ長ければ、父の道を廃れさせぬことができたであろう。

邳公、周道云季、方事幽貞、隋室龍興、首應旌命。綢繆任遇、窮極榮寵、久處機衡、多所損益、罄竭心力、知無不爲。然志尚清儉、體非弘曠、好同惡異、有乖直道、不存易簡、未爲通德。歷事二帝、三十餘年、雖廢黜當時、終構遺老。君邪而不能正言、國亡而情均衆庶。予違汝弼、徒聞其語、疾風勁草、未見其人。禮命闕於興王、抑亦此之由也。

夔、志識沈敏、方雅可稱。若天假之年、足以不虧堂構矣。

楊素（弟・楊約、従父・楊文思、従父・楊文紀）

楊素は、字は處道《しょどう》、弘農《こうのう》華陰《かいん》の人である。祖父の楊暄《ようけん》は、北魏の輔国将軍・諫議大夫であった。父の楊敷《ようふ》は、北周の汾州刺史であり、北斉に囚われたまま死んだ。楊素は若いころから豪放磊落で、大志を抱き、細かいことにこだわらなかった。世間の人にはほとんどまだ名を知られていなかったが、ただ祖父のいとこである北魏の尚書僕射の楊寛《ようかん》だけは楊素を大器として、つねづね子供と孫とに「處道はまさに人並み外れた傑物、非常の器よ。お前たちのかなう相手ではないわい」と言っていた。後に安定の牛弘《ぎゅうこう》と志を同じくして学問を好み、研鑽して倦むことなく、多くの書を読みあさった。文章を綴るのを得意とし、草隷の書に巧みで、風角《うらない》にも大いに関心を持っていた。あごひげが美しく、英傑の風貌をしていた。北周の大冢宰の宇文護が引き立てて中外記室とした。後に礼曹に転任して、大都督を加えられた。北周の武帝が親政を始めると、楊素は父の楊敷が拘留先の北斉で節義を守り通して死んだにもかかわらず、今なお父への労いがないとして、上表して審理を求めたが、帝は許さず、こうしたやりとりが再三に至った。武帝は激怒し、左右の者に命じて楊素を斬り殺させようとしたが、楊素は大声で「臣は無道の天子に仕えてしまった、死ぬのが相応です」と言い放った。武帝はその言葉を気概ありとして、そこで楊敷に大将軍を追贈し、謚号を忠壮とした。楊素は車騎大将軍・儀同三司に任命され、だんだんと礼遇されるようになった。武帝が楊素に命じて詔勅を起草させると、筆を下せばただちに完成し、言葉選びのセンスも内容も美麗であった。武帝はこれを褒め、楊素を顧みて「よくこの道に励め、富貴になれぬかもしれんなどと心配する

楊素、字處道、弘農華陰人也。祖暄、魏輔國將軍・議大夫。父敷、周汾州刺史、沒於齊。素少落拓、有大志、不拘小節。世人多未之知、唯從叔祖魏尚書僕射寛深異之、毎謂子孫曰「處道當逸羣絶倫、非常之器。非汝曹所逮也」。後與安定牛弘同志好學、研精不倦、多所通涉。善屬文、工草隷、頗留意於風角。美鬚髯、有英傑之表。周大冢宰宇文護引爲中外記室。後轉禮曹、加大都督。武帝親總萬機、素以其父守節陷齊、未蒙朝命、上表申理。帝不許、至於再三。帝大怒、命左右斬之。素乃大言曰「臣事無道天子、死其分也」。帝壯其言、由是贈敷爲大將軍、謚曰忠壯。拜素爲車騎大將軍・儀同三司、漸見禮遇。帝命素爲詔書、下筆立成、詞義兼美。帝嘉之、顧謂素曰「善自勉之、勿憂不富貴」。素應聲答曰「臣但恐富貴來逼臣、臣無心圖富貴」。

な」と言った。楊素は直ちに「臣は富貴によってこの身が脅かされるのを恐れこそすれ、臣が富貴になろうなどとは考えてもおりません」と返した。

北斉討伐が始まると、楊素は父の麾下にあった者を率いての先駆けを願い出た。武帝はこれを許し、竹策を賜って「朕は大いに策を巡らせたいと思っている、だからこれを卿にやろう」と言った。斉王の宇文憲《うぶんけん》に従って斉人と河陰に戦い、功績により清河県子に封ぜられ、食邑は五百戸であった。その年に司城大夫を授けられた。

明年、また宇文憲に従い晋州を攻略した。宇文憲が兵を雞棲原《けいせいげん》に駐屯させると、斉主の高緯《こうい》が大軍で寄せつけた。宇文憲は恐れて逃げようとしたが、斉の兵に追撃され、多くの兵が敗走した。楊素が驍将十数人と力を尽くして戦ったので、宇文憲はかろうじて逃れられた。その後も戦のたびに功績を挙げた。北斉が平定されると、上開府を加えられ、成安県公に改封され、食邑は千五百戸となり、粟帛・奴婢・雑畜を賜った。王軌《おうき》に従い陳の将軍の呉明徹《ごめいてつ》を呂梁に破り、東楚州の緒事を処理した。弟の楊慎《ようしん》は義安侯に封ぜられた。陳の将軍の樊毅《はんき》が泗口に築城すると、楊素は撃破して潰走させ、樊毅の築いた城を更地にした。

北周の宣帝が即位すると、父の爵位を継がせて臨貞県公とし、弟の楊約《ようやく》を安成公とした。ついで韋孝寛《いこうかん》に従って淮南の民を宣撫し、楊素は別に盱眙・鍾離を降した。

高祖が丞相となると、楊素は熱心に自ら取り入った。高祖はたいそう楊素を評価し、楊素を汴州刺史とした。出発して洛陽まで来たが、たまたま尉遅迥が乱を起こし、栄州刺史の宇文冑《うぶんちゅう》が虎牢関を拠点にして尉遅迥に呼応したため、楊素は進むことができなかった。高祖は楊素を大将軍に任命し、河内の兵を徴発して宇文冑を討

及平齊之役、素請率父麾下先驅。帝從之、賜以竹策曰「朕方欲大相驅策、故用此物賜卿」。從齊王憲與齊人戰於河陰、以功封清河縣子、邑五百戸。其年授司城大夫。

明年、復從憲拔晉州。憲屯兵雞棲原、齊主以大軍至、憲懼而宵遁、爲齊兵所躡、衆多敗散。素與驍將十餘人盡力苦戰、憲僅而獲免。其後每戰有功。及齊平、加上開府、改封成安縣公、邑千五百戸、賜以粟帛・奴婢・雜畜。從王軌破陳將吳明徹於呂梁、治東楚州事。封弟愼爲義安侯。陳將樊毅築城於泗口、素擊走之、夷毅所築。

宣帝即位、襲父爵臨貞縣公、以弟約爲安成公。尋從韋孝寬徇淮南、素別下盱眙・鍾離。

及高祖爲丞相、素深自結納。高祖甚器之、以素爲汴州刺史。行至洛陽、會尉迥作亂、滎州刺史宇文冑據武牢以應迥、素不得進。高祖拜素大將軍、發河内兵擊冑、破之。

たせ、これを破った。楊素は徐州総管に遷任され、位を柱国に進め、清河郡公に封ぜられ、食邑は二千戸となった。弟の楊岳《ようがく》は臨貞公に封ぜられた。

高祖が禅譲を受けると、上柱国を加えられた。

開皇四年、御史大夫に任命された。その妻の鄭氏《ていし》は我が強く、楊素は妻に怒って「俺がもし天子になったとしても、お前は絶対に皇后にはなれんからな」と言った。鄭氏がこれを上奏し、このため罷免された。

上が江南の平定を図ろうとした。以前から、楊素はしばしば陳を攻略する計略を進言していたので、ほどなくして、信州総管に任命され、銭百万・錦千段・馬二百匹を賜わったうえで派遣された。楊素は永安に留まり、大艦を建造し、五牙《ごが》と名付け、甲板上には楼を五層に重ね、高さは百尺あまり、左右前後に六つの拍竿《はくかん》（対船舶用の鉄製アーム）を設置し、その全高は五十尺、戦士八百人を収容し、旗幟をその上にはためかせた。その次に大きい船を黄龍《こうりゅう》と呼び、兵百人を置いた。このほかの平乗《へいじょう》・舴艋《たくもう》などはそれぞれ差があった。大挙して陳を討伐するにあたり、楊素を行軍元帥とし、船団を率いて三硤へと赴かせた。軍が流頭灘に至ると、陳の将軍の戚《せき》欣《きん》は、青龍船百艘あまりを率い、兵数千人に狼尾灘を守らせ、進路を絶った。その地は峻険であり、諸将はこれを憂えた。楊素は「勝負の大計は、この一挙にある。もし日中に船を進めたら、彼奴らは我らを見つけるし、灘の流れは激しいから、人では制御できない。それでは我らは優位を失う」と言った。そして夜のうちに船団を留めた。楊素は自ら黄龍船数千艘を率い、枚を含んで船を進め、開府の王長襲《おうちょうしゅう》をやって歩兵を率いて南岸より戚欣の別働隊の防柵を破らせた。大将軍の劉仁恩《りゅうじんおん》に

遷徐州總管、進位柱國、封清河郡公、邑二千戶。以弟岳爲臨貞公。

高祖受禪、加上柱國。

開皇四年、拜御史大夫。其妻鄭氏性悍、素忿之曰「我若作天子、卿定不堪爲皇后」。鄭氏奏之、由是坐免。

上方圖江表。先是、素數進取陳之計、未幾、拜信州總管、賜錢百萬、錦千段・馬二百匹而遣之。素居永安、造大艦、名曰五牙、上起樓五層、高百餘尺、左右前後置六拍竿、並高五十尺、容戰士八百人、旗幟加於上。次曰黃龍、置兵百人。自餘平乘・舴艋等各有差。及大擧伐陳、以素爲行軍元帥、引舟師趣三硤。軍至流頭灘、陳將戚欣、以青龍百餘艘、屯兵數千人守狼尾灘、以遏軍路。其地險峭、諸將患之。素曰「勝負大計、在此一擧。若晝日下船、彼則見我、灘流迅激、制不由人。則吾失其便」。乃以夜掩之。素親率黃龍數千艘、銜枚而下、遣開府王長襲引步卒從南岸擊欣別柵。令大將軍劉仁恩

甲騎を率いて白沙の北岸に向かわせ、劉仁恩が夜明けに到着すると、敵を攻撃した。戚欣は敗走した。ことごとくその兵を捕虜にしたが、ねぎらって解放し、少したりとも無法な行いをしなかったので、陳人はたいそう喜んだ。楊素は水軍を率いて東へと進み、船団が長江を覆うと、隋軍の旗と鎧が燦々と輝いた。楊素は戦艦ではない大船に乗っており、その容貌は雄々しく立派で、陳の人々はこれを見て恐れ「清河公は江神さまじゃ」とささやきあった。陳の南康内史の呂仲肅《りょちゅうしゅく》が岐亭に駐屯し、江峡を拠点として、北岸の岩を穿ち、鉄鎖三本をよじり、上流側に張りわたらせ、戦艦の通行を遮った。楊素は劉仁恩と上陸して共に進軍し、まずその防柵を攻めた。呂仲肅の軍は夜半に潰走し、楊素は余裕を持って鎖を取り除いた。呂仲肅はまた荊門の延洲に籠もった。楊素は巴蜑の兵千人を派遣し、五牙船四艘に乗せ、拍竿で賊の十数艦を打ち壊させ、とうとう大いにこれを破り、兵士二千人余りを捕虜とした。呂仲肅は身一つで逃れた。陳主の陳叔寶はその信州刺史の顧覺《こかく》に安蜀城を、荊州刺史の陳紀《ちんき》に公安を守らせたが、どちらも隋軍を恐れて逃げた。巴陵より東には、あえて守ろうとする者はいなくなった。湘州刺史・岳陽王の陳叔慎《ちんしゅくしん》が使者を寄こして降服を願い出た。楊素はさらに下って漢口に至り、秦孝王の楊俊《ようしゅん》と合流した。陳から帰還すると、荊州総管に任命され、爵位を郢国公に進め、食邑は三千戸、実封は長寿県の千戸となった。子の楊玄感は儀同、楊玄奬《ようげんしょう》は清河郡公とされた。反物一万段、粟一万石を賜り、さらに金宝を与えられ、また陳主の妹と女妓十四人を賜った。楊素は上に「里の名前が勝母であったため、親孝行な曾參《そうしん》はその地に入らなかったと言います。逆賊の王誼《おうぎ》は、以前に郢に封爵されておりました。臣は彼奴

率甲騎趣白沙北岸、遲明而至、擊之、欣敗走。悉虜其衆、勞而遣之、秋毫不犯、陳人大悅。素率水軍東下、舟艫被江、旌甲曜日。素坐平乘大船、容貌雄偉、陳人望之懼曰「清河公即江神也」。陳南康内史呂仲肅屯岐亭、正據江峽、於北岸鑿岩、綴鐵鎖三條、橫截上流、以遏戰船。素與仁恩登陸俱發、先攻其柵。仲肅軍夜潰、素徐去其鎖。仲肅復據荊門之延洲。素遣巴蜑卒千人、乘五牙四艘、以柏檣碎賊十餘艦、遂大破之、俘甲士二千餘人。仲肅僅以身免。陳主遣其信州刺史顧覺鎮安蜀城、荊州刺史陳紀鎮公安、皆懼而退走。巴陵以東、無敢守者。湘州刺史・岳陽王陳叔慎遣使請降。素下至漢口、與秦孝王會、及還、拜荊州總管、進爵郢國公、邑三千戸、眞食長壽縣千戸。以其子玄感爲儀同、玄獎爲淸河郡公。賜物萬段、粟萬石、加以金寶、又賜陳主妹及女妓十四人。素言於上曰「里名勝母、曾子不入。逆人王誼、前封於郢。臣不願與之同」。於是

めと同じ土地は望みません」と述べた。そこで越国公に改封された。ついで納言に任命された。一年程して、内史令に転任した。

突如として江南の人である李稜《りりょう》らが衆を集めて反乱し、大きな勢力は数万人、小勢でも数千人にのぼり、たがいに連携して、長吏を殺害した。楊素を行軍総管として、兵を率いて討伐させた。賊の朱莫問《しゅばくもん》は南徐州刺史を自称し、兵を増やして京口を拠点とした。楊素は船団を率いて楊子津から侵入し、進撃してこれを破った。晋陵県の顧世興《こせいこう》は太守を自称し、その都督の鮑遷《ほうせん》らを率いてまたやってきて楊素の軍を拒んだ。楊素は迎え撃ってこれを破り、鮑遷を捕らえ、三千人あまりを捕虜とした。進んで無錫県の賊帥の葉略《しょうりゃく》を討ち、これも平らげた。呉郡の沈玄懀《しんげんわい》・沈傑《しんけつ》らが兵を率いて蘇州を包囲しており、刺史の皇甫績《こうほせき》が何度も戦ったが勝てずにいた。楊素は兵を率いてこれを救援した。沈玄懀の勢力は楊素に追われ、逃げて南沙県の賊帥の陸孟孫《りくもうそん》に身を寄せた。楊素は陸孟孫を松江に討ち、大いにこれを破り、陸孟孫と沈玄懀を生け捕りにした。黝《い》や歙《きゅう》のあたりの賊帥の沈雪《しんせつ》・沈能《しんのう》の軍は柵を巡らし固く守っていたが、楊素はまたこれも攻め落とした。浙江の賊帥の高智慧《こうちけい》は自ら東揚州刺史を名乗り、船艦は千艘、要害に立てこもり、兵はとても強かった。楊素はこれを討ち、朝から申の刻まで戦い続け、苦戦しながらも破った。高智慧は海上に逃げた。楊素は追撃し、餘姚県より海に出て永嘉郡にまで及んだ。高智慧は応戦した。楊素は討ってこれを潰走させ、数千人を捕虜にした。賊帥の汪文進《おうぶんしん》は天子を自称し、東陽郡を拠点として、賊徒の蔡道人を司空に任じ、楽安を守らせた。楊素は進んで討ち、ことごとく平定した。また永嘉郡の賊帥の沈孝徹《しんこうてつ》を破った。こうして

改封越國公。尋拜納言。歳餘、轉内史令。

俄而江南人李稜等聚衆爲亂、大者數萬、小者數千、共相影響、殺害長吏。以素爲行軍總管、帥衆討之。賊朱莫問自稱南徐州刺史、以盛兵據京口。素率舟師入自楊子津、進擊破之。晉陵顧世興自稱太守、與其都督鮑遷等復來拒戰。素逆擊破之、執遷、虜三千餘人。進擊無錫賊帥葉略、又平之。呉郡沈玄懀・沈傑等以兵圍蘇州、刺史皇甫績頻戰不利。素率衆援之。玄懀勢迫、走投南沙賊帥陸孟孫。素擊孟孫於松江、大破之、生擒孟孫・玄懀。黝・歙賊帥沈雪・沈能據柵自固、又攻拔之。浙江賊帥高智慧自號東揚州刺史、船艦千艘、屯據要害、兵甚勁。素擊之、自旦至申、苦戰而破。智慧逃入海。素躡之、從餘姚泛海趣永嘉。智慧來拒戰。素擊走之、擒獲數千人。賊帥汪文進自稱天子、據東陽、署其徒蔡道人爲司空、守樂安。進討、悉平之。又破永嘉賊帥沈孝徹。於是

陸路を行き天台山へ赴き、臨海郡を目指し、逃がれた賊をもれなく追い詰めた。前後百戦あまりを経て、高智慧は逃げのびて閩越を保持した。

上は楊素がながらく地方を転戦していたことから、詔を下して伝令用の駅馬車を使って入朝させた。子の楊玄感に加官して上開府とし、綵物三千段を賜った。楊素は他の賊がまだ滅ぼされておらず、後の憂いとなることを考慮し、また自ら出征することを願い出た。

そこで上は詔を下して、

朕は民に心を砕き、日夜食事も忘れ、たとえ一つでもあるべき所を失うようなことがあれば、情として深く苦しまずにはおれぬ。江南の賊は狡猾で、むやみに反逆を企て、一度討伐されたにもかかわらず、民は今なお安堵できずにいる。いまだ賊の首魁は生きており、山中のねぐらに逃れ、それらの賊徒を集結して、また民草を騒がせかねないからである。内史令・上柱国・越国公の楊素は、古今を知り尽くし、先々のことまで考えを巡らせ、かねてより人材を推挙し、もとより威名高く、まことに大兵を任せ、統べて元帥とするにふさわしい者である。朝廷の教化を布き広げ、存分に威武を奮い、逆らう者を捕らえ斬り捨て、人民を慰労せよ。軍事と民政との庶務は、ひとえに楊素に委ねる。

と言った。

楊素はまた馬車に乗り会稽に戻った。これより以前、泉州の人である王國慶《おうこくけい》は、南安の豪族であったが、刺史の劉弘《りゅうこう》を殺し、州を拠点とし乱を起こした。逃走していた賊どもが皆ここに帰着した。王國慶は「泉州への海路は険しく、船に慣れぬ北

歩道向天台、指臨海郡、逐捕遺逸寇。前後百餘戰、智慧遁守閩越。

上以素久勞於外、詔令馳傳入朝。加子玄感官爲上開府、賜綵物三千段。素以餘賊未殄、恐爲後患、又自請行。

乃下詔曰、

朕憂勞百姓、日旰忘食、一物失所、情深納隍。江外狂狡、妄構妖逆、雖經殄除、民未安堵。猶有賊首凶魁、逃亡山洞、恐其聚結、重擾倉生。内史令・上柱國・越國公素、識達古今、經謀長遠、比曾推轂、舊著威名、宜任以大兵、總爲元帥。宣布朝風、振揚威武、擒剪叛亡、慰勞黎庶。軍民事務、一以委之。

素復乘傳至會稽。先是、泉州人王國慶、南安豪族也、殺刺史劉弘、據州爲亂、諸亡賊皆歸之。自以「海路艱阻、非北人所習」、

人がどうにかできるものではない」と思い、備えを設けていなかった。楊素の軍が海を渡りたちまちやってきたので、王國慶は恐れおののき、州を棄てて逃げ、残党は散り散りとなって海島へ逃げるか、あるいは山中にひそんだ。楊素は諸将を分けて派遣し、水路に陸路に追い捕らえさせた。そうしておいて密かに人を遣って王國慶に「あなたの罪状は、どう考えても誅殺を免れない。しかし高智慧の首を斬って送れば、罪状を贖《あなが》うこともできるでしょう」と告げた。そこで王國慶は高智慧を捕らえて送り、楊素は泉州にてこれを斬った。残党どもも、ことごとく降服し、江南は大いに定まった。上は左領軍将軍の獨孤陀《どっこた》を派遣し、浚儀の地で楊素を迎えてねぎらった。まもなく京師に帰ると、訪問者が絶えなかった。楊素の子の楊玄奬を儀同に任命し、黄金四十斤を下賜し、さらに金貨で満たした銀瓶・縑布三千段・馬二百匹・羊二千口・公田百頃・宅一区を賜った。蘇威に代わって尚書右僕射となり、高熲とともに朝政を掌った。

　楊素は物事にとらわれず能弁で、相手を尊重するのも貶めるのも己の価値観で決め、朝臣のうちでは、すこぶる高熲を推し、牛弘を敬い、薛道衡には手厚く接したが、蘇威を蔑んでいた。その他の権臣は、多くが辱められた。その才能や詞藻では、高熲にも勝るものがあったが、真心を人に及ぼし国のために尽くし、諸事に宜しきを得さしめるということでは、宰相に相応しい見識と度量こそあれ、高熲には遠く及ばなかった。

　ついで楊素に仁寿宮の造営を監督させた。楊素は山を穿ち谷を埋め、役夫を監督することたいそう厳しく、人足の多くが死に、宮の傍らでは時に霊の泣く声が聞こ

不設備伍。素汎海掩至、國慶遑遽、棄州而走、餘黨散入海島、或守溪洞。素分遣諸將、水陸追捕。乃密令人謂國慶曰「爾之罪狀、計不容誅。唯有斬送智慧、可以塞責」。國慶於是執送智慧、斬於泉州。自餘支黨、悉來降附、江南大定。上遣左領軍將軍獨孤陀、至浚儀迎勞。比到京師、問者日至。拜素子玄奬爲儀同、賜黃金四十斤、加銀瓶實以金錢・縑三千段・馬二百匹・羊二千口・公田百頃・宅一區。代蘇威爲尚書右僕射、與高熲專掌朝政。

　素性疎而辯、高下在心、朝臣之内、頗推高熲、敬牛弘、厚接薛道衡、視蘇威蔑如也。自餘朝貴、多被陵轢。其才藝風調、優於高熲、至於推誠體國、處物平當、有宰相識度、不如熲遠矣。

　尋令素監營仁壽宮、素遂夷山堙谷、督役嚴急、作者多死、宮側時聞鬼哭之聲。及宮

えるほどであった。仁寿宮が完成すると、上は高熲に視察させた。高熲が「あまりにはでやかで、大いに役夫を損ないました」と奏上したため、高祖は喜ばなかった。楊素は不興を恐れたが、名案も思いつかないので、北門に行き獨孤皇后を訪ね「帝王の法には離宮や別館を建てる規定があります。今や天下は太平なのですから、この一宮を造ったところで、どれほどの損失でしょうか」と申し上げた。后がこの理屈で上を諭したので、上の怒りは解けた。こうして銭百万、緡絹三千段を賜った。

十八年、突厥の達頭《たつとう》可汗《かがん》が辺境を犯したので、楊素を霊州道行軍総管とした。楊素は出塞して可汗を討ち、反物二千段、黄金百斤を賜った。これより以前は、諸将が敵と戦う際は、胡騎の突撃を恐れ、みな戦車を盾にして歩兵・騎兵を入り交え、鹿角《ろくかく》（逆茂木）を敷き並べて方陣を組み、騎兵をその内側に入れて守備していた。楊素は諸将に「これは自ら固く守るだけのやり方で、勝利をつかむ策ではないぞ」と言った。そこで旧来のやり方を全て捨てさせ、諸軍に騎陣を組ませた。達頭可汗はこれを聞いて大いに喜び「こいつは天が俺に好機を与えてくれたぞ」と言った。そして馬を下りて天を仰いで祈りを捧げ、精鋭騎兵十数万を率いてやってきた。楊素は奮戦し、大いに可汗の軍を破り、達頭可汗は重傷を負って遁走した。殺傷した敵兵は数えきれず、敵軍は泣き叫んで逃げた。上は特別に詔を下して讃えあげ、縑二万匹、および万釘宝帯を賜り、子の楊玄感の位を大将軍に進め、楊玄奬・楊玄《ようげん》縦《しょう》・楊積善《ようせきぜん》らはみな上儀同となった。

楊素は知略に溢れ、機に乗じて敵に向かい、変に応じて自在、それでいてたいてい隊伍はよく整っており、軍令を犯す者がいれば、たちどころにこれを斬り、容赦

成、上令高熲前視。奏稱「頗傷綺麗、大損人丁」、高祖不悅。素憂懼、計無所出、即於北門啟獨孤皇后曰「帝王法有離宮別館、今天下太平、造此一宮、何足損費」。后以此理諭上、上意乃解。於是賜錢百萬、緡絹三千段。

十八年、突厥達頭可汗犯塞、以素爲靈州道行軍總管。出塞討之、賜物二千段、黄金百斤。先是、諸將與虜戰、每慮胡騎奔突、皆以戎車步騎相參、輿鹿角爲方陣、騎在其內。素謂人曰「此乃自固之道、非取勝之方也」。於是悉除舊法、令諸軍爲騎陣。達頭聞之大喜曰「此天賜我也」。因下馬仰天而拜、率精騎十餘萬而至。素奮擊、大破之、達頭被重創而遁。殺傷不可勝計、羣虜號哭而去。優詔褒揚、賜縑二萬匹、及萬釘寶帶。加子玄感位大將軍、玄奬・玄縱・積善並上儀同。

素多權略、乘機赴敵、應變無方、然大抵馭戎嚴整、有犯軍令者、立斬之、無所寬貸。

しなかった。軍を率いて敵に臨むたびに、味方の過失を探し出してこれを斬り、死者は多いときで百人あまり、少ないときでも十人を下らなかった。流血が眼前に満ち満ちようとも、談笑しながら泰然としていた。敵と対陣した場合、まず百人から二百人を敵に向かわせ、敵陣を落とせば良し、もし落とせず戻って来たなら、多少を問わず、全てこれを斬った。また三百人ほどを進めさせ、戻ってきたら先のやり方同様に斬った。将士は震えあがり、必死の心を沸き立たせたので、戦えば勝たないことはなく、名将と呼ばれた。楊素は上の恩寵厚く、彼の申し出であれば上も聞き入れたので、楊素に率いられ征伐に赴いた者は、わずかな功績でも必ず記録された。他の将軍の場合は、たとえ大功を立てたとしても、上の意向を汲んだ文吏にけちをつけられ低く査定されてしまうことが多かった。このため楊素がいくら厳格にして無慈悲な将であっても、士卒は楊素に率いられることを願ったのである。

二十年、晋王の楊廣が霊朔道行軍元帥となり、楊素はその長史となった。楊廣は身を屈して楊素に接した。楊廣が太子となることができたのは、楊素の策謀による。

仁寿初年、高熲に代わって尚書左僕射となり、良馬百匹、牝馬二百匹、奴婢百人を賜った。その年、楊素を行軍元帥として、雲州より出撃して突厥を撃たせた。楊素は続けざまにこれを破り、突厥が敗走したので、騎兵を率いて追撃し、夜になって突厥に追いつき、また戦おうとしたが、突厥が思わぬ行動をするのを恐れて、騎兵をやや退かせた。そして自ら二騎を率い、降服した突厥兵二人も連れて、突厥と併走して、それを覚らせなかった。突厥の宿営がまだ整っていないことを窺い知ると、後方の騎兵に促して取り囲んで攻め、大いにこれを破った。これより突厥は遠

毎將臨寇、輒求人過失而斬之、多者百餘人、少不下十數。流血盈前、言笑自若。及其對陣、先令一二百人赴敵、陷陣則已、如不能陷陣而還者、無問多少、悉斬之。又令三二百人復進、還如向法。將士股慄、有必死之心、由是戰無不勝、稱爲名將。素時貴倖、言無不從、其從素征伐者、微功必錄。至於他將、雖有大功、多爲文吏所譴却。故素雖嚴忍、士亦以此願從焉。

二十年、晉王廣爲靈朔道行軍元帥、素爲長史。王卑躬以交素。及爲太子、素之謀也。

仁壽初、代高熲爲尚書左僕射、賜良馬百匹、牝馬二百匹、奴婢百口。其年、以素爲行軍元帥、出雲州擊突厥。連破之、突厥退走、率騎追躡、至夜而及之、將復戰、恐賊越逸、令其騎稍後。於是親將兩騎、幷降突厥二人、與虜並行、不之覺也。候其頓舍未定、後騎掩擊、大破之。自是突厥遠遁、磧

方に逃れ、磧南の地に突厥の領土はなくなった。功績により子の楊玄感の位を柱国に進め、楊玄縦を淮南郡公とした。報奨は反物二万段であった。

文献皇后が崩御すると、陵墓の造営にあたっては、楊素から出された案が多かった。上はこれを嘉し、詔を下して、

君主が頭であるならば、臣下とは手足であり、共に万民を治めるのだから、意味の上で一体も同じである。上柱国・尚書左僕射・仁寿宮大監・越国公の楊素は、志も度量も並外れ、機微に明るく先まで見通し、時代を助ける策略を秘め、国家を治める才覚をも兼ね備える。わが王業が興り、統一の計画がここに打ち立てられると、楊素は朝廷に仕えて身を尽くし、出陣の命を受けて軍を発したならば、賊の首魁を捕らえては斬り、(宇文冑の割拠する)虢《かく》・鄭の地を討ち平らげた。たびたび廟堂での謀を承っては、軍旗を江南に掲げ、軍律を授かるたびに、長駆して陰山を封鎖して敵を防ぎ、南へ向かえば呉越は粛清され、北へ臨めば突厥は意気を挫かれ服従した。宰相となり、朝廷に参内すれば顔色を正し、直言して憚らない。文を論じれば詞藻は縦横、武を語れば機略は溢れんばかり、文であり武であり、ただ朕の命ずるままに、任務へと赴く所、朝な夕なに怠ることがない。文献皇后がにわかに後宮を離れ、葬儀のためこの先の日取りを決めざるを得なくなり、陵墓の区画を定めるにあたっては、楊素に計画を委ねた。葬儀は礼によるものであり、山川に良き地所を求めて占いはするが、先の未来の吉凶までは、本来考慮する所ではない。だが楊素の意志は朝廷を奉じることにあり、心情は国と一体であるため、これにより冥界と地上とが共に安

南無復虜庭。以功進子玄感位爲柱國、玄縦爲淮南郡公。賞物二萬段。

及獻皇后崩、山陵制度、多出於素。上善之、下詔曰、

君爲元首、臣則股肱、共治萬姓、義同一體。上柱國・尚書左僕射・仁壽宮大監・越國公素、志度恢弘、機鑒明遠、懷佐時之略、包經國之才。王業初基、霸圖肇建、策名委質、受脤出師、擒剪凶魁、克平虢・鄭。頻承廟算、揚旍江表、毎稟戎律、長驅塞陰、南指而吳・越肅清、北臨而獯・獫摧服。自居端揆、參贊機衡、當朝正色、直言無隱。論文則詞藻縱横、語武則權奇間出、既文且武、唯朕所命、任使之處、夙夜無怠。獻皇后奄離六宮、遠日云及、塋兆安厝、委素經營。然葬事依禮、唯卜泉石、至如吉凶、不由於此。素義存奉上、情深體國、欲使幽明俱泰、寶祚無窮。以爲陰陽之書、聖人所作、禍福之理、特須審愼。乃徧歴川原、親自占擇、

寧を得て、天子の御位が無窮となるように願った。思うに陰陽《うらない》の書は、聖人の作りたもうたものであり、禍福の理は、特に慎重を期すべきものである。楊素は山川を巡り歩き、自ら占択を行い、わずかでも障りがあれば、すぐさま求め直し、最も吉となる地所を得ようと願い、務めてやまなかった。楊素が心力を尽くしたことで、人も鬼神も協賛して、とうとう神明の界であり慶福の地でもある地所を得て、陵墓を造営することができた。楊素のこの心がけを論ずれば、事にあたり忠孝を極めたと評すべきもので、かつて夷狄を平らげ反乱を防いでくれたこととて、この功績に比べることができようか。楊素こそはただ大臣の器というだけでなく、まこと社稷の臣と言うべき者で、功ある者に褒賞を加えないようでは、朕は今後どうして臣下に奮励努力せよと命ずることができようか。別に子息の楊義康《ようぎこう》を郡公に封じ、食邑一万戸を与える。子子孫孫まで、受け継ぎ絶やさぬようにせよ。他は以前の通りである。

と言った。同時に田三十頃、絹一万段、米一万石、金鉢一つに金を満たし、銀鉢一つに珠を満たしたものと、綾錦五百段を賜与された。

当時、楊素への恩寵は日に日に盛んとなっており、その弟の楊約・従父の楊文《ようぶん》思《し》・文思の弟の楊文紀《ようぶんき》・族父の楊异《ようい》らは、みな尚書や列卿となった。子供たちは武功もないのに、柱国や刺史に任じられた。童僕は数千人、邸宅の後庭の妓妾で薄い綾絹をまとう者は千人にもなった。邸宅は豪勢で、造作は宮殿や後宮になぞらえていた。鮑亨《ほうきょう》という文章を綴るのを得意とする者と、殷冑《いんちゅう》という草隷の書に巧みな者がいたが、いずれも江南の士人で、高智慧が討伐されたおりに官府に没収されて楊

纖介不善、即更尋求、志圖元吉、孜孜不已。心力備盡、人靈協贊、遂得神皐福壤、營建山陵。論素此心、事極誠孝、豈與夫平戎定寇、比其功業。非唯廊廟之器、實是社稷之臣、若不加褒賞、何以申茲勸勵。可別封一子義康郡公、邑萬戶。子子孫孫、承襲不絕。餘如故。

幷賜田三十頃、絹萬段、米萬石、金鉢一實以金、銀鉢一實以珠、幷綾錦五百段。

時、素貴寵日隆、其弟約・從父文思・弟文紀、及族父异、並尚書列卿。諸子無汗馬之勞、位至柱國・刺史。家僮數千、後庭妓妾曳綺羅者以千數。第宅華侈、制擬宮禁。有鮑亨者善屬文、殷冑者工草隸、並江南士人、因高智慧沒爲家奴。親戚故吏、布列清

素の家奴となった者である。親戚や故吏は、みな顕職に居並び、楊素の権勢は、前代未聞のものであった。

煬帝は太子となったばかりのころ、蜀王の楊秀《ようしゅう》を嫌っており、楊素と謀って、罪をでっちあげたため、のちとうとう楊秀は王位から廃された。朝臣に逆らう者がいれば、至忠にして国に尽くす賀若弼・史萬歳《しばんさい》・李綱《りこう》・柳彧《りゅういく》といった者たちであっても、ひそかに罪を着せた。へつらう者や親戚であれば、才能がなくとも、必ず出世させた。朝廷の者たちはその意向になびき、恐れ従わない者はなかった。ただ兵部尚書の柳述《りゅうじゅつ》だけは、帝の娘婿という重い立場にあったため、しばしば上の面前で楊素の意を挫いた。大理卿の梁毗は上奏して、楊素が権力を笠に着て私腹を肥やしていると申し述べた。上はだんだんと楊素を疎んじるようになり、のちに勅を下して「僕射は国の宰相であるから、自ら些事まで行うべきではない。ただ十五日に一度だけ省に赴き、大事のみを決裁せよ」と言った。外面的には優遇しているかに見せて、実際には権限を奪ったのである。

とうとう仁寿の末年には、省のことを決裁するのさえ止めさせた。上が王公以下のものに競射の会を行わせると、楊素の射た矢が第一となり、名手として外国より献じられた鉅万の価値をもつ金精盤を賜った。

四年、上が仁寿宮に行幸するのに従い、たびたび宴席に招かれた。

上の容態が悪化するに及んで、楊素は兵部尚書の柳述・黄門侍郎の元巌《げんげん》らと台閣に入侍して看病した。このとき、皇太子の楊廣は大宝殿に居り、上が崩御した後のことを考え、あらかじめ備えておこうとして、手づから書をしたため、封をして楊

顯、素之貴盛、近古未聞。

煬帝初爲太子、忌蜀王秀、與素謀之、構成其罪、後竟廢黜。朝臣有違忤者、雖至誠體國、如賀若弼・史萬歳・李綱・柳彧等、素皆陰中之。若有附會及親戚、雖無才用、必加進擢。朝廷靡然、莫不畏附。唯兵部尚書柳述、以帝壻之重、數於上前面折素。大理卿梁毗抗表上言、素作威作福。上漸疎忌之、後因出勅曰「僕射國之宰輔、不可躬親細務。但三五日一度向省、評論大事」。外示優崇、實奪之權也。

終仁壽之末、不復通判省事。上賜王公以下射、素箭爲第一、上手以外國所獻金精盤、價直鉅萬、以賜之。

四年、從幸仁壽宮、宴賜重疊。

及上不豫、素與兵部尚書柳述・黄門侍郎元巖等入閤侍疾。時、皇太子入居大寶殿、慮上有不諱、須豫防擬、乃手自爲書、封出

素に示した。楊素は事の有様を書き出して皇太子に返報したが、宮人が誤って上の所に送り届けてしまい、上はそれを見て大いに憤慨した。上が寵愛している陳貴人《ちんきじん》も、皇太子の無礼を申し出た。上はとうとう怒気を発して、(元皇太子である)庶人の楊勇を召そうとした。皇太子がこれを楊素に相談すると、楊素は詔をたわめて東宮の兵士を呼び寄せて台閣の宿営兵を抑えさせ、門の出入りを禁じた。また宇文述・郭衍《かくえん》に東宮の兵士の指揮を取らせ、張衡《ちょうこう》に上の看病をさせた。上はこの日のうちに崩御し、このため何かとあらぬ噂が立った。

漢王の楊諒が反乱すると、茹茹天保《じょじょてんほ》を派遣して蒲州を占拠させ、河橋を焼き切らせた。また王聃子《おうたんし》に数万の兵を率いさせ、茹茹天保と力を合わせ堅く守らせた。楊素は軽騎兵五千を率いてこれを襲撃しようとし、兵を渭口に潜めて宵のうちに渡河し、明け方に攻撃した。茹茹天保が敗走し、王聃子が恐れて城ごと降伏したので、詔が下され楊素は帰還した。当初、楊素は出兵するにあたり、賊を破るまでの日程を立てていったが、すべてその計画通りであった。帝(楊廣)はそこで楊素を并州道行軍総管・河北安撫大使とし、数万の兵を率いさせ楊諒を討たせた。この時、晋・絳・呂の三州はともに楊諒のために城を守っていたが、楊素はそれぞれ二千の兵でこれを牽制させて先に進んだ。楊諒は趙子開《ちょうしかい》を派遣し十万あまりの兵を持たせ、経路を破壊させ、塁壁を積み上げ、布陣すること五十里に及んだ。楊素は諸将に兵を率いて対陣させ、自らは奇襲部隊を率いて霍山に潜入し、渓谷に沿って進軍し、直接その本営を叩き、一戦でこれを破り、殺傷した敵兵は数万にのぼった。楊諒の任命した介州刺史の梁脩羅《りょうしゅうら》は介休に駐屯していたが、楊素が来たと聞いて恐

問素。素錄出事狀以報太子、宮人誤送上所、上覽而大恚。所寵陳貴人、又言太子無禮。上遂發怒、欲召庶人勇。太子謀之於素、素矯詔追東宮兵士帖上臺宿衞、門禁出入。並取宇文述・郭衍節度、又令張衡侍疾。上以此日崩、由是頗有異論。

漢王諒反、遣茹茹天保來據蒲州、燒斷河橋。又遣王聃子率數萬人幷力拒守。素將輕騎五千襲之、潛於渭口宵濟、遲明擊之。天保敗走、聃子懼而以城降。有詔徵還。初、素將行也、計日破賊、皆如所量。帝於是以素爲幷州道行軍總管・河北安撫大使、率衆數萬討諒。時、晉・絳・呂三州並爲諒城守、素各以二千人縻之而去。諒遣趙子開擁衆十餘萬、策絕徑路、屯據高壁、布陣五十里。素令諸將以兵臨之、自引奇兵潛入霍山、緣崖谷而進、直指其營、一戰破之、殺傷數萬。諒所署介州刺史梁修羅屯介休、聞素至懼、棄城而走。進至清源、去幷州三十里。諒率

れ、城を捨てて逃げた。進軍して清源に至った。并州を去ること三十里である。楊諒はその将軍の王世宗《おうせいそう》・趙子開・蕭摩訶《しょうまか》らを率い、十万にならんとする兵で、楊素を阻もうとした。楊素はまたこれを破り、蕭摩訶を捕らえた。楊諒は退いて并州を保ち、楊素は兵を進めて并州を囲んだ。楊諒は進退窮まって投降し、他の賊もことごとく平定された。

帝は楊素の弟である脩武公の楊約を派遣して手づから書き上げた詔を届けさせて楊素を労い、

我が隋朝が天下を統べるようになってから、今や二十四年ばかり、外夷が侵叛することはあっても、内乱は起こらず、文を修めて武を休め、四海は安泰であった。朕は天子の器ではなく、憂いを懐いて悩み、天に叫び地を叩き、力及ばぬことを嘆くばかりである。朕はもともと藩王であったが、何の間違いか太子となり、非才の身でありながら、大業を継ぐことになってしまった。この天下は、先帝の天下であるからして、戦々恐々、失墜させるわけにはいかない。まして神器の重さや、民たちの大切さを思えばなおさらである。賊の諒めは悪心を包み隠し、幼き日より長ずるまで、羊のごとき性質に隠して虎のごとき野心を懐き、藩王としての名誉に溺れ、(先帝崩御という)国を挙げて悼むべき時に喪に服さず、先に叛逆を謀り、君父の命に違い、これ以上無い罪を犯した。善良な者をたぶらかし、凶悪な者どもに委ねて、兵には内乱鎮圧と欺き、害毒を百姓に垂れ流した。身勝手に官職を任じ、ほしいままに殺戮をたくらみ、小人が大人の上に置かれ、若者が年長者を凌ぎ、民は怨み鬼神は怒り、人々は背き

其將王世宗・趙子開・蕭摩訶等、衆且十萬、來拒戰。又擊破之、擒蕭摩訶。諒退保并州、素進兵圍之。諒窮蹙而降、餘黨悉平。

帝遣素弟修武公約齎手詔勞素曰、

我有隋之御天下也、于今二十有四年、雖復外夷侵叛、而內難不作、修文偃武、四海晏然。朕以不天、銜恤在疚、號天叩地、無所逮及。朕本以藩王、謬膺儲兩、復以庸虛、纂承鴻業。天下者、先皇之天下也、所以戰戰兢兢、弗敢失墜、況復神器之重、生民之大哉。賊諒苞藏禍心、自幼而長、羊質獸心、假託名譽、不奉國諱、先圖叛逆、違君父之命、成莫大之罪。誑惑良善、委任奸回、稱兵內侮、毒流百姓。私假署置、擅相誅戮、小加大、少凌長、民怨神怒、衆叛親離、爲惡不同、同歸於亂。朕寡兄弟、猶未忍及言、是故開關門

あい親しき者は離反しあい、悪の種類は違えども、どれもが乱に帰結したのである。朕には兄弟が少ないので、なおまだ（楊諒を極刑に処すよう）申し渡すに忍びなく思い、このため関の門を開いて寇賊の投降を待ち、討伐を止めて兵を発さないことにした。しかし朕はこう聞く、天は万民を生じたのち、民のために君を置いた、と。その意義を思えば、常に民のためになるよう考えねばならず、朕がどうして土塊を枕として苫に伏せて先帝の喪に服し、身を起こさず民を救わずにいられるものだろうか。「大義親を滅す（大義のために親族の情を断つ）」とは、『春秋《しゅんじゅう》』の優れた道理であり、周公旦《しゅうこうたん》が反乱をくわだてた同母の兄弟である管叔鮮《かんしゅくせん》と蔡叔度《さいしゅくたく》を誅殺し、漢の劉啓《りゅうけい》（景帝）が呉楚七国の諸王を誅戮したように、道理としてはかくあるべきである。事態がやむを得ぬ所にまできてしまったので、これにより公に軍律を授け、諒めの罪を太原に問わせることにした。それにしても逆子賊臣というものは、どの時代にもいないわけではないが、よもやこの時代に、わが一族の藩王から現れるとは思わなかった。歎かわしいのは害毒がここに始まり、事ここに及んだことである。朕が兄弟と睦まじく出来ず、民を安んずることも出来ないために、恩徳がまだ広まらぬうちに、まず討伐を行わねばならなくなった。乱を起こす者は一人でも、塗炭の苦しみを受ける者は数限りない民である。ただ天威を慎み畏れるばかりか、また先師先帝の教えに背き、徳を積まずに恥ばかり重ね、天下に顔向けできない。公は先帝の御世の功臣であり、勲功はとみに高い。公は国の基が形づくられ、全てがここに始まろうという時に至り、ただ一騎で朝廷に帰参して、忠誠と見識とを尽く

而待寇、戢干戈而不發。朕聞之、天生蒸民、爲之置君。仰惟先旨、每以子民爲念、朕豈得枕伏苫廬、顛而不救也。「大義滅親」、春秋高義、周旦以誅二叔、漢啓乃戮七藩、義在茲乎。事不獲已、是以授公戎律、問罪太原。且逆子賊臣、何代不有、豈意今者、近出家國。所歎荼毒甫爾、便及此事。由朕不能和兄弟、不能安蒼生、德澤未弘、兵戈先動。賊亂者止一人、塗炭者乃衆庶。非唯寅畏天威、亦乃孤負付囑、薄德厚恥、愧乎天下。公乃先朝功臣、勳庸克茂。至如皇基草創、百物惟始、便匹馬歸朝、誠識兼至。汴部・鄭州、風卷秋籜、荊南・塞北、若火燎原、早建殊勳、夙著誠節。及獻替朝端、具瞻惟允、爰弼朕躬、以濟時難。昔周勃・霍光、何以加也。賊乃竊據蒲州、關梁斷絕、公以少擊衆、指期平殄。高壁據嶮、抗拒官軍、公以深謀、出其不意、霧廓雲除、冰消瓦解。長驅北邁、直趣巢窟。晉陽之南、蟻徒數

した。汴部や鄭州では、風がもろい秋の竹の皮を吹き散らすがごとく、荊南や塞北では、炎が燎原を燃やすがごとき働きで、早くから殊勲を立て、忠節を明らかにした。宰相として国政を補佐し、その忠節が衆人の仰ぎ見る所となるに及んで、ここに朕の身を助け、時難を救ってみせた。古の周勃《しゅうぼつ》や霍光《かくこう》の功績をもってしても、何ら公を凌ぐことはない。賊は隙を窺って蒲州に割拠し、関や河橋は断絶されたが、公は少数で多数に当たり、予定通りに討ち平らげた。諒めは塁壁でもって、官軍を拒んだが、公は深謀でもって、その不意を突いたので、賊は雲散霧消、氷消瓦解した。そのまま長駆して北進し、ただちに賊の巣窟へと赴いた。晋陽の南には、まだ取るに足らぬ賊徒が数万おり、諒めは己の力も量らずに、なお乱を為そうとした。公は将として国威をかかげ討伐に赴くだけではなく、自らも憤りを露《あらわ》にし、身を捨てて義に殉じ、自ら矢石に身をさらした。兵刃を数度交えると、賊軍は魚や鳥のように潰走し、斃れた屍が野を蔽い、降服した兵のよろいが山のように積みあげられた。諒めはとうとう孤城を守り、公を拒もうとした。公が驍勇の士を率い、四面より攻め囲むと、もはや戦おうにも戦えず、逃げようにも逃げられず、智も力も尽き果てて、自ら身を縛り上げて軍門に降った。敵将を斬って隋の旗を掲げ、叛乱者を討って慈悲深くも降服させ、悪の元凶が既に除かれると、東夏は清々として安寧を取り戻し、嘉すべき勲功と盛んなる功績とが、ここに打ち立てられた。その昔、秦の武安君《ぶあんくん》（白起《はくき》）が趙を平定し、漢の淮陰侯《わいいんこう》（韓信《かんしん》）が斉を平定したことも、どうして公が遠きを厭わず、迅速に勝利したことに比べられようか。朕は服喪の深

萬、諒不量力、猶欲擧斧。公以稜威外討、發憤於內、忘身殉義、親當矢石。兵刃暫交、魚潰鳥散、僵屍蔽野、積甲若山。諒遂守窮城、以拒鈇鉞。公董率驍勇、四面攻圍、使其欲戰不敢、求走無路、智力俱盡、面縛軍門。斬將搴旗、伐叛柔服、元惡既除、東夏清晏、嘉庸茂績、於是乎在。昔、武安平趙、淮陰定齊、豈若公遠而不勞、速而克捷者也。朕殷憂諒闇、不得親御六軍、未能問道於上庠、遂使劬勞於行陣。言念於此、無忘寢食。公乃建累世之元勳、執一心之確志。古人有言曰「疾風知勁草、世亂有誠臣」。公得之矣。乃銘之常鼎、豈止書勳竹帛哉。功績克諧、哽歎無已。稍冷、公如宜、軍旅務殷、殊當勞慮。故遣公弟、指宣往懷。迷塞不次。

い憂いの中にあり、自ら六軍を御すことができず、道を太学に学ぶことがなかったために徳も無く、とうとう公に行陣の苦労をとらせた。ここに公の功績を思い、寝食の間も忘れはしない。公は二代に渡って大功を立て、一心に変わらぬ忠節の志を保った。古人の言葉に「風が吹きつけるとどれが強い草かがわかるように、世が乱れるとはじめて誰が忠臣かがわかる」と言う。公がそれだ。公のことは宝鼎に鋳込ませよう、どうして功名を史書に記すだけで足りるものか。公の挙げた功績は世を和らがせ、感激にむせび泣く声は止まない。時候はやや冷えてきているから、公もよく体をいたわるべきであり、まして軍旅の任に務めたとあれば、ことさら労らってやりたい。そこで公の弟を派遣し、我が意を託して告げさせることにした。雑然と思うにまかせて書いてしまい言辞が整わない。

と言った。

楊素は上表して、

臣は自ら思いますに浅学非才であり、志は低く、州郡の長となることすら、その労苦をはばかり、まして卿相のような顕職など、望外のことでありました。しかしながら稀に見る幸運のおかげで、王業創世の時に生まれ、ただただ小さな流れも海になれとばかりに、忠心を涸れるまで絞り、取るに足らぬ塵でも山になれとばかりに、わずかながらも尽力して参りました。結果としていたずらに故郷南陽の村里や、豊・沛に住む一族の子弟に、高位重爵を賜り、今の世に栄誉を得て、我が身もとうとう入りては宰相、出でては将として軍律を統べる身となりまして、文武の任に預かり、帷幄の謀議に参与してまいりました。こ

素上表陳謝曰、

臣自惟虚薄、志不及遠、州郡之職、敢憚劬勞、卿相之榮、無階覬望。然時逢昌運、王業惟始、雖涓流赴海、誠心屢竭、輕塵集岳、功力蓋微。徒以南陽里閭、豐・沛子弟、高位重爵、榮顯一時、遂復入處朝端、出總戎律、受文武之任、預帷幄之謀。豈臣才能、實由恩澤。欲報之德、義極昊天。伏惟陛下照重離之明、養繼天之德、

れがどうして臣の才覚でありましょうや、全て陛下の恩沢のおかげでございます。この恩徳に報いたくとも、果てもなければ報いきれません。伏して思いますに、陛下は皇太子となり、天命の継承者としての徳を養い、臣を遠方まで統制し、臣を聖徳の輝きで照らしますことは、南征の際の陳の枉道の君を降服させる書に、東宮にあっては皇太子を奉ずるの旨に明らかでございます。草木は感覚を持たずとも、なお咲いたり凋れたりと時節に応じて力を尽くすもの、まして臣には心がありますれば、まことに自ら陛下の御世に尽さぬわけにはまいりません。昼夜となく悩んで落ち着かず、寝食するにも恥じ恐れ、常に朝露のようにはかなく消え、陛下の慈愛に答えられないことを恐れておりました。賊の楊諒は人を害する心を隠しておりましたが、いよいよここに至って、国を挙げて哀を尽くすべき時に乗じ、ほしいままに悪逆の行いをし、兵を晋・代の地に起こし、山東を動揺させました。陛下は臣を凡夫の身より抜擢し、臣に軍律を授け、股肱心膂の信頼を寄せ、平定の計画を委ねてくださいました。これも陛下に蕭王（後漢の光武帝・劉秀《りゅうしゅう》）のような赤心があればこそ、人はみな陛下のために死のうとし、漢の高祖（劉邦）のような大きな度量があればこそ、天下の者が争って帰属し、胡乱な賊どもが粛清されたのであって、どうして臣ごときの力でありましょうや。こたびは法を曲げみだりに臣の弟の楊約めに詔書を持たせて慰労の言葉をかけて下さいました。陛下の高邁なる御心と優妙なる御手を見れば、まるで天に臨むかのような心地となり、溢れんばかりの恩沢をいただいて、さながら海に懐かれているかのようでございます。悲しみと喜びと愧

牧臣於疎遠、照臣以光暉、南服降枉道之書、春宮奉肅成之旨。然草木無識、尚榮枯候時、況臣有心、實自効無路。晝夜廻徨、寢食慚惕、常懼朝露奄至、虛負聖慈。賊諒包藏禍心、有自來矣、因幸國哀、便肆凶逆、興兵晉・代、搖蕩山東。陛下拔臣於凡流、授臣以戎律、蒙心膂之寄、稟平亂之規。蕭王赤心、人皆以死、漢皇大度、天下爭歸、妖寇廓清、豈臣之力。曲蒙使臣弟約賚詔書問勞。高旨峻筆、有若天臨、洪恩大澤、便同海運。悲欣慚懼、五情振越。雖百殞微軀、無以一報。

じと怖れと、あらゆる感情が溢れんばかりです。卑小の身を百たびすり減らそうと、この御恩には報いる術がございません。

と謝辞を述べた。

その月、京師に帰還し、帝の車駕が洛陽へ行幸するのに従った。楊素に営東京大監を兼任させた。楊諒を平らげた功により、その子の楊萬石《ようばんせき》・楊仁行《ようじんこう》・甥の楊玄挺《ようげんてい》をみな儀同三司に任命し、反物五万段、綺羅千匹、楊諒の妓妾二十人を賜った。

大業元年、尚書令に遷任した。東京の甲の第一区の土地と、反物二千段を賜った。ついで太子太師に任命され、他の官は元の通りであった。前後の賜り物は、数えきれなかった。

明年、司徒に任命され、楚公に改封され、実封は二千五百戸となった。その年、在官のまま没した。諡は景武といい、光禄大夫、太尉公、弘農・河東・絳郡・臨汾・文城・河内・汲郡・長平・上党・西河の十郡太守を追贈された。（葬列のために）轀車《おんしゃ》（霊柩車）、班剣《はんけん》（儀仗兵）四十人、前後二部の羽葆《うほう》（車蓋）・鼓吹《こすい》（軍楽隊）と、粟と麦とを五千石、反物五千段を下賜し、鴻臚卿に葬儀を差配させた。

帝はまた詔を下して、

功績を宗廟の祭器に刻み、徳を墓碑に記すのは、その者の優れた行いを不朽に残し、声望を埋没させないためである。前《さき》の楚の景武公の楊素は、高大なる功績を挙げた元勲であり、王室のために奔走し、忠節を尽くして、朕を翼賛して

其月、還京師、因從駕幸洛陽。以素領營東京大監。以平諒之功、拜其子萬石・仁行、姪玄挺、皆儀同三司、賚物五萬段、綺羅千匹、諒之妓妾二十人。

大業元年、遷尚書令。賜東京甲第一區、物二千段。尋拜太子太師、餘官如故。前後賞錫、不可勝計。

明年、拜司徒、改封楚公、眞食二千五百戶。其年、卒官。謚曰景武、贈光祿大夫、太尉公、弘農・河東・絳郡・臨汾・文城・河內・汲郡・長平・上黨・西河十郡太守。給轀車、班劍四十人、前後部羽葆鼓吹、粟麥五千石、物五千段。鴻臚監護喪事。

帝又下詔曰、

夫銘功彝器、紀德豐碑、所以垂名迹於不朽、樹風聲於沒世。故楚景武公素、茂績元勳、劬勞王室、竭盡誠節、協贊朕躬。

くれた。これらは手腕で言えば漢の三傑（張良《ちょうりょう》・蕭何・韓信）に匹敵し、功績は周の武王の十乱（周公旦・召公奭・太公望《たいこうぼう》・畢公《ひつこう》・榮公《えいこう》・太顚《たいてん》・閎夭《こうよう》・散宜生《さんぎせい》・南宮适《なんきゅうかつ》・文母《ぶんぼ》）にも比肩し得る。しかし長寿を得られず、たちまちのうち清らかで気高い志を隠してしまった。年月が移り変わろうとも、年ごとの祭祀を続け、その姿を残し、勲功と遺徳を図示し、碑を立て墓を守らせ、麗しき名望を明らかにせよ。

と言った。楊素はかつて五言詩七百字あまりを番州刺史の薛道衡に送った。語気は卓抜、情緒は秀逸で、一時代の傑作であった。それからまもなく没したため、薛道衡は嘆いて「人が死のうとする時、その言葉には真心がこもると言う。まさに楊素の詩のことだ」と評した。『楊素集』十巻がある。

楊素には楊帝擁立の策を立てたことと、楊諒を平定した功績がありはしたが、特に帝から猜疑の目で見られていた。帝は楊素に外面上は格別の礼を示しこそすれ、内心はなはだ冷淡であり、太史が隋の分野に大喪の予兆があると上奏すると、楊素を楚公に改封させたほどだった。楚と隋は分野を同じくするので、（帝は自身が死ぬという）変異を楊素に押しつけたのである。楊素が病に倒れてから、帝は毎日名医に診察させ、上等な薬を賜った。それでいて密かに医者に病状を問い、楊素が（自分の身代わりとなり）死なないことを恐れた。楊素は楊素で位人臣を極めたという思いから、薬を飲もうとせず、また療養しようともせず、たびたび弟の楊約に「俺はこれ以上長生きするまでもないさ」と語った。楊素は財貨を貪り、資産を求め、東西の二京に、壮麗な居宅を建て、朝に壊せば夕に直すといった具合で、営繕して止

故以道邁三傑、功參十亂。未臻遐壽、遽戢清徽。春秋遞代、方綿歲祀、式播彫篆、用圖勳德、可立碑宰隧、以彰盛美。

素嘗以五言詩七百字贈番州刺史薛道衡。詞氣宏拔、風韻秀上、亦爲一時盛作。未幾而卒、道衡歎曰「人之將死、其言也善、豈若是乎」。有集十卷。

素雖有建立之策、及平楊諒功、然特爲帝所猜忌。外示殊禮、內情甚薄、太史言隋分野有大喪、因改封於楚。楚與隋同分、欲以此厭當之。素寢疾之日、帝每令名醫診候、賜以上藥。然密問醫人、恒恐不死。素又自知名位已極、不肯服藥、亦不將慎、每語弟約曰「我豈須更活耶」。素負冒財貨、營求產業、東・西二京、居宅侈麗、朝毀夕復、營繕無已、爰及諸方都會處、邸店・水磑并利田宅以千百數、時議以此鄙之。子玄感嗣。

めず、諸々の県邑や地所に、邸店《ていてん》（倉庫付きの旅籠）や水磑《すいがい》（水車小屋）、田園や住宅を幾千と所有し、当時の人物談義ではこうした点を「鄙《いやしい》」とされた。子の楊玄感が継いだ。楊玄感には別に伝がある。他の子はみな楊玄感の乱に連座して誅殺された。

楊約は、字は恵伯《けいはく》、楊素の異母弟である。少年時代、木に登って地面に落ち、木の根にぶつけてしまい、このためとうとう宦者となった。性格はいたって穏やかなようでいて、内面は偽りに満ちており、勉学を好んで博覧強記であった。楊素はこの弟と大変仲が良く、何かをする時は、必ずまず楊約に相談してから行った。北周の末年、楊素の挙げた軍功により、安成県公の爵位を賜り、上儀同三司に任命された。高祖が禅譲を受けると、長秋卿を授けられた。しばらくして、邵州刺史となり、帰京して宗正少卿となり、大理少卿に転任した。

当時、皇太子（楊勇）が寵愛を失っていたので、晋王の楊廣は皇太子の位を奪おうと画策していた。楊素が上に気に入られており、弟の楊約を信頼していることから、晋王は、張衡の計を採用して、宇文述を派遣して多大な財宝を楊約に送らせ「正しきを守り道を行うというのは、もとより人臣たる者の常に為すべきことですが、常道には反しても義には合するというのが、知者の良策というものです。古より賢人君子に、時勢に与して禍を避けぬ者はおりません。公のご兄弟は、功名は世を覆い、枢要の官にあること、多年に及びます。しかし朝臣のうち足下の家により苦渋を舐めさせられた者となると、また数えきれません。また皇太子殿下もやりたいことができないと、兄上の執政に切歯扼腕しておられます。公がいかに人主とよしみを結ばれようとも、公の立場を危うくせんと企む者も、また大勢いるのです。

別有傳。諸子皆坐玄感誅死。

約、字恵伯、素異母弟也。在童兒時、嘗登樹墮地、爲查所傷、由是竟爲宦者。性如沈靜、内多譎詐、好學強記。素友愛之、凡有所爲、必先籌於約而後行之。在周末、以素軍功、賜爵安成縣公、拜上儀同三司。高祖受禪、授長秋卿。久之、爲邵州刺史、入爲宗正少卿、轉大理少卿。

時、皇太子無寵、而晉王廣規欲奪宗。以素幸於上、而雅信約、於是用張衡計、遣宇文述大以金寶賂遺於約、因通王意說之曰「夫守正履道、固人臣之常致、反經合義、亦達者之令圖。自古賢人君子、莫不與時消息以避禍患。公之兄弟、功名蓋世、當塗用事、有年歲矣。朝臣爲足下家所屈辱者、可勝數哉。又儲宮以所欲不行、毎切齒於執政。公雖自結於人主、而欲危公者、固亦多矣。主上一旦棄羣臣、公亦何以取庇。今、皇太

主上が一朝お隠れ遊ばされましたなら、公は誰に庇護を受けるおつもりでしょうか。ですが今、殿下は皇后様の寵愛を失い、主上にも廃嫡の思いがございます。これは公もご存じでしょう。今、晋王を太子に立てるよう進言できるとしたら、これはあなたの賢兄の口からだけでございます。まことよくこの好機に大功をお立てになれば、晋王が恩を骨の髄まで刻むは必定、さすれば累卵の危うきを去り、泰山のごとき安定をなせましょうぞ」と自身の意図するところを説かせた。楊約はこれをもっともと思い、楊素に伝えた。楊素も元から悪辣にして無道な性質であるため、これを聞いて大いに喜び、楊約の手を握って「俺の知恵では、そこまで思いつかなかった。お前の名案に頼ろう」と答えた。楊約は兄の腹づもりを察して、また楊素に「現在、皇后様のおっしゃることなら、上は聞き入れないことはございません。ここは機会を設けて、早めに皇后様と結託すれば、ただ兄上が長らく栄華を保てるばかりか、子子孫孫にまで伝えることができましょう。また晋王は身を低くして士を礼遇し、名声は日々盛んで、自ら倹約に務めており、主上の気風を継いでおられます。わたくしの見立てでは、必ずや天下を安んじるお方です。兄上が逡巡しているうちに、ひとたび上に変事があり、太子に実権が委ねられてしまえば、おそらく日を待たずして災が我らに及ぶでしょう」と語った。楊素はついにその策を実行し、太子は目論見通りに廃された。

　晋王が皇太子に立てられると、楊約は引き立てられて左庶子となり、修武県公に改封され、位を大将軍に進められた。楊素が高祖に疎まれるようになると、楊約を外任に出して伊州刺史とした。仁寿宮に入朝した時、たまたま高祖が崩御した。晋

子失愛於皇后、主上素有廢黜之心。此公所知也。今、若請立晉王、在賢兄之口耳。誠能因此時建大功、王必鐫銘於骨髓、斯則去累卵之危、成太山之安也」。約然之、因以白素。素本凶險、聞之大喜、乃撫掌而對曰「吾之智思、殊不及此、賴汝起予」。約知其計行、復謂素曰「今、皇后之言、上無不用。宜因機會、早自結託、則匪唯長保榮祿、傳祚子孫。又晉王傾身禮士、聲名日盛、躬履節儉、有主上之風。以約料之、必能安天下。兄若遲疑、一旦有變、令太子用事、恐禍至無日矣」。素遂行其策、太子果廢。

　及晉王入東宮、引約爲左庶子、改封修武縣公、進位大將軍。及素被高祖所疎、出約爲伊州刺史。入朝仁壽宮、遇高祖崩。遣約

王は楊約を派遣して京師に入らせ、留守を預かる者と交代させた。楊約は庶人の楊勇を縊り殺し、そうしてから兵を並べ人を集め、高祖の崩御を発表した。煬帝はこれを聞くと楊素に「令兄《きみ》の弟は、やはり大事を任せられるな」と言った。煬帝の即位より数日して、内史令に任命された。楊約には学問があり、時勢にも通じていたので、帝にはたいそう重宝された。のち数年して、右光禄大夫を加えられた。

のち、帝が洛陽に居たおり、楊約を京師へ派遣して廟を祀らせた。出発して華陰に至ると、兄の墓を見て、とうとう寄り道して哭礼を行ったため、憲司に弾劾され、この罪により免官された。ほどなくして、淅陽太守に任命された。兄の子の楊玄感は、このとき礼部尚書だったが、楊約と恩義を通じることたいそう厚かった。楊約が外任へ赴き離ればなれになったのを悲しみ、それが顔色に表れていた。帝が楊玄感に「公がうちひしがれているのは、叔父君のためか」と尋ねると、楊玄感は再拝して涙を流し「まことに聖旨の通りにございます」と述べた。帝もまた楊約の廃立の功を思い、召し返して入朝させた。ほどなくして没した。楊素の子の楊玄挺に後を継がせた。

楊文思は、字は温才《おんさい》、楊素の父の従弟である。父の楊寛は、西魏では左僕射、北周では小冢宰であった。楊文思は北周の世に、十一歳で車騎大将軍・儀同三司・散騎常侍に任命された。ついで父の功績により、新豊県子に封ぜられ、食邑は五百戸であった。天和の初年、武都太守も務めた。十姓獠が反乱すると、楊文思は討伐して平定した。また翼州の諸事も治めた。党項羌《とうこうきょう》が叛いたので、楊文思は州兵を率いて討伐して平定し、兵を進めて資中・武康・隆山の生獠および東山獠を討ち、みな

入京、易留守者。縊殺庶人勇、然後陳兵集衆、發高祖凶問。煬帝聞之曰「令兄之弟、果堪大任」。即位數日、拜内史令。約有學術、兼達時務、帝甚任之。後數載、加位右光祿大夫。

後帝在東都、令約詣京師享廟。行至華陰、見其兄墓、遂枉道拜哭、爲憲司所劾。坐是免官。未幾、拜淅陽太守。其兄子玄感、時爲禮部尚書、與約恩義甚篤。既愴分離、形於顏色。帝謂之曰「公比憂瘁、得非爲叔邪」、玄感再拜流涕曰「誠如聖旨」。帝亦思約廢立功、由是徵入朝。未幾卒。以素子玄挺後之。

文思、字温才、素從叔也。父寛、魏左僕射、周小冢宰。文思在周、年十一拜車騎大將軍・儀同三司・散騎常侍。尋以父功、封新豐縣子、邑五百戶。天和初、治武都太守。十姓獠反、文思討平之。復治翼州事。党項羌叛、文思率州兵討平之、進擊資中・武康・

これを破った。後に陳王の宇文純《うぶんじゅん》に従って北斉の河陰城を攻め、また武帝に従って晋州を落とし、勲功により上儀同三司を授けられ、永寧県公に改封され、食邑は千戸に増えた。寿陽の劉叔仁《りゅうしゅくじん》が反乱を起こすと、清河公の宇文神擧《うぶんしんきょ》に従ってこれを討ち、塼井に戦って、敵陣で劉叔仁を生け捕りにした。これとは別に王誼に従って鯉魚柵で賊を破った。その後もたびたび軍功を重ね、果毅右旅下大夫に遷任した。

　高祖が丞相となると、韋孝寛に従って尉遅迥を武陟に防いだ。尉遅迥はその将の李儁《りしゅん》を派遣して懐州を包囲させたが、行軍総管の宇文述とこれを撃って敗走させた。尉遅惇を破り、鄴城を平定した際には、ともに功績があった。位を進めて上大将軍を授かり、洛川県公に改封され、ついで隆州刺史に任命された。

　開皇元年、爵を正平郡公に進め、食邑二千戸を加えられた。のち、魏州刺史となり、たいそう恵み深い統治を行い、任を離れる際は、土地の吏民がこれを思慕し、碑を立てて徳を顕彰した。冀州刺史に転任した。

　煬帝が帝位を継ぐと、召し出されて民部尚書となった。納言に転任し、改めて右光禄大夫を授けられた。帝が江都宮へ行幸するのに従ったが、足の傷みにより小走りで参内したり上奏を取り次いだりできなかったので、また民部尚書を授けられ、左光禄大夫の位を加えられた。在官のまま没した。時に七十歳。諡は定といった。当初、楊文思は父の爵位を継ぐにあたり、自分が嫡子でないことを理由に、とうとう封爵を弟の楊文紀に譲ったため、当世に賞賛された。

　楊文紀は、字は温範《おんはん》。幼い頃から真正直で、才能と度量があった。北周では、華

隆山生獠及東山獠、並破之。後從陳王攻齊河陰城、又從武帝攻拔晉州、以勳進授上儀同三司、改封永寧縣公、增邑至千戶。壽陽劉叔仁作亂、從清河公宇文神擧討之、戰於塼井、在陣生擒叔仁。又別從王誼破賊於鯉魚柵。其後累以軍功、遷果毅右旅下大夫。

　高祖爲丞相、從韋孝寬拒尉迥於武陟。迥遣其將李儁圍懷州、與行軍總管宇文述擊走之。破尉惇、平鄴城、皆有功、進授上大將軍、改封洛川縣公、尋拜隆州刺史。

　開皇元年、進爵正平郡公、加邑二千戶。後、爲魏州刺史、甚有惠政、及去職、吏民思之、爲立碑頌德。轉冀州刺史。

　煬帝嗣位、徵爲民部尚書。轉納言、改授右光祿大夫。從幸江都宮、以足疾不堪趨奏、復授民部尚書、加位左光祿大夫。卒官。時年七十。謚曰定。初、文思當襲父爵、自以非嫡、遂讓封於弟文紀、當世多之。

　文紀、字溫範。少剛正、有器局。在周、襲

山郡公の爵を継ぎ、食邑は二千七百戸であった。右侍上士より累遷して車騎大将軍・儀同三司・安州総管長史となった。兵を率いて陳の降将の李瑗《りえん》を斉安で迎え入れたところ、陳の将の周法尚《しゅうほうしょう》の軍と遭遇し、撃破してこれを潰走させた。功績により開府を授けられ、入朝して虞部下大夫となった。

高祖が丞相となると、汾陰県公に改封された。梁睿《りょうえい》に従って王謙《おうけん》を討ち、功績により上大将軍を授かった。その前後に食邑を増されて三千戸となった。資州刺史に任命され、のち入朝して宗正少卿となったが、事件に連座し官簿より除名された。のち数年して、爵位を戻され、熊州刺史に任命され、上明郡公に改封された。宗正卿に叙任され、給事黄門侍郎・判礼部尚書事を兼任した。

仁寿二年、荊州総管に遷任した。一年程して、在官のまま没した。時に五十八歳。諡は恭といった。

史臣の言葉。

楊素は若いころより軽挙妄動なところはあれど、才気に溢れ物事にこだわらず、文武の資質を兼ね備え、類い希なる機略を持ち、志は遠大で、将来は功成り名を遂げると自負していた。高祖が皇帝となり、天下を清浄にしたいと願うと、楊素を腹心として信頼を寄せ、常に重責を担わせた。楊素が呉越より禍乱を一掃したため、江海は波が静まり、王土に侵入した勇猛な騎兵を打ち破ったことで、匈奴は遙か遠方へと逃げ去った。思うに楊素は敵を倒し乱を鎮めたという面で、功臣にその右に出る者はなく、その対策や詩文を読め

爵華山郡公、邑二千七百戶。自右侍上士累遷車騎大將軍・儀同三司・安州總管長史。將兵迎陳降將李瑗於齊安、與陳將周法尚軍遇、擊走之。以功進授開府、入爲虞部下大夫。

高祖爲丞相、改封汾陰縣公。從梁睿討王謙、以功進授上大將軍。前後增邑三千戶。拜資州刺史、入爲宗正少卿、坐事除名。後數載、復其爵位、拜熊州刺史、改封上明郡公。除宗正卿、兼給事黃門侍郎・判禮部尚書事。

仁壽二年、遷荊州總管。歲餘、卒官。時年五十八。謚曰恭。

史臣曰、

楊素少而輕俠、俶儻不羈、兼文武之資、包英奇之略、志懷遠大、以功名自許。高祖龍飛、將清六合、許以腹心之寄、每當推轂之重。掃妖氛於牛斗、江海無波、摧驍騎於龍庭、匈奴遠遁。考其夷凶靜亂、功臣莫居其右、覽其奇策高文、足爲一時之傑。然專

ば、隋一代の英傑と言うに十分である。しかしながらもっぱら知謀策略をもって任じ、仁義の道を歩まず、時の君主に阿諛追従し、相手を尊重するも見下すも心のまま、離宮を造営し、君主を奢侈の道に引き込み、長子を廃嫡させ、国を傾けさせるに至った。とうとう隋の宗廟が廃墟と化し、京師の繁栄が露と消え果てたのは、その敗亡の源を突き詰めると、まこと楊素のせいなのである。幸運にも自らは臣下として死ぬことができたものの、子は反乱を起こし、墓の盛り土も乾かぬうちに、一家は醢刑に処せられ、陵墓は掘り返され、宗族は誅滅された。「不善を積んだ家は子孫に災いがある」とは、まこと戯言ではなく、「無礼の行いは必ず自分に跳ね返る」とは、まさに楊素のことを言うのであろうか。

楊約は外面的には温厚柔和を装いながら、内に狡猾さを隠し持っていた。これが楊素の弟というのはまさに蛇足で、とうとう国の基を傾けた。子孫を残せなかったのも、もっともなことである。

（附・楊玄感）

楊玄感は、司徒の楊素の子である。外見は雄々しく立派で、あごひげが美しかった。若い頃は成長が遅く、楊玄感をばかだと言う者は多かったが、楊素夫妻はいつも親しい者たちに「この子はばかなんかじゃない」と言っていた。成人してからは、読書を好んで、騎射に巧みであった。父の軍功により、位は柱国に至り、官品は楊素とともに第二品となり、朝廷では同列に並んだ。のちに高祖が楊玄感に一等降格

以智詐自立、不由仁義之道、阿諛時主、高下其心、營構離宮、陷君於奢侈、謀廢冢嫡、致國於傾危。終使宗廟丘墟、市朝霜露、究其禍敗之源、實乃素之由也。幸而得死、子爲亂階、墳土未乾、闔門殂戮、丘隴發掘、宗族誅夷。則知「積惡餘殃」、信非徒語、「多行無禮必自及」、其斯之謂歟。

約外示溫柔、内懷狡算。爲蛇畫足、終傾國本。俾無遺育、宜哉。

楊玄感、司徒素之子也。體貌雄偉、美鬚髯。少時晩成、人多謂之癡、其父母謂所親曰「此兒不癡也」。及長、好讀書、便騎射。以父軍功、位至柱國、與其父倶爲第二品、朝會則齊列。其後高祖命玄感降一等、

を命じると、楊玄感は拝謝して「陛下がこれほど臣に目をかけてくださっていたとは、公の場にあって父に私敬を示すことをお許し下さるのですね」と述べた。はじめ郢州刺史に任命され、官舎に着くと、密偵を張り巡らせ、長吏の有能無能を観察し、善政を行う者も汚職をする者も、わずかなことでも知り尽くし、しばしば事の次第を明らかにしたので、あえて楊玄感を欺こうとする者はなく、吏民は敬服して、みなその有能さを讃えた。後に宋州刺史に転任し、父の死去に伴い辞職した。一年程で、鴻臚卿に任命され、楚国公の爵位を継ぎ、礼部尚書に遷任した。性格は尊大だったが、深く文学を愛し、天下に名を知られた者たちが大勢その門を訪れた。

楊玄感は自分が代々尊貴の身にあり、名声が天下に轟いていて、朝廷の文武の士に父の部下だった者が多く、また朝廷の綱紀がいよいよ乱れているのを見知ったうえに、帝も己を猜疑すること日に日に強くなり、楊玄感は不安を募らせていた。とうとう弟たちと帝を廃位して秦王の楊浩《ようこう》を立てる陰謀を巡らせた。帝が吐谷渾を征伐するのに従い、帰還の道すがら大斗抜谷に至ると、(天候の悪化で半数以上の兵が死に)従官が狼狽していたので、楊玄感は行宮を襲撃しようと企てた。叔父の楊慎が楊玄感に「士人の心は天下一統を貴ぶもので、国にはまだ付け入る隙がない、事を起こす時ではないぞ」と諫めたので、楊玄感は中止した。

当時、帝は征伐を好んでいた。楊玄感は威名を揚げようとして、将として兵を率いることを密かに求めた。兵部尚書の段文振《だんぶんしん》に「玄感は代々国恩を賜りまして、寵遇は一生涯分を越えます。自ら功を立て末孫にまで及ぼさねば、どうやって重責を果たせるというのでしょうか。もし辺境に戦雲の兆しがあれば、どうかそれがしに

玄感拜謝曰「不意陛下寵臣之甚、許以公廷獲展私敬」。初拜郢州刺史、到官、潛布耳目、察長吏能不、其有善政及贓汙者、纖介必知之、往往發其事、莫敢欺隱、吏民敬服、皆稱其能。後轉宋州刺史、父憂去職。歲餘、起拜鴻臚卿、襲爵楚國公、遷禮部尚書。性雖驕倨、而愛重文學、四海知名之士多趨其門。

自以累世尊顯、有盛名於天下、在朝文武多是父之將吏、復見朝綱漸紊、帝又猜忌日甚、内不自安。遂與諸弟潛謀廢帝、立秦王浩。及從征吐谷渾、還至大斗拔谷、時從官狼狽、玄感欲襲擊行宮。其叔慎謂玄感曰「士心尚一、國未有釁、不可圖也」、玄感乃止。

時、帝好征伐。玄感欲立威名、陰求將領。謂兵部尚書段文振曰「玄感世荷國恩、寵踰涯分。自非立效邊裔、何以塞責。若方隅有風塵之警、庶得執鞭行陣、少展絲髮之功。

鞭を執って行陣させ、いささかなりとも微功を挙げさせてください。あなたは軍のことを掌るお方ですから、あえてわが心中を申し述べます」と言った。段文振が帝に上申すると、帝はこれを喜び、群臣を顧みて「将軍の家からは必ず将軍が出て、宰相の家からは必ず宰相が出るというのは、嘘ではないな」と言った。そこで反物千段を賜わり、礼遇はますます盛んとなり、いよいよ朝政に参与した。

帝が遼東に親征するにあたり、楊玄感に黎陽で輸送部隊を監督させた。この時、人々は賦役に苦しみ、天下は乱の兆しを感じていた。楊玄感はついに虎賁郎将の王《おう》仲伯《ちゅうはく》・汲郡贊治の趙懐義《ちょうかいぎ》らと謀議し、帝の軍団を飢えさせようとして、常に輸送部隊を留め、時期を外して出発させた。帝は遅いと思い、使者を派遣して何度も督促したが、楊玄感は「水路に盜賊が多く、陛下に前後して出発することができなかったのです」と言い訳した。その弟の虎賁郎将の楊玄縦と鷹揚郎将の楊萬碩《ようばんせき》らが帝に従って遼東へ行っていたので、楊玄感はひそかに人をやってこれを呼び戻した。この時、将軍の來護兒《らいごじ》が水軍を率いて東萊から海に入り、平壤城に向かわんとしていたが、軍はまだ出発していなかった。楊玄感は軍勢を動かす大義名分が無かったので、楊家の奴僕を派遣して使者に仕立て、東方よりやって来させ、嘘をついて來護兒が軍の期日を守れなかったため反乱したと吹聴させた。楊玄感はついに黎陽県に入り、城を閉じて大いに男たちを集めた。こうして帆布を取って甲冑がわりとし、官属を任命すること、みな文帝の開皇の旧法に準えた。周囲の郡にふれを出し、來護兒の討伐を名目として、それぞれに兵を徴発させ、黎陽倉の周辺に集結させた。東光県尉の元務本《げんむほん》を黎州刺史とし、趙懐義を衛州刺史とし、河内郡主簿の唐禕《とうい》を懐

明公兵革是司、敢布心腹」。文振因言於帝、帝嘉之、顧謂羣臣曰「將門必有將、相門必有相、故不虛也」。於是賚物千段、禮遇益隆、頗預朝政。

帝征遼東、命玄感於黎陽督運。于時、百姓苦役、天下思亂。玄感遂與武賁郎將王仲伯・汲郡贊治趙懷義等謀議、欲令帝所軍衆飢餒、每爲逗遛、不時進發。帝遲之、遣使者逼促、玄感揚言曰「水路多盜賊、不可前後而發」。其弟武賁郎將玄縱・鷹揚郎將萬碩並從幸遼東、玄感潛遣人召之。時、將軍來護兒以舟師自東萊將入海、趣平壤城、軍未發。玄感無以動衆、乃遣家奴僞爲使者、從東方來、謬稱護兒失軍期而反。玄感遂入黎陽縣、閉城大索男夫。於是取帆布爲牟甲、署官屬、皆準開皇之舊。移書傍郡、以討護兒爲名、各令發兵、會於倉所。以東光縣尉元務本爲黎州刺史、趙懷義爲衞州刺史、河內郡主簿唐禕爲懷州刺史。有衆且一萬、將

州刺史とした。兵は一万を越えようとしたので、楊玄感は雒陽《らくよう》（洛陽）を襲撃しようとした。唐禕は河内に至ると、東都に馳せ行きて楊玄感の反乱を告げた。越王の楊侗《ようとう》と民部尚書の樊子蓋《はんしがい》らは大いに恐れ、兵を指揮し備えを固めた。修武県の民はあい連れだって臨清関を守ったため、楊玄感は黄河を越えられず、とうとう汲郡の南で渡河した。乱に従う者は市の賑わいのようであった。数日して、兵を洛陽の上春門に駐屯させた時には、軍勢は十万人余りとなっていた。樊子蓋は河南賛治の裴《はい》弘策《こうさく》にこれを防がせたが、樊弘策は戦って敗れた。瀍水《てんすい》・洛水流域（洛陽の周辺）の父老は競って楊玄感に牛や酒を寄こした。楊玄感は兵を尚書省に駐屯させた。いつも人々に誓って「我が身は上柱国であり、家には巨万の金品を重ね、富貴の身にあるから、何かが欲しいというわけではない。今、家を破産させ一族を滅ぼそうとも顧みないのは、ただ天下の転覆の苦しみを除き、民草の命を救わんがためである」と言っていた。人々はみな喜び、陣営にやってきて忠誠を誓う者は、日に数千人にもなった。

楊玄感は樊子蓋に書を与え、

そもそも忠義を成すには、多くのやり方があり、機を見て為すには、一つの道だけではない。昔、殷の伊尹《いいん》は主君の太甲《たいこう》を桐宮に追放し、前漢の霍光《かくこう》はやはり一度帝位につけた劉賀《りゅうが》を昌邑に廃した。これはいずれも無道の主君を追放するということで誰もが知るところであり、いちいち述べたてることではない。高祖文皇帝が天命を受けてより、ここに天下を創造し、天文を見て政治を整え、道徳を明らかにして巡幸し、無為でありながら風化が行われ、手を拱い

襲雒陽。唐禕至河内、馳往東都告之。越王
侗・民部尚書樊子蓋等大懼、勒兵備禦。修
武縣民相率守臨清關、玄感不得濟、遂於汲
郡南渡河。從亂者如市。數日、屯兵上春門、
衆至十餘萬。子蓋令河南贊治裴弘策拒之、
弘策戰敗。瀍・洛父老競致牛酒。玄感屯兵
尚書省、毎誓衆曰「我身爲上柱國、家累鉅
萬金、至於富貴、無所求也。今者、不顧破
家滅族者、但爲天下解倒懸之急、救黎元之
命耳」。衆皆悅、詣轅門請自效者、日有數
千。

與樊子蓋書曰、

夫建忠立義、事有多途、見機而作、蓋非
一揆。昔、伊尹放太甲於桐宮、霍光廢劉
賀於昌邑。此並公度内、不能一二披陳。
高祖文皇帝誕膺天命、造茲區宇、在旋璣
以齊七政、握金鏡以馭六龍、無爲而至化
流、垂拱而天下治。今上纂承寶曆、宜固

ていても天下は治まった。だが今上は帝位を受け継ぎ、帝業を固めるべきであるのに、自ら天意に背き、民を滅ぼし徳を廃れさせている。連年災が続き、盗賊はここにおいていよいよ多く、いたる所で労役があり、民力はこのために尽き果てている。そのうえ帝は荒淫で酒色に溺れ、子女は必ず犯され、鷹や犬での狩りに遊び耽り、鳥や獣はみなその毒害を受けている。朋党はたがいにおだてあい、賄賂は公然と行われ、邪佞の言葉を聞き入れ、正直な者の口を塞いでいる。加えて物資の運搬はやまず、徭役には終わりがなく、士卒の死体は谷間を満たし、骸骨は原野を覆っている。黄河の北では、千里にわたり煮炊きの煙が上がらず、江淮の間には、伸び放題に野草が茂っている。玄感は代々国恩を受け、将帥の地位にある。先公（楊素）が高祖より頂いた遺詔には、「良き子孫であればわが為《ため》にこれを助けよ、悪しき子孫であればわが為にこれを退けよ」とある。ゆえに上《かみ》は先帝の遺志を受け、下《しも》は民草の心情に沿い、この淫蕩無道の君を廃し、聡明有徳の君を擁立するのである。四海の人々が心を同じくし、九州の民が饗応して、士卒は命を懸けること、自らの仇に赴くがごとき様相で、民草も駆けよって、義を天下に顕《あらわ》そうとしている。天意も人事も、明らかに知れるというもの。公は一人で孤城を守らんとしているが、趨勢はどうして長く支えていられようか。どうか民草を思い、社稷のことを思って、小事にこだわり、憂いを残さぬように。誰が国家が一朝ここに至ると思ったろうか、筆を執れば涙潸然として下り、文章には書き尽くすことができない。

と言った。

洪基、乃自絶於天、殄民敗德。頻年肆眚、盜賊於是滋多、所在脩治、民力爲之凋盡。荒淫酒色、子女必被其侵、躭玩鷹犬、禽獸皆離其毒。朋黨相扇、貨賄公行、納邪佞之言、杜正直之口。加以轉輸不息、徭役無期、士卒愼溝壑、骸骨蔽原野。黃河之北、則千里無煙、江淮之間、則鞠爲茂草。玄感世荷國恩、位居上將。先公奉遺詔曰「好子孫爲我輔弼之、惡子孫爲我屏黜之」。所以上稟先旨、下順民心、廢此淫昏、更立明哲。四海同心、九州響應、士卒用命、如赴私讎、民庶相趨、義形公道。天意人事、較然可知。公獨守孤城、勢何支久。願以黔黎在念、社稷爲心、勿拘小禮、自貽伊戚。誰謂國家一旦至此、執筆潸泫、言無所具。

ついに軍勢を進めて都城に迫った。刑部尚書の衞玄《えいげん》は、数万の衆を率い、関中より東都へと来援し、歩騎二万でもって瀍水と澗水を渡り戦いを挑んだ。楊玄感は逃げを装い、衞玄がこれを追うと、伏兵が発せられ、衞玄の前軍は壊滅した。のち数日して、衞玄はまた楊玄感と戦い、兵が戦闘を始めると、楊玄感は偽って人に大声を出させ「官軍は既に楊玄感を捕らえたぞ」と叫ばせた。衞玄の軍はやや気が緩んだ。楊玄感は数千騎を率いてこの緩みに乗じた。こうして衞玄の軍は潰走し、八千人ばかりを取りまとめて去った。楊玄感は並外れた勇敢さと力を持ち合わせ、戦うたびに自ら長矛を振るい、その身を士卒に先んじて、奮励叱咤して、敵対する者が震えあがらないことはなかった。語る者はこれを項羽《こうう》に準えた。またよく面倒を見たので、兵士は死を恐れず、これにより戦えば勝たないことは無かった。衞玄の軍は日に日に勢いを挫かれ、糧秣も尽きたため、全兵力で決戦すべく、北邙に陣立てして、一日のうちに、戦うこと十数回、楊玄感の弟の楊玄挺が流れ矢に当たって斃れたので、楊玄感はやや軍を退けた。樊子蓋もまた兵を派遣して尚書省を攻め、数百人を殺した。

帝は虎賁郎将の陳稜《ちんりょう》を派遣して元務本を黎陽に攻めさせ、武衛将軍の屈突通《くつとつつう》を河陽に駐屯させた。左翊衛大将軍の宇文述が兵を徴発して続けて進軍し、右驍衛大将軍の來護兒もまた救援に赴いた。楊玄感が前の民部尚書の李子雄《りしゆう》に策を求めると、李子雄は「屈突通は兵事に通暁していますから、もし黄河を渡らせてしまえば、勝敗は決しがたいでしょう。兵を分けてこれを拒むに限ります。屈突通が渡河できなければ、樊子蓋も衞玄も救援を受けられません」と答えた。楊玄感は同意し

遂進逼都城。刑部尚書衞玄、率衆數萬、自關中來援東都、以歩騎二萬渡瀍・澗挑戰。玄感僞北、玄逐之、伏兵發、前軍盡沒。後數日、玄復與玄感戰、兵始合、玄感詐令人大呼曰「官軍已得玄感矣」。玄軍稍怠。玄感與數千騎乘之。於是大潰、擁八千人而去。玄感驍勇多力、每戰親運長矛、身先士卒、喑嗚叱咤、所當者莫不震攝。論者方之項羽。又善撫馭、士樂致死、由是戰無不捷。玄軍日蹙、糧又盡、乃悉衆決戰、陣於北邙、一日之間、戰十餘合。玄感弟玄挺中流矢而斃、玄感稍却。樊子蓋復遣兵攻尚書省、又殺數百人。

帝遣武賁郎將陳稜攻元務本於黎陽、武衞將軍屈突通屯河陽、左翊衞大將軍宇文述發兵繼進、右驍衞大將軍來護兒復來赴援。玄感請計於前民部尚書李子雄、子雄曰「屈突通曉習兵事、若一渡河、則勝負難決。不如分兵拒之。通不能濟、則樊・衞失援」。玄

て、屈突通を拒もうとした。樊子蓋がその企てを察知し、数度にわたり陣営を攻めたので、楊玄感は進軍できなかった。屈突通はとうとう渡河し、破陵に軍を進めた。楊玄感は軍を二つに分け、西で衞玄を防ぎ、東で屈突通を拒んだ。樊子蓋はまた出兵し、ここにおいて大いに戦い、楊玄感の軍は敗北の危機に瀕した。また李子雄に策を求めると、李子雄は「東都の援軍が益々到着し、我が軍団はしばしば負けており、ここに長く留まってはおれませんから、直ちに関中に入るに越したことはありません。永豊倉を開いて貧民に施せば、三輔は下知のままに定まるでしょう。そうして府庫を保ち、東面して天下を争う、これもまた覇王の業かと」と答えた。また華陰の楊氏たちが郷里へと案内しようと言うので、楊玄感はついに洛陽を捨て、西進して関中に向かおうとし、「私はもはや東都を破った、次は関西を取るぞ」と宣言した。宇文述ら諸軍はこれを追撃した。弘農宮に到ると、父老が道を遮って楊玄感に「宮城は手薄で、かつ貯えが多く、攻め取るのは容易です。宮城に進んで敵兵の食を断ち、軍を返して宜陽の地を取られてはいかがか」と進言した。楊玄感は同意して、留まって弘農を攻めたが、三日たっても城は落とせず、討伐軍が追いついた。楊玄感は西進して閿郷に着き、槃豆に登り、布陣すること五十里にわたり、官軍と戦いかつ行軍し、一日に三敗した。また董杜原に布陣したが、宇文述らの軍がこれを撃つと、楊玄感は大敗し、十騎あまりと林の間に駆け込み、上洛郡に逃げようとした。追っ手の騎兵がやってきたが、楊玄感がこれを怒鳴りつけると、みな怖れて逃げた。葭蘆戍に至り、楊玄感は追い詰められて、ただ弟の楊積善《ようせきぜん》とだけ徒歩で逃げた。もはや免れられないと悟り、楊積善に、「事は敗れた。俺は人に辱めら

感然之、將拒通。子蓋知其謀、數擊其營、玄感不果進。通遂濟河、軍於破陵。玄感爲兩軍、西抗衞玄、東拒屈突通。子蓋復出兵、於是大戰、玄感軍頻北。復請計於子雄、子雄曰「東都援軍益至、我師屢敗、不可久留、不如直入關中。開永豐倉以賑貧乏、三輔可指麾而定。據有府庫、東面而爭天下、此亦霸王之業」。會華陰諸楊請爲鄉導、玄感遂釋洛陽、西圖關中、宣言曰「我已破東都、取關西矣」。宇文述等諸軍躡之。至弘農宮、父老遮說玄感曰「宮城空虛、又多積粟、攻之易下。進可絕敵人之食、退可割宜陽之地」。玄感以爲然、留攻之、三日城不下、追兵遂至。玄感西至閿鄉、上槃豆、布陣亘五十里、與官軍且戰且行、一日三敗。復陣於董杜原、諸軍擊之、玄感大敗、獨與十餘騎竄林木間、將奔上洛。追騎至、玄感叱之、皆懼而反走。至葭蘆戍、玄感窘迫、獨與弟積善步行。自知不免、謂積善曰「事敗矣。我不能受人戮辱、汝可殺我」。積

れるわけにはいかん、お前が俺を殺せ」と告げた。楊積善は刀を抜いて兄を斬り殺し、自らも刺したが、死にきれず、追っ手に捕らえられ、楊玄感の首とともに行在所へ送られた。その屍を東都の市に磔にすること三日、また切り刻んでこれを焼いた。その残党もことごとく平定された。弟の楊玄奬は義陽太守となっており、楊玄感に付こうとして、郡丞の周琁玉《しゅうせんぎょく》に殺された。楊玄縦の弟の楊萬碩は、帝の下から逃げ、高陽に至り、伝舎にいたところ、監事の許華《きょか》と郡兵に捕えられ、涿郡で斬首された。楊萬碩の弟の楊民行《ようみんこう》は、官は朝請大夫に至っていたが、長安で斬首された。みな首は晒され体は八つ裂きとなった。公卿が楊玄感の姓を梟氏《きょうし》と改姓することを上奏したので、帝は詔により許可した。

当初、楊玄感が東都を囲むと、梁郡の人である韓相國《かんそうこく》が挙兵して呼応したので、楊玄感はこれを河南道元帥とした。一月ほどで、軍勢十万人余りとなり、郡県を攻め略奪した。襄城に至って、楊玄感敗北の知らせを受け、兵は徐々にばらばらとなり、吏に捕らえられ、首は東都に送られた。

善抽刀斫殺之、因自刺、不死、爲追兵所執、與玄感首俱送行在所。磔其屍於東都市三日、復臠而焚之。餘黨悉平。其弟玄奬爲義陽太守、將歸玄感、爲郡丞周琁玉所殺。玄縱弟萬碩、自帝所逃歸、至高陽、止傳舍、監事許華與郡兵執之、斬於涿郡。萬碩弟民行、官至朝請大夫、斬於長安。並具梟磔。公卿請改玄感姓爲梟氏、詔可之。

初、玄感圍東都也、梁郡人韓相國舉兵應之、玄感以爲河南道元帥。旬月間、衆十餘萬、攻剽郡縣。至于襄城、遇玄感敗、兵漸潰散、爲吏所執、傳首東都。

コラム⑤

理想都市・大興城

池田雅典

大興城《だいこうじょう》とは、隋朝の首都である。その名は楊堅《ようけん》(高祖・文帝)が北周の大興郡公であったことに由来する。はじめ隋は北周の首都の長安をそのまま都としたが、長安は前漢時代に建造されてからおよそ八百年を経た古都であり、老朽化のほか様々な問題を抱えていた。そこで楊堅は遷都を決意し、長安東南の郊外にある龍首原《りゅうしゅげん》に新都を造らせ、大興城と命名したのである。大興城は長安よりもひとまわり広いが、その北方に位置する禁苑(皇帝専用の庭園)はさらに広大で、その西方の一角に長安を丸々収めているほどである。なお、大興城はのちに唐の首都となり、長安と改名される。

一、造営のいきさつ

楊堅が大興城を新造するに至ったいきさつは、高祖本紀上の開皇二年六月の詔にある。要約すると、楊堅は遷都に気乗りではなかったものの、臣下から「新王朝を興したなら遷都するのが習わしであり、官民の拠り所として新都を造営すべきである」と要請があり、良き土地に良き都を造って王朝を安定させることは天下のためであるから、あえて民に苦労をかけて造営を行う、といった内容である。

また、新都造営を提言した臣下の一人である李穆《りぼく》の伝には、楊堅が長安の宮城の作りが手狭なことと、たびたび鬼《ゆう》妖《れい》が現れるのを嫌っており、蘇威《そい》に遷都を勧められていた、とある。さらに庾季才《ゆきさい》伝では、ある夜に楊堅が高熲《こうけい》・蘇威らと遷都を議論したところ、あくる朝に庾季才から、天文に遷都の兆しが見えることと、長安は土地が塩化して生活用水にも塩が混じり、民衆が苦しんでいることとを理由とした遷都の提言がなされたという。鬼妖騒ぎについては、前年五月に北周の静帝と皇族の宇文氏を鏖殺《おうさつ》しており(この事件については第五章李徳林《りとくりん》伝を参照)、その件が尾を引いているものと思われる。これらを交えると、楊堅自身が長安を不便に感じていたところに、庾季才や李穆らが遷都を提案したことが決定打となって、実行されたという流れになる。

なお、本紀と列伝の相違点がもう一つある。大興城造営の担当者は、本紀では左僕射の高熲らとされている。しかし宇文愷《うぶんがい》伝には、高熲は全体を総覧しただけで、実際の都市計画を行ったのは営新都副監の宇文愷であった、とある。新王朝の首都の造営ともなれば、その長は相応の大官である必要があり、楊堅の信任厚い高熲が総責任者を務めたのは当然である。では実務を担当した宇文愷とはどのような人物で、何故彼が採用されたのだろうか。

二、宇文愷

宇文愷は、隋朝に仕えた高級技術官僚である。その列伝については、すでに田中淡氏の『中国建築史の研究』(弘文堂、一九八九年)にほぼ全文の訳と詳細な解説があるため、本書では訳出を見送ることにした。かわりにここでかいつまんで触れておこう。

宇文愷は、宇文忻《うぶんきん》の年の離れた弟であり、武門の家系にあってただ一人学問を好み、建築設計の才に優れていた。北周宗室の宇文氏とは別系であるが、先に述べた宇文氏鏖殺の際は、誤解によりあやうく処刑されかけている。隋での最初の大仕事は宗廟の設計であり、これにより楊堅に見込まれ、大興城の設計も任されることになった。兄の誅殺に連座して一時は名籍を除かれたが、古の名匠である魯班《ろはん》(公輸《こうゆ》般《はん》)の技術を再現する研究のために呼び戻された。楊素《ようそ》は彼を高く評価し、仁寿宮や文献皇后陵、および洛陽を造営した際に、宇文愷を副官として実務面を担当させた。宇文愷は楊廣《ようこう》(煬帝)にも気に入られ、顕仁宮の造営や長城の増改築、広通渠の開鑿《かいさく》なども担当した。各種の文献を引用し儒教の儀礼施設である明堂について論じた「明堂議表《めいどうぎひょう》」を著したり、大天幕や可動式宮殿、自動ドアを発明したという逸話も残されている。大業八年に五十八歳で没している。

このように宇文愷は、隋朝の主要な建築事業に多く関与した、隋朝の誇る高級技術官僚である。しかしながら『隋書』の撰者である魏徴《ぎちょう》は、隋朝滅亡の原因の一端を宇文愷に求める。宇文愷の造作物によって楊堅と楊廣の奢侈に歯止めがきかなくなり、大規模な工事を重ねたことで隋から民心が離れたから、というのである。ただその評価は宇文愷の建築理念や設計技術の優秀さを否定するものではない。

続いてまた大興城に話を戻し、宇文愷が大興城の設計にこめた理念について解説していこう。

三、理想の都

儒教の理念では、都とは単なる大都市ではなく、まず何より天子の居城である。天子は天命を受けて天下を統治する者で、天と相関する存在であり、天子が天の下す譴責に従って政治姿勢を改め、正しく天を祭れば天下は治まる。ならば都も、天子が天の祭祀を行うために相応しく設計されたものでなければならない。しかし前漢に長安が造営された時点では、儒教はまだこうした理念を完成させておらず、政治思想の主流でもなかった。長安の設計は儒教の理念に基づくものではなく、その後の増築により祭天儀礼を行うことは可能となっていたものの、楊堅の時代にはもはや理想の都ではなくなっていた。楊堅には、天下を統一して多くの漢民族を従えるために、当時の儒教の理念に沿った新たな都を造り出す必要があったのである。

大興城の設計に用いられている儒教の理念とは、主に『周礼《しゅらい》』と『周易《しゅうえき》』に由来するものである。『周礼』からは、天文観測を行って正確な南北軸を引き、軸線上に置かれた宮殿を中心に全体を設計すること、宮殿の南に朝廷と庁舎、東に宗廟、西に社稷を配置すること、外郭を方形に築くこと、外郭の東・西・南に各三つの城門、および、内郭南方に三つの城門を備えること、各門を繋ぐ九本の道路を引くこと等が反映された。また、龍首原は北から南に向かい緩やかに盛り上がる六つの丘陵で構成されていたが、宮殿はその二つ目の丘に配置された。『周易』乾卦の六爻《りくこう》の内、聖人が地上に現れることを述べた九二の爻辞に見立てたのである。

さらに大興城は、儒教ばかりではなく、仏教の理想都市でもある。大興城の内部は、縦横に走る道路によりブロック分けされており、その一区画を坊《ぼう》といい、坊は牆《しょう》と呼ばれる土壁で囲まれていた。この制度を坊牆制というが、これは華厳経の世界図と一致する。また楊堅・煬帝ともに菩薩戒を授かった仏教徒でもあり、城内には国寺である大興善寺のほか百を超える寺院が存在していた。漢民族の統治に有効な儒教と、多民族の融和を象徴する仏教の理想が混じりあった都が、大興城だったのである。

参考文献
渡辺信一郎『天空の玉座』（柏出版、一九九六年）
妹尾達彦『長安の都市計画』（講談社、二〇〇一年）

第七章　韓擒虎・賀若弼・達奚長儒・賀婁子幹・史萬歳・劉方

——隋の版図を築き支えた将軍たち（附・來護兒——煬帝期の将軍）

韓擒虎（第・韓僧壽、韓洪）

韓擒虎《かんきんこ》は、字は子通《しつう》、河南東垣《かなんとうえん》の人であるが、後に新安に家を移した。父の韓雄《かんゆう》は、武烈で名を知られ、北周に仕え官は大将軍に至り、洛・虞等八州刺史も担った。韓擒虎は若き頃より意気盛んで、胆力と知略を称され、容貌は魁偉《かいい》、英雄豪傑の趣があった。性格はまた読書を好み、経・史・百家の説くところはほぼ大略を把握していた。北周の太祖《たいそ》（宇文泰《うぶんたい》）は韓擒虎を見て異才であるとし、諸皇子たちと遊交させた。後に軍功により、都督・新安太守に任命され、しばらくして儀同三司に遷任し、新義郡公を襲爵した。武帝（宇文邕《うぶんよう》）が北斉を征伐した際、北斉の将である獨孤永業《どっこえいぎょう》が金墉城《きんようじょう》の守りについていたが、韓擒虎はこれを説得して投降させた。軍を進め范陽を討平し、上儀同を加えられ、永州刺史に任命された。陳の軍が光州に逼った際、韓擒虎は行軍総管としてこれを撃ち破った。また宇文忻《うぶんきん》が合州を討平するのに従軍した。隋の高祖が丞相となると、和州刺史に遷任した。陳の将である甄《しん》慶《けい》・任忠《じんちゅう》・蕭摩訶《しょうまか》らがともに連携して、しきりに江北を荒そうとし、前後して北周の領界に侵入した。韓擒虎はよくその先鋒を挫き、陳の軍は士気を奪われた。

【原文】

韓擒、字子通、河南東垣人也、後家新安。父雄、以武烈知名、仕周官至大將軍、洛・虞等八州刺史。擒少慷慨、以膽略見稱、容貌魁岸、有雄傑之表。性又好書、經史百家皆略知大旨。周太祖見而異之、令與諸子遊集。後以軍功、拜都督・新安太守、稍遷儀同三司、襲爵新義郡公。武帝伐齊、齊將獨孤永業守金墉城、擒説下之。進平范陽、加上儀同、拜永州刺史。陳人逼光州、擒以行軍總管擊破之。又從宇文忻平合州。高祖作相、遷和州刺史。陳將甄慶・任蠻奴・蕭摩訶等共爲聲援、頻寇江北、前後入界。擒屢挫其鋒、陳人奪氣。

開皇の初年、高祖は密かに江南を併呑しようとの志をもっており、韓擒虎は文武の才があり、つとに名声も高かったので、そこで韓擒虎を廬州総管に任命し、陳征伐の任を担わせた。敵軍に大変恐れられた。大軍を挙げ陳を征伐するに及んで、韓擒虎を先鋒とした。韓擒虎は兵士五百人を率い夜陰に乗じて長江を渡り、採石を襲撃し、守りについていた者たちは皆酔っていたので、韓擒虎はとうとう採石を奪取した。軍を進め姑熟《こじゅく》を攻め、半日でこれを破り、新林に駐屯した。江南の父老は平素から韓擒虎の威信を聞き及んでおり、軍門に来て拝謁を求める者は、昼も夜も途絶えることがなかった。陳の軍は大いに驚き、その将である樊巡《はんじゅん》・魯世眞《ろせいしん》・田瑞《でんずい》らは相継いで韓擒虎に投降した。晋王の楊廣《ようこう》は軍の状況をしたため朝廷に奉り、高祖はそれを聞き歓喜して、群臣を集め宴を催し賞賜を与えた。晋王は行軍総管の杜彦《とげん》を韓擒虎の軍と合流させ、歩兵と騎兵は合わせて二万となった。陳叔寶《ちんしゅくほう》は領軍の蔡徴《さいちょう》に金陵の朱雀航《すざくこう》を守備させたが、韓擒虎が今にも来ると聞き、陳の兵は恐れをなして散り散りとなった。任忠は賀若弼《がじゃくひつ》に敗れ、軍を放棄し韓擒虎の下に投降した。韓擒虎は精鋭の騎兵五百を率い、直ちに朱雀門に進入した。陳の軍勢は戦おうとしたが、任忠は彼らに指さして「この老いぼれすら降ったのだ。諸君らに何ができようか」と言った。軍衆は皆散り散りに逃走した。ついに金陵を平定し、陳の君主である陳叔寶を捕らえた。この時賀若弼にもまた功績があった。

　そこで晋王に詔を下して、

　この二公は深謀大略を持ち合わせ、東南の逆賊を捕らえたことは、朕がもとより彼らに委任したものであり、彼の地を鎮め民を慰めること、みな朕の意に叶

開皇初、高祖潛有呑幷江南之志、以擒有文武才用、夙著聲名、於是拜爲廬州總管、委以平陳之任。甚爲敵人所憚。及大擧伐陳、以擒爲先鋒。擒率五百人宵濟、襲采石、守者皆醉、擒遂取之。進攻姑熟、半日而拔、次於新林。江南父老素聞其威信、來謁軍門、晝夜不絕。陳人大駭、其將樊巡・魯世眞・田瑞等相繼降之。晉王廣上狀、高祖聞而大悅、宴賜羣臣。晉王遣行軍總管杜彥與擒合軍、步騎二萬。陳叔寶遣領軍蔡徵守朱雀航、聞擒將至、衆懼而潰。任蠻奴爲賀若弼所敗、棄軍降於擒。擒以精騎五百、直入朱雀門。陳人欲戰、蠻奴撝之曰「老夫尚降、諸君何事」。衆皆散走。遂平金陵、執陳主叔寶。時賀若弼亦有功。

乃下詔於晉王曰、

此二公者、深謀大略、東南逋寇、朕本委之、靜地恤民、悉如朕意。九州不一、已

うものである。九州が統一されざること、すでに数百年、名臣の功績でもって泰平の創業を成し得た。天下の盛事、何をもってこれに過ぎたることがあろうか。金陵平定成るを聞き欣然として、まこと深く慶びを覚える。江南を平定できたのは、両人の力である。

と言った。反物一万段を下賜した。

また特別な詔を韓擒虎と賀若弼に下して、

国威を万里に示し、皇朝の教化を天下の片隅にまで宣揚し、東南の民をみな塗炭の苦しみより救い出し、数百年に及ぶ敵を十日ばかりで打ち払うは、ひとえに公らの功績である。高名は宇宙を掩い、盛業は天地に輝き、遠く古に聞き尋ねるも、公らの功績に匹敵する者を聞かぬ。軍を帰還させ凱旋しようとし、すぐ近くに来ていることを知ると、何とも待ち遠しく、寸陰の時も一歳の如く感じておる。

と言った。

京師に至るに及んで、賀若弼と韓擒虎は功を上の御前で争い、賀若弼は「臣は蔣山の死戦において、敵の精鋭を破り、敵の驍将を捕らえ、隋の威武を振るい高揚し、ついに陳国を平定いたしました。韓擒虎めはほぼ戦闘をすることもなかったのに、どうして臣と比べられましょうぞ」と言った。韓擒虎は「本より奉じた陛下の詔勅には、臣と賀若弼とは時を同じくし軍勢を合わせ、そして陳の偽都を取れとありました。にもかかわらず賀若弼は敢えて期日に先んじたため、賊軍に遭遇し戦闘に入り、将卒を死傷させること甚大なるまでにいたらせました。臣は軽騎兵五百を駆り、

數百年、以名臣之功、成太平之業。天下盛事、何用過此。聞以欣然、實深慶快。平定江表、二人之力也。

賜物萬段。

又下優詔於擒・弼曰、

中國威於萬里、宣朝化於一隅、使東南之民俱出湯火、數百年寇旬日廓清、專是公之功也。高名塞於宇宙、盛業光於天壤、逖聽前古、罕聞其匹。班師凱入、誠知非遠、相思之甚、寸陰若歲。

及至京、弼與擒爭功於上前、弼曰「臣在蔣山死戰、破其鋭卒、擒其驍將、震揚威武、遂平陳國。韓擒略不交陣、豈臣之比」。擒曰「本奉明旨、令臣與弼同時合勢、以取偽都。弼乃敢先期、逢賊遂戰、致令將士傷死甚多。臣以輕騎五百、兵不血刃、直取金陵、降任蠻奴、執陳叔寶、據其府庫、傾其巢穴。

槍の穂先を血塗らすこともなく、金陵を直ちに奪取し、任忠を降服させ、陳叔寶を捕らえ、陳の府庫を押さえ、その巣窟を陥としました。賀若弼は夕べになってから、やっと金陵の北掖門を叩き、臣は関を開き彼らを城内に納めました。賀若弼は直ちに軍令違反の罪を陛下に請わねばなりませぬのに、どうして臣と比べることなどできましょうか」と言った。上は、「二将は共に上等の勲功である」と言った。ここに至って位を上柱国に進められ、反物八千段を賜与された。有司《やくにん》が韓擒虎は士卒を統制せずに陳の後宮を汚辱したと弾劾し、この罪により爵邑は加えられなかった。

これに先だって、江東に流行り歌があり「黄斑《こうはん》（虎）と青驄馬《せいそうば》（白墨の斑毛の馬）、寿陽涘より発つ。来る時は冬の寒気も末にして、去る日は春風始めて起こる」という内容だった。皆その言わんとする所がわからなかった。韓擒虎はその名に虎の字があり、陳を平定した際も、また青驄馬に騎乗していた。行き帰りの時節もその流行り歌に応じており、陳が平定されて人々はようやく歌の意味がわかった。

その後、突厥の使者が来朝し、上は使者に「汝は江南に陳国の天子がいることを聞き及んでおるか」と言った。使者は「聞き及んでおります」と答えた。上は左右の者に命じて突厥の使者を引き連れて韓擒虎の前に行かせ「これが陳国の天子を召し捕らえた者ぞ」と言った。韓擒虎が厳めしく使者の方を向くと、突厥の使者は恐ろしさのあまり仰ぎ見ることができなかった。韓擒虎の威容はこのようなものであった。別の機会に寿光県公に封ぜられ、食邑は千戸であった。行軍総管として金城に駐屯し、突厥の侵攻に対しての防備を固めたので、涼州総管に任命された。すぐに京師に召還されると、上は韓擒虎のために内殿で宴席を設け、恩寵礼遇は特に

弼至夕、方扣北掖門、臣啓關而納之。斯乃救罪不暇、安得與臣相比」。上曰「二將俱合上勳」。於是進位上柱國、賜物八千段。有司劾擒放縱士卒淫汙陳宮、坐此不加爵邑。

先是、江東有謠歌曰「黄班青驄馬、發自壽陽涘。來時冬氣末、去日春風始」。皆不知所謂。擒本名豹、平陳之際、又乘青驄馬。往反時節與歌相應、至是方悟。

其後、突厥來朝、上謂之曰「汝聞江南有陳國天子乎」。對曰「聞之」。上命左右引突厥詣擒前曰「此是執得陳國天子者」。擒厲然顧之、突厥惶恐、不敢仰視。其有威容如此。別封壽光縣公、食邑千戸。以行軍總管屯金城、禦備胡寇、即拜涼州總管。俄徵還京、上宴之内殿、恩禮殊厚。

厚いものであった。

その後は恙無《つつが》かったが、韓擒虎の隣家の母が韓擒虎の門前の衛兵がとても多く、王侯と同じ様であったのを見ると、母はこれを不思議に思いどうしたことかと問うた。衛兵の者が「我らは王を迎えに参ったのだ」と言い、忽然と消えていった。また病気が重篤な者がおり、突然飛び起きて走り出し韓擒虎の家にやって来て「私は王に拝謁したくあります」と言った。韓擒虎の側近は「何の王か」と問うた。その人は「閻羅王です」と答えた。韓擒虎の子弟たちはその人を鞭打とうとしたが、韓擒虎はそれを止め「生きては上柱国となり、死んでは閻羅王となる。これはまた満足なことだ」と言った。それから病を患い、数日後についに没した。時に五十五歳。子の韓世諤《かんせいがく》が後を嗣いだ。

韓世諤は、才気があり勇猛で、父の韓擒虎に似ていた。楊玄感《ようげんかん》が反乱を起こすと、韓世諤を引き入れ部将とし、韓世諤は戦いではいつも先陣を務めた。楊玄感が敗れると、役人に拘束された。この時、帝は高陽に居り、その行在所に送られた。韓世諤は毎日看守の者に酒と肴を買わせてきて酔っ払い、声を張りあげ「俺の死はすぐそこだ。酔わずしてどうする」と言っていた。しばらく経つと酒を看守の者にも勧め、看守の者は韓世諤を侮り、ついに酒を飲まされ酔わされてしまった。韓世諤はこうして逃れることができ山賊となったが、その最期は知れない。

韓僧壽《かんそうじゅ》は、字は玄慶《げんけい》、韓擒虎の同母弟である。彼もまた勇烈でもって名を知られていた。北周の武帝の時、侍伯中旅下大夫となり、高祖が政権を握ると、韋孝寛《いこうかん》が尉遅迥《うっちけい》の乱を平定するのに従軍し、戦うたびに戦功をあげ、大将軍を授けられ、昌

無何、其鄰母見擒門下儀衞甚盛、有同王者、母異而問之。其中人曰「我來迎王」。忽然不見。又有人疾篤、忽驚走至擒家曰「我欲謁王」。左右問曰「何王也」。答曰「閻羅王」。擒子弟欲撻之、擒止之曰「生爲上柱國、死作閻羅王。斯亦足矣」。因寢疾、數日竟卒。時年五十五。子世諤嗣。

世諤、倜儻驍捷、有父風。楊玄感之作亂也、引世諤爲將、每戰先登。及玄感敗、爲吏所拘。時、帝在高陽、送詣行所。世諤日令守者市酒殽以酣暢、揚言曰「吾死在朝夕。不醉何爲」。漸以酒進守者、守者狎之、遂飲令致醉。世諤因得逃奔山賊、不知所終。

僧壽、字玄慶、擒母弟也。亦以勇烈知名。周武帝時、爲侍伯中旅下大夫。高祖得政、從韋孝寬平尉迥、每戰有功、授大將軍、封

楽公に封ぜられ、食邑は千戸であった。

開皇の初年、安州刺史に任命された。この時、韓擒虎は廬州総管であり、朝廷としては兄弟ともに淮南地方に置くことを避けようとし、韓僧壽を熊州刺史に転任させ、後にまた蔚州刺史に転任させた。爵位を進められ広陵郡公となった。ついで行軍総管となり突厥を鶏頭山に討ち、これを撃破した。後に連座して免官された。数年後、また蔚州刺史に任命され、突厥はとてもおののいた。

開皇十七年、蘭州に駐屯し北方の備えとなった。

翌年、遼東の戦役のとき、行軍総管を兼任し、帰還すると霊州総管の事も執り行った。楊素《ようそ》が突厥を討伐するのに従軍し、これを撃破した。位を上柱国に進められ、江都郡公に改封された。煬帝が即位すると、新縉郡公に改封された。これより後、再び任用されることはなかった。

大業五年、太原に行幸するのに従った。京兆の人である達奚通《たつけいとう》の妾に王氏という者がいて、澄んだ歌声の持ち主で、朝臣の多くは集ってそれを鑑賞した。韓僧壽もまたそれに関わっていたので、連座して官簿より除名されたが、程なくして位を戻された。

大業八年、京師で没した。時に六十五歳。子の韓孝基《かんこうき》がいる。

韓洪《かんこう》は、字は叔明《しゅくめい》、韓擒虎の末弟である。若い頃から勇猛であり、弓に秀で、腕力は人に抜きんでていた。北周に仕え侍伯上士となり、その後軍功により、大都督に任命された。高祖が丞相となり、韋孝寛に従い尉遲迥を相州において撃破し、上開府・甘棠県侯を加えられ、食邑は八百戸であった。高祖が禅譲されると、爵位を

昌樂公、邑千戸。

開皇初、拜安州刺史。時、擒爲廬州總管、朝廷不欲同在淮南、轉爲熊州刺史。後轉蔚州刺史、進爵廣陵郡公。尋以行軍總管擊突厥於雞頭山、破之。後坐事免。數歲、復拜蔚州刺史。突厥甚憚之。

十七年、屯蘭州以備胡。

明年、遼東之役、領行軍總管、還、檢校靈州總管事。從楊素擊突厥、破之、進位上柱國、改封江都郡公。煬帝即位、又改封新蔡郡公。自是之後 不復任用。

大業五年、從幸太原。有京兆人達奚通妾王氏、能清歌、朝臣多相會觀之、僧壽亦豫焉、坐是除名。尋令復位。

八年、卒於京師、時年六十五。有子孝基。

洪、字叔明、擒季弟也。少驍勇、善射、膂力過人。仕周侍伯上士、後以軍功、拜大都督。高祖爲丞相、從韋孝寬破尉迥於相州、加上開府・甘棠縣侯、邑八百戸。高祖受禪、

進められ甘棠県公となった。ついで驃騎将軍を授けられた。

開皇九年、陳平定の戦役では、行軍総管を授けられた。陳が平定されると、晋王の楊廣は蔣山で大狩りを行った。猛獣がその狩り場の囲いの中にいたが、その場の人々は皆な懼れをなした。韓洪が馬を駆り獣を射ると、弦の音に応じて倒れ伏した。陳に仕えていた諸将たちがその側で並んで見ていたが、感歎して敬服しないものはなかった。晋王は大変喜び、縑百匹を贈った。そして功績により柱国を加えられ、蔣州刺史に任命された。数年の後、廉州刺史に転任した。

この時突厥はたびたび辺境を患わし、朝廷は韓洪が勇猛であることから、朔州総管の事も執り行わさせた。ついで代州総管に任命された。

仁寿元年、突厥の達頭可汗が辺塞を犯した。韓洪は蔚州刺史の劉隆《りゅうりゅう》と大将軍の李《り》藥王《やくおう》を率いて達頭《たつとう》可汗《かかん》を迎え撃ち、突厥と恒安の地で遭遇した。衆寡敵せず、韓洪は武器が尽きても周囲の敵と拳で戦ったが、その身は深い傷を負い、将卒は士気を削がれた。突厥は全軍で韓洪らを包囲し、矢は雨のごとく降り注いだ。韓洪が偽って突厥と和平すると、包囲がやや緩んだ。韓洪は麾下の兵を率い包囲を破り脱出した。半数以上の兵が戦死したが、それに倍する突厥の兵を殺した。韓洪と李藥王は官簿から除名され民となったが、劉隆は結局死罪となった。

煬帝が北巡した際、恒安に至り、白骨が野に晒されているのを見、それを侍臣に問うた。侍臣は「昔、韓洪と突厥が戦った地にございますれば」と言った。帝は哀れんでこれを傷ましく思い、骸骨を収集し葬儀を行い、五郡の僧侶に命じ白骨となった兵のために供養をさせ、韓洪を隴西太守に任命した。まもなく、朱崖の民であ

進爵爲公。尋授驃騎將軍。

開皇九年、平陳之役、授行軍總管。及陳平、晉王廣大獵於蔣山。有猛獸在圍中、衆皆懼。洪馳馬射之、應弦而倒。陳氏諸將、列觀於側、莫不歎伏焉。王大喜、贈縑百匹。尋以功加柱國、拜蔣州刺史。數歲、轉廉州刺史。

時突厥屢爲邊患、朝廷以洪驍勇、檢校朔州總管事。尋拜代州總管。

仁壽元年、突厥達頭可汗犯塞。洪率蔚州刺史劉隆、大將軍李藥王拒之、遇虜於恒安。衆寡不敵、洪四面搏戰、身被重瘡、將士沮氣。虜悉衆圍之、矢下如雨。洪偽與虜和、圍少解。洪率所領潰圍而出。死者大半、殺虜亦倍。洪及藥王除名爲民、隆竟坐死。

煬帝北巡、至恒安、見白骨被野、以問侍臣。侍臣曰「往者、韓洪與虜戰處也」。帝憫然傷之、收葬骸骨、命五郡沙門爲設佛供、拜洪隴西太守。未幾、朱崖民王萬昌作亂、

る王萬昌《おうばんしょう》が叛乱を起こしたので、韓洪に詔を下して攻撃させこれを平定させた。功績により金紫光禄大夫を加えられ、所領の郡は元通りとなった。時を置かず王萬昌の弟である王仲通《おうちゅうつう》も叛乱を起こし、また詔が韓洪に詔を下されてこれを討伐し平定した。韓洪は軍が帰還する前に、病を患い没した、時に六十三歳。

賀若弼

賀若弼は、字は輔伯《ほはく》、河南雒陽《らくよう》の人である。父の賀若敦《がじゃくとん》は、武勇苛烈をもって名を知られ、北周に仕え金州総管となった。宇文護《うぶんご》は賀若敦を忌み嫌い彼を罪に陥れた。賀若敦は処刑されるにあたって、賀若弼を呼び彼に向かい「私は必ず江南を平定してみせようと思っていた。しかしながらこの思いは果たせなかった。おまえは見事その志を成せ。それに私は舌禍でもって死ぬこととなるが、そのことをよくよく肝に銘じておけ」と言い聞かせた。そして錐を手に取り賀若弼の舌を刺し血を流させ、口を慎むよう戒めた。

賀若弼は若い頃より意気盛んで、大志があった。勇猛であり弓馬に通じ、文筆に明るく、博く書籍を読み、当時の世にその名を重んじられた。北周の斉王の宇文憲《うぶんけん》は賀若弼の名声を聞き、彼を敬い引き立てて王府の記室とした。まもなく、当亭県公に封ぜられ、小内史に遷任された。北周の武帝の時、上柱国の烏丸軌《うがんき》が武帝に「太子は帝王の器にございません。臣はまたかつて賀若弼とこのことを論じたことがありました」と言上した。武帝は賀若弼を呼びつけそのことを問うた。賀若弼は太子が後継となる事案はもう揺るがず、禍が自らに及ばんとしていることを悟り、

詔洪擊平之。以功加位金紫光祿大夫、領郡如故。俄而萬昌弟仲通復叛、又詔洪討平之。師未旋、遇疾而卒、時年六十三。

賀若弼、字輔伯、河南雒陽人也。父敦、以武烈知名、仕周爲金州總管。宇文護忌而害之。臨刑、呼弼謂之曰「吾必欲平江南。然此心不果。汝當成吾志。且吾以舌死、汝不可不思」。因引錐刺弼舌出血、誡以愼口。

弼少慷慨、有大志。驍勇便弓馬、解屬文、博涉書記、有重名於當世。周齊王憲聞、而敬之引爲記室。未幾、封當亭縣公、遷小內史。周武帝時、上柱國烏丸軌言於帝曰「太子非帝王器。臣亦嘗與賀若弼論之」。帝呼弼問之。弼知太子不可動搖、恐禍及己、詭對曰「皇太子德業日新、未覩其闕」。帝嘿

偽って「皇太子の徳業は日々新たになり、未だその欠点となるものを見たことがありませぬ」と答えた。武帝はそれを聞き黙り込んだ。賀若弼がすでに御前から退くと、烏丸軌は賀若弼が己に背いたことを詰《なじ》ってきた。賀若弼は「君主の口が軽ければ臣下を失い、臣下の口が軽ければその身を滅ぼすことになる。軽々と論議することでは無かろうに」と言った。宣帝が帝位を嗣ぐに及んで、烏丸軌はついに誅殺され、賀若弼は死を免れることができた。ついで韋孝寛と陳征伐を行い、数十城を攻略したが、それは賀若弼の計略によるところが多かった。寿州刺史に任命され、爵を改められて襄邑県公に封ぜられた。

　高祖は丞相となると、尉遅迥《うっちけい》が鄴城で反乱を起こしたので、賀若弼も何か事を起こすのではと恐れ、長孫平《ちょうそんへい》を派遣し駅馬車を急がせ賀若弼と代わらせた。高祖は禅譲を受け、ひそかに江南を併呑したいとの思いがあり、その任に適う者を問うた。高熲《こうけい》は「朝臣の中で、文武の才幹においては、賀若弼より勝る者はおりますまい」と言った。高祖は「公の言うとおりだ」と言った。そこで賀若弼を呉州総管に任命し、陳を平定する大事を委任した。賀若弼は喜び己の成すべき任であると自負した。寿州総管の源雄《げんゆう》とともに陳征伐の重要拠点を任されたので、賀若弼は源雄に「交河に驃騎の幕、合浦に伏波の営、騏驎《きりん》をして上らしむこと勿かれば、我が二人の名無し（昔、驃騎将軍の霍去病《かくきょへい》は西域征伐で交河に陣幕を張り、伏波将軍の馬援《ばえん》は南越征伐の際合浦に陣営を布いた。今、天下を統一し騏驎の瑞祥を招くことができなければ、我ら二人の名は青史に残すことができないであろう）」という詩を送った。陳の地を奪取する十の策を献上し、上はこれを賞賛し、宝刀を下賜した。

然。弼既退、軌譲其背己、弼曰「君不密則失臣、臣不密則失身。所以不敢輕議也」。及宣帝嗣位、軌竟見誅、弼乃獲免。尋與韋孝寛伐陳、攻拔數十城、弼計居多。拜壽州刺史、改封襄邑縣公。

　高祖爲丞相、尉迥作亂鄴城、恐弼爲變、遣長孫平馳驛代之。高祖受禪、陰有幷江南之志、訪可任者。高熲曰「朝臣之内、文武才幹、無若賀若弼者」。高祖曰「公得之矣」。於是拜弼爲呉州總管、委以平陳之事。弼忻然以爲己任。與壽州總管源雄並爲重鎭、弼遺雄詩曰「交河驃騎幕、合浦伏波營、勿使騏驎上、無我二人名」。獻取陳十策、上稱善、賜以寶刀。

開皇九年、軍を大挙して陳を征伐するにあたり、賀若弼を行軍総管とした。長江を渡ろうとする時、酒を注ぎ言挙げして「弼は朝廷の決議を承け、遠くに国威を振い、罪有る者を征伐して民を弔い、凶暴なるものを除く。上天よ長江よ、かくの如きをご照覧あれ。もし天道が善良なるものに福を与え淫邪なるものに禍を降すのであれば、我が大軍は長江を渡れよう。この軍旅に非があれば、溺れ死んで長江の魚に食われようと恨みはすまい」と言った。これに先だって賀若弼は長江に沿う拠点の守備隊が交代する際、必ず歴陽に集わせることを請願していた。歴陽では大いに旗差しを並べ、陣幕は野を覆うほどであった。陳の人々は大軍が歴陽に集結していると思い、国中の兵馬をすべて徴発した。やがて守備隊の交代であることを知り、集めた兵馬は解散させた。この後歴陽での隋側の旗差しや陣幕が見えることは常となり、陳側は再び軍備を設けることをしなかった。今回の伐陳に及んで、賀若弼が大軍でもって長江を渡ろうとするのを、陳の人々は気づいていなかった。賀若弼は陳の南徐州を襲撃し、城を陥落させ、その刺史である黄恪を捕らえた。賀若弼軍の軍令は厳粛で、少したりとも民から略奪させず、軍の兵士で民間の酒を買う者ですら、直ちに斬り捨てた。軍を進め蔣山の白土岡に駐屯し、陳の武将である魯廣達《ろこうたつ》・周智安《しゅうちあん》・任忠・田瑞・樊毅《はんき》・孔範《こうはん》・蕭摩訶らは精兵を率い抗戦した。田瑞が先陣を切り賀若弼の軍を攻めたが、賀若弼はこれを撃ち退けた。魯廣達らは相次いで進軍し、賀若弼はたびたび退却した。賀若弼は陳軍の驕りとその士卒の怠慢を見て取り、将兵を励まし、死戦を繰り広げ、ついに陳軍を撃破した。賀若弼麾下の開府の員明《うんめい》が蕭摩訶を生け捕りにしてきたので、賀若弼は左右に控える者たちに引き回し

開皇九年、大擧伐陳、以弼爲行軍總管。將渡江、酹酒而呪曰「弼親承廟略、遠振國威、伐罪弔民、除凶翦暴。上天長江、鑒其若此。如使福善禍淫、大軍利涉。如事有乖違、得葬江魚腹中、死且不恨」。先是、弼請緣江防人每交代之際、必集歷陽。於是大列旗幟、營幕被野。陳人以爲大兵至、悉發國中士馬。既知防人交代、其衆復散。後以爲常、不復設備。及此、弼以大軍濟江、陳人弗之覺也。襲陳南徐州、拔之、執其刺史黃恪。軍令嚴肅、秋毫不犯、有軍士於民間沽酒者、弼立斬之。進屯蔣山之白土岡、陳將魯達・周智安・任蠻奴・田瑞・樊毅・孔範・蕭摩訶等以勁兵拒戰。田瑞先犯弼軍、弼擊走之。魯達等相繼遞進、弼軍屢却。弼揣知其驕士卒且惰、於是督厲將士、殊死戰、遂大破之。麾下開府員明擒摩訶至、弼命左右牽斬之、摩訶顏色自若、弼釋而禮之。

た上斬り捨てよと命じたが、蕭摩訶の顔色は泰然自若としており、賀若弼は縄を解き、蕭摩訶を礼遇した。

　賀若弼は金陵の北掖門より宮城に攻め入ったが、この時韓擒虎はすでに陳叔宝を捕らえていた。賀若弼はやってくると、陳叔寶を呼びつけてこれを値踏みした。陳叔寶は恐れ戦き汗を流し、震えながら再拝した。賀若弼は陳叔寶に「小国の君主が大国の公卿に拝礼するのは礼に適う。入朝すれ帰命侯にはなれるだろう。恐れることはない」と言った。

　しかしすでに賀若弼の心中では陳叔寶を捕らえられなかったことと、陳征伐の功績が韓擒虎の後塵を拝することに恨みがつのっていたので、韓擒虎と互いに誹りあい、刃を抜いたがそのまま退出していった。上は賀若弼にも功績があることを聞き、大変喜び、詔を下して褒め上げた。その文章は韓擒虎の伝にある。晋王の楊廣《ようこう》は賀若弼が期日より先んじたことを挙げ、軍命に違反したとし、賀若弼を刑吏に預けたが、上は早馬で賀若弼を召し出した。謁見すると、賀若弼を労い「呉の地を平定できたのは、公の功績である」と言った。上は賀若弼に御座の高さまで登らせ、反物八千段を下賜し、上柱国の位を加え、爵を宋国公に進め、実封は襄邑の三千戸とし、それに止まらず宝剣・宝帯・金甕・金盤それぞれ一つ、並びに雉尾扇・曲蓋・雑綵二千段・女人の楽人二隊を与え、さらに陳叔寶の妹を下賜し妾とさせた。右領軍大将軍に任命され、ついで右武候大将軍に転任した。

　賀若弼はこの時貴官に登り、地位は高く名声は重く、その兄である賀若隆《がじゃくりゅう》は武都郡公、弟の賀若東《がじゃくとう》は万栄郡公となり、ともに刺史や列将であった。賀若弼の家に

從北掖門而入、時韓擒已執陳叔寶。弼至、呼叔寶視之。叔寶惶懼流汗、股慄再拜。弼謂之曰「小國之君當大國卿拜禮也。入朝不失作歸命侯。無勞恐懼」。

既而弼恚恨不獲叔寶、功在韓擒之後、於是與擒相詢、挺刃而出。上聞弼有功、大悅、下詔褒揚、語在韓擒傳。晉王以弼先期決戰、違軍命、於是以弼屬吏、上驛召之。及見、迎勞曰「克定三呉、公之功也」。命登御坐、賜物八千段、加位上柱國、進爵宋國公、眞食襄邑三千戸、加以寶劍・寶帶・金甕・金盤各一、幷雉尾扇・曲蓋・雜綵二千段・女樂二部、又賜陳叔寶妹爲妾。拜右領軍大將軍、尋轉右武候大將軍。

弼時貴盛、位望隆重、其兄隆爲武都郡公、弟東爲萬榮郡公、並刺史・列將。弼家珍玩

ある珍しい宝物などは数え上げることはできないほどで、下女や妾できらびやかな服装をまとう者たちは数百人もいた。当時の人々はこれを栄誉であるとした。賀若弼は自らの功績と名声は朝臣たちを凌ぐと考え、つねに宰相の任につくことを望んでいたが、すでに楊素が右僕射となっても、賀若弼はいまだ将軍のままであり、大きな不平を抱き、それを言動にあらわしたため、免官された。賀若弼の恨みはいよいよつのっていった。数年の後、賀若弼を獄に下し、上は彼に「わたしは高熲と楊《よう》素《そ》を宰相としたが、おまえは常日頃でたらめに、この二人はただ飯を食らうしか能がないと言っている。これはどういう意味だ」と言った。賀若弼は「高熲は臣の古なじみであり、楊素は臣の舅の子であります。臣はこの二人の人となりを知っているからこそ、本心からこの言葉が出てくるのです」と答えた。公卿が賀若弼の恨み言などを上奏し、その罪は死に値した。上はその功績を惜しみ、そこで官簿から名を除き民とした。歳も明けぬ間に、その爵位を元通りにした。上もまた賀若弼を嫌い、二度と任用しなかった。しかし宴席を設けるごとに、賀若弼をとても厚遇した。

開皇十九年、上は仁寿宮に行幸し、王公と宴を開き、賀若弼に五言詩を作るように詔を下した。その詩の言葉は憤怒に彩られていたが、帝はこれを見ても許容した。かつてたまたま突厥の使者が朝貢に来た際、上は使者に御前で弓を引くことを許し、使者は一発で的をとらえた。上は「賀若弼でなければこの者に対抗できない」と言った。そこで賀若弼に弓をとることを命じた。賀若弼は再拝し「臣がもし忠心高く国にその身を捧げる者であれば、一発にして的に当たろう。もしそうではないならば、射ても的に当たるまい」と言挙げした。弓を射てみれば、一発で的に当たっ

不可勝計、婢妾曳綺羅者數百。時人榮之。弼自謂功名出朝臣之右、毎以宰相自許、既而楊素爲右僕射、弼仍爲將軍、甚不平、形於言色、由是免官。弼怨望愈甚。後數年、下弼獄、上謂之曰「我以高熲・楊素爲宰相、汝每倡言、云此二人惟堪啗飯耳。是何意也」。弼曰「臣之故人、素臣之舅子、臣並知其爲人、誠有此語」。公卿奏弼怨望、罪當死。上惜其功、於是除名爲民。歲餘、復其爵位。上亦忌之、不復任使、然每宴賜、遇之甚厚。

開皇十九年、上幸仁壽宮、讌王公、詔弼爲五言詩、詞意憤怨、帝覽而容之。嘗遇突厥入朝、上賜之射、突厥一發中的。上曰「非賀若弼無能當此」。於是命弼。弼再拜祝曰「臣若赤誠奉國者、當一發破的。如其不然、發不中也」。既射、一發而中。上大悅、顧謂突厥曰「此人天賜我也」。

た。上は大変喜び、突厥の使者に振り返り「この人は天がわたしに与えたもうたのだ」と言った。

煬帝が皇太子であった頃、かつて賀若弼に「楊素と韓擒虎と史萬歳の三人は、共に良将と称されているが、その優劣はどう見るか」と言った。賀若弼は「楊素は猛将でありますが、謀略ができる将ではありません。韓擒虎は闘将ではありますが、大軍を指揮することのできる将ではありません。史萬歳は騎将ではありますが、大将たりえません」と言った。皇太子は「そうであるならば大将は誰とするか」と言った。賀若弼は拝礼し「ただ殿下がお選びになる者かと」と答えた。賀若弼の心中は自らが大将であると自負していた。煬帝が即位するにおよび、もっとも疎んじ嫌われた。

大業三年、天子の車駕が北方を巡狩するのに従い、楡林に至った。帝はその下に数千人座らせられる大きな天幕を張らせ、突厥の啓民可汗《けいみんかがん》を召し出し宴を催した。賀若弼はそれが大変な奢侈であるとして、内々に高熲や宇文弼《うぶんひつ》らと損得を議論していたが、そのことを上奏する者がおり、ついに誅殺された。時に六十四歳。妻子は官奴となり、その一党は辺境に流された。

子の賀若懐亮《がじゃくかいりょう》は、その意気は父似ており、柱国の世子であったことにより儀同三司に任命されていた。父賀若弼の罪に連座して官奴に落とされ、まもなく誅殺された。

史臣の言葉。

そもそも天下がまだ平安でなければ、聖人や哲人がその契機を開き、辺境が

煬帝之在東宮、嘗謂弼曰「楊素・韓擒・史萬歳三人、俱稱良將、優劣如何」。弼曰「楊素是猛將、非謀將。韓擒是闘將、非領將。史萬歳是騎將、非大將」。太子曰「然則大將誰也」。弼拜曰「唯殿下所擇」。弼意自許爲大將。及煬帝嗣位、尤被疎忌。

大業三年、從駕北巡、至楡林。帝時爲大帳、其下可坐數千人、召突厥啓民可汗饗之。弼以爲大侈、與高熲・宇文弼等私議得失、爲人所奏、竟坐誅、時年六十四。妻子爲官奴婢、羣從徙邊。

子懷亮、慷慨有父風、以柱國世子拜儀同三司。坐弼爲奴、俄亦誅死。

史臣曰、

夫天地未泰、聖哲啓其機、疆場尚梗、

なおも荒れていれば、武勇の士がその力を発揮する。周の中興を担った方《ほう》叔《しゅく》や邵虎《しょうこ》、漢室の興業を助けた韓信《かんしん》や彭越《ほうえつ》のように、世々こうした人々がいるのは、一時代に限ったことではない。晋の国力が衰えて以来、中原は布きれのように切り裂かれ、天下は分断され、三百年になろうとしていた。陳は長江の険阻に拠り、かつて有った金陵の天子の気を頼みとしていたので、天下は南北に分かたれるものだと考えられ、そのことを追究できる者はいなかった。高祖が初めて長久の時を承け、中華を統一しようとしたのである。賀若弼は意気を盛んにして、必勝の計略を述べ、韓擒虎は武勇を振るい、有り余る気力で先駆けを争い、その威勢は雷鳴の轟かんばかりであり、その鋒《ほこさき》は稲光よりも速かった。隋はこの一戦によって、国威を四海に及ぼしたのである。このことを天道によって考えれば、あるいは興廃の時運が有ったのであろうが、人事によって考えるのであれば、まことにこの二臣の力に由来するのだ。その類い希なる英略については、賀若弼が優れていたが、その武勇剛毅なさまについては、韓擒虎が勝っていた。晋の孫呉征伐の功臣である王濬《おうしゅん》や杜預《どよ》と比べても、その功績には多くの余裕がのころう。しかしながら賀若弼が、功績が挙がり名声が高まりながら、驕り高ぶることを止めず、とうとう天寿を全うできなかったことは、『易経《えきけい》』の繫辞伝《けいじでん》に言う言行を慎まずに身を損なうというものであろう。もし父の臨終の際の言葉を思っていれば、必ずやこの災禍が身に及ぶことはなかったのだ。韓擒虎は代々武将の家柄であり、その名望は俗世間の人々までも驚かせ、陳がすでに滅んだ後も、

爪牙宣其力。周之方・邵、漢室韓・彭、代有其人、非一時也。自晉衰微、中原幅裂、區宇分隔、將三百年。陳氏憑長江之地險、恃金陵之餘氣、以為天限南北、人莫能窺。高祖爰應千齡、將一函夏。賀若弼慷慨、申必取之長策、韓擒奮發、賈餘勇以爭先、勢甚疾雷、鋒踰駭電。隋氏自此一戎、威加四海。稽諸天道、或時有廢興、考之人謀、實二臣之力。其俶儻英略、賀若居多、武毅威雄、韓擒稱重。方於晉之王・杜、勳庸綽有餘地。然賀若功成名立、矜伐不已、竟顚殞於非命、亦不密以失身。若念父臨終之言、必不及於斯禍矣。韓擒累世將家、威聲動俗、敵國既破、名遂身全、幸也。廣陵・甘棠、咸有武藝、驍雄膽略、並為當時所推、赳赳干城、難兄難弟矣。

その名声を極めて生命を全うしたことは、幸運であった。広陵郡公の韓僧壽や甘棠県侯の韓洪は、いずれも武芸に優れ、その勇猛さと知略とは、ともに当時の人々が認めるところであった。兎罝《としゃ》の詩に謡われし武勇に優れし国家の将帥が、ともに兄弟であるとはなんと得がたきことだろうか。

達奚長儒

達奚長儒《たっけいちょうじゅ》は、字は富仁《ふじん》、代の人である。祖父の達奚俟《たっけいし》は、北魏の定州刺史であった。父の達奚慶《たっけいけい》は、驃騎大将軍・儀同三司であった。達奚長儒は幼い頃より節義を守る心を懐いており、勇敢な胆力は常人に勝っていた。十五歳のとき、楽安公の爵位を世襲した。

北魏の大統年間、奉車都尉に起家した。北周の太祖は引き抜いて親信兵とし、達奚長儒が実直で慎ましかったことから、大都督を授けた。幾度となく戦功を挙げて、仮の輔国将軍となり、使持節・撫軍将軍・通直散騎常侍に累遷した。蜀平定の戦役にはつねに先鋒となり、攻城でも野戦でも達奚長儒が担当した所では必ず敵を破った。車騎大将軍・儀同三司に叙任され、食邑は三百戸増された。

天和年間、渭南郡守に叙任され、驃騎大将軍・開府儀同三司に遷任した。武帝(宇文邕)が斉を平定するのに従軍し、上開府に遷任され、爵位を成安郡公に進め、食邑は千二百戸となり、別に一人の子息を県公に封ぜられた。

宣政元年、左前軍勇猛中大夫に叙任された。後に烏丸軌《うがんき》と陳の将軍の呉明徹《ごめいてつ》を呂梁で包囲し、陳は驍将の劉景《りゅうけい》を派遣して勇兵七千を率いて来させて呉明徹を支援さ

達奚長儒、字富仁、代人也。祖俟、魏定州刺史。父慶、驃騎大將軍・儀同三司。長儒少懷節操、膽烈過人。十五、襲爵樂安公。

魏大統中、起家奉車都尉。周太祖引爲親信、以質直恭勤、授大都督。數有戰功、假輔國將軍、累遷使持節・撫軍将軍・通直散騎常侍。平蜀之役恒爲先鋒、攻城野戰所當必破之。除車騎大將軍・儀同三司、增邑三百戶。

天和中、除渭南郡守、遷驃騎大將軍・開府儀同三司。從帝平齊、遷上開府、進爵成安郡公、邑千二百戶、別封一子縣公。

宣政元年、除左前軍勇猛中大夫。後與烏丸軌圍陳將呉明徹於呂梁、陳遣驍將劉景率

せようとした。烏丸軌は達奚長儒に命じて劉景を迎え撃たせることにした。そこで達奚長儒は車輪数百に、大石を繋いで清水に沈め、それは水中に車が相接して並んでいるかのようだった。達奚長儒は劉景の軍を待った。劉景は到着したが、清水を行く船艦は水中の車輪に邪魔されて進むことができなくなった。達奚長儒は奇兵を自在に用いて水陸両路に出撃し、劉景の軍を大いに破り、数千人を捕らえた。また、呉明徹をも捕らえ、その功績によって位を大将軍に進めた。次いで行軍総管を授かり、北行して沙漠地帯の辺塞を巡察した際、急遽北虜と遭遇し、交戦してこれを大いに破った。

　高祖が丞相となった時、王謙《おうけん》が蜀で挙兵し、沙州氏の上柱国である楊永安《ようえいあん》が利・興・武・文・沙・龍の六州を扇動して王謙に呼応しようとした。達奚長儒に詔が下され楊永安を撃破した。また、王謙の子二人が京師より父のもとに逃亡しようとしていたが、二人とも達奚長儒が捕えて斬り殺した。高祖が北周の禅譲を受けると、達奚長儒は位を上大将軍に進め、蘄春郡公に封ぜられ、食邑は二千五百戸となった。

　開皇二年、突厥の沙鉢略《さはつりゃく》可汗《かがん》とその弟の葉護《ようご》、及び潘那《はんな》可汗《かがん》の軍勢十余万が、掠奪を行いながら南下した。詔を下して達奚長儒を行軍総管とし、軍兵二千人を率いてこれを迎え撃たせようとした。達奚長儒と突厥の軍は周槃で遭遇したが、衆寡敵せず、達奚長儒の軍中の将兵は大いに恐れた。達奚長儒は昂揚して、表情がますます烈しくなった。突厥の突撃を受け、達奚長儒の軍勢は分散してはまた集合し、戦闘を繰り返しながらも移動を続け、場所を変えて戦うこと三日、兵器はみな失われ、士卒は己の拳でもって敵を殴り、手からは骨が剝き出ていた。死傷者は数万を

勁勇七千來爲聲援。軌令長儒逆拒之。長儒於是取車輪數百、繫以大石沉之清水、連轂相次。以待景軍。景至、船艦礙輪不得進。長儒乃縱奇兵、水陸俱發、大破之、俘數千人。及獲吳明徹、以功進位大將軍。尋授行軍總管、北巡沙塞、卒與虜遇、接戰大破之。

　高祖作相、王謙擧兵於蜀、沙氏上柱國楊永安扇動利・興・武・文・沙・龍等六州以應謙。詔長儒擊破之。謙二子自京師亡歸其父、長儒並捕斬之。高祖受禪、進位上大將軍、封蘄春郡公、邑二千五百戶。

　開皇二年、突厥沙鉢略可汗幷弟葉護、及潘那可汗衆十餘萬、寇掠而南。詔以長儒爲行軍總管、率衆二千擊之。遇於周槃、衆寡不敵、軍中大懼。長儒慷慨、神色愈烈。爲虜所衝突、散而復聚、且戰且行、轉鬬三日、五兵咸盡、士卒以拳毆之、手皆見骨。殺傷萬計、虜氣稍奪、於是解去。長儒身被五瘡、

超え、突厥の気勢は徐々に削がれていき、ついには軍を解いて去って行った。達奚長儒はその身に五つの傷を受け、その内二つは貫通していた。達奚長儒の軍の死傷者は全体の八九割に及んだ。突厥は本来秦・隴の地を大いに掠奪しようとしていたが、達奚長儒と遭遇したために兵力を損なわれ、その意図を大いに挫かれた。明日、達奚長儒は戦場で死者を焚いて慟哭してから帰還した。

高祖は詔を下して、

突厥は狂妄であり、我が辺塞を犯し、犬羊の如き者どもが、我が山野に蔓延った。長儒は北鄙防衛の任を受け、寇賊を防がんとしたが、配下の将兵の数は敵より少なきこと、百倍の差があった。長儒は昼夜を通して、四面の敵に対抗し、すべて十四度戦い、軍を向ける先は必ず敵を破った。突厥の凶徒は殺戮に遭い、半数以上が逃げ帰れなかった。欠けた刃や死者の魂は、今は何処にあろうか。長儒のように勇敢さを奮い、国に仕える心が深く、安撫に方策を有し、士卒がその命を信用していなければ、どうして少数の兵で大軍を破るような、偉大な功績をなしえようか。ここにその勲功を思い、長儒の大器を尊び、上柱国となることを許し、その他の勲功は次いで子息に授けよう。こたび戦死した将士には、いずれも官三転を追贈し、子孫がその官を嗣ぐことを許す。

と言った。

その年、寧州刺史を授かり、次いで鄜州刺史に転任し、母の喪に服すため職を去った。達奚長儒は至孝な性分で、服喪中に水すら口にせずに五日間過ごし、その悲しみと憔悴の様子は礼の範疇を超え、ほとんどその生命を滅ぼそうとするもので

通中者二。其戰士死傷者十八九。突厥本欲大掠秦・隴、既逢長儒兵皆力戰、虜意大沮。明日、於戰處焚屍慟哭而去。

高祖下詔曰、

突厥猖狂、輒犯邊塞、犬羊之衆、彌亘山原。而長儒受任北鄙、式遏寇賊、所部之內、少將百倍。以晝通宵、四面抗敵、凡十有四戰、所向必摧。兇徒就戮、過半不反。鋒刃之餘、亡魂竄迹。自非英威奮發、奉國情深、撫御有方、士卒用命、豈能以少破衆、若斯之偉。言念勳庸、宜隆名器、可上柱國、餘勳廻授一子。其戰亡將士、皆贈官三轉、子孫襲之。

其年、授寧州刺史、尋轉鄜州刺史、母憂去職。長儒性至孝、水漿不入口五日、毀悴過禮、殆將滅性、天子嘉歎。起爲夏州總管

あったが、天子はこれを喜び感歎した。喪が明けると夏州総管三州六鎮都将事となり、匈奴は達奚長儒を憚って、決して辺塞に近づこうとしなかった。病によって罷免された。また襄州総管に叙任され、二年すると、蘭州総管に転任した。高祖は涼州総管の獨孤羅《どっこら》、原州総管の元褒《げんほう》、霊州総管の賀若誼《がじゃくぎ》らを派遣して軍を発し北胡に備えさせたが、いずれも達奚長儒の統制を受けた。達奚長儒は大軍を率いて祁連山の北に出ると、西行して蒲類海に至ったが、北虜と遭遇せずに帰還した。再び荊州総管三十六州諸軍事に転任した。高祖は達奚長儒に「江陵の要害は、国の南門であるが、今貴公に委ねれば、朕には何の憂慮もない」と言った。

一年程して、在官のまま没した。諡号は威という。子の達奚暠《たっけいすう》は、大業年間に官位は太僕少卿に至った。

賀婁子幹

賀婁子幹《がろうしかん》は、字は萬壽《ばんじゅ》、もとは代の人である。北魏に従って南遷し、代々関西に住んだ。祖父の賀婁道成《がろうどうせい》は、北魏の侍中・太子太傅であった。父の賀婁景賢《がろうけいけん》は、右衛大将軍となった。賀婁子幹は若いころより武勇に優れると有名だった。北周の武帝の時、初めて官に就いて司水上士となり、才能と経験に優れていると称賛された。小司水に累遷し、勤め励んだことによって、思安県子に封ぜられた。すぐに使持節・儀同大将軍を授かった。

大象の初年、軍器監を兼任し、それから秦州刺史に叙任され、爵位を思安県伯に進められた。

三州六鎮都將事、匈奴憚之、不敢窺塞。以病免。又除襄州總管、在職二年、轉蘭州總管。高祖遣涼州總管獨孤羅・原州總管元褒・靈州總管賀若誼等發卒備胡、皆受長儒節度。長儒率衆出祁連山北、西至蒲類海、無虜而還。復轉荊州總管三十六州諸軍事。高祖謂之曰「江陵要害、國之南門、今以委公、朕無慮也」。

歲餘、卒官。諡曰威。子暠、大業時官至太僕少卿。

賀婁子幹、字萬壽、本代人也。隨魏氏南遷、世居關右。祖道成、魏侍中・太子太傅。父景賢、右衛大將軍。子幹少以驍武知名。周武帝時、釋褐司水上士、稱爲強濟。累遷小司水、以勤勞、封思安縣子。俄授使持節・儀同大將軍。

大象初、領軍器監、尋除秦州刺史、進爵爲伯。

尉遅迥が反乱を起こすと、賀婁子幹は宇文司録《うぶんしろく》とともに韋孝寛《いこうかん》に従って討伐に出た。賊軍と遭遇して懐州で包囲されたが、賀婁子幹は宇文述《うぶんじゅつ》らと撃破した。高祖は大変喜んで「逆賊の尉遅迥めは、とるに足らぬ輩どもを遣わして、懐州で仇なした。公は命を受けて誅伐し、機に応じて賊を一掃し、賛嘆の声が上がっておるが、これは決して容易に出てくる話ではない。大丈夫たる者が富貴を得る時は、まさに今日であろう。よろしく功名を立て、朝廷の望みに沿うようにせよ」と書き記して送った。その後戦うごとに先陣を切り、鄴城を破った時には、崔弘度《さいこうたく》とともに尉遅迥を追って楼の上にまで登っている。位を上開府に進め、武川県公に封ぜられ、食邑は三千戸であり、以前の爵位である思安県伯によって子の賀婁皎《がろうこう》が封ぜられた。

開皇元年、爵位を鉅鹿郡公に進めた。その年、吐谷渾《とよくこん》が涼州を荒したので、賀婁子幹は行軍総管として上柱国の元諧《げんかい》がそれを撃つのに従い、功績は最も優れていたので、上は詔を下して褒め称えた。高祖は辺境の城塞がまだなお平穏でないことを憂慮して、賀婁子幹に命じて涼州に鎮守させた。

翌年、突厥が蘭州を荒すと、賀婁子幹は兵を率いてこれを拒もうとし、可洛峐山に到着すると、賊（突厥）と相遇した。賊軍は勢い盛んであったので、賀婁子幹は賊軍から川を隔てるように陣営を布いた。賊軍は水を得られぬまま数日経つと、人馬ともに大変疲弊したので、賀婁子幹は賊軍を思うがままに攻撃して大破した。

そこで上は賀婁子幹に冊書を授けて上大将軍とし、

ああ、朕の命を敬み聞け《つつし》。爾の器量は純真明朗であり、志情は強健果敢であり、武将を歴任し、功績が聞こえてきている。往年凶悪な突厥の侵攻がまだなお安

及尉迥作亂、子幹與宇文司錄從韋孝寬討之。遇賊圍懷州、子幹與宇文述等擊破之。高祖大悅、手書曰「逆賊尉迥、敢遣蟻衆、作寇懷州。公受命誅討、應機蕩滌、聞以嗟贊、不易可言。丈夫富貴之秋、正在今日。善建功名、以副朝望也」。其後每戰先登、及破鄴城、與崔弘度逐迥至樓上。進位上開府、封武川縣公、邑三千戶、以思安縣伯別封子皎。

開皇元年、進爵鉅鹿郡公。其年、吐谷渾寇涼州、子幹以行軍總管從上柱國元諧擊之、功最優、詔褒美。高祖慮邊塞未安、即令子幹鎮涼州。

明年、突厥寇蘭州、子幹率衆拒之、至可洛峐山、與賊相遇。賊衆甚盛、子幹阻川爲營。賊軍不得水數日、人馬甚斃、縱擊大破之。

於是冊授子幹爲上大將軍曰、

於戲、敬聽朕命。唯爾器量閑明、志情強果、任經武將、勤績有聞。往歲凶醜未寧、

んぜず、しばしば辺境を驚かせたため、領土を広げて乱を静めるに当たっては、まことに労苦をかけた。そのためこの恩典を重ね、この車服を加えるので、職務に欽《つつし》むのだ。祇《つつし》んでこの冊命を受けよ、慎しみ憚って辞退してはならぬ。

と言った。

召還されて営新都副監を授かり、そして工部尚書に任命された。その年、突厥がまた辺塞を攻撃したため、賀婁子幹は行軍総管として竇榮定《とうえいてい》が突厥を攻撃するのに従った。賀婁子幹は竇榮定と軍を別けて賊を敗り、首級は千余りに及んだため、高祖はこれを褒め称えて、通事舎人の曹威《そうい》を派遣して特別に詔を与えて賀婁子幹を労った。賀婁子幹が入朝を願うと、詔を下して駅馬車で来させて接見した。吐谷渾がまた辺郡を荒すと、西方の多くの地がその被害を受けたので、賀婁子幹に命じて吐谷渾を討伐させた。賀婁子幹は駅馬車で河西に至ると、五州の兵を徴発して、吐谷渾の国内に入って攻め侵し、男女一万人余りを殺し、二十日間して帰還した。高祖は隴西が幾度も侵攻されていることを、大変憂慮していた。隴西の風俗は村落を設けないものであったので、上は賀婁子幹に勅を下して隴西の民を管理して堡塁を築かせ、農業に従事して穀物を蓄えることで、不測の事態に備えさせようとした。

賀婁子幹が上書して、

このごろ凶賊が国境を侵して騒ぎを起こしていることに関しまして、これを掃滅することは、すぐに済むことです。どうか御懸念有りませぬよう、伏してお願い申し上げます。今臣はこの地にあって、機微を見定めて事を為しておりますれば、詔どおりに事を行うわけにも参りませぬ。また隴西・河西の地は、土

屢驚疆場、拓土靜亂、殊有厥勞。是用崇茲賞典、加此車服、往欽哉。祇承榮冊、可不慎歟。

徵授營新都副監、尋拜工部尚書。其年、突厥復犯塞、以行軍總管從竇榮定擊之。子幹別路破賊、斬首千餘級、高祖嘉之、遣通事舍人曹威齎優詔勞勉之。子幹請入朝、詔令馳驛奉見。吐谷渾復寇邊、西方多被其害、命子幹討之。馳驛至河西、發五州兵、入掠其國、殺男女萬餘口、二旬而還。高祖以隴西頻被寇掠、甚患之。彼俗不設村塢、勑子幹勒民爲堡、營田積穀、以備不虞。

子幹上書曰、

比者兇寇侵擾、蕩滅之期、匪朝伊夕。伏願聖慮、勿以爲懷。今臣在此、觀機而作、不得準詔行事。且隴西・河右、土曠民稀、邊境未寧、不可廣爲田種。比見屯田之所、

地が広く民が少ないため、国境沿いに安寧がもたらされるまでは、広範囲にわたって農事を行う事はできませぬ。開墾させている屯田を見ましても、収穫は少ないのに費やす労力は多く、労役に携わる者たちの仕事を無駄にし、さらには賊に略取されるめにあわせています。遠地の屯田につきましては、すべて取り止められますよう願います。ただし隴西の民は牧畜に従事しておりますので、もしこれらに群居させることになりますと、ますます平安を得ることができませぬ。ただ斥候を厳重に配備すればよいのであり、民や家畜を一箇所に集める必要はありません。なにとぞ要路要所に防守の兵備を加えられませ。ただ軍営を連接させ、互いに狼煙が見えるようにさえしておけば、民が散居していようとも、必ずや安堵を得られましょう。

と言うと、高祖はこれに従った。すぐさま突厥が岷・洮二州を荒したが、賀婁子幹が兵を整えて赴くと、それを聞いた賊（突厥）は逃げ去った。

高祖は賀婁子幹が辺境の事情に通暁していることから、楡関総管十鎮諸軍事を授けた。一年程して、雲州刺史に任命され、突厥には大変畏怖された。数年後、突厥の雍虞閭《ようぐりょ》が使者を派遣して降服を願いでて、同時に羊と馬を献上した。上は詔を下して賀婁子幹を行軍総管にすると、西北道から出て雍虞閭に応対させた。帰還すると、上は賀婁子幹を雲州総管に任命し、突厥が献上した馬百匹と羊千頭を下賜し、また手紙を与えて「公が国家の北門を守ってより、兵乱が起きておらぬ。突厥が献上した物は、そのまま公に下賜しよう」と言った。賀婁子幹が母の喪に服すために辞職すると、朝廷は楡関が重要な拠点であることから、賀婁子幹以外には務まらな

獲少費多、虚役人功、卒逢踐暴。屯田疎遠者、請皆廢省。但隴右之民以畜牧爲事、若更屯聚、彌不獲安。只可嚴謹斥候、豈容集人聚畜。請要路之所加其防守。但使鎭戍連接、烽候相望、民雖散居、必謂無慮。

高祖從之。俄而虜寇岷・洮二州、子幹勒兵赴之、賊聞而遁去。

高祖以子幹曉習邊事、授楡關總管十鎭諸軍事。歲餘、拜雲州刺史、甚爲虜所憚。後數年、突厥雍虞閭遣使請降、幷獻羊馬。詔以子幹爲行軍總管、出西北道應接之。還拜雲州總管、以突厥所獻馬百匹・羊千口以賜之、乃下書曰「自公守北門、風塵不警。突厥所獻、還以賜公」。母憂去職。朝廷以楡關重鎭、非子幹不可、尋起視事。

いと判断し、すぐに喪を明けさせて職務に就かせた。

十四年、病によって在官のまま没した。時に六十歳。高祖は長くその死を惜しみ悲しみ、縑千匹と米麦千斛を弔いに贈り、懐・魏等四州刺史を追贈し、諡号は懐といった。子の賀婁善柱《がろうぜんちゅう》が後を継ぎ、官は黔安太守に至った。

賀婁子幹の兄の賀婁詮《がろうせん》も、また才知と器量があり、官位は銀青光禄大夫、鄯・純・深三州の刺史、北地太守、東安郡公に至った。

史萬歳

史萬歳は、京兆《けいちょう》杜陵《とりょう》の人である。父の史静《しせい》は、北周の滄州刺史であった。史萬歳は幼いころから武芸に優れて、騎射に巧みで、勇猛で素早く飛ぶかのように動いた。兵書を読むことを好み、また占候《うらない》に精通していた。十五歳の時に、ちょうど北周と北斉が芒山で戦った。史萬歳は当時父に従って軍中にいたが、両軍の軍旗がたなびき太鼓が鳴り響いたところで、史萬歳は左右の者に命じて装備をまとめさせてその場から急いで立ち去った。すぐに北周の軍が大敗したので、父の史静は史萬歳を人並みではないと感じた。武帝の時、初めて官に就いて侍伯上士となった。北斉を平定した際、父の史静が戦没したので、史萬歳は忠臣の子として、開府儀同三司に任命され、太平県公の爵位を継承した。

尉遅迥が反乱を起こすと、史萬歳は梁士彦《りょうしげん》が尉遅迥を討つのに従った。軍が馮翊に宿営した時、雁の群が飛来するのが見えたので、史萬歳は梁士彦に「三羽目の雁を射落として見せましょう」と言った。史萬歳が射ると、弦音に応じて雁は落ち、

十四年、以病卒官。時年六十。高祖傷惜者久之、賻縑千匹・米麥千斛、贈懷・魏等四州刺史、謚曰懷。子善柱嗣、官至黔安太守。

子幹兄詮、亦有才器、位至銀青光祿大夫・鄯純深三州刺史・北地太守・東安郡公。


史萬歳、京兆杜陵人也。父靜、周滄州刺史。萬歳少英武、善騎射、驍捷若飛。好讀兵書、兼精占候。年十五、値周・齊戰於芒山。萬歳時從父入軍、旗鼓正相望、萬歳令左右趣治裝急去。俄而周師大敗、其父由是奇之。武帝時、釋褐侍伯上士。及平齊之役、其父戰沒、萬歳以忠臣子、拜開府儀同三司、襲爵太平縣公。

尉迥之亂也、萬歳從梁士彦擊之。軍次馮翊、見羣雁飛來、萬歳謂士彦曰「請射行中第三者」。既射之、應弦而落、三軍莫不悅

全軍がこれを喜びかつ敬服した。尉遅迥の軍と相遇すると、戦うごとに先陣を切り、鄴城の戦いでは、官軍がやや劣勢になった時、史萬歳は左右の者たちに「ここが正念場だ、俺が敵軍を破らねばならん」と言うや、馬を馳せて奮戦し、数十人を殺すと、兵士たちも力を合わせ、官軍は勢いを盛り返した。尉遅迥の乱が平定されると、戦功によって上大将軍に任命された。

爾朱勣《じしゅせき》が謀反によって誅殺されると、史萬歳はそれに深く関与していたため、連座して名を官簿から除かれ、敦煌に配流されて戍卒《じゅそつ》(国境の防衛兵)となった。そこの戍主《じゅしゅ》(防衛兵の長)は大変武勇に優れており、いつも単騎で突厥の支配域内に深く侵入して羊や馬を奪い取り、そのたびごとに大量に獲得していた。突厥はその数の多少を問わず、その戍主に対抗できる者がいなかった。その戍主は自尊心が強く、何度か史萬歳を罵り辱めた。史萬歳はそれを煩わしく思い、自分にも武才が有ると申し上げ、戍主が試しに騎射させてみると上手かったので、戍主は笑って「小僧もまあまあやるな」と言った。史萬歳は弓と馬を持たせてもらい、彼も突厥の地域内で略取して、家畜を大量に奪い帰還した。戍主はそこで初めて史萬歳を認め、つねに行動をともにして、突厥の地に数百里侵入し、その名は北夷に恐れられた。竇榮定が突厥を討ったとき、史萬歳はその陣中に行き自らも尽力したいと願い出た。竇榮定は何度も史萬歳の名を聞いていたので、彼を見て大いに喜び、人を突厥に派遣して「士卒に何の罪があって殺し合わせることができようか。互いに壮士一人を出して勝敗を決しようではないか」と言わせた。突厥はこれを許諾すると、騎兵一人を出して戦いを挑んだ。竇榮定が史萬歳を出して応戦させると、史萬歳は馬を馳せ

服。及與迥軍相遇、每戰先登、鄴城之陣、官軍稍却、萬歲謂左右曰「事急矣、吾當破之」、於是馳馬奮擊、殺數十人、衆亦齊力、官軍乃振。及迥平、以功拜上大將軍。

爾朱勣以謀反伏誅、萬歲頗相關涉、坐除名、配敦煌爲戍卒。其戍主甚驍武、每單騎深入突厥中、掠取羊馬、輒大剋獲。突厥無衆寡、莫之敢當。其人深自矜負、數罵辱萬歲。萬歲患之、自言亦有武用、戍主試令馳射而工、戍主笑曰「小人定可」。萬歲請弓馬、復掠突厥中、大得六畜而歸。戍主始善之、每與同行、輒入突厥數百里、名讋北夷。竇榮定之擊突厥也、萬歲詣轅門請自効。榮定數聞其名、見而大悅。因遣人謂突厥曰「士卒何罪過令殺之。但當各遣一壯士決勝負耳」。突厥許諾、因遣一騎挑戰。榮定遣萬歲出應之、萬歲馳斬其首而還。突厥大驚、不敢復戰、遂引軍而去。由是拜上儀同、領車騎將軍。平陳之役、又以功加上開府。

て相手の首を斬り落として帰還した。突厥は大いに驚き、再び戦おうとはせず、そのまま軍を退却させた。こうしたことから史萬歳は上儀同に任命され、車騎将軍を兼任した。陳を平定した時、また軍功によって上開府を加えられた。

高智慧《こうちけい》らが江南で乱を起こすと、行軍総管として楊素《ようそ》がそれを討つのに従った。史萬歳は二千の兵を率い、東陽から本隊とは別の道をとり、山を越え海を越え、数え切れないほどの賊の根城を攻め落とした。前後して七百回余り戦い、千里以上転戦したところで、連絡がはたと百日も途絶え、遠近となくみな史萬歳が死んだと思っていた。史萬歳は水路も陸路も絶えたため、連絡の使者を送れず、そこで報告書を竹筒の中に入れ、それを河川に流した。水を汲む者がそれを見つけて楊素に報告した。楊素は大変喜んで、その事を上奏した。高祖も感嘆して、史萬歳の家に銭十万を下賜し、史萬歳が帰還すると左領軍将軍に任命した。

史萬歳が帰還する前に、南寧の異民族の爨翫《さんがん》が隋に降服して、昆州刺史に任命されていたが、また叛乱を起こしていた。そこで史萬歳を行軍総管にして、兵を率いてこれを討たせた。史萬歳は蜻蛉川から進んで、弄凍《ろうとう》を通過して、小勃弄《しょうぼつろう》と大勃弄に宿営し、南中に到着した。賊軍は前後して要害の地に根城を築いていたが、史萬歳はこれらをすべて撃破した。軍を進めること数百里して、諸葛亮の紀功碑を見つけたが、その背面には「萬歳（一万年）の後、我に勝る者がここを通ろう」と銘文が刻まれていた。史萬歳は左右の者に命じてその碑を倒させてから軍を進めた。西二河を渡り、渠濫川に入り、千里余りを進み、その間に三十部余りの諸族を討ち破り、男女二万人以上を捕虜にした。諸族は大変恐れ、使者を派遣して隋に降ること

及高智慧等作亂江南、以行軍總管從楊素擊之。萬歲率衆二千、自東陽別道而進、踰嶺越海、攻陷溪洞不可勝數。前後七百餘戰、轉鬪千餘里、寂無聲問者十旬、遠近皆以萬歲爲沒。萬歲以水陸阻絕、信使不通、乃置書竹筒中、浮之於水。汲者得之、以言於素。素大悅、上其事。高祖嗟歎、賜其家錢十萬、還拜左領軍將軍。

先是、南寧夷爨翫來降、拜昆州刺史、既而復叛。遂以萬歲爲行軍總管、率衆擊之。入自蜻蛉川、經弄凍、次小勃弄・大勃弄、至于南中。賊前後屯據要害、萬歲皆擊破之。行數百里、見諸葛亮紀功碑、銘其背曰「萬歲之後、勝我者過此」。萬歲令左右倒其碑而進。渡西二河、入渠濫川、行千餘里、破其三十餘部、虜獲男女二萬餘口。諸夷大懼、遣使請降、獻明珠徑寸。於是勒石頌美隋德。

を願い、直径一寸ほどの明珠を献上した。そこで石に刻んで隋の徳を賛美した。史萬歳は使者を派遣して急ぎ上奏させ、爨翫をつれて入朝することを願い、上は詔を下してそれを許可した。爨翫は密かに二心を懐いており、入朝を願わず、史萬歳に金銀財宝を賄賂に贈ったので、そこで史萬歳は爨翫をそのままにして帰還した。蜀王の楊秀《ようしゅう》は当時益州にいて、史萬歳が賄賂を受け取ったことを知ると、使者を派遣してそれを求めようとした。史萬歳はそれを聞くと受け取った財宝をすべて川に沈め、蜀王の使者は何も得られなかった。史萬歳は軍功によって位を柱国に進めた。晋王の楊廣《ようこう》は身を屈して史萬歳を敬い、友と交わる礼儀によって接した。上は楊廣が史萬歳を認めていることを知ると、史萬歳に命じて晋王府の軍事を監督させた。

翌年、爨翫が再び反乱を起こすと、蜀王の楊秀は「史萬歳が賄賂を受け取って賊を自由にしたために、こうして辺境で憂患を引き起こすことになったのであり、史萬歳には大臣としての節義が無い」と上奏した。上がそのことを詳査させると、すべてその通りであり、死罪に相当した。上はこのことを責め立てて「金を受け取り賊を解き放したために、重ねて士馬を疲弊させることとなった。朕は将帥兵卒が露営の苦にさらされることを思うと、休むにも居心地が悪く、物を食べるにも味が分からぬが、卿はそれでも社稷の臣だと言えるのか」と言った。史萬歳は「臣が爨翫を南寧に留めたのは、その州に変事が起こることを恐れたからであり、彼を留めることで現地を鎮撫させようとしたのです。臣が帰還して瀘水にまで来たところで、詔書がやっと届いたので、そのために爨翫を連れて入朝できなかったのであり、本当に賄賂は受けておりません」と言ったが、上は史萬歳が隠し立てしていることを

萬歳遣使馳奏、請將翫入朝、詔許之。爨翫陰有二心、不欲詣闕、因賂萬歳以金寶、萬歳於是捨翫而還。蜀王時在益州、知其受賂、遣使將索之。萬歳聞而悉以所得金寶沉之於江、索無所獲。以功進位柱國。晉王廣虚衿敬之、待以交友之禮。上知爲所善、令萬歳督晉府軍事。

明年、爨翫復反、蜀王秀奏「萬歳受賂縱賊、致生邊患、無大臣節」。上令窮治其事、事皆驗、罪當死。上數之曰「受金放賊、重勞士馬。朕念將士暴露、寢不安席、食不甘味、卿豈社稷臣也」。萬歳曰「臣留爨翫者、恐其州有變、留以鎮撫。臣還至瀘水、詔書方到、由是不將入朝、實不受賂」。上以萬歳心有欺隱、大怒曰「朕以卿爲好人、何乃官高祿重、翻爲國賊也」。顧有司曰「明日將斬之」。萬歳懼而服罪、頓首請命。左僕射高熲・左衞大將軍元旻等進曰「史萬歳雄

察し、大いに怒って「朕は卿を善良な者と思っていたのに、どうして官位は高く俸禄は重くなって、かえって国賊となってしまうのだ」と言い、有司を顧みて「明日こやつを斬れ」と言った。史萬歳は恐懼して罪に服し、頓首して助命を願った。左僕射の高熲《こうけい》と左衛大将軍の元旻《げんびん》らが進み出て「史萬歳の優れた軍略は余人の及ぶものではなく、兵を用いて差配するごとに、みずから士卒に先んじて進まぬことはなく、兵士への安撫と統制にも優れ、将兵は心から楽しんで力を尽くしており、古の名将であっても彼には及ぶことができません」と言うと、上の心も少しやわらぎ、そこで史萬歳の名を官簿から除いて民とした。

一年程して、史萬歳の官爵をもとにもどした。そして河州刺史に任命し、また行軍総管を兼任させて北方を守備させた。

開皇の末年、突厥の達頭可汗《たつとうかがん》が辺塞を攻めたので、上は晋王の楊廣と楊素に命じて霊武道から軍を出し、漢王の楊諒《ようりょう》と史萬歳に馬邑道から軍を出させた。史萬歳は柱国の張定和《ちょうていか》・大将軍の李藥王《りやくおう》・楊義臣《ようぎしん》らを率いて辺塞を出て、大斤山まで着くと、突厥と遭遇した。達頭可汗は使者を出して隋軍に「隋の将は誰か」と問わせた。斥候の騎兵は「史萬歳だ」と答えた。突厥の使者がまた「敦煌の戍卒だった者ではなかろうな」と問うと、斥候の騎兵は「そうだ」と言った。達頭可汗はそれを聞くと、恐懼して退却した。史萬歳は騎馬で百里余り追って追いつくと、攻撃して大いに破り、首級数千を斬り落とし、さらに追撃して北行し砂漠に数百里入ったが、突厥が逃げ切ったので帰還した。楊素は史萬歳のこの功績を憎み、そこで史萬歳を誹謗して「突厥はもともと降服しようとしており、はじめから仇なすことなく、辺塞の近

略過人、毎行兵用師之處、未嘗不身先士卒、尤善撫御、將士樂爲致力、雖古名將未能過也」、上意少解、於是除名爲民。

歲餘、復官爵。尋拜河州刺史、復領行軍總管以備胡。

開皇末、突厥達頭可汗犯塞、上令晉王廣及楊素出靈武道、漢王諒與萬歲出馬邑道。萬歲率柱國張定和・大將軍李藥王・楊義臣等出塞、至大斤山、與虜相遇。達頭遣使問曰「隋將爲誰」。候騎報「史萬歲也」。突厥復問曰「得非敦煌戍卒乎」。候騎曰「是也」。達頭聞之、懼而引去。萬歲馳追百餘里乃及、擊大破之、斬數千級、逐北入磧數百里、虜遁逃而還。楊素害其功、因譖萬歲云「突厥本降、初不爲寇、來於塞上畜牧耳」。遂寢

くまで来て牧畜していただけでした」と言った。こうして史萬歳の功績は沙汰止みとなった。史萬歳は幾度も上表文を掲げて陳状したが、上は事実に気づかなかった。ちょうど上は仁寿宮から京師に帰還して、皇太子を廃位し、その徒党を一網打尽にしようとしていた。上が史萬歳の所在を問うと、本当は朝堂にいたのに、楊素は上が怒り出しそうなのを見て取ると、「萬歳は皇太子に謁見しております」と言って、上の怒りに油を注いだ。上はこれを信じられることだと思い、史萬歳を召喚させた。この時史萬歳が率いていた兵卒で朝廷に冤罪を訴えている者は数百人いたが、史萬歳は彼らに「私は今日お前たちのためにも上にはっきりと申し上げるので、このたびの事は決着が着こう」と言った。史萬歳は上に拝謁すると、将兵には功績が有るのに、朝廷に抑圧されていることを言った。その語気は怒りを露わにしたものであり、上に逆らう態度だった。上は大いに怒り、左右の者に命じて史萬歳を打ち殺させることにした。

すぐに後悔したが、もう間に合わなかったので、そこで詔を下して史萬歳の罪を責め、柱国・太平公の史萬歳は、抜擢されて信任を受け、つねに軍事を統括していた。以前に南寧に反乱が起きた際、史萬歳にその討伐を命じた。しかし昆州刺史の爨翫は反逆の心を包み隠し、民の憂患を引き起こした。朕は勅書を用意して、史萬歳に命じて爨翫を連れて入朝させようとした。しかし史萬歳は多くの金銀を賄に受け、勅命に違反して、爨翫にさらに反乱を起こさせてしまい、あらためて軍旅に労苦をかけることで、ようやく平定することができた。所司の調査によれば、史萬歳の罪は極刑に相当したが、その過失を見過ごしてその功績を

其功。萬歳數抗表陳狀、上未之悟。會上從仁壽宮初還京師、廢皇太子、窮東宮黨與。上問萬歳所在、萬歳實在朝堂、楊素見上方怒、因曰「萬歳謁東宮矣」、以激怒上。上謂爲信然、令召萬歳。時所將士卒在朝稱寃者數百人、萬歳謂之曰「吾今日爲汝極言於上、事當決矣」。既見上、言將士有功、爲朝廷所抑。詞氣憤厲、忤於上。上大怒、令左右搒殺之。

既而悔、追之不及、因下詔罪萬歳曰、柱國・太平公萬歳、拔擢委任、每總戎機。往以南寧逆亂、令其出討。而昆州刺史爨翫包藏逆心、爲民興患。朕備有成勑、令將入朝。萬歳乃多受金銀、違勑令住、致爨翫尋爲反逆、更勞師旅、方始平定。所司檢校、罪合極刑、捨過念功、恕其性命、年月未久、即復本官。近復總戎、進

思うことで、その生命を慈しみ、年月がまだ経たぬ内に、本の官位へともどしたのだ。先頃また軍を率いて、兵を進めて突厥を討伐した。突厥の達頭可汗はその凶悪な兵を率いて、隋に抵抗しようとしたが、隋軍の威勢を見ると、たちどころに逃げ去り、兵器が血に濡れることなく、賊徒は瓦解した。こうしたことは勝利と呼べ、国家の慶事であって、朕もその功績を認め、また褒賞を加えようと思っていた。それを史萬歳と張定和は軍功を報告する日になってから、邪悪な思いを懐き、突厥が反旗を翻したために兵を交えたと偽り、真実を明らかにせず、真逆の方策を用い、国家の法を弄んだ。もし忠心を尽くして義節を立て、心に虚妄が無い者がいれば、それは良将であろうが、史萬歳のような者となっては、心に虚偽を懐いたまま功績を求めており、つまりこれは国賊である。朝廷の法は損なえず、二度も赦すことはできぬ。

と言った。

史萬歳が死んだ日、天下の士となく庶民となくそれを聞いた者は、史萬歳と面識がある者も無い者も、みなその死を恨み惜しんだ。

史萬歳は将軍となると、陣営や隊伍を整えず、士卒にも好きなようにさせ、夜の警備もさせなかったが、突厥もまた攻撃しようとしなかった。戦陣に在って敵に向かうと、その対応変化するさまには定法が無く、良将と呼ばれていた。子に史懐義《しかいぎ》がいる。

討蕃裔。突厥達頭可汗領其兇衆、欲相拒抗、既見軍威、便即奔退、兵不血刃、賊徒瓦解。如此稱捷、國家盛事、朕欲成其勳庸、復加褒賞。而萬歳・定和通簿之日、乃懷姦詐、妄稱逆面交兵、不以實陳、懷反覆之方、弄國家之法。若竭誠立節、心無虛罔者、乃爲良將、至如萬歳、懷詐要功、便是國賊。朝憲難虧、不可再捨。

死之日、天下士庶聞者、識與不識、莫不寃惜之。

萬歳爲將、不治營伍、令士卒各隨所安、無警夜之備、虜亦不敢犯。臨陣對敵、應變無方、號爲良將。有子懷義。

劉方（附・馮昱、王擶、李充、楊武通、陳永貴、房兆）

劉方《りゅうほう》は、京兆長安《ちょうあん》の人である。意志が強く決断力があり、胆力も優れていた。北周に仕えて承御上士となり、ついで戦功によって上儀同に任命された。高祖が丞相になると、劉方は韋孝寛に従って尉遅迥を相州で破り、その功績によって開府を加えられ、河陰県侯の爵位を賜り、食邑は八百戸であった。高祖が禅譲を受けると、爵位を進めて河陰県公となった。

開皇三年、衛王の楊爽《ようそう》に従って突厥を白道で破り、位を大将軍に進めた。その後、甘州・瓜州の刺史を歴任したが、まだその名は知られていなかった。

仁寿年間、交州の俚人の李佛子《りふつし》は反乱を起こすと、越王の故城を拠点とし、その兄の子の李大權《りだいけん》を龍編城に派遣して拠点とさせ、別帥の李普鼎《りふてい》に烏延城を拠点とさせた。左僕射の楊素が劉方に将帥の知略があることを言上したので、上はそこで劉方に詔を下して交州道行軍総管とし、度支侍郎の敬徳亮《けいとくりょう》をその長史とし、二十七営の兵を統制して進軍させた。劉方は軍法を厳粛に用い、軍容は整っており、禁を犯す者がいれば、そのつど斬り捨てたが、仁愛によって兵士を慈しみ、病気になった者がいれば、みずから看病した。長史の敬徳亮は従軍して尹州に着いたところで、病が重くなり、それ以上進むことができなくなったので、劉方は彼を尹州の公館に留めることにした。別れの際、劉方は敬徳亮の危篤を悲しむと、咽び泣き、道行く人までをも感動させた。劉方はこのように威厳と慈恵を具えていたので、事を論ずる者たちは彼を良将と称賛した。都隆嶺まで来ると、賊兵二千人余りが官軍を攻撃しに来たのと遭遇したが、劉方は営主の宋纂《そうさん》・何貴《かき》・嚴願《げんがん》らにそれを撃破させた。

劉方、京兆長安人也。性剛決、有膽氣。仕周承御上士、尋以戰功拜上儀同。高祖爲丞相、方從韋孝寬破尉迥於相州、以功加開府、賜爵河陰縣侯、邑八百戶。高祖受禪、進爵爲公。

開皇三年、從衞王爽破突厥於白道、進位大將軍。其後、歷甘・瓜二州刺史、尚未知名。

仁壽中、會交州俚人李佛子作亂、據越王故城、遣其兄子大權據龍編城、其別帥李普鼎據烏延城。左僕射楊素言方有將帥之略、上於是詔方爲交州道行軍總管、以度支侍郎敬德亮爲長史、統二十七營而進。方法令嚴肅、軍容齊整、有犯禁者、造次斬之、然仁而愛士、有疾病者、親自撫養。長史敬德亮從軍至尹州、疾甚、不能進、留之州館。分別之際、方哀其危篤、流涕嗚咽、感動行路。其有威惠如此、論者稱爲良將。至都隆嶺、遇賊二千餘人來犯官軍、方遣營主宋纂・何貴・嚴願等擊破之。進兵臨佛子、先令人諭

兵を李佛子の拠点にまで進め、先ず人をやって禍福に至るところを説き聞かせると、李佛子は恐れおののいて降伏したので、京師まで護送させた。李佛子の徒党で凶悪な者は、後に反乱を起こす恐れがあるので、すべて斬り殺した。

すぐに驩州道行軍総管を授かり、尚書右丞の李綱《りこう》を司馬として、林邑の平定を命じられた。劉方は欽州刺史の甯長眞《ねいちょうしん》・驩州刺史の李暈《りうん》・上開府の秦雄《しんゆう》には歩兵と騎兵を率いて越常に軍を出させ、みずからは大将軍の張愻《ちょうそん》・司馬の李綱と水軍を率いて比景に向かった。高祖が崩御し、煬帝が即位し、大業元年正月、劉方の軍は海口まで到着した。林邑王の梵志《ぼんし》は兵を派遣して険要の地を守らせたが、劉方はそれらを攻撃して敗走させた。劉方の軍が闍黎江に宿営すると、賊（林邑）軍はその南岸を拠点にして柵を立てたが、劉方が旗印をたくさん並べて、金鐘や太鼓をしきりに打ち鳴らすと、賊軍は恐れて潰散した。劉方が闍黎江を渡り、三十里行くと、賊軍は巨象に乗って、四方から押し寄せた。劉方が弩で象を射ると、象は矢に当たって傷つき、かえって賊軍の陣を蹂躙した。隋軍も力戦したので、賊は柵塁まで逃げ走ったが、それも攻め破り、数万人を生け捕りにした。そこで区粟から川を渡り、六里を通過し、前後して賊に遭遇したが、戦うごとにすべて生け捕りにした。軍を進めて大縁江まで来ると、賊は険要の地を頼って柵塁を設けていたが、これもまた撃破した。後漢の馬援《ばえん》が建てた銅柱を通過し、南に行くこと八日、林邑の国都に到着した。林邑王の梵志は城を捨てて海に逃げたので、林邑の廟に祀られていた金属像を鹵獲し、その宮殿を荒らし、石に功績を刻んでから帰還した。士卒の脚は腫れ、死者は四、五割に上った。

以禍福、佛子懼而降、送於京師。其有桀黠者、恐於後爲亂、皆斬之。

尋授驩州道行軍總管、以尚書右丞李綱爲司馬、經略林邑。方遣欽州刺史甯長眞・驩州刺史李暈・上開府秦雄以歩騎出越常、方親率大將軍張愻・司馬李綱舟師趣比景。高祖崩、煬帝即位、大業元年正月、軍至海口。林邑王梵志遣兵守險、方擊走之。師次闍黎江、賊據南岸立柵、方盛陳旗幟、擊金鼓、賊懼而潰。既渡江、行三十里、賊乘巨象、四面而至。方以弩射象、象中瘡、却蹂其陣。王師力戰、賊奔於柵、因攻破之、俘馘萬計。於是濟區粟、度六里、前後逢賊、每戰必擒。進至大緣江、賊據險爲柵、又擊破之。逕馬援銅柱、南行八日、至其國都。林邑王梵志棄城奔海、獲其廟主金人、汙其宮室、刻石紀功而還。士卒脚腫、死者十四五。

劉方も帰路病にかかって没した。帝は彼の死を大変悼み惜しむと、詔を下して、

劉方は粛んで朝廷の軍略を承け、恭しく天の討伐を代行し、靫《うつぼ》の蓋で水を飲みながらも軍を進めるさまは、険難の地も平地であるかのようだった。機先を制して突き進んでは、敵の不意を突き、鯨のごとき巨悪はみな死に、その巣窟もすべて打ち壊したので、民は二度と兵役に身を尽くすことがなく、海外を粛清したのである。劉方はその身を王事に殉じ、その忠義は称揚すべきものを積み重ねた。上柱国・盧国公を追贈せよ。

と言った。子の劉通仁《りゅうつうじん》が後を嗣いだ。

開皇年間には、馮昱《ふういく》・王摽《おうひょう》・李充《りじゅう》・楊武通《ようぶつう》・陳永貴《ちんえいき》・房兆《ぼうちょう》もおり、いずれも辺塞の守将となって、当時に名を知られていた。馮昱と王摽は、ともにどこの人なのか分からない。

馮昱は、軍略に優れ、武芸も秀でていた。高祖が丞相となった時、行軍総管として王誼《おうぎ》・李威《りい》らと叛乱を起こした蛮夷を討伐させ、平定した後に、柱国に任命された。開皇の初年、また行軍総管として乙弗泊に駐屯して北方に備えた。突厥数万騎が来て隋軍を包囲し、馮昱は何日も力戦したが、衆寡敵せず、とうとう突厥に敗れた。隋は兵士数千人を失ったが、それ以上に突厥を殺した。その後、数年間辺塞を防備し、戦う度に必ず大勝した。

王摽は、勇敢で弓射に優れ、高祖は彼に将帥の才能があることから、つねに行軍総管として兵を江北に駐屯させ、陳からの攻撃に備えた。しばしば功績があり、陳人から恐れられた。陳を討伐した際、高智慧が反乱を起こすと、それを攻め撃った

方在道遇患而卒。帝甚傷惜之、乃下詔曰、

方肅承廟略、恭行天討、飲冰遄邁、視險若夷。摧鋒直指、出其不意、鯨鯢盡殪、巢穴咸傾、役不再勞、肅清海外。致身王事、誠績可嘉。可贈上柱國・盧國公。

子通仁嗣。

開皇時、有馮昱・王摽・李充・楊武通・陳永貴・房兆、俱爲邊將、名顯當時。昱・摽、並不知何許人也。

昱、多權略、有武藝。高祖初爲丞相、以行軍總管與王誼・李威等討叛蠻、平之、拜柱國。開皇初、又以行軍總管屯乙弗泊以備胡。突厥數萬騎來掩之、昱力戰累日、衆寡不敵、竟爲虜所敗。亡失數千人、殺虜亦過當。其後、備邊數年、每戰常大克捷。

摽、驍勇善射、高祖以其有將帥才、每以行軍總管屯兵江北、禦陳寇。數有戰功、爲陳人所憚。伐陳之役、及高智慧反、攻討皆

ときにはいつも優れた功績を上げた。官は柱国・白水郡公に至った。

李充は、隴西成紀の人である。若いころから気概があり、知略に優れた。開皇年間、いくども行軍総管となって突厥を攻撃して功績があり、官は上柱国・武陽郡公に至り、朔州総管に任命され、大変威名があり、突厥から恐れられた。後に謀反を起こそうとしていると讒言され、京師に召還されると、上は李充を譴責した。李充は剛直な性格だったので、そのまま憂憤して没した。

楊武通は、弘農華陰の人であり、性は果敢で剛毅な性格をしており、騎射に巧みだった。しばしば行軍総管として西南夷を討伐し、いつも功績があったので、白水郡公に封ぜられ、左武衛大将軍に任命された。当時、党項羌《とうこうきょう》が何度も国境沿いを荒らしていたので、朝廷は楊武通に威名があることから、岷・蘭二州総管を歴任させることで国境沿いを鎮守させた。後に周法尚《しゅうほうしょう》と嘉州の叛乱した獠族を討伐した際、周法尚の軍ははじめ不利で、楊武通は数千人を率いていたが、賊軍に帰路を断たれた。楊武通はそこで険阻な地を抜けて、賊の不意に出て、くりかえし戦っては撃ち破った。賊は楊武通が孤立無援であることに気付くと、部族総出で押し寄せた。楊武通は数百里を転戦したが、賊に拒まれ、四方の道を絶たれ、軽装の騎馬で接戦したが、落馬してしまい、賊に捕らえられると、殺されて食われた。

陳永貴は、隴右の胡人であり、本姓は白氏といった。勇敢で節義を守ることによって名を知られていた。高祖は大変彼を親愛し、何度も行軍総管として辺境に鎮守させたが、陳永貴は戦うたびに必ず単騎で敵陣を落としていた。官は柱国、蘭・利二州総管に至り、北陳郡公に封ぜられた。

有殊績。官至柱國・白水郡公。

充、隴西成紀人也。少慷慨、有英略。開皇中、頻以行軍總管擊突厥有功、官至上柱國・武陽郡公、拜朔州總管、甚有威名、爲虜所憚。後有人譖其謀反、徵還京師、上譴怒之。充性素剛、遂憂憤而卒。

武通、弘農華陰人、性果烈、善馳射。數以行軍總管討西南夷、每有功、封白水郡公、拜左武衛大將軍。時、党項羌屢爲邊患、朝廷以其有威名、歷岷・蘭二州總管以鎮之。後與周法尚討嘉州叛獠、法尚軍初不利、武通率數千人、爲賊斷其歸路。武通於是束馬懸車、出賊不意、頻戰破之。賊知其孤軍無援、傾部落而至。武通轉鬭數百里、爲賊所拒、四面路絶、武通輕騎接戰、墜馬、爲賊所執、殺而噉之。

永貴、隴右胡人也、本姓白氏。以勇烈知名。高祖甚親愛之、數以行軍總管鎮邊、每戰必單騎陷陣。官至柱國・蘭利二州總管、封北陳郡公。

房兆は、代の人であり、本姓は屋引氏という。剛毅な性格で武略を備えていた。しばしば行軍総管となって北方を撃ち、その功績によって官は柱国・徐州総管に至った。

これら馮昱・王撝・李充・楊武通・陳永貴・房兆については、いずれも史官がその記録を失ってしまった。

史臣の言葉。

達奚長儒らは髪を結ぶほどの年齢で兵革のことに従い、いずれも勇猛果敢な才略を有し、軍旅を統制し、それぞれ敵からの国辱を防ぐ武臣としての功績を思う存分に上げていた。達奚長儒は歩兵二千を率いて、十万の敵に対抗し、軍はぼろぼろになり矢も射尽くしたが、その勇気がますます激しくなったのは、壮士であると言えよう。賀婁子幹が西は青海を渡り、北は長城に臨むと、夷狄が恐れ懼って、その来寇を告げる狼煙が上がらなくなったことも、また賞賛すべきものがある。史萬歳はまことに智勇を懐き、よく士卒を慰撫したので、人々はみな死ぬのを楽しむかのように戦い、その軍は疲弊しなかった。北は匈奴を退却させ、南は夷・獠を平定し、彼の矛先が向かえば、その威勢は辺境の地を驚かせた。論功行賞にも気概を貫き、貴臣の意に逆らってしまったため、邪悪な心によって一方的な主張が信じられたのであって、彼の死はその罪によるものではなく、人々がみな傷み惜しんだことは、漢の飛将軍李広に似ていよう。劉方の号令には私心が無く、軍を厳粛に治め、林邑を

兆、代人也、本姓屋引氏。剛毅有武略。頻爲行軍總管擊胡、以功官至柱國・徐州總管。

並史失其事。

史臣曰、

長儒等結髪從戎、俱有驍雄之略、總統師旅、各擅禦侮之功。長儒以步卒二千、抗十萬之虜、師殲矢盡、勇氣彌厲、壯哉。子幹西涉青海、北臨玄塞、胡夷慴憚、烽候無警、亦有可稱。萬歲實懷智勇、善撫士卒、人皆樂死、師不疲勞。北却匈奴、南平夷・獠、兵鋒所指、威驚絕域。論功杖氣、犯忤貴臣、偏聽生姦、死非其罪、人皆痛惜、有李廣之風焉。劉方號令無私、治軍嚴肅、克剪林邑、遂清南海、徼外百蠻、無思不服。凡此諸將、志烈過人、出當推轂之重、入受爪牙之

誅伐し、そのまま南海を掃き清めたので、南方の城外の蛮族たちは、誰もが隋への服従を思ったのである。これらの諸将は、志の熾烈さが人よりも優れ、都の外に出れば大事の重任を担い、都に入れば勇士としての信認を受けていた。後漢の伏波将軍馬援の威勢は南方に轟き、前漢の蒲類将軍趙充国の名声は西羌を動かしたものの、その事蹟を語りその功績を論じるのであれば、それらはほんの一時のものに過ぎないのだ。

（附・來護兒）

來護兒は、字は崇善、江都の人である。幼い頃から人より抜きん出ており、優れた節操を立てようとしていた。初めて『詩経《しきょう》』を読んだ時、邶風の撃鼓の詩の「太鼓を打つ音が鳴り響き、飛び跳ねるように兵を用いる」、鄭風の羔裘の詩の「子羊の皮衣に豹の縁飾り、武勇に優れ力有り」までくると、書物を捨てて感歎し「大丈夫たるもの今生に生を受けてはかくありたいものだ。国のために賊を滅ぼして功名を立てるべきであって、どうしてちまちまといつまでも野良仕事などしていられようか」と言った。仲間たちはその言葉を聞くと驚いて彼の志を立派なものだと感じた。

來護兒が住んでいる白土村は、長江の岸に近接していた。当時、江南はまだ守りが堅く、賀若弼は寿州に鎮護すると、つねに來護兒に命じて間諜させていた。大都督の位を授かった。陳を平定する際にも、功績が有ったので、位を上開府に進めた。來護兒は楊素に従い浙江で賊の高智慧を攻撃した。その時賊が岸に沿って張った陣営は、百数里に及んでおり、またその船艦は長江を覆わんばかりの数であり、太鼓

寄。雖馬伏波之威行南裔、趙充國之聲動西羌、語事論功、各一時也。

來護兒、字崇善、江都人也。幼而卓詭、好立奇節。初讀詩、至「擊鼓其鏜、踊躍用兵」、「羔裘豹飾、孔武有力」、捨書而歎曰「大丈夫在世當如是。會爲國滅賊以取功名、安能區區久事隴畝」。羣輩驚其言而壯其志。

護兒所住白土村、密邇江岸。于時、江南尚阻、賀若弼之鎮壽州也、常令護兒爲間諜。授大都督。平陳之役、護兒有功焉、進位上開府。從楊素擊高智慧于浙江。而賊據岸爲營、周亘百餘里、船艦被江、鼓譟而進。素

を打ち鳴らして進軍して来た。楊素は來護兒に命じて数百の小舟を率いてすぐさま長江の岸を登らせ、賊の陣営を直接攻撃して破らせた。この時、賊は軍を進めて楊素と戦っていたが勝てず、帰るにも場所が無く、そのまま潰散してしまった。高智慧は海に逃げようとし、來護兒はそれを泉州まで追い、高智慧は追い詰められて、さらに閩・越にまで遁走した。來護兒は位を大将軍に進められ、泉州刺史に叙任された。その時、高智慧の残党の盛道延が兵を擁して反乱を起こし、州境を騒がせていたので、來護兒は進撃して盛道延を破った。また來護兒は、蒲山公の李寛に従って婺州の賊である汪文進を黟県・歙県の地で破り、位を柱国に進めた。

　仁寿三年、瀛州刺史に叙任され、黄県公の爵位を賜り、封邑は三千戸であった。すぐに上柱国を加えられ、右禦衛将軍に叙任された。

　煬帝が帝位に即くと、右驍衛大将軍に遷任され、帝は彼を大変重用した。大業六年、上が江都に行幸するのに従った時、上は來護兒に反物千段を下賜し、祖先の墓を祀らせ、郷里の父老に宴席を設けさせたので、故郷の人々はこれを栄誉なことだとした。数年後、右翊衛大将軍に転任した。

　遼東征伐の際、來護兒は楼船を率いて滄海道に向かい、浿水を遡って平壌から六十里のところで、高麗の軍と対峙した。進撃して高麗軍を大破すると、勝ちに乗じてそのまま平壌城下にまで至り、その外城を破壊した。そこで軍の兵士に思う存分に掠奪を行わせたので、徐々に隊伍が乱れた。高麗王の高元の弟の高建武が決死隊五百人を募って迎え撃ってきたので、來護兒は退却して、海辺に陣営を布き、機会を待つことにした。その後、宇文述らが敗れたことを知り、そのまま軍を帰還させた。

令護兒率數百輕艓徑登江岸、直掩其營破之。時、賊前與素戰不勝、歸無所據、因而潰散。智慧將逃于海、護兒追至泉州、智慧窮蹙、遁走閩・越。進位大將軍、除泉州刺史。時、有盛道延擁兵作亂、侵擾州境、護兒進擊破之。又、從蒲山公李寬破汪文進於黟・歙、進位柱國。

　仁壽三年、除瀛州刺史、賜爵黃縣公、邑三千戶。尋加上柱國、除右禦衞將軍。

　煬帝即位、遷右驍衞大將軍、帝甚親重之。大業六年、從駕江都、賜物千段、令上先人冢、宴父老、州里榮之。數歲、轉右翊衞大將軍。

　遼東之役、護兒率樓船、指滄海、入自浿水、去平壤六十里、與高麗相遇。進擊大破之、乘勝直造城下、破其郛郭。於是縱軍大掠、稍失部伍。高元弟建武募敢死士五百人邀擊之。護兒因却、屯營海浦、以待期會。後、知宇文述等敗、遂班師。

翌年、また滄海道から軍を出し、東萊に宿営していると、たまたま楊玄感が黎陽で反乱を起こし、その軍を進めて鞏・洛にまで迫っていたので、來護兒は兵を整えて宇文述らとともに楊玄感を撃ち破った。栄国公に封ぜられ、封邑は二千戸であった。

十年、また軍を率いて海を度り、卑奢城まで来ると、高麗は国中の兵士を率いてきて戦ったが、來護兒はそれを大いに破り、首級は千余りに及んだ。來護兒が軍を平壌に向けようとした時、高元は震えんばかりに恐懼し、使者を派遣して隨の叛臣の斛斯政を捕らえさせ、遼東城の外まで赴き、降伏を請願する上表をした。煬帝はこの降伏を許可し、符節を持たせた人を派遣して來護兒へ軍を帰還させるようにと詔を下した。來護兒は軍の人々を集めて「三度出兵し、まだ賊を平定することができぬ。ここで帰還すれば、また来ることはできまい。いま高麗は疲弊しており、野に草一本残さぬほど食糧に窮している。我が軍を率いて戦えば、一日もかからずに勝てよう。俺は兵を進めて、すぐに平壌城を包囲し、賊の主を生け捕り、戦勝を奉じて帰ろうと思う」と言うと、使者への返答として軍を進めることを上表し、詔を受け取ろうとしなかった。長史の崔君肅《さいくんしゅく》が強く反対したが、來護兒は意思を曲げずに、「賊がすでに敗れたのであれば、すべて宰相に任せて采配して頂こう。しかし俺はいま将軍として外におるのだから、事はすべて自分で決めるべきで、どうして千里の彼方の朝廷から指図を受けて物事を決め、ちょっとした間にどうにかして機会を失い、苦労したが戦功が無いというのを、それは仕方の無いことだとできようか。おれはそれよりも賊を征伐して高元めを生け捕り、帰還してからお叱りを受けようと思う。この功績をみすみす捨ててしまうのは、俺にはできぬことだ」と言っ

明年、又出滄海道、師次東萊、會楊玄感作逆黎陽、進逼鞏・洛、護兒勒兵與宇文述等擊破之。封榮國公、邑二千戶。

十年、又帥師度海、至卑奢城、高麗舉國來戰、護兒大破之、斬首千餘級。將趣平壤、高元震懼、遣使執叛臣斛斯政、詣遼東城下、上表請降。帝許之、遣人持節詔護兒旋師。護兒集衆曰「三度出兵、未能平賊。此還也、不可重來。今高麗困弊、野無青草。以我衆戰、不日剋之。吾欲進兵、徑圍平壤、取其偽主、獻捷而歸」、答表請行、不肯奉詔。長史崔君肅固爭、不許、護兒曰「賊勢破矣、專以相任、自足辦之。吾在閫外、事合專決、豈容千里稟聽成規、俄頃之間、動失機會、勞而無功、故其宜也。吾寧征得高元、還而獲譴。捨此成功、所不能矣」。君肅告衆曰「若從元帥、違拒詔書、必當聞奏、皆獲罪也」。諸將懼、盡勸還、方始奉詔。

た。崔君肅が将兵らに告げて「もし元帥に従って、詔書に違犯すれば、必ずその事を上奏され、みな罪を得ることになろう」と言うと、諸将は恐れ、みなで帰還を勧めたので、來護兒はようやく詔を受け取った。

　十三年、左翊衛大将軍に転任し、位を開府儀同三司に進め、信任はますます親密となり、前後して受けた賞賜は数え切れないほどであった。江都で煬帝が弑殺された時、來護兒は宇文化及に恐れられて殺害された。

　來護兒の長男の來楷《らいかい》は、父の軍功によって散騎郎・朝散大夫を授った。來楷の弟の來弘《らいこう》は、隋に仕えて官位は果毅郎将・金紫光禄大夫に至った。來弘の弟の來整《らいせい》は、虎賁郎将・右光禄大夫となった。來整が最も勇猛で、兵士を上手く治め、盗賊たちを討伐すると、向う所すべて勝った。賊たちは彼を大変懼り恐れ、そのために歌を作って「長白山を根城に百の戦場で、十十五五と長槍の隊列を組み、十万の官軍も恐くはないが、ただ恐ろしきは栄国公の第六郎」と言った。宇文化及《うぶんかきゅう》が反乱を起こすと、來整ら兄弟はみな殺害されたが、ただ下の弟の來恒《らいこう》と來濟《らいせい》のみが難を免れた。

　十三年、轉爲左翊衞大將軍、進位開府儀同三司、任委逾密、前後賞賜不可勝計。江都之難、宇文化及忌而害之。

　長子楷、以父軍功授散騎郎・朝散大夫。楷弟弘、仕至果毅郎將・金紫光祿大夫。弘弟整、武賁郎將・右光祿大夫。整尤驍勇、善撫士衆、討擊羣盜、所向皆捷。諸賊甚憚之、爲作歌曰「長白山頭百戰場、十十五五把長槍、不畏官軍十萬衆、只畏榮公第六郎」。化及反、皆遇害、唯少子恒・濟獲免。

第八章　宇文述・郭衍――煬帝立太子の立役者

宇文述（附・雲定興）

宇文述《うぶんじゅつ》は、字は伯通《はくつう》、代郡武川《だいぐんぶせん》の人である。本姓は破野頭《はやとう》であり、鮮卑の宇文部の俟豆帰《しいとうき》に臣従していた部族であったが、後にその主人に従って宇文氏となった。父の宇文盛《うぶんせい》は、北周の上柱国であった。宇文述は幼い頃から血気盛んで、弓術や馬術を嗜んだ。十一歳の時、人相見が宇文述に「公子よどうぞご自愛下さい、いずれ位人臣を極めましょうから」と言った。北周の武帝（宇文邕《うぶんよう》）の時、父の軍功によって、起家して開府に任命された。宇文述は慎み深く落ち着きながらも抜けめがない性格だったため、北周の大冢宰の宇文護《うぶんご》は彼を大変寵愛し、官職はそのままに自身の親信兵も兼務させた。武帝が自ら政務を総覧するようになると、召し出されて左宮伯となり、英果中大夫に累遷し、博陵郡公の爵位を賜り、すぐに濮陽郡公に改封された。

高祖が北周の丞相となり、尉遅迥《うっちけい》が相州で反乱を起こすと、宇文述は行軍総管となって歩騎三千を率い、韋孝寛《いこうかん》に従って尉遅迥を撃った。隋の軍が河陽に到着すると、尉遅迥は武将の李儁《りしゅん》を派遣して懐州を攻めさせ、宇文述は別動隊となって李儁の軍を撃破した。また諸将と尉遅惇《うっちとん》を永橋で攻撃し、宇文述は先鋒となって敵陣を

【原文】

宇文述、字伯通、代郡武川人也。本姓破野頭、役屬鮮卑俟豆歸、後從其主爲宇文氏。父盛、周上柱國。述少驍鋭、便弓馬。年十一時、有相者謂述曰「公子善自愛、後當位極人臣」。周武帝時、以父軍功、起家拜開府。述性恭謹沈密、周大冢宰宇文護甚愛之、以本官領護親信。及帝親總萬機、召爲左宮伯、累遷英果中大夫、賜爵博陵郡公、尋改封濮陽郡公。

高祖爲丞相、尉迥作亂相州、述以行軍總管率歩騎三千、從韋孝寛擊之。軍至河陽、迥遣將李儁攻懷州、述別擊儁軍破之。又與諸將擊尉惇於永橋、述先鋒陷陣、俘馘甚衆。

陥落させ、生け捕りにした者や殺して切り取った耳が大変多かった。尉遲迥の反乱を平定するのに、宇文述は毎戦功績が有り、柱国を飛び超えて上柱国に任命され、爵位を褒国公に進め、縑三千匹を賜った。

開皇年間の初め、右衛大将軍に任命された。陳を平定する際、宇文述は再び行軍総管となって兵三万を率い、六合から長江を渡った。その時、韓擒虎《かんきんこ》と賀若弼《がじゃくひつ》の両軍が丹陽に向かっていたので、宇文述は軍を進めて石頭に拠点を築くことで、韓擒虎と賀若弼を支援した。陳主（陳叔寶《ちんしゅくほう》）が捕らえられても、蕭瓛《しょうかん》と蕭巖《しょうがん》が東呉の地域を拠点として、兵を保持して固く守った。宇文述は行軍総管の元契《げんせつ》と張默言《ちょうもくげん》らを従えて蕭瓛らを討とうとし、水陸両路から軍を進めた。落叢公の燕榮《えんえい》も水軍を率いて海上から向かい、宇文述の指示を受けた。

上は宇文述に詔を下して、

公には偉大なる功績があり、その名誉は高く声望も重んじられ、奉国の誠忠あることは、つとにその全てが知れわたっている。金陵に割拠した陳賊はすでに清蕩されたものの、呉や会稽の地は東に遙か遠ければ、蕭巖と蕭瓛がともにそこを占拠してしまった。公は軍旅を率いてかの地を慰撫し、隋の国威を宣揚して朝廷の政教と風化を布き広めよ。公の優れた知略によって勝ちに乗じてかの地向かい、風のごとく軍を進めて電のごとく賊をなぎ払えば、かの地の者は自然と公に敬服するであろう。兵器を用いることを無くし、百姓に安寧を得させたく思うが、その朕の思いを助けるのは公の力である。

と言った。

平尉迥、毎戰有功、超拜上柱國、進爵褒國公、賜縑三千匹。

開皇初、拜右衛大將軍。平陳之役、復以行軍總管率衆三萬、自六合而濟。時韓擒・賀若弼兩軍趣丹陽、述進據石頭、以爲聲援。陳主既擒、而蕭瓛・蕭巖據東吳之地、擁兵拒守。述領行軍總管元契・張默言等討之、水陸兼進。落叢公燕榮以舟師自海至、亦受述節度。

上下詔曰、

公鴻勳大業、名高望重、奉國之誠、久所知悉。金陵之寇、既已清蕩、而吳・會之地、東路爲遙、蕭巖・蕭瓛、並在其處。公率將戎旅、撫慰彼方、振揚國威、宣布朝化。以公明略、乘勝而往、風行電掃、自當稽服。若使干戈不用、黎庶獲安、方副朕懷、公之力也。

陳の永新侯の陳君範《ちんくんはん》が晋陵から蕭瓛のもとに身を寄せ、軍勢を合せた。宇文述の軍が到着しようとするのを見て、蕭瓛は恐れ、晋陵城の東に柵を立てて水路も断ち、兵を留めて宇文述の進軍を拒もうとした。また蕭瓛は義興から太湖に入り、宇文述の後方を囲もうと謀った。宇文述は軍を進めてその柵を破壊し、兵を廻らせて蕭瓛を攻撃して大いにこれを敗り、蕭瓛の司馬の曹勒叉《そうろくさ》を斬った。宇文述が軍を進めて呉州も陥落させると、蕭瓛は敗残兵を率いて包山を保持しようとしたが、燕榮がこれを撃破した。宇文述が進軍して奉公埭まで来ると、蕭巖と陳君範らは会稽を率いて降伏することを請い願った。宇文述がこれを許すと、蕭巖と陳君範の二人は道の傍らで両腕を後ろ手に縛って降伏し、呉と会稽の地域は全て平定された。この功績によって宇文述の一子を開府に任命し、反物三千段を賜い、安州総管に任命した。

当時、晋王の楊廣は揚州に鎮守しており、宇文述に大変好意的で、彼を自分の手近に置こうと思い、そのために上奏して宇文述を寿州刺史総管とさせた。晋王はこの時、皇太子の位を奪う考えを密かに懐いており、その計略を宇文述に求めると、宇文述は「皇太子が寵愛を失って大分経ちますし、その徳行も天下に聞こえておりません。大王の仁孝は賞賛されており、その才能も世に比類無いもので、幾度も大軍を率いられ、多大な功績が有ります。主上は皇后とともに大王へ寵愛を傾けておられますし、天下の名望もまことに大王の身に集まっております。しかしながら太子の廃立というものは国家の大事であり、人の父子や親族の間柄のことはなんとも窺い知りにくいものです。そこで主上のお気持ちを変えることができる者がいるとすれば、それはただ楊素《ようそ》だけでしょうし、楊素がともに謀略を練る者は、その弟の

陳永新侯陳君範自晉陵奔瓛、幷軍合勢。見述軍且至、瓛懼、立柵於晉陵城東、又絕塘道、留兵拒述。瓛自義興入太湖、圖掩述後。述進破其柵、廻兵擊瓛大敗之、斬瓛司馬曹勒叉。前軍復陷吳州、瓛以餘衆保包山、燕榮擊破之。述進至奉公埭、蕭巖・陳君範等以會稽請降。述許之、二人面縛路左、吳・會悉平。以功拜一子開府、賜物三千段、拜安州總管。

時、晉王廣鎭揚州、甚善於述、欲述近己、因奏爲壽州刺史總管。王時陰有奪宗之志、請計於述、述曰「皇太子失愛已久、令德不聞於天下。大王仁孝著稱、才能蓋世、數經將領、深有大功。主上之與内宮咸所鍾愛、四海之望實歸於大王。然廢立者國家之大事、處人父子骨肉之間誠非易謀也。然能移主上者、唯楊素耳、素之謀者、唯其弟約。述雅知約、請朝京師與約相見、共圖廢立」。晉王大悅、多齎金寶、資述入關。述

楊約《ようやく》だけです。述は平素より楊約を存じておりますゆえ、どうか私を京師に参朝させて楊約と会わせ、ともに太子の廃立を計画させて下さい」と言った。晋王は大変喜び、宇文述に多くの金銀財宝を持たせて、便宜を図って京師に行かせた。宇文述は楊約を何度も招待し、多くの宝物を並べておきながら楊約と酒を飲んで楽しみ、そのまま賭け事をするといつもわざと負けて、楊廣から持たされた金銀財宝はすべて楊約に渡してしまった。楊約は多くの品物を手に入れたことに気づくと、次第に宇文述へ謝意を述べるようになった。宇文述はそこで「これらは晋王から賜ったものであり、述に命じて公を楽しませられたのだ」と言った。楊約は大変驚いて「どういうことだ」と言った。宇文述がそこで晋王のために真意を話すと、楊約はそのことに同意して、帰宅すると楊素に伝え、楊素もまた晋王の意思に従った。こうして楊素は常に宇文述と太子の廃立について謀略を重ねた。晋王の宇文述への好意はますます親密なものとなり、宇文述の息子の宇文士及《うぶんしきゅう》に命じて南陽公主と娶せ、前後に賜与した褒賞は数え切れないほどであった。晋王が皇太子になると、宇文述を左衛率とした。旧来の官令では、率官は第四品であったが、上は宇文述の位がもともと高かったことから、率官の官品を進めて第三品とした。宇文述はこれほどに尊重されていた。

煬帝が帝位を嗣ぐと、宇文述は左衛大将軍に任命され、封爵は許国公に改められた。大業三年、開府儀同三司を加えられ、冬至に拝朝する時には鼓吹一部を給った。上が楡林に行幸するのに従った。その時、鉄勒の契弊歌稜《けいへいかりょう》が吐谷渾《とよくこん》を攻め破り、吐谷渾の部族は離散したので、吐谷渾は隋に使者を派遣して投降と救援を願い求めた。

數請約、盛陳器玩與之酣暢、因而共博每佯不勝、所齎金寶盡輸之。約所得既多、稍以謝述。述因曰「此晉王之賜、令述與公爲歡樂耳」。約大驚曰「何爲者」。述因爲王申意、約然其說、退言於素、素亦從之。於是素每與述謀事。晉王與述情好益密、命述子士及尚南陽公主、前後賞賜不可勝計。及晉王爲皇太子、以述爲左衛率。舊令、率官第四品、上以述素貴、遂進率品爲第三。其見重如此。

煬帝嗣位、拜左衛大將軍、改封許國公。大業三年、加開府儀同三司、每冬正朝會輒給鼓吹一部。從幸楡林、時鐵勒契弊歌稜攻敗吐谷渾、其部攜散、遂遣使請降求救。

帝は宇文述に命を下して兵を率いて西平の臨羌城に駐屯させ、投降して帰順する者たちを慰撫して収容させた。吐谷渾は宇文述が強兵を率いているのを見ると、恐れて隋へ投降することができず、そのまま西に遁走した。宇文述は鷹揚郎将の梁元《りょうげん》禮《れい》・張峻《ちょうしゅん》・崔師《さいし》らを率いて吐谷渾を追い、曼頭城に着くとそれを攻め落とし、三千余りの首級を挙げた。その勝利の勢いに乗って赤水城まで来るとそこも攻め落とした。吐谷渾の残党は敗走して丘尼川に集まったので、宇文述は軍を進めて攻撃し、大いに敵を打ち破り、その王公・尚書・将軍ら二百人を捕らえ、前後して男女四千口を捕虜として帰還した。吐谷渾の君主は南行して雪山に逃げたので、その旧支配地域はもぬけの殻となった。帝は大変喜んだ。

その明年（五年）、帝の西方への行幸に従った。巡幸して金山に行ったり、燕支山に登ったりした際には、いつも宇文述が斥候を務めた。この時吐谷渾の賊がまた張《ちょう》掖《えき》を荒したので、軍を進め攻撃して賊を敗走させた。東都に帰還した後に江都宮に行幸すると、上は宇文述に勅命を下して蘇威《そい》とともに常に官員の選挙を司らせ、朝政に参与させた。

この時宇文述は位が高く重用され、上に信任されることは蘇威と同等であり、親愛されることは蘇威よりも勝っていた。帝は遠方の貢献や四時の珍味を得ると、そのつど宇文述に分け与え、宮中からの使者は宇文述の邸宅までの道中に顔を合わすほど頻繁に派遣されていた。宇文述は巧みに上に侍り、その立ち振る舞いや、媚び諂った挙動は、宿衛の者みなが真似をした。また工芸を好み、宇文述が装飾したものは、どれも人々の想像を超えていた。たびたび斬新な衣服や珍妙な器物を宮中に

帝令述以兵屯西平之臨羌城、撫納降附。吐谷渾見述擁強兵、懼不敢降、遂西遁。述領鷹揚郎將梁元禮・張峻・崔師等追之、至曼頭城、攻拔之、斬三千餘級。乘勝至赤水城復拔之。其餘黨赱屯丘尼川、述進擊、大破之、獲其王公・尚書・將軍二百人、前後虜男女四千口而還。渾主南走雪山、其故地皆空。帝大悅。

明年、從帝西幸。巡至金山、登燕支、述每爲斥候。時渾賊復寇張掖、進擊走之。還至江都宮、勑述與蘇威常典選擧、參預朝政。

述時貴重、委任與蘇威等、其親愛則過之。帝所得遠方貢獻及四時口味、輒見班賜、中使相望於道。述善於供奉、俯仰折旋、容止便辟、宿衞者咸取則焉。又有巧思、凡有所裝飾、皆出人意表。數以奇服異物進獻宮掖、由是帝彌悅焉。時述貴倖、言無不從、勢傾

献上したので、帝はますますそれを喜んだ。当時の宇文述が受けた寵愛は、その発言には従わぬ者がおらず、その権勢は朝廷の議論を動かすほどのものだった。左衛将軍の張瑾《ちょうきん》は宇文述と官職を列ねていたが、かつて朝廷で評議が有った際、たまたま意見が一致しなかったため、宇文述が目を見張って張瑾を叱咤すると、張瑾は恐れてその場から逃げ去ってしまい、文武百官は誰一人として宇文述に反対する意見を出せなかった。しかしながら宇文述の性格は欲深く卑しいものであり、人が珍しい物を持っていると知ると、必ずその人に要求してそれを手に入れた。宇文述は大商人や隴西の異民族たちの子弟に対しては、誰にでも恩情をかけて接し、彼らを「児」と呼んだ。そのため彼らは競うようにして宇文述へ贈り物を届け、それらの金銀財宝が積み上げられた。宇文述の邸宅の後庭には薄い綾絹で着飾った女官が数百人、童僕は千余人、いずれも良馬を操り、黄金や珠玉を身に帯びていた。宇文述が受けた寵愛と待遇は、当時にならぶ者がいなかった。

　高麗を征伐する時、宇文述は扶餘道軍の大将となった。軍を出立させる際、帝は宇文述に『礼記《らいき》』の曲礼《きょくらい》によれば、七十歳以上の者が労役に向かう時は婦人を従えて行くとあるので、公も家族を従えて行かれよ。古より婦人を軍に入れてはならぬと言うが、それは戦闘に臨む時のことを言っているに過ぎない。陣営に到着するまでの間であれば、なにも問題は無かろう。項籍《こうせき》の虞美人《ぐびじん》とは、まさにこうしたことの故事である」と言った。宇文述が九軍と鴨緑水に到着すると、兵糧が尽きたので、軍を帰還させようかと評議した。諸将はみな意見が異なり、宇文述もまた帝の意思を計りかねていた。たまたま高麗の臣である乙支文徳《いつしぶんとく》が宇文述の陣営に来訪

朝廷。左衛將軍張瑾與述連官、嘗有評議、偶不中意、述張目叱之、瑾惶懼而走、文武百僚莫敢違忤。然性貪鄙、知人有珍異之物、必求取之。富商大賈及隴右諸胡子弟、述皆接以恩意、呼之爲兒。由是競加餽遺、金寶累積。後庭曳羅綺者數百、家僮千餘人、皆控良馬、被服金玉。述之寵遇、當時莫與爲比。

及征高麗、述爲扶餘道軍將。臨發、帝謂述曰「禮、七十者行役以婦人從、公宜以家累自隨。古稱婦人不入軍、謂臨戰時耳。至於營壘之間、無所傷也。項籍虞姬、即其故事」。述與九軍至鴨綠水、糧盡、議欲班師。諸將皆異同、述又不測帝意。會乙支文德來詣其營。述先與于仲文俱奉密旨、令誘執文德。既而緩縱文德逃歸。語在仲文傳。述內

した。以前より宇文述は于仲文《うちゅうぶん》とともに上の密命を受けていたため、于仲文と誘い合わせて乙支文徳を捕らえようとしたが、上手くいかずに逃げ帰られてしまった。この話は于仲文伝に記されている。宇文述は内心不安に駆られ、そのまま諸将と鴨緑水を渡って乙支文徳を追った。この時乙支文徳は宇文述の軍中に飢えに苦しむ様子を見て取り、宇文述の兵を疲れさせようと、戦うたびに敗走した。宇文述は一日の内に七回戦ってすべて勝つと、その連戦連勝の勢いを頼りとし、また軍内では将たちの議論に逼られたので、そのまま軍を進めて東行して薩水を渡り、平壌城から三十里離れた所に、山に沿って陣営を布いた。乙支文徳はまた使者を派遣して詐って降伏しようとし、宇文述に「もし軍を還してくれたら、高元を引き連れて行在所まで朝見しに参ります」と言った。宇文述は兵卒が疲弊しているためもう戦うことはできず、また平壌城は堅固であるため攻めにくいと考えていたので、ついに乙支文徳に騙されて軍を帰還させることにした。隋の軍が半分ほど薩水を渡ると賊軍（高麗）が隋の後軍を攻撃し、そのため兵士が潰走することを止められず、九軍すべて敗績し、一昼夜かけて鴨緑水までたどり着いたが、その距離は四百五十里であった。当初、遼水を渡った隋の九軍は三十万五千人であったが、遼東城まで帰還できたのは、たったの二千七百人だけであった。帝は激怒して、宇文述らを獄吏に処置させた。東都に帰還すると、宇文述の名を官簿から除いて民とした。

　明年、帝が遼東に親征することになると、宇文述の官爵を戻し、もとのように待遇した。宇文述は親征に従って遼東に行き、将軍の楊義臣《ようぎしん》と兵を率いて再び鴨緑水に臨んだ。たまたま楊玄感《ようげんかん》が反乱を起こしたので、帝は宇文述を召し出して軍を還

不自安、遂與諸將渡水追之。時文徳見述軍中多飢色、欲疲述衆、毎鬭便北。述一日之中七戰皆捷、既恃驟勝、又内逼羣議、於是遂進東濟薩水、去平壤城三十里、因山爲營。文徳復遣使僞降、請述曰「若旋師者、當奉高元朝行在所」。述見士卒疲敝、不可復戰、又平壤嶮固、卒難致力、遂因其詐而還。衆半濟、賊擊後軍、於是大潰不可禁止、九軍敗績、一日一夜、還至鴨綠水、行四百五十里。初、渡遼九軍三十萬五千人、及還至遼東城、唯二千七百人。帝大怒、以述等屬吏。至東都、除名爲民。

明年、帝有事遼東、復述官爵、待之如初。從至遼東、與將軍楊義臣率兵復臨鴨綠水。會楊玄感作亂、帝召述班師、令馳驛赴河陽、

させ、駅馬車で河陽まで行かせ、諸郡の兵を徴発して楊玄感を討伐させた。この時、楊玄感は東都まで逼っていたが、宇文述の軍が到着しそうだと聞くと、恐れて西方に遁走し、関中を手に入れようとした。宇文述と刑部尚書の衛玄《えいげん》、左禦衛将軍の來護兒、武衛将軍の屈突通《くつとつつう》らがそれを追った。河南郡の閿郷の皇天原まで来て、楊玄感に追いついた。宇文述は來護兒と陣を並べて楊玄感の前軍に当たり、屈突通に兵を率いて後軍を奇襲させ、大いに撃ち破ると、そのまま楊玄感を斬って首級を行在所に送った。反物数千段を賜った。

再び東征に従ったが、懐遠鎮に到着すると高麗が降伏したので帰還した。

突厥が雁門城を包囲した時、帝は恐懼していたが、宇文述は包囲を破って撃って出ることを願った。樊子蓋《はんしがい》が強く諫めて許さなかったので、帝もそうしなかった。包囲が解かれると、帝の車駕は太原に到着し、多くの者が帝に議奏して京師に帰還することを勧めたが、帝は難色を示した。そこで宇文述は「付き従っている官吏の妻子の多くは東都にいますので、順路洛陽に向かうには、潼関から黄河を渡ればよろしいかと思われます」と上奏した。帝はそれに従った。この年、東都に到着すると、宇文述はまた帝の意思を察して、江都に行幸することを勧めたので、帝は大変喜んだ。

宇文述は江都で病に臥し、宮中からの使者が頻繁に派遣され、帝も自ら見舞いに行こうとしたが、群臣が強く諫めたので取り止めた。そこで司宮の魏氏《ぎし》を派遣して宇文述に「きっと万一の事態ともなろうが、何か言いのこしたいことはあるか」と質問させた。宇文述の二人の子、宇文化及と宇文智及《うぶんちきゅう》は、この時ともに罪を得て家

發諸郡兵以討玄感。時、玄感逼東都、聞述軍將至、懼而西遁、將圖關中。述與刑部尚書衛玄・左禦衛將軍來護兒・武衛將軍屈突通等躡之。至閿郷皇天原、與玄感相及。述與來護兒列陣當其前、遣屈突通以奇兵擊其後、大破之、遂斬玄感、傳首行在所。賜物數千段。

復從東征、至懷遠而還。

突厥之圍雁門、帝懼、述請潰圍而出。樊子蓋固諫不可、帝乃止。及圍解、車駕次太原、議者多勸帝還京師、帝有難色。述因奏曰「從官妻子多在東都、便道向洛陽、自潼關而入可也」。帝從之。是歲、至東都、述又觀望帝意、勸幸江都、帝大悅。

述於江都遇疾、中使相望、帝將親臨視之、羣臣苦諫乃止。遂遣司宮魏氏問述曰「必有不諱、欲何所言」。述二子化及・智及、時並得罪於家、述因奏曰「化及臣之長子、早

に奴隷として預けられていたため、宇文述は「化及は臣の長子であり、陛下が晋王であられた頃からお目にかかっております。願わくは陛下がこの者に憐れみをお示し下されんことを」と上奏した。帝はこれを聞くと涙を流しながら「儂は忘れぬぞ」と言った。宇文述が薨去すると、帝はそのために朝廷を休止させ、司徒・尚書令・十郡太守の官位を追贈し、班剣四十人、轀輬車、前後部鼓吹を贈った。諡は恭といった。帝は黄門侍郎の裴矩に命じて、宇文述を祭祀するのに太牢を用いさせ、鴻臚監に喪事を執り行わせた。子の宇文化及については、別に伝が有る。

雲定興《うんていこう》という者は、宇文述に取り入っていた。当初、雲定興の娘は皇太子の楊勇《ようゆう》の昭訓となったが、楊勇が太子の位を廃されると、名を官簿から除かれてその身は少府に預けられた。雲定興は前もって雲昭訓の宝珠や帳を入手しておき、それを密かに宇文述への賄賂として贈ったことから、雲定興と宇文述はしばしば交遊するようになった。雲定興は時節ごとに必ず賄賂を贈り、それとともに音楽によって宇文述の信任を求めた。宇文述はもともと斬新な衣服を着て、時の人々に見せつけることを好んでいた。雲定興はそのために馬の韉《したぐら》を作製し、後方の角の三寸四方の染めや装飾を欠き抜くことで、素材の革の地の白色を露出させた。世間の軽薄な者たちは争うようにしてこれを真似、それを許公欠勢と呼んだ。また、たまたま寒い日に会った際、雲定興が「宮中での宿衛の折りには、きっと耳が冷えるでしょう」と言うと、宇文述は「そうだな」と答えた。そこで袷の頭巾を作製し、耳を深く袙《つつ》めるようにした。宇文述はまたこれを真似して、許公袙勢《きょこうばっせい》と名づけた。宇文述は大変に喜んで「雲兄が作った物は、必ず風俗を変えることができる。私は『孝経《こうきょう》』に作事法《のっと》る

預藩邸。願陛下哀憐之」。帝聞泫然曰「吾不忘也」。及薨、帝爲之廢朝、贈司徒・尚書令・十郡太守、班劍四十人、轀輬車、前後部鼓吹。謚曰恭。帝令黄門侍郎裴矩、祭以太牢、鴻臚監護喪事。子化及、別有傳。

雲定興者、附會於述。初、定興女爲皇太子勇昭訓、及勇廢、除名配少府。定興先得昭訓明珠絡帳、私賂於述、自是數共交遊。定興每時節必有賂遺、并以音樂干述。述素好著奇服、炫耀時人。定興爲製馬韉、於後角上缺方三寸、以露白色。世輕薄者爭放學之、謂爲許公缺勢。又遇天寒、定興曰「入内宿衞、必當耳冷」。述曰「然」。乃製裌頭巾、令深袙耳。又學之、名爲許公袙勢。述大悦曰「雲兄所作、必能變俗。我聞作事可法、故不虛也」。後、帝將事四夷、大造兵器、述薦之、因勑少府工匠並取其節度。述欲爲之求官、謂定興曰「兄所製器仗並合

べしと有るのを聞いたことがあったが、まことにその通りなのだな」と言った。その後、煬帝が四方の異民族を征伐するために、大々的に兵器を製造しようとした時、宇文述が雲定興を推挙したので、上は少府の工匠に勅命を下してすべて雲定興の指図に従わせた。宇文述は雲定興のために官職を求めようと思っていたが、雲定興に「貴兄の製造した兵器はすべて上の御心に適っているが、それでも官職を頂戴できないのは、長寧王（楊儼《ようげん》）兄弟がまだ死んでいないからだ」と言った。雲定興は「あれは無用の物だというのに、どうして陛下に殺すようお勧めしないのです」と言った。宇文述はそこで「房陵王（楊勇）の諸子は、いずれも年齢が成人に達しております。今兵を動かして四方を征伐されるのでしたら、仮に彼らを上の車駕に従わせましても、いざという時の守りが難しくなります。また仮にどこか一箇所に勾留しておくというのも、思うによろしくありません。どのみち使い道がないのですから、どうか早々にご処分下さいますように」と上奏した。帝はこの意見に従い、長寧王の楊儼を毒殺し、その弟七人を嶺南の各地方へ配流し、さらに密使を派遣してすべて道中で殺させた。

大業五年、大規模な軍備の検閲が行われ、帝は兵器を褒めて出色のできであるとした。宇文述は「すべて雲定興の功績です」と上奏した。そこで雲定興を抜擢して少府丞を授けた。ついで何稠《かちょう》に代わって少府少監とし、衛尉少卿に転任して、左禦衛将軍に遷任したが、なおも少府の事を司った。

十一年、左屯衛大将軍を授けられた。宇文述が推挙した者は、すべて大官に至った。趙行樞《ちょうこうすう》は太常に配属された楽戸であったが、家の財産は数億もあり、宇文述は

上心、而不得官者、爲長寧兄弟猶未死耳」。定興曰「此無用物、何不勸上殺之」。述因奏曰「房陵諸子、年並成立。今欲動兵征討、若將從駕、則守掌爲難。若留一處、又恐不可。進退無用、請早處分」。帝從之、因鴆殺長寧、又遣以下七弟分配嶺表、仍遣間使於路盡殺之。

五年、大閲軍實、帝稱甲仗爲佳。述奏曰「並雲定興之功也」。擢授少府丞。尋代何稠爲少監、轉衛尉少卿、遷左禦衛將軍、仍知少府事。

十一年、授左屯衛大將軍。凡述所薦達、皆至大官。趙行樞以太常樂戸、家財億計、

彼を児と呼び、多くの賄賂を受け取っていた。宇文述が彼の勇猛さを褒めそやすと、起家して折衝郎将になった。

郭衍

郭衍《かくえん》は、字は彦文《げんぶん》という。太原介休《たいげんかいきゅう》の人であると自称した。父の郭崇《かくすう》は舎人の身分で北魏の孝武帝（元脩《げんしゅう》）の関中入りに従い、その後、官は侍中に至った。郭衍は幼いころから勇猛で、騎射に巧みだった。北周の陳王の宇文純《うぶんじゅん》が引き立てて側近くに仕えさせ、郭衍は官を累遷して大都督となった。当時、北斉はまだ平定されておらず、郭衍は詔を奉じて天水で人を募り、東の国境沿いに鎮守しようとし、有志千家余りを集め、陝城に駐屯した。使持節・車騎大将軍・儀同三司に任命された。北斉が国境を荒しに来るたびに、郭衍は配下の兵を率いて防禦し、一年の間に何回も戦勝を報告した。斉人に大変恐れられ、陳王はますます郭衍を信任した。

建徳年間、北周の武帝（宇文邕《うぶんよう》）が雲陽に行幸すると、郭衍は行在所に拝朝した。当時、朝議は北斉を討伐しようと考えていたので、郭衍は願いでて前鋒となった。河陰城を攻め、儀同大将軍を授かった。武帝は晋州を包囲すると、北斉の兵が救援に来ることを考慮して、郭衍に命じて陳王に従い千里径を守らせた。又、武帝に従って斉主（高緯《こうい》）と晋州で大戦し、敗走する北斉軍を追って高壁で撃ち敗った。さらに并州を平定するのに従い、軍功によって官位を加えられて開府を授かり、武強県公に封ぜられ、食邑は一千二百戸となり、姓として叱羅《しつら》氏を下賜された。

宣政元年、右中軍熊渠中大夫となった。

述謂爲兒、多受其賄。稱其驍勇、起家爲折衝郎將。

郭衍、字彦文、自云太原介休人也。父崇以舍人從魏武帝入關、其後官至侍中。衍少驍武、善騎射。周陳王純引爲左右、累遷大都督。時、齊氏未平、衍奉詔於天水募人、以鎮東境、得樂徙千餘家、屯於陜城。拜使持節・車騎大將軍・儀同三司。毎有寇至、輒率所領禦之、一歳數告捷。頗爲齊人所憚。王益親任之。

建德中、周武帝出幸雲陽、衍朝於行所。時、議欲伐齊、衍請爲前鋒。攻河陰城、授儀同大將軍。武帝圍晉州、慮齊兵來援、令衍從陳王守千里徑。又、從武帝與齊主大戰於晉州、追齊師至高壁敗之。仍從平幷州、以功加授開府、封武強縣公、邑一千二百戶、賜姓叱羅氏。

宣政元年、爲右中軍熊渠中大夫。

尉遅迥《うっちけい》が反乱を起こすと、韋孝寛《いこうかん》に従って武陟で戦い、また進軍して相州で戦った。それ以前に、尉遅迥は弟の子の尉遅勤《うっちきん》を派遣して青州総管としていたので、尉遅勤は青州や旧北斉地域の兵を率いて尉遅迥の救援に来ていた。尉遅迥が敗北すると、尉遅勤と尉遅迥の子の尉遅惇《うっちとん》・尉遅祐《うっちゆう》らは東行して青州に逃げのびようと考えた。郭衍は精鋭一千騎を率いて、尉遅勤らを追うとこれを撃ち破り、尉遅祐を敵陣で捕らえた。尉遅勤はそのまま逃走し、尉遅惇もまた落ちのびた。叱羅衍《しつらえん》は済州に到着すると、入城して拠点とし、また尉遅氏の残党を済北で攻撃し、度重なる戦闘によって撃ち破ると、彼らを捕らえて京師に送った。柱国を超えて上柱国を授かり、武山郡公に封ぜられ、褒賞は反物七千段であった。高祖に、周室の諸王を殺し、早期に禅譲を行うことを内々に勧めた。このことから大変親愛された。

開皇元年、勅を下して旧姓にもどして郭氏とさせた。突厥が辺塞を攻撃したので、郭衍を行軍総管とし、兵を率いて平涼に駐屯させた。数年間、突厥は国境を越えなかった。召し出されて開漕渠大監となった。治水の工人を統率し、渠を掘って渭水の水を引き込み、大興城の北を経由して、東行して潼関に至らせること、四百里余りの水路となった。関内の民はこの水路に頼るようになり、富民渠と名付けた。

五年、瀛州刺史を授かったが、秋の長雨と大水があり、その属県の多くが水没し、民はみな高い樹木に登るか、大きな墳墓に避難した。郭衍はみずから船や栰を準備して、すべての民に食料を配給して救済し、民の多くの者が命を救われた。郭衍は先に役所の穀物倉庫を開放して民に施し、その後になってから倉庫を開放したことを上に上奏した。上はこのことを大変褒め称え、特に選び抜いて朔州総管を授けた。

尉迥之起逆、從韋孝寬戰於武陟、進戰於相州。先是、迥遣弟子勤爲青州總管、率青・齊之衆來助迥。迥敗、勤與迥子惇・祐等欲東奔青州。衍將精騎一千、追破之、執祐於陣。勤遂遁走、而惇亦逃逸。衍至濟州、入據其城、又擊其餘黨於濟北、累戰破之、執送京師。超授上柱國、封武山郡公、賞物七千段。密勸高祖殺周室諸王、早行禪代。由是大被親昵。

開皇元年、勑復舊姓爲郭氏。突厥犯塞、以衍爲行軍總管、領兵屯於平涼。數歲、虜不入。徵爲開漕渠大監。部率水工、鑿渠引渭水、經大興城北、東至于潼關、漕運四百餘里。關內賴之、名之曰富民渠。

五年、授瀛州刺史、遇秋霖大水、其屬縣多漂沒、民皆上高樹、依大冢。衍親備船栰、幷齎糧拯救之、民多獲濟。衍先開倉賑卹、後始聞奏。上大善之、選授朔州總管。所部有恒安鎮、北接蕃境、常勞轉運。衍乃選沃

朔州は管轄内に恒安鎮が有り、その北は突厥と国境を接していたため、つねにそこへの穀物の運搬に苦労していた。そこで郭衍は肥沃な土地を選ぶと、屯田を設置し、毎年粟一万石余りが収穫されたので、民は穀物の運搬の苦労から解放された。又、桑乾鎮を築いた。これらはみな上の意思に適っていた。

十年、晋王の楊廣に従って外任に出て揚州に鎮守した。江東の反乱が起こると、郭衍に命じて総管とし、精鋭一万人を率いて先に京口へ駐屯させた。貴洲の南で賊と戦って敗ると、賊の首魁を生け捕りにし、多数の舟や糧食を獲得し、それによって自軍の軍備を補充した。そして東陽・永嘉・宣城・黟・歙の賊の根城を討伐し、すべて平定した。蔣州刺史を授かった。

郭衍は目下の者へ接するときは傲慢であり、目上の者に仕えるときには媚び諂った。晋王は彼を親愛し、宴席を盛んに設けて手厚く品物を賜与した。洪州総管に遷任した。晋王には皇太子の位を奪う陰謀が有り、郭衍を腹の底から信用し、宇文述を派遣して本心を告げさせた。郭衍は大いに喜んで「もし計画の通りことが運べば、王は自然と皇太子となれましょう。もし上手くいかなくとも、その時には淮南に割拠して、梁・陳の旧支配地域を復興させればよろしい。太子（楊勇）の宴席の客どもに、我らをどうできましょうか」と言った。晋王はそこで郭衍を召し出し、密かに計画を共謀した。また、晋王は理由無く往来することが人の疑いを生むのを恐れ、郭衍の妻が癭瘤《こぶ》を患っており、晋王の妃の蕭氏《しょうし》が治療の術を心得ているという口実を設けた。それを高祖に上奏すると、高祖は郭衍が妻とともに晋王のいる江都に向かうことを許可したので、ひっきりなしに往来するようになった。郭衍はまた

饒地、置屯田、歳剰粟萬餘石、民免轉輸之勞。又、築桑乾鎮。皆稱旨。

十年、從晉王廣出鎮揚州。遇江表構逆、命衍爲總管、領精鋭萬人先屯京口。於貴洲南、與賊戰、敗之、生擒魁帥、大獲舟楫糧儲、以充軍實。乃討東陽・永嘉・宣城・黟・歙諸洞、盡平之。授蔣州刺史。

衍臨下甚踞、事上姦諂。晉王愛暱之、宴賜隆厚。遷洪州總管。王有奪宗之謀、託衍心腹、遣宇文述以情告之。衍大喜曰「若所謀事果、自可爲皇太子。如其不諧、亦須據淮海、復梁・陳之舊。副君酒客、其如我何」。王因召衍、陰共計議。又、恐人疑無故來往、託以衍妻患癭、王妃蕭氏有術能療之。以狀奏高祖、高祖聽衍共妻向江都、往來無度。衍又詐稱桂州俚反、王乃奏衍行兵討之。由是大修甲仗、陰養士卒。及王入爲太子、徵授左監門率、轉左宗衞率。高祖於

桂州の俚族が反乱を起こしたと偽り、晋王も郭衍が兵を起こして討伐したと上奏した。これによって大々的に兵器を備え、密かに士卒を育成した。晋王が入朝して皇太子になると、郭衍を召し出して左監門率を授け、左宗衛率に転任させた。高祖が仁寿宮で危篤に瀕すと、皇太子は楊素と詔を偽造し、郭衍と宇文述に命じて東宮の兵を率いさせ、上の宮殿の宿衛を抑えさせ、宮門を出入禁止にしたが、これらはすべて先に備えておいた兵士らを用いたのである。上が崩御すると、漢王の楊諒《ようりょう》が反乱を起こしたが、京師には何の備えもなかったので、郭衍を使わして急いで帰還させ、兵を統率させて京師を守らせた。

大業元年、左武衛大将軍に任命された。帝は江都に行幸するのに、郭衍に命じて左軍を統制させ、改めて光禄大夫を授けた。また、吐谷渾を討伐するのに従い、金山道から軍を出して、降伏する吐谷渾二万戸余りを収容した。郭衍は上の意図を推し量ることができたので、阿諛追従して上の考えに従った。帝は常日頃から人に「ただ郭衍だけだ、朕と思いをともにするのは」と言っていた。またかつて帝に歌楽を楽しみ、五日に一度だけ政務を見ることで、高祖が虚しく苦労したことを真似しないようにと勧めた。帝はこの勧めに従い、益々郭衍の思いやりを褒め称えた。

当初、新令が施行されると、郭衍の封爵は通例によって取り除かれていた。六年、特に寵愛によって真定侯に封ぜられた。

七年、上に従って江都に行き、没した。左衛大将軍を追贈され、喪事への賜与も大変手厚く、謚は襄といった。長子の郭臻《かくしん》は、虎牙郎将となった。次子の郭嗣本《かくしほん》は、孝昌県令となった。

仁壽宮將大漸、太子與楊素矯詔、令衍・宇文述領東宮兵、帖上臺宿衛、門禁並由之。及上崩、漢王起逆、而京師空虛、使衍馳還、總兵居守。

大業元年、拜左武衞大將軍。帝幸江都、令衍統左軍、改授光祿大夫。又、從討吐谷渾、出金山道、納降二萬餘戶。衍能揣上意、阿諛順旨。帝每謂人曰「唯有郭衍、心與朕同」。又嘗勸帝取樂、五日一視事、無得効高祖空自劬勞。帝從之、益稱其孝順。

初、新令行、衍封爵從例除。六年、以恩倖封眞定侯。

七年、從往江都、卒。贈左衞大將軍、賵賜甚厚、謚曰襄。長子臻、武牙郎將。次子嗣本、孝昌縣令。

史臣の言葉。

『易《えき》』の蹇卦《けんけ》に「忠義を尽くすのは我が身のためではない」と有るのは、臣たる者の守るべき節操である。『論語《ろんご》』に「人と和して親しんでも無闇に同調しない」と有るのは、君主に仕える者の常道である。宇文述と郭衍は、『左伝《さでん》』に有るように水に水を混ぜて味を調えるように君主に同調し、『楚辞《そじ》』に有るように脂やなめし革のような従順さで媚び諂い、その媚び諂う様は恭順であるかのようで、柔らかな物腰は君主の喜びを得ていた。『左伝』の所謂、君主が「よい」と言えば、彼らも「よい」と言い、君主が「だめだ」と言えば、彼らも「だめだ」と言う、といった有り様だった。彼らはその是非を判断することがなく、事の軽重を計ることもできず、黙々と煬帝に気に入られようとし、高位の安楽を貪り、何もせずに高禄を得ているとの罵声と方々からの誹謗を甘受していた。これは言うまでもなく君子は行わないことであり、また左丘明《さきゅうめい》が大きな恥辱としているものである。

史臣曰、

謇謇匪躬、爲臣之高節。和而不同、事君之常道。宇文述・郭衍以水濟水、如脂如韋、便辟足恭、柔顏取悅。君所謂可、亦曰可焉、君所謂不、亦曰不焉。無所是非、不能輕重、默默苟容、偷安高位、甘素餐之責、受彼己之譏。此固君子所不爲、亦丘明之深耻也。

第九章　虞世基・裴蘊・裴矩――煬帝の執政たち

虞世基

虞世基《ぐせいき》、字は茂世《ぼうよ》、会稽餘姚《かいけいよよう》の人である。父の虞荔《ぐり》は、陳の太子中庶子であった。虞世基は幼くしてもの静かで、喜怒は顔色に表さず、博学で高い才識を持っており、また草隷をよくした。陳の中書令の孔奐《こうかん》は虞世基を見て感嘆して「江南の貴さは、この者に備わっている」と言った。少傅の徐陵《じょりょう》はその名声を聞くと召し出そうとしたが、虞世基は行かなかった。後に公事をきっかけに会ったが、徐陵は一瞥すると奇才とし、朝士を顧みて「当世の潘岳《はんがく》・陸機《りくき》である」と言った。そこで弟の娘を虞世基に娶せた。陳に仕え、建安王法曹参軍事に起家して、祠部殿中二曹郎・太子中舎人を歴任した。中庶子・散騎常侍・尚書左丞に遷任した。

陳主（陳叔寶《ちんしゅくほう》）はかつて莫府山で校猟し、虞世基に「講武賦」を作らせ、宴席の坐でこれを上奏した。その賦に言う、

　そもそも物事に安住しては、悪を正し乱を救う功績を論じることは出来ず、物事の変化に応じてこそ、帝王の方略を見ることが出来る。なぜならば、教化には外面の美しさと内面の実質とがあり、進んだり譲ったりする気風は異なるも

【原文】

虞世基、字茂世、會稽餘姚人也。父荔、陳太子中庶子。世基幼沉靜、喜慍不形於色、博學有高才、兼善草隷。陳中書令孔奐見而歎曰「南金之貴、屬在斯人」。少傅徐陵聞其名、召之、世基不往。後因公會、陵一見而奇之、顧謂朝士曰「當今潘・陸也」。因以弟女妻焉。仕陳、釋褐建安王法曹參軍事、歷祠部殿中二曹郎・太子中舍人。遷中庶子・散騎常侍・尚書左丞。

陳主嘗於莫府山校獵、令世基作講武賦、於坐奏之。曰、

　夫翫居常者、未可論匡濟之功、應變通者、然後見帝王之略。何則、化有文質、進讓殊風、世或澆淳、解張累務。雖復順紀合

のであり、世には薄いものと厚いものがあり、積み重なった事柄には緩むときと張り詰めたときがあるからである。また綱紀に順い符命に合する帝王や、雲を望み日に近いような君主であっても、黄帝のように阪泉にて戦って炎帝を打ち破り、また堯のように丹浦に兵を率いて苗蛮を討とうとするのである。これによって文徳と武功は、多分に時によって共に用いられ、国を治め制度を創ることは、もとより風俗とともに推移することがわかるのである。大きな名声をうち立て、偉大な訓戒を垂れ、数多くの神霊に拝礼し、天下を包み込む者は、ただ聖人だけであろうか。

鶉火《じゅんか》の歳（陳の至徳四年）は、皇上の御代の四年目である。万物は通じ合い、九州は安穏で、世俗の人々は仁徳をもって長寿になり、民は日用品を十分に備えている。そのようにして、食も兵も十分であるのに、なお薄氷を踏むような思いを懐き、長久広大であろうとも、なお馬車が朽ち果ててしまうことを怖れ慎むのである。昆吾《こんご》の国が遠くから貢ぎ物をして、粛慎の国が奇宝を献上し、史官によるその記録は絶えることなく、庫府が一ヶ月たりとも空になることもなく、貝飾りの付いた兜と雍弧《ようこ》の戟を用い、犀渠《さいきょ》の盾と闕鞏《けつきょう》の鎧は豊富で、名剣を尚方で鋳て、彫り飾った戈を武器庫に積み上げ、熊羆のごとき豪傑は百万、貔豹《ひひょう》のごとき勇将は数千もおり、勇・智・仁・信・忠の五材を兼ね備え、その威光を四海に知らしめ、そこで農事に暇があれば、武事の講習を行い、爵位を与え勲功を記録するのは、礼によって臣下に接することを示し、悪行を止め善行を勧めて賞罰を行い、民に禁令を理解させることを示しているといったことは、なんと盛んであろうか、誠

符之后、望雲就日之君、且修戰於阪泉、亦治兵於丹浦。是知文德武功、蓋因時而並用、經邦創制、固與俗而推移。所以樹鴻名、垂大訓、拱揖百靈、包擧六合、其唯聖人乎。

鶉火之歲、皇上御宇之四年也。萬物交泰、九有乂安、俗躋仁壽、民資日用。然而足食足兵、猶載懷於履薄、可久可大、尚懍乎於御朽。至如昆吾遠賮、肅愼奇賝、史不絕書、府無虛月、貝胄雍弧之用、犀渠闕鞏之殷、鑄名劍於尚方、積琱戈於武庫、熊羆百萬、貔豹千羣、利盡五材、威加四海、爰於農隙、有事春蒐、舍爵策勳、觀使臣之以禮、沮勸賞罰、迺示民以知禁、盛矣哉、信白王之不易、千載之一時也。昔上林從幸、相如於是頌德。長楊校獵、子雲退而爲賦。雖則體物緣情、不同

に歴代の帝王であっても変えることはできず、千載一遇の時である。その昔、司《し》馬相如《ばしょうじょ》は上林苑への行幸に従った際、そこで上林賦を作って漢の武帝（劉徹《りゅうてつ》）の徳を褒め称えた。漢の成帝（劉驁《りゅうごう》）が長楊宮にて狩猟をすると、楊雄《ようゆう》は帰った後に賦を作って諫めた。（文章は）万物を映して情を本にして書かれ、全て同じように語るものではないが、名声や功績については、言うことができるだろう。

その辞に言う、

ああ天に則り古を考えるに、統資は事物を区分することに始まる。図讖符命を受けて東方より起こり、司牧を立てて君とした。寛と猛とを行き渡らせ、また武であり文である。北の殷の地は恨み苦しんでいたが、南は堯によって盛んに討伐された。かの周の盾と夏の斧は、以前から聞くことができる。我が大陳の創業は、世の乱れを治めて武を行い、艱難を鎮めて、天下を平定した。楽しげに話す人々に推挙され、ここに多くの人々が再び集まった。そこで仁を累ねて徳を積み、規矩を重視し継承した。かの皇帝の偉大なる功績は、聡明にして英哲である。天下を治める九種類の法則である九疇《きゅうちゅう》を施行して秩序立て、四海を覆い安らぎが訪れた。すでに帝の難を探し当てたので、また功業と道徳も安寧となった。愚者となく賢者となく吏として招き、俊才は官に任じられた。璇璣《せんき》を御して七政を弁じると、使者が玉帛を朝貢して万国はみな歓喜した。夜明け前からその徳は大いに顕かとなり、夜も明けぬ内から政治に心を傾けていた。大いなる道は過去をしまい未来を知らしめ、その功は天地に並ぶものである。聖人の上徳をめぐらせ、生民の能力を振るわせた。すると礼は伸長して楽

年而語矣、英聲茂實、蓋可得而言焉。

其辭曰、

惟則天以稽古、統資始於羣分。膺録圖而出震、樹司牧以爲君。既濟寛而濟猛、亦乃武而乃文。北怨勞乎殷履、南伐盛於唐勛。彼周干與夏戚、粤可得而前聞。我大陳之創業、乃撥亂而爲武。戡定艱難、平壹區宇。從喋喋之樂推、爰蒼蒼而再補。故累仁以積德、諒重規而襲矩。惟皇帝之休烈、體徇齊之睿哲。敷九疇而咸敘、奄四海而有截。既捜揚於帝難、又文思之安安。幽明請吏、俊乂在官。御璇璣而七政辨、朝玉帛而萬國歡。昧旦丕顯、未明思治。道藏往而知來、功參天而兩地。運聖人之上德、盡生民之能事。於是禮暢樂和、刑清政肅。西曁析支、東漸蟠木。罄圖諜

は調和し、刑法は清明に政治は厳粛になった。西は西戎の国にあるという析支にまで、東は東海の中にあるという蟠木にまで至った。図讖が顕かとなり福が現れ、川泉を漏らして安寧幸福となる。このように佳き気と神霊な光が必ず至れば、またどうしてこれらを思って帰服しないことがあろうか。

治世が隆盛となったとはいえ、なお国を戒めて兵を強くしていく。羽林（近衛兵）を六郡より選び、詔を下して弩の射手を五営に配置する。敵を挫くに余りある勇敢さを兼ね備え、みな義を重んじて生を軽んじ、そして農事の暇に民を教え、武事の講習を実施して戦を習わせる。司馬に命じて法を示し、掌固を率いて王田を整える。旬始《しゅんし》の星を導いて先駆けとし、鉤陳《こうちん》の星を後殿に潜ませる。鳳の軍旗に羽飾りを付けて掲げ、魚模様で被練（練絹おどしの鎧）を飾る。そして革張りの馬車は轡を引き、玉龍の飾りを付けた馬は鞅《むながい》を整える。左側の方陣を集めて出発し、右側の鍾を打ち鳴らせて響き渡らせる。雲まで届くかのような旗は空を掩い、剣を持った騎馬は入り交じって往来している。北斗星が攝提《せってい》を指すように、広大な紫微宮の門に連なってゆく。玄武湖を越えて東に臨み、黄山を登って北へ向かう。王宮の門の高きに隠れ、高台の地壇に至る。

この時、まさに晩春の頃、朝日は山々を照らす。日月は光り輝き、煙雲は美しく立ち上る。波濤は江海に澄み渡り、塵埃は宇宙に静まっている。天子の車駕は太一の玉堂に臨み、軍令を皇太后の宮殿である紫房にて授ける。その軍令はは六韜《りくとう》のごとき妙計であり、戦場に向かう軍隊へと告げられる。庸と蜀の勇猛な兵、鉄騎兵は漁陽を蹂躙する。神弩を引いてそのまま構え、天弧の星のよう

而効祉、漏川泉而禔福。在靈貺而必臻、亦何思而不服。

雖至治之隆平、猶戒國而強兵。選羽林於六郡、詔蹶張於五營。兼折衝而餘勇、咸重義而輕生、洊乃因農隙以教民、在春蒐而習戰。命司馬以示法、帥掌固而清甸。導旬始以前驅、伏鉤陳而後殿。抗鳥旌於析羽、飾魚文於被練。爾乃革軒按轡、玉虯齊鞅。屯左矩以啓行、擊右鍾而傳響。交雲罕之掩映、紛劍騎而來往。指攝提於斗極、洞閶闔之弘敞。跨玄武而東臨、款黃山而北上。隱閶闕之迢遰、屆方澤之塏爽。

于斯時也、青春晩候、朝陽明岫。日月光華、煙雲吐秀。澄波瀾於江海、靜氛埃於宇宙。乘輿乃御太一之玉堂、授軍令於紫房。蘊龍韜之妙算、誓武旅於戎場。鋭金顏於庸・蜀、躪鐵騎於漁陽。彀神弩而持

に引き絞って一斉に放つ。鮮やかな旗は整然と並び、陣太鼓の音は堂々と響く。八陣は粛々と隊列をなし、六軍は荘厳な様子で望んでいる。曲がりくねった山河に飛梯を拒まれ、武岡に樓車を聳やかす。時には鞅を締め直してまっすぐ進み、時には綏を交えながらも傷つくこともない。変化に応じては蛇のように攻撃し、俄に激しく動いたかと思えば鷹のように飛び上がる。小枝に戟刃を当て、鎧に積もった木の葉を取り除く。諸葛亮《しょかつりょう》は七たび孟獲《もうかく》を放ち、両虎は春秋時代の勇士である卞荘《べんそう》に捕らわれた。始めは鶴が高く飛び上がるように、離れていくと雁の列のように進んでいく。谷川を震わせて八方を打ち払い、大山大海を動かして日月星辰を輝かす。誠に計り知れない奥深さで、ああその進退は千変万化する。また石を投げ鼎を挙げ、乗を飛び越え車輈を手挟む。冠を衝き剣を聳やかし、鉄の盾や銅の兜を身に付けている。熊渠《ゆうきょ》のごとき勇敢な武士は犀を殺し、武勇の士は猛牛のような敵を制圧する。古の任鄙《じんぴ》や孟賁《もうほん》・夏育《かいく》のような勇者であっても、敵うことはできないであろう。

幾たびも攻め込んでは打ち勝ち、計略は行き渡る。鐲《しょく》を打ち鳴らして響き渡らせ、風雨電雷は収束する。この時、爵を与えられるほどの功績を立てた勇者は帰還し、鐘や銅鑼などの楽隊が設けられ、清らかな心と高い徳を持つ人物を登らせて陪席させ、周の宣王《せんおう》の時に外征して功績を立てた方叔《ほうしゅく》や邵虎《しょうこ》のような者に命じて列に就かせる。序列に従って三度酒が献上され、祝賀の音楽が終わることはない。盾と斧とで舞って楽しみ、鼓鞞を聴いてその音色に酔いしれる。兵士たちは寒さの中で激励され綿入れの着物を着せてもらったように感激

滿、彏天弧而並張。曳虹旗之正正、振夔鼓之鏜鏜。八陳肅而成列、六軍儼以相望。拒飛梯於縈帶、聳樓車於武岡。或掉鞅而直指、乍交綏而弗傷。裁應變而蛇擊、俄蹈厲以鷹揚。中小枝於戟刃、徹蹲札於甲裳。聊七縱於孟獲、乃兩擒於卞莊。始軒軒而鶴擧、遂離離以雁行。振川谷而橫八表、蕩海岳而耀三光。諒窈冥之不測、羌進退而難常。亦有投石扛鼎、超乘挾輈。衝冠聳劍、鐵楯銅頭。熊渠殪兕、武勇操牛。雖任鄙與賁・育、故無得而爲仇。

九攻既決、三略已周。鳴鐲振響、風卷電收。於是勇爵班、金奏設、登元凱而陪位、命方邵而就列。三獻式序、八音未闋。舞干戚而有豫、聽鼓鞞而載悅。俾挾纊與投醪、咸忘軀而殉節。方席卷而橫行、見王師之有征。登燕山而戮封豕、臨瀚海而斬長鯨。望雲亭而載蹕、禮升中而告成。實

し、また呉の夫差がわずかな酒を全員で分かち合って兵士たちが団結したように、みな己を忘れて節に殉ず。今まさに席巻して縦横に行き、王師の出征を見る。燕山に登り大猪を殺し、瀚海に臨んで長鯨を斬る。封禅の地を望み見て出駕を仰ぎ、天を祭って成功を告げよう。ああ皇王の神武は、まことに蕩蕩として名状し難いものである。

陳主はこれを褒め称え、馬一匹を賜った。

陳が滅んで隋に帰順すると、通直郎となり、内史省に宿直した。貧しく家業も無く、常に人のために書物を写すことで親を養っていたが、内心穏やかでなく不満を抱いていた。かつて五言詩を作って意を表したが、その詩の情理は悽切で、世の人びとは巧みであると評し、詩を作る者で吟詠しないものはいなかった。まもなく、内史舎人に任命された。

煬帝が即位すると、ますます優遇されるようになった。秘書監である河東の柳顧《りゅうこ》言《げん》は博学で才能があり、人を褒め称える事はまれであったが、ここに至って虞世基と会うと「海内ではこの人だけが推奨に値する人物で、我らの及ぶ所ではない」と感嘆した。にわかに内史侍郎に遷任したが、母の喪によって辞職し、悲しみのため骨が浮き出るほどであった。詔が出され喪を取り止めて政務に戻させたが、拝謁の日には、ほとんど立ち上がることができなかったので、帝は左右の者に助け起こさせた。帝は虞世基が痩せ衰えているのを憐れみ、詔して肉を進めさせたが、虞世基は食べては嘆き悲しむので、飲み込むことが出来なかった。帝は使者を通じて虞世基に「墓守は誰かに任せ、国のためにその身を大切にするように」と言った。こう

皇王之神武、信蕩蕩而難名者也。

主嘉之、賜馬一匹。

及陳滅歸國、爲通直郎、直内史省。貧無産業、毎傭書養親、怏怏不平。嘗爲五言詩以見意、情理悽切、世以爲工、作者莫不吟詠。未幾、拜内史舍人。

煬帝即位、顧遇彌隆。祕書監河東柳顧言博學有才、罕所推謝、至是與世基相見、歎曰「海内當共推此一人、非吾儕所及也」。俄遷内史侍郎、以母憂去職、哀毀骨立。有詔起令視事、拜見之日、殆不能起、帝令左右扶之。哀其羸瘠、詔令進肉、世基食輒悲哽、不能下。帝使謂之曰「方相委任、當爲國惜身」。前後敦勸者數矣。帝重其才、親禮逾厚、專典機密、與納言蘇威、左翊衞大

したことを勧める者が何人もいた。帝はその才能を重んじて、帝自ら礼遇することいよいよ厚く、専ら機密を任され、納言の蘇威《そい》・左翊衛大将軍の宇文述《うぶんじゅつ》・黄門侍郎の裴矩《はいく》・御史大夫の裴蘊《はいおん》らと朝政を掌った。当時、天下には事件が多く、四方からの上表・上奏は日に百件以上あった。帝は威厳を保っていたが、朝廷では決済せず、閤に入った後に、始めて虞世基を召し出して口頭で指示を与えた。虞世基は内史省に戻ってからやっと勅書を書き、一日百枚にもなったが、書き間違いや書き漏らしは無く、その正確であることはこのようであった。

遼東の役の際には、位を金紫光禄大夫に進めた。後に雁門への行幸に付き従ったが、帝は突厥に囲まれて、戦士の多くが敗れた。虞世基は帝に褒賞を重くして帝自ら慰撫し、また詔を下して遼東の役を止めることを薦めた。帝はこの意見に従うと、軍隊にはまた活気が戻った。囲みが解けたのだが、論功行賞は実施されず、また遼東征伐の詔が下された。これにより帝には詐りが多いと言われ、朝野の人々の心は帝から離れていった。

帝は江都に行幸し、鞏県に宿泊した。虞世基は盗賊が日に日に盛んになったので、兵を進発し洛口倉に駐屯させて、不測の事態に備えるように請うた。帝は従わず、ただ「卿は書生であるから、やはり臆病なのだな」とだけ答えた。当時天下は大いに乱れていたが、虞世基は帝は諫めても無駄だということを知り、また高熲《こうけい》や張衡《ちょうこう》らが相次いで誅殺されていたので、禍が自分に及ぶのを恐れ、帝に近侍してはいたが、唯々諾々として上に取り入り、帝の意に逆らおうとはしなかった。盗賊の活動は日に日に激しくなり、郡県の多くは賊の手に落ちた。虞世基は帝がこういった悪

將軍宇文述、黄門侍郎裴矩、御史大夫裴蘊等參掌朝政。于時天下多事、四方表奏日有百數。帝方凝重、事不庭決、入閤之後、始召世基口授節度。世基至省、方爲勑書、日且百紙、無所遺謬、其精審如是。

遼東之役、進位金紫光祿大夫。後從幸雁門、帝爲突厥所圍、戰士多敗。世基勸帝重爲賞格、親自撫循、又下詔停遼東之事。帝從之、師乃復振。及圍解、勳格不行、又下伐遼之詔。由是言其詐衆、朝野離心。

帝幸江都、次鞏縣、世基以盜賊日盛、請發兵屯洛口倉、以備不虞。帝不從、但答云「卿是書生、定猶恇怯」。于時天下大亂、世基知帝不可諫止、又以高熲、張衡等相繼誅戮、懼禍及己、雖居近侍、唯諾取容、不敢忤意。盜賊日甚、郡縣多沒。世基知帝惡數聞之、後有告敗者、乃抑損表狀、不以實聞。

い知らせを聞くことを嫌がっていることを知っていたので、後に敗戦を報告した者がいると、その上奏文を差し止めて、事実を伝えなかった。これ以後、外で異変が起こっても、帝はこれを知ることはなかった。

以前、太僕の楊義臣《ようぎしん》を派遣して盗賊を河北で捕らえさせたところ、数十万人の盗賊を降伏させたので、楊義臣はその功績を並べ立てて奏聞した。帝は「わたしは初め賊が急にこのように増えていったことを聞き及んでいなかった。楊義臣は何と多くの賊を降伏させたことであろう」と嘆じた。虞世基は「コソ泥が多いとはいっても、憂慮するほどのものではありません。楊義臣は賊に勝ちはしましたが、多くの兵を擁して久しく都を離れております。これは最も宜しくないことです」と答えた。帝は「卿の言葉の通りである」と言った。急いで楊義臣を呼び戻し、その兵を解散させた。

また越王の楊侗《ようとう》は太常丞の元善達《げんぜんたつ》に賊の間隙を縫わせて、江都に上奏させた。元善達は「李密《りみつ》は百万の衆を有し、東都を包囲しております。賊は洛口倉を拠点としており、城内に食料はございません。もし陛下が速やかにお帰りになれば、烏合の衆どもは必ずや離散しましょう。しかしそうでなければ、東都は必ずや陥落しましょう」と述べ、そして欷歔嗚咽《ききょおえつ》したので、帝は顔色を変えた。虞世基は帝の顔色に憂いが現れたのを見ると、進み出て「越王は年が若いので、この輩が王を誑かしているのでしょう。もしその言葉のとおりであれば、元善達はどうやって来たというのですか」と言った。帝は急に顔色を変えて怒りだし、「元善達は小人であり、私を辱めようとしている」と言った。そこで元善達に賊の中を通過させ、東陽に向かわせて輸送を促させたが、元善達はとうとう盗賊達に殺されてしまった。これ以

是後外間有變、帝弗之知也。

嘗遣太僕楊義臣捕盜於河北、降賊數十萬、列狀上聞。帝歎曰「我初不聞賊頓如此、義臣降賊何多也」。世基對曰「鼠竊雖多、未足爲慮。義臣剋之、擁兵不少、久在閫外、此最非宜」。帝曰「卿言是也」。遽追義臣、放其兵散。

又越王侗遣太常丞元善達間行賊中、詣江都奏事、稱「李密有衆百萬、圍逼京都。賊據洛口倉、城内無食。若陛下速還、烏合必散。不然者、東都決沒」。因歔欷嗚咽、帝爲之改容。世基見帝色憂、進曰「越王年小、此輩誑之。若如所言、善達何緣來至」。帝乃勃然怒曰「善達小人、敢廷辱我」。因使經賊中、向東陽催運、善達遂爲羣盜所殺。此後外人杜口、莫敢以賊聞奏。

後、宮中の外の人々は口を閉ざし、決して賊のことを上奏しなくなった。

虞世基の風貌は落ち着いていて明朗で、その言葉の多くは上の意に適っていたので、これによって特に上から親愛され、朝臣で彼に並ぶ者はいなかった。その後妻は孫氏といい、性格は傲慢放蕩で、虞世基は彼女に心惑わされていたので、贅沢をしたいようにさせていた。調度品や衣服は美しく飾り立てられ、素士の風は無くなっていた。孫氏はまた前夫との子どもである夏侯儼《かこうげん》を虞世基の家に連れてきていたが、夏侯儼は愚かで卑しい不届き者で、蓄財に励んでいた。官職を売ったり金で裁判の取引をするなど、賄賂が横行し、その家の門は市場のようになり、金や財宝は積み重なっていた。

虞世基の弟の虞世南《ぐせいなん》は、もとより国士であり、清貧のために生活は成り立っていなかったが、虞世基は弟に財産を分け与えることはなかった。これにより虞世基は事を論ずる人に譏られるようになり、朝野はみな虞世基を憎んだ。宇文化及が殺逆を行うと、虞世基はそこで殺害された。

虞世基の長子である虞肅《ぐしゅく》は、好学で才芸が多く、当時の人びとは家風を保っていると称した。弱冠にして早くに没した。虞肅の弟である虞熙《ぐき》は、大業年間の末に符璽郎となり、その弟の虞柔《ぐじゅう》と虞晦《ぐかい》は、ともに宣義郎であった。宇文化及が反乱を起こそうとしていた日の夕方、親族の虞伋《ぐきゅう》がこれを知ると虞熙に「事態はもうこうなってしまった。私はあなたを助けて南渡し、禍を免れようと思っている。一緒に死んだところで何の利益があろうか」と告げた。虞熙は虞伋に「父を見棄て君に背いて、どこで生きながらえましょうか。君父の思いに感じ入れば、ここでお別れで

世基貌沉審、言多合意、是以特見親愛、朝臣無與爲比。其繼室孫氏、性驕淫、世基惑之、恣其奢靡。雕飾器服、無復素士之風。孫復攜前夫子夏侯儼入世基舍、而頑鄙無賴、爲其聚斂。鬻官賣獄、賄賂公行、其門如市、金寶盈積。

其弟世南、素國士、而清貧不立、未曾有所贍。由是爲論者所譏、朝野咸共疾怨。宇文化及殺逆也、世基乃見害焉。

長子肅、好學多才藝、時人稱有家風。弱冠早沒。肅弟熙、大業末爲符璽郎、次子柔、晦、並宣義郎。化及將亂之夕、宗人虞伋知而告熙曰「事勢以然、吾將濟卿南渡、且得免禍、同死何益」。熙謂伋曰「棄父背君、求生何地。感尊之懷、自此訣矣」。及難作、兄弟競請先死、行刑人於是先世基殺之。

ございます」と言った。反乱が起こると、兄弟は争って先に死ぬ事を願い出たので、執行人は彼らを虞世基より先に殺した。

裴蘊

裴蘊は、河東聞喜《かとうぶんき》の人である。祖父の裴之平《はいしへい》は、梁の衛将軍であった。父の裴忌《はいき》は、陳の都官尚書で、呉明徹《ごめいてつ》と共に北周に捕らえられ、江夏郡公の爵位を賜わり、隋に十年余り仕えて死去した。裴蘊は能弁で、官吏としての才があった。陳にあっては、直閤将軍と興寧令を歴任した。裴蘊は父が北土にいたため、ひそかに上表文を高祖に奉じ、内応を願い出た。陳が平定されると、上はすべての江南の衣冠の士と会ったが、裴蘊の番になると、上は裴蘊が早くから帰順の心を持っていたことにより、常例を超えて儀同を授けた。左僕射の高熲は上の意図を悟らず「裴蘊は国に功績は無いのに、その寵愛は同格の者たちを越えており、臣はそのような裁断を見た事がありません」と諫言した。上が更に裴蘊に上儀同の位を加えると、高熲はまた諫言したが、上は「開府を加えるべきだ」と言った。高熲はそこで再び言うことはなく、即日、裴蘊は開府儀同三司に任命され、礼遇や恩賜は裴蘊に遍く及んだ。洋・直・棣の三州の刺史を歴任し、どの地でも有能であるとの評判があった。

　大業の初め、官吏としての成績は引き続き第一であった。煬帝はその善政を聞き、召し出して太常少卿とした。初め、高祖は声技を好まず、牛弘《ぎゅうこう》に楽を制定させ、正声清商及び九部四儛の色でなければ、皆なやめて民にもそうさせた。この時に至って、裴蘊は帝の意を推察し、天下の北周・北斉・梁・陳の楽家の子弟をまとめて、

裴蘊、河東聞喜人也。祖之平、梁衞將軍。父忌、陳都官尚書、與呉明徹同沒于周、賜爵江夏郡公、在隋十餘年而卒。蘊性明辯、有吏幹。在陳、仕歷直閤將軍・興寧令。蘊以其父在北、陰奉表於高祖、請爲內應。及陳平、上悉閱江南衣冠之士、次至蘊、上以爲夙有向化之心、超授儀同。左僕射高熲不悟上旨、進諫曰「裴蘊無功於國、寵踰倫輩、臣未見其可」。上又加蘊上儀同、熲復進諫、上曰「可加開府」。熲乃不敢復言、即日拜開府儀同三司、禮賜優洽。歷洋・直・棣三州刺史、俱有能名。

　大業初、考績連最。煬帝聞其善政、徵爲太常少卿。初、高祖不好聲技、遣牛弘定樂、非正聲清商及九部四儛之色、皆罷遣從民。至是、蘊揣知帝意、奏括天下周、齊、梁、陳

皆な楽戸とするように上奏した。六品以下から庶民にいたるまで、音楽及び倡優百戯に優れている者がいれば、皆な太常に置いた。この後、異技淫声はすべて楽府に集められ、全てに博士弟子を置き、互いに教授させ、楽人を増やして三万人余りにもなった。帝はとても悦び、裴蘊を民部侍郎に遷任させた。

この時、高祖の平和な時代を承けていて、法令は疎略で、戸籍には疎漏が多かった。ある者は丁男(成人男性)になるのに、年齢を詐って少なくし(て租税や労役を免れ)、まだ老年にならないのに、(老年だと詐って)租税を免れたりしていた。裴蘊は刺史を歴任していて、もとよりその実情を知っていたので、そこでこの件について事細かに上奏し、すべて首実検をさせるようにした。もし一人でも事実と異なる者がいれば、官司は解任され、郷正や里長は皆な遠方に配流された。また民の密告を許可し、もし糾弾して一人の丁男が戸籍に登録されれば、糾弾された家に糾弾した者に代わってその賦役を請け負わせた。これは大業五年のことである。諸郡が戸籍を計算したところ、丁男二十四万三千人が増え、新たに六十四万一千五百人が加えられた。帝は朝廷に臨んで状を見ると「前代には適任者がいなかったため、このような過ちをしていた。今、民の戸籍が皆な実情に即したものになったのは、全て裴蘊一人の心遣いによるものである。古語に『賢を得れば治まる』とあるが、これを見るに本当のことなのだな」と百官に言った。裴蘊はこのことによってだんだんと信任されるようになり、京兆賛治に任命され、どんな些細な事でも摘発したので、吏民から恐れ憚られた。まもなく、抜擢されて御史大夫を授けられ、裴矩や虞世基と機密を参掌した。

裴蘊はよく主上の細かい心の動きも伺え、もし帝が罪に問いたい者がいれば、法

樂家子弟、皆爲樂戸。其六品已下、至于民庶、有善音樂及倡優百戲者、皆直太常。是後異技淫聲咸萃樂府、皆置博士弟子、遞相教傳、增益樂人至三萬餘。帝大悅、遷民部侍郎。

于時猶承高祖和平之後、禁網疎闊、戸口多漏。或年及成丁、猶詐爲小、未至於老、已免租賦。蘊歷爲刺史、素知其情、因是條奏、皆令貌閱。若一人不實、則官司解職、郷正里長皆遠流配。又許民相告、若糾得一丁者、令被糾之家代輸賦役。是歲大業五年也。諸郡計帳、進丁二十四萬三千、新附口六十四萬一千五百。帝臨朝覽狀、謂百官曰「前代無好人、致此罔冒。今進民戸口皆從實者、全由裴蘊一人用心。古語云『得賢而治』。驗之信矣」。由是漸見親委、拜京兆贊治、發擿纖毫、吏民慴憚。未幾、擢授御史大夫、與裴矩・虞世基參掌機密。

蘊善候伺人主微意、若欲罪者、則曲法順

を曲げて上の気持ちに従って、その罪を作り上げた。帝が大目に見ようとしている者は、軽い刑罰として赦した。この後、大小の刑罰は全て裴蘊に任され、憲部（刑部）や大理であっても決して口出しすることはできず、必ず裴蘊の処分を承って、そうした後に処断した。

裴蘊はまた弁舌に巧みで、彼が法理を論じると、その言葉は懸河のごとく、重いものでも軽いものでも、皆なその口から出された言葉は、細部にわたって明晰で、当時の人々は追求することができなかった。

楊玄感《ようげんかん》が反乱を起こすと、帝は裴蘊にその一党を取り調べさせたが、裴蘊に「楊玄感がひとたび呼びかけると従う者は十万にもなり、ますます天下には民が多くない方がよく、多ければ集まって盗賊となってしまうことがわかる。全員に誅を加えないと、善に勧めることがなくなってしまう」と言った。裴蘊はこれによって厳罰でもってこれらに対処し、誅殺した者は数万人となり、その家の全ての財産を官府に没収した。帝は大いに称賛して、奴婢十五人を賜った。

司隷大夫の薛道衡《せつどうこう》は帝の意に背いたために譴責を得たが、裴蘊は帝が薛道衡を憎んでいることを知ると「薛道衡はその才能や旧恩を頼みとして、君主が居ないかのように思っております。私が見たところ、詔書が下されるたびに、腹の内では譏って私意を抱き、国家に対して悪事を謀り、妄りに禍の端緒を作り出しています。その罪状を論じますに、隠されているようではありますが、その気持ちをよくよく見てみますに、深く逆心を懐いております」と上奏した。帝は「その通りである。私は若いときに薛道衡と一緒に仕事をしたのだが、私を子どもだと軽んじ、高熲《こうけい》や賀《が》

情、鍛成其罪。所欲宥者、則附從輕典、因而釋之。是後大小之獄皆以付蘊、憲部大理莫敢與奪、必稟承進止、然後決斷。

蘊亦機辯、所論法理、言若懸河、或重或輕、皆由其口、剖析明敏、時人不能致詰。

楊玄感之反也、帝遣蘊推其黨與、謂蘊曰「玄感一呼而從者十萬、益知天下人不欲多、多即相聚爲盜耳。不盡加誅、則後無以勸」。蘊由是乃峻法治之、所戮者數萬人、皆籍沒其家。帝大稱善、賜奴婢十五口。

司隸大夫薛道衡以忤意獲譴、蘊知帝惡之、乃奏曰「道衡負才恃舊、有無君之心。見詔書毎下、便腹非私議、推惡於國、妄造禍端。論其罪名、似如隱昧、源其情意、深爲悖逆」。帝曰「然。我少時與此人相隨行役、輕我童稚、共高熲・賀若弼等外擅威權、自知罪當誣罔。及我即位、懷不自安、賴天

若弼《じゃくひつ》らと共に外朝で権勢を擅断し、その罪は誣罔《ふもう》に相当することが知れよう。私が即位すると、薛道衡は内心不安であったが、天下に変事が無かったので、謀反することが出来なかっただけなのだ。貴公はその逆心を論じているが、実に奴の本質を捉えている」と言った。そこで薛道衡を誅殺した。

また帝は蘇威に遼東征伐の策を尋ねたが、蘇威は帝が再び親征することを望んでおらず、かつ帝に天下に賊が多くいることを知って欲しかったので「こたびの戦役では、兵を徴発しようとしなくとも、ただ詔を下して群盗をお赦しになれば、自ずと数十万を得られるでしょう。関中の奴賊や山東の歴山飛《れきざんひ》・張金稱《ちょうきんしょう》らの頭目を別に一軍として、遼西道から出陣させ、河南の賊である王薄《おうぼ》や孟讓《もうじょう》ら十余人の頭目らに船を与えて、滄海道から船で行かせれば、彼らは必ずや罪を免ぜられることを喜び、競って働き功を立て、一年の間に高麗を滅ぼせるでしょう」と偽って答えた。帝は悦ばずに「私が行ってもなお未だ勝てないというのに、こそ泥どもがどうして成し遂げられようか」と言った。蘇威が退出した後、裴蘊は「これは大変に不遜です。天下のどこにこんなに沢山の賊がいるというのでしょうか」と上奏した。帝は悟って「あの老いぼれは悪だくみが多く、賊で私を脅そうというのだな。その口を塞ぎたいのだが、ただ隠忍するしかないのだな。誠に極めて耐え難いものなのだが」と言った。裴蘊は上の意を知り、張行本《ちょうこうほん》に蘇威の罪を上奏させた。帝は裴蘊に蘇威を取り調べさせると、裴蘊は蘇威を死刑と処断したが、帝は「殺すには忍びない」と言った。そして蘇威父子と孫の三代はすべて官簿から名を除かれた。

裴蘊はまた自身の権勢を強くしようとし、虞世基に司隷刺史以下の官属を罷免さ

下無事、未得反耳。公論其逆、妙體本心」。於是誅道衡。

又帝問蘇威以討遼之策、威不願帝復行、且欲令帝知天下多賊、乃詭答曰「今者之役、不願發兵、但詔赦羣盜、自可得數十萬。遣關内奴賊及山東歴山飛・張金稱等頭別爲一軍、出遼西道、諸河南賊王薄、孟讓等十餘頭並給舟楫、浮滄海道、必喜於免罪、競務立功、一歳之間、可滅高麗矣」。帝不懌曰「我去尚猶未克、鼠竊安能濟乎」。威出後、蘊奏曰「此大不遜。天下何處有許多賊」。帝悟曰「老革多姦、將賊脅我。欲搭其口、但隱忍之、誠極難耐」。蘊知上意、遣張行本奏威罪惡、帝付蘊推鞫之、乃處其死。帝曰「未忍便殺」。遂父子及孫三世並除名。

蘊又欲重己權勢、令虞世基奏罷司隸刺史

せるよう上奏させ、御史を百人余り増員した。そして悪賢い者を招き寄せ、共に朋党を作り、郡県になびかない者がいると、ひそかに刑罰によって処断した。当時、軍務や国務は多く、およそ軍を起こし民を動員することや、京都の留守及び異民族と交易することなど、皆な御史に監督させていた。裴蘊の賓客や従属する者は、各郡国に溢れており、天下の人々を圧迫したが、帝はこれを知らなかった。遼東征伐によって、位を銀青光禄大夫に進めた。

司馬徳戡《しばとくかん》が反乱を起こそうしたとき、江陽の長である張恵紹《ちょうけいしょう》が夜に馳せ参じて報告してきた。裴蘊は張恵紹と共に謀り、詔を捏造して江都の城郭のあたりの兵民を徴発し、栄公の來護兒《らいごじ》の指揮を受けさせ、外にいる逆党の宇文化及《うぶんかきゅう》たちを捕らえ、そこで羽林の殿脚を動員して、范富婁《はんふろう》らを西苑から城内に入れさせ、梁公の蕭鉅《しょうきょ》と燕王の楊倓《ようたん》の承諾を得て、門を叩き壊して帝を救援しようとした。謀議が定まると、虞世基に報告した。虞世基は反乱は事実ではないと疑い、その計画を抑えた。まもなくして反乱が起こると、裴蘊は嘆じて「この謀は播郎（虞世基の幼名）に知らせた時点で、結局なすべき事を誤っていたのだな」と言い、とうとう殺害された。息子の裴愔《はいいん》は尚輦直長であったが、彼もまた同日に死んだ。

裴矩

裴矩、字は弘大、河東聞喜の人である。祖父の裴他《はいた》は、北魏の都官尚書であった。父の裴訥之《はいとつし》は、北斉の太子舎人であった。裴矩は乳飲み子の時に父を亡くし、成長すると学問を好み、とても詩文を愛好し、知略があった。世父の裴讓之《はいじょうし》は裴矩に

以下官屬、增置御史百餘人。於是引致姦黠、共爲朋黨、郡縣有不附者、陰中之。于時軍國多務、凡是興師動衆、京都留守、及與諸蕃互市、皆令御史監之。賓客附隷、徧於郡國、侵擾百姓、帝弗之知也。以渡遼之役、進位銀青光祿大夫。

及司馬德戡將爲亂、江陽長張惠紹夜馳告之。蘊共惠紹謀、欲矯詔發郭下兵民、盡取榮公來護兒節度、收在外逆黨宇文化及等、仍發羽林殿脚、遣范富婁等入自西苑、取梁公蕭鉅及燕王處分、扣門援帝。謀議已定、遣報虞世基。世基疑反者不實、抑其計。須臾、難作、蘊嘆曰「謀及播郎、竟悞人事」。遂見害。子愔爲尚輦直長、亦同日死。

裴矩、字弘大、河東聞喜人也。祖他、魏都官尚書。父訥之、齊太子舍人。矩繦褓而孤、及長好學、頗愛文藻、有智數。世父讓

「そなたの素晴らしい見識を見るに、才士となるには十分であろうし、官吏として栄達を望めば、必ずや天下の大事を諮ることになるだろう」と言った。裴矩はここで始めて世の中の事を心に留めるようになった。北斉の北平王の高貞《こうてい》が司州牧となると、辟召されて兵曹従事となり、高平王文学に転任した。北斉が滅亡すると、出仕することができなかった。高祖が定州総管となると、裴矩は召されて記室に補任され、大変親敬された。母の喪に服すために職を去った。

高祖が丞相となると、使者をやって裴矩を呼び寄せ、相府記室の仕事に参与させた。高祖が禅譲を受けると、給事郎に遷任し、舎人の事を上奏した。陳征伐では、元帥記室を兼任した。丹陽を打ち破ると、晋王の楊廣は裴矩と高熲に陳の図書を収容させた。翌年、詔を奉じて嶺南を巡撫することとなったが、出発する前に高智慧《こうちけい》と汪文進《おうぶんしん》らが集って反乱を起こしたため、呉越の道は閉され、上《しょう》（高祖）は裴矩を派遣することに難色を示した。裴矩は速やかに派遣するよう願い出て、上はこれを許可した。出発して南康に至ると、数千人の兵を得た。この時、俚族の首領である王仲宣《おうちゅうせん》が広州に迫り、その部下である周師擧《しゅうしきょ》を派遣して東衡州を包囲させていた。裴矩が大将軍の鹿愿《ろくがん》と行くと、賊は九重の柵を立て、大庾嶺に駐屯し、共に助け合っていた。裴矩は進撃してこれを打ち破ると、賊は懼れて、東衡州の包囲を解き、原長嶺を拠点とした。またこれを撃破すると、そのまま周師擧を斬り、進軍して南海から広州を救援した。王仲宣は懼れて潰散した。裴矩が安定させまとめた州は二十州余りで、更に詔制に従ってその首領たちを割り当てて刺史や県令とした。帰還して報告すると、上は大変悦び、升殿させてその苦労を労い、高熲と楊素《ようそ》を顧みて

之謂矩曰「觀汝神識、足成才士、欲求官達、當資幹世之務」。矩始留情世事。齊北平王貞爲司州牧、辟爲兵曹從事、轉高平王文學。及齊亡、不得調。高祖爲定州總管、召補記室、甚親敬之。以母憂去職。

高祖作相、遣使者馳召之、參相府記室事。及受禪、遷給事郎、奏舍人事。伐陳之役、領元帥記室。既破丹陽、晉王廣令矩與高熲收陳圖籍。明年、奉詔巡撫嶺南、未行而高智慧、汪文進等相聚作亂、呉越道閉、上難遣矩行。矩請速進、上許之。行至南康、得兵數千人。時俚帥王仲宣逼廣州、遣其所部將周師擧圍東衡州。矩與大將軍鹿愿赴之、賊立九柵、屯大庾嶺、共爲聲援。矩進擊破之、賊懼、釋東衡州、據原長嶺。又擊破之、遂斬師擧、進軍自南海援廣州。仲宣懼而潰散。矩所綏集者二十餘州、又承制署其渠帥爲刺史、縣令。及還報、上大悅、命升殿勞苦之、顧謂高熲・楊素曰「韋洸將二萬兵、

「韋洸《いこう》は二万の兵を率いたが、こんなにも早く南嶺山脈を越えることはできなかった。朕はいつもその兵数が少ないことを心配していたが、裴矩は三千の疲れた兵卒を率いて、南嶺を越えて南康まで至った。このような臣下がいるのであれば、朕はまた何を憂えようか」と言った。功績によって開府に任命され、聞喜県公の爵位と、反物二千段を賜った。民部侍郎に叙任され、ついで内史侍郎に遷任した。

　当時、突厥は強盛で、都藍可汗《とらんかがん》の妻の大義公主《たいぎこうしゅ》が宇文氏の娘であったこともあり、たびたび辺境を荒していた。後に公主が従者の胡人と私通し、長孫晟《ちょうそんせい》がまずそのことを知らせてきたため、裴矩は使者として都藍可汗のところに出向いて、宇文氏を誅殺してその罪を明らかにするように説得したいと上に願い出た。上はこれに従った。とうとうその言葉通りになり、公主は殺された。その後、都藍可汗と突利可汗《とつりかがん》は憎み合い、しばしばお互いに要所の見張り台を犯した。詔を下して太平公の史萬《しばん》歳《さい》を行軍総管として定襄道から出撃させ、裴矩を行軍長史として、達頭可汗《たつとうかがん》を塞外で破った。史萬歳は誅殺されたので、その功績は結局記録されなかった。上は啓民《けいみん》可汗《かがん》が初めて帰属すると、裴矩にこれを慰撫させた。帰還すると尚書左丞となった。その年、文献皇后が崩じたが、太常の旧例には(皇后崩御に関する)儀注がなかったので、裴矩は牛弘と北斉の儀礼に拠りながら参定した。吏部侍郎に転任したが、適任であると評判であった。

　煬帝が即位し、東都を造営すると、裴矩は府省の建造を担当し、九十日で完成させた。この時、西域の諸国は張掖に多くやって来て、中国と交易していた。帝(煬帝)は裴矩にその事を掌らせた。裴矩は帝が領土を広げようとしていることを察し

不能早度嶺。朕每患其兵少。裴矩以三千敝卒、徑至南康。有臣若此、朕亦何憂」。以功拜開府、賜爵聞喜縣公、賚物二千段。除民部侍郎、尋遷內史侍郎。

　時突厥強盛、都藍可汗妻大義公主、即宇文氏之女也、由是數爲邊患。後因公主與從胡私通、長孫晟先發其事、矩請出使說都藍、顯戮宇文氏。上從之。竟如其言、公主見殺。後都藍與突利可汗搆難、屢犯亭鄣。詔太平公史萬歲爲行軍總管、出定襄道、以矩爲行軍長史、破達頭可汗於塞外。萬歲被誅、功竟不錄。上以啓民可汗初附、令矩撫慰之、還爲尚書左丞。其年、文獻皇后崩、太常舊無儀注、矩與牛弘據齊禮參定之。轉吏部侍郎、名爲稱職。

　煬帝即位、營建東都、矩職修府省、九旬而就。時西域諸蕃、多至張掖、與中國交市。帝令矩掌其事。矩知帝方勤遠略、諸商胡至

て、西域の商人達がやって来ると、裴矩は彼らを誘導してその国の風俗や地形の険阻を話させ、『西域図記《せいいきずき》』三巻を撰述し、入朝してこれを上奏した。

その序文にはこう言う、

臣の聞くところでは、禹《う》が九州を定めて河を導いても積石を踰えず、秦が六国を併呑して長城を設けても臨洮までにしか及ばなかったとのこと。このことから、西胡の雑種が辺境に住んで礼教が及ばなくなり、経典にも伝わることがまれになっている理由がわかります。漢氏が隆盛し、河西を開拓すると、始めてその名を知らせたものが、三十六国あり、その後分立して五十五王となりました。そこで校尉と都護を設置して、招撫させました。しかしながら叛服常ならず、しばしば征伐を受けておりました。後漢の世では、これらの官はたびたび廃止されました。大宛の入朝以来、ほぼその戸数は知ることができましたが、諸国の山川は未だその名称をまとめて示すものもありませんでした。姓氏や風土、服装物産に至っては、全く記録がなく、世に伝わっておりません。また日月は移りゆき、年代は遙か遠く、また誅殺・討伐し、興亡もありました。ある地は昔からのある国でも、国号を改めていたり、ある民族は以前の民族とは違うのに、旧名を踏襲していたりしております。また部族の民は交錯し、国境は移動し、戎狄の発音は異なっているため、事柄を究明するのは困難です。于闐《うてん》の北、葱嶺以東は、史書を考えてみますに、三十余国ありました。その後、更に滅び、僅かに十国が現存しているだけです。その他は湮滅し、地を掃いたように尽き果て、空しく廃墟があるばかりで、記録することはできません。

者、矩誘令言其國俗山川險易、撰西域圖記三卷、入朝奏之。

其序曰、

臣聞禹定九州、導河不踰積石、秦兼六國、設防止及臨洮。故知西胡雜種、僻居遐裔、禮教之所不及、書典之所罕傳。自漢氏興基、開拓河右、始稱名號者、有三十六國、其後分立、乃五十五王。仍置校尉、都護、以存招撫。然叛服不恒、屢經征戰。後漢之世、頻廢此官。雖大宛以來、略知戶數、而諸國山川未有名目。至如姓氏風土、服章物產、全無纂錄、世所弗聞。復以春秋遞謝、年代久遠、兼并誅討、互有興亡。或地是故邦、改從今號、或人非舊類、因襲昔名。兼復部民交錯、封疆移改、戎狄音殊、事難窮驗。于闐之北、葱嶺以東、考于前史、三十餘國。其後更相屠滅、僅有十存。自餘淪沒、掃地俱盡、空有丘墟、不可記識。

陛下が天を受け物を育むことに、華夷を隔てることは無く、国の果ての民であっても、陛下を思慕し教化を受けない者はおりません。風俗・教化の及ぶところであれば、日の沈む西の果てかであろうとも、貢ぎ物は皆な通じ、遠くからもやって来ない者はおりませんでした。臣はすでに蛮族を慰撫し受け入れ、辺境の交易市場を監督し、書伝を究明し、胡人を探し訪れ、疑問に思う点があれば、すぐさま多くの人々に問うことによって詳細にしました。その本国の服装や容貌によって、王から庶人までそれぞれその容姿を明らかにし、絵の具で模写して『西域図記』を作成して三巻とし、四十四国をまとめました。そして別に地図を作り、その要害を事細かに書きました。西頃から北海の南まで、縦横に渡ること二万里になろうとします。実に富商や大商人が、あちこち巡って渡り歩くことによって、諸国の事は遍く知ることが出来きます。また荒れ果てた遠方の地がありますが、結局訪問しても明らかにし難く、無いことを書くことは出来ないので、欠けたままとしております。両漢は相次いで西域のことを記録しましたが、戸民が数十でも、すぐさま国王と称しており、無駄に国号を持たせ、その実状とは乖離しております。今、この書に記載されているものは、皆な数千戸あり、利得は西海を尽くし、珍しいものを多く産出する国であります。山居する者や、国名を有していないところ、また小さな部落は、多数ありますが掲載しておりません。敦煌から出発して西海にいたるまで全部で三道あり、それぞれ山河に囲まれております。北道は伊吾から、蒲類海・鐵勒部・突厥可汗庭を経て、北流河水を渡り、払菻《ふつりん》国に至り、西海に達します。その中道は高昌・

皇上膺天育物、無隔華夷、率土黔黎、莫不慕化。風行所及、日入以來、職貢皆通、無遠不至。臣既因撫納、監知關市、尋討書傳、訪採胡人、或有所疑、即詳衆口。依其本國服飾儀形、王及庶人、各顯容止、即丹青模寫、爲西域圖記、共成三卷、合四十四國。仍別造地圖、窮其要害。從西頃以去、北海之南、縱橫所亘、將二萬里。諒由富商大賈、周遊經渉、故諸國之事罔不徧知。復有幽荒遠地、卒訪難曉、不可憑虛、是以致闕。而二漢相踵、西域爲傳、戶民數十、即稱國王、徒有名號、乃乖其實。今者所編、皆餘千戶、利盡西海、多產珍異。其山居之屬、非有國名、及部落小者、多亦不載。發自敦煌、至于西海、凡爲三道、各有襟帶。北道從伊吾、經蒲類海・鐵勒部・突厥可汗庭、度北流河水、至拂菻國、達于西海。其中道從高昌・焉耆・龜茲・疏勒、度葱嶺・又經鏺汗・蘇對沙那國・康國・曹國・何國・大小安

焉耆《えんぎ》・龜茲《きじ》・疏勒《そろく》から、葱嶺を越え、そして鏺汗《ばつかん》・蘇対沙那国・康国・曹国・何国・大小の安国・穆国を経て、波斯に至り、西海に達します。その南道は鄯善《ぜんぜん》・于闐・朱倶波《しゅぐは》・喝槃陀《かつはんだ》から、葱嶺を越え、また護密・吐火羅《とから》・挹怛《ゆうたつ》・帆延《はんえん》・漕国を経て、北婆羅門に至り、西海に達します。これら三道の諸国にも、またそれぞれに道があり、南北で行き来しております。その東女国・南婆羅門国などは、みなその行くところに随うと、それぞれ到達することが出来ます。故に伊吾・高昌・鄯善は、みな西域の玄関口であるとわかります。総じて敦煌に集まっており、敦煌はその喉元の地であるといえましょう。国家の威徳と将士の勇猛さをもってすれば、濛汜《もうし》に船を浮かべて旗を掲げ、崑崙を越えて馬を躍らせることは、掌を返すかのように容易く、どうして行けないことがございましょうか。ただ突厥・吐谷渾が羌胡の国を分領し、塞ぎ止めているために、朝貢の道が途絶えております。今、西域の国々はみな商人を通じてひそかに（隋に）忠誠を示す書を送り、頭を上げ首を伸ばして、臣下となることを待ち望んでおります。上の聖情は（天下を）包み込んで育み、その恩沢は普天の下に行き届き、服従すればこれを慰撫し、安定和睦を保たれようとしております。それ故、中華が使者を派遣すれば、兵車を動かすことも無く、諸蕃はこのように従っておりますので、吐谷渾と突厥は滅ぼすことができましょう。夷狄と中華が一つになるのは、この時でございましょう。この書に記していない国は、（既に朝貢しており）隋の威徳と教化が及ばないことを上表するまでもない国でございます。

帝は大変悦び、反物五百段を賜った。毎日裴矩を呼び寄せて御座に来させ、親し

國・穆國・至波斯、達于西海。其南道從鄯善・于闐・朱倶波・喝槃陀、度葱嶺、又經護密・吐火羅・挹怛・帆延・漕國、至北婆羅門、達于西海。其三道諸國、亦各自有路、南北交通。其東女國・南婆羅門國等、並隨其所往、諸處得達。故知伊吾・高昌・鄯善、並西域之門戶也。總湊敦煌、是其咽喉之地。以國家威德、將士驍雄、汎濛汜而揚旌、越崐崙而躍馬、易如反掌、何往不至。但突厥・吐渾分領羌胡之國、爲其擁遏、故朝貢不通。今並因商人密送誠款、引領翹首、願爲臣妾。聖情含養、澤及普天、服而撫之、務存安輯。故皇華遣使、弗動兵車、諸蕃既從、渾、厥可滅。混一戎夏、其在茲乎。不有所記、無以表威化之遠也。

帝大悅、賜物五百段。毎日引矩至御坐、

く西方の事について質問した。裴矩は盛んに西域諸国には宝物が多く、吐谷渾は併呑しやすいと言った。帝はこれによって西域に対する憧れを抱き始め、西域に通じようとし、四夷への対応は全て裴矩に任せた。民部侍郎に転任し、まだ仕事にあたらないうちに、黄門侍郎に遷任した。帝はまた裴矩を張掖に行かせ、西域諸国を勧誘させたところ、十カ国余りの国がやって来た。

大業三年、帝が恒岳で祭祀を執り行うと、皆な祭祀に参列するためにやって来た。帝は河西に巡狩しようとし、また裴矩を敦煌に行かせた。裴矩は使者を派遣して高昌王の麴伯雅《きくはくが》と伊吾の吐《と》屯設《とんせつ》らを説得させ、利益を厚くして誘惑し、使者が入朝するように導いた。帝が西巡する際に、燕支山に宿泊すると、高昌王と吐屯設たちと西域諸国二十七国が、道端で拝謁した。皆な金玉を佩びさせられ、錦罽を着せられ、香を焚いて楽を奏で、歌儛は賑やかであった。また武威と張掖の士女に盛大に飾り立てさせて見物させ、騎馬がひしめくこと、数十里にもなり、中国の盛んさを示した。帝はこれを見て大変悦んだ。ついに吐谷渾を打ち破ると、領土を数千里広げ、ともに兵を派遣して守らせた。毎年の上納金は膨大で数え切れないほど多く、諸蕃は恐れおののき、朝貢する者が相次いだ。帝は裴矩に遠方を慰撫して帰順させた計略があると言い、位を銀青光禄大夫に進めた。この冬、帝が東都に行くと、裴矩は朝貢する蛮夷が多いので、帝に都で大戯させるようそれとなく言った。天下の奇技異芸の者を召し出して、（洛陽の）端門の通りに並べさせ、錦綺を着て、金翠の耳飾りを付けた者は、十数万もいた。また百官と民の士女を強制的に望楼に並べて座らせて見物させた。皆なきらびやかな服を着ていた。一ヶ月すると終わった。また市や店に全て帷

親問西方之事。矩盛言胡中多諸寶物、吐谷渾易可并呑。帝由是甘心、將通西域、四夷經略、咸以委之。轉民部侍郎、未視事、遷黄門侍郎。帝復令矩往張掖、引致西蕃、至者十餘國。

大業三年、帝有事於恒岳、咸來助祭。帝將巡河右、復令矩往敦煌。矩遣使說高昌王麴伯雅及伊吾吐屯設等、啗以厚利、導使入朝。及帝西巡、次燕支山、高昌王・伊吾設等、及西蕃胡二十七國、謁於道左。皆令佩金玉、被錦罽、焚香奏樂、歌儛諠譟。復令武威・張掖士女盛飾縱觀、騎乘塡咽、周亘數十里、以示中國之盛。帝見而大悅。竟破吐谷渾、拓地數千里、並遣兵戍之。每歲委輸巨億萬計、諸蕃慴懼、朝貢相續。帝謂矩有綏懷之略、進位銀青光祿大夫。其冬、帝至東都、矩以蠻夷朝貢者多、諷帝令都下大戲。徵四方奇技異藝、陳於端門街、衣錦綺、珥金翠者、以十數萬。又勒百官及民士女列坐棚閣而縱觀焉。皆被服鮮麗、終月乃罷。

帳を設置し、酒食を盛り並べさせ、蛮族担当の官に蛮夷を率いさせて民と貿易させると、彼らは至る所すべてで招待され席に座らされて、酔って満腹になると立ち去れた。蛮夷は嘆息して、中国は神仙の国だと言った。帝は裴矩の至誠を称賛し、宇文述と牛弘を顧みて「裴矩はとても朕の意を理解しており、その上奏するものは、皆な朕の目論むところである。まだ口に出さないうちに、裴矩はすぐさま上奏する。国家に奉じ心を用いる者でなければ、他に誰がこのように出来ようか」と言った。

帝は将軍の薛世雄《せっせいゆう》を派遣して伊吾に城を築かせ、裴矩と共に行かせて経営させた。裴矩は西域の諸国を諭して「天子は蕃人と交易なさるが大変遠いので、そこで伊吾に城を築かせたのである」と言った。みなはその通りだと思い、文句を言いに来ることはなくなった。帰還すると、銭四十万を賜った。裴矩はまた実状を述べて、射《しゃ》匱《き》を（処羅《しょら》可汗《かがん》から）離反させて、ひそかに処羅可汗を攻めさせるように申し上げた。この時の裴矩の言葉は西突厥伝にある。後に処羅可汗は射匱に追い詰められ、とうとう処羅可汗は（隋からの）使者に随って入朝した。帝は大変悦び、裴矩に貂裘《ちょうきゅう》と西域の珍器を賜った。

帝が塞北を巡行し、啓民可汗の帳に行幸するのに付き従った。この時、高麗は使者を派遣して先に突厥に通じていたが、啓民可汗は全く隠そうともせず、これを引き連れて帝に会わせた。裴矩はそこで高麗の状況を上奏して言った。

高麗の地は、元々孤竹の国です。周の時代にこの地に箕子《きし》を封じておりましたが、漢の世では三郡に分割し、晋朝でもまた遼東を統治しておりました。今は臣従しておらず、別に外域となっていましたので、先帝はお悩みになり、長ら

又令三市店肆皆設帷帳、盛列酒食、遣掌蕃率蠻夷與民貿易、所至之處、悉令邀延就坐、醉飽而散。蠻夷嗟歎、謂中國爲神仙。帝稱其至誠、顧謂宇文述、牛弘曰「裴矩大識朕意、凡所陳奏、皆朕之成算。未發之頃、矩輒以聞。自非奉國用心、孰能若是」。

帝遣將軍薛世雄城伊吾、令矩共往經略。矩諷諭西域諸國曰「天子爲蕃人交易懸遠、所以城伊吾耳」。咸以爲然、不復來競。及還、賜錢四十萬。矩又白狀、令反間射匱、潛攻處羅、語在西突厥傳。後處羅爲射匱所迫、竟隨使者入朝。帝大悅、賜矩以貂裘及西域珍器。

從帝巡于塞北、幸啓民帳。時高麗遣使先通于突厥、啓民不敢隱、引之見帝。矩因奏狀曰、

高麗之地、本孤竹國也。周代以之封于箕子、漢世分爲三郡、晉氏亦統遼東。今乃不臣、別爲外域、故先帝疾焉、欲征之久

くこれを征伐しようとしておりました。しかし楊諒《ようりょう》が不肖だったため、軍隊が出動しても成果がありませんでした。陛下の御代となり、どうしてこの事を問題にせず、この地を中華の境界とし、蛮族の郷としておけましょうか。今、高麗の使者は突厥に朝見して、啓民可汗が国をまとめて中華に従っていることを実見しているので、必ずや皇帝の威徳が遠く及んでいることを懼れ、後から降伏したのに先に滅亡してしまうことを慮っているでしょう。ここで高麗を脅して入朝させるべきでございます。

帝は「どのようにすればよいか」と答えた。裴矩は「その使者に面会して詔を下し、本国に帰還させ、高麗の王に『速やかに入朝せよ。さもなくば、必ずや突厥を率いて、即日誅すぞ』と、伝えさせましょう」と言った。

帝はその意見を納めた。高元《こうげん》は上の命を聞き入れなかったので、そこで始めて遼東征伐の策を立てた。王師が遼水に到着すると、本官のまま虎賁郎将を兼任した。翌年、再び帝に従って遼東に行った。兵部侍郎の斛斯政《こくしせい》が高麗に亡命すると、帝は裴矩に兵事も担当させた。遼東征伐の前後に、位を右光禄大夫に進めた。当時、朝廷の綱紀は弛み、人々は皆な節操を無くし、左翊衛大将軍の宇文述や内史侍郎の虞世基などは権力を振るい、文武の官で賄賂によって評判になる者が多くいた。ただ裴矩だけはいつもと変わらず、贈賄のうわさが無かったので、これによって世間の人々に賞賛された。

涿郡に帰還し、帝は楊玄感の反乱が平定されたことから、裴矩に隴西を慰撫させた。そこで会寧郡に行き、曷薩那可汗《かさつだかがん》の部落を慰問し、闕達度設《けつだつどせつ》を遣わして吐谷渾

矣。但以楊諒不肖、師出無功。當陛下之時、安得不事、使此冠帶之境、仍爲蠻貊之鄕乎。今其使者朝於突厥、親見啓民、合國從化、必懼皇靈之遠暢、慮後伏之先亡。脅令入朝、當可致也。

帝曰「如何」。矩曰「請面詔其使、放還本國、遣語其王、今速朝覲。不然者、當率突厥、即日誅之」。

帝納焉。高元不用命、始建征遼之策。王師臨遼、以本官領武賁郎將。明年、復從至遼東。兵部侍郎斛斯政亡入高麗、帝令矩兼掌兵事。以前後渡遼之役、進位右光祿大夫。于時皇綱不振、人皆變節、左翊衞大將軍宇文述、內史侍郎虞世基等用事、文武多以賄聞。唯矩守常、無贓穢之響、以是爲世所稱。

還至涿郡、帝以楊玄感初平、令矩安集隴右。因之會寧、存問曷薩那部落、遣闕達度

に侵攻させ、しばしば捕虜を得たので、部落は豊かになった。裴矩が帰還して上奏すると、帝は大いに裴矩を賞賛した。後に従軍して懐遠鎮まで行くと、詔により護北蕃軍事となった。裴矩は始畢可汗《しひつかがん》の部族がだんだんと盛んになってきたことから、その勢力を分断する方法を献策し、皇室の娘をその弟の叱吉設《しつきつせつ》に嫁がせ、南面可汗《なんめんかがん》に任命しようとした。叱吉は受けようとはしなかったが、始畢可汗はこれを聞くとだんだんと怨みを募らせるようになった。裴矩はまた帝に「突厥はもともと淳朴で仲違いさせやすいのですが、ただその中には多くの諸胡族がおり、彼らが皆な悪賢くて、突厥を教導しているのです。臣は史蜀胡悉《ししょくこしつ》という者が最も姦計が多く、始畢可汗に気に入られていると聞いております。この者を誘い出して殺してしまいましょう」と言った。帝は「よかろう」と答えた。裴矩はそこで使者を派遣して史蜀胡悉に「天子が珍宝を沢山お出しになり、今、馬邑にそれらを置き、蛮地と内地とで多くの交易をしようとお考えである。もし先に来れば、良き物が手に入るぞ」と告げさせた。史蜀胡悉は貪欲なためにこの言葉を信じ、始畢可汗に告げないで、その部落を率いて、家畜を全て走らせ、急いで我先に進み、真っ先に交易しようと願った。裴矩は兵を馬邑のそばに伏せ、史蜀胡悉を誘い出して斬った。詔を下して始畢可汗に「史蜀胡悉は突然部落を引き連れてここに馳せ参じてきて『可汗に背いたので、私を受け入れて欲しい』と言ってきた。突厥はすでに我が臣であって、彼がそれに謀叛したとあれば、私としては突厥と共に史蜀胡悉を殺さなければなるまい。今すでに斬ったので、使者を行かせて報告させる」と知らせた。始畢可汗はまたその内情を知り、これによって朝見しなくなった。

設寇吐谷渾、頻有虜獲、部落致富。還而奏狀、帝大賞之。後從師至懷遠鎮、詔護北蕃軍事。矩以始畢可汗部衆漸盛、獻策分其勢、將以宗女嫁其弟叱吉設、拜爲南面可汗。叱吉不敢受、始畢聞而漸怨。矩又言於帝曰「突厥本淳易可離間、但由其内多有羣胡、盡皆桀黠、教導之耳。臣聞史蜀胡悉尤多姦計、幸於始畢、請誘殺之」。帝曰「善」。矩因遣人告胡悉曰「天子大出珍物、今在馬邑、欲共蕃内多作交關。若前來者、即得好物」。胡悉貪而信之、不告始畢、率其部落、盡驅六畜、星馳爭進、冀先互市。矩伏兵馬邑下、誘而斬之。詔報始畢曰「史蜀胡悉忽領部落走來至此、云『背可汗、請我容納』。突厥既是我臣、彼有背叛、我當共殺。今已斬之、故令往報」。始畢亦知其狀、由是不朝。

十一年、帝が北方を巡狩すると、始畢可汗は騎兵数十万を率いて、帝を雁門で包囲した。詔を下して裴矩と虞世基を常に朝堂に宿直させ、上の諮問に備えて待機させた。包囲が解けると、帝に従って東都に行った。ちょうど、射匱可汗がその甥に西蕃の諸胡族を率いさせて朝貢してきたので、詔を下して裴矩にもてなさせた。ついで江都宮に行幸するのに付き従った。

　この時、四方で盗賊が蜂起し、郡県からの上奏文は数え切れないほどであった。裴矩がこのことを申し上げると、帝は怒り、裴矩を京師に行かせ蛮族を接待させようとしたが、病気のために行かなかった。(唐の)義兵が関中に入ると、帝は虞世基を裴矩の邸宅に行かせ裴矩に対策を尋ねさせた。裴矩は「太原に変事があり、京畿も騒がしく、遠くから処置をしますと、時機を失う恐れがございます。速やかに京師にお帰りになって、平定されることを願うばかりです」と答えた。裴矩は再び政務を執った。やがて驍衛大将軍の屈突通《くつとつつう》が敗れたとの知らせが届き、裴矩がこのことを上奏すると、帝は色を失った。裴矩はもとより勤勉で、人に逆らったりすることが無かったが、また天下が乱れていくのを見て、我が身に禍が降りかかるのを恐れたため、人を遇するにも、相手の希望以上のことをすることが多くなった。それ故、奴隷に対してすら、その歓心を得ていた。この時、上に付き従っていた驍果がしばしば逃亡していたので、帝は憂慮し、裴矩に(対策を)尋ねた。裴矩は「今、車駕がここに滞留して、すでに二年になります。驍果たちは、皆な家族がおりませんが、人は連れ合いがいなければ、長らく安んじないものです。どうか兵士たちが妻を娶ることをお許し下さい」と答えた。帝は大変喜んで「公はまったく知恵者で

十一年、帝北巡狩、始畢率騎數十萬、圍帝於雁門。詔令矩與虞世基每宿朝堂、以待顧問。及圍解、從至東都。屬射匱可汗遣其猶子、率西蕃諸胡朝貢、詔矩醮接之。尋從幸江都宮。

時四方盜賊蜂起、郡縣上奏者不可勝計。矩言之、帝怒、遣矩詣京師接候蕃客、以疾不行。及義兵入關、帝令虞世基就宅問矩方略。矩曰「太原有變、京畿不靜、遙爲處分、恐失事機。唯願鑾輿早還、方可平定」。矩復起視事。俄而驍衛大將軍屈突通敗問至、矩以聞、帝失色。矩素勤謹、未嘗忤物、又見天下方亂、恐爲身禍、其待遇人、多過其所望、故雖至廝役、皆得其歡心。時從駕驍果數有逃散、帝憂之、以問矩。矩答曰「方今車駕留此、已經二年。驍果之徒、盡無家口、人無匹合、則不能久安。臣請聽兵士於此納室」。帝大喜曰「公定多智、此奇計也」。因令矩檢校爲將十等娶妻。矩召江都境內寡婦及未嫁女、皆集宮監、又召將帥及兵等恣

あるな。これは妙案だ」と言った。そこで裴矩に将士たちの嫁取りについて取り仕切らせた。裴矩は江都内の寡婦と未婚者を召し出して、その者たちをすべて宮監に集め、また将帥や兵たちを召し出してほしいままに選ばせた。そこで自首を推奨し、以前に姦通罪の婦女や尼・女道士なども、彼らに娶せていった。これによって驍果たちは悦び、彼らは皆な「裴公のお恵みである」と言い合った。

宇文化及が反乱を起こした時、裴矩は朝起きて朝見しようとして、坊門までやって来ると、逆党数人に出逢った。彼らは裴矩の馬を引いて孟景《もうけい》の所まで連れて行った。賊は皆な「裴黄門どのには手を出すな」と言った。まもなく宇文化及が百騎余りを従えてやって来ると、裴矩は迎拝し、宇文化及は彼を慰めた。宇文化及は裴矩に儀注を参定させ、秦王の子の楊浩《ようこう》を推戴して帝とし、裴矩を侍内とした。裴矩は宇文化及が河北に行くのに随った。宇文化及が帝位を僭称すると、裴矩を尚書右僕射とし、光禄大夫の位を加え、蔡国公に封じ、河北道安撫大使とした。

宇文氏が敗れると、竇建徳《とうけんとく》に捕らえられたが、竇建徳は裴矩が隋朝の老臣であったので、大変厚遇した。ふたたび吏部尚書となり、次いで尚書右僕射に転任して、人事を担当した。竇建徳は群盗から身を起こし、文飾することができなかったので、裴矩はそのために朝儀を制定した。一ヶ月の間に、憲章は非常に整備され、王者に擬えていた。竇建徳は大変悦び、いつも裴矩に諮問していた。竇建徳が黄河を渡り孟海公《もうかいこう》を討つ際には、裴矩は曹旦《そうたん》たちと洺州で留守を担当した。竇建徳が虎牢関で敗れ、将軍たちはどこに帰属するか判断できなかったが、曹旦の長史であった李公淹《りこうえん》と大唐の使者である魏徴《ぎちょう》たちは曹旦と齊善行《せいぜんこう》を説得して唐に帰順させようとした。曹旦た

其所取。因聽自首、先有姦通婦女及尼、女冠等、並即配之。由是驍果等悅、咸相謂曰、裴公之惠也。

宇文化及之亂、矩晨起將朝、至坊門、遇逆黨數人、控矩馬詣孟景所。賊皆曰「不關裴黄門」。既而化及從百餘騎至、矩迎拜、化及慰諭之。令矩參定儀注、推秦王子浩爲帝、以矩爲侍內、隨化及至河北。及僭帝位、以矩爲尚書右僕射、加光祿大夫、封蔡國公、爲河北道安撫大使。

及宇文氏敗、爲竇建德所獲、以矩隋代舊臣、遇之甚厚。復以爲吏部尚書、尋轉尚書右僕射、專掌選事。建德起自羣盜、未有節文、矩爲制定朝儀。旬月之間、憲章頗備、擬於王者。建德大悅、每諮訪焉。及建德渡河討孟海公、矩與曹旦等於洺州留守。建德敗於武牢、羣帥未知所屬、曹旦長史李公淹、大唐使人魏徵等說旦及齊善行令歸順。旦等從之、乃

ちはこれに従い、そこで裴矩と魏徴・李公淹に曹旦の身柄と八璽を携えさせ、山東の地を挙げて大唐に帰順した。裴矩は左庶子を授かり、詹事・民部尚書に転任した。

史臣の言葉。

虞世基は初めは雅やかで飾り気もないことで名を知られ、併せて文章の華やかさで重んじられており、国を失い羇旅《きりょ》の臣となっても、地位と待遇を特に蒙った。機務に携わり、帷幄の謀に預かり、国は危うくいまだ安寧でなかったが、主君は暗愚でその諫言を聞き入れることができなかった。そこではじめて官職を売買し裁判を金銭で左右し、飽きることなく不正に財貨を手に入れ、その身を落としたが、これもまたそのことによる。裴蘊はもとより陰険邪悪な気持ちを抱いており、附会することに巧みで、権力を笠に着て威張り散らし、ただ利益だけを求めていた。滅亡の禍から、どうして免れることができようか。裴矩の学問は経書や史書にも渉り、優れた器量を持っており、職務に忠実で怠ることがなく、朝から晩まで公務に勤めていることに関しては、こういった人物を古人に探し求めたとしても、ほとんどいないであろう。政務に携わることは、長年に渡っていたが、危機動乱の中にあっても、誠廉謹直な態度を欠くことがなかったことは、素晴らしいことである。しかし、上の意向に迎合し、その時に従って消息して、高昌を入朝させ、伊吾に地を献上させ、兵糧を且末に集め、軍隊は玉門を出発していった。関西は騒然としたが、これはまた裴矩にもかなりの原因がある。

令矩與徴、公淹領旦及八璽、擧山東之地歸于大唐。授左庶子、轉詹事、民部尚書。

史臣曰、

世基初以雅澹著名、兼以文華見重、亡國羇旅、特蒙任遇。參機衡之職、預帷幄之謀、國危未嘗思安、君昏不能納諫。方更鬻官賣獄、黷貨無厭、顛隕厥身、亦其所也。裴蘊素懷姦險、巧於附會、作威作福、唯利是視、滅亡之禍、其可免乎？裴矩學涉經史、頗有幹局、至於恪勤匪懈、夙夜在公、求諸古人、殆未之有。與聞政事、多歴歳年、雖處危亂之中、未虧廉謹之節、美矣。然承望風旨、與時消息、使高昌入朝、伊吾獻地、聚粮且末、師出玉門。關右騷然、頗亦矩之由也。

コラム⑥

『隋書』経籍志

洲脇武志

一口に「中国の古典」と言っても、そこには様々なジャンルの書物がある。李白《りはく》や杜甫《とほ》に代表される詩、『論語《ろんご》』や『老子《ろうし》』といった思想書、『水滸伝《すいこでん》』・『西遊記《さいゆうき》』などの小説、そして『隋書』といった歴史書など、中国では古来から多くの書物が作られていた。そして時代が下るにつれて書籍が増えていくと、これらを分類整理して、図書目録を作るようになる。『隋書』経籍志《けいせきし》は、そんな数多く存在する中国の図書目録の中でも、現存する二番目に古い目録であり、また後世に多大な影響を与えた目録でもある。ここでは『隋書』経籍志について紹介していくが、まずは『隋書』経籍志までの図書目録について簡単に見ていきたい。

一、劉向・劉歆による図書の整理

書籍を分類して解題を作成したり、またその書籍の由来・淵源などを明らかにする学問を「目録学」といい、中国では特に発展してきた。目録学は前漢《ぜんかん》の劉向《りゅうきょう》・劉歆《りゅうきん》親子に始まるので、まずは二人の業績を確認していきたい。

前漢の成帝《せいてい》の時代、書籍が散佚していたので、全国から書籍を集めさせ、更にそれらを劉向たちに整理・校訂させた。劉向は書籍の校訂が終わるたびに、その書籍の篇目を書き、併せて解題も作成して上奏した。この書籍の解題はそれぞれの書籍にも付けられたが、それとは別にその解題部分だけを集めて一書にしたものも作成し、それを『別録《べつろく》』といった。劉向の図書整理事業は、劉向の死後も続けられ、後を継いだ息子の劉歆は、劉向の『別録』をもとに新たな目録を作成した。これが中国最初の図書目録である『七略《しちりゃく》』である。『七略』はその名の通り、「輯《しゅう》略」「六芸《りくげい》略」「諸子《しょし》略」「詩賦《しふ》略」「兵書《へいしょ》略」「術数《じゅつすう》略」「方技《ほうぎ》略」の七項目に分かれていたという。残念ながら『別録』も『七略』も現在は散逸して見ることは出来ないが、後に班固《はんこ》が『七略』の主要な部分を取って、自身が編纂していた『漢書』の芸文志《げいもんし》に組み込んだ。そのため、我々は『漢書』芸文志を通じて『七略』の概要を知ることが出来るのである。

二、『漢書』芸文志

『漢書《かんじょ》』は後漢《ごかん》の班固が編纂した、前漢王朝一代の歴史を記した歴史書である。その志部分にある『漢書』芸文志は、現存する中国最古の図書目録として知られているが、この『漢書』芸文志は以下のように図書を分類している。

・六芸略――易《えき》・書・詩・礼《れい》・楽・春秋《しゅんじゅう》・論語・孝経《こうきょう》・小学
・諸子略――儒家《じゅか》・道家《どうか》・陰陽家《いんようか》・法家《ほうか》・名家《めいか》・墨家《ぼくか》・縦横家《じゅうおうか》・雑家《ざつか》・農家《のうか》・小説家《しょうせつか》
・詩賦略――屈原《くつげん》賦等・陸賈《りくか》賦等・孫卿《そんけい》賦・雑《ざつ》賦・歌詩
・兵書略――兵権謀・兵形勢・陰陽・兵技巧
・数術略――天文・歴譜《れきふ》・五行《ごぎょう》・著亀《ちょき》・雑占《ざっせん》・形相《けいそう》
・方技略――医経・経方《けいほう》・房中《ぼうちゅう》・神仙

ごく簡単に言えば、六芸略は儒教の経典とそれを読むための字書類を、諸子略は儒教経典以外の思想書を、詩賦略は文学作品を、兵書略は戦争に関する書物を、数術略は天文・五行・占いに関する書物を、方技略は医術・神仙に関する書物を収録している

『漢書』芸文志は、まず「易」や「書」などの項目ごとに書名を記し、項目ごとの末尾に解題（小序）が置かれ、六略それぞれの末尾にその略全体の解説（総序）を置くという構成であるが、この「小序」と「総序」によって、単に漢代にどのような書籍があったのかわかるだけでなく、漢代の学術思想なども窺えるのである。

なお、『漢書』芸文志は劉歆『七略』に基づいているのだが、『漢書』芸文志には『七略』にあった「輯略」が無い。だが「輯略」は、梁の阮孝緒や唐の顔師古の説によれば、他の六略の解説部分をまとめたものだという。したがって、『七略』も『漢書』芸文志と同じく書籍を六分類して整理していたのである。

三、荀勗『中経新簿』――四部分類の登場

『漢書』芸文志から『隋書』経籍志の間には、現存しないとはいえ数多くの図書目録が作られていった。その中でまず注目したいのは西晋の秘書監（宮中図書館長）であった

荀勗《じゅんきょく》の『中経新簿』である。荀勗は魏の鄭黙《ていもく》『中経』に基づいて『中経新簿』を編纂したが、この書の最大の特徴は、『七略』・『漢書』芸文志以来の六分類を改めて、甲部・乙部・丙部・丁部の四分類とした点である。それぞれの部の内訳であるが、甲部は儒教の経典と字書類、乙部は儒教経典以外の思想書や兵書・術数・医術に関する書物、丙部は歴史書など、丁部は文学作品を収録している。大まかに『漢書』芸文志の分類を当てはめれば、甲部は六芸略に、乙部は諸子略・兵書略・数術略・方技略に、丁部は詩賦略に相当する。丙部は歴史書なので、『漢書』芸文志には相当する項目が無いように見えるが、歴史書は『漢書』芸文志では六芸略の春秋部分に収録されていたので、ここから独立させたのである。またこれらの点からは歴史書の増加や史学の隆盛を窺うことができよう。この四部分類法であるが、後に東晋の李充《りじゅう》『晋元帝書目』によって乙部と丙部の順番が入れ替えられ、『隋書』経籍志にも引き継がれることとなる。

なお、四部分類が登場した後も、『七略』・『漢書』芸文志の分類方法を受け継ぐ目録は編纂されていた。その代表的なものが南斉の王倹《おうけん》『七志』・梁の阮孝緒《げんこうしょ》『七録』である。両書ともに散逸しているので詳しい内容は不明だが、その構成は伝わっているので、どのように書籍を分類していたのかは窺うことができる。

『七志』——経典志・諸子志・文翰志・軍書志・陰陽志・術芸志・図譜志・(附)道仏

『七録』——経典録・記伝録・子兵録・文書録・技術録・仏録・道録

両書ともに『漢書』芸文志の分類方法をそのまま踏襲していたわけでは無く、いくつかの改変を加えていることがわかる。特に仏教と道教関係の項目を立てている点には注目しておきたい。南北朝時代は仏教と道教が隆盛した時代でもあるが、その様子が目録からも窺える。

四、『隋書』経籍志

隋でも書籍の収集は積極的に行われた。高祖が即位すると、秘書監の牛弘《ぎゅうこう》が使者を全国に派遣して書籍の収集を行うことを上奏し、高祖は書物を献上した者には一巻につき絹一匹を与えると詔を下して書籍の収集に力を入れている。続く煬帝も書籍の収集に力を入れ、その成果として『隋大業正御書目録』が編纂された。『隋書』経籍志は、この『隋大業正御書目録』を基に編纂されたと考えられる。

隋を受け継いだ唐もまた書籍の収集に積極的に取り組み、令狐徳棻《れいことくふん》・魏徴《ぎちょう》・虞世南《ぐせいなん》・顔師古《がんしこ》といった当時を代表する人物が秘書省において図書の収集・整理にあたっていた。

さて、唐の太宗《たいそう》は、貞観三（六二九）年にまず「五代史」の編纂を命じ、「五代史」完成後の貞観十五（六四一）年に「五代史志」の編纂を命じた。この「五代史志」が、現在の『隋書』の志部分であり、高宗の顕慶元（六五六）年に完成した（詳しくはコラム①参照）。『隋書』の志は、礼儀志七巻・音楽志三巻・律暦志三巻、天文志三巻・五行志二巻・食貨志一巻・刑法志一巻・百官志三巻・地理志三巻・経籍志四巻で構成されている。この『隋書』経籍志であるが、以下のように図書を分類している。

経――易・書・詩・礼・楽・春秋・論語・孝経・
　　讖緯・小学・六経・小学
史――正史・古史・雑史・覇史・起居注《ききょちゅう》・旧事・
　　職官・儀注・刑法・雑伝・地理・譜系・簿録
子――儒・道・法・名・墨・縦横・雑・農・小説・
　　兵・天文・暦数・五行・医方
集――楚辞・別集・総集
付――道経・仏経

『隋書』経籍志は四部分類を採用しているが、各部の呼称が「甲乙丙丁」から「経史子集」に変化している点、また部としては独立していないが、道教と仏教関係の書籍も収録している点には注意しておきたい。上記の分類項目だけ見ると『漢書』芸文志の影響は少ないように見えるが、『漢書』芸文志と同様に各部・各項目末に解題（小序）が設けられ、また冒頭部分にはこれまでの目録学の歴史を述べた「総序」が置かれている。また、『隋書』経籍志は、書名・巻数・著者の順番で記載するが、時折「梁有…巻。亡」といった形式で、梁の蔵書状況にも言及している。『隋書』経籍志は、隋の蔵書やその学術思想だけでは無く、広く梁の蔵書や南北朝時代の学術思想までも知ることができる貴重な資料だと言えよう。
『隋書』経籍志の四部分類方法は長く後世の基準となり、細部の修正はあるものの、清代に編纂された『四庫全書総目提要』まで継承されていった。また、我が国に現存する最古の漢籍目録である『日本国見在書目録』にも多大な影響を与えている。

参考文献

井ノ口哲也『入門　中国思想史』（勁草書房、二〇一二年）
興膳宏・川合康三『隋書經籍志詳攷』（汲古書院、一九九五年）
鈴木由次郎『漢書芸文志』（明徳出版社、一九六八年）
余嘉錫著、古勝隆一・嘉瀬達男・内山直樹訳注『古書通例　中国文献学入門』（東洋文庫、平凡社、二〇〇八年）
余嘉錫著、古勝隆一・嘉瀬達男・内山直樹訳注『目録学発微　中国文献分類法』（東洋文庫、平凡社、二〇一三年）

第十章　宇文化及・司馬德戡・裴虔通・王世充・段達――逆臣たち

序

そもそも形を天地に則ったものの中で、人が最も霊妙であると言われるのは、人が父子の道を知り、君臣の義を知っており、それらが禽獣とは異なっているからである。『春秋外伝《しゅんじゅうがいでん》』（『国語《こくご》』）に「人が生れれば（父と師と君主に対する）三つの立場に身を置くが、どれに対しても同じように尽くせ」と言ってる。そうであるならば君臣父子の関係は、その道が異ならず、父は父としての、子は子としての、君主は君主としての、臣下は臣下としての行いをしなければならない。だからこそ『春秋左《さ》氏《し》伝《でん》』には「君主は天のようなものであり、天に仇なすことができようか」と言っている。こうしたことから臣下としての道を全うする者は、罪を得れば刑に伏し、危難を見れば一命を捧げ、忠義を尽くすことで臣節を立て、艱難に当たっても逃れようとしない。そのため彼らの風聞を耳にした者は、彼らのために嘆き憤り、千年の後であろうとも、彼らを臣下とすることを願わぬ者はいないのだ。これこそ彼らが生きては栄誉を受け死んでは悲哀され、高貴な地位に就いて上代の賢人のように重んじられる理由である。

それが己の名を簡策に記して君主に身命を委ねるように仕え、代々公卿として俸

【原文】

夫肖形天地、人稱最靈、以其知父子之道、識君臣之義、異夫禽獸者也。傳曰、「人生在三、事之如一」。然則君臣父子、其道不殊、父不可以不父、子不可以不子、君不可以不君、臣不可以不臣。故曰「君猶天也、天可讎乎」。是以有罪歸刑、見危授命、竭忠貞以立節、不臨難而苟免。故聞其風者、懷夫慷慨、千載之後、莫不願以爲臣。此其所以生榮死哀、取貴前哲者矣。

至於委質策名、代卿世祿、出受心膂之

禄を受け、京師の外に出ても信任を寄せられ、京師に入れば皇宮内の策謀に参与する立場でありながらも、その身は要職にありながら、秦の趙高《ちょうこう》のごとき姦謀を廻らせ、代々権勢と寵愛を授かりながら、新の王莽《おうもう》のごとき悪逆を行うのであれば、それは生きとし生けるものに憎み嫌われ、その残り物は犬や豚でさえも食らわない。しかしその者の首級を社稷に供えてその一族の宮廟を除き去ることで、誅殺されねばならなかった罪を明らかにし、その棺を断ち切り骨を焼き払うことで、簒奪と弑逆の罪を明らかにすることは、過去の罪について罰することができても、将来の者を深く戒めるには不十分である。昔、孔子が『春秋』を編纂して、乱臣賊子にその不忠不孝が糾弾されることを恐れさせたのは、そもそもそうした者たちが名声を求めても後世に名を残させず、悪名を覆い隠そうとしてもそれを明らかにするためである。今、とりわけその罪名を明確にして篇首に記したのは、後世の君子が作者の意図を理解することを願ってのことである。

宇文化及（弟・宇文智及）

宇文化及《うぶんかきゅう》は、左翊衛大将軍の宇文述《うぶんじゅつ》の子である。性格は凶悪で法令に従わず、肥馬に乗って弾弓を手挟み、道を疾走させることを好んでいたので、長安では軽薄公子と呼ばれていた。煬帝が皇太子であった時は、いつも千牛（護衛官）を兼任しており、煬帝の私室内にまで出入りしていた。官を累遷して太子僕に至った。何度も賄賂を受けたために再三免官されたが、太子は彼を信愛して、すぐに復職させた。また、その弟の宇文士及《うぶんしきゅう》が南陽公主《なんようこうしゅ》を娶らされていたためでもある。宇文化及はこ

寄、入參帷幄之謀、身處機衡、肆趙高之姦宄、世荷權寵、行王莽之桀逆、生靈之所讎疾、犬豕不食其餘。雖薦社汙宮、彰必誅之釁、斲棺焚骨、明簒殺之咎、可以懲夫既往、未足深誡將來。昔、孔子修春秋、而亂臣賊子知懼、抑使之求名不得、欲蓋而彰者也。今、故正其罪名以冠於篇首、庶後之君子見作者之意焉。

宇文化及、左翊衛大將軍述之子也。性兇險不循法度、好乘肥挾彈、馳騖道中、由是長安謂之輕薄公子。煬帝爲太子時、常領千牛、出入臥內。累遷至太子僕。數以受納貨賄再三免官、太子嬖昵之、俄而復職。又、以其弟士及尚南陽公主。化及由此益驕、處

うしたことから益々驕り高ぶり、公卿に対しても、その言葉遣いは不遜なもので、相手を凌辱したり軋轢を生むことが多かった。他人の娘や犬馬・珍しい器物を見れば、必ずそれを願い求めた。常日頃から屠殺屋の類と遊び、利益によって態度を決めていた。煬帝が即位すると、太僕少卿に任命され、益々以前からの恩情を恃みとして、汚職が最も酷かった。

大業の初年、煬帝が楡林に行幸すると、宇文化及と弟の宇文智及《うぶんちきゅう》は禁令に違反して突厥と交易した。帝は激怒して、彼ら兄弟を数ヶ月収監したままにした。京師に帰還して青門の外に到着すると、上《しょう》(煬帝)はこの兄弟を斬り殺してから入城しようと思い、二人の衣服を脱がせて髪を縛り上げさせたが、南陽公主のこともあったため、その後しばらくしてから二人の死罪を赦し、宇文化及と宇文智及はともに宇文述に下賜して奴隷とさせた。宇文述が薨去した後、煬帝はこの兄弟のことを思い出して、宇文化及の身分を戻して右屯衛将軍とし、宇文智及を将作少監とした。

この時、李密は洛口を拠点として反乱を起こしており、煬帝は恐れて淮南に留まり、都に帰還しようとしなかった。上に付き従った驍果《ぎょうか》には関中の人が多く、長い間異郷で過ごしていたため、帝に京師へ帰還する意思が無いのを見て取ると、叛旗を揚げてでも帰郷しようと企て始めた。その時虎賁郎将の司馬徳戡《しばとくかん》は驍果を統率し、東城に駐屯しており、兵士が叛乱を望んでいることを耳にしたが、まだ詳細が分からなかったので、校尉の元武達《げんぶたつ》に内密に驍果に問わせ、その実情を知ると、それによって異心を懐くようになった。司馬徳戡は仲の良かった虎賁郎将の元禮《げんれい》と直閤の裴虔通《はいけんつう》とともに互いをけしかけ合うようにして「今、陛下は丹陽に宮殿を築こうと

公卿間、言辭不遜、多所陵轢。見人子女狗馬珍玩、必請託求之。常與屠販者遊、以規其利。煬帝即位、拜太僕少卿、益恃舊恩、貪冒尤甚。

大業初、煬帝幸楡林、化及與弟智及違禁與突厥交市。帝大怒、囚之數月。還至青門外、欲斬之而後入城、解衣辮髮、以公主故、久之乃釋、幷智及並賜述爲奴。述薨後、煬帝追憶之、遂起化及爲右屯衛將軍、智及爲將作少監。

是時、李密據洛口、煬帝懼、留淮左、不敢還都。從駕驍果多關中人、久客羈旅、見帝無西意、謀欲叛歸。時武賁郎將司馬德戡總領驍果、屯於東城、風聞兵士欲叛、未之審、遣校尉元武達陰問驍果、知其情、因謀構逆。共所善武賁郎將元禮・直閤裴虔通互相扇惑曰「今、聞陛下欲築宮丹陽、勢不還矣。所部驍果莫不思歸、人人耦語並謀逃去。

され、京師には帰還されぬそうである。配下の驍果は誰もが帰還を望み、それぞれ隠語を用いて京師に逃げ帰ろうと計画を練っている。私はこのことを陛下に申し上げようと思ったが、陛下は恨み深い性格で、兵が逃げ去ることを聞くのを嫌がるだろうから、おそらく兵が逃げるより先に私が誅殺されるであろう。しかし事態を察知しておきながら申し上げず、後になって事件が起きてしまえば、それもまた私を一族皆殺しになされるであろう。どうしたところで殺されてしまうのだが、これはいかがすべきであろうか」と言った。裴虔通が「上は本当にそうされるだろうから、なんとも公のことが心配だ」と言うと、司馬徳戡が二人に対して「私が聞くに関中はすでに賊の手に落ち、李孝常は華陰県ごと謀叛したが、陛下は李孝常の弟二人を捕らえて、どちらも殺してしまうという。我らの家族は関西に暮らしているが、どうしてこの李孝常兄弟と同じ目に遭う心配をせずにいられようか」と言った。裴虔通が「私の子や弟たちはすでに壮年であるが、もしも彼らが賊から己の身を守るために寝返るようなことがあれば、きっと私はその日のうちに誅殺されるであろうが、考えてもどうすればよいのか分からない」と言うと、司馬徳戡が「みな同じことを憂慮しているのだから、一緒に計画を練ろうではないか。もし驍果が逃走したときは、一緒に逃げれば良いのだ」と言い、裴虔通と元礼は「まったく公の言うとおりだ。命を長らえるのには、それ以上良い手はあるまい」と言った。そこで互いに同志を誘い合わせた。また、内史舎人の元敏《げんびん》、鷹揚郎将の孟秉《もうへい》、符璽郎の李覆《りふく》と牛方《ぎゅうほう》裕《ゆう》、直長の許弘仁《きょこうじん》と薛世良《せつせりょう》、城門郎の唐奉義《とうほうぎ》、医正の張愷《ちょうがい》らにも話を伝え、日夜博奕を口実にして集まると、刎頸の交わりを誓い合い、心から親密となって、誤魔化

我欲言之、陛下性忌、惡聞兵走、即恐先事見誅。今知而不言、其後事發、又當族滅我矣。進退爲戮、將如之何」。虔通曰「上實爾、誠爲公憂之」、德戡謂兩人曰「我聞關中陷沒、李孝常以華陰叛、陛下收其二弟、將盡殺之。吾等家屬在西、安得無此慮也」。虔通曰「我子弟已壯、誠不自保、正恐旦暮及誅、計無所出」、德戡曰「同相憂、當共爲計取。驍果若走、可與俱去」、虔通等曰「誠如公言。求生之計、無以易此」。因遞相招誘。又、轉告內史舍人元敏・鷹揚郎將孟秉、符璽郎李覆・牛方裕、直長許弘仁・薛良、城門郎唐奉義、醫正張愷等、日夜聚博、約爲刎頸之交、情相款昵、言無迴避、於座中輒論叛計並相然許。時李孝質在禁令驍果守之、中外交通所謀益急。

したもの言いはせず、その場で叛乱の計略を論じることも皆が容認していた。そのころ李孝質が禁中に務めて驍果に警備を指示していたため、宮殿の内外の行き来が可能となって陰謀は急速に進んでいった。

趙行樞《ちょうこうすう》という者は、楽人の子であり、家に巨万の富があったため、以前から宇文智及と交友があった。勲侍の楊士覧《ようしらん》という者は、宇文氏の甥に当たる。この二人がともに宇文智及に事態を告げた。宇文智及はもともと常軌を逸していたため、この話を聞くと喜んで、ともに司馬徳戡に会うと、三月十五日に挙兵してみなで反乱を起こし、十二衛（左右の翊衛・驍衛・武衛・屯衛・禦衛・候衛）の馬を奪い、江都の住民の財物を略取して、仲間と連れだって関西に帰還することを計画していた。宇文智及は「それではダメですよ。今となっては天がまさに隋を滅ぼそうとしていて、何人もの英雄たちが立ち上がり、同じように隋への叛乱を心に思う者は、すでに数万人もいるのですよ。ここで大事を行うのでしたら、それは帝業をなすべきです」と言った。司馬徳戡はそれに賛同した。趙行樞と薛世良は宇文化及を盟主とすることを求め、約定が交わされると、ともに宇文化及へと告げた。宇文化及は生来愚鈍で臆病であったため、初めはこの話を聞いて恐れおののき、動揺して汗を流したが、しばらくするとこれを認めた。

義寧二年三月一日、司馬徳戡は計画をみなに告げようと思ったが、人心がまだ一つになってないことを恐れ、さらに驍果を騙して脅すことを思い、許弘仁と張愷に「君らは名医であり、国家の重臣である。口に出して人々を騙そうとすれば、人々は必ず信じ込むであろう。君らは備身府にも出入りできるのだから、中の知り合い

趙行樞者、樂人之子、家産巨萬、先交智及。勳侍楊士覽者、宇文甥。二人同告智及。智及素狂悖、聞之喜、即共見德戡、期以三月十五日舉兵同叛、劫十二衛武馬、虜掠居人財物、結黨西歸。智及曰「不然。當今天實喪隋、英雄並起、同心叛者已數萬人。因行大事、此帝王業也」。德戡然之。行樞・薛良請以化及爲王、相約既定、方告化及。化及性本駑怯、初聞大懼、色動流汗、久之乃定。

義寧二年三月一日、德戡欲宣言告衆、恐以人心未一、更思譎詐以脅驍果、謂許弘仁・張愷曰「君是良醫、國家任使。出言惑衆、衆必信。君可入備身府、告識者、言陛

に、陛下は驍果が叛乱を起こそうとしているの聞いて、多くの毒酒を作らせ、それを用いて驍果を労ってすべて毒殺し、一人で南人たちとここに留まろうとしている、と告げるのだ」と言った。許弘仁らはこの話を言いふらし、驍果はこれを聞くと互いに告げ合って、叛乱の企ては以前に益して盛んになった。司馬徳戡はこの計略がすでに行われていることを知ると、十日に知人の驍果を呼び出し、自分たちの計画を告げた。驍果の者は皆ひれ伏して「将軍のご命令のままに」と言った。その夜、唐奉義は城門を閉じることを管理していたので、そこで裴虔通と連絡を取り、全ての門の戸締まりをしなかった。夜の二更になると、司馬徳戡は東城の内側で兵を集め、数万人になると火を掲げて城外と呼応した。帝はその声を聞いて「これは何事か」と尋ねたが、裴虔通が偽って「草坊が焼かれてしまい、外の者たちが消火をしているため、こう騒がしくなっているのです」と言った。宮殿の内外は隔絶していたため、帝はこれを信じた。孟秉と宇文智及は城外で千人余りを集めると、候衛虎賁の馮普樂《ふうふらく》に逼って、ともに兵を城郭の中の道々に配置して占拠させた。五更中になると、司馬徳戡は裴虔通に兵を授け、それを諸門の衛士と交代させた。裴虔通はそこで自ら門を開き、数百騎を率いて成象殿に至り、将軍の獨孤盛《どっこせい》を殺した。虎賁郎将の元禮がそのまま兵を引き連れて進んでいくと、宿衛の者は皆逃げ出した。裴虔通は兵を進め、左閤を通って永巷に馳せ入り「陛下はどこに御座《おわ》す」と聞いた。美人（女官）が出てきて指さしながら「西閤に御座します」と言った。それに従って進んでいき帝を捕らえた。帝は裴虔通に「卿は儂の友人ではなかったのか。何を恨んでの謀反か」と言った。裴虔通が「臣は謀反など起こしませぬ。ただ将兵が京

下聞説驍果欲叛、多醞毒酒、因享會盡鴆殺之、獨與南人留此」。弘仁等宣布此言、驍果聞之遞相告語、謀叛逾急。德戡知計既行、遂以十日總召故人、諭以所爲。衆皆伏曰「唯將軍命」。其夜、奉義主閉城門、乃與虔通相知、諸門皆不下鑰。至夜二更、德戡於東城内集兵、得數萬人擧火與城外相應。帝聞有聲問「是何事」、虔通僞曰「草坊被燒、外人救火、故諠囂耳」。中外隔絶、帝以爲然。孟秉・智及於城外得千餘人、劫候衛武賁馮普樂、共布兵分捉郭下街巷。至五更中、德戡授虔通兵、以換諸門衞士。虔通因自開門、領數百騎、至成象殿、殺將軍獨孤盛。武賁郎將元禮遂引兵進、宿衞者皆走。虔通進兵、排左閤馳入永巷問「陛下安在」。有美人出方指云「在西閤」。從往執帝。帝謂虔通曰「卿非我故人乎。何恨而反」。虔通曰「臣不敢反。但將士思歸、奉陛下還京師耳」、帝曰「與汝歸」。虔通因勒兵守之。

師への帰還を望んでおりますので、陛下を奉戴して京師に帰還するだけです」と言うと、帝は「お前と帰ろう」と言った。裴虔通はそこで兵に指示して上を守らせた。

夜明けになると、孟秉は甲騎を率いて宇文化及を迎えた。宇文化及はまだ事の結果を知らなかったので、震え上がって言葉も話せず、人が来て拝謁しようとしても、ただ下を向いて馬の鞍をいじりながら「かたじけない」と答えるだけだった。この時宇文士及は公主の邸宅におり、この事件を知らなかった。宇文智及は家僮の荘桃《そうとう》樹《じゅ》を派遣して邸宅で宇文士及を殺させようとしたが、荘桃樹は宇文士及を殺すに忍びず、捕らえて宇文智及に差し出した。宇文士及はしばらくすると釈放された。宇文化及が城門に到着すると、司馬徳戡は出迎えて拝謁し、宇文化及を連れて朝堂に入り、丞相と呼んだ。宇文化及は帝を江都の門から出して群賊に見せ、また中に入らせると、令狐行達《れいこうたつ》に宮中で弑殺させた。また、自分に賛同しない朝臣数十人と外戚たちを捕らえ、年齢に関係無く殺害した。ただ秦孝王（楊俊《ようしゅん》）の子の楊浩《ようこう》だけは生かして、擁立して帝とした。

十日ほどして、宇文化及らは江都の民の舟を奪い、水路を使って関西に向かった。顕福宮まで来ると、宿公の麥孟才《ばくもうさい》と折衝郎将の沈光《しんこう》らが宇文化及を撃とうとしたが、かえって殺害された。宇文化及はそこで顕福宮へ入り内宮に居座り、自らを煬帝とまったく同じように扱わせた。帳の中では常に南面して端座し、進言する者がいても、黙ったまま答えなかった。退朝の後、進言された内容を集め、唐奉義・牛方《ぎゅうほう》裕《ゆう》・薛世良・張愷らとともに相談して決めた。進んで徐州に着くと、水路が不通となっていたので、再び民の車や牛を奪い、二千輌を得ると、すべて宮人や宝器を載

至旦、孟秉以甲騎迎化及。化及未知事果、戰慄不能言、人有來謁之者、但低頭據鞍答云「罪過」。時士及在公主第、弗之知也。智及遣家僮莊桃樹就第殺之、桃樹不忍、執詣智及、久之乃見釋。化及至城門、德戡迎謁、引入朝堂、號爲丞相。令將帝出江都門以示羣賊、因復將入。遣令狐行達弑帝於宮中。又、執朝臣不同己者數十人及諸外戚、無少長害之。唯留秦孝王子浩、立以爲帝。

十餘日、奪江都人舟檝、從水路西歸。至顯福宮、宿公麥孟才・折衝郎將沈光等謀擊化及、反爲所害。化及於是入據六宮、其自奉養一如煬帝故事。每於帳中南面端坐、人有白事者、嘿然不對。下牙時、方收取啓狀、共奉義・方裕・良・愷等參決之。行至徐州、水路不通、復奪人車牛、得二千

せ、武具や兵器は、すべて軍の兵士に命じて背負わせた。道程は遠く疲労は極まり、三軍の将兵はとうとう恨みを懐き始めた。司馬德戡は失望し、密かに趙行樞に「君は私を大いに誤らせた。今、乱を治めるには、必ず英雄や賢人に頼らなければならないが、化及は凡庸暗愚な上に、小人どもが傍らに控えており、こたびの事は必ずや失敗しよう。どうすべきであろうか」と言うと、趙行樞は「我らにかかっているのだ。やつを引きずり下ろすのもそう難しいことではあるまい」と言った。そこで李本《りほん》・宇文導師《うぶんどうし》・尹正卿《いんせいきょう》らとともに計画し、後軍の一万余りの兵を用いて宇文化及を襲撃して殺し、あらためて司馬德戡を盟主に立てることとした。許弘仁がこれを知って宇文化及に密告したので、司馬德戡とその仲間の十人余りをすべて捕らえて殺した。兵を率いて東郡に向い、東郡通守の王軌《おうき》が城ごと宇文化及に投降した。

元文都《げんぶんと》は越王の楊侗《ようとう》を推戴して主としており、李密《りみつ》を太尉に任命し、宇文化及を攻撃するように命じた。李密は徐勣《じょせき》を派遣して黎陽倉を拠点とさせた。宇文化及は黄河を渡り、黎陽県を確保すると、兵を分けて徐勣を包囲した。李密は清淇に陣を布き、徐勣と烽火を使って連絡し合った。宇文化及が黎陽倉を攻めるたびに、李密はすぐさま兵を率いてそれを救った。宇文化及は何度か戦っても有利にならず、配下の将軍の于弘達《うこうたつ》が李密に捕らえられ、楊侗のもとに送られて釜茹でにされた。宇文化及は兵糧も尽きたため、永済渠を渡って李密と童山で決戦し、そのまま汲郡に入って兵糧を求め、また使者を派遣して東郡の吏民に狼藉して米や粟を取り立てた。王軌はこれを怨んで城ごと李密に帰服した。宇文化及は大変恐れて、汲郡から兵を率いて北の諸州を手中にしようと考えた。配下の将の陳智略《ちんちりゃく》は嶺南の驍果一万人余

兩、並載宮人珍寶、其戈甲戎器、悉令軍士負之。道遠疲極、三軍始怨。德戡失望、竊謂行樞曰「君大謬誤我。當今撥亂、必藉英賢、化及庸暗、羣小在側、事將必敗。當若之何」、行樞曰「在我等爾。廢之何難」。因共李本・宇文導師・尹正卿等謀、以後軍萬餘兵襲殺化及、更立德戡爲主。弘仁知之、密告化及、盡收捕德戡及其支黨十餘人皆殺之。引兵向東郡、通守王軌以城降之。

元文都推越王侗爲主、拜李密爲太尉、令擊化及。密遣徐勣據黎陽倉。化及度河、保黎陽縣、分兵圍勣。密壁清淇、與勣以烽火相應。化及每攻倉、密輒引兵救之。化及數戰不利、其將軍于弘達爲密所擒、送於侗所鑊烹之。化及糧盡、度永濟渠與密決戰於童山、遂入汲郡求軍糧、又遣使拷掠東郡吏民以責米粟。王軌怨之以城歸於李密。化及大懼、自汲郡將率衆圖以北諸州。其將陳智略率嶺南驍果萬餘人、張童兒率江東驍果數千

りを率い、張童兒《ちょうどうじ》は江東の驍果数千人を率いていたが、ともに叛旗を翻して李密に帰服した。宇文化及はなおも兵二万を有し、北行して魏県に逃げた。張愷らはその将の陳伯《ちんはく》と謀って逃げようとしたが、ことが発覚して宇文化及に殺された。腹心の者が徐々にいなくなり、兵の気勢も日々衰え、宇文兄弟には特に他の考えも無く、ただ集まっては酒を飲み、女楽を奏でるだけだった。宇文化及は酔っ払うと、宇文智及を責めて「私は初め何も知らなかったのに、お前が計画を立てて無理矢理私を擁立したのだ。今となっては何も為す術無く、兵馬は日に日に減っていき、主君殺しの汚名を背負って、天下のどこにも居場所が無い。今にも一族が滅びようとしているのは、お前のせいなのだぞ」と言って、二人の子供を抱いて泣いた。宇文智及も怒って「事が上手くいっていた時には、なんの小言も無く、いまにも負けそうになってから、罪を私に帰そうとするのか。だったら私を殺して竇建徳《とうけんとく》に降ってしまえ」と言った。兄弟は幾度となく言い争い、その言葉遣いには長幼の礼も無く、酔いが醒めるとまた飲み、こうしたことが日常と化していた。その手勢の多くが逃亡し、必ず敗れるであろうと自覚すると、宇文化及は嘆じて「どうせ死ぬのだから、一日くらい皇帝になっておくか」と言った。そこで楊浩を毒殺し、魏県で皇帝の位を僭称し、国号は許、年号は天寿とし、百官を設置した。

元寶藏《げんほうぞう》を魏州で攻めたが、四十日勝てず、かえって敗れてしまい、千人余りの兵を失った。そこで東北に向かい聊城に行き、海辺の賊たちを招聘しようとした。同時に宇文士及を派遣して済北を巡らせ、糧食の献上を求めさせた。大唐は淮安王の李神通《りしんつう》を派遣して山東を安撫させ、また宇文化及を招撫させた。宇文化及が従わな

人、皆叛歸李密。化及尚有衆二萬、北走魏縣。張愷等與其將陳伯謀去之、事覺爲化及所殺。腹心稍盡、兵勢日蹙、兄弟更無佗計、但相聚酣宴、奏女樂。醉後、因尤智及曰「我初不知、由汝爲計強來立我。今所向無成、士馬日散、負殺主之名、天下所不納。今者滅族、豈不由汝乎」、持其兩子而泣。智及怒曰「事捷之日、都不賜尤、及其將敗、乃欲歸罪。何不殺我以降建德」。兄弟數相鬪鬩、言無長幼、醒而復飲、以此爲恒。其衆多亡、自知必敗、化及歎曰「人生故當死、豈不一日爲帝乎」。於是鴆殺浩、僭皇帝位於魏縣、國號許、建元爲天壽、署置百官。

攻元寶藏於魏州、四旬不剋、反爲所敗、亡失千餘人。乃東北趣聊城、將招攜海曲諸賊。時遣士及徇濟北、求餽餉。大唐遣淮安王神通安撫山東、并招化及。化及不從、神

かったので、李神通は兵を進め宇文化及を包囲し、十日余り経っても勝てなかったので撤退した。竇建徳が全軍を率いて宇文化及を攻撃した。それ以前に、斉州の賊の頭目の王薄《おうはく》は、宇文化及が宝物を多く持っていることを聞くと、宇文化及に偽って投降した。宇文化及はそれを信じ、ともに聊城を守った。この時になって、王薄は竇建徳の軍を城中に引き入れ、宇文化及を生け捕りにし、その手下もすべて捕虜とした。先に宇文智及・元武達・孟秉・楊士覧《ようしらん》・許弘仁《きょこうじん》を捕らえ、すべて斬り殺した。また宇文化及を檻車（護送車）に載せて河間に行き、主君殺しの罪を責め、二人の子宇文承基《うぶんしょうき》と宇文承趾《うぶんしょうせき》とともに斬り殺し、その首を突厥に嫁いでいた義成公主に送り届け、突厥の地で晒させた。宇文士及は済北から西に向かい長安（唐）に帰服した。

　宇文智及は幼い頃から頑固で言うことを聞かず、人と大勢で争うのを好み、一緒に遊ぶのはみな不逞の輩で、集まっては闘鶏をしたり、鷹や犬を用いる狩猟を習い耽った。初めは父の功績によって濮陽郡公の爵位を賜わった。淫乱放蕩の限りを尽くし、その妻の長孫氏《ちょうそんし》は、嫉妬から宇文述に告げ、宇文述も隠し立てはするものの激怒して、たとえ僅かな過失であろうとも必ず宇文智及を鞭打った。弟の宇文士及も公主を娶らされていることを恃みとして、宇文智及を軽んじた。ただ宇文化及だけは何か有るたびに彼を擁護して、父が再三殺そうとするのも、そのたびに救って事無きに済ませたので、二人は大変仲が良かった。そうして宇文化及に勧めて人を派遣して突厥の地に入らせ、密かに交易を行った。その事が発覚すると、二人とも誅殺されるところであったが、宇文述は宇文智及の罪悪のみを言い立てて、宇文化

通進兵圍之、十餘日不剋而退。竇建德悉衆攻之。先是、齊州賊帥王薄聞其多寶物、詐來投附。化及信之、與共居守。至是、薄引建德入城、生擒化及、悉虜其衆。先執智及・元武達・孟秉・楊士覽・許弘仁、皆斬之。乃以轞車載化及之河間、數以殺君之罪、幷二子承基・承趾皆斬之、傳首於突厥義成公主、梟於虜庭。士及自濟北西歸長安。

　智及幼頑凶、好與人羣鬭、所共遊處、皆不逞之徒、相聚鬭雞、習放鷹狗。初以父功賜爵濮陽郡公。蒸淫醜穢、無所不爲、其妻長孫、妬而告述、述雖爲隱而大忿之、纖芥之愆必加鞭箠。弟士及恃尚主、又輕忽之。唯化及每事營護、父再三欲殺、輒救免之、由是頗相親昵。遂勸化及遣人入蕃、私爲交易。事發、當誅、述獨證智及罪惡、而爲化及請命、帝因兩釋。述將死、抗表言其凶勃、必且破家。帝後思述、授智及將作少監。

及のため一命を請い、帝はそのために二人を釈放した。宇文述は危篤の際に、宇文智及の凶悪さが、必ずや家を滅ぼすであろうことを上表した。帝は後に宇文述のことを思いやり、宇文智及に将作少監を授けた。

江都における弑逆の事は、宇文智及の謀である。宇文化及が丞相となると、宇文智及を左僕射とし、十二衛大将軍を兼任させた。宇文化及が帝号を僭称すると、斉王に封ぜられた。竇建徳は聊城を攻め落とすと、宇文智及も捕らえて斬り殺し、またその徒党十人余りも、すべてその屍と首を晒した。

司馬徳戡

司馬徳戡は、扶風《ふふう》の雍《よう》の人である。父の司馬元謙《しばげんけん》は、北周に仕えて都督となった。司馬徳戡は幼い内に父を亡くし、豚の屠殺をして生計を立てた。僧侶の釋粲《しゃくさん》という者がいて、司馬徳戡の母の和氏《かし》と私通し、そのまま司馬徳戡の面倒も見たので、手習いと計算を身に着けた。

開皇年間、侍官となり、徐々に官を進めて大都督に至った。楊素《ようそ》に従って出征して漢王の楊諒《ようりょう》を討伐し、内衛左右に補充され、諂った立ち居振る舞いをして、弁舌に優れ、多くの邪悪な計略を説いたので、楊素は彼を大変褒めた。勲功によって儀同三司を授かった。

大業三年、鷹揚郎将となった。高麗を討伐するのに従軍し、位を正議大夫に進め虎賁郎将に遷任した。煬帝は彼にとても親密であった。

上に従って江都に来ると、左右備身の驍果一万人を統率し、城内に宿営した。隋

其江都弑逆之事、智及之謀也。化及爲丞相、以爲左僕射、領十二衞大將軍。化及僭號、封齊王。竇建德破聊城、獲而斬之、幷其黨十餘人、皆暴屍梟首。

司馬德戡、扶風雍人也。父元謙、仕周爲都督。德戡幼孤、以屠豕自給。有桑門釋粲、通德戡母和氏、遂撫教之、因解書計。

開皇中、爲侍官、漸遷至大都督。從楊素出討漢王諒、充內營左右、進止便僻、俊辯多姦計、素大善之。以勳授儀同三司。

大業三年、爲鷹揚郎將。從討遼左、進位正議大夫、遷武賁郎將。煬帝甚昵之。從至江都、領左右備身驍果萬人、營於城

末の大乱によって驍果を率いて謀反した。この話は宇文化及の事跡の中に記した。煬帝を捕らえると、その仲間の孟秉らと宇文化及を推戴して丞相とした。宇文化及は初めに、司馬徳戡を温国公に封じ、食邑は三千戸とし、光禄大夫を加官して、そのまま兵を統率させたが、宇文化及はこのことを心の中ではとても嫌がっていた。

数日後、宇文化及が諸将を任命して士卒を分配し、司馬徳戡を礼部尚書としたのは、外見上は昇格であるように示しながらも、その実は兵を奪ったのである。これによって司馬徳戡は恨みを懐き、得た賞物はすべて宇文智及に賄賂として贈り、宇文智及は彼のために便宜を口にした。水路を進んで徐州に着くと、舟を捨てて陸に登り、司馬徳戡に命じて後軍を率いさせた。司馬徳戡は趙行樞・李本・尹正卿・宇文導師らと宇文化及を襲撃しようと計画すると、使者を孟海公に派遣して、手を結んで外からの助勢にしようとした。司馬徳戡は軍を留めて動かず、使者の報告を待っていた。許弘仁と張愷がこの企てを知って宇文化及に告げたので、宇文化及はその弟の宇文士及を派遣して狩猟を口実として後軍まで行かせた。司馬徳戡は事が露見したことを知らず、陣営を出て拝謁したので、宇文士及は命じて彼とその徒党を捕らえさせた。宇文化及が彼を責めて「公と尽力してともに海内を平定しようと、命を擲ったのではないか。今ようやく事が成功して、一緒に富貴を守れるようにと願うべき時に、公はどうして反乱を起こすのだ」と言ったので、司馬徳戡は、「もともと暗君を殺したのは、その害毒に苦んでいたからだ。それが足下を推戴したら、また同じように害毒を振りまいている。人々の情に責め立てられ、やむを得なかったのだ」と言った。宇文化及は返答せず、命じて帳幕の中に行かせ、縊り殺した。

内。因隋末大亂乃率驍果謀反。語在化及事中。既獲煬帝、與其黨孟秉等推化及爲丞相。化及首封德戡爲溫國公、邑三千戸、加光祿大夫、仍統本兵、化及意甚忌之。

後數日、化及署諸將分配士卒、乃以德戡爲禮部尚書、外示美遷、實奪其兵也。由是憤怨、所獲賞物皆賂於智及、智及爲之言。行至徐州、捨舟登陸、令德戡將後軍。及與趙行樞・李本・尹正卿・宇文導師等謀襲化及、遣人使于孟海公、結爲外助。遷延未發、以待使報。許弘仁・張愷知之以告化及、因遣其弟士及陽爲遊獵至于後軍。德戡不知事露、出營參謁、因命執之幷其黨與。化及責之曰「與公戮力共定海内、出於萬死。今始事成、願得同守富貴、公又何爲反也」、德戡曰「本殺昏主、苦其毒害。推立足下、而又甚之。逼於物情、不獲已也」。化及不對、命送至幕下、縊而殺之。時年三十九。

時に三十九歳。

裴虔通

裴虔通は、河東《かとう》の人である。初め、煬帝が晋王であったとき、親信（護衛官）として従い、しばらくして官を遷して監門校尉に至った。煬帝が即位すると、古なじみの近臣を抜擢したので、宣恵尉を授けられ、監門直閤に遷任した。征伐に幾度も従軍し、通議大夫に至った。司馬徳戡とともに反乱を企て、先に宮門を開き、騎兵を率いて成象殿に至り、将軍の獨孤盛を殺し、帝を西閤で捕らえた。宇文化及は裴虔通を光禄大夫・莒国公とした。宇文化及が兵を率いて北に行くとき、裴虔通に命じて徐州に鎮守させた。宇文化及が敗れた後、大唐に帰服し、徐州総管を授かり、辰州刺史に転任し、長蛇男に封ぜられた。それから隋朝における主君殺しの罪によって、官簿から除名され、嶺南へ配流されて死んだ。

王世充

王世充は、字は行滿《こうまん》。もとは西域の人であったが、祖父の支頽耨《したいどう》が、新豊に移住した。支頽耨が死ぬと、その妻は若くして寡婦となったが、儀同の王粲《おうさん》と私通して、瓊《けい》という子を産んだので、王粲はその寡婦を家に入れて妾とした。王世充の父となる收《しゅう》は幼くして父を亡い、母が王粲に嫁ぐのに従って行き、王粲も收を愛育したので、收は王氏を姓として名乗り、官は懐・汴二州の長史に至った。王世充は縮れ髪で山犬のような声をしており、疑い深くて嘘が多く、よく書物を読んで特に兵法を

裴虔通、河東人也。初、煬帝爲晉王、以親信從、稍遷至監門校尉。煬帝即位、擢舊左右、授宣惠尉、遷監門直閤。累從征役、至通議大夫。與司馬德戡同謀作亂、先開宮門、騎至成象殿、殺將軍獨孤盛、擒帝于西閤。化及以虔通爲光祿大夫・莒國公。化及引兵之北也、令鎭徐州。化及敗後、歸于大唐、即授徐州總管、轉辰州刺史、封長蛇男。尋以隋朝殺逆之罪、除名、徙於嶺表而死。

王充、字行滿。本西域人也、祖支頽耨、徙居新豐。頽耨死、其妻少寡、與儀同王粲野合、生子曰瓊、粲遂納之以爲小妻。其父收幼孤、隨母嫁粲、粲愛而養之、因姓王氏、官至懷・汴二州長史。充捲髮豺聲、沈猜多詭詐、頗窺書傳尤好兵法、曉龜策推步盈虛、

好み、亀策《きさく》・推歩《すいほ》・盈虚《えいきょ》といった占術に通暁していたが、それを人のために用いたことはなかった。

開皇年間、左翊衛となった。その後、軍功によって儀同に任命され、兵部員外を授かった。上への奏聞が上手く、法律を習熟しており、文章を弄んで心のままに用いることができた。反駁批難する者がいても、王世充は言葉を巧みにして己の誤りを飾り立て、その研ぎ澄まされた言い立てに、人々は間違いだと分かっていながらも王世充にそれを認めさせることができず、能弁家であると賞賛した。

煬帝の治世になると、累遷して江都郡丞に至った。当時、帝は何度も江都に行幸し、王世充は主上の顔色を伺うことが上手く、諂って上の意思に従っていたので、入朝して奏上するたびに、帝は王世充を褒めた。また江都郡丞のまま江都宮監を兼任すると、そこで池のほとりの亭台を装飾し、密かに遠方の珍品を奏上して帝に媚びたので、ますます上に信愛された。

大業八年、隋の世が乱れ始めると、王世充は内心分不相応の栄達を求めようとして、身を屈して士人に礼儀を尽くし、密かに豪傑や俊英とよしみを通じ、よく人々の心を摑んでいった。長江と淮水の下流域の人々はもともと俊敏で精悍であったが、それがまた多くの盗賊が蜂起するのに従って、法を犯す者が多くなった。獄に繋がれて罪によって刑罰が決まった者がいても、王世充はすべて法を曲げて釈放することで私的な恩を売った。楊玄感が反乱を起こすと、呉人の朱燮《しゅしょう》と晋陵の人である管《かん》崇《すう》が江南で兵を起こして楊玄感に呼応し、自らは将軍と称して、十万余りの兵を擁した。帝は将軍の吐萬緒《とばんしょ》と魚倶羅《ぎょぐら》を派遣して朱燮と管崇を討伐させたが、勝つこと

然未嘗爲人言也。

開皇中、爲左翊衞。後、以軍功拜儀同、授兵部員外。善敷奏、明習法律、而舞弄文墨高下其心。或有駁難之者、充利口飾非、辭義鋒起、衆雖知其不可而莫能屈、稱爲明辯。

煬帝時、累遷至江都郡丞。時、帝數幸江都、充善候人主顏色、阿諛順旨、每入言事、帝善之。又以郡丞領江都宮監、乃雕飾池臺、陰奏遠方珍物以媚於帝、由是益昵之。

大業八年、隋始亂、充内懷徼倖、卑身禮士、陰結豪俊、多收衆心。江淮間人素輕悍、又屬盜賊羣起、人多犯法。有繫獄抵罪者、充皆枉法出之以樹私恩。及楊玄感反、吳人朱燮・晉陵人管崇起兵江南以應之、自稱將軍、擁衆十餘萬。帝遣將軍吐萬緒・魚倶羅討之、不能剋。充募江都萬餘人、擊頻破之。每有尅捷、必歸功於下、所獲軍實、皆推與

ができなかった。王世充は江都の一万人余りを集めて、朱燮や管崇を攻撃して何度も打ち破った。勝つたびに必ずその功績を部下のものとさせ、獲得した兵器や兵糧はすべて士卒に譲り与え、自身で受け取ることが無かった。そのため人々は争うようにして王世充のために働いたので、王世充の功績は多かった。

十年、斉郡の賊の首領の孟譲《もうじょう》が長白山から諸郡を襲い、盱眙《くい》にまで至り、手勢は十万余りだった。王世充は兵を率いてこれに当たったが、疲弊した兵士は戦おうとしなかったので、都梁山を保持して五重の柵を設け、対峙して戦わなかった。その後、賊の緊張が緩んだのに乗じ、兵を出して奮戦して大いに打ち破り、勝ちに乗じて賊を殲滅し、孟譲は数十騎を率いて逃げ去った。王世充は数万人を斬首し、家畜や糧秣はすべて鹵獲した。帝は王世充に将帥の才略が有ることから、初めて兵を任せて小規模な盗賊たちを討伐させ、王世充は向かうところの賊すべてを打ち破った。しかしながら王世充の性格は偽りごとが多く、偽善をなして苦労を買って出ることで名声を求めた。

十一年、突厥が帝を雁門で包囲した時、王世充は江都から徴発できる人すべてを率い、雁門まで行って上の救難に駆けつけようとした。軍中では、髪を結わずに振り乱したままで顔も洗わず、泣き悲しむこと際限なく、日夜甲冑を脱がずに草の上に寝起きしていた。帝はこのことを聞くと、王世充が自分のことを親愛しているのだと思い、ますます彼を信任した。

十二年、江都通守に遷任した。当時、厭次の人である格謙《かくけん》が盗賊を数年行い続け、兵は十数万人おり、豆子䴚《とうしこう》の辺りを根城としていた。王世充は軍を率いてこれを打

士卒、身無所受。由此人爭爲用、功居多。

十年、齊郡賊帥孟讓自長白山寇掠諸郡、至盱眙、有衆十餘萬。充以兵拒之、而羸師示弱、保都梁山爲五柵、相持不戰。後、因其懈弛、出兵奮擊大破之、乘勝盡滅賊、讓以數十騎遁去。斬首萬人、六畜・軍資莫不盡獲。帝以充有將帥才略、始遣領兵討諸小盜、所向皆破之。然性矯僞、詐爲善能自勤苦以求聲譽。

十一年、突厥圍帝于雁門、充盡發江都人、將往赴難。在軍中、反首垢面、悲泣無度、曉夜不解甲藉草而臥。帝聞之、以爲愛己、益信任之。

十二年、遷爲江都通守。時厭次之格謙爲盜數年、兵十餘萬、在豆子䴚中。充帥師破

ち破って斬り殺し、その威勢は他の賊たちも震わせた。また盧明月《ろめいげつ》を攻撃して南陽で打ち破り、斬首した者は数万人、捕らえたものは大変多かった。その後江都に帰還すると、帝は大変喜んで、自ら酒杯を手にして王世充へ下賜した。当時、王世充もまた帝が女人を好むのを知っており、そこで江淮の良家に美しい娘がいて、みなそれを後宮に仕えさせたいと願っているが、自ら進献する方法を持たずにいると言上した。帝はますます喜んで、王世充に密命を下してその娘たちを見極めさせ、容姿端麗にして基準に叶った容貌の者は、国庫に物資を納めたり京師から届いた品物を納める際に後宮に納めさせた。こうしたことは何度となく行われたが、布を被せて「勅別用」と記して、その中身を明らかにしなかった。上は好みに合う者がいれば王世充に手厚い賞与を下し、気に入らない者がいればそれを王世充に与えた。後に、上は王世充に命じて女たちを船で東都に送るように手配させたが、道中では賊が蜂起していたので、東都への使者は役務に苦しみ、淮水や泗水の途中で船を沈めて女たちを溺れ殺してしまうという事が、前後して十数件あった。表沙汰になりかけた件もあったが、王世充はそれを隠匿し、また女たちを見定めて上に供した。この後、益々上に信愛された。

折しも李密が興洛倉を攻め落とし、軍を進めて東都に迫っており、官軍は何度も撃退され、光禄大夫の裴仁基《はいじんき》は虎牢関ごと李密に降った。帝はこの事態を不快に思い、兵を大挙させて李密を討伐しようとした。内々の勅を下して王世充を派遣して将軍とし、洛口で李密を迎え撃たせた。前後して百余度戦い、勝敗を繰り返した。王世充はそこで軍を率いて洛水を渡り、倉城に向かい、李密はそれと戦った。王世

斬之、威振羣賊。又擊盧明月破之於南陽、斬首數萬、虜獲極多。後還江都、帝大悅、自執杯酒以賜之。時、充又知帝好內、乃言江淮良家有美女、並願備後庭、無由自進。帝逾喜、因密令閱視諸女、姿質端麗合相者、取正庫及應入京物以娉納之。所用不可勝計、帳上云「敕別用」、不顯其實。有合意者則厚賞充、或不中者又以賚之。後、令以船送東京、而道路賊起、使者苦役、於淮泗中沉船溺之者、前後十數。或有發露、充爲秘之、又遽簡閱以供進。是後、益見親昵。

遇李密攻陷興洛倉、進逼東都、官軍數却、光祿大夫裴仁基以武牢降于密。帝惡之、大發兵將討焉。發中詔遣充爲將軍、於洛口以拒密。前後百餘戰、互有勝負。充乃引軍度洛水、逼倉城、李密與戰。充敗績赴水、溺

充は敗れて洛水に逃走し、溺死する者が一万人余りいた。その時はちょうど寒く大雪が降りだし、兵士は洛水を渡っていたので衣服がみな濡れており、道中で凍死する者もまた数万人になった。河陽に着いたときにはわずかに数千人だった。王世充は自らを獄に繋いで処罰を求めたが、越王の楊侗は使者を派遣して彼を赦免し、東都に召還した。王世充は逃げ散じていた兵を招いてまた一万人余りを集めると、含嘉城の中に駐屯して外に出ようとはしなかった。

　宇文化及が帝を江都で殺すと、王世充は太府卿の元文都、将軍の皇甫無逸《こうほむいつ》、右司郎の盧楚《ろそ》と、楊侗を奉戴して主君とした。楊侗は王世充を吏部尚書とし、鄭国公に封じた。楊侗が元文都・盧楚の計略を採用して、李密を太尉・尚書令に任命すると、李密は隋の臣下として、兵を率いて宇文化及を黎陽で拒み、東都に使者を派遣して戦勝を報告した。人々は皆喜んだが、王世充だけはその配下の諸将に「元文都などは、所詮刀筆の吏でしかないのだ。私がこたびの趨勢を見るに、彼らは必ずや李密に擒とされよう。それに我が軍は李密と戦うたび、彼らの父兄子弟をすでに多く殺している。それが突然やつの下に付くことになれば、我らは孤立無援の状況に置かれよう」と言っていた。こうした発言で、その手勢を激怒させたのである。元文都はこのことを知ると大いに恐れ、盧楚らと相談し、王世充を入内させ、潜ませた兵士に殺させようとした。実行する日も決まっていたが、将軍の段達《だんたつ》が娘婿の張志《ちょうし》を使わして盧楚の計画を告げさせると、王世充は夜に兵を整えて宮城を包囲し、将軍の費曜《ひよう》・田世闍《でんせいしゃ》らと東太陽門の外で戦った。費曜の軍が敗れると、王世充がそのまま門を攻めて宮城に入ったので、皇甫無逸は単騎で逃げた。盧楚を捕らえて殺した。

死者萬餘人。時天寒大雪、兵士既度水衣皆霑濕、在道凍死者又數萬人。比至河陽纔以千數。充自繫獄請罪、越王侗遣使赦之、召令還都。收合亡散復得萬餘人、屯於含嘉城中不敢復出。

　宇文化及殺帝於江都、充與太府卿元文都・將軍皇甫無逸・右司郎盧楚奉侗爲主。侗以充爲吏部尚書、封鄭國公。及侗取元文都・盧楚之謀、拜李密爲太尉・尚書令、密遂稱臣、復以兵拒化及於黎陽、遣使告捷。衆皆悅、充獨謂其麾下諸將曰「文都之輩、刀筆吏耳。吾觀其勢、必爲李密所擒。且吾軍人毎與密戰、殺其父兄子弟前後已多。一旦爲之下、吾屬無類矣」。出此言、以激怒其衆。文都知而大懼、與楚等謀、將因充入內、伏甲而殺之。期有日矣、將軍段達遣其女婿張志以楚謀告之、充夜勒兵圍宮城、將軍費曜・田世闍等與戰於東太陽門外。曜軍敗、充遂攻門而入、無逸以單騎遁走。獲

その時、宮殿の門はまだ閉じていたが、王世充は門を叩いて「元文都らが皇帝を執えて李密に降ろうとしていたので、段達が臣に告げました。臣は反乱をたくらんでいるのではありません。反乱者を誅殺するのです」と楊侗に伝えさせた。元文都は騒動を聞いて入内すると、楊侗を乾陽殿に奉迎し、兵を列べて守衛させた。また将帥に命じ城壁に登って王世充を拒ませたが、その兵士たちは敗れてしまい、王世充は元文都も捕らえて殺した。楊侗は開門を命じて王世充を招き入れた。王世充は手勢を使わして宿衛の者とすべて交替させてから入内して拝謁し、地に頭を打ちつけ涙を流しながら「元文都らは不埒にも殺害をたくらみ、事態は急を要したためかように致しましたが、国に背いたわけではありませぬ」と言った。楊侗は王世充と盟約した。王世充はすぐさま韋節《いせつ》らに楊侗を諭させ、自分を尚書左僕射・総督内外諸軍事に任命させた。また兄の王世惲《おうせいうん》に内史令を授けて禁中に住まわせた。

まもなくして、李密が宇文化及を破って帰還したが、その精兵良馬の多くが戦死しており、兵卒はみな辟易としていた。王世充はその衰えに乗じて攻撃しようと思ったが、人心がまだ一つになっていないことを恐れると、鬼神に仮託することにした。夢で周公にお会いしたと言って洛水のほとりに祠を立て、巫祝に「周公は僕射にすぐさま李密を討伐させようと望まれている。大いに功績を挙げることができよう。さもなくば兵士はみな疫病で死ぬであろう」と言わせた。王世充の兵士には楚の地方の人が多く、風俗として妖説妄談を信じたので、そこでこうした発言によって彼らを惑わせたのである。彼らはみな戦うことを願い出た。王世充は勇敢な精兵を選び抜いて訓練し、二万人余りの兵と千頭余りの馬を得て、陣営を洛水の南

楚、殺之。時、宮門尚閉、充令扣門言於侗曰「元文都等欲執皇帝降于李密、段達知而以告臣。臣非敢謀反。誅反者耳」。文都聞變入、奉侗於乾陽殿、陳兵衞之。令將帥乘城以拒難、兵敗、又獲文都殺之。侗命開門以納充。充悉遣人代宿衞者乃入謁、頓首流涕而言曰「文都等無狀謀相屠害、事急爲此、不敢背國」。侗與之盟。充尋遣韋節等諷侗、令拜爲尚書左僕射・總督内外諸軍事。又、授其兄惲爲内史令入居禁中。

未幾、李密破化及還、其勁兵良馬多戰死、士卒皆勌。充欲乘其敝而擊之、恐人不一、乃假託鬼神。言夢見周公乃立祠於洛水之上、遣巫宣言「周公欲令僕射急討李密。當有大功。不則兵皆疫死」。充兵多楚人、俗信妖妄、故出此言以惑之。衆皆請戰。充簡練精勇、得二萬餘人・馬千餘、遷營於洛水南。密軍偃師北山上。時、密新得志於化及、有輕充之心、不設壁壘。充夜遣二百餘騎潛入

に移した。李密の軍は偃師の北山の上に陣を布いていた。この時、李密は宇文化及を破ったことから得意になり、王世充を軽視する気持ちがあったため、塁壁を設けなかった。王世充は夜に二百騎余りを北山に潜入させて渓谷の中に隠れさせ、軍に命じて馬に飼い葉をやって兵士に十分な食事を取らせた。深夜、人馬ともに駆け行き、未明の内に李密の軍へと肉薄し、李密は兵を出して応戦し、陣列が整わないまま戦闘が始まった。王世充の伏兵が山陰《やまかげ》に隠れて上り、密かに北原に登ると、高所から馳せ下って李密の陣営に押し迫った。陣営の中は混乱して敵襲を拒むことができる者がいなかったので、すぐに侵入して火を放った。李密の軍は大いに驚いて壊滅し、王世充は李密の将の張童児《ちょうどうじ》と陳智略《ちんちりゃく》を降伏させ、軍を進めて偃師を下した。当初、王世充の兄の王世偉《おうせいい》と実子の王玄應《おうげんおう》とは宇文化及に従って東郡まで来ていたが、李密に捉まって城中に捕らえられていた。この時になって、王世充は彼らを取り戻した。また李密の長史の邴元眞《へいげんしん》の妻子と司馬の鄭虔象《ていけんしょう》の母、及び諸将の子弟を捕らえたが、みなを労り慰めて、彼らにその父兄を密かに呼び寄せさせた。王世充の兵が洛口に陣を布くと、邴元眞と鄭虔象らは倉城ごとこれに内応した。李密は数十騎を率いて遁走し、王世充は李密が残した兵すべてを手に入れた。こうして東は海洋、南は長江に至るまでの地の、すべての者が王世充に帰服した。王世充はまた韋節に楊侗を諭させ、太尉に任命させ、属官を設置して、尚書省を太尉府とした。そして鄭王を自称した。将の高略《こうりゃく》に軍を率いさせて寿安を攻めさせたが、戦況が不利であったので帰還させた。また軍を率いて穀州を攻めて包囲したが、三日で退却した。明年、相国を自称し、九錫の備物を受けると、その後は楊侗に拝朝しなかった。

北山。伏溪谷中、令軍秣馬蓐食。既而宵濟、人奔馬馳、遲明而薄密、密出兵應之、陣未成列而兩軍合戰。其伏兵蔽山而上、潛登北原、乘高下馳壓密營。營中亂無能拒者、即入縱火。密軍大驚而潰、降其將張童兒・陳智略、進下偃師。初、充兄偉及子玄應隨化及至東郡、密得而囚之於城中。至是、盡獲之。又執密長史邴元眞妻子・司馬鄭虔象之母、及諸將子弟、皆撫慰之、各令潛呼其父兄。兵次洛口、邴元眞・鄭虔象等擧倉城以應之。密以數十騎遁逸、充悉收其衆。而東盡于海、南至于江、悉來歸附。充又令韋節諷侗、拜爲太尉、署置官屬、以尚書省爲其府。尋自稱鄭王。遣其將高略帥師攻壽安、不利而旋。又帥師攻圍穀州、三日而退。明年、自稱相國、受九錫備物、是後不朝侗矣。

桓法嗣《かんほうし》という道士がおり、図讖《としん》を読み解けると自称していたが、王世充は彼と親密にしていた。桓法嗣は『孔子閉房記《こうしへいぼうき》』によって、男が一本の干《さお》を持って羊を追う絵を画き「羊と同音の楊は、隋の国姓です。干が一つなのは、王の字となります。それが羊の後にいるのは、王相国が隋に代わって皇帝となることを明らかにしております」と言った。また桓法嗣は『荘子《そうし》』の人間世と徳充符の二篇を取り出して上奏し「上篇には世と言っており、下篇は充と言っており、これはつまり相国のお名前です。相国の徳が人間を覆い、符命に応じて天子となられることを明らかにしております」と言った。王世充は大変喜んで、「これは天命であるなあ」と言い、再拝してそれらを受け取ると、桓法嗣を諫議大夫とした。また王世充はいろいろな鳥を網で捕まえて、その首に帛書を繋ぐと、それを符命であると自称して解き放ち、その鳥を弾弓などで捕まえて献上しに来た者がいれば、官爵を与えた。そうして楊侗を廃位して別宮に置くと、皇帝の位を僭称し、年号を開明といい、国号は鄭とした。大唐は秦王の李世民を派遣して大軍を率いて王世充を東都で包囲させ、王世充は幾度も兵を出したが、戦うごとに不利となり、東都の外の諸城は相次いで唐に降伏した。王世充は切迫し、使者を派遣して竇建徳に救援を願い、竇建徳は精兵を率いて援護しようとしたが、軍が虎牢関に到着すると、秦王はそれを撃破し、竇建徳を捕らえて東都の城下に至った。王世充は包囲を破って出ようとしたが、諸将に同意する者がおらず、潜伏する所もないことを覚ると、城を出て降伏し、長安に行き、その後、獨孤修徳《どっこしゅうとく》によって父の仇として殺された。

有道士桓法嗣者、自言解圖讖、充昵之。法嗣乃以孔子閉房記、畫作丈夫持一干以驅羊、法嗣云「楊、隋姓也。干一者、王字也。居羊後、明相國代隋爲帝也」。又取莊子人間世・德充符二篇上之、法嗣釋曰「上篇言世、下篇言充、此即相國名矣。明當德被人間、而應符命爲天子也」。充大悅曰「此天命也」、再拜受之、即以法嗣爲諫議大夫。充又羅取雜鳥、書帛繫其頸、自言符命而散放之、或有彈射得鳥而來獻者、亦拜官爵。既而廢侗於別宮、僭即皇帝位、建元曰開明、國號鄭。大唐遣秦王率衆圍之、充頻出兵、戰輒不利、都外諸城相繼降款。充窘迫、遣使請救於竇建德、建德率精兵援之、師至武牢、爲秦王所破、擒建德以詣城下。充將潰圍而出、諸將莫有應之者、自知潛竄無所、於是出降、至長安、爲讎人獨孤修德所殺。

段達

段達は、武威姑臧《ぶいこぞう》の人である。父の段嚴《だんげん》は、北周の朔州刺史であった。段達は北周の時、三歳で襄垣県公の爵位を継いだ。成長すると、身長は八尺、美しい顎髭で、弓馬に巧みであった。

高祖が丞相であった時、大都督の身分で親信兵を率い、常に側近くに置かれた。上が即位すると左直斎となり、車騎将軍に累遷し、晋王参軍を兼任した。高智恵《こうちけい》や李積《りせき》らが反乱を起こすと、段達は一万の兵を率いて方と滁の二州を攻撃して平定し、縑千段を下賜され、儀同に進んだ。また汪文進《おうぶんしん》らを宣州で撃破し、開府を加えられ、奴婢五十人、繇絹四千段を下賜された。

仁寿の初年、太子左衛副率となった。

大業の初年、蕃邸時代からの旧臣であったことから、左翊衛将軍に任命された。吐谷渾《とよくこん》を征伐して、位を金紫光禄大夫に進めた。帝が遼東を征伐して、民は労役に苦しみ、平原の祁孝徳《きこうとく》や清河の張金稱《ちょうきんしょう》らがともに人を集めて群盗を行って城邑を攻め落とし、郡県はそれを防ぐことができなかった。帝は段達に命じてこれらを攻撃させたが、何度も張金稱らに敗れてしまい、軍の損失は大変多かった。賊軍たちは彼を軽んじて「段の婆様」と呼んだ。その後、鄃県令の楊善會《ようぜんかい》の経略を用いてあらためて賊と戦い、ともに勝つことができた。京師に帰還すると、朝廷の公務に連坐して免職された。

明年、帝が遼東を征伐すると、段達に涿郡の留守を任せ、すぐにまた左翊衛将軍

段達、武威姑臧人也。父嚴、周朔州刺史。達在周、年始三歳襲爵襄垣縣公。及長、身長八尺、美鬚髯、便弓馬。

高祖爲丞相、以大都督領親信兵、常置左右。及踐阼爲左直齋、累遷車騎將軍、兼晉王參軍。高智惠・李積等之作亂也、達率衆一萬擊定方・滁二州、賜縑千段、遷進儀同。又破汪文進等於宣州、加開府、賜奴婢五十口、繇絹四千段。

仁壽初、太子左衞副率。

大業初、以蕃邸之舊、拜左翊衞將軍。征吐谷渾、進位金紫光祿大夫。帝征遼東、百姓苦役、平原祁孝德・清河張金稱等並聚衆爲羣盜攻陷城邑、郡縣不能禦。帝令達擊之、數爲金稱等所挫、亡失甚多。諸賊輕之、號爲「段姥」。後用鄃令楊善會之計更與賊戰、方致剋捷。還京師、以公事坐免。

明年、帝征遼東、以達留守涿郡、俄復拜

に任命された。高陽の魏刀兒《ぎとうじ》が手勢十万余りを集め、歴山飛《れきざんひ》と自称し、燕・趙の地域を荒して掠奪した。段達は涿郡通守の郭絢を率いて魏刀兒を破った。この時、盗賊はすでに多く、官軍は苦戦しており、段達も機会を得て勝利することができず、ただ慎重に守りに徹し、兵を留めて糧食を運ぶだけで、敵から鹵獲することも少なかったので、当時の人は彼を臆病者だと言った。

十二年、帝が江都宮に行幸すると、段達と太府卿の元文都に詔を下して東都の留守を任せた。李密が洛口を拠点として、兵を放って東都の城下で掠奪すると、段達と監門郎将の龐玉《ほうぎょく》・虎牙郎将の霍擧《かくきょ》は皇宮の兵を率いて城を出て李密を防いだ。大変功績があり、左驍衛大将軍に遷任した。王世充が李密に敗れると、李密は軍を進めて北芒を拠点とし、上春門まで来た。段達は判左丞の郭文懿《かくぶんい》・尚書の韋津《いしん》と兵を出してこれを拒もうとした。段達は賊の気勢が盛んであることを見ると、陣を布かずに逃げ、李密に付け込まれて軍は大敗し、韋津は戦死した。こうして賊の勢いは日に日に盛んとなった。

帝が江都で崩御すると、段達は元文都らと越王の楊侗を推戴して主君とし、開府儀同三司とされ、納言を兼任し、陳国公に封ぜられた。元文都らが王世充を誅殺しようとした時、段達が王世充に密告し、彼のために内応した。事が起こると、越王の楊侗は元文都を王世充に捕らえさせ、王世充は段達にとても感謝したので、段達は特に尊重されるようになった。王世充が李密を撃破すると、段達らは越王に王世充へ九錫の備物を加えるように勧め、また越王を諭して禅讓させた。王世充は帝位を僭称すると、段達を司徒とした。東都が唐に平定されると、連坐して誅殺され、

左翊衛將軍。高陽魏刀兒聚衆十餘萬、自號歷山飛、寇掠燕・趙。達率涿郡通守郭絢擊敗之。于時、盜賊既多、官軍惡戰、達不能因機決勝、唯持重自守、頓兵饋糧、多無剋獲、時皆謂之爲怯愞。

十二年、帝幸江都宮、詔達與太府卿元文都留守東都。李密據洛口、縱兵侵掠城下、達與監門郎將龐玉・武牙郎將霍擧率內兵出禦之。頗有功、遷左驍衞大將軍。王充之敗也、密復進據北芒、來至上春門。達與判左丞郭文懿・尚書韋津出兵拒之。達見賊盛、不陣而走、爲密所乘軍大潰、津沒於陣。由是賊勢日盛。

及帝崩於江都、達與元文都等推越王侗爲主、署開府儀同三司、兼納言、封陳國公。元文都等謀誅王充也、達陰告充、爲之內應。及事發、越王侗執文都於充、充甚德於達、特見崇重。既破李密、達等勸越王加充九錫備物、尋諷令禪讓。充僭尊號、以達爲司徒。及東都平、坐誅、妻子籍沒。

妻子は戸籍を抜かれてその身を官府に没収された。

史臣の言葉。

宇文化及は凡庸で臆病であり愚劣であったが、親の代から帝恩を受け、王世充は取るに足らない卑賤の生まれで実力も無かったが、時勢の幸運にめぐり逢い、両者の受けた報奨と抜擢は、礼として旧臣らをも超えるものであった。隋はすでに崩壊の時にあったのに、身を捧げて一命を尽くして国に仕えることをしないばかりか、有利な情勢を頼って先に戦端を開き、群臣を率いながらも満足せずに戦乱の端緒となり、国家の根本を滅ぼして礼教を打ち砕いた。一人は煬帝弑逆の首謀者となり、一人は煬侗を毒殺しており、その罪は秦の趙高より重く、その事態は楚の商臣《しょうしん》よりも切実であって、この天地の間に許容できる者でなく、人や鬼神がみな憤りを覚える所業である。そのため母鳥を食らう梟や父を食らう悪獣の獍のごとき巨悪の根元は相次いで殺戮され、残忍な虵や貪欲な豚にも似た悪人も続け様に誅戮され、当時の忠臣義士を喜ばせ、瞭然たる訓誡を後世に遺したのである。ああ、人臣たる者はこれを殷《いん》鑑《かん》とせねばならぬ。殷鑑とせねばならぬ。

史臣曰、

化及庸愞下才、負恩累葉、王充斗筲小器、遭逢峕幸、倶蒙奬擢、禮越舊臣。既屬崩剝之期、不能致身竭命、乃因利乘便、先圖干紀、率羣不逞、職爲亂階、拔本塞源、裂冠毀冕。或躬爲戎首、或親行鴆毒、釁深指鹿、事切食蹯、天地所不容、人神所同憤。故梟獍凶魁、相尋葅戮、蛇家醜類、繼踵誅夷、快忠義於當年、垂炯戒於來葉。嗚呼、爲人臣者可不殷鑒哉。可不殷鑒哉。

第十一章　芸術伝

序

そもそも陰陽とは日時を正し、節気に順うためのものである。卜筮とは疑わしいことや躊躇うことを決定するためのものである。医巫とは妖異を防ぎ、生命を養うためのものである。音律とは人と神とを調和させ、悲しみと楽しみに節度をもたせるためのものである。相術とは貴賎を判断し、本分と道理を明らかにするためのものである。技巧とは有益な器物を作りだし、困難を救うためのものである。こうしたことすべてを聖人は心を用いることもなく、民の実情に合わせて教えを施し、災難から救いだし、淫蕩で邪悪な行いを禁止していた。これは三皇・五帝の時代より行われてきたことである

そして往時の陰陽を説いた者には、殷の箕子《きし》・鄭の裨竈《ひそう》・魯の梓慎《ししん》・宋の子韋《しい》がいた。音律に通暁した者には、晋の師曠《しこう》・魯の師摯《しし》・晋の伯牙《はくが》・曹魏の杜夔《とき》がいた。卜筮を詳述した者には、周の史編《しへん》・晋の史蘇《しそ》・漢の嚴君平《げんくんぺい》・司馬季主《しばきしゅ》がいた。相術を論じた者には、周の内史叔服《ないししゅくふく》・姑布子卿《こふしけい》・魏の唐擧《とうきょ》・漢の許負《きょふ》がいた。医術を語った者には、宋の文摯《ぶんし》・勃海の扁鵲《へんじゃく》・鄭の季咸《きかん》・漢の華陀《かだ》がいた。工芸に優れた者には、夏の奚仲《けいちゅう》・宋の墨翟《ぼくてき》・漢の張衡《ちょうこう》・曹魏の馬鈞《ばきん》がいた。すべてこれらの諸子

【原文】

夫陰陽所以正時日、順氣序者也。卜筮所以決嫌疑、定猶豫者也。毉巫所以禦妖邪、養性命者也。音律所以和人神、節哀樂者也。相術所以辯貴賤、明分理者也。技巧所以利器用、濟艱難者也。此皆聖人無心、因民設教、救恤災患、禁止淫邪。自三・五哲王、其所由來者矣。

然昔之言陰陽者、則有箕子・裨竈・梓慎・子韋。曉音律者、則師曠・師摯・伯牙・杜夔。敍卜筮、則史扁・史蘇・嚴君平、司馬季主。論相術、則内史叔服・姑布子卿・唐擧・許負。語毉、則文摯・扁鵲・季咸・華陀。其巧思、則奚仲・墨翟・張平

は、天文や地理を観察し、奥深く隠れたものを探し求めることで、みな神妙な境地に至り、その思慮は天地を創造し万物を化するのにも等しく、霊妙な事象に通じ入り、異才と唯一無二の技能を持っていた。ある者は道義を教え広めて当時の艱難を救い、ある者は隠棲しながらも民に利益をもたらし、その奥深さは推し量ることもできず、彼らを称賛しつくすことができる言葉もない。近来この術に関わる者には、心を一つのことに傾けて正していける者が少なく、道に外れた行いに身を任せる者が多く、深く天道を辱めた。ある者は陰陽の理をねじ曲げてまで君主の欲望を達成させ、ある者は神や怪異に仮託して民心を惑わせた。そうして当時の風俗と時俗を奇異で虚妄なものにし、人々がその本性に立ち返れないようにしてしまい、本人は災厄を蒙って、天寿を全うせずに死んでいったのである。『礼記《らいき》』に「技芸を習得した者は下の位となる」とあるが、その意図はこうしたことにあるのだろうか。

経書や史書、諸子百家の言葉を見ていくと、芸術に触れていないものはなく、ある者はその奥深さと神妙さを述べ、ある者はその荒唐無稽さを記しているが、それらはただ珍しい話を集めているだけではなく、訓誡を明示しようとしているのである。だからこそ後世にも、それを踏襲して書き残す者がいるのだ。そのため今ここに隋代の著名な者を選りすぐり、列して芸術篇とするのである。

庾季才（子・庾質、孫・庾倹）

庾季才《ゆきさい》は、字は叔奕《しゅくえき》、新野《しんや》の人である。八世祖の庾滔《ゆとう》は、晋の元帝（司馬睿《しばえい》）に随行して江南に渡り、官は散騎常侍に至り、遂昌侯に封ぜられた。そのため南郡江陵

子・馬德衡。凡此諸君者、仰觀俯察、探賾索隱、咸詣幽微、思侔造化、通靈入妙、殊才絕技。或弘道以濟時、或隱身以利物、深不可測、固無得而稱焉。近古涉乎斯術者、鮮有存夫貞一、多肆其淫僻、厚誣天道。或變亂陰陽曲成君欲、或假託神怪熒惑民心。遂令時俗妖訛、不獲返其眞性、身罹災毒、莫得壽終而死。「藝成而下」、意在茲乎。

歷觀經史百家之言、無不存夫藝術、或敍其玄妙、或記其迂誕、非徒用廣異聞、將以明乎勸戒。是以後來作者、或相祖述。故今亦採其尤著者、列爲藝術篇云。

庾季才、字叔奕、新野人也。八世祖滔、隨晉元帝過江、官至散騎常侍、封遂昌侯。

県に住まいした。祖父の庾詵《ゆせん》は、梁の處士であり、一族の庾易《ゆい》と名声を等しくした。父の庾曼倩《ゆまんせん》は、光禄卿となった。庾季才は幼いころから才知に優れ、八才で『尚書《しょうしょ》』を暗唱し、十二才で『周易《しゅうえき》』に通暁し、天文を占うことを好んだ。親の喪に服して孝養の名声を高めた。梁の廬陵王の蕭績《しょうせき》は荊州主簿に辟召したが、湘東王の蕭繹《しょうえき》が彼の術芸を重んじ、引き抜いて外兵参軍を授けた。元帝（蕭繹）が江陵で即位すると、庾季才は中書郎に累遷し、太史を兼任し、宜昌県伯に封ぜられた。庾季才は太史の兼任を固辞したが、元帝は「漢の司馬遷《しばせん》父子はこの職に虚しく居座り、魏の高堂隆《こうどうりゅう》は侍中に遷任した後もこの職を兼任していたので、前例が無いわけではない、卿は何を憚っているのだ」と言った。元帝もまた大変天文や暦数を熟知しており、そこで庾季才とともに天文を仰ぎ見ながら、悠然として庾季才に「朕は内乱が治まらぬことを憂慮している、どうすれば安息することができようか」と言った。庾季才は「この頃の天象は変事を告げており、秦の地にある西魏が郢の地たるこの江陵に侵攻することでしょう。陛下は重臣をこの江陵に留め、（周が天下を陝の地で東西に分けて周公と召公に治めさせたように）荊州以西を鎮守させ、軍を整えて都の建康に帰還することで、その災を避けられませ。もし北方の蛮族が迫ってきても荊州一帯の地を失うだけですみ、社稷においては何ら憂慮せずにすみます。この地に長くお留まりになろうとされるのは、恐くは天意ではございません」と言った。元帝は当初こそこの意見に賛同していたが、後に吏部尚書の宗懍《そうりん》らと議論し、建康への帰還は沙汰止みとなった。すぐに西魏によって江陵は陥落し、とうとう庾季才の言葉の通りになった。

因家于南郡江陵縣。祖詵、梁處士、與宗人易齊名。父曼倩、光祿卿。季才幼穎悟、八歳誦尚書、十二通周易、好占玄象。居喪以孝聞。梁廬陵王績辟荊州主簿、湘東王繹重其術藝、引授外兵參軍。西臺建、累遷中書郎、領太史、封宜昌縣伯。季才固辭太史、元帝曰「漢司馬遷歷世尸掌、魏高堂隆猶領此職、不無前例、卿何憚焉」。帝亦頗明星曆、因共仰觀、從容謂季才曰「朕猶慮禍起蕭牆、何方可息」。季才曰「頃天象告變、秦將入郢、陛下宜留重臣、作鎮荊陝、整旆還都、以避其患。假令羯寇侵蹙止失荊湘、在於社稷可得無慮。必久停留、恐非天意也」。帝初然之、後與吏部尚書宗懍等議、乃止。俄而江陵陷滅、竟如其言。

北周の太祖（宇文泰《うぶんたい》）は庾季才に一度会うと、彼を厚く礼遇し、太史の職に参与させた。親征や討伐の軍が起こされるたびに、常に太祖の側近くに従った。太祖は庾季才に宅一区、水田十頃、ならびに奴婢・牛羊・什器などを下賜して「卿は南人であり、まだ北土に落ち着いておるまい。そのためこれらの物を下賜したのは、卿の南方へ帰らんとする心を絶とうと思えばである。忠誠を尽くして私に仕えるのだ。富貴によって報いよう」と言った。当初、江陵が陥落すると、名門人士の多くが身柄を西魏の官府に没収されて下賤の身となった。庾季才は下賜された品物をなげうって、親戚や旧友を買い求めた。文帝（宇文泰）が「どうしてそんなことをするのだ」と問うと、庾季才は「僕《やつがれ》が聞きますに、曹魏は襄陽を落とした際に、先ず蒯《かい》越《えつ》を顕彰し、晋は建業を平げた際、陸機《りくき》を得たことを喜んだといいます。他国を討伐して賢人を求めることは、古来から行われてきました。それが昨今、江陵が陥落したのは、その君主にこそ罪が有ったとはいえ、その官吏には何の咎があって、みな賤しき奴僕に身をやつしているのでしょうか。鄙人《わたくし》めは異郷に身を寄せる立場なれば、何も申し上げることは致しませんでしたが、この事を心より深く悲しむため、彼らの身柄を買い求めたのです」と言った。太祖は庾季才の言い分を理解して「私の過ちであった。この暗君めは天下の衆望を失うところであったわ」と言った。そこで命を出して梁の俘虜で奴婢となっている者数千口を赦免した。

北周の武成二年、庾季才は王褒《おうほう》・庾信《ゆしん》とともに麟趾《りんせき》学士に補任された。稍伯大夫・車騎大将軍・儀同三司に累遷した。その後、大冢宰の宇文護《うぶんご》が政務を掌握すると、庾季才に「このごろの天道には、何かの兆候が出ているか」と言った。庾季才

周太祖一見季才、深加優禮、令參掌太史。每有征討、恒預侍從。賜宅一區、水田十頃、幷奴婢・牛羊・什物等、謂季才曰「卿是南人、未安北土。故有此賜者、欲絶卿南望之心。宜盡誠事我。當以富貴相答」。初、郢都之陷也、衣冠士人多沒爲賤。季才散所賜物、購求親故。文帝問「何能若此」、季才曰「僕聞、魏克襄陽、先昭異度、晉平建業、喜得士衡。伐國求賢、古之道也。今、郢都覆敗、君信有罪、搢紳何咎、皆爲賤隷。鄙人羈旅、不敢獻言、誠切哀之、故贖購耳」。太祖乃悟曰「吾之過也。微君遂失天下之望」。因出令免梁俘爲奴婢者數千口。

武成二年、與王褒・庾信同補麟趾學士。累遷稍伯大夫・車騎大將軍・儀同三司。其後、大冢宰宇文護執政、謂季才曰「此日天

は「厚く国恩を蒙りながらも、知ることを言い尽くさないのであれば、それは木や石と変わりません。このごろ、上台星に変異が有り、それは宰相によろしくありません。公は政権を天子にお返しし、私邸に引退すべきです。そうすれば公は百歳の長寿を享受し、さらに周公や召公にならぶ称賛を受けることとなり、子孫は周室の藩屏となって、宗族は堅固な城となり続けましょう。そうされないのであれば、私の関知することではありません」と答えた。宇文護は長く考え込んでから、庾季才に「私の本意もそのとおりであるが、しかし辞任しようにもまだ許されぬのだ。公は今や天子に仕える一官吏なのだから、朝廷の旧例に従えば良く、寡人《わたし》個人の事にまでに関与するものではない」と言った。これ以来徐々に疎遠となり、職務以外で会うこともなかった。宇文護が殺された後、その書信が調査され、武帝（宇文《うぶん》邕《よう》）は自ら取り調べに臨み、宇文護のために符命に仮託したり、瑞兆を捏造した者がいれば、すべて誅殺した。ただ庾季才については、天文気候の失行失節を盛んに述べ立てながらも、政権を返上すべきだと書いた二枚の紙が発見されただけであった。帝は少宗伯の斛斯徴《こくしちょう》に「庾季才はなんと忠節を尽くしていたことか、よく人臣としての立場を弁えておる」と言った。そこで粟三百石、帛二百段を下賜した。太史中大夫に遷任され、詔を受けて『霊臺秘苑《れいだいひえん》』を撰述すると、上儀同を加えられ、臨潁伯に封ぜられ、食邑は六百戸であった。宣帝（宇文贇《うぶんいん》）が位を嗣ぐと、驃騎大将軍・開府儀同三司を加えられ、食邑三百戸を加増された。

　高祖（楊堅）が丞相になると、夜に庾季才を召しだして「私は凡庸で中身のない者であるが、先帝から幼帝補佐の遺命を受けてしまった。これは天時人事にかなう

道、有何徵祥」。季才對曰「荷恩深厚、若不盡言、便同木石。頃、上台有變、不利宰輔。公宜歸政天子、請老私門。此則自享期頤、而受旦・奭之美、子孫藩屏、終保維城之固。不然者、非復所知」。護沈吟久之、謂季才曰「吾本意如此、但辭未獲免耳。公既王官、可依朝例、無煩別參寡人也」。自是漸疎、不復別見。及護滅之後、閱其書記、武帝親自臨檢、有假託符命、妄造異端者、皆致誅戮。唯得季才書兩紙、盛言緯候災祥、宜反政歸權。帝謂少宗伯斛斯徵曰「庾季才至誠謹慤、甚得人臣之禮」。因賜粟三百石、帛二百段。遷太史中大夫、詔撰靈臺祕苑、加上儀同、封臨潁伯、邑六百戶。宣帝嗣位、加驃騎大將軍・開府儀同三司、增邑三百戶。

　及高祖爲丞相、嘗夜召季才而問曰「吾以庸虛、受茲顧命。天時人事、卿以爲何如」。

ことであろうか、卿はどう思う」と問うた。庾季才は「天道は精妙細微にして、その真意をうかがい知ることは困難でありますが、人事によってこれを占えば、その兆しはすでに定まっていると言えましょう。もしこの季才めが無理ですと申し上げたところで、公は箕山の麓、潁水の北に隠棲した許由《きょゆう》のように振る舞うことができるのでしょうか」と言った。高祖は長いこと黙り込むと、顔をあげて「私は今、たとえるなら虎に跨がっているようなもので、どうにも下りることができぬのだ」と言った。そうして雑綵五十四、絹二百段を庾季才に下賜して「公の誠意には恥じ入るばかりであるが、どうかよくよくこの事態を考慮してくれ」と言った。

大定元年正月、庾季才は「今月戊戌の日の早朝、青く楼門のような気が国城の上に出現し、すぐに紫色に変わって風向きに逆らい西行しました。『気経《きけい》』には「天は雲が無ければ雨を降らすことができず、皇王は気が無ければ位に立つことができない」と言っております。今、王者の気がすでに出現したのですから、これに対応しなくてはなりません。二月は日が卯（正東）より出て酉（正西）に入り、天の正しき位におるため、これを二八の門と言います。日とは、人君の象徴であり、人君が即位するには、二月を用いるべきです。その二月の十三日は甲子でありますが、甲は六十干支の始まりであり、子は十二支の初めであり、甲の数は九、子の数もまた九であり、九とは天の数であります。またその十三日こそ驚蟄《けいちつ》の日であり、陽気が活発になる時に当たります。昔、周の武王（姫發《きはつ》）は二月甲子に天下を平定し、周王朝は八百年長らえ、漢の高祖（劉邦《りゅうほう》）は二月甲午に帝位に即き、漢王朝は四百年長らえました。そのため甲子や甲午の日取りが天数を得ていることが分かります。きたる

季才曰「天道精微、難可意察、切以人事卜之、符兆已定。季才縦言不可、公豈復得爲箕・潁之事乎」。高祖默然久之、因擧首曰「吾今、譬猶騎獸、誠不得下矣」。因賜雜綵五十四、絹二百段、曰「愧公此意、宜善爲思之」。

大定元年正月、季才言曰「今月戊戌平旦、青氣如樓闕見於國城之上、俄而變紫逆風西行。氣經云「天不能無雲而雨、皇王不能無氣而立」。今、王氣已見、須即應之。二月日出卯入酉、居天之正位、謂之二八之門。日者、人君之象、人君即位、宜用二月。其月十三日甲子、甲爲六甲之始、子爲十二辰之初、甲數九、子數又九、九爲天數。其日即是驚蟄、陽氣壯發之時。昔、周武王以二月甲子定天下、享年八百、漢高帝以二月甲午即帝位、享年四百。故知甲子・甲午爲得天數。今二月甲子、宜應天受命」。上從之。

二月甲子、天象に応えて天命を受けるべきです」と言上した。上はこれに従った。

開皇元年、通直散騎常侍を授かった。高祖は遷都を思い、夜に高熲《こうけい》と蘇威《そい》の二人と議論していたが、庾季才は明くる朝に「臣が仰ぎては天文を観測し、伏しては図讖を披見しますに、吉凶の兆候は同じく、必ずや遷都のことが有りましょう。また堯は平陽に都を置き、舜は冀土に都を置きましたが、このことからは帝王の住まいが代によって同じではないことが分かります。なおかつ漢がこの長安城を造営し、今に至るまで八百年になろうとしておりますが、水は全て塩辛くなり、人が住むのに最適とは言えません。願わくは陛下は天と民と心を同じくし、都を遷す計画を立てられますことを」と上奏した。高祖はとても驚いて、高熲らに「これはなんと神妙なことか」と言った。そうして詔を発して大興城の造営と遷都を行い、庾季才に絹三百段、馬二匹を下賜し、爵位を進めて臨潁公とした。上は庾季才に「朕は今から後は、天道が有ることを信じよう」と言った。そこで庾季才とその子の庾質《ゆしつ》に命じて『垂象志《すいしょうし》』や『地形志《ちけいし》』などを編纂させることにし、上は庾季才に「天地の際は奥深く、それを推測する方法も多く、特定の根拠に基づいても説を異にし、あるいは誤謬を説く者もいる。朕は他の者がこの事に関与するのを望まず、そのために公ら父子にこの仕事をさせるのである」と言った。書が完成すると上奏し、米千石、絹六百段を下賜された。

九年、外任に出て均州刺史となることになった。任命書が下されて任地に赴こうとした時に、朝廷では庾季才が術芸に精妙に通暁していることが議論され、詔が下されて帰還させてもとの官職に任じた。庾季才は年が高齢であることから、何度も

開皇元年、授通直散騎常侍。高祖將遷都、夜與高熲・蘇威二人定議、季才旦而奏曰「臣仰觀玄象、俯察圖記、龜兆允襲、必有遷都。且堯都平陽、舜都冀土、是知帝王居止世代不同。且漢營此城、經今將八百歲、水皆鹹鹵、不甚宜人。願陛下協天人之心、爲遷徙之計」。高祖愕然、謂熲等曰「是何神也」。遂發詔施行、賜絹三百段、馬兩匹、進爵爲公。謂季才曰「朕自今已後、信有天道矣」。於是令季才與其子質撰垂象・地形等志、上謂季才曰「天地祕奧、推測多途、執見不同、或致差舛。朕不欲外人干預此事、故使公父子共爲之也」。及書成奏之、賜米千石、絹六百段。

九年、出爲均州刺史。策書始降、將就藩時、議以季才術藝精通、有詔還委舊任。季才以年老、頻表去職、每降優旨不許。會張

上表して辞職しようとしたが、そのつど特別な聖旨が下されて辞職を許されなかった。たまたま張冑玄《ちょうちゅうげん》の作成した暦法が頒行され、また袁充《えんじゅう》が日の影の長さが堯の時代よりも短くなっていることを言祝いでいた。上がそれらを庾季才に問うと、庾季才はここぞとばかりに袁充の誤りを言上した。上は大いに怒り、このことを理由にして庾季才を免職し、俸禄の半分を給与して邸宅に帰らせた。すべて祥瑞災異が起こるたびに、常に人を庾季才の家に使わしてそのことを諮問した。仁寿三年に没した。時に八十八歳。

　庾季才は器量が広く、芸術の学業が優れて博識であり、信義に篤く、心から野外に出て遊ぶことを好んでいた。いつも吉日の良い時間を選び、琅琊の王褒・彭城の劉瑴《りゅうかく》・河東の裴政《はいせい》、そして同族の庾信らと、酒を飲みながら詩賦を交わす会を楽しんでいた。他に劉臻《りゅうしん》・明克譲《めいこくじょう》・柳䛒《りゅうべん》といった者たちがおり、庾季才よりも後輩であったが、また交遊を結んだ。『霊臺秘苑』一百二十巻、『垂象志』一百四十二巻、『地形志』八十七巻を編纂し、すべて世間に流行した。

　庾質は、字は行修《こうしゅう》、幼いころから聡明にして機敏であり、早くから大志を懐いていた。八歳のとき、梁の世祖（蕭繹）の「玄象の賦」や「言志の賦」などの十賦を暗唱し、童子郎に任命された。北周に仕えると、斉煬王（宇文憲《うぶんけん》）の記室となった。

　開皇元年、奉朝請に叙任され、鄢陵県令を歴て、隴州司馬に遷任した。

　大業の初年、太史令を授かった。素行は誠実で自説を率直に申し立て、災異が起きるたびに必ず対応する人事を示しながら上に直接申し述べた。ところで煬帝は猜

冑玄暦行、及袁充言日景長。上以問季才、季才因言充謬。上大怒、由是免職、給半祿歸第。所有祥異、常使人就家訪焉。仁壽三年卒。時年八十八。

　季才局量寛弘、術業優博、篤於信義、志好賓遊。常吉日良辰、與琅琊王褒・彭城劉瑴・河東裴政及宗人信等、爲文酒之會。次有劉臻・明克讓・柳䛒之徒、雖爲後進、亦申遊欵。撰靈臺秘苑一百二十卷、垂象志一百四十二卷、地形志八十七卷、並行於世。

　庾質字行修、少而明敏、早有志向。八歳誦梁世祖玄象・言志等十賦、拜童子郎。仕周、齊煬王記室。

　開皇元年、除奉朝請、歷鄢陵令、遷隴州司馬。

　大業初、授太史令。操履貞慤立言忠鯁、每有災異必指事面陳。而煬帝性多忌刻、齊

疑心が強く残忍な点が多い性格だったので、斉王の楊暕《ようかん》もまた煬帝に嫌疑をかけられていた。庾質の子の庾倹《ゆけん》はこの時に斉王の属僚であったので、帝は庾質に「お前は一心に私に仕えることができないのか。息子を斉王に仕えさせおって、面従腹背ではないか」と言った。庾質は「臣が陛下にお仕えし、子が斉王に仕えていることは、まことに心を一つにすればこそであり、二心など懐きようがございませぬ」と言ったが、帝の怒りは解けず、そのために外任に出されて合水県令となった。

八年、帝が遼東に親征すると、庾質は召し出されて行在所に行った。臨渝に到着して謁見すると、帝は庾質に「朕は先帝の御意を受け継ぎ、みずから高麗を征伐しに来た。高麗の土地や人民を数え計ると、わずかに我が隋の一郡に相当するばかりであるが、卿はこの戦いに勝つと思うか勝たぬと思うか」と言ったので、庾質は「臣の管見によりますれば、高麗を征伐すれば勝つことはできましょうが、衷心より思いますに、陛下の御親征は望ましくありませぬ」と答えた。帝は顔色を変えて「朕が今兵を総べてここに至りながら、どうしてまだ高麗の賊を見ぬうちに退却することができようか」と言った。庾質はまた「もし陛下が行かれれば、軍の威勢が損なわれる心配があります。臣が願いますに陛下はここへお留まりになったまま、驍将勇士に命じて戦い方をお示しになり、道を急いで昼夜馳せ行かせ、敵の不意を突かれますように。事は迅速さにかかっておりますれば、ゆっくりとお進みになっていては必ずや軍功が挙がりますまい」と言ったが、帝は不快に思い「お前が行きたくなければ、ここにおればよかろう」と言った。高麗から軍が帰還すると、庾質は太史令を授かった。

王暕亦被猜嫌。質子倹時爲齊王屬、帝謂質曰「汝不能一心事我。乃使兒事齊王、何向背如此邪」。質曰「臣事陛下、子事齊王、實是一心、不敢有二」、帝怒不解、由是出爲合水令。

八年、帝親伐遼東、徴詣行在所。至臨渝謁見、帝謂質曰「朕承先旨、親事高麗。度其土地人民、纔當我一郡、卿以爲剋不」、質對曰「以臣管窺、伐之可剋、切有愚見、不願陛下親行」。帝作色曰「朕今總兵至此、豈可未見賊而自退也」。質又曰「陛下若行、慮損軍威。臣猶願安駕住此、命驍將勇士指授規模、倍道兼行、出其不意。事宜在速、緩必無功」、帝不悦曰「汝既難行、可住此也」。及師還、授太史令。

九年、また高麗を征伐することになり、上はまた庾質に「こたびはどうだ」と問うた。庾質が「臣はまことに愚昧迷妄でありますれば、なおも先と同じことを思います。もし陛下みずから天子の軍旅を動かされれば、費用もきっと多くなりましょう」と答えると、帝は怒って「俺みずから行ってまだ勝てなかったのに、ただ人を行かせるだけでどうして成功しようか」と言った。帝はそのまま高麗に向かった。すると礼部尚書の楊玄感《ようげんかん》が黎陽を拠点として反乱を起こし、兵部侍郎の斛斯政《こくしせい》が高麗に寝返ったので、帝は大いに恐れ、軍を西行させて帰還することにし、庾質に「卿が以前に私が行くことを認めなかったのは、まさにこのことであったのだな。こたび玄感はいかがなろうか」と言った。庾質が「玄感の地位権勢は高いものですが、人徳声望は言うまでもなく劣っています。百姓の労苦にかこつけて、どうにか成功しようと願っているのです。今天下は隋の一家であり、まだ軽々しく動揺することはございませぬ」と言うと、帝は、「熒惑《けいわく》（火星）が南斗宿に入っているのはどうだ」と言うので、庾質は「南斗は、楚の分野であり、楚は玄感の封ぜられた地であります。今、火星の色は衰えて枯れたかのようですから、絶対に成功することはありません」と答えた。

十年、帝が西京から東都に行こうとすると、庾質が「先年遼東を征伐したため、民はまことに疲弊しております。陛下はどうか関内を鎮撫されて、百姓が力を尽くして農業に戻れるようにさせてください。数年の間、天下に少しずつ豊作を得させ、その後で地方を巡り見られるのであれば、それは素晴らしいことでしょう。陛下はどうかお察しください」と諫めたので、帝は不快になった。庾質は病と称して東都

九年、復征高麗、又問質曰「今段復何如」。對曰「臣實愚迷、猶執前見。陛下若親動萬乘、糜費實多」、帝怒曰「我自行尚不能剋、直遣人去。豈有成功也」。帝遂行。既而禮部尚書楊玄感據黎陽反、兵部侍郎斛斯政奔高麗、帝大懼、遽而西還、謂質曰「卿前不許我行、當爲此耳。今者玄感其成事乎」。質曰「玄感地勢雖隆、德望非素。因百姓之勞苦、冀僥倖而成功。今天下一家、未易可動」、帝曰「熒惑入斗如何」、對曰「斗、楚之分、玄感之所封也。今、火色衰謝、終必無成」。

十年、帝自西京將往東都、質諫曰「比歲伐遼、民實勞敝。陛下宜鎮撫關內、使百姓畢力歸農。三五年間、令四海少得豐實、然後巡省、於事爲宜。陛下思之」、帝不悅。質辭疾不從、帝聞之怒、遣使馳傳鎖質詣行

について行かず、帝はそのことを聞くと怒り、駅伝の馬車で使者を派遣して庾質を鎖に繋いで行在所まで来させた。東都に到着すると、詔を下さして投獄し、庾質はとうとう獄中で死んだ。

庾質の子の庾倹も、また父の学業を伝え、さらに学識も備えていた。隋に仕えて襄武令・元徳太子（楊昭）学士・斉王の属僚を歴任した。

義寧の初年、太史令となった。同じ時期に盧太翼《ろたいよく》・耿詢《こうしゅん》がおり、ともに天文暦法によって名を知られた。

盧太翼

盧太翼は、字は協昭《きょうしょう》、河間《かかん》の人であり、本姓は章仇氏《しょうきゅうし》といった。七歳で学校に行き、一日に数千言を暗誦したので、州里の者は神童と呼んだ。成長すると、一人で道理を味わうことを楽しみ、栄利を求めなかった。多くの書物に通じ、仏道にまで及び、すべてその精微を会得した。占候と算暦の術にもっとも優れていた。白鹿山に隠棲し、数年で林慮山《りんりょざん》の茱萸谷《しゅゆこく》に移り住むと、教えを請う者が遠くからもやって来た。当初はそれらの者を拒むことが無かったが、後にその煩わしさを敬遠して、五臺山《ごだいさん》に逃れた。その地には薬になる物が多かったので、弟子数人と巌の下に小屋を建て、物静かに俗世を断ち、神仙にもなれるかの様子だった。皇太子の楊勇《ようゆう》は章仇太翼のことを聞くと彼を召し出したが、章仇太翼は太子が必ずや帝位を嗣げないことが分かっていたので、親しい者へ「私は迫られたので来たものの、どうなることやら知れたものではないのだ」と言っていた。太子が廃位されると、連坐して死

在所。至東都、詔令下獄、竟死獄中。

子倹、亦傳父業、兼有學識。仕歴襄武令・元徳太子學士・齊王屬。

義寧初、爲太史令。時有盧太翼・耿詢、並以星曆知名。

盧太翼、字協昭、河間人也、本姓章仇氏。七歳詣學、日誦數千言、州里號曰神童。及長、閑居味道、不求榮利。博綜羣書、爰及佛道、皆得其精微。尤善占候算曆之術。隱於白鹿山、數年徙居林慮山茱萸峒、請業者自遠而至。初無所拒、後憚其煩、逃於五臺山。地多藥物、與弟子數人廬於巖下、蕭然絶世、以爲神仙可致。皇太子勇聞而召之、太翼知太子必不爲嗣、謂所親曰「吾拘逼而來、不知所稅駕也。」及太子廢、坐法當死、高祖惜其才而不害、配爲官奴。久之乃釋。

罪に当たったが、高祖は彼の才能を惜しんで殺さず、身柄を差しおさえて官奴とした。しばらくしてから放免した。その後章仇太翼は失明したが、書物を手で撫でることによってその文字を知ることができた。

仁寿の末、高祖が酷暑を仁寿宮に避けようとすると、章仇太翼はそれを強く諫めたが聞き入れられず、諫めること再三に及んだ。章仇太翼が「臣は愚昧なので言葉を飾ろうとは致しませぬ。ただこたびの行幸で車駕がお帰りにならぬことを恐れるのです」と言うと、高祖は激怒し、彼を長安の牢獄に繋ぎ、帰還してから斬り殺すことにした。高祖は仁寿宮に到着すると病に倒れ、崩御に臨むと、皇太子（楊廣《ようこう》）に「章仇太翼は並の者ではないぞ。前後して言った事はすべて的中している。俺がここに来る日も帰って来られぬと申したが、今果たしてこのようになった。お前は彼を放免してやれ」と言った。

煬帝が即位すると、漢王の楊諒《ようりょう》が反乱を起こし、帝はこの事を章仇太翼に問い、章仇太翼は「上《かみ》は天文を考え、下《しも》は人事を見ますに、どうして事を為し得ましょうか」と答えた。間もなくして、楊諒は果して敗れた。

帝はかつて落ち着いた折に話題が天下の氏族について及ぶと、章仇太翼に「卿の姓の章仇とは、四岳の後裔であり、盧姓と源を同じくしていよう」と言い、そこで姓を賜い盧氏とした。

大業九年、上の車駕に従って遼東まで行くと、盧太翼は帝に「黎陽に兵乱の気が有ります」と言った。数日後になって楊玄感が反乱を起こしたとの書状が上聞に達し、帝は大変驚き、幾度も盧太翼に賞賜を加えた。盧太翼が言った天文の事は、数

其後目盲、以手摸書而知其字。

仁壽末、高祖將避暑仁壽宮、太翼固諫不納、至于再三。太翼曰「臣愚豈敢飾詞。但恐是行鑾輿不反」、高祖大怒、繫之長安獄、期還而斬之。高祖至宮寢疾、臨崩、謂皇太子曰「章仇翼非常人也。前後言事未嘗不中。吾來日道當不反、今果至此。爾宜釋之」。

及煬帝即位、漢王諒反、帝以問之、答曰「上稽玄象、下參人事、何所能爲」。未幾、諒果敗。

帝常從容言及天下氏族、謂太翼曰「卿姓章仇、四岳之胄、與盧同源」、於是賜姓爲盧氏。

大業九年、從駕至遼東、太翼言於帝曰「黎陽有兵氣」。後數日而玄感反書聞、帝甚異之、數加賞賜。太翼所言天文之事、不可

え切れない程であったが、様々な機密に関わっているため、世に伝え聞けるものが無い。数年後、雒陽で没した。

耿詢

耿詢は、字は敦信《とんしん》、丹陽《たんよう》の人である。諧謔に優れ弁才が有り、技芸は人々よりも優れていた。陳の後主（陳叔寶《ちんしゅくほう》）の治世に、食客として東衡州刺史の王勇《おうゆう》に従って嶺南まで行った。王勇が没すると、耿詢は帰還せずに、そのまま諸越族と親交を結び、いずれからも好かれた。たまたま郡内の俚族が叛乱を起こすと、耿詢を推戴して主君とした。柱国の王世積《おうせいせき》が討伐して耿詢を生け捕ったが、その罪は誅殺に相当した。耿詢が自ら自分には優れた意思が有ることを申し立てたので、王世積は彼を放免して家奴にした。しばらくすると、耿詢は昔なじみの高智寶《こうちほう》が天文に詳しいことから太史に宿直しているのを見つけ、彼に天文・算術を学んだ。耿詢は創意工夫して渾天儀《こんてんぎ》を製造した。それは人の力を借りずに、水によって回転し、暗室中で動かして、高智寶に部屋の外で時刻を観測させると、渾天儀の示す時刻はそれと割り符のように合致した。王世積がその事を知って上奏すると、高祖は耿詢の身柄を差しおさえて官奴とし、太史局に支給した。後に蜀王の楊秀《ようしゅう》に下賜され、楊秀に従って益州へ行くと、楊秀は大変耿詢を信任した。楊秀が廃位されると、耿詢の罪はまた誅殺に相当したが、何稠《かちょう》が高祖に「耿詢が優れていることは、その思慮に鬼神が宿るかのようであり、臣は誠に朝廷のために彼の死を惜しみます」と言ったので、上はそこで耿詢の罪を赦した。耿詢は馬上刻漏《ばじょうこくろう》を作成し、世の人々はその精妙さ

稱數、關諸祕密、世莫得聞。後數載、卒於雒陽。

耿詢、字敦信、丹陽人也。滑稽辯給、伎巧絶人。陳後主之世、以客從東衡州刺史王勇於嶺南。勇卒、詢不歸、遂與諸越相結、皆得其歡心。會郡俚反叛、推詢爲主。柱國王世積討擒之、罪當誅。自言有巧思、世積釋之以爲家奴。久之、見其故人高智寶以玄象直太史、詢從之受天文・算術。詢創意造渾天儀。不假人力、以水轉之、施於闇室中、使智寶外候天時、合如符契。世積知而奏之、高祖配詢爲官奴、給使太史局。後賜蜀王秀、從往益州、秀甚信之。及秀廢、復當誅、何稠言於高祖曰「耿詢之巧、思若有神、臣誠爲朝廷惜之」、上於是特原其罪。詢作馬上刻漏、世稱其妙。

を讃えた。

煬帝が即位すると、耿詢は欹器《いき》を進上し、帝はこれを喜んで、官奴を免じて良民とした。一年程して、右尚方署監事を授かった。

（大業）七年、上が高麗への親征を行うと、耿詢は「遼東は討伐できませぬ、軍には必ずや功績が有りませぬ」と上書した。帝は激怒し、左右に命じて耿詢を斬らせようとしたが、何稠が力を尽くして諫めたので免れることができた。平壌《へいじょう》で敗戦すると、帝は耿詢の言葉が的中したと思い、耿詢に太史丞の職務を執り行わせた。宇《う》文化及《ぶんかきゅう》が弑逆を行った後、それに従って黎陽まで来ると、耿詢はその妻に「近くは人事を見、遠くは天文を察するに、宇文氏は必ず敗れ、李氏が王となろうから、私は帰属すべき先を分かっているのだ」と言った。耿詢は宇文化及の下から去ろうと思っていたが、宇文化及に殺害された。『鳥情占《ちょうじょうせん》』一巻を著し、世に流行した。

韋鼎

韋鼎《いてい》は、字は超盛《ちょうせい》、京兆杜陵の人である。曾祖父の韋玄《いげん》は、商山に隠棲しており、そのため宋に帰属した。祖父の韋叡《いえい》は、梁の開府儀同三司であった。父の韋正《いせい》は、梁の黄門侍郎であった。韋鼎は若い頃から事の是非を弁え俗事から離れ、経書や史書を読みあさり、陰陽の理によって予知することに明るく、もっとも相術に優れていた。韋鼎は梁に仕えると、湘東王（蕭繹）の法曹参軍に起家した。父の喪に服し、水分も口にしないこと五日、悲しみのあまり身を損なうさまは礼の範疇を超え、ほとんど死ぬところだった。服喪を終えると、邵陵王（蕭綸《しょうりん》）の主簿となった。侯景《こうけい》の乱が起こ

煬帝即位、進欹器、帝善之、放爲良民。歲餘、授右尚方署監事。

七年、車駕東征、詢上書曰「遼東不可討、師必無功」。帝大怒、命左右斬之、何稠苦諫得免。及平壤之敗、帝以詢言爲中、以詢守太史丞。宇文化及弑逆之後、從至黎陽、謂其妻曰「近觀人事、遠察天文、宇文必敗、李氏當王、吾知所歸矣」。詢欲去之、爲化及所殺。著鳥情占一卷、行於世。

韋鼎、字超盛、京兆杜陵人也。高祖玄、隱於商山、因而歸宋。祖叡、梁開府儀同三司。父正、黃門侍郎。鼎少通脫、博涉經史、明陰陽逆刺、尤善相術。仕梁、起家湘東王法曹參軍。遭父憂、水漿不入口者五日、哀毀過禮、殆將滅性。服闋、爲邵陵王主簿。侯景之亂、鼎兄昂卒於京城、鼎負屍出、寄

り、韋鼎の兄の韋昂《いこう》は京城で没し、韋鼎はその屍を背負って京城を出て、中興寺に寄宿した。棺を求めたが得ることができず、韋鼎が哀しみのあまり慟哭すると、突如として長江の中に何かがあるのが見え、それは流れて韋鼎の所までやってきたので、韋鼎はそれをなんとも不思議なことだと感じた。韋鼎が行って見てみると、それは新しい棺だったので、兄を納棺することができた。元帝（蕭繹）はこの事を聞くと、韋鼎の至誠が天に感応したのだと思った。侯景の乱が平定されると、司徒の王僧辯《おうそうべん》は韋鼎を戸曹属とし、その後は太尉掾・大司馬従事・中書侍郎を歴任した。

　陳の武帝（陳霸先《ちんはせん》）が南徐州にいた時、韋鼎は雲気を観測して陳霸先が王となることを知り、ついに妻子を彼に託した。そして陳の武帝に「明年に大臣が誅殺され、その後四年すると、梁はその治世を終え、天の命運は舜《しゅん》の後裔に帰すことでしょう。昔周が殷を滅ぼし、嬀滿《ぎまん》を宛丘に封じ、その子孫が陳氏となりました。僕《やつがれ》が明公の天賦の武才を見ますに、梁の断絶を継いで天下を総べる者は、あなたを措いて他におりませぬ」と言った。武帝は密かに王僧辯の意思を推し量っていたので、韋鼎の言葉を聞くと、大いに喜び、そこで策を定めた。武帝が禅譲を受けると、韋鼎は黄門侍郎に任命され、すぐに司農卿・司徒右長史・貞威将軍に選任し、安右晋安王長史・行府国事を兼任し、廷尉卿に転任した。太建年間、聘周主使となり、散騎常侍を加えられた。そうして秘書監・宣遠将軍となり、臨海王長史に転任し、呉興郡の事を行った。朝廷に入り戻り太府卿となった。

　至徳の初年、韋鼎はすべての田宅を金銭に換えると、寺院に寓居した。友人の大匠卿の毛彪《もうひょう》がその理由を問うと、韋鼎は「江東の王気はここに尽きようとしている。

于中興寺。求棺無所得、鼎哀憤慟哭、忽見江中有物、流至鼎所、鼎切異之。往見、乃新棺也、因以充殮。元帝聞之、以爲精誠所感。侯景平、司徒王僧辯以爲戸曹屬、歴太尉掾・大司馬從事・中書侍郎。

　陳武帝在南徐州、鼎望氣知其當王、遂寄孥焉。因謂陳武帝曰「明年有大臣誅死、後四歲、梁其代終、天之曆數當歸舜後。昔周滅殷氏、封嬀滿于宛丘、其裔子孫因爲陳氏。僕觀明公天縱神武、繼絕統者、無乃是乎」。武帝陰有圖僧辯意、聞其言、大喜、因而定策。及受禪、拜黃門侍郎、俄遷司農卿・司徒右長史・貞威將軍、領安右晉安王長史・行府國事、轉廷尉卿。太建中、爲聘周主使、加散騎常侍。尋爲祕書監・宣遠將軍、轉臨海王長史、行吳興郡事。入爲太府卿。

　至德初、鼎盡質貨田宅、寓居僧寺。友人大匠卿毛彪問其故、答曰「江東王氣盡於此

私はお前と長安に葬られることになろう。その時が至ろうとしているので、そのために財産をなげうっただけだ」と答えた。

当初、韋鼎が北周に使者として派遣されると、ある時に高祖と相遇し、韋鼎は高祖に「公の容貌を見ますに、なんともただ人のものではなく、そしてご明察の深遠なことも、また多くの賢人が及ぶところではございません。久しからずして必ずや大いに貴い身分となり、貴くなれば天下は一家となり、歳星《さいせい》（木星）が天を一周する（十二年の）間に、この老いぼれめもお仕えすることとなりましょう。公はこの事を他言せずに、どうか御自愛下さい」と言った。陳が平定されると、上は車馬を馳せさせて韋鼎を召し出し、上儀同三司を授け、待遇はとても厚かった。上が公王との宴席で賞賜を与えるたびに、韋鼎はそれに与った。高祖がある時ゆったりとした様子で韋鼎に「韋世康《いせいこう》と公とは続柄が近いのか」と言うと、韋鼎は「臣の宗族は別れ別れとなって、南北で孤立してしまい、生まれてよりこの方、祖先の地を訪ねたこともありません」と答えた。帝は「公は（漢より）百世に知られた名卿の一族、どうしてそれができぬことがあろうか」と言うと、官に命じて酒肴を給与し、韋世康と韋鼎とを杜陵に帰還させ、十日余りも好きに酒を飲ませた。韋鼎は祖先の宗廟の序列を考え、漢の楚王の太傅の韋孟《いもう》以下二十数代に及び、『韋氏譜《いしふ》』七巻を作成した。当時、蘭陵公主が寡婦となっており、上は彼女のために新たな夫を求め、親衛の柳述《りゅうじゅつ》や蕭瑒《しょうよう》などを選んで韋鼎に示した。韋鼎は「蕭瑒は諸侯に封ぜられましょうが、しかし貴妻の相が有りませぬ。柳述もまた貴顕に達しますが、しかしその位を守ったままは死ねませぬ」と言った。上は「位は俺次第だ」と言って、とう

矣。吾與爾當葬長安。期運將及、故破產耳」。

初、鼎之聘周也、嘗與高祖相遇、鼎謂高祖曰「觀公容貌、故非常人、而神監深遠、亦非羣賢所逮也。不久必大貴、貴則天下一家、歲一周天、老夫當委質。公相不可言、願深自愛」。及陳平、上馳召之、授上儀同三司、待遇甚厚。上每與公王宴賞、鼎恒預焉。高祖嘗從容謂之曰「韋世康與公相去遠近」、鼎對曰「臣宗族分派、南北孤絕、自生以來、未嘗訪問」。帝曰「公百世卿族、何得爾也」、乃命官給酒肴、遣世康與鼎還杜陵、樂飲十餘日。鼎乃考校昭穆、自楚太傅孟以下二十餘世、作韋氏譜七卷。時、蘭陵公主寡、上爲之求夫、選親衞柳述及蕭瑒等以示於鼎。鼎曰「瑒當封侯、而無貴妻之相。述亦通顯、而守位不終」。上曰「位由我耳」、遂以主降述。上又問鼎「諸兒誰得嗣」、答曰「至尊・皇后所最愛者、即當與之。非臣敢預知也」、上笑曰「不肯顯言乎」。

とう蘭陵公主を柳述に降嫁させた。上がまた韋鼎に「諸子の中で誰が俺の後を嗣げるか」と問うと、韋鼎は「陛下と皇后が最も愛した者が、そうなることができましょう。臣が予め知り得ることでは御座いませぬ」と答えたので、上は笑いながら「はっきりと申さぬのだな」と言った。

開皇十二年、光州刺史に叙任され、仁義によって民を教導し、官吏は職務に励み風教を広めて安静無事であった。州中の土豪に、外面上は礼儀正しく、しかし実は法を犯し、常々強盗を行う者がいた。韋鼎は皆が集まった時にその者へ「卿は善良な人なのに、どうして突然盗賊などなさるのですか」と言い、その徒党の計画や居場所を逐一挙げていったので、その者は驚き恐れ、すぐに自首して罪に伏した。またある人の旅客が、その家の妾と私通し、彼が帰る時になって、妾が家の宝物を盗み、夜中に逃亡したが、すぐに草むらで人に殺されてしまった。その家の者は、旅客と妾が私通していたことを知っていたので、旅客が妾を殺したのだと訴えた。県の役人が尋問すると、私通の罪状がはっきりしたので、旅客の死罪を決定した。罪案が作成され、韋鼎に上奏された。韋鼎はそれを見ると「この旅客は確かに私通していたが、殺したというのは違う。これはどこそこの寺の僧が妾を騙して宝物を盗ませ、奴僕に命じて殺させたのであり、盗品はどこそこにある」と言い、すぐにこの旅客を解放し、僧を捉えさせ、また盗品も取り戻させた。これ以来州の官吏は慎み静まりかえって無駄口を叩かなくなり、皆が韋鼎に鬼神ほどの力があると称賛して、道に拾い物をする者もいなくなった。その後入京すると、老齢と多病によって

開皇十二年、除光州刺史、以仁義教導、務弘清靜。州中有土豪、外修邊幅、而內行不軌、常爲劫盜。鼎於都會時謂之曰「卿是好人、那忽作賊」、因條其徒黨謀議逗留、其人驚懼、即自首伏。又有人客遊、通主家之妾、及其還去、妾盜珍物、於夜亡、尋於草中爲人所殺。主家知客與妾通、因告客殺之。縣司鞫問、具得姦狀、因斷客死。獄成、上於鼎。鼎覽之曰「此客實姦、而殺非也。乃某寺僧詃妾盜物、令奴殺之、贓在某處」、即放此客、遣掩僧、幷獲贓物。自是部內肅然不言、咸稱其有神、道無拾遺。尋追入京、以年老多病累加優賜、頃之卒。年七十九。

しばしば特別な賜り物を加えられたが、しばらくして没した。時に七十九歳。

來和

來和《らいか》は、字は弘順《こうじゅん》であり、京兆《けいちょう》長安《ちょうあん》の人である。幼い頃から相術を好んでいて、言うことは多く当たっていた。北周の大冢宰の宇文護が來和を引き立てて側近くに置き、そのために公卿の邸宅へ出入りしていた。初めに夏官府下士となり、少卜上士に累遷すると、安定郷男の爵位を賜わった。畿伯下大夫に遷任すると、封爵を洹水県男に進めた。

高祖が人臣であった時、來和の所に来て占わせた。來和は余人がいなくなるのを待ってから、高祖に「公は王者となって天下を手中にされましょう」と言った。高祖が丞相になると、來和は儀同に任命され、高祖が禅譲を受けると、爵位を子に進められた。

開皇年間の末、來和は上表してみずから陳述し、

臣は早くから龍顔を拝し、北周の世の天和三年以来、しばしば陛下のご下問を賜り、その時言を尽くして陛下が図讖の瑞応を受けて天命を授かり、大いに天下を家とされますことを申し上げました。これはつまり天の授け賜うたものであり、人の力によってなし得たものではありません。臣は功績も無く、坐したまま五品の官位に昇り、二十余年となります。臣は何程の者でしょう。これを恥じ恐れぬわけにはいきません。愚昧なる臣は心の晴れぬのに耐えられず、陛下が即位される前に臣が申し上げた僅かばかりのことを謹んで書き留めました

來和、字弘順、京兆長安人也。少好相術、所言多驗。大冢宰宇文護引之左右、由是出入公卿之門。初爲夏官府下士、累遷少卜上士、賜爵安定郷男。遷畿伯下大夫、進封洹水縣男。

高祖微時、來詣和相。和待人去、謂高祖曰「公當王有四海」。及爲丞相、拜儀同、既受禪、進爵爲子。

開皇末、和上表自陳曰、

臣早奉龍顏、自周代天和三年已來、數蒙陛下顧問、當時具言至尊膺圖受命、光宅區宇。此乃天授、非由人事所及。臣無勞效、坐致五品、二十餘年。臣是何人。敢不慚懼。愚臣不任區區之至、謹錄陛下龍潛之時臣有所言一得、書之祕府、死無所恨。

ゆえ、これを秘書省の書庫に蔵して頂ければ、死しても恨むことはありませぬ。昔、陛下が北周にお仕えになられていた時、永富公の竇榮定《とうえいてい》とともに臣へ「足音を聞くだけでもその人となりが分かるそうだな」と語られました。臣はその時「公の眼は明けの明星ようであり、照されぬものはなく、きっと王者となって天下を手中になされましょう。どうか誅殺を受けられぬように堪え忍び下さい」と申し上げました。建徳四年五月、北周の武帝が雲陽宮にて、臣に「お前は諸公を見知っておろうが、隋公の人相から見た禍福はいかようであるか」と言いました。臣は武帝に「隋公はただの守節の人でありますが、一地方を任すことはできます。もし大将にすれば、破れぬ陣はございますまい」と答えました。臣は宮殿の東南でこのことを陛下にお知らせ致しました。陛下は臣に「この言葉は忘れぬぞ」と仰られました。明年、烏丸軌《うがんき》が武帝に「隋公は人臣に収まりませんぞ」と言いました。武帝はそこで臣に問いましたが、臣は武帝に疑心があるのを存じていましたので、偽って「隋公は忠節の臣であり、他にめだった相は見られません」と答えました。この時、王誼《おうぎ》と梁彦光《りょうげんこう》らも臣のこの言葉を聞き知っております。大象二年五月、陛下は永巷東門より入り、臣は永巷門の東にいて北面して立っていたところ、陛下は臣に「私に何か災難が降りかかろうか」と問われました。臣は陛下に「公の骨相と気色はあい応じており、天命はすでに下されております」と上奏致しました。そして間もなく、陛下は百官を総括される立場になられたのです。

と言った。上はこの上奏文を見ると大変喜び、來和の位を開府に進め、反物五百段、

昔、陛下在周、嘗與永富公竇榮定語臣曰「我聞有行聲即識其人」。臣當時即言「公眼如曙星、無所不照、當王有天下。願忍誅殺」。建德四年五月、周武帝在雲陽宮、謂臣曰「諸公皆汝所識、隋公相祿何如」。臣報武帝曰「隋公止是守節人、可鎮一方。若爲將領、陣無不破」。臣即於宮東南奏聞。陛下謂臣「此語不忘」。明年、烏丸軌言於武帝曰「隋公非人臣」。帝尋以問臣、臣知帝有疑、臣詭報曰「是節臣、更無異相」。于時、王誼・梁彦光等知臣此語。大象二年五月、至尊從永巷東門入、臣在永巷門東北面立、陛下問臣曰「我無災障不」。臣奏陛下曰「公骨法氣色相應、天命已有付屬」。未幾、遂總百揆。

上覽之大悅、進位開府、賜物五百段、米三

米三百石、土地十頃を下賜した。

來和と同郡の韓則《かんそく》は、かつて來和の所に来て占わせたが、來和は彼に「この後、四五になると大官を得るだろう」と言った。人々は当初この言葉の意味が分からなかった。韓則が開皇十五年五月になると死んだので、人々はその理由を來和に問うた。來和は「十五年の十五は九九では三五であり、それに五月の五を加えて四五となる。大官とは、棺椁《かんかく》のことだ」と言った。來和の言葉にはこうしたものが多かった。『相経《そうけい》』四十巻を著した。

道士の張賓《ちょうひん》、焦子順《しょうしじゅん》、雁門の人である董子華《とうしか》、この三人も、高祖が帝位に即く前に、みな密かに高祖へ「公は天子となられましょうから、どうかご自愛下さい」と言っていた。高祖が即位すると、張賓を華州刺史に、焦子順を開府に、董子華を上儀同にした。

蕭吉

蕭吉《しょうきつ》は、字は文休《ぶんきゅう》、梁の武帝（蕭衍《しょうえん》）の兄である長沙宣武王の蕭懿《しょうい》の孫である。博学で多くのことに通暁しており、陰陽と算術にもっとも精通していた。江陵が陥落すると、そのまま北周に帰服し、儀同となった。宣帝の時、蕭吉は朝廷の政治が日に日に乱れてきていることを奏上して強く諫言したが、帝は受け容れなかった。隋が禅譲を受けると、上儀同に進み、現職のまま太常寺で古今の陰陽書を考定した。

蕭吉は俗世間に馴染まない性格で、公卿と行動をともにすることはなく、また、楊素《ようそ》と仲がよくなかったため、世間からはのけ者にされ、鬱々として志を得られず

百石、地十頃。

和同郡韓則、嘗詣和相、和謂之曰「後、四五當得大官」。人初不知所謂。則至開皇十五年五月而終。人問其故。和曰「十五年爲三五、加以五月爲四五。大官、椁也」。和言多此類。著相經四十卷。

道士張賓・焦子順・雁門人董子華、此三人、當高祖龍潛時、並私謂高祖曰「公當爲天子、善自愛」。及踐阼、以張賓爲華州刺史、子順爲開府、子華爲上儀同。

蕭吉、字文休、梁武帝兄長沙宣武王懿之孫也。博學多通、尤精陰陽算術。江陵陷、遂歸于周、爲儀同。宣帝時、吉以朝政日亂、上書切諫、帝不納。及隋受禪、進上儀同、以本官太常考定古今陰陽書。

吉性孤峭、不與公卿相沉浮、又、與楊素不協、由是擯落於世、鬱鬱不得志。見上好

にいた。蕭吉は上が瑞兆吉祥の説を好んでいることを知ると、どうにか僥倖を得て立身出世しようと望み、そこで己を曲げてでも媚びを売ろうとした。

開皇十四年に上書して、

今年は甲寅の歳であり、十一月の朔旦《さくたん》（一日の夜明け）は、辛酉の日であり冬至であり、来年は乙卯の歳であり、正月の朔旦は、庚申の日であり元日となります。つまり冬至の日が朔旦にあります。これは緯書の『楽汁図徴《がくじゅうとちょう》』に「暦法の起点たる十一月の朔旦が冬至であれば、聖王は天より福を受ける」と言っております。今、聖主が位に在し、暦法の数え始めである十一月に朔旦冬至となりますことは、一つ目の慶事です。

辛酉の日とは、陛下の本命日（生まれ年の干支と同じ干支の日。楊堅は大統七年生まれなので辛酉になる）でもあり、辛の干徳は丙にありますが、この甲寅の歳の十一月は丙子の月であります。酉の支徳は寅にありますが、正月は建寅の月でありますので、陛下の本命の干支が月の徳と合致されて、さらに暦の起点たる冬至月の十一月の初めの日にありますことは、二つ目の慶事です。

来年正月朔の日の干支である庚申とは、辛酉の歳生まれの陛下の来年の行年（丙寅から年齢分数えた干支）の干支でもありますが、乙の干徳が庚にあり、卯の支徳が申にあり、来年の干支は乙卯であるため、ここに行年と一歳とが徳を合致させた上に、元旦の朝にありますことは、三つ目の慶事です。

暦の吉凶を記した陰陽書に「年齢と歳月との徳が合致する者は、必ず福慶がある」とあり、『洪範伝《こうはんでん》』に「一歳の始め、一月の始め、一日の始めは、王を主

徵祥之說、欲乾沒自進、遂矯其迹爲悅媚焉。

開皇十四年上書曰、

今年歲在甲寅、十一月朔旦、以辛酉爲冬至、來年乙卯、正月朔旦、以庚申爲元日。冬至之日即在朔旦。樂汁圖徵云「天元十一月朔旦冬至、聖王受享祚」。今、聖主在位、居天元之首而朔旦冬至、此慶一也。

辛酉之日、即是至尊本命、辛德在丙、此十一月建丙子。酉德在寅、正月建寅爲本命、與月德合、而居元朔之首、此慶二也。

庚申之日、即是行年、乙德在庚、卯德在申、來年乙卯、是行年與歲合德、而在元旦之朝、此慶三也。

陰陽書云「年命與歲月合德者、必有福慶」、洪範傳云「歲之朝、月之朝、日之

るものである」とあります。これらの経書とすべき書には歳月日の始めに応じる者は、寿命を延ばし福と吉を得ると言っております。ましてや今年の干支の甲寅は、暦法で歳を七十六年ごとに数える蔀の起点の一つであり、十一月は陽気が萌し始める月であり、その朔旦冬至は、聖王が暦法の起点とするものです。正月は陽気が起こる正陽の月であり、また一年の最初の月であり、十二か月の先駆けであります。朔旦は一年の数え初めであり、一月の始まりであり、一日の先駆けであり、めでたくも太陽と月とが会する時でもあります。そのうえに陛下の本命は天の運行の起点である冬至月の十一月や正月と、行年は来年の歳月日の始めである元旦と、ともに歳月と徳を合致させています。そのために『霊宝経《れいほうけい》』には「角《かく》の音は龍の精であり、その幸福は日々盛んである」と言っておりますが、来年の陛下の行年である庚申の納音は角でありますため、暦の運行と経の内容とが、附合するかのようであります。また甲寅と乙卯は『河《か》図《と》』に記された天地の合であります。甲寅の年に、辛酉の日が冬至となり、来年乙卯の年に、甲子の日が夏至となりますが、冬至は陽気が萌え始める時であり、天を郊祭する日でもあります。その日が陛下の本命の干支と一致しますことは、四つ目の慶事です。

夏至は陰気が萌え始める時であり、地を祭祀する日でもありますが、その日が皇后陛下の本命の干支と一致しますことは、五つ目の慶事です。

陛下の聖徳は天が万象を育成する徳に並び、皇后陛下の仁愛は地が万物を養育する慈愛に等しければ、そのために天地陰陽の二気が、ともにお二人の本命と

朝、主王者」。經書並謂三長應之者、延年福吉。況乃甲寅部首、十一月陽之始、朔旦冬至、是聖王上元。正月是正陽之月、歲之首、月之先。朔旦是歲之元、月之朝、日之先、嘉辰之會。而本命爲九元之先、行年爲三長之首、並與歲月合德。所以靈寶經云「角音龍精、其祚日强」、來歲年命納音俱角、曆之與經、如合符契。又甲寅・乙卯天地合也。甲寅之年、以辛酉冬至、來年乙卯、以甲子夏至、冬至陽始、郊天之日。即是至尊本命、此慶四也。

夏至陰始、祀地之辰、即是皇后本命、此慶五也。

至尊德並乾之覆育、皇后仁同地之載養、所以二儀元氣、並會本辰。

一致するように運っているのです。

と言った。上はこれを見ると大変喜び、蕭吉に反物五百段を下賜した。

房陵王（楊勇）は当時皇太子であったが、東宮では奇怪なことが多く、鼠の怪異も何度となく出現したとの上言があった。上は蕭吉に命じて東宮に行かせ、邪気を祓わせた。蕭吉が宣慈殿で神坐を設置すると、つむじ風が東北の鬼門から吹いてきて、太子の坐を掃った。蕭吉が桃の木を煮た湯と葦の松明を用いてこの風を追い払うと、風は宮殿の門から出ていって止んだ。また土地への祭礼を行い、西北西の地に祭壇を設置し、四つの門を作り、五帝の坐を置いた。この時大変寒かったが、蝦蟇蛙《ガマガエル》が西南から出てきて、人門から入り、赤帝の坐に登ると、もどる時も人門から出ていった。蝦蟇蛙は数歩進むと、すぐに見えなくなった。上はこれをなんとも神妙なこととし、厚く褒賞を下賜した。また蕭吉は、皇太子がその位を保つことができないだろうと上言した。この時に上は密かに皇太子を廃立しようと思っていたので、蕭吉の言葉をその通りであるとした。こうしたことから蕭吉はつねに上の諮問を受けるようになった。

文献獨孤皇后が崩御すると、上は蕭吉に命じて皇后を埋葬する土地を占って選ばせた。蕭吉は山野を廻り占って、ある土地に辿り着き「年をトう《うらな》と二千、世をトうと二百でした」と言って、図を添えてその土地のことを上奏した。上は「吉凶は人によって定まるのであり、土地によって定まるのではない。北斉の高緯《こうい》（後主）の父（武成帝・高湛《こうたん》）が埋葬された時に、どうしてその土地を占わなかったことがあろうか。国はすぐに滅亡したではないか。我が家の墓所について言えば、もしそれが

上覽之大悅、賜物五百段。

房陵王時爲太子、言東宮多鬼魅、鼠妖數見。上令吉詣東宮、禳邪氣。於宣慈殿設神坐、有廻風從艮地鬼門來、掃太子坐。吉以桃湯葦火驅逐之、風出宮門而止。又謝土、於未地設壇、爲四門、置五帝坐。于時至寒、有蝦蟇從西南來、入人門、升赤帝坐、還從人門而出。行數步、忽然不見。上大異之、賞賜優洽。又、上言太子當不安位。時上陰欲廢立、得其言是之。由此每被顧問。

及獻皇后崩、上令吉卜擇葬所。吉歴筮山原、至一處、云「卜年二千、卜世二百」、具圖而奏之。上曰「吉凶由人、不在於地。高緯父葬、豈不卜乎。國尋滅亡。正如我家墓田、若云不吉、朕不當爲天子。若云不凶、我弟不當戰沒」、然竟從吉言。

不吉だったというのならば、朕は天子になれはしなかったであろう。しかしもし不凶だったというのならば、我が弟（楊整《ようせい》）が戦死することはなかったであろう」と言ったが、最終的には蕭吉の上言に従った。

蕭吉が、

昨月の十六日、皇后の陵墓の西北に、鶏が鳴くよりも早く、周囲五六百歩ほどの大きさの黒雲が出現し、地面から天に届かんばかりでした。陵墓の東南にもまた旗印を備えた車馬と帳幕が出現し、七八里にわたって満ち溢れ、それに加えてそこを行き来して観閲する者もいました。隊列は大変整っていましたが、日が出てくるとそれは消えました。これは同時に十人余りが目撃しています。謹みて考えますに葬書には「気王が姓と相生であるのは、大吉である」とあります。今般の黒気は冬王に相当し五行で言えば水に当たり、国姓の楊は五行では木に当たるため水生木という相生の関係にありますので、これは大いに吉であり利であり、子孫が繁栄する兆候であります。

と上表すると、上は大変喜んだ。

その後、上がみずから皇后の埋葬に赴こうとしたので、蕭吉はまた「陛下の本命は辛酉であり、今年は斗魁と天岡が卯酉にありますので、謹んで陰陽書を調べますと、陛下は埋葬に行くことはできませぬ」と上奏したが、上は受け容れなかった。

蕭吉は退朝してから一族の蕭平仲《しょうへいちゅう》に告げて、

皇太子（楊廣）は左率衛の宇文述《うぶんじゅつ》を使わして私に深く感謝しながら「公は以前に私が皇太子になるはずだと仰っていましたが、とうとうそれが実現したこと

吉表曰、

去月十六日、皇后山陵西北、鷄未鳴前、有黒雲方圓五六百步、從地屬天。東南又有旌旗車馬帳幕、布滿七八里、并有人往來檢校。部伍甚整、日出乃滅。同見者十餘人。謹案葬書云「氣王與姓相生、大吉」。今黒氣當冬王、與姓相生、是大吉利、子孫無疆之候也。

上大悅。

其後、上將親臨發殯、吉復奏上曰「至尊本命辛酉、今歳斗魁及天岡、臨卯酉、謹按陰陽書、不得臨喪」、上不納。

退而告族人蕭平仲曰、

皇太子遣宇文左率深謝余云「公前稱我當爲太子、竟有其驗、終不忘也。今卜山陵、

は、終生忘れ得ぬことです。こたび陵墓を占い選ぶに当たっては、どうか私を早く帝位に立たせるようになさって下さい。私が即位した後には、富貴によってご恩に報います」と言ったので、私は彼らに「四年の後、太子は天下を総べられよう」と書いてやった。こたび陵墓の気が感応し、上も喪儀に参加され、その兆候がますますはっきりとしてきた。皇太子は政権を得られ、隋は滅びるだろう。そして真人が現れて天下を治めることになろう。私は以前に上を欺いて「年をトうと二千」と言ったが、この「二千」とは実は「三十」の字なのだ。「世をトうと二百」とも言ったが、これは実は「世が二百」の「世（丗）」と「二」で「三十二」年の意味なのだ。私が言っているのは本当のことだぞ。お前はこのことを書き残しておけ。

と言った。

煬帝が帝位を嗣ぐと、蕭吉は太府少卿に任命され、位は開府を加えられた。ある時に華陰を通り過ぎると、楊素の墓の上に天に届かんばかりの白気があるのを見たので、そのことを密かに帝へ言上した。帝がその理由を問うと、蕭吉は「この兆候は楊素の家に兵禍が及ぼうとしているのです、一族を滅ぼすことを象徴しています。改葬さえすれば、免れることもできようかと存じます」と言った。帝は後に落ち着いたようすで楊玄感に「公の家は早めに改葬した方がよいぞ」と言った。楊玄感もまた密かにその理由を知ったが、それを吉祥であると考えたので、いまだ遼東の高麗を滅ぼせていないので、私の家の事に費やしている時間は無いと言い訳して改葬を行わなかった。それから間もなくして楊玄感は反乱を起こしたために一族を皆殺

務令我早立。我立之後、當以富貴相報」、吾記之曰「後四載、太子御天下」。今山陵氣應、上又臨喪、兆益見矣。且太子得政、隋其亡乎。當有眞人出治之矣。吾前紿云卜年二千者、是三十字也。卜世二百者、取三十二運也。吾言信矣、汝其誌之。

及煬帝嗣位、拜太府少卿、加位開府。嘗行經華陰、見楊素冢上有白氣屬天、密言於帝。帝問其故、吉曰「其候素家當有兵禍、滅門之象。改葬者、庶可免乎」。帝後從容謂楊玄感曰、「公家宜早改葬」。玄感亦微知其故、以爲吉祥、託以遼東未滅、不遑私門之事。未幾而玄感以反族滅、帝彌信之。後歲餘、卒官。著金海三十卷、相經要錄一卷、宅經八卷、葬經六卷、樂譜十二卷及帝王養

しにされ、帝はますます蕭吉を信じるようになった。その後一年程して、蕭吉は在官のまま没した。『金海《きんかい》』三十巻、『相経要録《そうけいようろく》』一巻、『宅経《たくけい》』八巻、『葬経《そうけい》』六巻、『楽譜《がくふ》』十二巻、『帝王養生方《ていおうようせいほう》』二巻、『相手版要決《そうしゅはんようけつ》』一巻、『太一立成《たいいつりつせい》』一巻を著述し、すべて世間に流行した。

同じ時期に楊伯醜《ようはくしゅう》・臨孝恭《りんこうきょう》・劉祐《りゅうゆう》がおり、いずれも陰陽術数によって名を知られていた。

楊伯醜

楊伯醜は、馮翊武郷《ひょうよくぶきょう》の人である。『易《えき》』を読むことを好み、華山に隠棲した。開皇の初年、召し出されて入朝したが、公卿に会っても礼をなさず、貴賎の別なく皆をお前呼ばわりした。人々は彼の資質を測りかねた。高祖が彼を召見して言葉を与えたが、楊伯醜はついに一言も答えなかった。上は彼に衣服を賜ったが、楊伯醜は朝堂に来るとそれを捨てて去った。そうして楊伯醜は髪を解いて瘋狂を装い、市井に交わり、垢じみた身なりで、髪に櫛を通したり沐浴することも無かった。

かつて張永樂《ちょうえいらく》という者がいて、京師で占い商売をしており、楊伯醜は常に彼と交際した。張永樂が卦を出して判断できないことが有ると、楊伯醜はそのたびごとに卦の爻象《こうしょう》を分析し、奥深い理を細微にわたって導き出した。張永樂は感嘆して敬服し、自分の及ぶ所ではないと思った。

楊伯醜も占い屋を開いた。子どもを見失って、楊伯醜に占わせた者がいた。卦が出ると、楊伯醜は「お前の子は懐遠坊の南門の道の東北の壁沿いにいる。青い裳裾《もすそ》

生方二卷、相手版要決一卷、太一立成一卷、並行於世。

時有楊伯醜・臨孝恭・劉祐、俱以陰陽術數知名。

楊伯醜、馮翊武鄕人也。好讀易、隱於華山。開皇初、被徵入朝、見公卿不爲禮、無貴賤皆汝之。人不能測也。高祖召與語、竟無所答。上賜之衣服、至朝堂捨之而去。於是被髮陽狂、游行市里、形體垢穢、未嘗櫛沐。

嘗有張永樂者、賣卜京師、伯醜每從之遊。永樂爲卦有不能決者、伯醜輒爲分析爻象、尋幽入微。永樂嗟服、自以爲非所及也。

伯醜亦開肆賣卜。有人嘗失子、就伯醜筮者。卦成、伯醜曰「汝子在懷遠坊南門道東

の女子が抱いているので、行けば取り返せる」と言った。言葉の通りに子を取り返せた。ある者は金数両を持ち、夫婦で一緒にこれを隠していたが、後に金を失い、その夫は妻に二心があると思い、離縁しようとした。その妻は誤解を訴えて楊伯醜の所に来た。楊伯醜は彼女のために卦を立てると「金はある」と言って、その家の者を全て呼び出させ、ある一人を指して「金を持って来い」と言った。その人は恥じ入って赤面すると、言われるがままに金を取り出した。道士の韋知常《いちじょう》が楊伯醜の所に来て吉凶を問うと、楊伯醜は「お前は東北に行くな、もしやむを得なければ、早々に帰還するのだ。そうしなければ、楊素がお前の首を斬り落とすぞ」と言った。

　間もなくして、上は韋知常に命じて漢王の楊諒に仕えさせた。すぐに上が崩御し、楊諒が挙兵して反乱を起こすと、韋知常は京師に逃げ帰った。韋知常は以前から楊素と確執があったので、楊素は幷州を平定する時に、真っ先に韋知常を探し求め、彼を斬り殺そうとしていたが、このことによって死を免れることができた。また馬を失って楊伯醜の所に来て占わせた者がいた。この時楊伯醜は皇太子に召し出されており、道中にその者と会ったが、すぐに彼のために卦を立て、卦が出ると「私はあなたのために占う暇が無いので、あなたは西市の東壁門の南の三軒目の店に行き、私のために魚を買って鱠《なます》を作っておけ。そうすれば馬は見つかる」と言った。その人が言葉の通りにすると、すぐに失った馬を牽いた者がやって来たので、そのまま捕まえた。崖州は以前に直径一寸の宝珠が献上したが、その使者は密かにそれを交換していた。上は心中それを疑い、楊伯醜を召し出して占わせた。楊伯醜は「水中から出てきた物が有り、形質は丸く色は耀き、これは大きな宝珠です。今は人に隠

北壁上。有青帬女子抱之、可往取也」。如言果得。或者有金數兩、夫妻共藏之、於後失金、其夫意妻有異志、將逐之。其妻稱寃以詣。伯醜爲筮之曰「金在矣」、悉呼其家人、指一人曰「可取金來」。其人赧然、應聲而取之。道士韋知常詣伯醜問吉凶、伯醜曰「汝勿東北行、必不得已、當早還。不然者、楊素斬汝頭」。

　未幾、上令知常事漢王諒。俄而上崩、諒擧兵反、知常逃歸京師。知常先與楊素有隙、及素平幷州、先訪知常、將斬之、賴此獲免。又人有失馬來詣伯醜卜者。時伯醜爲皇太子所召、在途遇之、立爲作卦、卦成、曰「我不遑爲卿占之、卿且向西市東壁門南第三店、爲我買魚作膾。當得馬矣」。其人如此言、須臾有一人牽所失馬而至、遂擒之。崖州嘗獻徑寸珠、其使者陰易之。上心疑焉、召伯醜令筮。伯醜曰「有物出自水中、質圓而色光、是大珠也。今爲人所隱」、具言隱者姓名容狀。上如言簿責之、果得本珠。上奇之、

されています」と言い、隠した者の姓名や容貌を詳しく述べた。上が楊伯醜の言葉に従って責問すると、果して元々の宝珠を取り戻せた。上はこれを素晴らしく思い、帛二十匹を賜った。国子祭酒の何妥《かだ》はかつて楊伯醜を訪ねて『易』について論じた。楊伯醜は何妥の言葉を聞くと、すぐに笑って「どうして鄭玄《じょうげん》や王弼《おうひつ》の言葉を使うのだ」と言った。しばらく笑うと、少しずつ答えていったが、その説の言葉遣いや意味合いは、すべて先儒のものとは異なりながらも、理解は奥深く神妙であった。そのためことを論じる者たちは楊伯醜の説を天性自得のものであり、常人の及ぶ所ではないと思った。楊伯醜はついに天寿を全うした。

臨孝恭

臨孝恭は、京兆の人である。天文・算術に明るく、高祖は彼を大変厚く待遇した。災異や祥瑞の事を言う度に、的中しないことはなく、上はそのために臨孝恭に命じて陰陽の書を校訂させた。官は上儀同に至った。『欹器図《いきず》』三巻、『地動銅儀経《ちどうどうぎけい》』一巻、『九宮五墓《きゅうきゅうごぼ》』一巻、『遁甲月令《とんこうげつれい》』十巻、『元辰経《げんしんけい》』十巻、『元辰厄《げんしんやく》』一百九巻、『百怪書《ひゃくかいしょ》』十八巻、『禄命書《ろくめいしょ》』二十巻、『九宮亀経《きゅうきゅうきけい》』一百一十巻、『太一式経《たいつしきけい》』三十巻、『孔子馬頭易卜書《こうしばとうえきぼくしょ》』一巻を著し、すべて世に流行した。

劉祐

劉祐は、滎陽《えいよう》の人である。開皇の初年、大都督となり、索盧県公に封ぜられた。

賜帛二十匹。國子祭酒何妥嘗詣之論易。聞妥之言、倏然而笑曰「何用鄭玄・王弼之言乎」。久之、微有辯答、所説辭義、皆異先儒之旨、而思理玄妙。故論者以爲天然獨得、非常人所及也。竟以壽終。

臨孝恭、京兆人也。明天文・算術、高祖甚親遇之。毎言災祥之事、未嘗不中、上因令考定陰陽。官至上儀同。著欹器圖三卷、地動銅儀經一卷、九宮五墓一卷、遁甲月令十卷、元辰經十卷、元辰厄一百九卷、百怪書十八卷、祿命書二十卷、九宮龜經一百一十卷、太一式經三十卷、孔子馬頭易卜書一卷、並行於世。

劉祐、滎陽人也。開皇初、爲大都督、封

彼の占ったことは、割り符のように合致し、高祖は彼を厚遇した。先ず張賓《ちょうひん》・劉暉《りゅうき》・馬顕《ばけん》と（開皇）暦を制定した。

後に詔を奉じて兵書十巻を撰定し、名づけて『金韜《きんとう》』といい、上はこれを喜んだ。また『陰策《いんさく》』二十巻、『観臺飛候《かんだいひこう》』六巻、『玄象要記《げんしょうようき》』五巻、『律暦術文《りつれきじゅつぶん》』一巻、『婚姻志《こんいんし》』三巻、『産乳志《さんにゅうし》』二巻、『式経《しきけい》』四巻、『四時立成法《しいじりつせいほう》』一巻、『安暦志《あんれきし》』十二巻、『帰正易《きせいえき》』十巻を著し、いずれも世に流行した。

張冑玄

張冑玄《ちょうちゅうげん》は、勃海の蓨《ちょう》の人である。博学で多くのことに通暁し、もっとも術数に精通していた。冀州刺史の趙煚《ちょうけい》が彼を推挙したので、高祖は張冑玄を召し出して雲騎尉を授け、太史に宿直させて、律暦の事を議論するのに参加させた。当時の者の多くは張冑玄に及ばなかったので、そのため太史令の劉暉《りゅうき》らは彼を大変嫌った。しかし劉暉の発言は多くが的中せず、張冑玄の推算はとても精密であったので、上は張冑玄を逸材と認めた。上は楊素に命じて術数に携わる者らと古法であるが長いこと理解できなくなっている六十一事を立議させ、劉暉と張冑玄らにそれを検案させた。劉暉は口を閉ざして一つも答えることが無かったが、張冑玄が理解していた事は五十四あった。これによって張冑玄は抜擢されて員外散騎侍郎に任命され、太史令を兼職し、反物千段を賜り、劉暉とその徒党八人は皆排斥された。張冑玄は新暦を改定し、前の暦法と一日の差があると言上したので、内史通事の顔慜楚《がんびんそ》は言上し

索盧縣公。其所占候、合如符契、高祖甚親之。初與張賓・劉暉・馬顯定曆。

後奉詔撰兵書十卷、名曰金韜、上善之。復著陰策二十卷、觀臺飛候六卷、玄象要記五卷、律曆術文一卷、婚姻志三卷、產乳志二卷、式經四卷、四時立成法一卷、安曆志十二卷、歸正易十卷、並行於世。

張冑玄、勃海蓨人也。博學多通、尤精術數。冀州刺史趙煚薦之、高祖徵授雲騎尉、直太史、參議律曆事。時輩多出其下、由是太史令劉暉等甚忌之。然暉言多不中、冑玄所推步甚精密、上異之。令楊素與術數人立議六十一事皆舊法久難通者、令暉與冑玄等辯析之。暉杜口一無所答、冑玄通者五十四焉。由是擢拜員外散騎侍郎、兼太史令、賜物千段、暉及黨與八人皆斥逐之。改定新曆、言前曆差一日、内史通事顏敏楚上言曰「漢時、洛下閎改顓頊曆作太初曆、云『後當差

て「漢の時、洛下閎《らくかこう》は顓頊暦《せんぎょくれき》を改めて太初暦を作り、『（天象に）遅れること一日の差が有りますが、八百年後に聖人が現れて新暦を制定するのです』と言いました。計算すると今から七百十年前の事ですが、術数を行う者たちは概数を挙げるものですので、聖人というのは、まさに当今に現れましょうか」と言った。上は大変喜び、張胄玄は次第に重用されるようになった。

張胄玄が作成した暦法は、古の暦法と異なる点が三つ有った。

その一、宋の祖沖之《そちゅうし》は日が冬至から一周天した末に、初めて差分を設け、冬至点が少しずつ移動するとし、旧法に従わず、四十六年ごとに、冬至点が一度後退するとした。梁の虞劆《ぐかく》は暦法を作成すると、祖沖之の歳差が多すぎることを忌み、そこで一百八十六年ごとに冬至点が一度を移るとした。張胄玄はこの両法の、年限が隔絶していることと、古い記録を確認すると当てはまらないことがとても多いことから、ついに両説を折衷して、定法を作った。冬至に日が在る場所（冬至点）は、一年ごとに少しずつ移動し、八十三年して一度退くとすれば、上代では堯《ぎょう》の時に夏至の日の夕暮れに心宿が南中していたことと合致し、次いで漢の暦法が冬至点を牛宿の初度としていたことに附合した。その前後の記録と照らし合わせても、すべて精密に当たっていた。

その二、北周の馬顕が丙寅元暦を作成すると、陰陽転法が有り、朔望月《さくぼうげつ》を計算する際の年数や一年の日数を増減し、日月蝕に関わる数値の端数を調整し、それぞれに時期や日数を推定するなど、初めてこれらの数値を編み出した。当時の術数に携わる者は、多くがこの術を理解できなかった。隋初の張賓も踏襲してこの術を用い

一日、八百年當有聖者定之』。計今相去七百一十年、術者擧其成數、聖者之謂、其在今乎」。上大悅、漸見親用。

胄玄所爲暦法、與古不同者有三事。

其一、宋祖沖之於歲周之末、創設差分、冬至漸移、不循舊軌、每四十六年、却差一度。至梁虞劆暦法、嫌沖之所差太多、因以一百八十六年冬至移一度。胄玄以此二術、年限懸隔、追檢古注所失極多、遂折中兩家、以爲度法。冬至所宿、歲別漸移、八十三年却行一度、則上合堯時日永星火、次符漢暦宿起牛初。明其前後、並皆密當。

其二、周馬顯造丙寅元暦、有陰陽轉法、加減章分、進退蝕餘、乃推定日、創開此數。當時術者、多不能曉。張賓因而用之、莫能考正。胄玄以爲、加時先後、逐氣參差、就

たが、正しく理解することはできなかった。張胄玄は、この計算を行う際には、二十四節気ごとの日行時間の長短の差が肝心であり、単純に毎月ごとに判断してしまえば、理論的に不十分であると考えた。つまり二十四節気ごとの日行の遅速を根拠とすれば、じつは日行が遅ければ月が日を追って追い着きやすいので、合朔の時期が早まっており、日行が速ければ月が日を追うのが遅くなるので、合朔の時期が遅くなっていることに由来しているのである。過去の合朔の時期の遅速を確認することで、その計算に増減する数値を出すことができる。日行は秋分から春分に至るまでは、その勢いが速く、すべて一百八十二日で一百八十度を行く。春分から秋分に至るまでは、日行は遅く、すべて一百八十二日で一百七十六度を行く。各節気については、これらの数値に基づく。

その三、古よりの諸暦法は、朔望が交で起これば、その内外を問わずに、その範囲に入れば日月食が起こるとしていた。張賓が作成した暦法は、初めて範囲の外限を提示したが、日月食が起こるべくして起こらない事に関しては、まだ明らかにすることができなかった。張胄玄は、日は黄道を行き、一年で一周天し、月は月道を行き、二十七日余りで一周天するが、月道は黄道と交わっており、常に黄道の内側(北側)を行くこと十三日余りで(外側に)出て、また黄道の外側(南側)を行くこと十三日余りで(内側に)入り、それを繰り返すのだかが、月が黄道を通過する箇所を、交と言うことから、朔望が交を去ること前後各々十五度以下であれば、そこで日月食が起こるべきであると考えた。もし月が内道を行けば、それは黄道の北に在るのであり、日月食が実際に起こることが多かった。(しかし)月が外道を行き、黄

月爲斷、於理未可。乃因二十四氣列其盈縮所出、實由日行遲則月逐日易及、令合朔加時早、日行速則月逐日少遲、令合朔加時晚。檢前代加時早晚、以爲損益之率。日行自秋分已後至春分、其勢速、計一百八十二日而行一百八十度。自春分已後至秋分、日行遲、計一百八十二日而行一百七十六度。每氣之下、即其率也。

其三、自古諸曆、朔望值交、不問內外、入限便食。張賓立法、創有外限、應食不食、猶未能明。胄玄以日行黃道、歲一周天、月行月道、二十七日有餘一周天、月道交絡黃道、每行黃道內十三日有奇而出、又行黃道外十三日有奇而入、終而復始、月經黃道、謂之交、朔望去交前後各十五度已下、即爲當食。若月行內道、則在黃道之北、食多有驗。月行外道、在黃道之南也、雖遇正交、無由掩映、食多不驗。遂因前法、別立定限、

道の南に在ると、ちょうど交に位置していたとしても、影で掩われることが無く、日月食が実際に起こらないことが多かった。そこで張冑玄は張賓の法に依拠しながらも、別に範囲を定め、交の遠近に依拠しながら、二十四節気ごとの差を求め、食分（日月食の欠ける程度）を推定し、すべて明確にした。

張冑玄の暦法が古の暦法を超越して独創的だった点は七つ有った。

その一、古の暦法は五星の運行についていずれも決まった数値を遵守しており、星が現れたり（見）隠れたり（伏）速く進んだり（盈）ゆっくり進んだり（縮）、すべて確かな基準が無かった。張冑玄はこれを推算して、それぞれに正確な基準値を与え、諸星が日と同方向にあって見えない（合）時や出現している時の期間に関する数値は、古と異なっていた。その差の多きなものは、三十日ばかりを増減するほどであった。たとえば熒惑《けいわく》であれば、その（五星の運行が等速であると仮定して夜明け時に出現する時期である）平見が雨水であれば、平均して二十九日を足し、また小雪であれば、平均して二十五日を引いて、平見の数値から増減し、（日と五星の盈縮を加味した）定見の数値とした。諸星にはそれぞれの盈縮の数値が有り、皆この例のようであるが、ただその差数が異なっていた。これはただ観測を積み重ねて知り得たことであり、当時の人々はその意を究明することができなかった。

その二、辰星《しんせい》（水星）に関する旧法の基準値では、一定の運行を終えるまでに辰星が二度出現することがあっても、古い暦法は、皆それをそうだとしながらも、出現するはずなのに出現しないことについては、誰も予測できなかった。張冑玄は観測を積み重ね、辰星が一定の運行を終えるまでに、時には一度しか出現しないこと

隨交遠近、逐氣求差、損益食分、事皆明著。

其超古獨異者有七事。

其一、古曆五星行度皆守恒率、見伏盈縮、悉無格准。冑玄推之、各得其眞率、合・見之數、與古不同。其差多者、至加減三十許日。即如熒惑、平見在雨水氣、即均加二十九日、見在小雪氣、則均減二十五日、加減平見、以爲定見。諸星各有盈縮之數、皆如此例、但差數不同。特其積候所知、時人不能原其意旨。

其二、辰星舊率、一終再見、凡諸古曆、皆以爲然、應見不見、人未能測。冑玄積候、知辰星一終之中、有時一見、及同類感召、相隨而出。即如辰星、平晨見在雨水氣

も有り、また他星による同類感召によって、付き従って出現することも有るとした。たとえば辰星が、地平線に夜明け時とともに出現するのが雨水であれば、出現するはずでも出現せず、もし同様に出現するのが啓蟄《けいちつ》であれば、日から十八度以上、三十六度以内に、明け方に木・火・土・金のいずれか一星が有れば、辰星もそれに付き従って出現する。

その三、古の暦法の五星の運行の推算法は、その運行に一定の期限が有り、出現して以降は、基準値によって推算されたが、その進退の時期について、はっきりした事は知られていなかった。張冑玄は観測を積み重ね、五星の盈縮や留退の確かな数値を知り、皆古法とは異なっていた。多いものではその差は八十日余りに至り、留まったり逆行する時にもその差はまた八十度余りとなる。たとえば熒惑が、（通常よりも）速く進んで初めて出現するのが立冬の初めであれば、二百五十日で一百七十七度を行き、定見が夏至の初めであれば、一百七十日で九十二度を行く。天象を確認すると、古今の例すべてに一致した。

その四、古の暦法の食分の推算は、平均的な数値が用いられ、その多少を推算しても、実際に符合することはまれであった。張冑玄は観測を積み重ね、月が木・火・土・金星と運行する時には向背の差が有る事を知った。月は四星に向って運行すると速く、反対に運行すれば遅く、いずれも十五度以上離れると、本来の数値に従って運行した。そこで（黄道と月道の）交と食分についても、その範囲を確かにした。

その五、古の暦法の計算は、朔と望とで同じ方法を用いた。張冑玄は観測を積み重ね、日食が起きた時、その地方によって食の内容が異なり、偏りの有無や高低な

者、應見即不見、若平晨見在啓蟄氣者、去日十八度外、三十六度內、晨有木火土金一星者、亦相隨見。

其三、古曆步術、行有定限、自見已後、依率而推、進退之期、莫知多少。冑玄積候、知五星遲速・留退眞數、皆與古法不同。多者至差八十餘日、留廻所在亦差八十餘度。即如熒惑前疾初見在立冬初、則二百五十日行一百七十七度、定見在夏至初、則一百七十日行九十二度。追步天驗、今古皆密。

其四、古曆食分、依平即用、推驗多少、實數罕符。冑玄積候、知月從木・火・土・金星行有向背。月向四星即速、背之則遲、皆十五度外、乃循本率。遂於交分、限其多少。

其五、古曆加時、朔望同術。冑玄積候、知日食所在、隨方改變、傍正高下、每處不

ど、観測する地域ごとに異なることを知った。（黄道と月道の）交との距離によって食分が浅いか深いかの差が有り、日月の運行の速度も（そのつど）異なっていたが、張冑玄が指定した時刻と食分は、いずれも実際の天文現象と一致していた。

　その六、古の暦法は交との距離と食分を食数として、交を去ること十四度であれば一分を食し、交を去ること十三度であれば二分を食し、交を去ること十度であれば三分を食し、一度近づくごとに、食は一分を益し、交に位置すれば皆既食が起こるとした。しかしその食分が少ないはずなのに実際には多くなり、多くなるはずなのにかえって少なくなる事については、古来の諸暦法は、まだその原因を追究できていなかった。張冑玄は観測を積み重ね、交の中心に位置すれば、月は日を掩っても掩い尽くすことができず、その食分はかえって少なくなり、交を去ること五・六時であれば、月は日の内側に在って、日を掩い尽くすので、そのため食が起きて皆既となり、これ以降は、交から遠ければその食分もまた少くなり、交の前後が冬至点に在ればすべてこの様になり、もし夏至点に近ければ、その基本値にも差が有る事を知った。張冑玄が打ち立てたこの食分の推算法は、最も緻密で有った。

　その七、古の暦法の春分と秋分は、昼夜の長さを等しいとしていた。張冑玄は観測を積み重ね、そこに差が有る事を知った。春分と秋分は、昼が夜よりも半刻多い（一日は百刻）。ともに日行の遅速によってそうなっているのである。

　これら全ては張冑玄が独自に会得したことであり、事を論ずる者たちはその精密さに敬服した。大業中、在官のまま没した。

同。交有淺深、遲速亦異、約時立差、皆會天象。

　其六、古暦交分即爲食數、去交十四度者食一分、去交十三度食二分、去交十度食三分、每近一度、食益一分、當交即食既。其應少反多、應多反少、自古諸暦、未悉其原。冑玄積候、知當交之中、月掩日不能畢盡、其食反少、去交五六時、月在日內、掩日便盡、故食乃既、自此已後、更遠者其食又少、交之前後在冬至皆爾、若近夏至、其率又差。所立食分、最爲詳密。

　其七、古暦二分、晝夜皆等。冑玄積候、知其有差。春秋二分、晝多夜漏半刻。皆由日行遲疾盈縮使其然也。

　凡此冑玄獨得於心、論者服其精密。大業中、卒官。

許智蔵（宗族・許澄）

許智蔵《きょちぞう》は、高陽の人である。祖父の許道幼《きょどうよう》は、かつて母の看病のために医薬の書を読み、そのまま極め尽くしてしまい、世に名医と呼ばれた。許道幼はその子らを訓誡して「人の子たる者は、親の食事や薬湯に疎漏が無いかと注意深く見たり味見したりするものだが、医術を知らずにおいて、どうして孝行を尽くせるといえようか」と言った。これ以来許氏は代々医術を伝授していった。許道幼は梁に仕え、官は員外散騎侍郎に至った。父の許景《きょけい》は、武陵王（蕭紀《しょうき》）の諮議参軍となった。

許智蔵は若い頃より医術を自学して通達し、陳に仕えて散騎侍郎となった。陳が滅亡すると、高祖は許智蔵を員外散騎侍郎として、揚州に行かせた。たまたま秦孝王の楊俊《ようしゅん》が病に倒れたので、上は車馬を馳せさせて許智蔵を召し出した。楊俊は夜中に夢にその亡妃の崔氏《さいし》を見た。崔氏は泣いて「もともとはお迎えに上がったのですが、この頃聞き及びますに許智蔵が参るとか。あの者が来ましたら、必ずや苦しめられましょうし、いかがしたものでしょうか」と言った。次の夜、楊俊はまた夢を見た。崔氏は「妾は一計を得ました。霊府（心臓）の中に入って難を避けましょう」と言った。許智蔵が到着すると、楊俊のために脈を測り「疾病はすでに心の臓に入っております。殿下はいずれひきつけを起こされましょうが、救うことはできませぬ」と言い、果たしてその言葉の通りに、楊俊は数日して薨去した。上はその神妙さに驚き、反物百段を与えた。煬帝が即位すると、許智蔵は当時すでに官を辞して家にいたが、帝は病苦のあるたびに、宮中の使者に訪ねさせ、輿で迎えて宮殿に入れ、手を貸して上の寝床に登らせることもあった。許智蔵が処方箋を作って上

許智藏、高陽人也。祖道幼、嘗以母疾遂覽醫方、因而究極、世號名醫。誡其諸子曰「爲人子者、嘗膳視藥、不知方術、豈謂孝乎」。由是世相傳授。仕梁、官至員外散騎侍郎。父景、武陵王諮議參軍。

智藏少以醫術自達、仕陳爲散騎侍郎。及陳滅、高祖以爲員外散騎侍郎、使詣揚州。會秦孝王俊有疾、上馳召之。俊夜中夢其亡妃崔氏。泣曰「本來相迎、比聞許智藏將至。其人若到、當必相苦、爲之奈何」。明夜、俊又夢。崔氏曰「妾得計矣。當入靈府中以避之」。及智藏至、爲俊診脉、曰「疾已入心。郎當發癇、不可救也」、果如言、俊數日而薨。上奇其妙、賚物百段。煬帝即位、智藏時致仕于家、帝每有所苦、輒令中使就詢訪、或以轝迎入殿、扶登御牀。智藏爲方奏之、用無不效。年八十、卒于家。

奏すると、それを用いて効果が出ないことはなかった。八十歳の時、家で没した。

　許智藏の宗族の許澄《きょちょう》も、また医術によって名を知られていた。許澄の父の許奭《きょせき》は、梁に仕えて太常丞・中軍長史となった。許奭は柳仲禮《りゅうちゅうれい》（が西魏に捕らえられたの）に従って長安に入り、（江陵の陥落後に西魏へ仕えた名医の）姚僧垣《ようそうえん》と均しい名声を得て、上儀同三司に任命された。許澄には学識が有り、父の学業を伝え、もっともその妙術を極めた。尚薬典御・諫議大夫を歴任し、賀川県伯に封ぜられた。父子ともに芸術によって名を周・隋二代の王朝に重んじられた。史官がその記録を失ってしまい、そのためにここに附すものとする。

萬寶常（附・王令言）

　萬寶常《ばんほうじょう》は、どこの人なのか分からない。父の萬大通《ばんだいつう》は、梁の将軍の王琳《おうりん》に従って北斉に帰属した。後にまた江南に帰還しようと企て、事が露見して誅殺された。それ以来萬寶常は身柄を差しおさえられて楽戸となり、そのため鍾律《しょうりつ》に精通し、（金・石・糸・竹・匏・土・革・木の八種の材料で作られたそれぞれの楽器）八音いずれにも巧みだった。玉磬《ぎょくけい》を作成して北斉に献上した。またかつて人と食事をしてた時、議論が声調に及んだ。その時楽器が無かったが、萬寶常はそこで目の前の食器や器物を取って、箸でそれを叩き、その音程の高下を分けて、宮商角徵羽《きゅうしょうかくちう》の五音をみな備え、それらの音は糸竹を用いた楽器のものと合っていたので、大いに当時の人々に称賛された。しかしながら北周を経て隋になっても、まだ徴用されなかった。

　開皇の初年、沛国公の鄭譯《ていやく》らが楽制を参定し、初めて黄鍾の調律をした。萬寶常

宗人許澄、亦以醫術顯。父奭、仕梁太常丞・中軍長史。隨柳仲禮入長安、與姚僧垣齊名、拜上儀同三司。澄有學識、傳父業、尤盡其妙。歷尚藥典御・諫議大夫、封賀川縣伯。父子俱以藝術名重於周・隋二代。史失事、故附見云。


萬寶常、不知何許人也。父大通、從梁將王琳歸于齊。後復謀還江南、事泄伏誅。由是寶常被配爲樂戶、因而妙達鍾律、遍工八音。造玉磬以獻于齊。又嘗與人方食、論及聲調。時無樂器、寶常因取前食器及雜物、以箸扣之、品其高下、宮商畢備、諧於絲竹、大爲時人所賞。然歷周洎隋、俱不得調。

開皇初、沛國公鄭譯等定樂、初爲黃鍾調。

は楽人であったが、鄭譯らは常に彼を召し出して議論に関わらせ、しかし彼の発言の多くは用いられなかった。後に鄭譯の楽制が完成して上奏され、上が萬寶常を召見して、その可否を問うと、萬寶常は「これは亡国の音であり、陛下が聞くべきものではありません」と言ったので、上は喜ばなかった。萬寶常はそこで強くその音色が悲しみや恨めしさをほしいままにしており、雅正の音色ではないことを申し上げ、水尺を用いて律管を作り、それによって音色を調律することを願い出た。上はそれに従った。萬寶常は詔を奉じると、そのまま様々な楽器を作成し、その音律は鄭譯の調律よりも二律低かった。同時に『楽譜《がくふ》』六十四巻を編纂し、八音それぞれで十二律の宮調を出す方法や、弦の種類や柱の位置の変え方などを詳論した。（十二律と七調によって）八十四調を作り、（十二律の自乗によって）一百四十四律となり、それらが変化すると一千八百声となった。当時の人々は『周礼《しゅらい》』に説かれた宮音が十二律を移動するという意味について、漢魏以来、音楽を知る者皆が通暁していなかったため、萬寶常が一人そうした事を始めたのを見ると、みなで嘲笑った。ここに至って、試しに実演させると、手の動きに応じて曲が奏でられ、滞るところが無かったので、見る者は皆感嘆して驚いた。そこで萬寶常は楽器を増減したが、それについては記しきれない。その音色は高尚で淡泊であり、当時の人々には好まれなかったので、太常寺の音楽に巧みな者たちは多くそれを排撃した。

また太子洗馬の蘇夔《そき》は音律のことを己が任と自認していたので、もっとも萬寶常を忌み嫌った。蘇夔の父の蘇威は、ちょうど政務を担っていたので、音楽について物言う者は、皆蘇夔に身方して萬寶常を劣っているとした。（しかし彼らは）しばし

寶常雖爲伶人、譯等毎召與議、然言多不用。後譯樂成奏之、上召寶常、問其可不、寶常曰「此亡國之音、豈陛下之所宜聞」、上不悅。寶常因極言樂聲哀怨淫放、非雅正之音、請以水尺爲律、以調樂音。上從之。寶常奉詔、遂造諸樂器、其聲率下鄭譯調二律。幷撰樂譜六十四卷、具論八音旋相爲宮之法、改絃移柱之變。爲八十四調、一百四十四律、變化終於一千八百聲。時人以周禮有旋宮之義、自漢・魏已來、知音者皆不能通、見寶常特創其事、皆哂之。至是、試令爲之、應手成曲、無所凝滯、見者莫不嗟異。於是損益樂器、不可勝紀。其聲雅淡、不爲時人所好、太常善聲者多排毀之。

又太子洗馬蘇夔以鍾律自命、尤忌寶常。夔父威、方用事、凡言樂者、皆附之而短寶常。數詣公卿怨望、蘇威因詰寶常、所爲何

ば公卿の不満をかっていたので、蘇威はそこで萬寶常に、彼の音律はどこから伝わったものなのかと詰問した。ある僧侶が萬寶常に「上は大変符瑞を好まれるので、祥瑞について言う者がいれば、上はいつも喜ばれている。先生は胡人の僧侶に就いて学んだと申されよ。これは仏家菩薩の伝えた音律だと言えば、上は必ず喜ばれよう。先生がなされたいことも、実行することができましょうぞ」と言うと、萬寶常はその通りだと思い、ついにそのように蘇威に答えた。蘇威は怒って「胡人の僧侶が伝えたのならば、それは蛮族の音楽であって、中国で行えるものではない」と言ったので、その事はとうとう沙汰止みとなった。萬寶常はかつて太常寺の奏でる音楽を聞くと、ぼろぼろと涙を流した。人々がその理由を問うと、萬寶常は「音色があまりに激しく悲しい、天下はその内に互いに殺し合い滅びようとするぞ」と言った。この時天下は全盛期を迎えており、萬寶常の言葉を聞いた者は皆そうはなるまいと思った。大業の末年、萬寶常の言葉はついに証明された。

萬寶常は貧しく子もいなかったが、その妻は萬寶常が病気で寝込んだ時に、ついにその財産を盗んで逃げてしまった。萬寶常は飢えに苦しんだが、誰も食べさせてやらなかったので、ついに餓死した。萬寶常はいまにも死ぬという時に、その著書を取り出して燃やしてまい「何の役に立つというのだ」と言った。見ていた者が火中から数巻を探し得たので、世に伝わることとなったが、当時の事を論じる者たちはこの事を哀しんだ。

開皇の治世には、鄭譯・何妥・盧賁《ろほん》・蘇夔・蕭吉がおり、いずれも典籍を討論して、音楽に関する書を著述し、皆当時に用いられたが、天性の音楽に関する見識に

所傳受。有一沙門謂寶常曰「上雅好符瑞、有言徵祥者、上皆悅之。先生當言就胡僧受學。云是佛家菩薩所傳音律、則上必悅。先生所爲、可以行矣」、寶常然之、遂如其言以答威。威怒曰「胡僧所傳、乃是四夷之樂、非中國所宜行也」、其事竟寢。寶常嘗聽太常所奏樂、泫然而泣。人問其故、寶常曰「樂聲淫厲而哀、天下不久相殺將盡」。時四海全盛、聞其言者皆謂爲不然。大業之末、其言卒驗。

寶常貧無子、其妻因其臥疾、遂竊其資物而逃。寶常飢餒、無人贍遺、竟餓而死。將死也、取其所著書而焚之、曰「何用此爲」。見者於火中探得數卷、見行於世、時論哀之。

開皇之世、有鄭譯・何妥・盧賁・蘇夔・蕭吉、並討論墳籍、撰著樂書、皆爲當時所

ついては、萬寶常に遠く及ばなかった。安馬駒《あんばく》・曹妙達《そうみょうたつ》・王長通《おうちょうつう》・郭令樂《かくれいがく》なども、曲を作ることができ、一時の妙手となって、また淫靡な鄭声を習ったが、しかし萬寶常の作ったものは、すべて雅正なものとなっていた。こうした者たちは公の議論では萬寶常に反対していたが、それでも皆萬寶常に心服しており、彼を神妙であると思っていた。

当時の楽人に王令言《おうれいげん》という者がいて、彼もまた音律に精通していた。

大業の末年、煬帝が江都に行幸しようとすると、王令言の子もそれに従行しなくてはならなかったが、彼が戸外で胡琵琶を弾じて、翻調《ほんちょう》の安公子曲を奏でていると、王令言はその時寝室の中にいたが、それを聞いて大変驚いて、はっと起き上がると「変事だ、変事だ」と急いでその子を呼び寄せて「その曲はいつ頃からあるのか」と言った。その子が「この頃できたものです」と答えると、王令言はむせび泣いて涙を流し、その子へ「お前は慎んでこたびの行幸に着いて行くな、陛下は必ずや帰ってこられぬ」と言った。子がその理由を問うと、王令言は「その曲の宮声は行ったきり返ってこないが、宮声とは君主を象徴するのだから、私はそれで分かったのだ」と言った。帝はとうとう江都で殺された。

史臣の言葉。

陰陽の理や卜筮《ぼくぜい》・巫祝《ふしゅく》の事には、聖人の教えが含まれている。それらのみを行うことはできないが、だからといって無くしてしまうこともできない。それを用いる人が道義を広めることができるのであれば、広く時の風俗に利益

用、至於天然識樂、不及寶常遠矣。安馬駒・曹妙達・王長通・郭令樂等、能造曲、爲一時之妙、又習鄭聲、而寶常所爲、皆歸於雅。此輩雖公議不附寶常、然皆心服、謂以爲神。

時有樂人王令言、亦妙達音律。

大業末、煬帝將幸江都、令言之子當從、於戶外彈胡琵琶、作翻調安公子曲、令言時臥室中、聞之大驚、蹶然而起曰「變、變」。急呼其子曰「此曲興自早晚」。其子對曰「頃來有之」、令言遂歔欷流涕、謂其子曰「汝愼無從行、帝必不反」。子問其故、令言曰「此曲宮聲往而不反、宮者君也、吾所以知之」。帝竟被殺於江都。

史臣曰、

陰陽卜祝之事、聖人之教在焉。雖不可以專行、亦不可得而廢也。人能弘道、則博利時俗、行非其義、則咎悔

をもたらすことができるが、その行いが道義に悖れば、災厄が身に及ぶこととなる。そのために古の君子は虚妄な行為を戒めていたのだ。今、韋鼎や來和が骨相を見極めて雲気の吉凶を判断したこと、庾季才や張冑玄が天文を見極めて日月の運行を明らかにしたことは、漢の洛下閎・曹魏の高堂隆・漢の許負《きょふ》・曹魏の朱建平《しゅけんへい》であっても、越えることのできないものである。楊伯醜の卜筮は、鬼神の情すら知り得るかのようであり、耿詢の造った渾儀は、天の星々の運行と違うことなく、萬寶常の音律の知識は、あるいは五音の調和に適ったものであった。彼らは古人に匹敵するほどではないにしろ、いずれも一時代の妙手であった。許智蔵の医術は、世にその称賛を伝えるべきではあるが、蕭吉の陰陽に関する言説は、出鱈目に近い。

及身。故昔之君子所以戒乎妄作。今韋・來之骨法氣色、庾・張之推步盈虛、雖落下・高堂・許負・硃建、不能尚也。伯醜龜策、近知鬼神之情、耿詢渾儀、不差辰象之度、寶常聲律、動應宮商之和。雖不足遠擬古人、皆一時之妙也。許氏之運針石、世載可稱、蕭吉之言陰陽、近於誣誕矣。

コラム⑦ 隋の術数・災異

田中良明

「陰陽《いんよう》五行説《ごぎょうせつ》は二千年来の迷信の大本営である」とは梁《りょう》啓超《けいちょう》の言葉であるが、陰陽・五行説や易理《えきり》を用いて古代中国で行われた諸占術の総称を術数学《じゅつすうがく》という。また、時に同様の理論を用いながらも、様々な異常現象の原因を君主の不徳に求める災異説がある。両者ともに近現代の科学的知見をもってすれば正しく迷信に相違ないが、当時の流行と影響を鑑みてここに略説する。

一、術数学

術数（又は数術）の内容は、古くは『漢書《かんじょ》』芸文志《げいもんし》数術略《すうじゅつりゃく》に「天文・暦譜・五行・蓍亀・雑占・形法」と分類される。

天文とは、恒星《こうせい》をいくつもの星宿《せいしゅく》（星座）に分類して地上の土地や宮殿・官職などの性質を付与し、日月五星を観測して異常な運行や流星・彗星などの不測の現象といった変異が起これればそれを占うものであり、暦譜《れきふ》とは、日月五星の運行を計算して暦を作成し、さらに日々の吉凶宜忌に触れた暦注を記していく占いをも指す。これらの技術は、天命を受けた天子が最高統治者である古代中国においては、例えば『周易《しゅうえき》』の繋辞下伝《けいじかでん》に「古者《いにしえ》、包犠《ほうぎ》氏の天下に王たるや、仰ぎては則ち象を天に観る」とあり、『尚書《しょうしょ》』に「欽《つつし》みて昊天に若《したが》ひ、日月星辰を暦象し、敬《つつし》みて人に時を授く」「璿璣玉衡《せんきぎょくこう》（北斗七星、または天文観測器具）を在《み》、以て七政を斉《ととの》ふ」とあるように、理想的な君主の当為とされた。またこの両者以外の、五行は、陰陽・五行説に則った諸占術、蓍亀《しき》は、蓍《めどき》を用いた易占と亀甲を用いた卜占、雑占は、占夢や動植物に対する占いなど、形法は、山川宮宅や器物畜生の形色、または人の相貌を占う術であり、いずれも朝廷に在っては太史《たいし》や太卜《たいぼく》の官が専務としたほか、各時代に在野の術者がいたことも知られている。

もっとも、これらは『漢書』芸文志が図書整理の際に行った分類であって、当時の術数学がこの様に明確に細分化・分業化されていたわけではなく、例えば『漢書』芸文志兵書略《へいしょりゃく》の陰陽の条にも、望気《ぼうき》などの諸占術を確認することができる。また図書分類自体も、『隋書』経籍志《けいせきし》（コラム

⑥を参照）では「天文・歴数・五行」に再整理され、多種多様な占書が「五行」の一名の下に著録されている（他に「兵」の条にも占風・望気の諸書が見られる）。

術数学もまた、諸学諸芸と同じく、両漢に隆盛し、南北朝時代の発展を経て隋唐に至るのであるが、『隋書』の中では、本書に訳出しただけでも、例えば北周の時に、來和《らいか》と趙昭《ちょうしょう》は、ともに楊堅《ようけん》の相貌を占って後に天子になると説き、隋の時には、庾季才《ゆきさい》と袁充《えんじゅう》が、天文を占って遷都と廃太子のことを奏上している。これらはいずれも、決して最大の要因ではあるまいが、大事が為される一要因として史書に記録されているのである。また王世充《おうせいじゅう》が江都で諸女を煬帝《ようだい》（楊廣《ようこう》）に献上する際や列女伝に記された襄城王妃《じょうじょうおうひ》が王妃に選ばれた時に重視された「法相」というのも、相術占いによる基準を指しており、蕭皇后《しょうこうごう》が楊廣の王妃に選ばれる際に、隋の使者が後梁《こうりょう》の諸女に行ったのも、この法相や生年月日などによる占いであったろう。

なお、術数の専家の事跡は芸術伝に詳しいが、他にも蕭皇后の占候《せんこう》（天文・雲気占）や、楊素《ようそ》の風角《ふうかく》（占風）など、術数学が一種の教養とさえなっていたことも窺える。

二、災異説

災異説は、前漢の景帝《けいてい》期から武帝《ぶてい》期の人である董仲舒《とうちゅうじょ》に始まるとされ、成帝《せいてい》期から流行した儒家思想の一種であり、その特徴は、天が人君を仁愛するが故に、為政者の不徳への譴戒《けんかい》として災異（異常現象）を起こすとする考え方にある。日月蝕などの天文現象や濃霧や季節外れの雨などの気象現象、または動植物や人間の異常行動などを不可解なものとして、祖先神や自然神の祟りに原因を求めたり、陰陽・五行説によって因果関係を導き出して政務に用いることなどはすでに行われていたが、前漢の中期に至って一部の儒家は、それら異常現象を災異として捉えて天人の関係の下に一元化を試みたのである。

彼らの営為は『漢書』五行志に記されているが、その中には日月蝕などの諸災異は記されるものの、五惑星や流星などの天文変異は天文志へ記されている。これは、初期の災異説が『春秋《しゅんじゅう》』の前例によって理論化されていたために五惑星の失行《しっこう》（異常運行）に関する前例を有せず、次いで劉《りゅう》向《きょう》が洪範《こうはん》五行説による災異分類を行って日月五星の災異を「皇之不極」に配当したが、五惑星の失行に関する理論が結局天文占の域を脱し得なかった結果であろう。こうした天文・五行志の関係は以降も踏襲されるが、『魏書《ぎしょ》』天象《てんしょう》志《し》と『南斉書《なんせいしょ》』天文志が、ほぼ時を同じくして日月の変異をすべて天文志に収め、唐の李淳風《りじゅんふう》が編纂した『隋書』の天文・五行志もこの方針に従う（コラム①を参照）。

五行志は、『漢書』以来洪範五行分類を採用しており、『隋書』もそれに従うが、隋代に見られた災異説の特徴として、析字《せきじ》（離合《りごう》や双反《そうはん》）を用いた文字解釈を挙げることができる。析字の手法は前漢にも存在したとはいえ、後漢以降に隆盛したため、『漢書』にはこれを用いた災異解釈が採録されず、以降、徐々に増加して『隋書』に至っている。

離合というのは、漢字の字形を分離・結合して別の字形を生み出す技法である。『隋書』五行志は、北周の武帝（宇文邕《うぶんよう》）が「宣政」と改元した時と、宣帝《せんてい》が「大象」と改元した時に、後梁の蕭巋《しょうき》がそれぞれを「宇文亡日（宇文氏が死亡する日）」「天子冢（天子の墓）」と離合し、両帝ともにすぐに崩御し、蕭巋の子の蕭琮《しょうそう》が「広運」と改元した時には、江陵の父老たちが「運」を「軍走」と離合して後梁の滅亡を予感し、煬帝の年号「大業」には識者が「大苦未（大いなる苦しみはまだ終わっていない）」と離合し、その後天下の民が塗炭の苦しみを味わったことを記している。

ところで、中国の古典の注釈で、字音を注する際には「反切《はんせつ》」という手法を用いる。二文字を提示し、上字の声母と下字の韻母と声調によって別の一字の音韻を示すもので、例えば「徳紅」の反切は「東」字などの音韻を示す。これを上から下への一回きりではなく、更に下から上にもう一回行い、二字の音韻を示す手法を双反という。さて、煬帝が一名を「英」といったことは本紀にも記されるが、『隋書』五行志はそれについて、次のような経緯を記す。

> 文帝《ぶんてい》の息子は上から「勇」「英」「俊」「秀」といった（五行志には載っていないが五男の諒は一名を「傑」といった）。開皇の初年、ある者が「勇は一男子に用い、千人の中の秀が英であり、万人の中の秀が俊です。これらは庶民の美称であっても、帝王が嘉《よみ》する名ではありません」と上書したが、文帝は顧みなかった。ところで当時の人々は、楊姓の人を呼ぶのに嬴《えい》と言うことが多かった。ある

人が文帝に「楊英の双反は嬴殃《えいおう》（楊氏の殃《わざわい》）です」と申し上げると、文帝は不快になって英の名を改めた。その後、勇・俊・秀はみな廃位・罷免され、煬帝が即位すると隋は天下を失い、結局「楊氏の殃」となってしまった。

結語は、この話が五行志に採録されている以上避けられない落とし所であるが、元の文字の意味から説かれる道理よりも、それを離れて導き出された文字の意味によって語られる吉凶の方が、文帝の心を動かした点にこそ注目すべきであろう。

吉凶禍福は、時としてあらゆる道理に勝る行動原理となるが、それを占う術数を修得した人々に、他の人々がどう接していたのかも、いくらかは芸術伝に見ることができる。しかし、占いの結果が凶であれば、それを避けようとするのが人情である。楊勇《ようゆう》が庶人村を造営し、煬帝が楊素を楚《そ》公《こう》に封じたのも、自らに降りかかる禍を作為的に帰結させようと目論んでのことであった。こうした他人に災禍を移す方法もまた、災異説の発生以前から行われていたものである（『呂氏春秋《りょししゅんじゅう》』制楽篇の宋の景公《けいこう》の故事・秦漢の秘祝の官など）。

南北朝時代以降は盛んに鬼神の起こす怪異とその吉凶が説かれるようになっており、それらを網羅した書物や具体的に災禍を避ける（辟邪《へきじゃ》）ための呪術も流行していた。楊勇が銅鉄の五兵を使って行った厭勝《えんしょう》もこの類である。また、鬼神の力を避けることができるのであれば、それを利用して他人を害することも可能となる。文献《ぶんけん》皇后の異母弟の獨《どっ》孤陀《こた》が行った猫鬼《びょうき》や巫蠱《ふこ》や、煬帝が偽作した楊秀《ようしゅう》の呪詛などがその例として挙げられよう。

参考文献

坂出祥伸『中国古代の占法――技術と呪術の周辺』（研文出版、一九九一年）
佐々木聡『復元　白沢図――古代中国の妖怪と辟邪文化』（白澤社、二〇一七年）
冨谷至・吉川忠夫『漢書五行志』（平凡社、一九八六年）
橋本敬造『中国占星術の世界』（東方書店、一九九三年）
山田慶児・坂出祥伸・藪内清「晋書天文志」（『世界の名著　続1　中国の科学』所収、中央公論社、一九七五年）

第十二章　列女伝

序

古来より貞淑清純なる女性は、広く記録に残る者が多い。婦人の徳とは、温和さや柔和さにあるが、さらに節を守り名を残す者となると、みな貞節の固さにもとづくのである。温和であることは、仁の根本である。貞節の固いことは、義のもといである。温和かつ柔和でなければ仁を行うことはできず、貞節がなくては義をあらわすことはできない。このため『毛詩《もうし》』や『尚書《しょうしょ》』に記され、諸国に伝わり、書画に描かれ、書籍に名を残すのは、契りを守って正しきに居り、身を殺して仁を成した者ばかりである。(劉向《りゅうきょう》や皇甫謐《こうほひつ》の『列女伝』に見える)魯の公父文伯《こうほぶんはく》の母の季敬姜《きけいきょう》や漢の王陵《おうりょう》の母、楚の白公勝《はくこうしょう》の妻の貞姫《ていき》や斉の杞梁植《きりょうしょく》(『列女伝』は殖)の妻、魯の義《ぎ》姑姉《こし》、梁の寡婦の高行《こうこう》、衛の霊公《れいこう》(姫元《きげん》)の夫人、魏の夏侯文寧《かこうぶんねい》の娘の令女《れいじょ》などのように、ある者は信を貫き貞を保ち、ある者は忠を履み義を行い、いざという時にも心を乱さず、栄枯盛衰によって節を変ずることもなく、その名を残して過去の事跡を顕彰され、美徳が不朽に伝わるというのは、すばらしいことではないか。一方あるいは王公大人の愛妾となり、情を世俗の欲に思うままみれさせ、きらびやかな服を着て、ごちそうを食べ、豪奢な殿に住み、玉で飾った車に乗りはしても、彤《とう》

【原文】

自昔貞専淑媛、布在方策者多矣。婦人之德、雖在於溫柔、立節垂名、咸資於貞烈。溫柔、仁之本也。貞烈、義之資也。非溫柔無以成其仁、非貞烈無以顯其義。是以詩書所記、風俗所在、圖像丹青、流聲竹素、莫不守約以居正、殺身以成仁者也。若文伯、王陵之母、白公、杞植之妻、魯之義姑、梁之高行、衛君靈主之妾、夏侯文寧之女、或抱信以含貞、或蹈忠而踐義、不以存亡易心、不以盛衰改節、其修名彰於既往、徽音傳於不朽、不亦休乎。或有王公大人之妃偶、肆情於淫僻之俗、雖衣繡衣、食珍膳、坐金屋、乘玉輦、不入彤管之書、不沾良史之筆、將草木以俱落、與麋鹿而同死、可勝道哉。永

管《かん》（后姫の祐筆）の記録には残らず、良史の筆にも書かれず、草木と一緒に枯れ落ちて、麋や鹿といった動物と同じく死んでいくという者も、挙げきれるものではない。人は永く名を残そうとするべきであり、（このような生き方は）まこと衆妾の恥とするところである。さてここで当世の御婦人に目を転じれば、それぞれ松や竹のように変わらぬ操を尽くそうと励み、その命をはかなくも蘭の散り玉の砕けるに任せ、古今に絶無の貞節と評するに足る者たちがいる。そこでその常かわらぬ志を撰述し、前代の列女伝に続けるものとする。

蘭陵公主

蘭陵公主《らんりょうこうしゅ》は、字を阿五《あご》、高祖（楊堅《ようけん》）の五女である。容儀が美しく、性格は従順で、読書を好み、高祖の娘達の中でも特に愛された。初めは儀同の王奉孝《おうほうこう》に嫁ぎ、王奉孝が没したため、河東の柳述《りゅうじゅつ》に嫁いだ。時に十八歳。姉たちはみな驕り高ぶるなかで、公主だけは気位を曲げて婦道を遵守した。舅や姑に尽くす様はたいそう慎み深く、舅姑が病気にかかった時は、必ず自ら薬湯を捧げた。高祖はこれを聞いて大いに喜んだ。これにより柳述はますます寵遇された。

当初、晋王の楊廣はその妃の弟である蕭瑒《しょうとう》に公主を配偶したいと願っており、高祖もはじめはそれを許したのだが、のちやはり柳述に嫁がせたため、晋王は不快であった。柳述が寵用されるようになると、いよいよ柳述を憎んだ。高祖が崩御すると、柳述は嶺南に流配となった。煬帝（楊廣《ようこう》）は公主を柳述と離縁させ、新たに嫁がせようとした。公主は死を誓い、朝謁しようとせず、上表して公主の号を除き、柳述

言載思、實庶姫之恥也。觀夫今之靜女、各勵松筠之操、甘於玉折而蘭摧、足以無絶今古。故述其雅志、以纂前代之列女雲。

蘭陵公主、字阿五、高祖第五女也。美姿儀、性婉順、好讀書、高祖於諸女中特所鍾愛。初嫁儀同王奉孝、卒、適河東柳述。時年十八。諸姉並驕貴、主獨折節遵於婦道。事舅姑甚謹、遇有疾病、必親奉湯藥。高祖聞之大悅。由是述漸見寵遇。

初、晉王廣欲以主配其妃弟蕭瑒、高祖初許之、後遂適述、晉王因不悅。及述用事、彌惡之。高祖既崩、述徙嶺表。煬帝令主與述離絶、將改嫁之。公主以死自誓、不復朝謁、上表請免主號、與述同徙。帝大

とともに流配するよう願い出た。帝は大いに怒り「天下に男がいないわけでもあるまいに、柳述と流されてなんとする」と返書した。公主は「先帝が妾《わたくし》を柳家に嫁がせたのです。いま柳家に罪があるなら、妾も従うが道理。道理を曲げてまで御恩を賜ろうとは思いません」と答書した。帝が許さなかったので、公主は憂憤のうちに没した。時に三十二歳。臨終の上表には「そのむかし衛の太子の共伯《きょうはく》が死ぬと妻の共姜が不婚を誓ったことは、『詩経《しきょう》』柏舟《はくしゅう》の良しとするところであり、息嬀《そくぎ》が二夫に見《まみ》えるのを恥じて楚の文王《ぶんおう》と話さなかったことは、『春秋左氏伝《しゅんじゅうさしでん》』が美談と伝えるところでございます。妾は陛下より罪を得ようとも、古人を慕うばかりです。生きて夫に従うことは叶わずとも、死んでは柳氏の墓に葬られとうございます」とあった。帝はこれを見ていよいよ怒り、ついに哭礼《こくれい》すら行わず、公主を洪瀆川《こうとくせん》に葬った際も、恩賜の品々はたいそう少なかった。朝臣も民もみな公主を悼んだ。

南陽公主

南陽公主《なんようこうしゅ》は、煬帝の長女である。風貌が美しく、節義があり、いかなる時も必ず礼に適う行いをした。十四歳のとき、許国公の宇文述《うぶんじゅつ》の子である宇文士及《うぶんしきゅう》に降嫁し、慎み深さで知られた。宇文述が病に倒れ危篤となると、公主は自ら飲食を調理し、手ずから食べさせたので、世間で評判となった。

宇文化及《うぶんかきゅう》が煬帝を弑逆すると、公主は随伴して聊城《りょうじょう》に至ったが、宇文化及が竇建《とうけん》徳《とく》に敗れたため、宇文士及は済北より西へ向かい大唐《だいとう》に降った。このとき隋の旧臣はみな聊城にいた。竇建徳がこれらを引見すると、恐れおののき取り乱さぬ者はな

怒曰「天下豈無男子、欲與述同徙耶」。主曰「先帝以妾適于柳家。今其有罪、妾當從坐。不願陛下屈法申恩」。帝不從、主憂憤而卒。時年三十二。臨終上表曰「昔共姜自誓、著美前詩、鄎媯不言、傳芳往誥。妾雖負罪、竊慕古人。生既不得從夫、死乞葬於柳氏」。帝覽之愈怒、竟不哭、乃葬主於洪瀆川、資送甚薄。朝野傷之。

南陽公主者、煬帝之長女也。美風儀、有志節、造次必以禮。年十四、嫁於許國公宇文述子士及、以謹肅聞。及述病且卒、主親調飲食、手自奉上、世以此稱之。

及宇文化及殺逆、主隨至聊城、而化及爲竇建徳所敗、士及自濟北西歸大唐。時隋代衣冠並在其所。建徳引見之、莫不惶懼失常、

かったが、ただ公主だけは落ち着き払い顔色一つ変えなかった。竇建徳が公主と語ると、公主は自ら国家敗亡に際して、怨みに報い恥を雪ぐこともできない無念を述べた。涙は襟首を濡らし、言辞は止まず、情理を尽くしたものだった。竇建徳とこれを見聞きした者たちで心打たれて泣かない者はなく、みな粛然として格別の敬意を示した。竇建徳が宇文化及を誅殺するに及んで、公主には一子があった。名は禪《ぜん》師《し》といい、年は十歳になろうとしていた。竇建徳は虎賁郎将の於士澄《おしちょう》を派遣して公主に「宇文化及が弑逆に及びましたことは、人も鬼神も許さぬ所です。今まさにその一家は族滅せねばならず、公主の御子息も、法では連座させねばなりませんが、もし公主が忍びがたいと仰るのであれば、許して生かすとの由」と告げさせた。公主は泣きながら「虎賁殿も隋室の貴臣であれば、問うまでもないとわかっておろうに」と答えた。竇建徳はとうとう宇文禪師を殺した。公主は竇建徳に願い出て、剃髪して尼となった。

竇建徳が敗れ、長安へ向かう途中、宇文士及と洛陽城下で遭遇した。公主は顔を合わそうとしなかったが、宇文士及は（公主の寄寓先まで）追いすがり、戸外に立って、また夫婦に戻ろうと懇願した。公主はこれを拒み「わたくしとあなたとは仇同士、今やこの手であなたを斬れぬことを恨むばかり。ただ弑逆の日のことをあなたが預かり知らなかったことだけはお察し申し上げます」と答えた。こうして離縁を告げ、速やかに去るよう伝えさせたが、宇文士及はなお固く願うので、公主は怒り「殺されたいというのであれば、会ってさしあげます」と答えた。宇文士及はその言葉の切迫ぶりに、翻意させられないことを悟り、別離の挨拶をして去った。

唯主神色自若。建徳與語、主自陳國破家亡、不能報怨雪恥。涙下盈襟、聲辭不輟、情理切至。建徳及觀聽者莫不爲之動容隕涕、咸肅然敬異焉。及建徳誅化及、時主有一子。名禪師、年且十歳。建徳遣武賁郎將於士澄謂主曰「宇文化及躬行殺逆、人神所不容。今將族滅其家、公主之子、法當從坐、若不能割愛、亦聽留之」。主泣曰「武賁既是隋室貴臣、此事何須見問」。建徳竟殺之。主尋請建徳、削髪爲尼。

及建徳敗、將歸西京、復與士及遇於東都之下。主不與相見、士及就之、立於戸外、請復爲夫妻。主拒之曰「我與君讎家、今恨不能手刃君者。但謀逆之日察君不預知耳」。因與告絶、訶令速去、士及固請之、主怒曰「必欲就死、可相見也」。士及見其言切、知不可屈、乃拜辭而去。

襄城王楊恪の妃

襄城王の楊恪《ようかく》の妃は、河東の柳氏《りゅうし》の娘である。父の柳旦《りゅうたん》は、循州刺史であった。妃は容姿端麗で、十歳余りで、良家の子女であり基準に適った容貌であったため、娶られて妃となった。いくばくもなくして楊恪は廃位されたが、妃は婦道を修め、楊恪に尽くしていよいよ敬愛した。煬帝が即位すると、楊恪はさらに辺境に流配され、帝は使者に命じて道すがらに楊恪を殺させた。楊恪が別離を告げると、妃は「もし王が死ねば、妾も一人生きてはいないと誓いましょう」と答えた。こうして互いに慟哭した。楊恪が死に、納棺が済むと、妃は使者に「妾は楊氏と墓穴を同じくすると誓いました。もし死んだ後に別々に埋められることがなければ、陛下のおかげにございます」と告げた。こうして棺を撫でて慟哭すると、自ら首を括って死んだ。それを見て妃のために涙を流さぬ者はなかった。

華陽王楊楷の妃

華陽王の楊楷《ようかい》の妃は、河南の元氏《げんし》の娘である。父の元巖《げんがん》は、性格は明敏で、気骨があった。仁寿年間に黄門侍郎となり、龍涸県公に封ぜられた。煬帝が即位すると、柳述と同罪となり、官簿より名を除かれ庶民となり、南海に流配となった。のちたまたま恩赦があり、長安に帰った。それを元巖は逃亡したと讒言する者がおり、収監されて殺された。妃は容姿が良く、性格は従順であった。初め選ばれて妃となったが、いくばくもなくして楊楷は幽閉され廃位となった。妃は楊楷に尽くすことといよいよ慎ましくなり、楊楷に憂い畏れる様子があるたびに、道理を説いてなだめ諭

襄城王恪妃者、河東柳氏女也。父旦、循州刺史。妃姿儀端麗、年十餘、以良家子合法相、娉以爲妃。未幾而恪被廢、妃修婦道、事之愈敬。煬帝嗣位、恪復徙邊、帝令使者殺之於道。恪與辭訣、妃曰「若王死、妾誓不獨生」。於是相對慟哭。恪既死、棺斂訖、妃謂使者曰「妾誓與楊氏同穴。若身死之後得不別埋、君之惠也」。遂撫棺號慟、自經而卒。見者莫不爲之涕流。

華陽王楷妃者、河南元氏之女也。父巖、性明敏、有氣幹。仁壽中、爲黄門侍郎、封龍涸縣公。煬帝嗣位、坐與柳述連事、除名爲民、徙南海。後會赦、還長安。有人譖巖逃歸、收而殺之。妃有姿色、性婉順。初以選爲妃、未幾而楷被幽廢。妃事楷踰謹、每見楷有憂懼之色、輒陳義理以慰諭之、楷甚

したので、楊楷はたいそう敬愛した。江都の乱が起こり、楊楷は宇文化及に殺され、妃はその徒党の元武達《げんぶたつ》に与えられた。元武達は最初こそ宗族の礼でもって、妃と舎を別けていたが、後に酔って妃に迫った。妃は操を守り屈さなかったので、元武達は怒り、妃をむち撃つこと百度余りに及んだが、妃の拒絶の意思はいよいよ激しくなった。敷き瓦を取って自らの顔を傷つけ、血と涙とが下る様を見て、元武達は妃を許した。妃はその従者に「私が速やかに死ぬことが出来なかったばかりに、こうして辱められる羽目になりました、私の罪です」と告げると、絶食して没した。

譙国夫人

譙国夫人《しょうこくふじん》は、高涼の洗氏《せんし》の娘である。洗氏は代々南越《なんえつ》の首領の家であり、山脈に跨がるようにして山洞に住み、その部落は十万戸あまりであった。夫人は幼いころから賢明で、知略に富み、父母の家にあって、部族の者どもを手なずけて、よく軍を率いて指揮を執り、他の越族を従えていた。常に親族たちを善導しており、このため信義によって中華とよしみを通じた。越人の性質は、好戦的であり、夫人の兄である南梁州刺史の洗挺《せんてい》は、その部族の強さを恃んで、近隣の郡に侵入して略奪を行い、嶺南の民はこれに苦しんでいた。夫人が何度も教え諭したので、互いの恨み辛みは鎮まっていき、海南・儋耳《たんじ》の帰服する者は千洞にもなった。

梁の大同年間の初め、羅州刺史の馮融《ふうゆう》が夫人の志と行いの高さを聞きつけ、その子である高涼太守の馮寶《ふうほう》に娶らせて妻とした。馮融はもともと北燕《ほくえん》の末裔である。当初、馮弘《ふうこう》が高麗《こうらい》に身を投ずると、馮融の祖父の馮業《ふうぎょう》らは三百人ほどで海に逃れて

敬焉。及江都之亂、楷遇宇文化及之逆、以妃賜其黨元武達。武達初以宗族之禮、置之別舍、後因醉而逼之。妃自誓不屈、武達怒、撻之百餘、辭色彌厲。因取甓自毀其面、血淚交下、武達釋之。妃謂其徒曰、「我不能早死、致令將見侵辱、我之罪也」。因不食而卒。

譙國夫人者、高涼洗氏之女也。世爲南越首領、跨據山洞、部落十餘萬家。夫人幼賢明、多籌略、在父母家、撫循部衆、能行軍用師、壓服諸越。毎勸親族爲善、由是信義結於本鄉。越人之俗、好相攻擊、夫人兄南梁州刺史挺、恃其富強、侵掠傍郡、嶺表苦之。夫人多所規諫、由是怨隙止息、海南・儋耳歸附者千餘洞。

梁大同初、羅州刺史馮融聞夫人有志行、爲其子高涼太守寶娉以爲妻。融本北燕苗裔。初、馮弘之投高麗也、遣融大父業以三百人

宋《そう》に帰順し、新会に逗留した。馮業より馮融に及ぶまで、三代にわたって地方長官の任を務めたが、他郷からの流れ者であるため、号令は行き届いていなかった。ここに至って、夫人は実家の者たちに誓わせて、民礼を守らせた。常に馮寶《ふうほう》とともに訴訟を裁決し、首領に法を犯す者がいれば、親族であっても、手心を加えることはなかった。これより政令に秩序が生まれ、敢えて背こうとする者はいなくなった。

　侯景《こうけい》の乱が起こると、広州都督の蕭勃《しょうぼつ》は徴兵して梁の宮城を救わんとし、高州刺史の李遷仕《りせんし》が大皐口《だいこうこう》を拠点として、馮寶を招き寄せた。馮寶は行こうとしたが、夫人はこれを止めて「刺史は理由もなく太守を招いたりしないもの、間違いなくあなたを騙して共に反乱するつもりです」と言った。馮寶は「どうしてそうとわかるのか」と尋ねた。夫人は「李刺史は宮城を救うため蕭都督に召し寄せられたのに、病と称して、武器を作り人を集め、しかる後あなたを呼び出しました。今もし行けば、必ずや捕らえられ、あなたに兵を寄こせと迫るでしょう。このことを考慮されて、どうか行かずに、情勢を見きわめなさいませ」と言った。数日して、李遷仕ははたして反乱し、主帥の杜平虜《とへいりょ》を派遣して兵を率い灨石《こうせき》に侵入させた。馮寶はこれを知ると、あわてて夫人に告げた。夫人は「杜平虜は勇敢な将です。兵を率いて灨石に侵入されてしまったら、官兵と防ごうにも、その勢いは押し返せないでしょう。しかし李遷仕は州に居り、無防備です。もしあなたが自ら行けば、必ず戦闘になりますから、どうか使者を出して李遷仕を欺し、言辞を丁寧にし礼物を厚くして、『私はまだ兵を出さないが、妻をやって支援させよう』とお告げください。賊はそうと聞いて喜び、必ずや防備を怠るでしょう。そこでわたくしが千人ばかりを率いて、

浮海歸宋、因留于新會。自業及融、三世爲守牧、他鄕羈旅、號令不行。至是、夫人誡約本宗、使從民禮。毎共寶參決辭訟、首領有犯法者、雖是親族、無所舍縱。自此政令有序、人莫敢違。

　遇侯景反、廣州都督蕭勃徵兵援臺、高州刺史李遷仕據大皐口、遣召寶。寶欲往、夫人止之曰「刺史無故不合召太守、必欲詐君共爲反耳」。寶曰「何以知之」。夫人曰「刺史被召援臺、乃稱有疾、鑄兵聚衆、而後喚君。今者若往、必留質、追君兵衆。此意可見、願且無行、以觀其勢」。數日、遷仕果反、遣主帥杜平虜率兵入灨石。寶知之、遽告。夫人曰「平虜驍將也。領兵入灨石、即與官兵相拒、勢未得還。遷仕在州、無能爲也。若君自往、必有戰鬪、宜遣使詐之、卑辭厚禮、云『身未敢出、欲遣婦往參』。彼聞之喜、必無防慮。於是我將千餘人、步擔雜物、唱言輸賧、得至柵下。賊必可圖」。寶從之、遷仕果大喜、覘夫人衆皆擔物、不

歩兵に物資を担がせて、援助を持ってきたぞと唱和させ、柵の内に入ります。賊は必ず策にはまるでしょう」と答えた。馮宝がこれに従うと、李遷仕ははたして大喜びし、夫人の兵がみな物資を担いでいるのを見て、警戒をしなかった。夫人はこれを攻撃し、大勝した。李遷仕は逃げ、寧都を保持した。夫人は兵を取りまとめて長城侯の陳覇先《ちんはせん》と灨石に合流した。帰還すると馮寶に「陳都督は実に恐るべきお方、まことに人心を得ております。わたくしの見立てではこの方こそ必ずや賊を平定することでしょう。あなたは手厚く援助なさいませ」と告げた。

　馮寶が没すると、嶺表は大いに乱れたが、夫人が越の諸族を手なずけたので、周囲の数州は治まった。陳の永定二年、その子の馮僕《ふうぼく》が九歳となると、越の諸首領を率いて丹陽（陳の京畿）に向かわせ拝朝させた。馮僕はそのまま起家（就官）して陽春郡守に任命された。のちに広州刺史の歐陽紇《おうようこつ》が反乱をたくらみ、馮僕を高安に呼び寄せ、乱に誘った。馮僕が使者をやって夫人に告げると、夫人は「わたくしは忠貞を貫いて、梁・陳二代に仕えているのに、おまえが国家に背くのを見過ごすはずないでしょう」と答えた。そうして兵を発して州境を封鎖し、越族の酋長たちを率いて陳の将である章昭達《しょうしょうたつ》を迎えさせた。陳と越より押され、歐陽紇の兵は潰走した。馮僕は夫人の功績により、信都侯に封ぜられ、平越中郎将を加えられ、石龍太守に転任した。詔を下して馮僕を使持節とし、夫人には冊書を下して中郎将・石龍太夫人とし、繡幰《しゅうけん》・油絡《ゆらく》・駟馬《しば》・安車一乗を下賜し、鼓吹の一隊を給付して、麾幢《きどう》（儀仗槍）や旌節《はたじるし》と合わせると、その隊列はまるで刺史のそれであるかのようだった。

　至徳年間に、馮僕は没した。

設備。夫人擊之、大捷。遷仕遂走、保于寧都。夫人總兵與長城侯陳覇先會于灨石。還謂寶曰「陳都督大可畏、極得衆心。我觀此人必能平賊。君宜厚資之」。

　及寶卒、嶺表大亂、夫人懷集百越、數州晏然。至陳永定二年、其子僕年九歲、遣帥諸首領朝于丹陽。[8] 起家拜陽春郡守。後廣州刺史歐陽紇謀反、召僕至高安、誘與爲亂。僕遣使歸告夫人、夫人曰「我爲忠貞、經今兩代、不能惜汝輒負國家」。遂發兵拒境、帥百越酋長迎章昭達。內外逼之、紇徒潰散。僕以夫人之功、封信都侯、加平越中郎將、轉石龍太守。詔使持節冊夫人爲中郎將・石龍太夫人、賚繡幰・油絡・駟馬・安車一乘、給鼓吹一部、幷麾幢・旌節、其鹵簿一如刺史之儀。

　至德中、僕卒。

後に陳の滅亡に遭い、嶺南は所属を決めかねたため、うち数郡はみなで夫人を奉じ、聖母と呼んで、郡境を守り民を安んじた。高祖が総管の韋洸《いこう》を派遣して嶺外を安撫させると、陳の将の徐璒《じょとう》は南康を拠点として拒んだ。韋洸は嶺下に至ると、ためらって敢えて進まなかった。以前、夫人は扶南の犀《さい》の角で作った杖を陳主（陳叔《ちんしゅく》寶《ほう》）に献上していたが、このとき、晋王の楊廣が陳主に命じて夫人に宛てて書を送らせ「陳は亡んだので、隋に帰順せよ」と諭させ、あわせて犀杖と兵符を送りその証拠とした。夫人は杖を見ると、たしかに陳が亡んだと知り、首領数千人を集め、日が尽きるまで陳のために慟哭した。孫の馮魂《ふうこん》を派遣して兵を率いて韋洸を迎えさせた。韋洸が広州に入ると、嶺南はことごとく平定された。馮魂を儀同三司とし、夫人には冊書を下して宋康郡夫人とした。

　まもなくして、番禺の人である王仲宣《おうちゅうせん》が反乱し、首領たちはみなこれに応じ、韋洸を州城に囲み、兵を進めて衡嶺に駐屯した。夫人は孫の馮暄《ふうけん》を派遣し軍を率いて韋洸を救援させた。馮暄と反乱軍の陳佛智《ちんぶつち》は平素より仲が良く、このため馮暄は兵を留めて進軍しなかった。夫人はこれを知ると大いに怒り、使者を出して馮暄を捕らえさせ、州獄に収監した。また孫の馮盎《ふうおう》を派遣して陳佛智を討たせ、戦って勝ち、これを斬った。兵を進めて南海に至ると、鹿愿《ろくげん》の軍と合流し、共に王仲宣を敗った。夫人は自ら甲冑をまとい、甲を着けた馬に乗り、錦傘《きんさ》を張り、彀騎《こうき》（騎射兵）を率いて、勅使の裴矩《はいく》が諸州を巡撫するのを護衛した。蒼梧の首領の陳坦《ちんたん》・岡州の馮岑翁《ふうしんおう》・梁化の鄧馬頭《とうばとう》・藤州の李光略《りこうりゃく》・羅州の龐靖《ほうせい》らはみなやってきて裴矩に参謁した。裴矩はこれをそのまま帰して部落を統率させたので、嶺表はとうとう平

後遇陳國亡、嶺南未有所附、數郡共奉夫人、號爲聖母、保境安民。高祖遣總管韋洸安撫嶺外、陳將徐璒以南康拒守。洸至嶺下、逡巡不敢進。初、夫人以扶南犀杖獻于陳主、至此、晉王廣遣陳主遺夫人書、諭以國亡、令其歸化、幷以犀杖及兵符爲信。夫人見杖、驗知陳亡、集首領數千、盡日慟哭。遣其孫魂帥衆迎洸。入至廣州、嶺南悉定。表魂爲儀同三司、冊夫人爲宋康郡夫人。

未幾、番禺人王仲宣反、首領皆應之、圍洸於州城、進兵屯衡嶺。夫人遣孫暄帥師救洸。暄與逆黨陳佛智素相友善、故遲留不進。夫人知之大怒、遣使執暄、繫於州獄。又遣孫盎出討佛智、戰剋、斬之。進兵至南海、與鹿愿軍會、共敗仲宣。夫人親被甲、乘介馬、張錦傘、領彀騎、衞詔使裴矩巡撫諸州、其蒼梧首領陳坦・岡州馮岑翁・梁化鄧馬頭・藤州李光略・羅州龐靖等皆來參謁。還令統其部落、嶺表遂定。高祖異之、拜盎爲

定された。高祖はこのことを良しとして、馮盎を高州刺史とし、特赦によって馮暄を許し、羅州刺史に任命した。馮寶には広州総管・譙国公を追贈し、冊書を下して夫人を譙国夫人とし、元の封邑の宋康は馮僕の妾になっていた別の洗氏に与えられた。さらに譙国夫人幕府を開かせ、長史以下の官属を置き、印章を給付し、部落六州の兵馬を徴発する権利を与え、もし危急の事があれば、適宜対処することを許可した。

勅書を下して、

朕が民草を養育するにあたり、愛情は実の父母にも等しいものであり、天下を清浄にして、万民を安楽にさせようと願っている。しかるに王仲宣らが互いに集結し、越の民を動揺させたので、討伐の兵を派遣し、万民のために害を除かせようとした。夫人は国に尽くすことを思い、深く道理を知り、孫の馮盎に陳佛智を斬らせ、ついに賊どもを破り、甚だしい功績を挙げた。いま夫人に反物五千段を賜る。馮暄が進軍しなかった過ちは、まこと厳罰に当てるべきではあるが、夫人が忠義と功績を示したゆえ、特別に赦す。夫人はよく子孫を訓導し、礼教を厚く尊び、朝廷の教化を尊重して、朕の心に添うように。

と言った。

獨弧皇后は首飾りと宴服（普段着）一そろいを夫人に賜った。夫人はすべて金篋《きんせん》に収め、梁と陳よりの賜り物もそれぞれ一つの倉庫に入れた。毎年一族が集まる際には、みな庭に並べ、子孫に示し「おまえたちも真心を尽くして天子にお仕えしなさい。わたくしは三代の主に仕え、ただ一つの良心に従い生きて、今や賜り物がこ

高州刺史、仍赦出暄、拜羅州刺史。追贈寶爲廣州總管・譙國公、冊夫人爲譙國夫人、以宋康邑廻授僕妾洗氏。仍開譙國夫人幕府、置長史以下官屬、給印章、聽發部落六州兵馬、若有機急、便宜行事。

降勅書曰、

朕撫育蒼生、情均父母、欲使率土清淨、兆庶安樂。而王仲宣等輒相聚結、擾亂彼民、所以遣往誅翦、爲百姓除害。夫人情在奉國、深識正理、遂令孫盎斬獲佛智、竟破羣賊、甚有大功。今賜夫人物五千段。暄不進愆、誠合罪責、以夫人立此誠效、故特原免。夫人宜訓導子孫、敦崇禮教、遵奉朝化、以副朕心。

皇后以首飾及宴服一襲賜之。夫人並盛於金篋、幷梁・陳賜物各藏于一庫。每歲時大會、皆陳于庭、以示子孫、曰「汝等宜盡赤心向天子。我事三代主、唯用一好心、今賜

れだけある。これが忠孝の報いというものです。おまえたちがみな私の言うことを忘れないように願っていますよ」と告げるのだった。

　時に番州総管の趙訥《ちょうとつ》は貪婪かつ暴虐であり、諸村落には逃亡したり離反したりする者が多かった。夫人は長史の張融《ちょうゆう》を派遣して封事を奉り、地方安撫の在り方について論じ、あわせて趙訥の罪状を述べ、彼では辺境の人間を手なずけることができないとした。上は趙訥を調べさせ、その収賄の証拠を得て、ついに法に当てた。さらに勅書を下して夫人に逃亡者たちの慰撫を委ねた。夫人は手ずから詔書を持して馬車に乗り、自ら使者を名乗り、十余州を巡り、上の意を述べ広め、諸村落を諭したので、夫人の訪れた地域の者はみな帰順した。高祖はこれを褒め、夫人に湯沐の邑として臨振県より一千五百戸を賜った。馮僕には崖州総管・平原郡公を追贈した。

　仁寿の初年、没した。弔いとして反物一千段を賜り、諡号は誠敬夫人とした。

鄭善果の母

　鄭善果《ていぜんか》の母は、清河の崔氏《さいし》の娘である。十三歳の時、鄭誠《ていせい》に嫁ぎ、鄭善果を生んだ。しかし鄭誠は尉遅迥《うっちけい》討伐に赴き、力戦奮闘のはてに陣没し、崔氏は二十歳で寡婦となった。父の崔彦穆《さいげんぼく》は娘の気持ちに反して再婚させようとしたが、崔氏は鄭善果を抱いて父に「婦人に再婚の義などありません。まして鄭君が死んだとはいえ、幸いにもこの子がおります。子を捨てて慈しまず、夫の死に背いて礼をわきまえないくらいなら、むしろ（過去に多くの列女が不再を誓ってしたように）耳を削ぐなり剃髪するなりしてわが本心を明らかにいたします。礼に違い慈悲の心を滅してまで、命

物具存。此忠孝之報也。願汝皆思念之」。

　時番州總管趙訥貪虐、諸俚獠多有亡叛。夫人遣長史張融上封事、論安撫之宜、幷言訥罪狀、不可以招懷遠人。上遣推訥、得其贓賄、竟致於法。降勑委夫人招慰亡叛。夫人親載詔書、自稱使者、歷十餘州、宣述上意、諭諸俚獠、所至皆降。高祖嘉之、賜夫人臨振縣湯沐邑、一千五百戶。贈僕爲崖州總管・平原郡公。

　仁壽初、卒。賻物一千段、謚爲誠敬夫人。

　鄭善果母者、清河崔氏之女也。年十三、出適鄭誠、生善果。而誠討尉迥、力戰死于陣。母年二十而寡。父彥穆欲奪其志、母抱善果謂彥穆曰「婦人無再見男子之義。且鄭君雖死、幸有此兒。棄兒爲不慈、背死爲無禮。寧當割耳截髮以明素心。違禮滅慈、非敢聞命」。善果以父死王事、年數歲拜使持

令に従うわけにはまいりません」と答えた。鄭善果は父が王命のために死んだことから、わずか数歳で使持節・大将軍に任命され、開封県公の爵位を継ぎ、食邑は一千戸であった。開皇の初年、武徳郡公に進んだ。十四歳で沂州刺史を授けられ、景州刺史に転任し、ついで魯郡太守となった。

崔氏は賢明であり、節操があり、広く経書や史書を読みあさり、統治の術にも明るかった。鄭善果が政務を執るたびに、崔氏は常に胡床《こしょう》（折りたたみ椅子）に座り、衝立の裏でこれを聞いていた。鄭善果がよく判断して理に適っていた時は、息子が戻ると大いに喜び、座ることを許し、対面して談笑した。もし働きが不十分であったり、みだりに怒鳴り散らすようなことがあれば、崔氏は自室に帰り、布団を被って泣き、日を終えるまで食事もしなかった。鄭善果が寝床の前に伏して謝っても、あえて起き上がろうとしなかった。崔氏はいよいよ起きるとなると、息子に「わたくしはおまえに怒っているのではありません、おまえの家に恥じているのです。わたくしはおまえの家の妻となり、妻の勤めを果たしてきました。おまえの父君は、忠勤の士でした。官にあっては精励格勤して、一度たりとも私情を挟まず、身をもって国に殉じ、死んでお前に封爵を残しました。わたくしもまたおまえに父君の心に沿うて欲しいのです。おまえは年若くして父を亡くし、わたくしも寡婦となりました。母としての慈悲はあっても父としての威厳がないために、おまえに礼訓を教えられず、このままでは忠臣の有り様をおまえに担わせることができないやもしれません。おまえは童子にして封地を継ぎ、位は方伯に至りましたが、おまえ自身の力がそうさせたわけではないのです。どうしてそのことを思わずにみだりに怒鳴

節・大将軍、襲爵開封縣公、邑一千戶。開皇初、進封武德郡公。年十四授沂州刺史、轉景州刺史、尋爲魯郡太守。

母性賢明、有節操、博涉書史、通曉治方。每善果出聽事、母恒坐胡床、於鄣後察之。聞其剖斷合理、歸則大悅、即賜之坐、相對談笑。若行事不允、或妄瞋怒、母乃還堂、蒙被而泣、終日不食。善果伏於牀前、亦不敢起。母方起謂之曰「吾非怒汝、乃愧汝家耳。吾爲汝家婦、獲奉灑掃。如汝先君、忠勤之士也。在官清恪、未嘗問私、以身徇國、繼之以死。吾亦望汝副其此心。汝既年小而孤、吾寡婦耳。有慈無威、使汝不知禮訓、何可負荷忠臣之業乎。汝自童子承襲茅土、位至方伯、豈汝身致之邪。安可不思此事而妄加瞋怒、心緣驕樂、墮於公政。內則墜爾家風、或亡失官爵、外則虧天子之法、以取罪戾。吾死之日、亦何面目見汝先人於地下乎」。

り散らし、心のままに驕り楽しみ、公政を貶めて良いものでしょうか。おまえに内には家風を貶め、あるいは官爵を失わせ、外には天子の法を損ない、罪悪を犯させるようなことがあっては、わたくしは死んだのち、何の面目があっておまえの父上と地下でお会いできるでしょうか」と言い聞かせた。

崔氏はいつも自分で糸紬ぎをし、夜も更けてから寝た。鄭善果は「児《わたくし》は諸侯となり封国もいただき、官位は三品で、俸禄も十分いただいておりますのに、母上はなぜ自らこのようにお勤めなさるのですか」と尋ねた。崔氏は「ああ、おまえももう成人しましたし、おまえに天下の道理を教えねばなりませんね。今からこの言葉を聞くのですから、知るわけもありませんが、それで公事を行って、どう世を治めるのでしょう。いまのお前の言った俸禄というのは、おまえの父が勅命に殉じたことに天子が報いてくださったのでしょう。ならば一族に分け与え、先君の恵みと述べ伝えるべきものであるのに、妻子がどうしてその利益を好きにして、富貴に浸ってよいものでしょうか。それに糸を紬ぎ機を織るのは婦人の務め、上は王后より、下は大夫士の妻に至るまで、それぞれ作るべき物があります。自らの務めを堕落させるものがあるとしたら、それは驕りです。わたくしは礼を知りませんが、かといって自らわが名を貶める気もありませんよ」と答えた。

寡婦となってから、白粉《おしろい》を使うことはなく、常に大練《だいれん》（喪服の一種）を着ていた。もとより倹約を好む質で、祭祀の際や賓客が来るのでなければ、酒や肉もむやみやたらと食膳に並べなかった。静室（道教の修養のための部屋）に籠もって、いまだかつて家門から出たことはなかった。嫁ぎ先や実家の親族に吉事や凶事があっても、た

母恒自紡績、夜分而寐。善果曰「兒封侯開國、位居三品、秩俸幸足、母何自勤如是邪」。答曰「嗚呼、汝年已長、吾謂汝知天下之理。今聞此言、故猶未也、至於公事、何由濟乎。今此秩俸、乃是天子報爾先人之徇命也。當須散贍六姻、爲先君之惠、妻子奈何獨擅其利、以爲富貴哉。又絲枲紡織婦人之務、上自王后、下至大夫士妻、各有所製。若墮業者、是爲驕逸。吾雖不知禮、其可自敗名乎」。

自初寡、便不御脂粉、常服大練。性又節儉、非祭祀賓客之事、酒肉不妄陳於前。靜室端居、未嘗輒出門閤。內外姻戚有吉凶事、但厚加贈遺、皆不詣其家。非自手作及莊園

だ厚く贈り物をするだけで、その家を訪ねることはなかった。手作りしたものや荘園・封地の産品でなければ、親族からの贈答品であっても、すべて門内に入れることを許さなかった。

鄭善果は州郡の知事を歴任し、常に家から食事を持参して、役所の中でこれを食べ、役所のまかないは、みな受け取ることなく、全て役所に修めさせるか部下に分けてしまった。鄭善果もまたこのようにして克己し、清吏と呼ばれた。煬帝は御史大夫の張衡《ちょうこう》を派遣してこれを労らわせ、治績は天下第一とした。召還されて光禄卿を授けられた。母の没後、鄭善果は大理卿となったが、だんだんと驕りが見え、その公明正大さはとうとう昔ほどではなくなった。

孝女の王舜

孝女の王舜《おうしゅん》は、趙郡の王子春《おうししゅん》の娘である。王子春は従兄の王長忻《おうちょうきん》と仲が悪く、北斉が亡んだ際のどさくさに、王長忻はその妻と謀って王子春を殺してしまった。王舜は当時七歳、二人の妹がいて、王粲《おうさん》は五歳、王璠《おうはん》は二歳であり、みな父が無いため、親戚に身を寄せることとなった。王舜はよく妹たちの面倒を見て、恩情はたいそう篤かった。そのうえで王舜は復讐心のあることを隠していたので、王長忻はとくに警戒をしていなかった。姉妹が成長すると、親戚が嫁に出そうとしたが、拒否して従わなかった。そうして密かに妹たちに「私には兄弟がいないから、父の恨みを果たさせようにも叶いません。けど私たちが女子だからといって、仇を討たずに生きられるものですか。私はあなたたちと報復したいと思うのだけど、あなたた

祿賜所得、雖親族禮遺、悉不許入門。

善果歴任州郡、唯内自出饌、於衙中食之、公廨所供、皆不許受、悉用修治廨宇及分給寮佐。善果亦由此克己、號爲清吏。煬帝遣御史大夫張衡勞之、考爲天下最。徵授光祿卿。其母卒後、善果爲大理卿、漸驕恣、清公平允遂不如疇昔焉。

孝女王舜者、趙郡王子春之女也。子春與從兄長忻不協、屬齊滅之際、長忻與其妻同謀殺子春。舜時年七歲、有二妹、粲年五歲、璠年二歲、並孤苦、寄食親戚。舜撫育二妹、恩義甚篤。而舜陰有復讎之心、長忻殊不爲備。姊妹俱長、親戚欲嫁之、輒拒不從。乃密謂其二妹曰「我無兄弟、致使父讎不復。吾輩雖是女子、何用生爲。我欲共汝報復、汝意如何」。二妹皆垂泣曰「唯姊所

ちはどうかしら」と尋ねた。二人の妹はともに涙を流し「ただ姉上の命ずるままに」と答えた。その夜、姉妹はそれぞれ刀を持って垣根を越えて侵入し、手ずから王長忻夫妻を殺し、父の墓前に報告した。そして県庁に出頭して罪を請うたが、姉妹が互いに首謀者は自分だとかばいあうので、州や県では罪を決しかねた。高祖は報告を聞いて感歎し、特別にその罪を許した。

韓覬の妻

韓覬《かんき》の妻は、洛陽の于氏《うし》の娘である。字は茂德《もとく》。父の于實《うじつ》（于仲文《うちゅうぶん》伝、『北史』などでは于寔《うしょく》）は、北周の大左輔であった。于氏が十四歳のとき、韓覬に嫁いだ。于氏は生家は裕福、家門は盛んであったが、進退には礼節を備え、自ら倹約に務めたので、一族郎党から敬愛された。于氏が十八歳のとき、韓覬が従軍して戦没した。于氏は痩せ衰え骨ばみ、赤の他人にすら同情されるほどであった。毎日朝な夕なに供え物をするにも、すべて手ずから捧げた。服喪を終えたとき、于實は娘がまだ若く子もいないことから、再婚させようとしたが、于氏は決してそのような気を持たなかった。そこで于實はまた家族に命じて根強く説得させたが、于氏は昼夜となく泣き濡れ、髪を切って自ら再婚しないことを誓った。于實は嘆息して感じ入り、とうとう娘の意志を奪わないことにした。于氏は夫の妾腹の子である韓世隆《かんせいりゅう》を後継ぎとし、自ら養育し、愛する様は我が子同然であった。于氏のしっかりとした養育により、韓世隆は立派に成長した。寡婦となってより、ときおり里帰りすることはあったが、親族の家とは、交際しなかった。尊卑となく訪問者があっても、送迎するに

命」。是夜、姊妹各持刀踰牆而入、手殺長忻夫妻、以告父墓。因詣縣請罪、姊妹爭爲謀首、州縣不能決。高祖聞而嘉歎、特原其罪。

韓覬妻者、洛陽于氏女也。字茂德。父實、周大左輔。于氏年十四、適于覬。雖生長膏腴、家門鼎盛、而動遵禮度、躬自儉約、宗黨敬之。年十八、覬從軍戰沒。于氏哀毀骨立、慟感行路。每至朝夕奠祭、皆手自捧持。及免喪、其父以其幼少無子、將嫁之、誓無異志。復令家人敦喩、于氏晝夜涕泣、截髪自誓。其父喟然傷感、遂不奪其志焉。因養夫之孽子世隆爲嗣、身自撫育、愛同己生。訓導有方、卒能成立。自孀居已後、唯時或歸寧、至於親族之家、絶不來往。有尊卑就省謁者、送迎皆不出戸庭。蔬食布衣、不聽聲樂、以此終身。高祖聞而嘉歎、下詔褒美、

も家の庭には出なかった。粗食し質素な服を着て、音楽を聞かず、これを生涯続けた。高祖は于氏のことを聞いて感歎し、詔を下して褒美を与え、村の入り口を顕彰させたことから、長安中で「節婦闕《せつぷけつ》（節ある婦人の門）」と呼ばれた。家に没し、年は七十二歳。

陸譲の母

陸譲《りくじょう》の母は、上党の馮氏《ふうし》の娘である。性格は仁愛を備え、母としての規範があった。陸譲は妾腹の子である。陸譲は仁寿年間に、番州刺史となった。しばしば重税を課し、収賄や狼藉をはたらき、司馬に（その罪状を）上奏された。上が使者を派遣し取り調べさせるとみな事実であり、こうして捕らえられ長安に護送された。上が自ら取り調べを行うと、陸譲が冤罪を訴えたので、上はまた治書侍御史に再捜査させたが、罪状は以前と変わらなかった。そこで公卿百官に命じて議論させると、みな「陸譲は死罪に当たります」と述べたので、詔を下して死罪の奏議を決裁した。

陸譲が刑に臨むにあたり、馮氏は髪を結わえず垢じみ汚れた顔で朝堂を訪れて陸譲を責め「従軍の苦労もせず、刺史の位に至りながら、忠節を尽くして国家に奉じ、大恩に報いることもできず、かえって法に違反して、収賄狼籍を行うとは。もし司馬がおまえを陥れたというなら、番州の民も朝廷の百官もまたみなおまえを陥れたとでもいうのか。もし陛下がおまえを哀れんでくださらなかったら、治書がおまえを再度取り調べることなどあるものか。なにが忠臣か、なにが孝子か。不忠にして不孝であれば、どうして人と言えようか」と言った。そうして涙を流して嗚咽

表其門閭、長安中號爲節婦闕。終于家、年七十二。

陸讓母者、上黨馮氏女也。性仁愛、有母儀。讓即其孼子也。仁壽中、爲番州刺史。數有聚斂、贓貨狼籍、爲司馬所奏。上遣使按之皆驗、於是囚詣長安。親臨問、讓稱寃、上復令治書侍御史撫按之、狀不易前。乃命公卿百寮議之、咸曰「讓罪當死」、詔可其奏。

讓將就刑、馮氏蓬頭垢面詣朝堂數讓曰「無汗馬之勞、致位刺史、不能盡誠奉國、以答鴻恩、而反違犯憲章、贓貨狼籍、若言司馬誣汝、百姓百官不應亦皆誣汝。若言至尊不憐愍汝、何故治書覆汝。豈誠臣、豈孝子。不誠不孝、何以爲人」。於是流涕嗚咽、親持盃粥勸讓令食。既而上表求哀、詞情甚

し、持参した椀一杯の粥を陸譲に食べさせた。そうしてから上表して哀れみを請うと、その詞情ははなはだ切実であり、上は憐れんで居住まいを正した。文献皇后はたいそう馮氏の思いに感じ入り、上に助命を請うた。治書侍御史の柳彧《りゅういく》が進み出て「馮氏の行いは母徳の至り、面識のない者すら感じせしめるものがございます。もし（馮氏の訴えを無視して）陸譲を殺してしまえば、どうやって（人々を）善導できましょうや」と述べた。

上はそこで京師の士となく庶民となく朱雀門に集め、舎人をやって詔を宣撫させ、

馮氏は正妻嫡母の徳によって、世の規範とするに足るものである。その慈愛の道は、義行によって人神を感じせしめたゆえ、特別に憐れんでその子の死罪を赦し、風俗に慈愛を推奨するものである。陸譲は死一等を減じ、官簿から除名して民に落とす。

と言った。

また詔を下して、

馮氏は身に仁慈を備え、朝な夕なに礼度を保っている。庶子の陸譲は自ら生んだ子では無いにもかかわらず、法を犯し、極刑に処せられることになると、自ら朝廷に詣で、陸譲のために助命嘆願し、這いつくばって頭を打ち付けた。朕はその義行を哀れみ、特別に死罪を赦すことにした。天下の婦人をみな馮氏のようにできるならば、家庭は円満、風俗は平和になることであろう。朕は感歎してやまない。その行いを称揚し、もって徳ある者を顕彰しよう。反物五百段を賜れ。

切、上愍然爲之改容。獻皇后甚奇其意、致請於上。治書侍御史柳彧進曰「馮氏母德之至、有感行路。如或殺之、何以爲勸」。

上於是集京城士庶於朱雀門、遣舍人宣詔曰、

馮氏以嫡母之德、足爲世範。慈愛之道、義感人神、特宜矜免、用奬風俗。讓可減死、除名爲民。

復下詔曰、

馮氏體備仁慈、夙閑禮度。孽讓非其所生、往犯憲章、宜從極法、躬自詣闕、爲之請命、匍匐頓顙。朕哀其義、特免死辜。使天下婦人皆如馮者、豈不閨門雍睦、風俗和平。朕每嘉歎不能已。宜摽揚優賞、用章有德。可賜物五百段。

と言った。
命婦《めいふ》（公卿の夫人）たちを集め、馮氏と面識を持たせるなど、恩寵は格別なものであった。

劉昶の娘

劉昶《りゅうちょう》の娘は、河南の長孫氏《ちょうそんし》の妻である。劉昶は北周に仕え、公主を娶り、官は柱国・彭国公に至った。しばしば将帥の任を果たし、位も名望もたいそう高かった。高祖とは旧交があり、禅譲を受けるに及んで、たいそう信任され、左武衛大将軍・慶州総管を歴任した。

劉昶の子の劉居士《りゅうこじ》は、太子千牛備身となり、任侠の者を集め、法令に従わず、しばしば罪を得た。上は劉昶の縁故により、常にこれを赦していた。劉居士はつけあがり、常に放言して「男なら（罪人として）髪を編まれ後ろ手に縛られようが、（死罪を待つための）ござの上でもあがいてみせろ」などと謳っており、公卿の子弟より膂力に優れ壮健な者を選りすぐり、家に呼び寄せると、首を車輪に懸けて棒で叩き、ほとんど死にかけながらも屈しない者は、壮士と称え、許して交際した。徒党は三百人あまり、その身軽な者たちを餓鶻《がこつ》隊と呼び、武力ある者たちを蓬転《ほうてん》隊と呼び、常に鷹を据え犬を繋ぎ（狩りの出で立ちをして）、道に騎馬を連ね、道行く人を殴りつけ、強奪することが多かった。長安城内では貴賤となく、見る者はみな辟易し、公卿や王妃・公主に至るまでも、あえて事を構える者は無かった。

劉昶の娘は、劉居士の姉にあたり、常に涙を流して劉居士を諭すことは、丁寧に

集諸命婦、與馮相識、以寵異之。

劉昶女者、河南長孫氏之婦也。昶在周、尚公主、官至柱國・彭國公。數爲將帥、位望隆顯。與高祖有舊。及受禪、甚親任、歷左武衛大將軍・慶州總管。

其子居士、爲太子千牛備身、聚徒任俠、不遵法度、數得罪。上以昶故、每輒原之。居士轉恣、每大言曰「男兒要當辮頭反縛、籧篨上作獠儛」、取公卿子弟膂力雄健者、輒將至家、以車輪括其頸而棒之、殆死能不屈者、稱爲壯士、釋而與交。黨與三百人、其趫捷者號爲餓鶻隊、武力者號爲蓬轉隊、每韝鷹紲犬、連騎道中、毆擊路人、多所侵奪。長安市里無貴賤、見之者皆辟易、至於公卿妃主、莫敢與校者。

其女、則居士之姊也、每垂泣誨之、殷勤

意を尽くし傷ましいばかりであった。劉居士は改めず、家財を破産させるに至った。劉昶は年老いていたが、劉居士は父をまるで養わなかった。娘はこのとき夫を亡くしており、劉昶の悲惨さがこのようであるので、よく実家に帰っては、自ら糸紡ぎに務め（夫の家に頼らず金を稼ぎ）、父のために柔らかく食べやすい食事を提供した。

ある者が劉居士とその徒党が長安城に行き、漢の高祖の未央宮の跡地に入り、（天子を気取って）南面して座り、前後に隊列を為して、不遜の思いを懐いて、互いに約束して「まさに命を捨てる時ぞ」と言っていたことを上奏した。また劉居士が使者をやって突厥を南進させて、京師でこれに応じようとしている、と言う者もいた。帝は劉昶に「今日の報告は、どうしたものかな」と問うた。劉昶はなお旧恩を恃み、自ら咎を引き受けることなく、ただ「黒か白かは至尊の御判断に」と答えた。上は大いに怒り、劉昶を獄に下し、劉居士の徒党を捕らえ、これを取り調べることはなはだ厳しかった。憲司はまた劉昶が母に対して不孝であったことを上奏した。

娘は劉昶がもはや罪を免れられないことを知って、絶食すること数日、常に自ら飲食を調理し、手ずから捧げ持ち、大理の獄に赴いて父に食事を届けた。獄卒を見れば、両膝を地に着け拝礼してから進み、すすり泣き嗚咽するので、見る者は心を痛めた。劉居士は斬刑となり、劉昶は結局自宅での自殺を賜った。上は詔を下して百官に立ち会わせることにした。このとき娘は何度も気絶しては息を吹き返すありさまであった。公卿が娘に慰問すると、娘は「父に罪は無く、子に連座して禍が及んだのです」と言い、その口ぶりはたいそう哀れでもの悲しく、人々は聞くに忍びなかった。とうとう質素な身なりで菜食を続けてその身を終えた。上は聞いて感歎

墾惻。居士不改、至破家產。昶年老、奉養甚薄。其女時寡居、哀昶如此、每歸寧于家、躬勤紡績、以致其甘脆。

有人告居士與其徒遊長安城、登故未央殿基、南向坐、前後列隊、意有不遜、每相約曰「當爲一死耳」。又時有人言居士遣使引突厥令南寇、當於京師應之。帝謂昶曰「今日之事、當復如何」。昶猶恃舊恩、不自引咎、直答曰「黑白在于至尊」。上大怒、下昶獄、捕居士黨與、治之甚急。憲司又奏昶事母不孝。

其女知昶必不免、不食者數日、每親調飲食、手自捧持、詣大理餉其父。見獄卒、長跪以進、歔欷嗚咽、見者傷之。居士坐斬、昶竟賜死于家。詔百寮臨視。時其女絕而復蘇者數矣。公卿慰諭之、其女言「父無罪、坐子以及於禍」、詞情哀切、人皆不忍聞見。遂布衣蔬食以終其身。上聞而歎曰「吾聞『衰門之女、興門之男』、固不虛也」。

し「私は『衰えた家からは立派な娘が現れ、栄えた家からは男が現れる』という俗言を聞いたことがあるが、まこと空言ではないのだな」と言った。

鍾士雄の母

鍾《しょう》士《し》雄《ゆう》の母は、臨賀の蔣氏《しょうし》の娘である。鍾士雄は陳に仕え、伏波将軍となった。陳主は鍾士雄が嶺南の部族の長であることから、その離反を警戒し、つねに蔣氏を都に人質として置いていた。晋王の楊廣が江南を平定した際、鍾士雄が嶺表にいることから、恩義によって招き入れようとして、蔣氏を臨賀に帰らせた。すでに同郡の虞子茂《ぐしも》や鍾文華《しょうぶんか》らが乱を起こし、挙兵して城を攻めており、彼らが人をやって鍾士雄を招き、鍾士雄もこれに応じようとしていた。蔣氏は鍾士雄に「わたくしは先に揚都（金陵）におり、随分と辛酸を舐めました。いま聖王の教化を頂戴し、母子が巡り会えたというのに、身を捨てて報恩しようと思わず、どうして反乱しようというのですか。もしおまえが心をけだものに等しくし、徳に背き義を忘れるというのなら、母はおまえの前で自死するほかありません」と言った。鍾士雄はそこでとうとう止めた。蔣氏はまた虞子茂らに書を与え、利害を説いて諭した。虞子茂は従わず、とうとう官軍に敗れた。上は蔣氏のことを聞き、たいそうこれを良しとし、安楽県君に封じた。

時に尹州の寡婦に胡氏《こし》という者がいた。誰の妻であったかはわからない。たいそう志節が高く、国の者たちから重んじられていた。江南の反乱に際して、一族郎党を諭し、みなで険阻によって守り叛逆者に従わなかった。密陵郡君に封じられた。

鍾士雄母者、臨賀蔣氏女也。士雄仕陳、爲伏波將軍。陳主以士雄嶺南酋帥、慮其反覆、每質蔣氏於都下。及晉王廣平江南、以士雄在嶺表、欲以恩義致之、遣蔣氏歸臨賀。既而同郡虞子茂・鍾文華等作亂、擧兵攻城、遣人召士雄、士雄將應之。蔣氏謂士雄曰「我前在揚都、備嘗辛苦。今逢聖化、母子聚集、沒身不能上報、焉得爲逆哉。汝若禽獸其心、背德忘義者、我當自殺於汝前」。士雄於是遂止。蔣氏復爲書與子茂等、諭以禍福。子茂不從、尋爲官軍所敗。上聞蔣氏、甚異之、封爲安樂縣君。

時尹州寡婦胡氏者。不知何氏妻也。甚有志節、爲邦族所重。當江南之亂、諷諭宗黨、皆守險不從叛逆。封爲密陵郡君。

孝婦の覃氏

孝婦の覃氏《たんし》は、上郡の鍾氏《しょうし》の妻である。夫と相い見えてより、まだいくらもしないうちに夫は死んだ。このとき十八歳であった。残された姑に仕え孝行で知られた。数年のうち、姑と義理の兄弟たちがともに相次いで死んだが、覃氏は家が貧しく、葬儀も行えなかった。そこで身を削って倹約に努め、昼夜となく糸紬ぎに励み、財を貯えること十年、八人の亡くなった親族を埋葬し終えたことで、州里の者に尊敬された。上はこれを聞いて米百石を賜り、その村落の入り口に(孝婦と)表掲させた。

元務光の母

元務光《げんむこう》の母は、范陽の盧氏《ろし》の娘である。若くして読書を好み、いかなる時も礼を備えていた。年盛りに寡婦となり、子供達はまだ幼く、家が貧しいため就学させられなかったが、盧氏が常に自ら教授し、家徳でもってこれを励ましたので、世間はこれにより評価した。

仁寿の末年、漢王の楊諒《ようりょう》が挙兵して反乱し、将の綦良《きりょう》を派遣して山東に赴かせて土地を侵した。綦良は元務光を記室に任じた。綦良が敗北し、慈州刺史の上官政《じょうかんせい》が元務光の家を調査した際、盧氏を見て、喜んでこれに迫った。盧氏は誓って死んでも拒もうとした。上官政は性格が凶暴だったため、甚だしく怒り、燭台を取って盧氏を焼いた。盧氏の志はいよいよ固くなり、最期まで節を屈さなかった。

孝婦覃氏者、上郡鍾氏婦也。與其夫相見未幾而夫死。時年十八。事後姑以孝聞。數年之間、姑及伯叔皆相繼而死、覃氏家貧、無以葬。於是躬自節儉、晝夜紡績、稸財十年、而葬八喪、爲州里所敬。上聞而賜米百石、表其門閭。

元務光母者、范陽盧氏女也。少好讀書、造次以禮。盛年寡居、諸子幼弱、家貧不能就學、盧氏每親自教授、勖以義方、世以此稱之。

仁壽末、漢王諒擧兵反、遣將綦良往山東略地。良以務光爲記室。及良敗、慈州刺史上官政簿籍務光之家、見盧氏、悅而逼之。盧氏以死自誓。政爲人凶悍、怒甚、以燭燒其身。盧氏執志彌固、竟不屈節。

裴倫の妻

裴倫《はいりん》の妻は、河東の柳氏の娘である。若くしてよく家風を受け継いでいた。

大業の末年、裴倫は渭源令となった。たまたま薛擧《せつきょ》の乱があり、県城は賊に落とされ、裴倫も殺された。柳氏はこのとき四十歳、二人の娘と子の妻三人は、みな美しかった。柳氏は娘らに「わたくしどもは争乱に巻き込まれ、あなたたちの父ももう死にました。わたくしにはあなたたちを救うことはできないでしょう。我が一門はもとより節義の家風、義として群賊に辱められるわけにはまいりません。わたくしはあなたたちと一緒に死にます、いかがかしら」と尋ねた。娘達はみな涙を流し、「ただ母上の命ずるままに」と答えた。柳氏は自ら井戸に飛び込み、娘と妻らも相次いで飛び込み、みな井戸の中に折り重なって死んだ。

趙元楷の妻

趙元楷《ちょうげんかい》の妻は、清河の崔《さい》氏の娘である。父の崔儦《さいひょう》は、文学伝に見える。崔家には世の規範とされる家風があり、子女もみな礼儀が備わっていた。趙元楷の父は僕射であり、家は貨財に富んでいたが、崔家の名望を重んじて、礼を尽くしてこれを娶った。趙元楷はたいそう崔氏を敬愛し、私的な宴であっても、みだりに談笑することがなく、妻に対する振る舞いも、礼儀に適っていた。

宇文化及が反乱すると、趙元楷は従って河北に至り、長安に帰ろうとした。滏口に至って、たまたま群盗に攻められ、趙元楷はかろうじて身を免れたが、崔氏は賊に捕らえられた。賊は自分の妻になれと言ったが、崔氏は賊に「わたくしは士大夫

裴倫妻、河東柳氏女也。小有風訓。

大業末、倫爲渭源令。屬薛擧之亂、縣城爲賊所陷、倫遇害。柳時年四十、有二女及兒婦三人、皆有美色。柳氏謂之曰「我輩遭逢禍亂、汝父已死。我自念不能全汝。我門風有素、義不受辱於羣賊。我將與汝等同死、如何」。其女等皆垂泣曰「唯母所命」。柳氏遂自投于井、其女及婦相繼而下、皆重死於井中。

趙元楷妻者、清河崔氏之女也。父儦、在文學傳。家有素範、子女皆遵禮度。元楷父爲僕射、家富於財、重其門望、厚禮以聘之。元楷甚敬崔氏、雖在宴私、不妄言笑、進止容服、動合禮儀。

化及之反也、元楷隨至河北、將歸長安。至滏口、遇盜攻掠、元楷僅以身免、崔氏爲賊所拘。賊請以爲妻、崔氏謂賊曰「我士大

の娘、僕射の子の妻です。今日敗れたからには、自ら死ぬまでのこと。賊の妻になるなど、死んでもあり得ません」と答えた。賊たちはその服を引き裂いて、肌も露わにし、寝床のたかむしろに縛り付け、陵辱しようとした。崔氏は汚されることを恐れ、嘘をついて「もはや敵いません、好きになさい。もう逆らいませんから、解いてくれませんか」と言った。賊はすぐにこれを許した。崔氏は服を着ると、賊の佩刀を取り、樹を背にして立ち「私を殺したいなら、さっさと切り刻むがよい。もし死んでもいいのなら、迫ってみよ」と言った。賊は大いに怒り、矢を射かけて崔氏を殺した。趙元楷は後に妻を殺した者を捕らえ、四肢を切り落として殺し、崔氏の柩前に捧げた。

史臣の言葉。

婦人の徳行を称えるときは、みな柔和従順であることを第一としようとするが、これではその中庸なものを取り上げるだけとなり、その極みに達したことにはなるまい。遠く将来を明察し、正しく気高い貞節を持ち、志を奪うことはできず、ただ義に従った婦人たちも、図書と史書とより尋ねてゆけば、何世経《へ》ようとも名が残ると知れるのだから。蘭陵公主はそのまごころに雪の寒さにも変わらず青くあり続ける松をも上回るものがあり、南陽公主はその志に（『詩経』柏舟に再婚を拒み「我が心は石に匪《あら》ず、轉ずべからざるなり」と詠じた共姜の）固い決意をも越えるものがある。洗嫗や孝女王俊の忠義勇壮なこと、崔氏・馮氏の二母が見せた誠意の懇ろなことは、義勇の士ですら志の激

夫女、爲僕射子妻。今日破亡、自可即死。遣爲賊婦、終必不能」。羣賊毀裂其衣、形體悉露、縛於牀簀之上、將凌之。崔氏懼爲所辱、詐之曰「今力已屈、當聽處分。不敢相違、請解縛」。賊遽釋之。崔因著衣、取賊佩刀、倚樹而立曰「欲殺我、任加刀鋸。若覓死、可來相逼」。賊大怒、亂射殺之。元楷後得殺妻者、支解之、以祭崔氏之柩。

史臣曰、

夫稱婦人之德、皆以柔順爲先、斯乃舉其中庸、未臻其極者也。至於明識遠圖、貞心峻節、志不可奪、唯義所在、考之圖史、亦何世而無哉。蘭陵主質邁寒松、南陽主心踰匪石。洗嫗・孝女之忠壯、崔・馮二母之誠懇、足使義勇慚其志烈、蘭玉謝其貞芳。襄城・華陽之妃、裴倫・元楷之婦、時逢艱阻、事乖好合、甘心同穴、顚沛

しさに恥じ入り、芝蘭玉樹の子弟たちも母徳の芳しさに恥じるほかない。襄城王・華陽王の妃や、裴倫・趙元楷の夫人は、時に艱難に遭遇し、事態により百年好合の契りに背くことになろうとも、同じ墓に入ることに満足し、常の志を躓《くじ》かせることなど少しもなかった。その貞節の志は冰霜よりも激しく、その切実な言辞は照りつける太陽にも勝る。『詩経』に共姜不再の誓いを詠じ、『春秋左氏伝』に伯姫《はくき》が婦礼を守って焼け死んだと述べる訓話も、（ここに記した婦人たちの徳行には）このうえ加えようもないのである。

靡它。志勵冰霜、言踰皎日。雖詩詠共姜之自誓、傳述伯姫之守死、其將復何以加焉。

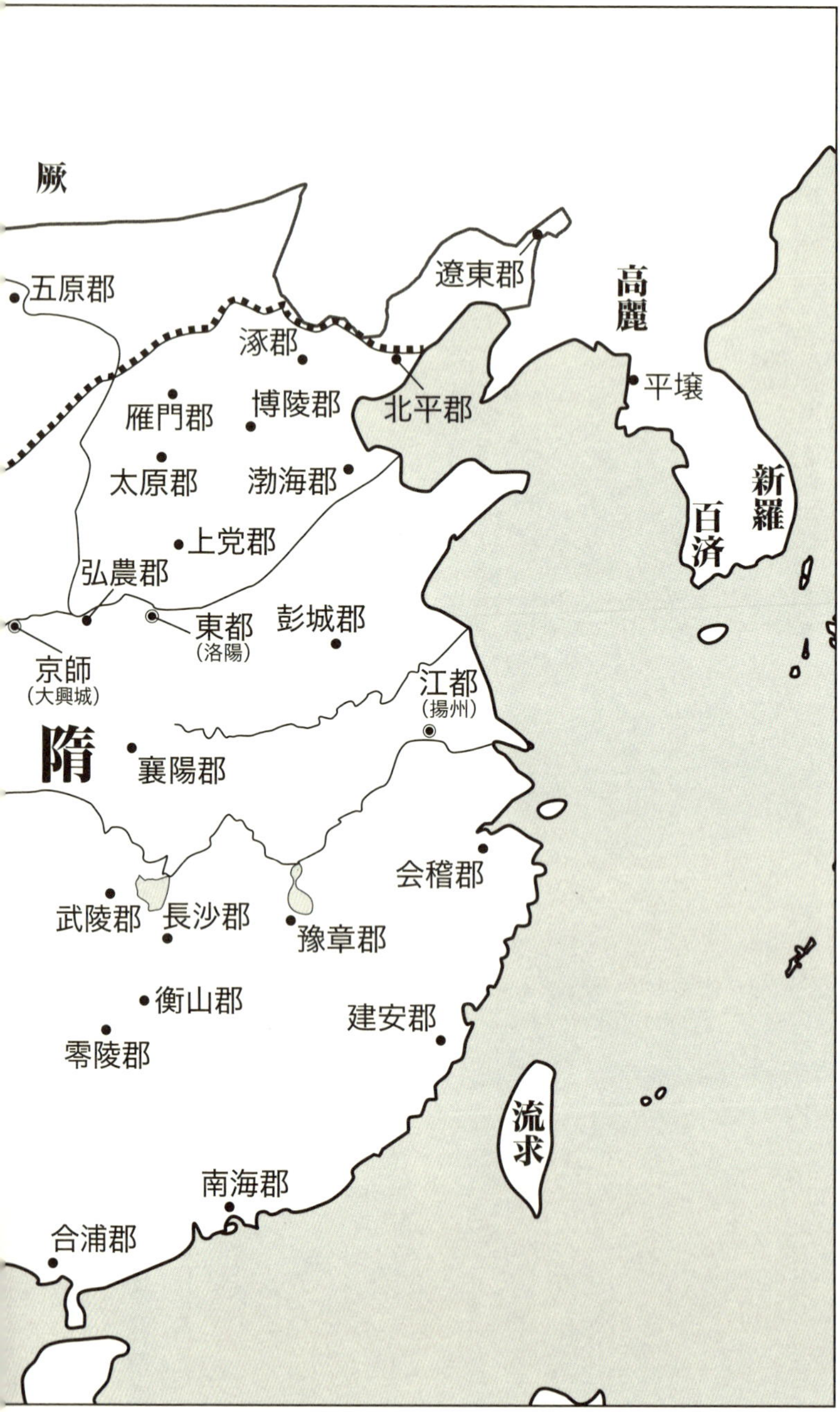
厥
五原郡
遼東郡
高麗
涿郡
北平郡
平壌
雁門郡
博陵郡
太原郡
渤海郡
新羅
百済
上党郡
弘農郡
東都
（洛陽）
彭城郡
京師
（大興城）
江都
（揚州）
隋
襄陽郡
会稽郡
武陵郡
長沙郡
豫章郡
衡山郡
建安郡
零陵郡
流求
南海郡
合浦郡

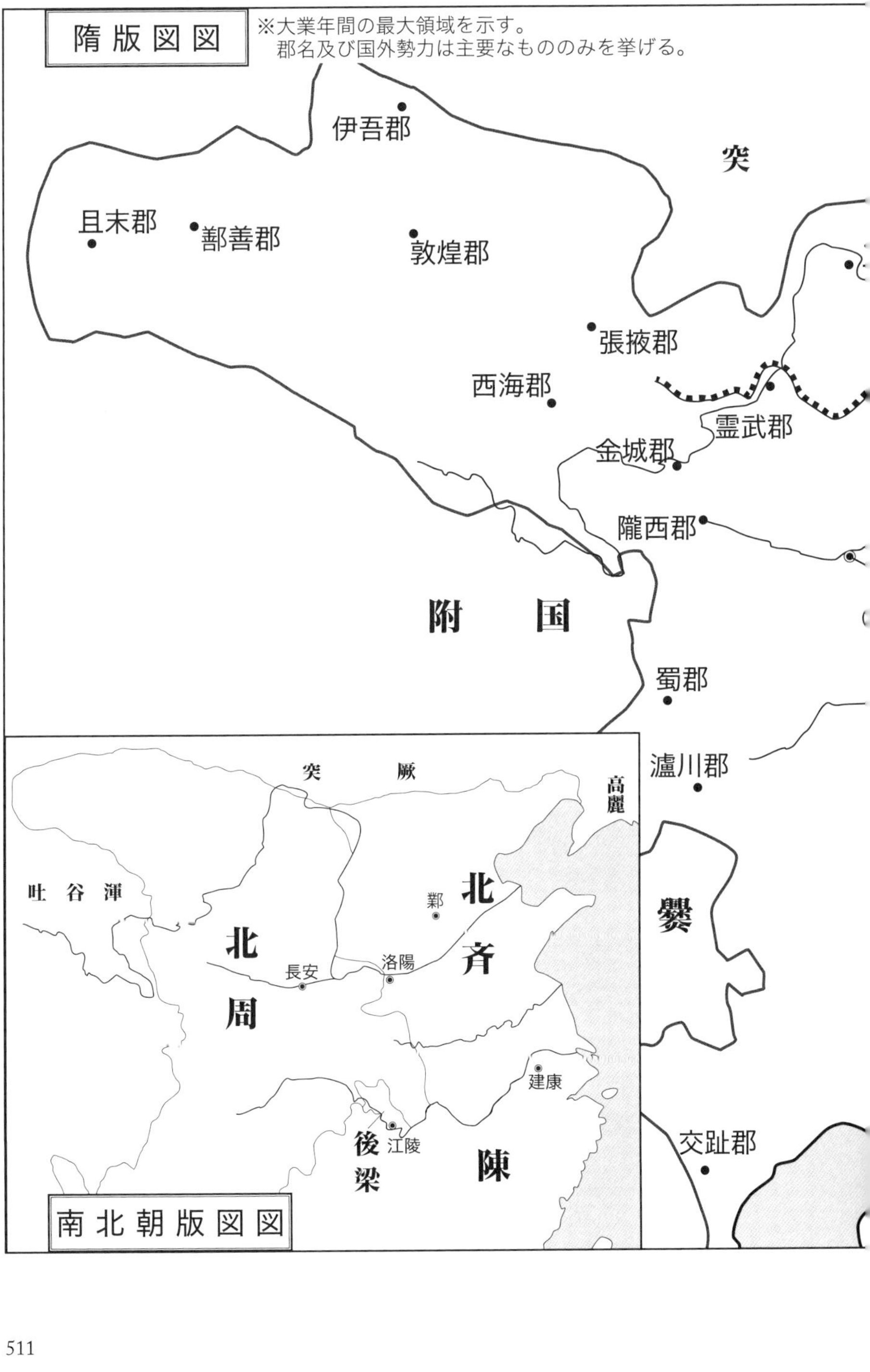
隋版図図
※大業年間の最大領域を示す。
郡名及び国外勢力は主要なもののみを挙げる。
伊吾郡
突
且末郡
鄯善郡
敦煌郡
張掖郡
西海郡
霊武郡
金城郡
隴西郡
附国
蜀郡
瀘川郡
爨
交趾郡
突厥
高麗
吐谷渾
北周
北斉
鄴
長安
洛陽
建康
後梁
江陵
陳
南北朝版図図

諸寺	門下省	内史省	秘書省	御史臺	武官	地方官
						雍州牧
太常・光禄・衛尉・宗正・太僕・大理・鴻臚・司農・太府卿	納言	内史令	秘書監		左右衛・武衛・武候・領左右大将軍	上州刺史／京兆尹
国子祭酒／将作大匠	散騎常侍			御史大夫	左右衛・武衛・武候・領左右・監門将軍	中州刺史
太常・光禄・衛尉・宗正・太僕・大理・鴻臚・司農・太府少卿	給事黄門侍郎／通直散騎常侍	内史侍郎			驃騎将軍／左右監門郎将	下州刺史
	城門校尉／諫議大夫				左右監門率／直閤将軍	雍州別駕・贊務／上郡太守／上鎮将軍
国子博士	散騎侍郎／員外散騎常侍／尚食・尚薬典御		秘書丞		車騎将軍	上州長史・司馬
大理司直	通直・員外散騎侍郎		著作郎	治書侍御史	直寝・直斎／奉車都尉／駙馬都尉	中郡太守／中州長史・司馬／大興・長安令／京兆郡丞／中鎮将／上鎮副
大理正・監・評	符璽・御府・殿内監	内史舎人			千牛備身左右／征東・征南・征西・征北将軍／内軍・鎮軍・撫軍将軍／左右監門校尉	下郡太守／下州長史・司馬／下鎮将／中鎮副
太常・光禄・衛尉丞	給事／城門直長			通事舎人	平東・平南・平西・平北将軍／前後左右軍将軍／左右領軍府長史／冠軍・輔国将軍／直後／左右領軍府司馬	上県令／下鎮副
宗正・太僕・大理・鴻臚・司農・太府丞	尚食・尚薬直長	御醫	秘書郎／著作佐郎		鎮遠・安遠・建威・寧朔将軍／左右衛・武衛・武候・領左右府長史・司馬／親衛	上戍主
将作丞／太学・太常博士／国子助教	符璽・御府・殿内直長／奉朝請		太史令	侍御史	寧遠・振威・伏波・輕車将軍／左右監門府長史・司馬／左右領軍府掾属／勳衛／武騎常侍	上州録事参軍事・曹参軍事／中県令／上郡丞／上鎮長史・司馬／大興・長安県丞
協律郎／上署令				殿内御史	宣威・明威・襄威・厲威将軍／殿内将軍／別将／左右衛・武衛・武候・左右領軍府録事参軍事／左右領軍府諸曹参軍事	下県令／中郡丞／中州録事参軍事・曹参軍事／上州諸曹行参軍事／中鎮長史／中戍主／上戍副
四門博士／中・下署令	門下録事	主書		監察御史	威戎・討寇・盪寇・盪難将軍／備身／左右衛・武衛・武候府諸曹参軍事・曹行参軍／左右領軍府諸曹行参軍／領左右府・左右監門諸曹参軍事・鎧曹行参軍／員外将軍／統軍	上・中關令／下郡丞／下州録事参軍事・曹参軍事／中州諸曹行参軍／下鎮長史／上鎮諸曹参軍事／上県丞／上郡尉
太学助教／大理寺律博士／上署丞／典客署掌客	尚食・尚醫丞	内史録事	諸校書郎／太史丞／司辰師		殄寇難・掃寇難将軍／左右監門府鎧曹行参軍／殿内司馬督／左右衛・武衛・武候・左右領軍府行参軍	中県丞／下關令／下州諸曹行参軍／上州行参軍／中鎮諸曹参軍事／上鎮士曹行参軍／中郡尉／中州行参軍／上州典籤／下戍主／上關丞／下郡尉
太祝／四門助教／書算学博士／奉礼郎／中・下署丞／太官監膳／左右校監作／諸樂師	御府局監事		正字／太史監候／太史司暦		曠野・横野・偏・裨将軍／左右監門率府鎧曹行参軍／左右監門府行参軍／員外司馬督／幢主丞	下県丞／下州行参軍／中・下州典籤／中關・上津丞／下鎮諸曹参軍事／中鎮士曹行参軍／上・中県尉

隋朝官品表

※『隋書』巻二十三、百官志下を参考に開皇初年の官品の概略を示すにとどめ、省略した官署も有る。

	爵位	文散官	武散官	三師・三公及び、太子・諸王の属官	尚書省
正一品	王			太師・太傅・太保／太尉・司徒・司空	
従一品	郡王 国公 開国郡県公		上柱国		
正二品	開国侯	特進／左右光禄大夫	柱国	太子太師・太子太傅・太子太保	尚書令
従二品		金紫光禄大夫	上大将軍		左右僕射
正三品	開国伯	銀青光禄大夫	大将軍	太子少師・太子少傅・太子少保	吏部・礼部・兵部・都官・度支・工部尚書
従三品		朝議大夫	上開府儀同三司	親王師	
正四品	開国子	朝散大夫	開府儀同三司	太子左右庶子／太子衛・宗衛・内率	吏部侍郎
従四品			上儀同三司	太子左右衛・宗衛・内副率／家令／親王府長史・司馬	尚書左右丞
正五品	開国男		儀同三司	太子内舎人／太子左右監門副率／親王府諮議参軍事	
従五品				太子洗馬・直閤／親王友	
正六品			大都督／翊軍／翊師将軍	太子内直監／親王府掾属	尚書諸曹侍郎
従六品			帥都督	太子直寝・門大夫・直斎・副直監・典内／親王文学／親王府主簿・録事参軍事・功曹・記室・倉戸曹参軍事	
正七品			都督	太子千牛備身・備身左右・通事舎人・典膳・薬蔵監・斎帥／親王府諸曹参軍事	
従七品				太子左右衛・宗衛率／太子親衛・直後・侍醫・左右監門直長／親王府東西閤祭酒・参軍事・諸曹行参軍／太子左右衛・宗衛・虞候・内率府長史・司馬	
正八品				太子左右監門率府長史・司馬／太子内坊丞・勳衛／親王府行参軍	
従八品				太子左右衛・宗衛・率等府録事参軍事・諸曹参軍事／太子翊衛・三寺丞／親王府長兼行参軍及典籤／左右虞候諸曹参軍事	尚書都事
正九品				太子備身／太子左右衛・宗衛・虞候府・諸曹行参軍／太子左右内率府鎧曹行参軍／太子左右監門率府諸曹参軍事／太子食官・典倉・司蔵令、太子典膳・薬蔵丞	
従九品				太子厩牧令・内坊丞直・校書・正字／太子左右衛・宗衛・虞候・率府行参軍	

隋大事表

※帝紀に記載された内容を中心とする。

年号	西暦	事項
大統七年	五四一	六月、楊堅（高祖）生まれる。
建徳二年	五七三	九月、楊堅の長女・楊麗華、皇太子（北周宣帝）の妃となる。
大象二年	五八〇	五月、宣帝崩御。楊堅、左大丞相となる。
開皇元年	五八一	二月、楊堅、北周静帝の禅譲を受けて皇帝に即位。／十月、開皇律を施行。
開皇二年	五八二	正月、陳の宣帝殂落。／六月、新都（大興城）造営の詔。
開皇三年	五八三	三月、大興城に入る。／四月、高麗・突厥来朝。
開皇四年	五八四	正月、開皇暦を頒行。
開皇七年	五八七	八月、梁主蕭琮来朝。／九月、梁国を廃す。
開皇八年	五八八	三月、伐陳の詔。
開皇九年	五八九	正月、陳滅ぶ。／二月、郷正・里長を置く。／十二月、楽制制定の詔。
開皇十年	五九〇	十一月、高智慧等反す。
開皇十三年	五九三	二月、仁寿宮を造営。
開皇十七年	五九七	四月、大業暦を頒行。／七月、秦王楊俊免官。
開皇十八年	五九八	二月、楊諒、高麗を征伐。
開皇二十年	六〇〇	六月、秦王楊俊薨去。／十月、皇太子楊勇を廃す。／十一月、楊廣を皇太子とする。
仁寿二年	六〇二	八月、獨孤皇后崩御。／閏十月、五礼修定の詔。／十二月、蜀王楊秀を廃す。
仁寿四年	六〇四	七月、高祖、仁寿宮に崩御。楊廣（煬帝）即位。／八月、漢王楊諒反す。／十一月、煬帝、洛陽に行幸。東京造営の詔。
大業元年	六〇五	三月、通済渠を開く。／八月、江都に行幸。
大業二年	六〇六	正月、東京完成。／四月、煬帝、東京に入る。／七月、皇太子楊昭薨去。楚国公楊素薨去。

大業三年	六〇七	三月、煬帝、京師に帰還。／四月、大業律を公布。求賢の詔。煬帝、北に巡狩。／六月、啓民可汗来朝。／七月、煬帝、高熲らを殺す。／九月、煬帝、東都に至る。
大業四年	六〇八	正月、永済渠を開く。／三月、煬帝、五原に行幸し、長城に巡狩。／四月、汾陽宮を建設。／九月、煬帝、東京に至る。
大業五年	六〇九	正月、東京を東都と改称。／二月、煬帝、京師に帰還。／三月、河西に巡狩。／五月、吐谷渾征伐。／六月、高昌王ら来朝。／九月、煬帝、長安に至る。／十一月、東都に行幸。
大業六年	六一〇	三月、煬帝、江都に行幸。
大業七年	六一一	二月、煬帝、涿郡に行幸。
大業八年	六一二	正月、高麗征伐の詔。／三月、高麗親征。／九月、煬帝、東都に至る。
大業九年	六一三	正月、代王楊侑（恭帝）を京師に遣る。／三月、煬帝、遼東に行幸。越王楊侗を東都に留む。／四月、高麗征伐。／六月、楊玄感反す。／閏九月、煬帝、博陵に行幸。
大業十年	六一四	二月、高麗征伐の詔。／三月、煬帝、涿郡に行幸。／七月、高麗降る。／十月、煬帝、東都に至り、京師に帰還。／十二月、煬帝、東都に入る。
大業十一年	六一五	五月、煬帝、太原に行幸。／八月、煬帝、北塞に巡狩し、雁門に行幸。突厥、雁門を包囲。／十月、煬帝、東都に至る。
大業十二年	六一六	七月、煬帝、江都に行幸。
大業十三年	六一七	二月、李密、興洛倉を陥落。／五月、李淵（唐の高祖）、太原に義兵を起こす。／十一月、李淵、京師に入り、楊侑を奉戴。
義寧二年（唐武徳元年）	六一八	三月、宇文化及、煬帝を弑逆。／五月、恭帝、李淵に禅譲。楊侗、東都に推戴される（皇泰主）。／九月、宇文化及僭称。
武徳二年	六一九	四月、王世充僭称。

隋国系図（皇統）

※皇帝即位順番は右上に番号を附す。

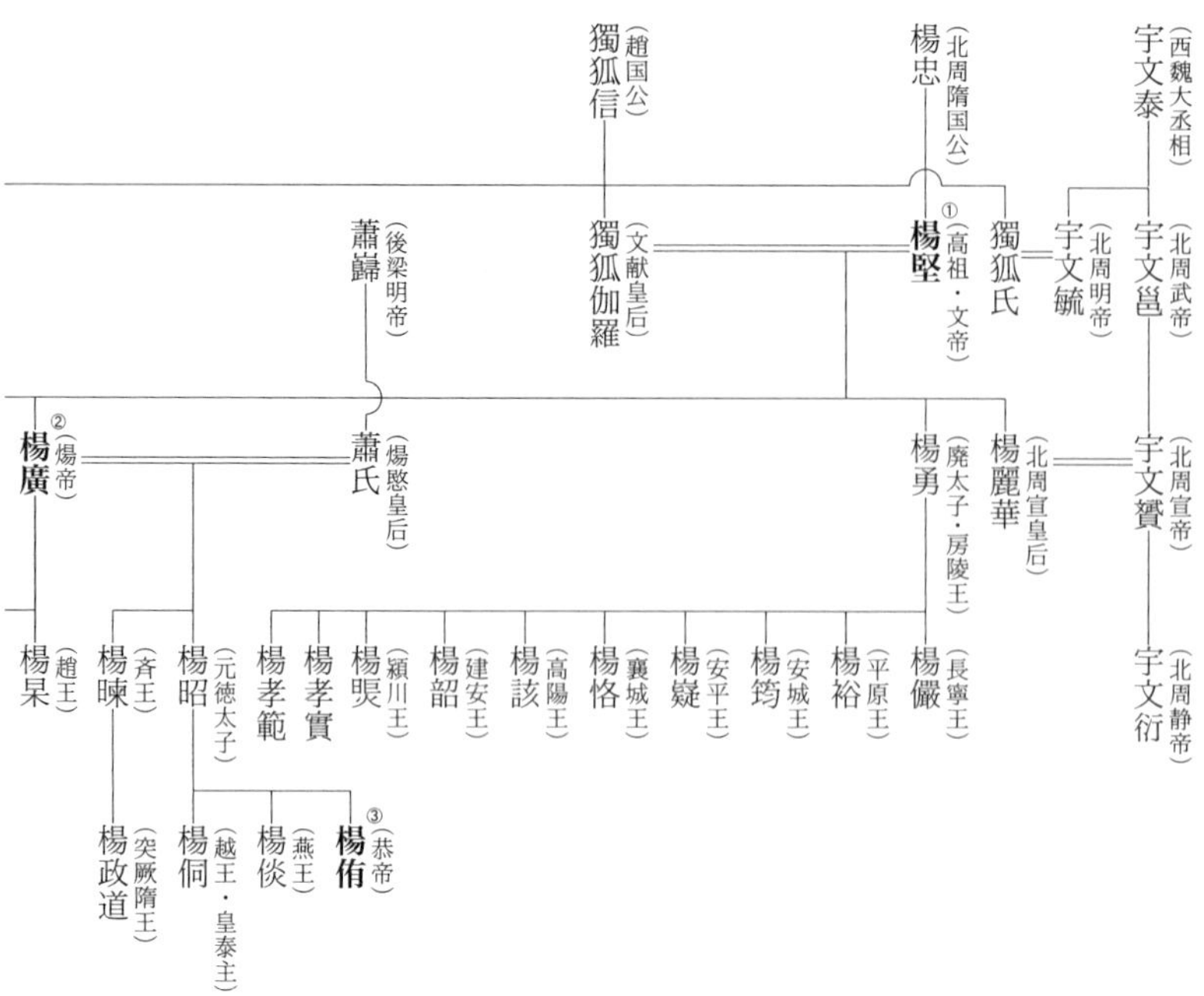

隋国系図（宗族・枝族）

※皇帝は太字にて記す。

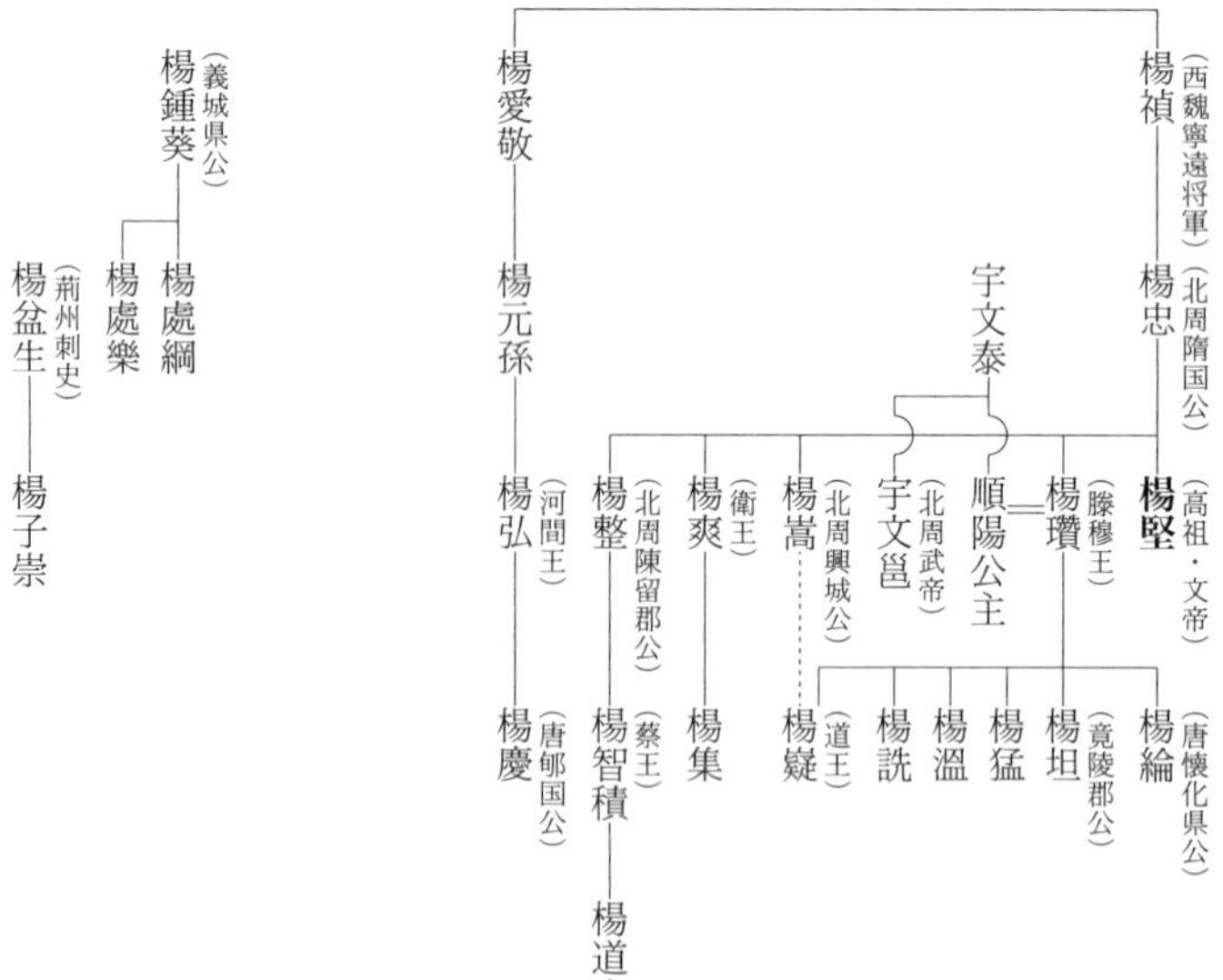

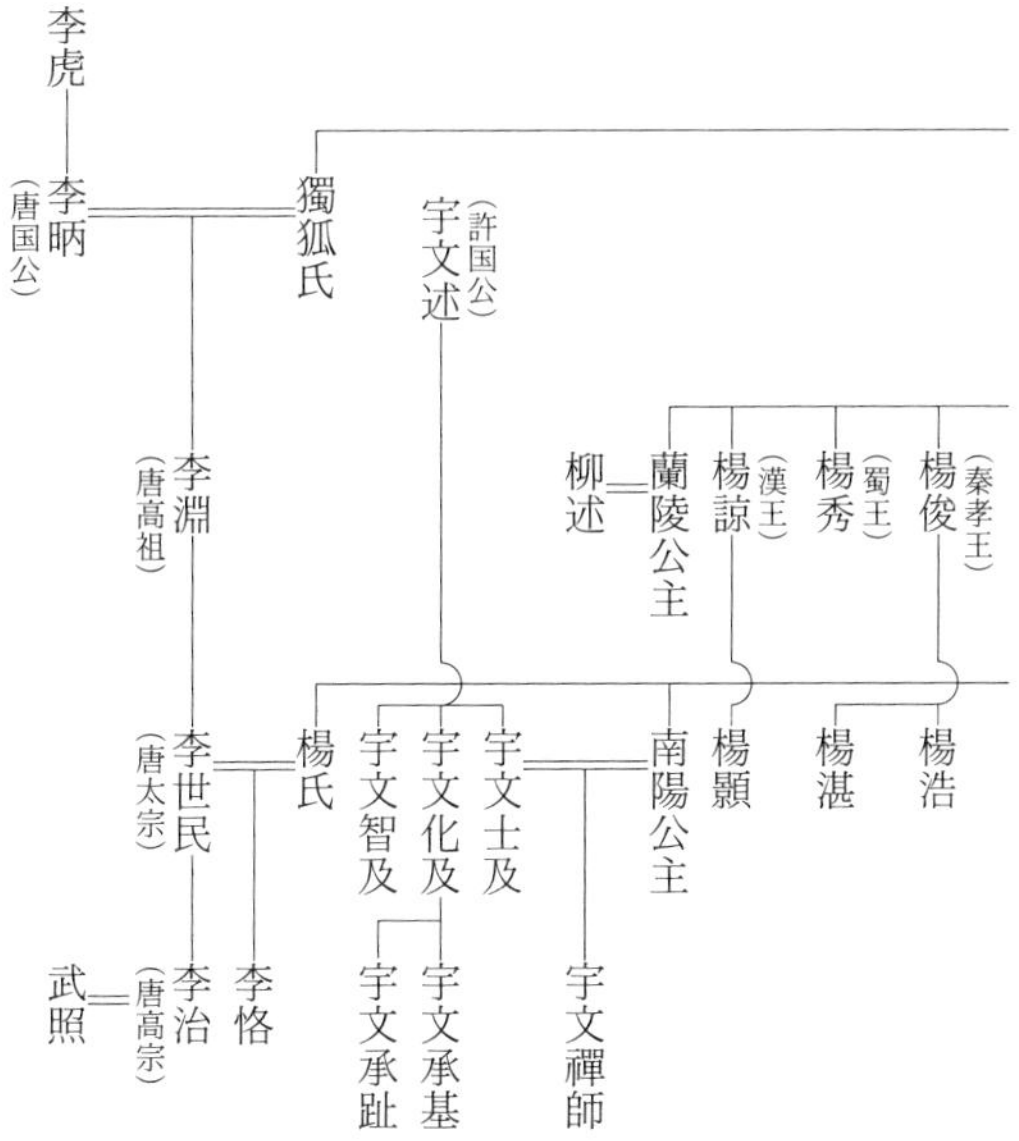
李虎
李昞（唐国公）
獨狐氏
宇文述（許国公）
楊俊（秦孝王）
楊秀（蜀王）
楊諒（漢王）
蘭陵公主
柳述
楊浩
楊湛
楊顥
南陽公主
宇文士及
宇文化及
宇文智及
楊氏
李淵（唐高祖）
李世民（唐太宗）
李恪
李治（唐高宗）
武照
宇文禪師
宇文承基
宇文承趾

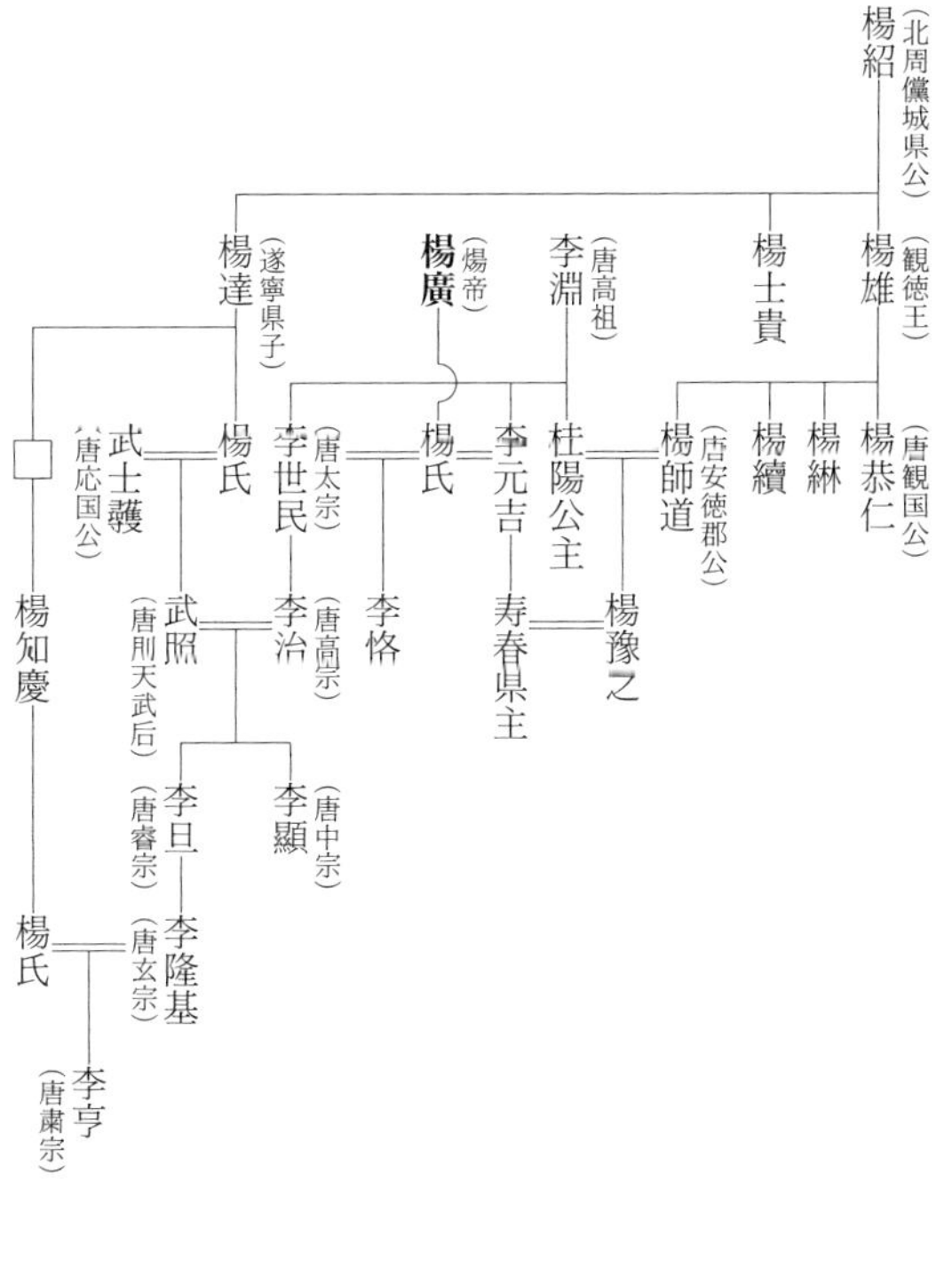
楊紹（北周儻城県公）
楊雄（観徳王）
楊士貴
李淵（唐高祖）
楊廣（煬帝）
楊達（遂寧県子）
楊恭仁（唐観国公）
楊綝
楊續
楊師道（唐安徳郡公）
杜陽公主
李元吉
楊氏
李世民（唐太宗）
楊氏
武士彠（唐応国公）
□
楊豫之
寿春県主
李恪
李治（唐高宗）
武照（唐則天武后）
楊知慶
李顯（唐中宗）
李旦（唐睿宗）
李隆基（唐玄宗）
楊氏
李亨（唐粛宗）

おわりに

中国、山東大学文史哲研究所の鄭傑文先生より、在日中国古典籍を網羅的に集めて出版したいので協力をして欲しいと連絡があったのは、すでに三年ほど前のことになる。

結局、協力することもできず、その計画を実際に動かしたのは、現在、山東大学の准教授となった大東文化大学中国文学科の卒業生、西山尚志氏であった。そして、西山君と田中良明氏とともに、鄭傑文先生からの話をどうしたら円滑に進められるかを教えてもらおうと勉誠出版を訪れていたところ、ふとした話の流れのなかで、編集の萩野強氏から『隋書』翻訳の話が出されたのであった。

「瓢箪から駒」というのは、まさに、このようなことを言うのであろう。

おりしも同行の田中君が、洲脇、池田、大兼の三氏とともに『隋書』の翻訳を目的とした読書会を始めていたので「やろう！」ということになり、中林史朗氏と私を「監修」として話が進んでいったのだった。

さて、『隋書』の翻訳については、本書を読んで頂ければありがたいのだが、私は、ここに翻訳されていない『隋書』の「経籍志」のことを頭に浮かべながら、この本の原稿に目を通したのだった。

『隋書』の経籍志は、いうまでもなく、我が国の平安朝前期、藤原佐世によって編纂された『日本国見在書目録』との関係が密なことは多々言及されている。たとえば、興膳宏、川合康三『隋書経籍志詳攷』（汲古書院、一九九五年）、孫猛『日本国見在書目録詳考』（上海古籍出版社、二〇一五年）等によっても、それは明らかであろう。

ところで、宋代以降に現れる刊本とは異なるいわゆる「旧鈔本」と呼ばれる写本がこれらの目録には掲載されているのだが、タイトルだけは宋刊本以降になっても変わらないために、多くの研究者は、『隋書』を読む際にも、宋刊本以降の諸本に典拠を求めることになってしまう。

各氏が訳した『隋書』の原稿を読みながら、私の頭は、もし、『隋書』を宋刊本以降の刊本ではなく、旧鈔本を典拠に読むことができたらどうなるのだろうかと考えていたのである。

はたして、我が国には経書のみならず、『史記』『漢書』など旧鈔本が多く存在するし、さらにこれらを敦煌本などと詳細に検討すれば、たんに宋刊本とのテキスト上の異同に止まらず、解釈にまで関わる文献学上の問題として提起されることは、これまで私がやってきた『尚書』の旧鈔本復元からも明らかである。

しかし、『隋書』本体を含め、『隋書』読解のためのすべての本を、旧鈔本で揃えて読むということが、不可能なことであることも筆者としては十分知っているし、今、そういうことをしたら、かえって何も分からなくなってしまうのではないかとも思うのであるが。

しかし、鄭傑文先生のプロジェクトなど、またフランス国立国会図書館及びブリティッシュ・ライブラリーによる敦煌本のネット上の公開によって、これまで以上に我々は、旧鈔本を閲覧することが容易になった。

ヨーロッパの文献学でも、刊本の発展と言語の標準化の関係にスポットライトが当てられつつある。同じように、中国の文献についても、「非連続の連続」と言い得るテキスト継承の問題ならびに、刊本以前の文献の読解に対するアプローチがまもなく行われるようになるのではないかと思うのである。

そうした文献学的新たな試みに、本書があるいは寄与することがあるのではないかと思いつつ、あとがきを記す次第である。

平成二十九年四月

山口謠司

監修者略歴

中林史朗（なかばやし・しろう）
大東文化大学　文学部中国文学科　教授
専門は中国四川地方史、中国文化史

山口謠司（やまぐち・ようじ）
大東文化大学　文学部中国文学科　准教授
専門は中国文献学

訳者略歴

池田雅典（いけだ・まさのり）
大東文化大学　文学部中国文学科　非常勤講師
専門は漢代の学術思想

大兼健寛（おおかね・たけひろ）
東京福祉大学名古屋キャンパス併修校
学校法人たちばな学園　理学・作業名古屋専門学校
専任講師
専門は中国五代十国史

洲脇武志（すわき・たけし）
実践女子大学　文学部国文学科
大東文化大学　外国語学部日本語学科　非常勤講師
専門は南北朝隋唐時代の学術思想

田中良明（たなか・よしあきら）
大東文化大学　東洋研究所　講師
専門は中国思想文化（術数学）

中国《ちゅうごく》史《し》書入門《しょにゅうもん》　**現代《げんだい》語訳《ごやく》　隋書《ずいしょ》**

2017年5月1日　初版発行
2017年10月20日　第2版発行

監修者　中林史朗・山口謠司
訳　者　池田雅典・大兼健寛・洲脇武志・田中良明
発行者　池嶋洋次
発行所　勉誠出版株式会社
〒101-0051　東京都千代田区神田神保町3-10-2
TEL：(03)5215-9021(代)　FAX：(03)5215-9025
〈出版詳細情報〉http://bensei.jp/

印刷・製本　中央精版印刷株式会社
装　　幀　山本嗣也（志岐デザイン事務所）

©Shiro NAKABAYASHI, Yoji YAMAGUCHI, Masanori IKEDA, Takehiro OKANE, Takeshi SUWAKI, Yoshiakira TANAKA 2017, Printed in Japan

ISBN978-4-585-29611-9　C0398

本書の無断複写・複製・転載を禁じます。
乱丁・落丁本はお取り替えいたしますので、ご面倒ですが小社までお送りください。
送料は小社が負担いたします。
定価はカバーに表示してあります。